U0925581

女真英雄

明继学 著

人民出版社

责任编辑：夏　青

图书在版编目（CIP）数据

女真英雄／明继学 著．－北京：人民出版社，2013.2
ISBN 978－7－01－011312－8

I. ①女…　II. ①明…　III. ①历史小说－中国－当代　IV. ①I247.5

中国版本图书馆 CIP 数据核字（2012）第 239800 号

女真英雄
NÜZHEN YINGXIONG

明继学　著

人民出版社 出版发行
（100706　北京市东城区隆福寺街 99 号）

环球印刷（北京）有限公司印刷　新华书店经销

2013 年 2 月第 1 版　2013 年 2 月北京第 1 次印刷
开本：710 毫米 ×1000 毫米 1/16　印张：28.25
字数：506 千字

ISBN 978－7－01－011312－8　定价：66.00 元

邮购地址 100706　北京市东城区隆福寺街 99 号
人民东方图书销售中心　电话（010）65250042　65289539

『女真英雄』小说人物绘像

邹禹之印

大金帝国开国元勋雕像收藏于阿城金上京历史博物馆内

左：斜也　习不失　撒改　中：完颜 阿骨打　右：吴乞买　阿里合懑　完颜宗翰

上图为金太祖完颜 阿骨打碑和帝陵前厅，位于黑龙江省哈尔滨市阿城区。

序

时代·使命

衡焕儒

明继学的《女真英雄》长篇历史小说在付梓、出版前邀我为其写一篇序言，虽然我对文学创作是门外汉，但为了传承繁荣中华民族的优秀历史文化，也就答应了。

明继学是我的新朋友，我们相见、相识才两三年的时间，同时我们又是老朋友，因为在我们身上流淌着满族几千年的血脉。心灵感应，神交已久，一见如故，手足胼胝。他是满族正黄旗人，清康熙王朝国相纳兰明珠第十二世嫡孙。1955 年生于我们满族先祖的发祥地黑龙江。我是满族正白旗人，1949 年出生在北京。我长于他 7 岁，年龄的大落差，因我们各自都有一个企业的王国，在商言商，我们可相互推毂。我们还有一个共同的理想：团结满族后裔，在共建和谐的中华民族大家庭中，相互砥砺，作出我们的贡献。

当今时代，世界已处在大变革大调整中，和平与发展仍然是时代的主题。求和平、谋发展、促合作已经成为不可阻挡的时代潮流。世界多极化不可逆转，经济全球化深入发展。同时，世界仍然不安宁，霸权主义和强权政治依然存在。和平与战争，霸权与反霸权，面临着新的难题和挑战。在中国，一个面向现代化、面向世界、面向未来，全面参与经济全球化的中国，已巍然屹立在世界的东方。不管国际风云如何变化，中国始终不渝地走和平发展的道路，恪守维护国家的统一、民族的团结，反对一切形式的霸权主义的宗旨。

文学是社会生活形象的反映，没有形象就没有艺术，没有形象就没有文学。《女真英雄》成功地塑造了一位女真英雄完颜阿骨打的典型形象。形象的内蕴具有较大的思想深度和深刻的历史内容。在塑造形象中，融注了作家自己的美学理想，这是时代赋予作家的使命。

女真是满族的先祖，先祖的肇兴之地是黑龙江。不同的历史时期，其称谓不同。先秦称"肃慎"，汉魏称"挹娄"，南北朝称"勿吉"，隋唐称"靺鞨"，唐又称"黑水靺鞨"，五代始称"黑水靺鞨"为"女真"。居住在混同江之南者谓之熟女真，江之北谓之生女真，皆臣服于契丹，后避辽帝讳更名为女真。生女真地处气候寒冷、多山密林、严酷的自然环境，造就了他们艰苦卓绝、骁勇善战的性格。"上下崖壁如飞，渡河不用舟楫"，"徒手搏熊缚虎"。生女真部落众多，以居住在安出虎水（今黑龙江省阿城阿什河）的完颜部为最大。经济生活正处在半农半牧阶段，女真社会发展一直比较缓慢。自函普（金始祖）成为女真完颜部首领后，社会发展的步伐开始加快，社会成员地位平等。"同川而浴，肩相摩于道，民虽杀鸡亦招其君同食。"女真人崇拜神鹰海东青，这种鹰"俊气横鹜，英姿杰立，顶摩苍穹，翼讯北极，顾盼雄毅，飞腾减没，且寄巢于扶桑，夕刷羽于碣石"。肃慎——女真之称就是肃慎语东方之鹰的意思，正是海东青的这种桀骜神俊的民族品质，成为女真人崇拜的图腾，激励着完颜阿骨打以两万人击溃七十万辽军的旷世战绩。女真 700 年的历史，出现了两位英雄，一位是完颜阿骨打，建立了大金国；另一位是努尔哈赤，建立了后金国，各领风骚。长篇历史小说《女真英雄》的主人公完颜阿骨打（1068—1123 年）汉名旻，金上京会宁府（今黑龙江阿城）

人。父劾里钵，母拿懒氏，金开国皇帝，女真族有作为的政治家、军事家。庙号太祖，尊为武元皇帝。英谋睿略，一代伟健。

“文以载道”，文学乃“天地之鉴也，万物之镜也”（《庄子·外篇·天道第十三》）。文学是一个时代的精神镜像，是人民大众的道德指引，是现实生活的审美表达，负有构建人类精神世界的重要使命。《女真英雄》的出版和发行，也可对一些被商业利益裹挟道德下滑的人提供一个警示。认清在思想大解放、观念大碰撞、文化大交融的时代，在社会思想观念和价值取向的多元、多样、多变的交叉路口，找准路标。

文学的生命是文学的使命，明继学的《女真英雄》一书，以史为鉴，以史观今，通过主人公完颜阿骨打的光辉形象，在人生的交叉路口树立一块通向光明前途的路标，我读后被其使命感深深地激励，也希望广大读者都能获得真正的美的享受。

《女真英雄》是满族历史文化系列丛书中的一本。满族历史文化是中华民族历史文化的一个重要组成部分。满族是一个伟大的民族，具有悠久的历史渊源，与其他民族一起共同创造了辉煌灿烂的中华民族五千年历史文化。开发、利用满族历史文化资源，是壮“族魂”、壮“国魂”的工作，是落实文化大发展大繁荣的具体体现。我借这一机会向满族后裔和专家学者恳请合作，共图伟业。

是为序。

（作者系北京日月星房地产开发有限公司董事长，中国满族企业家协会会长）

目录

第一章

安出虎水浪推浪　女真天空见祥云

七月，漠北大地蒸腾在一片热浪之中，如黛的远山，含烟的近岭，涟漪不起的安出虎水[①] 仿佛被无情的灼热折腾得筋疲力尽了。

安出虎水旁双乳峰脚下，一队女真武士骑着高头大马，身着铠甲，手举弯刀长枪，把另一队几乎同样装束的士兵围在中心。被包围者是女真五国蒲颡部勃堇[②] 拔乙门带领的二百敢死之士，包围者是女真完颜部都勃堇[③] 乌古乃率领的几百精兵。强烈的日光在刀刃枪尖上跳跃，战马用蹄子刨着松软的土地，武士们血液里涌动着厮杀的兴奋，他们都像原野深山的虎狼，生来嗜杀成性。

完颜部军前驰出一匹战马，马上大将四十岁开外，两腮丰腴，头大如斗，前额及两鬓剃得干干净净，如轮的大耳上挂着金环，颅后一条粗黑的发辫犹如悬崖峭壁上垂下的一条青藤。他手擎开山巨斧，腰佩嵌有红宝石的长剑，胸坠回鹘宝玉，他便是完颜部都勃堇乌古乃。乌古乃用手一摆开山斧，朗声道：“老朋友拔乙门，你已成了网中之鱼，笼中之鸟，还不下马就擒?！自古猛水难挡，惊马难拦，难道还想让你手下的几百武士的血染红安出虎水吗?”

拔乙门毫不示弱，鞭打战马驰到阵前，傲然不惧道：“乌古乃，你的狂言难动我五国部坚如磐石的军心。孤单的山虎虽然难敌草莽群狼，但那坚爪利齿会折断几只野狼的脊梁，我拔乙门是靠手中的宝刀换来五国部勃堇位子的。”说完，

---

① 安出虎水：今黑龙江境内的阿什河。

② 勃堇：女真语，酋长之意。

③ 都勃堇：女真语，大酋长之意。

手中大刀一摆，已被困在中心的五国部士兵举起手中的刀剑，高喊着："瓦都拉！瓦都拉！"①

乌古乃见被围困的五国部士兵困兽犹斗，毫无怯意，语气缓和一下道："咱女真人敬重的是英雄，完颜部和五国部同出一源，本应同气连枝，可尔等屡屡阻断'鹰路'，以至辽廷发重兵征讨，使整个女真部族都陷入辽人的兵祸之中，我出兵打通'鹰路'是为所有女真人着想，不让辽兵践踏女真之地。"

拔乙门闻言，抚掌冷笑道："乌古乃，你为了显示对辽朝的忠诚，不顾本族人的苦难，辽朝君臣如饥饿的猎狗贪得无厌，我们有多少海东青也难满足他们。你逆来顺受服从了辽廷，却把刀剑指向本部族的兄弟，还说什么同出一源，同气连枝，简直是野驴放屁！"

拔乙门所说的海东青，是生活在乌苏里江流域的一种鹰，其个头比一般的鹰小，羽毛多是石青色。这海东青虽然个头不大，但迅猛凶残超过了其他的鹰类，经常攻击比自己大几倍的禽类，扑击天鹅是它的拿手好戏。它先飞上云霄，发现猎物后便箭一样俯冲下来，以爪抓猎物头部，以喙啄其脖颈，攻击其要害，致使对方毫无还手之力。因此，海东青成了游牧民族狩猎的好助手。尤其在辽国，无论是宫廷还是乡野，皆以拥有海东青为荣耀，不惜重金购买。海东青成了贵族们的宠物，需求量日增。而此鹰的生长地在生女真五国部一带，离辽都路途遥远，运送必须经过数百里的生女真地带，五国部是必经之地。五国部经常阻塞鹰路，为了打通这条路，辽国不惜动用大部队，还派障鹰官专门管理这件事情。拔乙门就是因为阻断鹰路而引起兵祸的。

这时，又有完颜部两员年轻的将领策马来到乌古乃近前，齐声说道："父王，聒耳的乌鸦难以变成百灵鸟，贪食的野狗品不出脂糕的香味，让我们的宝刀去饮敌人的鲜血吧！"那两员猛将是乌古乃的长子劾者和次子劾里钵。乌古乃挥挥手说："不可轻举妄动，别忘了，你母亲和三弟还在五国部当人质。何况拔乙门手下都是铁血之士，杀敌一千自损五百的道理难道你们忘了？退回去！告诉你们四弟五弟，听我号令行事。"

原来，在此之前，乌古乃为了不让征讨五国部的辽兵深入女真内地，使部族免遭兵祸，因此未等辽兵入境，便主动向辽廷请缨讨伐拔乙门，以便打通鹰路。

① 瓦都拉：女真语，杀的意思。

但是他也没有必胜的把握，更不想女真内部互相残杀，便采取了调和政策，表面主动与之交好，说服拔乙门让出鹰路。而老奸巨猾的拔乙门却提出一个苛刻的条件，淫笑着说："要让出鹰路，让我相信你，除非让你的妻子——咱们女真族的大美人给我做人质!"

乌古乃的妻子唐括多保真，不仅是当时闻名各部落的美人，而且是才华出众的名人。她能歌善舞，特别能即席赋诗填词，是乌古乃政治军事上的贤良辅佐，而且在调节家族与部族矛盾上有超人的才能，常常是一首歌、几句诗词就解决了一场纷争，部族人都说她有大丈夫之度。

"怎么样，乌古乃？也让我领略一下尊夫人的歌舞，让她给我这粗人填几首词，好好地儒雅儒雅，风流风流?"拔乙门得意地说。

乌古乃气得恨不得把拔乙门生吞活剥了。为了稳住拔乙门，为了女真的统一大业，他强忍下怒火说："待我回去，与赫赫[①]商量一下再回话。"乌古乃回来后迟迟难以启齿，唐括多保真知道此事后，从大局着想，为了完颜部的生存与发展，为了丈夫统一女真人大业，她主动要求与三儿子劾孙去五国部做人质。这意味着唐括多保真可能成了拔乙门的姬妾。尽管当时的贞节观念淡薄，乌古乃仍是难以释怀，非常惦记妻子。因此，这也是今天乌古乃虽然包围了拔乙门却迟迟不下击杀令的原因。

拔乙门却有些不耐烦地说："乌古乃，你尽管放马过来，我的人马既然敢来就没想活着回去。"

乌古乃沉吟片刻，召大儿子劾者到跟前说："拔乙门今天倾巢而出，孤注一掷，你率一哨人马绕其背后，断其归路，咱们前后夹击，可一举破敌。"劾者领命而去。乌古乃的眼睛犹如漆黑潭水猛然跳起的火焰。大斧在空中划了一道美丽的弧线，几百名铁甲武士如觅食猎豹，眼中闪烁着嗜血前的亢奋。

拔乙门的武士见包围圈逐渐缩小，并无半点惧色，仿佛是受伤的豺狼磨牙擦爪，早已做好血战到底的准备。就在残酷厮杀一触即发之际，突现一幅奇异景象惊呆了所有人。只见安出虎水陡然翻腾，翻起来朵朵浪花，天空中出现五彩祥云，山林里野兽狂欢乱舞，林中的百鸟婉转歌唱……

天现异象，两队即将短兵相接的武士终止了厮杀。两军中的萨满们立即穿上

---

① 赫赫：女真语，媳妇之意。

神衣，戴上神帽，挂上腰铃，拿起神鼓、神刀、神杆，蝎皮鼓咚咚敲起，铜铃铛丁当乱响，衣袍上镶饰的四十九面神镜在阳光下放射着神的光芒。萨满们抖动着身躯，扭动着腰胯，蹿蹦跳跃，开始了人神对话。

萨满教是一种古老的多神崇拜原始宗教，古代东北少数民族多信奉此教，自然崇拜和图腾崇拜是其主要特点。萨满教认为万物皆有灵，拜啥啥即神。因此，有山神、水神、树神、谷神等等。在祈祷时常叨念："天灵灵，地灵灵，天灵地灵祖宗灵，拜天拜地拜祖宗。"

萨满教的理论根基是万物有灵论。但是，直到各种外来宗教先后传入之前，萨满教几乎独占了我国北方各民族的古老祭坛。它在我国北方古代各民族中间的影响根深蒂固。满、锡伯、赫哲、鄂伦春、鄂温克、达斡尔、维吾尔、乌孜别克、塔塔尔、朝鲜以及大和等民族也都在不同程度上存在着萨满教信仰活动。

乌古乃的萨满在一阵吆喝后，犹如换了一个人，用低沉的声音道："天上那五彩祥云是神赐的锦缎，地上明镜白亮的河水是日光岩做的磨刀石，欢舞的百兽是勇猛武士，齐鸣的百鸟是折服臣民，天以像告：安出虎水必出异人，成就一番大事业。"

完颜部将士听了大萨满的偈语后，一齐振臂高呼："赛因！赛因！"①

两军萨满折腾了近一个时辰，拔乙门的萨满所测的神谕内容与乌古乃萨满所说的大致相同，其部众愕然，不知所为。此时只见从会宁州方向箭一样飞驰一骑。马上的骑士还没跳下坐骑就喜不自胜地说："报都勃堇，天降大喜，天降大喜，二公子的赫赫刚生了一个胖小子！"完颜部的将士又是一片欢腾。

乌古乃泪花盈盈，劾里钵欣喜若狂，口里喃喃地说："天神呀，劾里钵感谢你给我们又送来一男儿，完颜部将按天神的旨意行事，完成统一女真的大业。"

乌古乃由于又得一孙子，心情大悦，向被围困的人说道："我完颜部又得一英男，是天赐豪杰。今日不想让血光冲淡了吉祥，放你们一马，赶紧回你们的营寨去吧！"

拔乙门的武士早已厌倦了亡命厮杀，便顺着完颜部将士闪出的道路鱼贯而出，不由自主地向乌古乃投去感激的目光。

劾里钵忙跳下马跪在乌古乃马前道："父王，到嘴的肥肉岂能让夜猫叼走，

① 赛因：女真语，好的意思。

煮熟的鸭子不该让它飞去，况且我厄宁[1] 和三阿弟还在他们手里！”

乌古乃微微笑道：“我儿，兵法有欲擒故纵之计，难道你忘了吗？你没看出五国部的士兵对拔乙门已有怨色，对我的赦免心存感激吗？我们是部落联盟主，万不得已不能妄动杀念。我要回去看我的孙儿去了，下一步咋救你厄宁，自己想法子吧！”说完，挥手率领众士兵回寨去了。

劾里钵反复叨念父王所说的“欲擒故纵”，他忽然一拍脑门，暗忖道：“父王已点给我如何去做。”想到这，银枪一舞，向自己手下士兵道：“跟我来抄近道火速前进！”人披软甲，马摘响铃，一队骑兵绝尘而去。

五国城蒲聂部大寨，森严壁垒，寨门紧闭，巡寨的士兵一队队往返不停。唐括多保真身着白鼠裙袍，耳坠玉环，胸垂羊脂翡翠，端庄秀丽。虽已年过四十，面颊仍似林间绽放的野百合，明眸犹如中秋朗月，与额头贴的回鹘紫宝石相映成趣，难怪人们称她是女真美神。她凝眉沉思，正在吟唱一首词，词曰：

尘网游丝依桂枝，
平劫纷争为人羁，
身陷曹营心在汉，
思念深处，
竟难言语。

唐括多保真为平息部族纷争，打通鹰路，以大局为重，毅然不畏险辱，说服了乌古乃去五国部做了拔乙门的人质。到五国蒲聂部半年多，她无时无刻不思念自己的部族，想念相濡以沫的丈夫和几个孝顺的儿子。

拔乙门对她的美色垂涎已久，也曾多次威逼利诱，企图逼她就范，唐括氏大义凛然，斥责了拔乙门：“你堂堂五国蒲聂部的勃堇，岂能做些苟且之事！我之所以敢为人质，完全是出于对女真部族安危着想，你阻断鹰路，惹得辽廷兴师动众，扰得女真各部不安。你想想，就凭你四百多人，能抵住完颜部的上千铁骑吗？我夫君只不过不想自相残杀而已。你已触怒了天神，如果你用强，我只有一死以保清白，你更是罪加一等。何况只要我一死，我夫君及我的几个儿子能饶得

① 厄宁：女真语，母亲之意。

了你吗？你蒲聂部恐怕就此灭绝。”多保真的当头棒喝，使拔乙门心怀顾虑，只好善待其母子，慢慢图之。

夜幕低垂，繁星点点，频繁地眨着眼睛，给闷热静谧的夏夜增添了几分活力。蒲聂部营寨，梆子声时隐时现，寨里不时传来“撒鼻勒甘”① 的应答暗号。忽然，一阵有节奏的马蹄声打破了夏夜的寂静，一队人马驰到营寨前。守寨的哨兵急忙喝问：“干什么的？三更半夜闯寨门？口令？”

“撒鼻勒甘，是勃堇得胜归来，还掠回许多战利品，我们是运战利品的。咱们勃堇说了，这回要赏钱赏物赏女人，人人有份，你们就等着一会儿领赏吧！”来人兴奋地答道。

守寨门的兵丁见暗语答得对，听说勃堇打了胜仗，又人人有奖赏，想到自己也有一份，心里美滋滋的，没再细问，打着哈欠伸着懒腰打开了寨门，贪婪地问道：“都有啥战利品？快给我看看。”

话音刚落，一股切肤的寒凉从颈部掠过，两个守寨士兵的头颅滚落到了地上。来人神速冲进哨房，把几个巡更的哨兵捆了起来。一队人马悄然占领了寨门。这伙人的头领压低声音说：“这里情况不熟，只能守株待兔，等拔乙门回来见机行事。”他们有的扮成守寨的哨兵，有的扮成更夫，见人就喊：“撒鼻勒甘。”

午夜时分，蒸笼中闷了一天的大地稍觉一丝凉意，铩羽而归的拔乙门队伍，打着火把无精打采地回到寨前，城寨中的哨兵忙问口令，副将不耐烦地高声叫道：“快开寨门，勃堇回来了，还对他妈的啥口令！”守门哨兵赶紧放下吊桥打开寨门。武士们都暗自庆幸终于回来了，如果真的厮杀起来，说不定就看不到明天的太阳了。

拔乙门又气又累，今日出战无功而返，还被乌古乃羞辱一番，他想把这火气发到唐括多保真母子身上。草草地吃了一口饭，灌饱了水，高声叫侍从道：“赶紧把多保真和乌古乃的小孽种给我整过来，咱们遭了一天带半宿的罪，他们享清福，今夜我好好折腾折腾他们。”

“不用整了，我来了。”随着一声断喝，一个侍从装束的年轻大汉甩掉羊皮长袍，手握锋利的弯刀，出现在拔乙门面前。

拔乙门惊诧得嘴都合不拢，结结巴巴地说：“你！你！劾里钵，你不是回去

① 撒鼻勒甘：女真语，平安无事之意。

庆贺生儿子了吗?”

劾里钵怒声道:“拔乙门，我和父王对你忍让再三，曾几次在两军阵前放你一马，而你却恩将仇报，不仁不义，阻塞鹰路，扣留我厄宁和三阿弟为人质。”

拔乙门惊魂稍定，皮笑肉不笑地嘿嘿两声道:“贤侄息怒，贤侄息怒，咱们是……”边说边摸身上的佩剑。毛茸茸的右手刚触到剑柄，“嗖!”一只雕翎箭把那只肮脏的手钉在炕上，拔乙门嚎叫一声，野性勃发，猛然从炕上跃起，右手折断箭杆，拔剑而起。宝剑未等出鞘，劾里钵锋利的弯刀一挥，舔在他的脖颈上说:“割下的韭菜可以再生，削下的头颅不会重长。”

拔乙门如被割掉茸角的雄鹿，耷拉着脑袋绝望地说:“你们、你们是怎么混到我的营寨的?”

劾里钵傲然地说:“你本已成了我们待宰的羔羊，我父王不愿同室操戈，屠杀部族的兄弟，让辽廷坐收渔翁之利，故而让你全身而退，我实在难咽你羁留我厄宁和弟弟为人质又屡犯完颜部这口气，故在你归寨时，我率轻骑抄近路赶在你们前头，骗开寨门，守株待兔，任你狡猾得如横草不过的山狐，也难逃我们的陷阱。”拔乙门垂下了头，无言以对。

晨曦乍现，一夜轻微的露水洗涤了炎热。远山近岭与沉睡的人们一起醒来，啼晓的雄鸡、待哺的牛羊叫个不停。蒲聂部早起的人们惊奇地发现，他们的勃堇被五花大绑地吊在榷场上。急促的锣声，把人们吸引到榷场上来，到了才发现，完颜部士兵包围了榷场。劾里钵向蒲聂部的族众历数了拔乙门自任勃堇以来的种种罪行，更重要的是阻断鹰路，滥杀无辜，造成辽廷不满，对女真部族发动战争，使五国部生灵涂炭，民不聊生。

唐括多保真做人质已半年多，蒲聂部的男女老少几乎都认识这位美丽智慧的人质，她义正词严地说:“今天我儿主要是擒拿叛乱首领拔乙门，向辽廷缴令，至于你们部落，还是自行治理，只要大家互敬互助，我们还是好弟兄，我与三儿子来做人质，足以证明完颜部对你们无半点恶意，今后照样不会动你们的一牛一羊，不伤你们一兵一卒。”她妙语连珠，娓娓而谈，情真意切，打动了蒲聂部的族众。人们看着她白皙的面庞跳跃两片红霞，浓密的黑发像初夏的柳丝，宝石一样的明眸闪烁着理性的光泽，不约而同地拜下，喊着:“阿布凯恩①，是你的神女

① 阿布凯恩:女真语，天神之意。

下凡了吗？赛因，赛因。”

唐括多保真轻启朱唇，唱起自编的歌来：

安出虎水后浪推前浪，
双乳峰的树儿成对成双，
女真儿女本一家，
相亲相敬又相帮……

劾里钵安排副将接替了拔乙门职务，接回了母亲和阿弟，叛乱首领拔乙门被押回，准备送到辽朝缴旨。

安出虎水畔，乌古乃大寨。女真完颜部可谓三喜临门，王孙阿骨打降生；美人唐括氏解除了人质身份，携三儿子归来；五国蒲聂部叛乱首领拔乙门被劾里钵智擒，鹰路自此畅通。这么多喜事，自然要大庆一番，而他们的庆贺除了跳萨满舞、狩猎舞外，就是竞技比骑射，拜天射柳。这是一种军事性很强的活动，与北方游牧、渔猎民族的战争生活密切相关。当时，契丹人的射兔活动、女真人的射柳活动、蒙古人的射狗活动等，已成为习俗，游乐中寓含军事活动和尚武精神。

一场盛大的射柳祭天活动开始了。比赛规则为：既断柳白处，又以手接未落地的断柳，驰去者为上；断而不能接者次之；断其青处及中而不断者与不能中者为负。这古老的活动即为拜天射柳，其原始内涵是对田野、太阳、森林的自然崇拜。也有人说拜天射柳是对生育和女性生殖器的崇拜。

蝎皮鼓一阵响声之后，射柳活动按辈分、年龄开始了。乌古乃一辈的长者开始献技，射手们八仙过海各显神通，马上骑手射姿多端，有的苏秦背剑，有的金鸡报晓，有的犀牛望月，有的镫里藏身，有的仙人献桃……马技箭功发挥得淋漓尽致。乌古乃一辈共五人，个个箭法准确，引起赛场雷鸣般喝彩声，但终因年龄所限，骑术平平，射断枝柳却没能接住。

轮到劾里钵等少壮派了，他们箭法奇准，骑技高超，马上的动作难度大。喜得贵子的劾里钵心情欢悦，有意卖弄自己的看家绝技——金刚铁板桥射技。这种本领是极其难练的，部落里没有几个人会。这种箭法由劾里钵的爷爷昭祖勇者石鲁独创，是从实战救命毙敌中摸索出来的。一次，石鲁到纥石烈部推行条教立法，遭到敌人近距离的连珠箭偷袭，他无法躲避迎面射来的利箭，只好平躺马鞍上。偷袭者三箭皆出，在这生死攸关之际，他躺在马背上射出一箭，将对方射死。反叛者以为他是神人，不可侵犯，皆跪伏于地。后来他把这个绝技传给了他心爱的孙子劾里钵。

今天劾里钵大显身手，他骑马跑到三百步以外，忽然平躺在鞍桥上，在马的疾驰中射出一箭，正好射在柳枝的剥皮之处，柳枝从中折断，驰马过来的劾里钵，去接将落地的断枝。忽然，斜刺里飞来一只无簇之箭，一下子把柳枝射落在地。劾里钵怒从心起，暗道："谁如此大胆，竟敢坏我的好事？"闪目观瞧，射落柳枝者乃是辽朝一员武将，战马似刚经过长途驰骋，不停打着响鼻，那员大将着一件黄色锦袍，冰冷的面孔犹如由几块青石堆砌而成，冷森森的目光似山间刮出的阴风，手中擎着梨木大弓。

劾里钵觉得自己在整个部族人面前受了轻侮，丢了面子，大喝一声："有种的再接我三箭！"那员大将并不答话，傲然地一举手中大弓，意思是有能耐你就射。劾里钵大怒，从箭囊中抽出雕翎箭，射出一箭。那人并不慌乱，臂力过人，轻舒猿臂将箭只稳稳接在手中。劾里钵的第二箭又到面前，那人丝毫不敢怠慢，方才接箭已震得单臂发麻，暗自庆幸自己身手健壮，这一箭他不敢再用手去接，而是用攥在手中的箭杆将射到眼前的箭拨乱方向，斜飞出一百多步。劾里钵大吃一惊，心忖："能接我两箭的人不多，从此人胆量和力量上看，都不在我之下。"此时，他的好胜心在怒火的煎熬下不顾一切了，他狠狠地抽出一支狼牙箭，这是女真人在伏熊猎虎时都极少用的一种凌厉霸道的利箭，乌古乃见儿子动了真怒，心想，此箭一发非死即伤，来者敌友未分，身份不详，况且是辽将装束，一旦射死，完颜部岂不是招惹了大乱子。急忙喝止道："劾里钵！不可鲁莽行事。"但为时已晚，劾里钵弓如霹雳，箭似流星，只想一箭将那人射杀。来人也是精于箭术，早有了准备，把接下来的箭向劾里钵的来箭射出，乌古乃唯恐狼牙箭伤着来人，出声制止的同时也射出一箭。三箭相遇，劾里钵这一箭用上了平生之力，与对方的箭在空中相击，劾里钵的狼牙箭锋利无比，射裂了那人的箭杆。劾里钵的利箭并没落地，带着风声射向那人，幸亏乌古乃射出的一箭正中劾里钵的箭羽，使疾飞的狼牙箭改变了方向，紧贴着那人的右耳侧飞出五十多步远才落地。众人悬着的心才放下来。

那人惊而不乱，镇定地说："早就听家父说完颜部近年来英才辈出，今日一见，果然不是虚传。"乌古乃策马到了近前，见来人镇定如常，从长相看，酷似

从辽国魁伟俊秀、勇冠三军的北院枢密使耶律仁先将军脸上扒下来的一样，忙朗声道："神武的勇士，莫非是耶律仁先大将军的后人？"来人听乌古乃道破了自己身世，加之劾里钵惊人的箭术，心里折服，再不敢托大，忙下得马来，深施一礼说："在下正是北院大王耶律仁先之子、辅祇侯郎君耶律挞不野，今奉辽皇之命前来传旨。不想时逢你部射柳，一时兴起，冒犯了那位兄长，望乞见谅。"

众人大吃一惊，原来来者乃是朝廷的银牌天使，未带一兵一卒，单人独骑闯入内地，巡寨守城的兵丁并未发现。乌古乃心里暗惊，表面却哈哈大笑道："果然是将门虎子，令尊大人是我故交，乌古乃拜见大辽朝银牌天使。"

耶律挞不野还礼道："都勃堇不必多礼，临行前家父已告知你们的交情，因此我没敢扰民，也不让兵丁通告，直闯到射柳大会来，请恕我冒昧之罪。"说着，亮出天使的标志——大辽朝皇帝耶律洪基所赐的银牌，并拿出密封在蜡丸里的圣旨，乌古乃接过圣旨细细读来。

挞不野这才转头对劾里钵说："将军箭法高超，神力过人，定是被称为完颜部第一神箭的劾里钵将军，适才领略了你的神箭绝技，果然非同凡响，在下也恭祝将军智擒拔乙门，打通了鹰路，迎回了婶母。"

劾里钵闻听挞不野称赞自己为神箭手，心里喜不自胜，等到挞不野把话说完，他是由喜变惊，自己对人家一无所知，而人家却把自己的底数摸个一清二楚，觉得挞不野是个深不可测的人物，于是心悦诚服地说："挞不野将军过奖了，你的箭术和骑术都在我之上，你能在二百步开外射落我欲到手的柳枝，轻描淡写地接住我的一支重箭，用一无簇箭杆击落雕翎箭，令我深深折服，难怪父王常说你们耶律家族是大辽朝的支柱，辽皇的天下你家支撑了八分，仁兄实属旷世奇才，我敬仰至极。"

两人惺惺相惜，各自敬佩对方，尤其是劾里钵，对挞不野勇武的叹服却不如对他心计谋略的折服。因为银牌天使在辽朝来说是一个大肥缺，只要讨来这个头衔，每到一地催贡、传旨、收缴租赋等，皆可为所欲为，肆无忌惮。天使一路上，都要留宿女真人家，由未出嫁的年轻貌美的女孩陪伴睡觉，称之为"荐枕"。此举刚开始只限于民间未出嫁的女子，后来天使往来多了，就不论荐枕女子婚否和门第高低，哪怕是贵族人家的妇女，只要姿色出众，被银牌天使看上了，就得陪睡。这种欺侮和凌辱引起了女真人强烈不满，进而滋生了仇恨。尽管当时女真人对同部族的男女交合之事并不怎么介意，但对异族的这种强迫行为却不能容忍。挞不野一脸正气，全无骄横之色，这令乌古乃父子另眼相看，无比震惊。

乌古乃看完圣旨后惊骇不已，但表面上还是镇定如常，他说："挞不野将军，皇帝的旨意完颜部一定遵从，敬请大放宽心。大热天的，咱们进寨喝杯豆汁消消暑气。"

挞不野马上一抱拳说："都勃堇不必客气，我还要返回宁江州。现在公事已毕，咱们说私情吧，家父让我问候你老人家，同时带给你一份回鹘宝玉，请笑纳。"

乌古乃慨然道："感谢耶律大王还这样惦记我，既然贤侄不肯赏光，我也不强留，回赠你父一匹千里追风驹，这是我新得来的一匹宝马。"

游牧、游猎民族的武将视坐骑如生命一样珍贵，听说给宝马良驹，挞不野眼睛放出异样的光芒说："那恭敬不如从命，我就替家父愧领了。"

乌古乃手下人牵过那匹引领射柳的大紫骝马，挞不野将之拴在鞍旁，双手一拱向乌古乃道："都勃堇，晚辈告辞了，我将拔乙门押回宁江州。天降异人的事，圣旨上说得非常明白，七天后我来押解。"然后转向劾里钵道："仁兄箭法通玄，小弟改日定来请教一二。"

劾里钵道："多谢将军夸赞。"然后，策马到乌古乃近前说："大辽还确有真正的英雄豪杰，父王，大辽皇上又下圣旨玩什么花样？"

乌古乃把圣旨递给劾里钵说："此事非同小可，大辽天子都关心起来。"劾里钵见圣旨上写道：

> 今日大辽司天监孔致和夜观天象，发现安出虎水一带有异象屡见，恐出奇人，近期女真部所降生的婴孩，一有奇异迹象马上收归，由大辽朝统一供养或除之，以绝后患。

劾里钵倒吸了一口冷气，酷暑的炎热一扫而光。契丹人的行动好快啊，看来我孩儿实属顶着星星下来的，非同凡响。

乌古乃沉吟片刻灵机一动，向耶律挞不野道："看来，大辽朝真是英才济济，孔致和能从天象上看出我部有异人出世，我们也想见识见识异人啥模样，我速派人去寻找，以便天使回去复旨。"

耶律挞不野一抱拳道："有老都勃堇这句话，我就放心了，晚辈押着叛逆拔乙

门即刻返回宁江州，不再打扰了。”

劾里钵道：“我送将军一程，叙叙别情。”

耶律挞不野也不谦让，劾里钵一直送他出了女真人地界，竟然发现每隔二里路，便有几个猎人装束的拦子军接应。劾里钵暗暗佩服耶律挞不野的精细和用兵之诡秘。

二人在边境作别，挞不野回了辽地。

第二章

辽道宗春水捺钵　柳纤若香魂升天

辽朝国都上京临潢府，北依大鲜卑山余脉，西靠南北流向的西拉木伦河，东邻乌尔吉木伦河，白音戈洛河穿城而过，依山傍水。草原与沙漠共存，森林与牧场相间，开国皇帝耶律阿保机北伐西征几十年，才于大漠中建立了契丹政权。相传他定国建都时，驻马于苇甸草莽中，以强弩神弓射出三百余步，箭落处即为皇城。辽都雄伟壮观，气势宏大。

上京临潢府亦称波罗城，全城分南北两片，北部属皇城，宫城、城池为方形。正中为宫殿天赞宫，宫中又有皇殿、安德殿、圣銮殿三座大殿。正门为承天门，西侧为临潢县和长泰县，是仿唐长安街两边的长安县、万年县建制。

当年流传一首民谣，盛赞其情景：

契丹家住云沙中，奢车如水马如龙。
春来草色一万里，芍药牡丹间映红。
大胡牵车小胡舞，弹胡琵琶调胡女。
一春浪荡不回家，自由穹庐遮风雨。

辽朝的第八代皇帝耶律洪基承袭皇位后，还真是风调雨顺，国泰民安，河清海晏，时和岁丰。四面来朝，八方进贡，确有泱泱大国之风，敢与中原腹地的大宋朝分庭抗礼。

这天，辽道宗耶律洪基正在天赞宫与懿德皇后萧观音对弈。辽道宗正值壮

年，身材魁梧却不粗壮，英俊威严的面庞上，五官搭配得非常得体，两道粗黑的浓眉下，一双冷峻深沉的明眸闪烁着炽热的光芒，略有前倾的额头如突兀的山岩，透着沉稳和睿智，浑厚的嘴唇蓄满粗短的胡须，有一种令人凛然生畏的神威。他手执黑子，注视着已布满黑白子的棋盘一角，迟迟不肯落子。

萧皇后则是光鲜照人，一袭华贵典雅的绣花白袍紧裹婀娜的腰肢，腰系镶着回鹘玉的红带，耳悬翠环，颈挂羊脂胸坠，细眉善目，面庞端正，浓发如黛，高挽环髻，俨然是庙里的观音菩萨。

萧皇后姿容绝世，才艺双佳，她吟诗作画，舞文弄墨，文采过人，尤善弹琵琶和对弈，她创作的词曲深受道宗喜爱。自生了皇子耶律浚以后，道宗对她宠爱有加，大有“六宫粉黛无颜色”之势。聪颖的萧皇后见道宗举棋不定，猜到道宗在对弈中一直斟酌派谁去平息润州叛乱之势，便轻启樱唇轻声道：“皇上迟迟不肯落子，莫非平定叛军的主帅还未敲定？明日春水捺钵还能正常进行吗？”

道宗闻言，颦眉舒展，朗笑中已将一子稳落边角，然后说：“皇后，我落下这一子，这金角可就不容插针了。”

萧皇后心中暗喜，嘴上却说：“臣妾无心干预朝政，却不知皇上此次派谁出征？愿得一闻。”

道宗说：“皇后智力过人，对朝纲亦有补益。这次我想派南院枢密使皇叔耶律重元之子楚王烈鲁古为兵马大元帅，耶律重元为监军，平定润州大乱，大战在即，今年春水捺钵就免了吧。”

萧皇后略一沉吟道：“人选可谓上上之选，皇叔重元亦能暗佐，这也是给这世袭的叔伯皇弟烈鲁古一个立功树威的机会，以免朝臣议论皇上封官晋爵有私。不过据说，烈鲁古恃权傲物，仰仗耶律重元是两朝重臣，自己是皇孙，目空一切，刚愎自用，阴狠毒辣，嗜杀成性，且一直觊觎……”

萧皇后见道宗面色不悦，下边的话又咽了回去，叹口气说：“恕臣妾多嘴，我想，春水捺钵是祖上的遗风，不可轻易而废，但没有润州之乱，勤王之师奔赴疆场，皇上兴师动众射猎，恐为人讥。臣妾以为应把捺钵的人马作为烈鲁古的后援，造成浩荡的声势，有御驾亲征之势，给烈鲁古底数，给叛军以震慑。”

道宗闻言甚喜，眼望着脸上布满桃花红晕的皇后说：“皇后言之有理，今年的春水捺钵就选在离润州最近的黑山，皇后陪驾，主要是陪伴重元婶妃和烈鲁古的家眷，以示你母仪天下的仁德。”

“狩猎呀！我也去，父皇母后躲在这里商量，是不想带我吧？”随着稚嫩娇宠的声音，一个七八岁样子的男孩撅着小嘴闯进来，其相貌酷似道宗，一张小脸棱角分明，肌肤朗润，他便是皇子耶律浚，萧观音为皇妃时所生，也正因为生子有功被封为皇后，道宗年过三十得子，因此宠爱有加。萧皇后见儿子风风火火地闯进来，就嗔怪训导他说：“浚儿，小声讲话，太傅教你风度儒雅，礼仪庄重，全忘了吧？将来怎么面对群臣呀。”

道宗从萧皇后教子的话里听出了弦外之音，既然自己与美丽绝伦、智慧过人的皇后相濡以沫，一往情深，对皇儿又百般呵护，为何不诏立皇位继承人呢？他一边暗赞萧皇后的睿智进谏，一边摸着耶律浚的头说：“浚儿尽得我祖上风范，朕的江山也将由你来济治，去狩猎怎能落下你呢？何况你的弓箭只是在校场上演习，尚未真人实物地习射，到时候就看你的能力了。”道宗的答话既满足了耶律浚的要求，又巧妙地回答了萧皇后含蓄说出了欲立耶律浚为太子的事。萧皇后问得巧，道宗答得妙，心有灵犀的夫妻达到了只可意会、不用明言的境界。

二月初二，龙节刚过，辽道宗的捺钵人马就行动起来。整日里上京临潢府大街小巷熙熙攘攘，热闹非凡，四平八稳的骆驼队，缓缓而行的牛车队，耀武扬威的马队，载着各种物资，向黑山进发。道宗的圣驾，皇后的车辇，臣僚们的车马，皇族夫人的华贵小轿，迤逦而行。年轻公子、小姐骑着骏马嬉戏追逐，一派繁忙景象。沿途的汉族、女真、回鹘商贩叫卖着狩猎用品，甚至结成商队，一直跟随着捺钵的队伍。

“捺钵”可谓是大辽国皇帝的一大发明，他们沿袭了逐寒暑而居、随水草而牧、以车帐为家、素无城邑的生活习俗。捺钵实际是集中办公、习武等特殊的狩猎活动，分春、夏、秋、冬四季进行。春捺钵最为壮观，皇帝的车队从京城出发，一路上驰骋射猎，习武练兵，晚间驻扎在大草原上，皇帝在毡帐中批阅各地送来的奏章，或召集官员商讨政务。

来州位于鸭子河旁，是辽朝历代皇帝春捺钵的首选之地。在这方圆几百里的地界，有数条河流汇集，湖泊遍地，沼泽连片。春暖日和时节，各种候鸟从南方飞来，这里便是众禽集会的场所，其中天鹅、大雁、鹳鹤、野鸭居多，整日鸣叫不休。

鸭子河两岸耸起了各种颜色的毡帐群，犹如广袤雪原上散落了无数的珍珠玛瑙。民谚有云：七九河开，八九雁来。在雁群没到来之前，捺钵的人们并未闲

着，他们凿冰洞，网河鱼，大摆“头鱼宴”。此时，东西南北千里之内的各部酋长都须前来朝拜，他们带着各自的上等贡品，敬献给辽皇，以表忠心。辽道宗则以捕上来的第一网鲜鱼宴请那些酋长，头鱼宴即为开春的第一网鱼，第一次宴会。

辽道宗耶律洪基的营地是由几十座帐篷按三宫六院的制式组成，周围按级别依次为众臣僚的营地。头鱼宴就在一座特大的、似皇宫一样的牛皮大帐进行。盛宴开始之前，臣僚们分别奏章议事，两朝元老、功勋卓著的大将军、北院枢密使耶律仁先与皇叔南院枢密使耶律重元双双跪下奏道：“启禀陛下，去年腊月边关来报，润州节度使降宋，并掳去大量财物。受其影响，营州、平州、棣州三州节度使均未来朝参拜，此等叛逆不除，恐酿大患。现正月已过，捺钵开始，望陛下早日出兵讨逆，以安天下。”

道宗龙颜大悦，朗声笑道：“两位爱卿平身，为了朕的江山你们居安思危，宿夜忧虑，实乃忠良之举，此事我早已定夺，拖至今日就是想要看他们是否反志已坚。头鱼宴不来朝拜，证明他们已死心塌地降宋，宜速剪灭之。但不知哪位将军愿领兵出征?”

耶律重元之子烈鲁古跪下道：“圣上英明，臣愿率三军前往征讨叛逆，以报皇恩，恳请陛下准奏。”

道宗准奏。耶律仁先又跪道：“圣上，今年一反常规，选来州捺钵就是因来州离润州较近，名为捺钵实为讨伐润州的后援，既给了润州造成不发兵的假象，又未造成征讨沿途的恐慌，实属一举三得，果然妙计，圣上英明，圣上万岁!”其他臣僚也一起歌功颂德一番，参加头鱼宴的其他各部族酋长也深深折服辽帝的大智大勇。

烈鲁古是一员善于骑射的猛将，生得剑眉虎眼，狮鼻狼口，粗糙的面孔上除了钢针似的胡须，就是沙粒样的疙瘩，犹如被烈日晒过的盐碱地。头大如斗，一头浓发根根直立，如野猪鬃一般，壮硕的身躯如黑熊，说话声如破锣，刺人耳鼓。听说皇上封他为征讨润州的兵马大元帅，异常兴奋，虎目里射出了不可一世的光芒。他连干了三杯道宗亲斟的壮行酒，说：“请陛下大放宽心，臣踏平润州犹如此杯。”说着，把手中的酒杯捏得粉碎。

众人骇然烈鲁古的神力和狂傲，竟将皇帝的玉盏给捏碎了。道宗并无不悦，而是带有赞赏的口吻说：“御弟天生神力，明日出征，朕要亲检三军。”

头鱼宴在各部酋长的狂歌劲舞、山吃海喝中高潮迭起，满朝文武甚是欢喜。第二天校场点兵，烈鲁古的六万士兵整装待发，无一点嘈杂之音，只有野风卷动五颜六色的战旗发出猎猎之声。

烈鲁古所率的六万士兵乃北院的皮室军，是辽国的精锐部队，战时担当攻坚任务，为作战之劲旅。内中的鹰龙凤虎军为精锐中的精锐，烈鲁古的六万人马中有龙虎军各一万。

辽道宗驱马阅军，后面跟着耶律仁先、耶律乙辛、萧兀纳、张孝杰、耶律挞不野等臣僚。道宗一身戎装，手执金背破山大刀，盔甲鲜明，威风凛凛。契丹人尚武，皇帝更不例外，所以道宗在检阅士兵时也是武士装扮。

许多士兵只是远远见过皇帝，今日近距离一看戎装的道宗，真是英俊威武的男儿，不是只会享福的天子，更像一个冲锋陷阵的将军，由是肃然起敬。

道宗见自己的队伍威武雄壮，暗叹烈鲁古治军严整，当他的目光与烈鲁古的目光碰在一起的时候，不觉心头一凛，他觉得烈鲁古眼睛里透射着浓重的杀气，让人不寒而栗。道宗干咳一声，压住心头的悸动，回头对耶律仁先说："老将军，我大辽军威严整，兵精将悍，无坚不摧，为了确保此次出征万无一失，朕欲派拦子军与烈鲁古军一道剿逆，你看如何？"

耶律仁先忙奏道："圣上英明，拦子军是我大辽军队的精华，每个士兵都可以当将军，人数虽然只有几百人，却是整个军中无数次比武的获胜者，进入拦子军之后，又经过文武方面的严格训练，因此人人威武如虎，烈鲁谷大军加上拦子军配合，如虎添翼。"

实际上，征战润州大可不必兴师动众，因为辽道宗从烈鲁古的捏杯到骇人的眼神，看出一些深层次的东西。耶律仁先也觉得重元父子权倾朝野，尤其是烈鲁古，桀骜不驯，派拦子军同征对他也是一种牵制。

拦子军极其神勇，可以一当百，其名为远探近户拦子军，每次出征有三百人距先锋军二十里，侦察敌方动静，遇敌作战，夜则伏地听几里之外人马之声，防敌突至，居内的二百人则为中军主帅的卫队。

这支队伍是皇上才拥有的，派出与烈鲁古共同征讨润州，表面上是对耶律重元父子的重视，实际上道宗已经对自己的叔伯兄弟有了戒心。

烈鲁古对道宗派拦子军协助表示感谢，但内心不服，他觉得道宗小题大做，但又不能抗旨，只好领兵出征了。

道宗与众臣依旧在来州狩猎。契丹人狩猎时先要举行祭山礼，就是要杀白马、青牛、黑羊各一当祭品，祭拜山神土地后才能开始射猎。

这天，道宗、萧皇后、皇子耶律浚都是一身猎装，执弓挎箭，手持猎叉进入了深山，陪同的臣僚也着戎装，几万人马围住了黑山，数百名猎夫从猎场的外围，将飞禽走兽往皇上近处驱赶，以供圣猎。

太子耶律浚第一次参加狩猎，坐在黄骠马上非常兴奋。他策马前驰，屡屡超过道宗的枣红马和萧皇后的五花马，皇帝与皇后相视而笑，为皇子的勇武之风高兴。突然，猎夫围过三只野兔，被追逐的兔子慌不择路，迎面朝着御驾跑来。耶律浚一见猎物极度兴奋，叫道："看我的！"边喊边急奔出列，黄骠马卷起了一阵雪雾。耶律浚犹如刚上战场的勇士，见到敌人异常兴奋，平时只是练习射靶，现在却是猎物在眼前狂奔。只见他气沉心稳，不慌不忙连发三箭，待雪雾散落后，只听见三只野兔各中一箭，躺在雪地上。

道宗和萧皇后驰到近前，耶律浚镫里藏身，黄骠马转了一圈，把三只野兔举在手上。道宗和皇后格外高兴，道宗说："我儿聪慧绝伦，不仅好学知书，骑射也精湛，是上天赐予的勇武。"众臣称是。

萧皇后虽为契丹女子，却崇尚汉族文化，儒雅好学，犹善诗词歌赋，于是，顺口吟出三国时大才子曹植《白马篇》的诗句。

众臣僚一阵阵的称赞，让皇子耶律浚心情像妩媚的春光一样明朗，也更加坚定了道宗立他为太子的决心。这时，猎夫们又驱赶来一只猛虎。那虎被猎夫的锣鼓声惊得心绪不宁，慌不择路，迎着道宗的猎队冲了过来。

众人皆惊，众马皆惧，有的坐骑听到虎啸，竟然颤抖不已，甚而连屙带尿。道宗、皇后、皇子的坐骑是大苑良驹，受过专门训练，并未受到虎啸声的太大影响。

辽道宗也是一个狩猎的能手，他提枣红马拦在皇后和皇子面前。那虎张牙舞爪作势欲扑之际，道宗稳住心神，连发三箭。由于距离较近，道宗箭法精湛，三箭皆射进老虎张开的血盆大口中，那虎挣扎了一阵便跪倒死去，众人惊愕半晌才爆发出一阵叫好声来。

宰相耶律乙辛忙跪倒在地道："陛下威猛无俦，可降龙伏虎，众臣让我请求给此地起个名号。"道宗亲射猛虎也喜不自胜，在众臣赞颂中略思忖后说："就叫伏虎林吧！"众臣又是一阵喝彩。耶律乙辛又奏道："皇后才高八斗，机敏过人，何不赋诗助兴?”

萧皇后嫣然一笑道:“好吧，哀家赋诗一首为陛下祝贺。”说完吟道:

威风万里压南帮，东去搗海又翻江。
灵怪大千俱破胆，敢叫猛虎跪山冈。

道宗自射一猛虎，皇后射一雄鹿，耶律浚初试弓矢，则三箭射中三兔，其他臣僚各有收益。

烈鲁古的征讨大军正如道宗所料，给润州的叛军一个措手不及，他们的探马只报辽道宗率人马到来州捺钵，谁知却暗度陈仓，于来州突出奇兵发至润州。六万契丹铁骑再加上五百拦子军，突至城下，城里守军还在黎明的酣睡中，先锋拦子军已攀上城头，一阵砍杀，守城门的士兵无一生存。打开城门后，烈鲁古的大军潮水般涌进，润州府衙被围得水泄不通，节度使恰好去大宋朝廷参拜，在家的几个叛军头目自知抵抗是徒劳的，激怒了契丹铁骑，他们会更残酷地屠城，于是乖乖地投降，保全了自己的性命。烈鲁古进城后，将几个叛军首领囚禁。此役除了拦子军在夺城门时格杀外，兵不血刃，使叛军头领束手就擒，攻下城池。

烈鲁古于府衙升帐，将润州的一万叛军编入自己的皮室军，然后留下五千人马镇守润州，城中的财物洗劫一空，城里的百姓强迁到辽朝内地，尤其是年轻貌美的汉家女子，更成了契丹将领们追逐的对象，烈鲁古按军官的级别和功劳大小，把掳来的百姓分给他们做奴隶。

营、平、棣三州节度使忽闻润州瞬间被破，烈鲁古的六万大军正虎视眈眈地雄踞润州，自忖难以抵挡辽军，向宋朝求救已是远水不解近渴了。何况自己只是受润州节度使的蛊惑，而未朝拜辽廷而已，再无其他举措。因此，三个节度使一商议，决定先入为主，于是，备好字画、古玩、珠宝和汉族美女，连夜赶到润州拜见烈鲁古。

烈鲁古正在中军大帐议事，门外士兵来报，营、平、棣三州节度使求见，开始烈鲁古大发雷霆，欲惩治他们，后来见三人送来厚礼，尤其是那些纤弱如柳、娇艳似花的汉族姑娘，怒气便消了一大半，即下令让他们回去多备些礼品，去来州朝见道宗请罪。

谁也没料到此战能如此神速了结，烈鲁古沾沾自喜道:“孙子兵法曰不战而

屈人之兵为上。润州一役，我可达到了这一境界，回去要多向皇帝邀功请赏。”

辽道宗在空旷的草地上迎接凯旋的烈鲁古，胜利的喜悦弥漫在带有清新草香的空气里。金卷莲花在幼林里争先恐后开放，向征战的勇士祝捷，呢喃的紫燕翻飞于人马之间，似给勇敢的契丹人喝彩。

烈鲁古见道宗带领文武群臣列队迎接，心里像喝了两碗蜂蜜一样甜美，自己俨然成了契丹战神。尽管他的金背刀没有痛饮叛军的鲜血，他的坐骑没有踏破城阙，却凯旋而归。

道宗的仪仗队吹响了牛角号，烈鲁古驱马到了道宗的面前，滚鞍下马跪在草地上缴旨：“启禀皇上，微臣烈鲁古已降到润州叛军，收复了营、平、棣三州回来缴旨。”

道宗喜出望外，搀起烈鲁古说：“皇弟劳苦功高，免礼平身，待会儿朕要犒赏三军。”

烈鲁古起身道：“臣已将叛军主谋押解回来，令营、平、棣三州节度使前来负荆请罪，请陛下圣谕。”这时有兵丁推出三辆木笼囚车，润州叛军头领囚禁其中，其他三州节度使被五花大绑骑在马上，负荆请罪，虽然面色安然，但心里却忐忑不宁。

道宗厉声问叛乱者：“朕待尔等不薄，加官晋爵，封赏土地，尔等为何依附大宋背叛我朝？可知罪否？”

叛军首领在威严的道宗面前颤抖不停，左右环顾半天，其中的一个才憋出了一句：“臣等知罪，请皇帝开恩赦免我们，都是润州节度使拉拢指使的。”

契丹民族最钦佩英雄好汉，对这三个脓包非常鄙视，道宗说：“既然他们已服罪，按大辽律法该如何处置？”耶律乙辛忙奏道：“禀陛下，叛乱罪按大辽律法该射鬼箭。”

“好，就让他们尝尝鬼箭的滋味，下辈子都不敢叛乱。”道宗圣令一出，全军一齐振臂高呼：“射鬼箭！射鬼箭！”

射鬼箭是辽朝一种残酷的刑罚，专门惩罚叛国叛君的罪人。三个叛军头领被推下囚车，扒光外衣，只留一块黑布遮住下身，行刑者已埋好三个圆木桩，把三个人绑在木桩上。

禁军首领一挥手，号兵一起吹起牛角号，苍凉的号角响彻草原，三十名弓箭手对着三个叛军首领的下腹和双腿射出鬼箭。鬼箭上带着哨子，射出后挟带着啸声，犹如鬼哭的声音，凄厉悲凉。

鬼箭鸣镝飞蝗一样射出，鬼叫声一阵接一阵，听得在场的人毛骨悚然，须发倒立。

叛军首领腹部以下中箭，鲜血淋漓，染红了草地。

忽然，一阵铜锣响，弓箭手停止了发射，一队行刑的马队冲出，三个骑兵将三个罪犯解下，拖进草地中央。

三十名骑兵向罪犯奔去，这些经过训练的战马，故意扬蹄向罪犯身上践踏，但不用全力。罪犯在草地上乱滚乱爬，哭着叫着，马队用了半个时辰把三个罪犯踏成肉泥。

营、平、棣三州节度使浑身发抖，伏在地上，其随从也吓得冷汗涔涔。道宗又下旨营、平、棣三州节度使死罪虽免，活罪难逃。烈鲁古令手下的士兵用荆树条把他们打得皮开肉绽，幸亏事先给烈鲁古送了重礼，后来才轻抽了些许。

道宗向其他节度使道："以后谁再对本朝心怀二志，就以此处之。"三人称是，谢过皇上。责罚已过，赏令开始，道宗按烈鲁古呈报的名单，把润州掠来的财富人畜分给众人，余下的缴纳国库。

烈鲁古在润州治军甚是谨慎，加之有几百名拦子军环视其周，没干烧杀奸淫之事。就连营、平、棣三州送来的美女也没染指，而是带回来献给道宗。在掠来众多的人口中，烈鲁古看好一个叫柳纤若的少妇，尽管她还带了一个十二岁的小男孩。柳纤若是个汉族女子，家住江南扬州。她的肌肤像北方的雪那样细腻，两道弯眉如一钩新月，一双凤眼水灵灵的，两片薄唇红润鲜嫩，玲珑的鼻子似悬胆，腰身纤细如柳枝一样柔弱，俊丽清秀。烈鲁古虽有妻妾，却非常迷恋柳纤若的美貌，在道宗封赏时，他特意提出把柳氏送给他为妾，道宗准奏。

柳纤若是扬州商人之女，大家闺秀，知书达理。早年嫁给皮货商、镖师杨玉卓为妻，并生一子取名杨柳。据传杨玉卓在武当山向道士学过武艺，马上马下的功夫十分了得。他的镖队曾保护皮货商穿梭于宋、辽、女真、西夏、高丽、回鹘等领地。遇大小风险十几次，却从未失过手，因此，信誉最好，并把一身的武艺尽数传给了儿子杨柳。

杨柳从小就非常崇拜父亲，尤其是父亲的宝剑和长枪，他非常喜爱。每次父亲的镖队护镖回来，他围前跑后，问这问那。杨玉卓当然理解儿子的心思，但从他自身的经历中悟出一些道理，不想让孩子单纯练武，而是请了先生让他潜心习

文，因为杨玉卓自己过的是刀头舔血的日子。杨玉卓的岳父是扬州最大的皮货商，当时，杨玉卓是镖队的一个镖头，在一次护送貂皮的途中遇到一伙悍匪，镖队的人誓死保镖，柳大商人却吓得面无人色。而这伙悍匪天生不怕死，杀得镖师死伤过半，其他镖师一哄而散，只有杨玉卓忠诚，用自己的身体替他挡了一刀，拉起几乎瘫痪的柳大商人，窜上坐骑落荒而逃，跑回柳府。二人浑身是血，未及下马都晕了过去。柳大商人醒来后，非常感激杨玉卓的救命之恩，就让他在柳府疗伤。

那年，柳纤若刚好十八岁，情窦初开。在那个年龄段本能地喜欢异性，观察异性，尤其注意异性对自己的态度。

杨玉卓在柳府疗伤，起初并没引起柳纤若的注意，因为普通的镖头、镖师她见得多了，加之父亲对她的教诲，苦读诗书，汉家文化把她熏陶成温文尔雅的才女。柳大商人对独生爱女也寄予厚望，挖空心思想给女儿寻一官宦子弟成婚。可是看了几个，不是油头粉面的纨绔子弟，就是酸文辣字的白面书生，皆不中女儿之意，柳大商人也拿她没办法。

后来，负责侍候杨玉卓的丫环春兰对柳纤若说，杨玉卓一表人才，而且彬彬有礼，虽为一介武夫，却是谦谦君子，来家一个多月了，从没见他有失礼的地方。

柳纤若闻言，对春兰说："小妮子挤眉弄眼的，是不是喜欢上人家了？"

春兰也不示弱，回击道："反正呀，比媒人介绍的那些公子哥强多了。"

起初，柳纤若对春兰的话只当笑话，不大在意，时间长了，自然对杨玉卓产生了一丝好感。

杨玉卓在柳府养伤也一个月了，由于医治得及时，调养得好，伤口愈合非常快。这天清晨，他偷偷地溜出卧室，到后花园练剑。习武之人身体健壮，久卧病榻，活动一下筋骨感觉无比舒畅。他先练了一套武当剑术，最后练到人剑合一的境界。此时，恰巧柳纤若与丫环春兰在后花园里玩耍，柳纤若见他剑法轻灵，步伐矫健，不禁脱口吟出唐代诗圣杜甫《观公孙大娘弟子舞剑器行》中的"昔有佳人公孙氏，一舞剑器动四方。观者如山色沮丧，天地为之低昂。㸌如羿射九日落，矫如群帝骖龙翔。来如雷霆收震怒，罢如江海凝清光……"

刚好杨玉卓一套剑法练完，收剑入鞘以后，略有喘息，他不好意思地向柳纤若说："久卧病榻未曾习剑，让姑娘见笑了。"说完，深施一礼，目不多视，气态安闲。

春兰接茬道："啥姑娘姑娘的，这是我家大小姐。"

杨玉卓闻言赶忙又施一礼道："不知是柳小姐前来，实乃唐突，于此练剑扰了小姐的清净，在下赔礼了。"

柳纤若见杨玉卓落落大方，举止飘逸脱俗，谦恭有节，心头暗喜，故意问道："你莫非就是对我父有救命之恩的杨镖师？"

杨玉卓说："在下不敢邀功，那是老爷洪福齐天，盗匪惊吓了老爷，在下常常自责失眠。"

柳纤若细看了几眼，见他气宇轩昂，眉宇间一股凛然正气，心生三分喜爱，故意绕弯子说："杨镖师，你可知后花园是作何用处的？"

杨玉卓脸一红，慌忙道："小姐恕罪，杨某今晨一时技痒，特意趁黎明之际舒活一下筋骨，无意冲撞小姐，请恕罪。杨某经方才一阵舞剑，便觉伤已痊愈，即日便向柳老爷辞行，就不在府上打扰了。"

柳纤若心里喜欢上这个杨镖师，嘴上装硬，没想到杨玉卓刚直不阿，竟不卑不亢地对待自己，与那些公子哥一比较，越发喜欢。听杨玉卓说要告辞，心里一激灵。

春兰早看透了小姐的心思，忙打圆场说："杨镖师莫生气，我家小姐是逗你玩呢，她平时就喜欢习武之人，还常给我讲这个侠客那个剑客的，听说你救了老爷的性命，早就想去看望你了，怎奈男女授受不亲，一个大小姐无论如何也不敢贸然去看一个陌生的男子呀！何况老爷为了把你的伤尽快医好，嘱咐不让任何人打扰你。"

杨玉卓缓和了语气说："那是在下错怪小姐了，小姐若是喜欢看剑术，在下再练上一套，权当给小姐赔罪了。"说完，又挥剑练了起来。其实，杨玉卓早就听说柳府的大小姐柳纤若知书达理，能诗善画，是百里挑一的才女，而且美若天仙，娇态可人。今日一见，果然名副其实。尤其是柳纤若吟诵的杜甫诗句，更令杨玉卓刮目相看。

青年男女之间，相互吸引的情感是极其微妙的。所以，这次演练，他格外用心，练到兴处，他纵身跃起，剑走空灵，在头上画了一个圆圈，剑光未敛，又迅捷一注冲天，如练的剑身从圆圈的剑光中穿出。

柳纤若随口吟道："大漠孤烟直，长河落日圆。"刚好杨玉卓一套剑术收式。

杨玉卓收剑归鞘道："在下功夫粗浅，让小姐见笑了，莫非小姐亦懂武学？在下每练到关键处，小姐都能用古诗句给我概括出来。"

柳纤若脸色微红道："我哪里懂啥武学，只是读了些古诗，见壮士练到妙处，随口说一句而已。"

春兰嬉笑一声道："这叫心有灵犀一点通吗！"

杨玉卓和柳纤若都不好意思笑了。如是练剑观剑，数十余日，每到妙处，柳纤若都给配上两句古诗，极为贴切。由此相互间的爱慕之情渐深。

此事终于被柳大商人知道了。他大为震怒，在他的眼里，杨玉卓只是一个替人卖命的武夫，过的是有今天没明天的日子，根本配不上自己的女儿，何况自己从小就厌恶打打杀杀的，尽管杨玉卓救了自己的性命，但他仍是看不起练武之人，他认为救命和女儿的婚姻是两码事。

这天，柳大商人把杨玉卓叫到客厅，非常亲切地说："杨镖师康复得如何？"

杨玉卓忙答道："谢老爷的悉心医治，现已康复。"

柳大人说："还说啥谢啊，你救了我一命我还没谢你呢！我想给你一笔奖赏，给你买栋房舍，你自己开个镖局，以后就不用给别人当镖师啦。你还有啥要求尽管提出来。"

柳大商人尽说给杨玉卓金银财宝、骡马牛羊等，就是不提柳纤若。

杨玉卓推三阻四，最后被逼无奈说："老爷，小人千不求万不受，只是与纤若小姐情投意合，在下想向您求婚，把小姐许配给我。"

一向待人和善的柳大商人此时把脸一撂说："你要我万贯家财都可以，唯独不能把女儿给你，你自己想一下，你一年浪迹四方走镖，如果有一天你出了啥事，她怎么办？她跟你根本无幸福可言。"

柳大商人一席话如当头棒喝，使杨玉卓猛醒，一想自身的处境确实如柳大人之言，如果爱一个人不能给她幸福，那就不是爱。杨玉卓整理一下思绪道："老爷所言极是，小人原本一时冲动，招惹了小姐，男儿当先立业后成家，像我这头无片瓦、地无半间房屋的江湖之人，不配成家，小姐真的嫁给我，我却无幸福给她。晚辈听君一席教诲，胜读几年经书，我即刻告辞了。"说完深深一拜，转身阔步而去。

柳纤若对杨玉卓的不辞而别大为恼火，以为杨玉卓薄情寡义，骗了她的感情。后来从家人的口里得知，是父亲逼走了杨玉卓，她又气又急，脸无血色，嘴唇发紫，直奔父亲的书房，未等进屋就气恼地叫了一声“爹!”然后潸然泪下：“你为啥撵走了杨玉卓？他哪不好？要比你找的那些庸才强百倍。”

“爹也是为你着想，杨玉卓确实一表人才，文武双全，可他干的是刀头舔血的行业，跟他过日子，你能安全和幸福吗？这全是为你着想呀。”

“怕没安全幸福，为啥还招他进门为你的皮毛当保镖？主要还是你要巴结权贵，嫌弃他贫穷。好，从现在开始，我听你的，你选的女婿才气不如杨玉卓，我不嫁，武功不如杨玉卓，洞房之夜我就杀了他。”说完一摔房门恨恨离去，然后追到村外，向杨玉卓盟誓非他不嫁，杨玉卓大为感动，决心混个功名再回柳家堡。

柳大商人见女儿如此执拗，也有点后悔，他深知女儿的性格，一向是说到做到，现如今覆水难收，杨玉卓已经走了，望着女儿的背影，摇头叹气。

杨玉卓更是一个倔强的人，出了柳府直奔京城。正好那年皇帝招考武士，充当镇守边关大将，为了柳纤若，杨玉卓参加比武，凭借他精湛的武艺和不怕死的精神，力挫群雄，获了头名，被皇帝封为润州兵马都尉，然后在京城里培训兵法战略，一年后上任。

上任之前，他又来到了柳家堡，柳纤若喜出望外，柳大商人见杨玉卓获取了功名，又是朝廷的军官，自然同意了这门婚事。

二人成婚以后，恩爱有加，几年来辗转于雁门关和玉门关等大宋与辽、西夏对峙的边关诸城，婚后第二年柳纤若生下了儿子，取名杨柳。

与杨玉卓同僚的一武将名叫伊宝城，二人关系甚密，曾指腹为婚。伊妻生下一女孩，柳纤若为她取名叫伊依。二人的姓氏联起，刚好吻合《诗经》里的“昔我往矣，杨柳依依”的意思。

两家毗邻而居，两个孩子从小在一起玩耍，可谓青梅竹马，两家合伙聘了教经史、诗书、武艺的老师，悉心调教两个孩子。两个孩子长到十岁时，西夏犯界，杨玉卓和伊宝城同为先锋官领兵出战，哪料想西夏从吐蕃国雇来一群番僧，这群番僧武功甚好，嗜杀成性。二人陷入敌军的重围，拼死血战，杨玉卓阻挡重兵让伊宝城冲出去，伊宝城不但不走，反而冲到前边杀敌，结果两人被里三层外三层地包围起来。手下的士兵越战越少，最后只剩他两人，只杀得人已成了血人，战马也成了血马，后来战马伤毙，二人背对背死战，直到援兵赶来，二人已筋疲力尽。西夏元帅恼恨他们不肯投降，又杀死几百西夏士兵，决心砍杀二人。

杨玉卓在激战中被一番僧用猎叉刺中小腿跌倒在地，那番僧叉沉力猛，趁杨玉卓跌倒之际，抖动钢叉向坐在地上的杨玉卓前胸刺来，杨玉卓长枪已脱手，手中的宝剑难以抵挡钢叉。伊宝城见义兄面临灭顶之灾，竟不顾砍向自己腰间的大刀，猛然跃起，以手中的长矛插入番僧后心，而自己因一跃之故，被敌兵的弯刀砍中臀部，幸亏那里肉厚未伤及骨头。他忙挽起杨玉卓道："仁兄，伤势如何？援军已到了。"

杨玉卓借势站起说："义弟，你伤得如何？我还能杀他百十个番奴！"

西夏元帅见宋军已把西夏的阻击队伍冲散，急驰过来，无心恋战，勒马回撤之际，拈弓搭箭射向面对他的伊宝城，二人听弓弦响时，已来不及了，眼看箭似流星，直奔伊宝城后心，杨玉卓突发神力，春雷大叫一声，把手中的青钢剑掷向敌帅，猛然转身护住伊宝城。那敌帅以为他的神箭可射穿二人，得意忘形之际，杨玉卓的青钢剑后发先至，已插入他的胸膛，与此同时，杨玉卓的护背镜被利箭击碎，狼牙箭射入他的后心。

临死前杨玉卓只对伊宝城说了一句话："照顾好你嫂子和杨柳，大丈夫为国捐躯死而无憾。"

伊宝城抱着杨玉卓的遗体痛苦不已，久久不肯放开，宋军主帅及将士见了无不落泪。此役重创了西夏联军，而宋兵也损失惨重。

伊宝城认为杨兄是为救他而死，内心深感愧疚，所以把宋廷所有的赏赐都给了杨家。虽然自己官升三级，为边城的节度使，可始终快乐不起来，每想到此时，心里无比刺痛。

开始的时候，伊宝城对柳纤若母子推说杨大哥去朝廷领赏了，时间一长，再也瞒不住了，就把事情说明了，并领着他们母子去杨玉卓的埋骨之地，刚听到此噩耗，柳纤若几次背过气去，经过几天的救治和劝解，其悲痛稍减。伊宝城夫妇便拜柳纤若为姐姐，承担起杨家的大小一切事情，杨柳虽然是个孩子，但非常懂事，所学的东西一遍即会。伊家对他的呵护胜过对伊依。

柳纤若是个很要强的女子，这样大的事情不愿意也不敢跟父亲说，所有的痛苦一人承担，把所有的希望寄托在杨柳身上。

这年夏天，伊宝城进朝面君，恰逢其岳父六十大寿，妻子张氏与伊依一同回了中原内地。留下了柳纤若母子在边城，万万没有料到，烈鲁古平定润州之乱后，绕道大宋边城抢掠财物，柳纤若母子被掳进了辽地。

辽兵虽然对汉家女子垂涎三尺，怎奈军法严明，不敢强暴妇女，何况又有皇帝的拦子军为监军。在分赏时，烈鲁古要了柳纤若，而柳纤若虽为弱女子，又孤儿寡母的，但她性格刚烈，誓死不从，并声明沦为奴隶可以，要为人妻妾宁死，还当众陈述“好女不嫁二男”。烈鲁古却不听那一套，有皇上的圣谕，就来了个霸王硬上弓，强行把柳纤若抱到自己马上，哪料想柳纤若在挣扎中，凭一股猛劲抽出了烈鲁古的佩刀，朝烈鲁古砍去。

烈鲁古没想到这女子这么刚烈，慌而不乱，见弯刀砍劈到面门，他腾出右手钳住刀锋，另一只手却把柳纤若揽在怀中，用臭烘烘的大嘴在柳纤若娇嫩的脸上亲吻起来，柳纤若如被箍在铁环里一样，挣不开，只好松开佩刀，烈鲁古又腾出一只手来，在她身上胡乱地摸捏。柳纤若除了跟丈夫有这样的肌肤之亲，还是头一次被外人强行亲昵，觉得这是奇耻大辱。而契丹人对此事习以为常，并发出阵阵哄笑，慌乱中烈鲁古的舌头水蛇一样钻进柳纤若的嘴里，柳纤若反抗中本能地用牙齿做武器，狠狠地报复着轻薄之徒。

众人在哄笑中，只听见烈鲁古一声怒吼，接着马上的女子被抛出一丈多远，而烈鲁古捂住嘴巴，鲜血从手缝中流了下来，他的舌尖被柳纤若硬生生地咬下来。盛怒之下的烈鲁古纵身下马，来到被摔得气若游丝的柳纤若面前，他再也没有怜香惜玉之心，重重地在柳纤若胸腹间踏了一脚，柳纤若一声惨叫，香魂升天。

众人开始时觉得热闹好玩，事情发展到这种地步，不由自主地心惊胆战，萧皇后实在不忍，转过头去。

杨柳被一个士兵拽住，他见母亲惨死，像一头暴怒的小雄狮，在那士兵的手上狠狠地咬了一口，挣脱了敌手，他扑在母亲的身上痛哭起来。泪眼中猛见烈鲁古狰狞的面孔和流着血水的大嘴，此时他只想为母报仇，于是奋起搏击，一头撞去，刚好倒在烈鲁古的裆下，烈鲁古怪叫了一声，弯下腰去，好半天才喘出一口气来。

武学有云：宁挨十手，不挨一头。杨柳自幼习武，那一头虽力道不大，但那脆弱地方也不堪重击，疼痛难忍。烈鲁古强忍剧痛，伸右手拎起杨柳，左手撕开他的裤子，以牙还牙，硬生生将杨柳裆部抓裂，把他的睾丸给挤出来。这还不解恨，又像摔小鸡一样，把撕心裂肺痛叫的杨柳抛出一丈多高，重重地摔下来，杨柳当时已疼得昏死过去。

电光火石之间，拦子军首领耶律挞不野从马上横越过来，双手稳稳地接住急速坠地的杨柳，说道："大将军，何必跟一个不懂事的小孩子过不去呢。"

烈鲁古见耶律挞不野接住杨柳，不依不饶地说："我不亲手宰了这小畜生，枉自为人，谁要拦我谁就是我的仇人。"

耶律重元觉得儿子在皇帝面前闹得太过分了，迎接凯旋之师的仪式，简直变成了烈鲁古杀人的刑场，于是喝道："烈鲁古，别再胡闹了，跟一个小孩子计较，有失王者风范，就此住手，快向圣上请安。"

烈鲁古猛然一省，才意识到这是在皇上和文武百官面前，不是在他的越王府，于是，怒视耶律挞不野一眼，余怒未消地跪在道宗面前请安。

道宗见烈鲁古如此暴戾，心头生厌，脸上却笑盈盈地说："爱卿，劳苦功高，何必计较一个已婚之女。"当众把两个美貌的汉族女子赐给了烈鲁古。

萧皇后最善解人意，她唯恐耶律挞不野与烈鲁古结仇，那样的话，耶律仁先与耶律重元也会反目，南北两院对立起来，等于大辽国两根柱子倾斜了。她嫣然一笑道："挞不野将军，后宫正想选几个汉家男儿做太监，把那小孩留给后宫吧!"

挞不野急忙称是。萧皇后又对烈鲁古说："烈鲁古将军，哀家有此想法，你意下如何?"

烈鲁古也觉得自己鲁莽，见皇后询问，就借坡下驴说："皇后旨意，臣焉敢不从。"心里却骂道，我要当皇上那天，有你好瞧，让你哭都找不着调。杨柳在耶律挞不野和萧皇后的救护下捡回了一条命。

欢迎仪式在不太和谐的氛围中草草收场。辽道宗的春水捺钵基本上结束，大队人马逶迤而去，回皇城安顿掠来的财物和奴隶。

第三章

乳峰山太虚道深　乌古乃巧拒授印

会宁州，乌古乃营寨。

耶律挞不野押走拔乙门后，扔下一句话："天降异人的事，你们费心吧!"此话犹如重锤敲打着乌古乃的心。与拔乙门两军即将生死决战时出现的情景时时浮现在眼前：沸腾的安出虎水，吼叫的百兽，天空出现的五彩祥云，萨满的偈语……难道辽国的司天监孔致和观天象真的那么准？我的孙子真的是那个异人？

乌古乃与劾里钵不约而同地想到一起去了，父子心意相通，交换了一下眼神，劾里钵说："父王，依儿臣之见，孔致和的语言，辽国皇帝的圣旨，耶律挞不野的闯寨，都是冲着小阿骨打来的，所谓来者不善。阿骨打母子应暂避一下风头，我们还得想办法找到近几天出生的'异人'，应对辽廷，不然恐怕完颜部永无宁日。"

乌古乃沉吟半晌道："我儿所言极是，你即刻护送阿骨打母子去乳峰山，找太虚道长，在那里住一些时日，我派人分头寻找这几天出生的奇异婴儿。事不宜迟，马上动身。"

乳峰山，距安出虎水百十多里，是一座充满灵气的山峦，古木参天，浓荫蔽日，野花溢香，奇石嶙峋，怪岩耸立，灵禽异兽不可胜数。烟囱峰直插霄汉，炊烟袅袅；鸡冠峰岩交错，险峻峥嵘，似雄鸡抖冠；狮吼峰巨石参差，恰似雄狮张开血盆大口，仰天长啸。

乳峰山上有一石洞名为太虚洞，是太虚道长一锤一凿开辟出来的，也是通向后山的唯一通道。山门前一块石碑上，刻有老子骑青牛的神像，两旁对联为：

道生一一生二二生三三生万物

人法地地法天天法道道法自然

劾里钵骑着高头大马，带着几个兵丁护送着牛车缓缓而来。酷暑难当，道路崎岖泥泞，牛车走了一整天，好不容易来到了乳峰山脚下，人畜都热得大汗淋漓。阿骨打热得浑身起了痱子，哭闹不止，母亲拿懒氏不停地哄着他，两个侍女也忙得团团转。

牛车刚到山门前，只见几个小道士已经站在那里等候。劾里钵甩镫离鞍下了坐骑，一个小道士上前道："贫道虚无奉师傅之命，在此恭候多时了，迎请居士家眷上山。"说着用手一指树上挂着的悠车子。①

劾里钵闻言诧异不已，忙还礼说："道长怎么知道我们来投山？"虚无笑答："师傅近日于拜斗台上夜观天象，推算出有异人出世，并与乳峰山有一段道缘，所以遣我等在山门等候。"小道士又拿出不竭泉的水，分给众人喝，泉水下肚顿觉得清凉透脾，暑气顿消。用泉水给小阿骨打擦拭身子后，瘙痒顿消，不再啼哭。女仆把他放进悠车子里，将拿懒氏扶上轿子，由士兵抬着徒步登山。

劾里钵把马匹和牛车安排在山下，带着兵丁和女仆跟着虚无等人登上崎岖的山路。他边走边想，难道我儿真是顶着星星下凡的？不然怎么辽国的司天监、完颜部的大萨满、乳峰山的道士都说他是异人呢？喜忧参半，思绪万千。

乳峰山是女真之地最早有道教活动的地方，太虚道长原是唐朝袁天罡的第五代弟子。他出身于商贾之家，文武双修，深受乡人的喜爱。后来投身道门修行，精研道学、气功，为人敦厚真诚。

那年，因与师兄太清道人争做掌门人而结下怨恨，一气之下离开了白马观，只身云游到塞外。他曾多次观天象，发现安出虎水一带瑞气蒸腾，祥云缭绕，将星璀璨，帝星明亮，定有异人出世。便来此收下了几个弟子，觅一块宝地清修。

一天，太虚道长与门徒行到帅水②，正好与乌古乃的狩猎队伍相遇，此时，太虚道长已学会了女真语，从猎手们叽里呱啦的喊叫声中，他听懂了这是一伙

---

① 悠车子：东北地区少数民族发明的挂在房梁上悠小孩入睡的摇篮。

② 帅水：今黑龙江省巴彦县少陵河。

女真人在狩猎，他们围住了一头壮年棕熊，正把它逼到一个山崖旁，欲生擒活拿。

太虚道长就知道北方猎民彪悍勇武，一个普通的猎手就有搏熊刺虎之能。他带几个徒弟驻足观看，只见一猎手与棕熊搏击。

这个魁梧雄壮的猎手甩掉了上衣，手持寒光闪闪的猎叉，在同伴们的鼓噪声中，向棕熊逼去。那棕熊在狩猎队伍和猎狗的惊扰追逐下，锐气顿消，威风不在，况且后腿还中了乌古乃一箭，已是筋疲力尽，做困兽犹斗状。大汉用手中的猎叉频频向棕熊刺去，棕熊躲闪着，偶尔低声吼着向大汉反扑。几个回合下来，不分胜负。

周围的猎手们鼓噪更烈，猎犬疯狂吠叫，似乎在给大汉加油助威。大汉原想，棕熊已被困，它的凶性荡然无存，哪料久战不下，他不想在都勃堇和同伴们面前出丑，于是铤而走险，趁棕熊坐在地上喘息之际，抖起钢叉，长虹贯日，身叉合一，直刺棕熊胸前心脏处，想一击中的。钢叉夹着风声，眼看就要捅进棕熊的心脏，哪料到那棕熊也是十分狡猾，坐地喘息是假，诱敌是真，没等钢叉刺到，只见它双掌一合将插头牢牢抓住，钢叉犹如被吸住，不能近前半寸。大汉只好往回拽，拽了两次钢叉纹丝不动，大汉急了，怒吼一声，拼尽全身的力气猛拽，棕熊也许是耐不住大汉的神力，也许是故意松掌，大汉一身蛮力使空了，滚下了山坡。

棕熊趁机摆脱了大汉的纠缠，冲下山岗，迎面撞上了唐括多保真等家眷的马队，几个护卫连忙放箭，棕熊中箭，野性勃发，疯了似的冲过来，眼看冲到唐括多保真的马前。在一旁观看的太虚道长按捺不住，从巨石后现出身形，拦在唐括多保真的马前，一掌拍出去，棕熊脑门中了一掌，庞大的身躯腾空而起，重重地撞向一块岩石，登时脑浆迸裂。

人们惊魂稍定，乌古乃和刺熊的大汉也赶了过来，太虚道长刚想离去，乌古乃施礼道："多谢道长出手相救，家人才躲过一劫。"

太虚忙还礼说："官爷不必多礼，贫道只是挡了一下。"

大汉去检查了棕熊，只见它脑袋撞得粉碎，别处未有任何伤痕。

乌古乃顿觉蹊跷，又看不出所以然来，只见面前的道士气宇轩昂，气度非凡，又进一步问道："道长要去哪里？"

太虚答道："贫道素闻据此百里有座乳峰山，是座名山，贫道想去那里修行，

恰逢官爷狩猎，见此熊逞凶，便现身阻拦，不想它撞在岩石上，登时毙命。”乌古乃将信将疑，说：“好吧，待会儿我也返回安出虎水，咱们正好顺路，一起走吧。”太虚忙说：“谢谢官爷，那真是求之不得。”

一路上，二人谈了许多，乌古乃觉得这道士非同小可，但志在归隐清修，无心尘世，也就未强求他为己用。但觉得他是世外高人。后来经过唐括多保真证实，那道人当时出手击熊，身法极快，谁也没看见是咋回事。所以，乌古乃才决定让劾里钵带着阿骨打母子，避到乳峰山太虚道长处。

劾里钵在虚无的引领下，走了一个时辰，到了山腰。道观赫然出现在眼前。门前一位中年道士，身披八卦仙衣，头戴方巾，手持一柄拂尘迎上来说：“昨夜灯花频频报喜，今日果然有贵客来临。不胜荣幸，客房已收拾妥当，请稍作休息再到膳房用膳。”劾里钵一再感谢。

太虚道人打个稽首道：“有道是：‘无生生无无不生；有化化有有亦化。’不必多谢，世间万物皆因一个缘字，贫道与你父亲是一段缘，与小公子更是一段缘，不过此子洪福齐天，非常人能比，将来定成大业，乳峰山也算供养了一代天骄。”掌灯时，太虚道长让女仆抱出小阿骨打，仔细观看了他的骨骼相貌后，如见稀世珍宝般称赞不已。

劾里钵从太虚道长的眼神里读懂了，儿子必是异人，便施礼道：“承蒙道长收留，又如此垂爱，如果不嫌弃，请道长收他为徒，教他一些武功。”

太虚道人还礼说：“此子有帝王之相，贫道修为尚浅，德行不高，命里注定不能为此子之师，老都勃堇不弃贫道，把孙子寄养这里几年倒是可以。此处山灵水秀，正适合婴孩固本培元，养浩然正气，强壮筋骨。可惜贫道与他无师徒之缘，只能尽绵薄之力助他健壮成长。”

劾里钵见太虚道长说得极其诚恳，不再相求。当夜与妻儿宿于乳峰山道观内。

清晨，一轮红日从烟囱峰上跳出，百鸟鸣叫，露珠晶莹，林木青翠，空气清新。劾里钵用过早膳，安慰了妻子一番，留下两名侍女，向太虚道人辞别。太虚道人送他到山门口，一路千言万语。临别前，太虚道人说：“我与令郎只有六年缘分，敬请放心，我一定不负重托，以贫道的气功，造就好他。”劾里钵千恩万谢后，带着随从策马回到会宁州。

眼看耶律挞不野规定的交异人的期限迫近，乌古乃派出的长子劾者等人在女真所辖之地寻找奇异婴孩。盈歌带着人马去了活罗海川①搜寻，终于在渤海②一姓大氏的部族中，找到了一个满身黑毛的怪婴，这女婴自降生后，不哭不叫只顾吃奶，且食量惊人，其母亲奶水不够，找两个哺乳的妇女仍供不上，后来干脆用牛羊奶喂她。当地的萨满多次说此婴是不祥之物，部族人也多次商议处理办法，正好盈歌来此。盈歌觉得此婴有些奇异，就用几匹马几头牛等物换回女婴，那大氏一族求之不得，盈歌给她起名毛姑，星夜赶回向父王缴令。他赶回安出虎水的时候，正是耶律挞不野规定期限的最后一天。

这天耶律挞不野一大早就到了乌古乃大寨催问此事，乌古乃推三阻四，说派出的几路人马今天都能回来，让天使敬候佳音。耶律挞不野并不着急，坐在大帐里等候。快到中午时，劾孙回来了，一无所获；晌午时，劾者空手而归；下午，颇剌淑回来了，又令乌古乃大失所望。

挞不野问道："不知都勃堇共派出几路人马？是否都回来了？不行的话，咱们还是把女真各部近期出生的婴孩都集中起来，让我带回去，由大辽朝统一供养。"实际上，这也是大辽朝限制女真人口增长的一条毒计，因为当时生活环境险恶，婴儿存活率极低，尤其是男婴更为可贵。

乌古乃此时大汗淋漓，急得如热锅上的蚂蚁，表面却装得很冷静，沉着地说："挞不野将军，我还有一路人马未归，一定能带回好消息，何况离你规定的期限还有几个时辰，请稍安勿躁。待会儿咱们喝几杯解解暑气。"说完他不停地擦着脸上、脖子及胸脯上的汗水。

又熬了一个时辰，日薄西山，暮鸟归巢，天将黑时，乌古乃再也坐不住了，令劾里钵出寨门迎迎盈歌。劾里钵带人快马加鞭，奔出寨门五里路左右，碰上盈歌。此时，盈歌的人马困乏，只好把毛姑交给哥哥，自己和兵丁们下马歇息。

劾里钵接过毛姑，心里一块石头落了地，他飞马回寨向父亲报喜，耶律挞不野见毛姑果然奇异诡秘，同时也敬佩乌古乃父子的能力。他连夜赶到宁江州，"天降异人"风波总算平息了。

耶律挞不野回朝向辽道宗复旨，带回了孔致和所说的异人毛姑。

辽道宗把拔乙门处以极刑，看到毛姑后，抚掌大笑，自言自语道："孔致和

① 活罗海川：今黑龙江省牡丹江一带。

② 渤海：今黑龙江省宁安县。

呀孔致和，你也真是老糊涂了，你是糊涂死的，就这样一个浑身长毛的女婴，能夺我大辽江山，岂不成了千古笑谈。”于是，令宰相把毛姑暂时养在宫中，长大后做女奴，看她如何夺大辽江山。

耶律挞不野办事干练，自然获得了辽道宗的赏赐。他在谢恩时又奏了一本说：“臣以为，鹰路已通，叛逆已除，完颜部酋长乌古乃功不可没，不如撤回天朝在五国部的节度使，加封乌古乃为节度使，一来可免除我朝兴师动众，直接与生女真人对抗，二来用乌古乃弹压，达到以夷制夷的目的。”

辽道宗龙颜大悦，加封乌古乃为整个生女真节度使。

安出虎水，乌古乃大寨。

乌古乃与劾里钵等人商议大事，侍卫紧张报道：“禀都勃堇，大辽朝天使奉圣旨到！”众人站起，劾里钵愤懑地说：“又是银牌天使，这辽朝还有完没完了？”乌古乃说：“兵来将挡，水来土掩，急躁什么，看看辽帝又耍啥新花样。”

辽廷银牌天使纳兀在辽边将达鲁骨的陪同下，趾高气扬地走进了大帐，高声宣读了辽道宗的圣旨，并把官印、文书、兵符等一同带来，逼乌古乃受封。乌古乃措手不及，辽皇圣旨已下，银牌天使又请边将达鲁骨陪同下封，实际上等于接也得接，不接也得接。

乌古乃见自己手下大将和几个儿子愤愤不平，几欲发作，怕当场惹出是非来，就忙说：“圣旨我先接了，天使和达鲁骨将军远道而来，我先设宴接风，咱们先畅饮几杯，欣赏一下女真歌舞，然后再通知部族勃堇颁封如何？”

那银牌天使纳兀，原本就是个酒色之徒，早就知道银牌天使是个美差，到了女真部族，可以为所欲为。吃香的喝辣的玩俊的，临走时还能搜刮一些财宝。所以他费了九牛二虎之力，花钱贿赂了宰相耶律乙辛，才捞了这个官差。听说能饮美酒看美女，登时眉开眼笑，说：“行行行，还是乌古乃都勃堇善解人意，咱吃过饭再说其他的事，达鲁骨将军意下如何？”达鲁骨想说点什么，见纳兀心急火燎的样子，欲言又止，轻轻地叹了口气。

宴会开始了，山珍野味应有尽有，美酒佳肴不可胜数。纳兀两杯酒下肚，催动了色心，说：“都勃堇，快把你们女真美人叫出来，让本天使过过眼瘾。”

乌古乃一挥手，一对女真舞伎，半裸着丰臀肥腰，踏着《鹧鸪曲》粗犷的旋律，跳起原始的舞蹈，在大帐中间摆弄各种姿态，撩得纳兀心猿意马。乌古乃几次劝他喝酒，他竟然目不转睛地盯着舞女，饮不知味地把酒干了下去。

乌古乃见火候差不多了，一使眼色，两个漂亮的舞女蝴蝶一样飘到纳兀面前，嗲声嗲气地说："天使大人，别光自己喝了，我们俩陪你喝，先敬大人一杯。"纳兀差点美出鼻涕泡来，一手搂过一个，嘴里忙不迭地说："好好好，一起喝！"双手不安分地在舞女胸前揉来摸去，喝着舞女灌来的酒，嚼着舞女夹来的菜。

达鲁骨实在看不下眼了，起身道："天使大人，乌古乃都勃堇，我护送天使传达圣旨的任务已完成，现在天色已晚，军中不可一日无帅，我还要返回边关军营。"

纳兀已有七分醉意，色眼朦胧地看了达鲁骨一眼说："达鲁骨将军，真不解风情，这美酒佳人多馋人啊，忙着回去干啥？"说着，把两个舞女搂得更紧了。

一个舞女媚艳十足地说："大将军，在这留宿吧！我们姐妹准保陪好你。"

达鲁骨正色道："军务在身，不能久留，天使大人要保重，明天授印顺畅。"

一个快嘴舞女说："看你说的，我们还能把天使大人吃了呀？"说着在纳兀的脸上亲了一口。

纳兀本想说什么，被舞女一闹腾，也没有说出来，任凭达鲁骨回营了。除了天使的随从外，达鲁骨又留下一小队兵丁，保护天使的安全。

乌古乃一直把达鲁骨送到寨门外，达鲁骨临上马前说："但愿都勃堇一切按圣旨上说的办。""皇命谁敢违抗！"乌古乃的话音刚落，达鲁骨已上马绝尘而去。

纳兀已被酒色迷了心窍，天光尚且大亮就张罗着睡觉，紧紧搂着两个舞女，对乌古乃说："都勃堇，你要安排好我的侍卫兵丁，我就要她俩一块荐枕了。"乌古乃连连称是，两个舞女浪声淫调地搀扶着纳兀，向寝房走去。

纳兀早已对女真美姬垂涎已久，今天又被两个摇曳的舞女撩拨得欲火正炽，到了寝房，也不等天色黯淡，就与两个舞女颠鸾倒凤，轮番巫山云雨起来。他像一头发了情的野猪，没完没了地折腾到半夜，才放过两个舞女，然后搂着她们死猪一样睡去。

拂晓，沉睡在温柔乡里的纳兀，被一阵急促的敲门声惊醒，一个护卫慌慌张张地说："天使大人，不好了，乌古乃和他的全家被他们族众抓起来了，有生命危险，你快起来去看看吧！"纳兀推开舞女，穿上衣服，带领侍卫来到大帐外的空地上。只见乌古乃和他的几个儿子及家眷都被绑起来，一群女真士兵握着弯刀，虎视眈眈地等待领头的下令，开刀问斩。

乌古乃见纳兀走来，高声叫道："天使大人救我！天使大人救救我全家！"纳

兀大惊，忙问是怎么回事。

一个部族头领上前说：“乌古乃尽给辽朝办事了，给他个都勃堇就够了，还要啥官印，官印会亵渎祖宗的神灵，违反了族规，他接受官印，就不是我们的穆昆达[①]了，因此要杀掉他全家。”

乌古乃和全家一起求道：“天使大人救救我们吧！”纳兀哪经过这样的阵势，他临行前就听人说女真人如何野蛮生性，没成想到了这种地步，连自己的都勃堇都敢杀。皇帝也叮嘱他说乌古乃是个能人，只有他能笼络住那些野蛮人。纳兀心想，看来这些野蛮人真是不可理喻，连头领都敢杀，天使也会凶多吉少，何况因自己传圣旨把乌古乃逼死，皇帝也不会轻饶自己。于是顺水推舟，送了个人情说：“算了算了，不要官印就不要官印，还至于杀人嘛！你们放了他们吧！我把官印带回就是了。”乌古乃和家人这才被松绑。

乌古乃连连感谢天使大人救了自己和家人，又把纳兀请回大帐，送给他生金、蜜蜡、毛皮、人参等许多礼物。纳兀眉开眼笑，又在完颜部花天酒地，玩了两天才回辽廷缴旨。

辽道宗听了纳兀的汇报，也理解乌古乃的苦衷，授官印的事也就不了了之了。

乌古乃全家被缚是他们精心策划的，因为官印涉及国家整体运作的程序，如果乌古乃接受了官印，就等于正式接受了辽皇的册封，生女真就正式成为辽朝的属国，生女真难以保持高度的自治和完全的独立性，所以，乌古乃怂恿手下演出被逼无奈的一幕，骗过了天使纳兀，在辽道宗那里也蒙混过关。从此，乌古乃虽未受官印却可以用节度使的名义去治理生女真各部了。

经过了三四年的休养生息，完颜部的经济兴盛起来，兵力剧增，斡泥水的蒲察部、神忒水的完颜部、神稳水的纥石烈部等纷纷归顺，完颜部已发展成一个庞大的部族。其间也有少许部族反叛，但都被弹压下去。

---

① 穆昆达：契丹语，酋长之意。

第四章

滦河之变辽内乱　杨柳仇杀烈鲁谷

辽道宗派烈鲁古平定了润州之乱，班师回朝。大队人马在路经赤山时，道宗的前头部队刚到山脚下，突然从山坳里跑出鹿群。驰马在前的耶律浚无比兴奋，高声叫道："这些麋鹿都交给我吧！"话音未落，弓弦已响，第一箭已经射出，头鹿中箭倒下。耶律浚箭发连珠，转瞬之间十箭射完，十鹿之中有九鹿被射中要害。皮室军把九只鹿拖到文武百官面前，众人啧啧称赞。

道宗喜不自胜地说："契丹自祖上以来，鞍马为家，骑射过人，威震天下。浚儿虽小，却不失祖上风范，可喜可贺，设宴犒赏三军和众臣。"

古谚云：当面教子，背后教妻。道宗当面夸子，却引来了辽国的祸端，道宗屡赞其子耶律浚，立太子之意溢于言表，尤其为耶律浚射九鹿而大宴三日，引起了皇叔耶律重元、皇弟烈鲁古、皇婶母萧妃的嫉妒。

当年，耶律重元勇猛刚毅，文武双全，威严庄重，颇有帝王之风。而其兄耶律宗真羸弱多病，按其母后之意，想让重元继位，而重元仁善，推其兄为帝，即辽兴宗。兴宗即皇位后曾暗许重元，百年后传帝位于重元。可病危之际，又在皇弟面前托孤，让耶律洪基继位。重元望着奄奄一息的哥哥和跪在脚下、紧抱着他双腿哭泣的侄儿耶律洪基，心头一软，便答应了皇兄。耶律洪基继位后也非常尊重皇叔，把南北两院枢密使交给皇叔，辽国的兵权几乎掌握在他一人手中，实际上重元把持大半个朝政，后因耶律仁先与重元交好，劝其让出北院兵权。

烈鲁古征讨润州之乱有功，却因封赏时杀了汉族女子并伤了一个小孩而草草收场。皇子射九鹿却大摆筵宴庆贺，也难免重元家族有想法。这些道宗却一无

所知。

道宗帐前的空地上，宫人们拢火烤肉，烹制各种菜肴。道宗传令把所有的皇亲国戚、文武群臣请来赴宴。而重元父子却托病未出，由萧皇妃代饮。

宴会之前，众臣僚献歌献词，极尽歌功颂德之能事。突然，朝班站出一人，高声道："启禀皇上，臣有要事禀报。"

众人看清跪在帐下的是司天监孔致和，都知此人能知天文地理，却没得到重用，一直是司天监小吏。道宗示意准奏，孔致和道："臣近来夜观天象，见安出虎水一带有祥云笼罩，斗、牛二星之间有瑞气蒸腾，恐有异人降生，请陛下明察。"

原本喜庆的氛围，孔致和却出此言，众人以往就对他不重视，此时更嗤之以鼻。道宗也心头不悦。耶律乙辛见道宗面色不愉，接茬道："云蒸霞蔚乃自然现象，祥云缭绕安出虎水，应是吾主圣明，皇恩普照女真完颜部。锐气冲腾不正预示皇子要成为太子吗？"众人觉得耶律乙辛所言顺理成章，解释得很对。孔致和还要上奏章，却被待宴已久的嘈杂声淹没，只好讪讪而退。

盛宴开始了，觥筹交错，笑语喧哗。众臣僚纷纷举杯庆贺皇子的神勇，皇帝的圣明，皇后的美丽。

耶律重元的妃子萧氏，见所有的风光都被人家占尽，自己身为皇婶，却被冷落一旁，难怪重元父子不参加这样的宴会。桀骜不驯的萧王妃曾多次劝重元夺回帝位，都因重元心软，以至造成今天的地步。她一面恼恨重元的优柔寡断，一面痛恨道宗和皇后的薄情寡义。萧王妃虽年逾四十，却风韵尚佳，她不甘寂寞。此时已薄醺微醉，胆子也壮起来，端起酒杯挨桌敬酒，拉拢官僚，浪笑不止。等敬到道宗和皇后、皇子桌时，已是醉眼蒙胧。她举杯狂饮后说："皇上，你皇叔身体欠安，没有参加射鹿宴，还请皇上恕罪。不过皇上恕贱妃多嘴，闲暇之余要好好想想，您是咋登上皇位的。"说完踉踉跄跄地回了座位。

道宗心里一凛，父皇临崩时的情景又浮现在眼前……

道宗从沉痛的思绪中挣脱出来，悄声对萧皇后说："你去照应一下婶娘，朕明日再去探望皇叔。"

萧皇后起身来到萧王妃面前，众人纷纷起身回避。萧皇后柔声道："皇婶的心情皇上深深地体谅，他明日就去看望皇叔。"

萧王妃不冷不热地说："难得皇上心里还有这个皇叔。"

萧皇后话头一转道："皇婶也是一代王妃，咱契丹族女子虽不像汉族那样三从四德、七贞九烈，但也要有母仪的尊严，怎能如此轻浮？敬请皇婶斟酌。"

萧皇后善意的劝解，不但没起到正面的作用，反而种下了祸根，几年后险些倾覆了大辽的江山社稷。

杨柳那日被耶律挞不野救起交给了萧皇后，御医马上救治。烈鲁古鹰爪手非比寻常，一抓之下，即抓破了裆部。御医有皇后的懿旨，用了上好的金创药，并给他喂了参汤。两个时辰后，杨柳苏醒过来，却发现自己躺在一个锦缎绣床上，帐内陈设豪华，地上铺着细绒毡毯，矮脚茶几上摆放着水果和奶油酥饼，细瓷扣碗里的奶和参汤散发着沁人心脾的馨香，帐墙上挂着几幅书画，其中一幅《仕女图》似曾见过。一个比自己稍小一点的男孩见他醒了，高兴地喊道："母后，他醒了，您快来呀！"

门帘一挑，一位雍容华贵、光艳照人、面目慈祥的妇人走了进来，眼里闪烁着欣喜慈爱的光芒，像菩萨一样慈祥，杨柳从她的眼睛里体会到母爱的温暖。那妇人笑盈盈地说："孩子，你醒了，放心吧，御医已经给你医治了，过几天会好的。"

杨柳闻言激动万分，翻身坐起扑进了妇人怀里，痛痛快快地哭了一场。小男孩见状乐道："大男子流眼泪，娶了媳妇不盖被！"

萧皇后被耶律浚的儿歌逗乐了，嗔道："浚儿，别瞎说，他以后就是你的小阿哥了。"

这时，门外太监尖声道："禀皇后，皇上驾到！"

杨柳此时才明白，这菩萨一样的妇人原来是皇后，取笑他的公子哥是皇子。幼时曾听说过君君、臣臣、父父、子子，赶忙挣脱萧皇后的怀抱，跪倒地上，怯生生地说："皇后娘娘、皇子，我、我不知道你们是……"

道宗此时已走进帐内，萧皇后忙要下跪，嘴上说："臣妾接驾。"

道宗笑着摆摆手说："算了算了，自家人，不必多礼。"

杨柳伏在地上大气都不敢出，道宗和蔼地说："小小的年纪甚知礼节，免礼平身吧。"

杨柳爬起来，心里道我在给皇后下跪，连皇上也带上。心念未落，忽觉下身疼痛起来，站立不稳，耶律浚忙把他扶住说："母后，还是让他躺下吧！"说着又把杨柳扶到卧榻之上。

道宗皱皱眉头说："烈鲁古太狠毒了，对一个孩子下此毒手。"

萧皇后淡淡地说："以后要多多提防就是了，这孩子挺可爱的，先留在浚儿处疗伤，将来留在宫里做些事情就是了。"

从此，杨柳在后宫养伤，复原后与耶律浚处得像亲哥俩一样。他把汉族的礼仪、习俗、文化都交给耶律浚，耶律浚也把契丹族的各种规矩告诉他，同时，杨柳始终没忘父亲传授的武艺，他把珍藏的武当剑谱练得滚瓜烂熟，后宫里不便携带刀剑，他就把拂尘的木柄加以改造，马尾中镶银枪铁头，作为短剑持在手中。

杨柳与耶律浚几乎到了形影不离的地步，习文练武。杨柳从没忘了伊依，没忘了向烈鲁古复仇。因此练武更加刻苦勤奋，武功也越练越精。

三年后，道宗便立皇子耶律浚为太子，册立仪式在开皇殿进行。巍峨的开皇殿，人群似海，旌旗无数，鼓乐齐鸣，鞭炮齐响，一派吉祥欢快喜乐的景象。年满十二岁的皇子耶律浚，在左五右六的宦官簇拥下，迈着矫健的步伐走上了大殿，文武百官注目而视，待他站到道宗和萧皇后之间时，值殿官高声喧道："吉时已到，请皇上册立太子!"

道宗满面春风，一挥手，宰相耶律乙辛捧旨道："大辽朝雄踞塞外，睨视中原，自太祖阿保机开国，近两百余年，吾契丹男儿，勇武善战，驰骋疆场，南北臣服。今有皇子耶律浚文能安邦，武能定国，且为谪长子，故立耶律浚为太子，将来继承大位。钦此!"

耶律浚马上跪下道："谢父皇恩典，浚儿一定能为父皇尽孝！为大辽江山尽忠!"

文武群臣山呼："吾皇英明，吾皇万岁，万岁，万万岁!"

耶律浚起身，款款走到太子座位，面向群臣稳如泰山，喜怒不形于色。此时，又有司天监孔致和跪倒朝班奏道："我皇万岁，太子千岁，微臣又观天象，此地必出异人，天命不可违也，请圣上明察。"

道宗一见孔致和又一次奏本此事，便说："朕以为，风雨雷电，乃自然现象，安出虎水出现祥云，难道就会有异人降生吗？按你的说法，朕难道要把近日出生的所有婴儿都押到我朝侍养，以便查出谁是异人？我问你倘若真有异人出现，他的文韬武略能否超过朕的太子?"

孔致和无言应答。耶律乙辛瞪一眼孔致和道："你是老糊涂了咋的，那么有能力观天象，咋自己家一个当大官的都没有，回去好好看看你家哪辈子能出个异人吧，别在这瞎搅和了，太子这样的异人你都看不见，还糊弄谁呀。”文武百官一阵讥笑。孔致和被挖苦得面如土灰，无地自容，只好讪讪告退。

册立大宴开始，文武百官，宗室皇威，载歌载舞，狂饮尽欢。欢快的氛围中，耶律重元的儿子烈鲁古像吃了蜈蚣一样，百爪挠心，耶律洪基家又一代成长起来并做了王储，自己再也没有当皇帝的可能了，他悄悄地拽着父王和母妃离开大殿，策马回到王府。

孔致和连册立太子的盛宴都没有参加，灰溜溜地回到家里，像他那样的小官，平时写些奏章，皇上根本不给回复，也只能在重大的朝封、庆典仪式上才能见到皇上。往常连上朝的资格都不够，因此，两次上疏奏本都抓住好不容易得到的机会进谏，却被众人嗤笑，皇上根本不重视。坐在椅子上长吁短叹，为大辽命运担忧，郁郁不乐。

他的小徒弟杨朴非常伶俐，见师傅沉闷不语，眉头紧皱，又是端茶又是送水，并询问师傅哪里不舒服。孔致和一生无子，到老了收了个渤海人的孤儿做了自己的徒弟，表面上是徒弟，实际上与亲儿子没啥两样。听杨朴一问，就老泪纵横地打开了话匣子：“徒儿，今日我连观天象，发现安出虎水一带祥云缭绕，瑞气千条，定有奇人出世。可今日册立太子，我向皇上奏了一本，皇上非但不以为然，还把为师羞辱一番，唉！几乎被轰出大殿，君昏臣暗，不可理喻，大辽江山堪忧呀！”

杨朴极其聪明，也十分会说话，忙劝师傅道：“恩师学究天人，通今博古，才富五车，经天纬地，犹如张良转世，孔明重生，大才难为用，忠君无路，报国无门，实在可惜。您曾教会我说辽太祖阿保机降生时，曾有光环落于宫中；专诸刺王僚，彗星袭月；要离杀庆忌，苍鹰击殿。皇帝不信天象昏庸至极，有损我师之才华，以后不奏便是，何必与牛弹琴。”

孔致和经杨朴一劝心里似乎好受一些，忙止住杨朴说：“徒儿，不可信口雌黄，皇帝刚愎自用，又有奸佞之人环绕，昨夜我观星相，又有一股黑气冲贯帝王之星，日后恐有兵乱，可惜我已耄耋之年，无所作为了，徒儿你从即日起，要心无旁骛，为师已将平生所学倾囊传授你，他日若安出虎水一带有人起兵兴事，必是我所观测之人，你当投靠于他，必能成大器，光宗耀祖，封妻荫子。我所言之事，必能一一印证，此乃天机，切不可外泄，不然会有灭族之灾。”

孔致和，一代天文家，由于皇帝没能重用他，且在文武百官面前羞辱他，又憋气又窝火，炎热的夏季，大汗中又喝了几瓢冷水，怒火攻心，得了伤寒病，不几日就去世了。杨朴万分悲痛，一面痛恨道宗气死了师傅，一面发奋研究师傅留下的经书。

册立仪式结束之后，萧皇后对孔致和两次三番的奏请，倒是犯了心思，因为她的父亲萧惠也谙此道，小时候曾听父亲预测过一些天地怪相。她见道宗对孔致和的奏本不以为然，就暗自把拦子军首领耶律挞不野召来说："皇上为册立太子高兴不已，对孔致和奏本置之不理，哀家以为宁信其有不信其无，故拟了一道圣旨，去安出虎水探个究竟，以你的身手，几日能到安出虎水?"

"昼行一千，夜行八百,七日即到，但现在是炎热的盛夏，恐怕坐骑难以承受。"

"好，就给你十五天时间，探明安出虎水有何异人降生。带多少拦子军你自己决定，此时要秘密而行，不可外露。"

"臣只带一百拦子军，十五天之内定回来缴旨，敬请皇后大放宽心。"

于是，发生了安出虎水河畔拜天射柳和耶律挞不野与劾里钵比箭的一幕。十几天后，耶律挞不野将浑身长毛的怪婴带回辽廷，向萧皇后缴旨。萧皇后见此婴，忙派人去召孔致和进宫察对，哪料想使者到了孔致和家，看到的是其家人为他治丧，孔致和已经死了好几天了。其家人本来对道宗皇帝当众羞辱老人家愤懑不已，使臣来了，他们冷言冷语，使臣讨了个无趣而归。

萧皇后虽然有戒心，但因孔致和已死，无人能查证此事，道宗根本也没把这事放在心上，只好作罢，渐渐地，人们也忘了孔致和的预测。

秋天，太子山的麋鹿长肥了，老哈通河畔，春天里孵出的野鸭、天鹅、大雁也长大了，并开始南迁，各种动物趁此季节抓秋膘，以便对付漫长难熬的冬季。

辽道宗耶律洪基的秋山捺钵即将开始了，整个朝廷和王公贵族提前好几天准备出行。按着皇帝捺钵的规矩，立太子后，皇后与太子应留守宫中与宰相共理内务，也是历练太子的好机会。萧皇后和耶律浚太子不能随王伴驾了。

掌管皇宫制诏诰、编制御文的耶律良，听说烈鲁古父子有谋反之意，却因耶律重元是皇叔，又是朝廷重臣，烈鲁古兵权在握，皇帝又对他们深信不疑，故不敢向皇上奏本。但耶律良学识渊博，善写诗赋——道宗去年秋山会猎，他写过《秋游赋》；道宗前往鸭子河捺钵，他写过《捕鱼赋》。文采芬芳，诗意盎然，深得道宗和萧皇后的喜爱。

这天，耶律良写了一首诗，来到后宫对萧皇后说："臣才疏学浅，近无新作，有负皇帝皇后圣望，昨日我偶作一诗，请皇后雅正。"萧皇后从侍女手里接过诗稿，闪目观瞧，见上面写道：

重阳秋日朗，元宵春月圆。
欲览人寰处，反顾己身边。

萧皇后看完说："耶律卿五言绝句写得情景交融，平仄得体，吟起来朗朗上口，是一首好诗。"

耶律良忙施礼道："多谢皇后夸赞，臣是有感而发，近来察觉朝廷内有不轨之人，又不敢向皇上奏禀，才写诗示喻。"

萧皇后极聪明，又看了两眼诗稿，心头一凛，又强装笑颜道："耶律卿，这首藏头诗哀家已深悟其意，耶律重元欲反，你可有真凭实据？"

耶律良慌忙跪倒，把重元父子谋反的证据呈出说："臣若有半点虚言，愿受五辕[①]之刑。然臣以为，重元与圣上乃宗族之亲，骨肉之情，臣不敢与圣上明言，才写此诗示警，望皇后明察。"

萧皇后面色和悦，说："耶律卿的忠心苍天可鉴，有什么办法能让皇上相信呢？"

"臣知圣上已出猎太子山捺钵，耶律重元随军伴驾，而烈鲁古据守越王府，他们想内外夹攻，逼皇帝退位，他们父子好执掌朝政。臣以为速以快马禀报皇上，让圣上定夺。"

萧皇后当机立断道："当断不断，祸来快如箭。你持我的手谕急驰太子山面圣，看圣上如何定夺。"

耶律良持皇后懿旨，奔太子山而去。

道宗见了萧皇后的书札，又看了耶律良的五言绝句，心里道，皇叔本不想夺我江山，而兄弟烈鲁古和皇婶妃早已垂涎三尺，但没有确凿的证据，只凭烈鲁古的狂傲骄横残暴也难定论。想到这，虎着脸对跪在帐前的耶律良说："你这是危言耸听，离间我们叔侄的骨肉之情，唯恐朝廷不乱，该当何罪？"

① 五辕：辽朝一种车裂人体的酷刑。

耶律良说："臣若虚言，甘愿千刀万剐，陛下宜提前准备，若事发，恐悔之晚矣，中了逆臣的奸计。"

道宗沉吟良久，才低声问道："你既然知道得这样详细，此事该如何处置？"

耶律良道："臣以为，宜速召烈鲁古来太子山面圣，他如果应诏而来，证明臣所言是假，臣愿受诛，若不来，则臣所言属实。"

道宗依言而行，立即派人去召烈鲁古。使者到越王府宣完圣旨，烈鲁古一阵冷笑说："宣我面圣，恐怕有去无回，先把使臣绑了，一会儿出战杀他祭旗。"

使者被五花大绑，困在帐下，烈鲁古忙着调遣人马准备围宫。那使者也非等闲之辈，在帐柱上磨断了绳索逃脱，跑回太子山向道宗禀报。道宗大吃一惊，因为他太子山行宫，是由耶律重元和耶律仁先两支军队伴驾，这两位大将是半斤八两，都是能争惯战的元帅，胜负各占一半。而宫廷里萧皇后和太子，只有一千御林军，恐难敌烈鲁古的三千皮室军，拦子军又随驾三百人，二百多人由副统领掌管在公众，寡不敌众。道宗忧心如焚，急忙召集耶律仁先等忠臣商议军机大事。

仁先听后说："重元善战，烈鲁古凶狠暴戾，臣怀疑他们很长时间了，却无真凭实据，今日终于爆发了，有我和挞不野在，谁也动不了陛下半根毫毛。"

仁先的话还没说完，探马来报：耶律重元的人马已把太子山皇帝行帐包围了。

道宗脸色微白，道："看来，他们蓄谋已久了，朕轻信了他们，为今之计，朕带拦子军到北院大王或南院大王处避一避风头，仁先将军，你组织皮室军拒重元叛军。"说完，起身上马欲行。

耶律仁先上前拽住马缰绳，说："陛下如果这样匆匆离众而去，势必动摇军心，叛军会随后追杀，况且南北院大王是否与重元通了气，还不得而知，还是固守行宫为上策，臣与之决一死战，陛下尽管放心。"

仁先之子耶律挞不野见父亲拽着皇帝的马缰绳不松手，忙说："父亲，皇上的意志，您也敢违抗？"

仁先大怒，抡掌向挞不野头上拍去，道："你小子懂什么？再胡言乱语，我打扁你的脑袋。"

道宗幡然醒悟，道："爱卿所言极是，朕御驾亲拒叛贼，方能稳定军心，一切听仁先将军安排。"

耶律仁先先得皇上圣旨，传令皮室军，先将皇上保护好，用一百拦子军围住大帐，以栅栏、车辆、马队形成三道保护圈。然后率儿子挞不野率本部人马，以一百拦子军为先锋，高举皇上的旗帜，向耶律重元的中军扑去。

挞不野的二百拦子军以一当百，锐不可当，冲到阵前向重元的左军砍杀。耶律重元本来以为拦子军要与自己中军接站，而人家的马队却画了个弧线，向左面冲来，而中军耶律仁先和耶律重元这一对老朋友，却成为仇敌，两马相对。

耶律仁先举起手中的狼牙棒，高声说："重元贤弟，曾记得当年咱哥俩与西夏军作战身陷绝境，你我谁也不肯突围而去，以性命相保，只等援军到来那一幕吗？没成想你我都这一把年纪了，却要以性命相搏了。"

重元也是心头一热，说："仁先兄，愚弟也是被逼无奈才出此下策。当年我让位于兴宗，他曾答应我，他百年之后由我登基，可临终时却传位皇子耶律洪基，令我心寒呐。如今耶律洪基又立耶律浚为太子，那我的这一支就永无出头之日了，我是不得已而为之。"

耶律仁先说："既然你已经大仁大义，扶持皇侄继位，又何必中途反悔，起兵谋反，不怕落个千古骂名吗？"

重元长叹一声道："都是因为一时心软，才到今日被逼起兵，皇上和那萧观音也是欺我太甚。"

耶律仁先摇摇头："此言差矣，当今皇上一登基，就封你儿子为越王，封你为兵马大元帅，统领南北两院兵马，后来你怕操心，才把北院兵权让给我，怎能说欺你太甚了呢？"

重元咬了咬牙说："事已至此，说啥都是枉言了，你我只能在兵器上见个高低了。"

"好！我也多年领教你的开山大斧了，看看我的狼牙棒还行不行吧！"

二人站在一处，旗鼓相当。

滦河畔，太子山下两军势均力敌，皇宫里却寡众悬殊，道宗狩猎太子山，留下了萧皇后、耶律浚以及宰相耶律乙辛主持朝纲。万没料到，耶律重元父子谋反，烈鲁古率领王府重兵包围了皇宫。

皇宫里只有御林军守卫，加上二百多拦子军，也不足千人，况且耶律乙辛是个文官，从未带兵打仗，他曾劝萧皇后交出玉玺，先退烈鲁古之兵，待勤王之师回来之后再讨叛贼。南府宰相萧德为人和善，懂礼博学，力谏说："此事不妥，自古邪不压正，烈鲁古虽有虎狼之师围宫，但我们二百拦子军能以一当十，上千

御林军据守宫门，足可与烈鲁古战上两三天，待皇上分兵解围为上策，焉能拱手交出玉玺。”

渤海近侍祥稳耶律阿思怒视乙辛道：“大敌当前，怎能不战而降？亏你承受皇恩多年。皇后，臣愿为先锋迎战烈鲁古，虽肝脑涂地，在所不惜。”

萧皇后真如观音菩萨，始终面带微笑地听着众人的争辩和奏请。耶律浚却沉不住气说：“烈鲁古胆大妄为，竟敢起兵谋反，逼宫夺玺，我父皇外出打猎，不然定能……”话音未落，一个太监进来禀报：“皇后，大事不好了，守门卫士尽被烈鲁古杀了，他们用圆木撞宫门呢，快撞开了。”

萧皇后此时神色一变，站起来说：“鱼死网破总是难免，耶律阿思，你带二百拦子军和三百御林军为先锋，把撞宫门的贼兵杀干净，耶律乙辛，你带二百御林军守宫，萧德将军与哀家率五百御林军为中军，今儿个倒要看看烈鲁古是三头六臂咋的？竟敢冒天下之大不韪。”

耶律浚忙说：“母后，我呢？”

萧观音缓缓地说：“你抱着你父皇的玉玺，随我出战，那玉玺就是大辽天下，你无论如何也要保住它。”

一旁的杨柳道：“皇后，我愿随太子前行，烈鲁古与我有杀母之仇，我要看看他是如何死在皇后刀下的。”

萧观音觉得杨柳虽身为宦官，却有一股英气，就点点头答应他的请求。耶律阿思带着五十拦子军攀上城墙，居高临下是一顿乱箭把撞宫门的几十个叛军射杀，然后打开宫门，率兵士列开战阵。

烈鲁古着一身亮银铠甲，骑一匹乌雅马，手擎金背砍山刀，催马来到阵前，用刀一指耶律阿思道：“耶律阿思，你由一个伴驾猎夫升为祥稳，都是我父王提携的。今我父子起兵，你不应和也罢，何必拒我，为皇上卖命？况且你的功夫能跟我走上几回合？赶紧回去让萧观音和耶律浚把玉玺交出来，不然我杀进宫鸡犬不留。”

耶律阿思怒骂道：“贼子乱臣人人得而诛之，你们父子之恩我终生难忘，可我吃皇家饭就要为皇上尽忠，能死在你的刀下，我毫无怨言。”说完，催马上前，挺枪便刺。

烈鲁古大嘴一撇，道：“不知好歹的家伙，本王今儿个就成全你，让你尽忠尽孝。”大刀抡圆了与耶律阿思战在一处，阿思深知自己的武艺抵不住烈鲁古，但此时他抱定必死的心态，只攻不防，有好几次烈鲁古荡开他的铁枪，大刀顺势向他砍来，可是，阿思根本不顾即将劈在身上的大刀，拧枪刺向烈鲁古的要害，烈鲁古本可一刀劈死阿思，可自己也得受伤，想到自己还准备当皇上，根本不能与他拼命。

萧皇后此时也出了宫门，远远望着耶律阿思力战烈鲁古，见耶律阿思只有招架之功，恐遭毒手，回头对萧德说："萧将军，你替阿思抵挡一阵，不可硬拼，我自有退敌之策。"

萧德手提熟铜大棍来到阵前，替回阿思，向烈鲁古一抱拳道："越王神勇天下无敌，皇后让我来问你，皇上待你不薄，为何起兵谋反？你与当今皇上是一爷之孙呀。"

烈鲁古磔磔怪笑说："一爷之孙不假，我父亲把皇位让给了兴宗，他登基时承诺，百年之后，将帝位传给我父亲，可是他一再食言，驾崩时传位给耶律洪基，如今耶律洪基又立了太子，把我们晾在一旁。他当了十多年皇上了，这回我也想尝尝当皇帝的滋味。既然你知道本王天下无敌，还敢与我动手吗?"

萧德与之搭讪是分他的心神，趁烈鲁古不注意，抡起大棍当头砸下，烈鲁古自恃武艺高强，根本没把萧德放在眼里，没想到萧德来了这一手，险些招了道，幸亏他临敌经验丰富，慌乱中举起大刀磕开铜棍，即是如此，还是惊出一身冷汗。这回烈鲁古痛下杀手，招招向萧德的要害处打去。萧德只有招架之功，全无还手之力，好不容易寻了空子，打马跑回本阵。

烈鲁古一阵狂笑道："萧观音，你手下的一群脓包一齐上来，也不是本王的对手，何必以卵击石呢！赶紧把玉玺交出来，放我进宫，饶尔等活命。"

萧观音是太后的名字，烈鲁古直呼其名已是大为不敬，她面容冷似冰霜，说："烈鲁古，平素皇上待你家甚厚，凡事让你们三分，封王封地，允许你蓄养亲兵，你却起兵谋反，这是不仁不义，难道不怕大辽的律法吗?"

"仁义？你也配跟我说仁义二字。按道理，这皇位早就是我父王的，哪里有什么兴宗道宗。可你们得着好吃的不撂筷，又封皇后又立太子，把兴宗继位时的话忘得一干二净。看你貌似桃花，面如粉玉，若没做够皇后，等我登了九五之尊后，仍封你皇后。"

萧观音气得浑身颤抖，强压怒火道："玉玺可以给你，不过，你得放我们母子和这些士兵出去。""你想去太子山与耶律洪基汇合呀？我告诉你们吧，他早已

成了我父的刀下之鬼了，他的护驾军恐怕也被剁成肉酱了，不过我可舍不得杀你，至于后宫粉黛佳丽，我还留着享用呢。”

萧皇后心头一寒，又冷静一想，有耶律仁先父子和拦子军在，皇上不会出事。这时，又有传令兵来报，叛军就要攻破东、西、南门，就气愤地说：“烈鲁古，你也太狠了，我提的条件你不答应，休想拿到玉玺。”

烈鲁古说：“好！臭娘们，我答应你，看你怎么跑出我的手心，别看你现在嘴硬，到时候你还得来求我呢。”

萧皇后知道狗嘴里难吐出象牙来，不再与他废话，对耶律浚说：“皇儿，留得青山在，不愁没柴烧，把玉玺给烈鲁古，反正都是近亲宗室，谁主朝纲都姓耶律，省着你父皇日夜操劳。烈鲁古，你先撤出北门叛军，给我们让出一条道来！”

耶律浚说：“母后，这、这可是江山社稷呀！”

萧德忙制止道：“皇后千岁，这可使不得，我们还有皮室军呢！”

萧皇后忙向他们使了个眼色道：“事已至此，我不能看着这些士兵、宫人为人所害，我意已决，勿多言。”

烈鲁古已等得不耐烦了，高声嚷道：“赶紧把玉玺送过来，不然本王要大开杀戒了！”

耶律浚极不情愿地把玉玺交给小宦官，那小宦官手捧用黄丝绸缎包着的传国之宝，一支拂尘搭在肩头，瘦弱的身躯在秋风中略有几分颤抖，哆哆嗦嗦地来到烈鲁古马前，烈鲁古像觅食的恶狼，贪婪的目光盯着小宦官说：“阉人，赶紧把玉玺呈上来！”

小宦官只有十五六岁，个子不高，站在马下够不着，所以烈鲁古让他到近前送玉玺。小宦官神色慌张地来到马前，烈鲁古把大刀横在马鞍上，小宦官双手举上玉玺，烈鲁古俯身接过去，心里美得像三伏天喝了山泉水一样，他欲打开黄绸子验看，刚解了一个扣，烈鲁古大喜过望，竟把送玉玺的小宦官忽略了，既没让他回去，也没说让他留下。就在烈鲁古得意忘形之际，小宦官突然跃起，手中的拂尘化作一柄短枪，刺向烈鲁古的裆处。正沉浸在做皇帝美梦中的烈鲁古，猛觉得腹下一阵剧痛，“啊呀”一声大叫，忙以一手捂裆部，一手抄刀欲砍，就在他的大刀刚刚抡起之际，耶律阿思已开弓放箭，一支狼牙箭正中烈鲁古的面门，他往后一仰，金背砍山刀脱手，栽下马来，小宦官箭步拧身，拂尘上的枪尖捅进了烈鲁古的咽喉，烈鲁古立时死于非命。瞬息万变，简直把在场的人看呆了。

奉太后之命送御玺的不是别人，正是几年前被烈鲁古杀了母亲、又被打成重伤的杨柳。那天，她被太后救起之后养在宫中，成了宦官，小杨柳颇有心计，父亲所授的武功口诀一点没忘，平时不敢明目张胆地练剑，就把拂尘改成短枪，束上马尾，明眼一看是拂尘，实际上是枪剑一类的武器，他朝思暮想为母报仇。

今日烈鲁古逼宫，危难之际，萧皇后把他召到近前，问他是否想报仇雪恨，杨柳当然想杀烈鲁古。其实皇后早知他偷偷练武，并且有一身惊人的本领，才派他用黄丝绸包了一枚假玉玺，诱烈鲁古上钩。果然，一勇之夫的烈鲁古，根本没把一个小太监放在眼里，恰恰就在小河沟里翻了大船，被杨柳以拂尘头把整个阳具戳掉，接着又中了耶律阿思一箭，惨叫一声滚落马下，又被杨柳洞穿咽喉而死。

没等他手下的将士反应过来，萧德已来到近前，割下烈鲁古的头颅。他的几个死党如梦初醒，大声鼓噪，冲过来，萧皇后指挥拦子军冲到阵前，以强弓硬弩射住阵脚，萧皇后驱凤辇款款而行，高声喝道："王府的亲兵们，难道你们武功强于烈鲁古吗？你们受命起来兴事本是无错，如果此时再执迷不悟，难道也想像烈鲁古一样？忠于皇上的留下，其余的散去吧，皇上既往不咎！想要送死的就冲上来，占了宫殿，你们能当皇帝吗？"

萧皇后的几句话入情入理，烈鲁古的那些亲信巡马便走，还剩半数以上的人马，萧皇后见状大喜道："好！忠臣不侍二主，暂且让他们去吧！"其实，她心里也没底，倘若剩下的人马死拼硬杀，自己也难保啥样的结局，萧皇后又说："叛贼已除，首恶已办，余者无罪。耶律阿思，速率兵增援太子山，为皇帝解围。"耶律阿思领旨而去。

太子山那边，酣战半日的耶律仁先和耶律重元难分胜负，已到黄昏，毕竟贼人胆虚，重元已现败相，他的巨斧猛力劈下，仁先举狼牙棒相迎，斧刃恰巧镶进狼牙间，一时难以拔出，电光火石之间，重元失去重心，开山斧失手，背部被仁先的棒柄所伤，打马败退。

太子山兵变后，五院部萧塔剌、兵马副元帅耶律敌烈、府邸郎君萧韩家奴、北院枢密副使萧唯信、告老还乡在途中的姚景行等，听说耶律重元叛乱，纷纷率兵前来讨贼。

第二日黎明，轻伤的耶律重元重整旗鼓，率奚兵再来包围行宫。萧塔剌等从四面包抄，萧韩家奴独骑来到阵前高声叫道："你们这些奚人，怎么能跟重元反叛朝廷呢？勤王之师已到，你们整个族人都有灭顶之灾，若现在悔过，速速退去，也许会因祸得福。”奚兵闻言，大多散去。

耶律仁先趁势催动军马出击，重元难止败势，溃兵潮水般退去，被追杀二十余里，死伤大半，重元只带二十余骑逃遁。

滦河之变以烈鲁古身亡、重元遁走他乡而告终。

道宗停止狩猎返回上京，大封有功之臣，开弘殿上文武百官齐聚，道宗、萧皇后、耶律浚喜不自胜。道宗拉着耶律仁先的手说：“滦河之变，如果没有你苦谏和拼死护驾，恐我大辽社稷被人倾覆，为彰显诸位之功，朕特命画师作《滦河战图》，又亲作诗一首。”文武百官山呼万岁。

一宦官捧上《滦河战图》，因辽朝崇尚汉族文化，诗词歌赋，书法绘画，皆有汉人之风范，那幅《滦河战图》栩栩如生，惟妙惟肖，如实再现了那场激战，叛军的凶狂和护驾军的勇武，耶律仁先、耶律挞不野、耶律良、萧韩家奴、萧观音、萧德、耶律阿思、杨柳等人的形象跃然纸上。有一宦官当庭吟诵道宗的题诗：

同室操戈起狼烟，乱军围攻太子山。
滦河之畔鏖战急，驱除叛军赖仁先。
上京兵少几多险，皇后妙计转为安。
罪臣伏诛靠杨柳，汉人亦忠吾契丹。

群臣高声喝好。道宗、萧皇后、耶律浚等兴高采烈。值殿宦官捧圣旨宣读道：

封耶律仁先为宋王，升为北院枢密使。
封耶律挞不野为平乱功臣，升殿前检点知事。
封萧韩家奴为平乱功臣，升殿前都检点。
封萧德为平乱功臣，升为汉王。
封萧唯信为平乱功臣，升北院副枢密使。
封耶律敌烈为平乱功臣，升临海军节度使。
封姚景行为平乱功臣，升武定军节度使。

封耶律阿思为平乱功臣，升契丹行宫都部署。

封耶律良为平乱功臣，升汉人行宫都检部署。

封杨柳为平乱功臣，升大内太监副总管。

把耶律重元的家产奴隶分给众人。

道宗封完诸臣后说：“众爱卿，还有何本可奏？若无本再奏，庆功宴开始。”

群臣受了皇封暗自高兴，都等着开宴，无人奏本。此时呼啦站起一片，唯独杨柳长跪不起，奏道：“微臣杨柳年幼无知，恐难胜大内副总管之职，况且臣重创烈鲁古一是报杀母之仇，二是报皇后收养之恩，三是蒙太子兄弟般的情谊，不敢受皇上如此大封，也担不起大任。”

道宗一阵大笑打断杨柳的话说：“小爱卿虽年幼，却知谦逊，封你，只是让你享受俸禄，你主要还是陪太子习文练武，其他不用你管，快起来吧！”

杨柳还想说什么，看着萧皇后慈爱的目光，耶律浚期盼的眼神，把舌尖的话又咽了回去，叩了一个头起身退在一旁。庆功宴在一片喧哗声中开始。

第五章

诈死还阳取谢野　劾里钵袭都勃堇

辽朝兵变有惊无险，而生女真完颜部为打通鹰路却付出了惨重的代价。五国部的谢野是个野心勃勃的家伙，对乌古乃都勃堇的位子觊觎很久，他不像拔乙门目光短浅好酒色，这家伙是软硬不吃，阻断鹰路后放出话去，如果辽朝让他做都勃堇，就永保鹰路畅通，不然，休想再从五国部拿走海东青。乌古乃岂容他为所欲为，动摇自己都勃堇的地位，先后派劾里钵、欢都、习不失、颇剌淑、盈歌等大将多次领兵征讨，双方反复纠缠，互有胜负。鏖兵一年多，均是无功而返，还折损了许多兵丁。辽朝由于鹰路不畅，就不断地给乌古乃施加压力，责令限期打通鹰路，否则，辽朝要发重兵进剿。

这天，乌古乃率众将在大帐议事。辽朝官员、曾得过出使女真甜头的纳兀又讨了个银牌天使的美差。他在辽宁江州的大将曷鲁林牙陪同下，兴冲冲地来到完颜部，宣布了辽道宗的圣旨，令乌古乃亲自领兵征剿，限两个月之内平息叛乱，把叛贼之首献于辽朝，并派纳兀为监军。

此时，乌古乃已五十四岁，由于连年征战和操劳，积劳成疾，但辽皇圣旨，又不敢违抗。劾里钵深解父亲的苦衷，忙向纳兀解释说："天使大人是监军理所当然，这谢野比狐狸还狡猾，我们带重兵前去围剿，他就率部钻进险山峻岭负隅顽抗，我们去少数人马，他就以逸待劳，倾巢出动，以少胜多。我父王已经年迈，还是由我们哥几个代他出征吧，这次一定把谢野的人头拿下来。"纳兀冷笑一声说："圣旨是皇上下的，你去找皇上说去吧！""你、你……"劾里钵脸色涨红，气得说不出话来。乌古乃见劾里钵有些激动，就干笑两声说："我儿退下，苍龙花了眼还是苍龙，猛虎掉了牙还是猛虎，看来，谢野这个老冤家非得我出马才能取他项上人头。天使大人，我斗胆请你阵前观战如何？”

纳兀看了曷鲁林牙一眼，这、这了半天没有说出话来。曷鲁官拜林牙，平素很看不起纳兀一类的庸碌之辈，于是一语双关地说：“天使大人是监军理所当然，你大放宽心观战吧！乌古乃宁肯自己掉脑袋，也不能损你一根毫毛！”

乌古乃连说：“那是、那是，我明日卯时祭旗出征，今日我先为二位大人接风洗尘。”纳兀骑虎难下，只好答应一起出征。劾里钵说：“天使大人，我们部族有个规矩，明天要杀青牛白马祭旗，今夜就不能给你荐枕了。”曷鲁向纳兀解释说：“这是他们的一个风俗，天使大人多多谅解。”

酒宴开始了，劾里钵喝了两杯后，按乌古乃的安排去乳峰山接阿骨打去了。而纳兀因不能荐枕了，酒喝得闷闷不乐，眼巴巴看着厅前舞女们搔首弄姿，却不能像以往那样恣意放纵了，急得心里直痒痒，又不敢肆无忌惮地破坏女真人出征前的规矩。盈歌和曷鲁早已看出纳兀的心思，故意多敬他几杯酒，灌得纳兀迷迷蒙蒙，那家伙也是心里不痛快，借酒消愁，结果酒宴未结束，就趴在桌子上流着口水睡去，嘴里还不停呓语：“我要美女荐枕，不然……不然谁他妈跑这鬼地方来呀……”

乌古乃、曷鲁、颇剌淑相视而笑。微笑中，曷鲁轻轻地叹口气，自言自语说：“天朝咋能派这样的使者来往于各部落，有损国威呀！难怪五国部频频造反，阻断鹰路呢！”

翌日，会宁州校兵场。

三百名骑兵被挂整齐，乌古乃陪纳兀、曷鲁来到军前。萨满早已把准备好的青牛白马宰杀完毕祭旗，萨满使劲敲着蝎皮鼓，抖动着身上的七十二个铃铛，哼哼咧咧地唱了起来：“日出东方落西方，天地之间有灵光，我主起兵伐叛逆，各路神仙多帮忙，……哎嗨哎嗨呦！哎嗨哎嗨呦！”在大萨满吆喝声中，忽然刮起一阵狂风，将帅字旗拦腰折断，众人皆惊，大萨满闭目良久，口中念念有词，忽然睁开眼睛道：“神已明示，此战凶多吉少，主帅不可亲自出征。”国相雅达接茬道：“都勃堇，既然萨满已测出凶吉，就不可轻举妄动，让谢野的人头再留几天。”

乌古乃瞟了纳兀一眼，纳兀因昨夜没有美人“荐枕”，憋了一肚子火，板着面孔说：“都勃堇是这里的最高头领，圣上又亲点你出征，你自己看着办吧！反

正我跟曷鲁将军已决定做监军观战了。”

乌古乃见纳兀幸灾乐祸的样子，气不打一处来，下令说：“风、雨、雷、电，是天之现象，何必那么求真，即刻出兵活捉谢野，打通鹰路！”

五国城抹捻部，谢野营寨。

冰块摞起了几道屏障，一队队兵丁来回巡防。谢野头顶狐狸皮帽子，身着狍皮大衣，端坐在沙栗马上巡视防御情况。一个探子飞马来报：“报勃堇，不好了，乌古乃亲自带兵杀过来了！”谢野虽然有恃无恐，但听说乌古乃亲自统兵而来，也是一惊，从马上跳下来道：“他们多少人马？”探子说：“大约有三百来人吧，已经距拨里泊十多里路了。”“再去打探，速回报告。”探子应声而去。

谢野凶狠地对部将说：“拨里泊对岸有一道峡谷，我们在那里设伏兵，见乌古乃过河，就用箭招待他们，叫乌古乃死无葬身之地。”

中午时分，乌古乃人马到了拨里泊，虽然是初冬天气，却有了“小阳春”，太阳暖融融的，晒得拨里泊冰面积雪融化了薄薄一层，盈歌率人道冰面上试探后，他打马回岸说：“父王，冰面能过人马了，只是积雪初化，一跐一滑的，如果谢野趁我们过河之机下手，我们难以应对。不如咱在此安营扎寨，待傍晚过河！”纳兀闻言，不等乌古乃表态就抢过话头说：“不行！兵贵神速，这样磨磨蹭蹭的，啥时候能抓到谢野，打通鹰路？”乌古乃无奈，命兵丁涉险过河。

盈歌带第一批人马刚到河中间，谢野埋伏在峡谷旁的士兵开始放箭，盈歌等人慌忙招架，由于在河面上无遮无拦，登时伤了几十人马，乌古乃立即鸣金收兵。

看到伤残的士兵，盈歌压不住心头的怒火，向纳兀大声吼道：“你懂得领兵打仗吗？让我的弟兄白白送死，你一会儿带兵过河试试！”

纳兀看到盈歌眼睛都红了，刚想说什么，曷鲁忙打圆场说：“盈歌将军请息怒，胜败乃兵家常事！天使大人，以后军事上的事您就别管了，只等谢野的人头就得了吧！”

看着怒气冲天的盈歌，纳兀软了三分，说：“行！行！行！我就等你们父子拿下谢野的人头。”

乌古乃命兵丁在拨里泊安营扎寨，谢野留副将在对岸安营防御，自己带着亲兵卫队回营寨去安歇。是夜，寒星闪闪，冷风刺骨。留守下来的士兵耐不住寒冷，生火取暖，围火饮酒御寒，那副将是谢野的亲信，他对谢野唯命是从，谢野临回去时下令，不许兵丁夜里喝酒，以防乌古乃偷袭，于是，把几个主张喝酒的小头目鞭打一顿，自己钻进牛皮帐里与女仆鬼混。

一个被打的小头目平时就不得烟抽，此时心中愤愤不平，他想勃堇回村寨肉山酒海去了，副将有美人陪伴早已钻进了暖被窝，让我们坚守岗位，喝口酒还遭鞭打，于是，趁黑夜摸过对岸，投奔了完颜部，盈歌详细了解了对方的布防情况，然后，让兵将饱餐战饭，以酒暖身，于半夜子时带领人马悄悄摸过对岸。此时，鬼混了半宿、抱着女仆沉睡梦乡的副将被生擒活捉，其士兵稀里糊涂被斩首大半，其余投降，只走脱了几个骑马巡更的兵丁，回去向谢野报信去了。

盈歌的人马在谢野的营帐里美美地睡了一觉，第二天天刚亮，乌古乃率大队直奔谢野的营寨。气急败坏的谢野忙点了五百人马前来报仇。

两军在河谷旁摆开阵势，乌古乃拨马到了阵前，高声断喝："谢野，你这个不讲信义的小人，上次我活捉拔乙门放你一条生路，并让你接任他的职务，你当时咋起的誓？为何阻断鹰路杀害辽使？"谢野毫不示弱，抹了一把稀疏的山羊胡子上的霜花说："别提你抓拔乙门的事了，光彩呀？你还不是搭上了老婆！"

乌古乃的妻子唐括多保真曾到拔乙门营寨做过人质，人质的境况不言而喻，乌古乃最怕别人提及此事，闻言大叫一声："好一个杂种！拿命来！"高举锋利的窄长腰刀，箭似的冲向谢野，谢野万没想到乌古乃豪勇不减当年，慌忙举铁枪招架，劾孙、颇剌淑、盈歌唯恐父亲有闪失，呐喊着兵分三路冲了过来，谢野的部将也催兵过来，形成了混战局面。乌古乃如发怒的雄狮，一刀接一刀砍向谢野，谢野只有招架之功，两个稗将前来救应，被盛怒下的乌古乃砍于马下。谢野稍得喘息之机，拨马便上了山冈，挥枪声嘶力竭地喊道："活捉乌古乃！有重赏。"而他手下的兵丁见主帅跑上了山冈，乌古乃勇不可挡，完颜部兵士潮水般地涌过来，便节节后退，乌古乃又捅死两个敌兵，瞥到谢野在山冈上舞枪指挥，拨马奔他冲去，谢野见乌古乃又冲向自己，慌了手脚，忙叫亲兵放箭，乌古乃长刀上下翻飞，挡住飞蝗一般的箭头，不料一支利箭射向正在眉飞色舞观战的纳兀。乌古乃深知纳兀可恨，但伤了辽朝天使也不好办，于是，一提坐骑刺里去挡那一箭，结果，胯下马前蹄扬起，那箭却中了他的坐骑，那马吃痛栽倒，把乌古乃抛了下来。几个敌兵想活捉乌古乃，被近处厮杀的盈歌发现，忙发连珠箭射死敌兵，驰马到了乌古乃近前。乌古乃拄着战刀站了起来，一个趔趄又跪到地上，吐了一大口鲜血，劾孙、颇剌淑也赶了过来，见父亲受伤，忙叫人治伤。哥仨疯了似的向

谢野冲去。

谢野满以为射中了乌古乃，正在洋洋得意之际，见三匹战马旋风般卷来，高喊着“瓦都拉”，他手下的士兵被砍瓜切菜一样杀死无数，不觉心惊胆战，拨马便走，兵丁见主帅不战先逃，也随之退了下去。

完颜军追出几里地外，才收兵回来。盈歌见父亲面色苍白，说话有气无力，就用商量的口吻说：“父王，咱们劳师远征，贼兵势大，现在天寒地冻，您老又负伤在身，不如暂且退兵，等春暖花开再讨伐谢野也不迟！”

乌古乃摆摆手说：“咱爷们能等，辽朝皇帝不等啊！这鹰路一天不通，辽朝就一天不能罢休，你没看见纳兀那熊样，像讨账鬼似的！”盈歌等沉默无语。欢都恨恨地说：“要不是为了挡那支冷箭，都勃堇也不会受伤，这狗天使还不领情。”颇剌淑道：“一提纳兀，大伙都赌气，还是核计眼下破敌之计吧！”乌古乃缓一口气说：“我倒有一计让谢野上钩。”几个儿子俯首过来，乌古乃耳语一番。劾者、劾孙、颇剌淑、盈歌闻言，紧拧的眉头渐渐舒展。

翌日，纳兀、曷鲁尚未起床，盈歌就来敲门，说他父王伤重过世，然后，全军缟素，遍插白旗，哀声震天。纳兀、曷鲁来到乌古乃帐前，想进去看个究竟，结果被身穿孝服的兵丁拦住，告诉他们，盈歌将军有令，按女真习俗，逝者三天之内不得有外人观瞧。二人悻悻而回，尤其是纳兀，心中有愧于乌古乃，也不好强求，曷鲁虽觉乌古乃死得突然，又难以追问。

有探马报与谢野说：“完颜军主帅乌古乃伤重不治身亡，完颜军上下哀伤，正准备撤军。”谢野大喜过望，决定乘胜追击，消灭完颜军，自己也当节度使过把瘾。谢野率军赶到拨里泊，果然见到完颜军白幡招展，哭声阵阵，军营里士兵往来穿梭，在办丧事。部将建议，趁机冲杀可一举击破完颜军。谢野却狡猾至极，他认为兵不厌诈，万一中了诈死之计，悔之晚矣，故按兵不动，隔岸观望，一天过去，毫无动静。

盈歌见谢野不战不退，观望等待，就告诉乌古乃，乌古乃也暗叹谢野的沉着冷静。于是，下令撤军准备路上伏击，并派人回会宁州，让劾里钵率兵前来接应。

完颜军奏着哀乐撤离了拨里泊。谢野还是不急于攻击，缀行其后。如是三日，眼看完颜军已经撤回完颜部境内，谢野经过三天的观察研究，发现完颜军确实有主帅阵亡的迹象，于是下令出击，他追了一上午，在一片宽阔的雪野上，双方两军相接，谢野完全低估了对手的战斗力，他以为乌古乃一死，完颜军群龙无首，斗志已丧，肯定不堪一击。万没料到，他的人数两倍于完颜军，却被完颜军纠缠了整个一个下午，双方互有死伤，而以谢野的居多。

冬天的太阳像被冷风吹怕了似的，早早地躲进了山林里，激战一下午的士兵好不容易听到鸣金收兵，各自罢战，生火做饭。当天黑透的时候，完颜军忽然消失得无影无踪，谢野闻报大吃一惊，他根本不相信完颜军会蒸发，但派出几个探马回来说没发现他们的任何踪迹。谢野不敢贸然出击，但他忽略了一点，完颜军全身缟素，与白雪皑皑的山林大地混为一色，白天分辨都有难度，夜晚就更加不易了。

拂晓前夕，是天最冷的时候，有人叫“鬼龇牙”，意思是连鬼都冻龇牙了。谢野营帐，巡更的士兵半个时辰一换岗，还是冻得难以忍受，不停地踱着步子，活动着冻得麻木了的双脚。忽然，他们寨栅前涌出一群白衣人，未等他们弄清是咋回事，白衣人射出的利箭已准确无误地插进了他们的咽喉或胸腔，接着，那些白衣人又点燃了蘸有野猪油的火把箭，射向毡帐，顿时浓烟滚滚，火光熊熊，杀声四起。傍晚时消失的完颜军突然冒了出来，边放箭边冲杀过来，谢野军大乱，在火光中乱窜，有的没穿上战衣，有的没找到兵刃，被如狼似虎的完颜军砍杀大半。

幸亏谢野睡在中军大帐，火把箭射不到，他惊慌地穿上衣甲，在亲兵卫队的拼死护卫下，杀开一条血路冲出了完颜军的包围，仓皇逃窜。没跑出多远，被前边一队人马拦住了去路，马上一员大将高声断喝：“谢野，乌古乃恭候你多时了，还不下马受降吗？”那声音如晴天霹雳，震得谢野两耳嗡嗡作响，谢野简直不敢相信自己的耳朵，借着依稀的晨光和火把，他看见乌古乃骑着高头大马，手持开山大斧，威风凛凛地坐在马上。谢野讷讷道：“你！你！你不是被我射死了吗？”

乌古乃闻言哈哈大笑道：“谢野，你这等小人还活在世上，我能死吗？你中了我的诈死还阳之计，不仅如此，我二儿子劾里钵前天就奉我的命令，率二百轻骑去攻打你的老巢，你的兵丁都在这儿，守寨的能抵挡住我儿子劾里钵吗？下马受降免你一死。”

谢野此时斗志全无，乌古乃诈死是真，而他二儿子能攻破自己的村寨，他将信将疑，他垂死挣扎，歇斯底里地喊道：“弟兄们，别听他瞎忽悠，冲出去回村寨都有重赏！”谢野的话音未落，从村寨方向驰来一骑，未到谢野近前便高声叫

道："报勃堇！大事不好了，劾里钵带二百多人把咱们村寨包围了，副寨主顶不住特让我来报信！"

谢野闻听此言，吓得面如土灰，手中的长枪掉在地上，他的士兵更是心头大骇。乌古乃趁热打铁，说："抹捻部的弟兄们，咱们本是一家，同气连枝，你们又没杀辽朝使者，又不想当都勃堇，家家有老有小，何苦再为这个野心家卖命呢，赶紧放下武器回家过日子去吧！"众士兵见前有拦截后有追兵，村寨被围也难保住，经乌古乃一说，纷纷放下手中的长刀，各自逃命去了。谢野见大势已去，劾孙、颇剌淑、盈歌等大将各执兵刃，怒目而视，他长叹一声，跳下马来向乌古乃道："到底还是败在你手上了，唉！我甘愿随你去辽廷受诛，看在过去的情分上，求你放了我的家人和部族吧！"乌古乃朗声笑道："我从来不滥杀无辜，要不是你妄自尊大、野心勃勃，能有今天这个结局吗？"乌古乃话音未落，做垂死挣扎的谢野突然跃起，把乌古乃从马上扯了下来。事出突然，众将猝不及防，眼见二人在雪地上滚成一团，便纷纷下马，围了上来。

乌古乃毕竟年事偏高，在雪地上滚了几个回合后，便被谢野压在身下，那家伙抽出短刀准备临死前抓个垫背的，短刀刚刚举起，便被盈歌一刀砍下了右手，滚在雪地上嚎叫不止。

两个士兵过去把谢野结结实实地捆了起来。劾者、颇剌淑、盈歌急忙赶过来扶起父亲，乌古乃喘着粗气，看谢野的惨状，脸上浮现一丝喜悦的笑容，刚要开口说话，突然口吐鲜血，昏了过去。

待乌古乃醒来时，却发现躺在自家的火炕上。唐括多保真、二夫人注思灰、三夫人故保以及儿子、国相雅达、萨满等围在身旁，他努力回忆了半天，也不知是怎么回来的。"老爷"、"主公"、"父王"众人齐声叫他，乌古乃挣扎着要坐起来，唐括多保真忙按住他说："老爷，你已昏迷一天一宿了，身体有伤，有啥事躺着说吧。"

乌古乃浑身无力，想起也起不来，就问盈歌道："咱们不是把谢野抓回来了吗？"盈歌忙答道："是啊，父王，国相已派大将欢都和三阿哥陪同辽使押往辽廷报功去了，您好好养病吧！"

乌古乃微笑着点点头，又对唐括多保真说："扶我起来，我有事与国相和萨满交代。"看着乌古乃严厉而渴求的目光，唐括多保真和注思灰把他扶起来坐正。乌古乃一手拉住雅达，一手拉住萨满，说："我恐怕……支持不住了，有重要的事与你俩说……”雅达和大萨满都安慰他说：“主公，你马上会好起来的，刚才已经跟神灵沟通了……”乌古乃摆摆手示意他们别说了，然后，喘息片刻道：“我的几个儿子各有不同，劾者柔和，劾里钵骁勇，劾孙慈善，颇剌淑智慧，盈歌机灵，劾真保、麻颇、阿里合懑等年少不经事，尚不能成大业。稼穑之事可委托劾者，辽廷通使可派颇剌淑，军中大事盈歌可统之，劾里钵可继都勃堇之位……”

乌古乃说到这，众人已是泪流满面，泣不成声，乌古乃又喘息了一下说：“都勃堇位置，要兄终及弟，然后再庶出子，然后再晚辈中嫡传，千万不能落在无能之辈手中，毁了完颜部的基业……”众儿子一起哭着喊道：“父王，你慢慢会好的！”乌古乃苦笑着摇摇头道：“我三阿弟跋黑为人心术不正，不能委以兵权，给他个虚衔……拿权杖来……。”

唐括多保真忙从祖宗匣子旁边拿出一根紫色的木棍，交给乌古乃，乌古乃气如游丝，说：“劾里钵，你接着，这是完颜部的信物，也是都勃堇的凭证，统一大业就靠……”话未说完头一歪，溘然长逝。

众人哭声一片，唐括多保真几次昏厥，注思灰也是哭得死去活来。雅达和大萨满拉起扑在乌古乃身上痛哭的劾里钵，说：“都勃堇，老勃堇故去，你还得主事，马上向辽朝报丧，同时要严加防范，以免敌人趁机来袭，好好准备发丧啊！”劾里钵听国相雅达一说，激灵打个冷战，马上站起身来，才觉得自己肩上的担子之重，他强忍悲痛，一边布防一边为父王料理后事。

会宁州，官署议事厅。

国相雅达、大萨满搀扶着手捧权杖的劾里钵，坐在都勃堇的宝座上。完颜部的嗜老、诸将全部到齐了，雅达庄重地宣布：“老都勃堇临终前托嘱我与大萨满，把节度使的职位传给劾里钵将军。”大萨满接茬说：“我与诸神沟通，神说劾里钵堪当此任，大家参拜吧！”

众人齐跪说：“参拜都勃堇！”唯有跋黑立而不跪，提出质疑说：“我大哥弥留之际，为何不告诉我一声？我怀疑他遗言有假，咱们的规矩不是兄终及弟吗？”雅达闻言看了跋黑一眼说：“三王爷，都勃堇一生东杀西挡，南征北战，豁出一家人的性命，打下来今天的基业，最后累死在沙场之上，你呢？享了这么多年的福，俸禄一样不少，养尊处优膘肥体胖，你现在还能领兵出征上马御敌吗？你的几个儿子有像样的吗？”跋黑这了半晌，说不出话来。

大萨满道：“眼前有两件迫在眉睫的事，南边的乌春借口我们买乌不屯的铠

甲，心怀不满，纠集窝谋罕等部蠢蠢欲动，江北纥石烈部腊醅、麻产兄弟屡犯‘教条’，抢夺散居女真的财物，屠杀他们的族人，三王爷你能摆平他们吗?”跋黑低头无语。

劾里钵双手捧着权杖站起说：“两位前辈不必多说了。”又转头对跋黑说：“三叔，按辈分你是长者，我尊敬你，可这是涉及完颜部族兴衰存亡的大事，我就当仁不让了，何况辽朝纳兀天使和曷鲁将军临行前，已口头委任我接任节度使一职，目前，我没工夫和你争论这些事，若有异议以后再说，我要处理军机要事。”说完，威严地举起权杖道：“劾者、盈歌二将出列！你们率二百兵丁防御江北，密切注视腊醅、麻产的动向！”二将领命而去。

“劾孙、斜葛听令！你二人带二百兵丁据守南方观察乌春、窝谋罕的一举一动。”二将领命而去。劾里钵又转头对雅达、萨满说：“二位元老，我父王丧事从简办理，由二位主持，咱们内部发丧，待颇刺淑拿回朝廷的封书再告知各部族。其他诸将各司其职，各负其责，非常时期，不能有半点差池。内紧外松，其他事情等安丧我父王之后再作从长计议。”雅达和大萨满交换了一下眼色表示赞许。众人见劾里钵沉着冷静，处乱不惊，办事果断，也暗暗佩服。

发丧那天，乌古乃浑身被涂满了麻油，安详地躺在一人多高的木头拌子上，似乎沉沉地睡去。大萨满领着十几个徒弟围在一旁，小萨满们头戴神帽，身披仙衣，头上垂下五色皮条，遮住面庞。左右悬挂日月铜镜，面部罩着狐（狐狸）、黄（黄鼠狼）、白（山神）、长虫（毒蛇）等各类面具，腰围皮裙，挂着铜铁铃，一手持蝎皮鼓，另一手拿柳条鞭，等待大萨满命令。

唐括多保真、劾里钵带领家人站在东侧，雅达、跋黑与其他部众分列南侧。观葬者男则头戴黑帽，脚蹬乌皮靴，身着白衫；女则头缠白布，身套白衫。每个人都庄严肃穆，神秘诡异。

大萨满手拄木杖，后面两个小萨满平端着木盘，木盘里有酒具、神鼓、神鞭等。来到木垛东侧，大萨满将木杖指向天空，口里唱着神调，片刻之后，拿起托盘里的酒壶，仰头灌进肚里，运了几口气，猛然喷出，那酒如一条银链，顷刻变成了火龙，引燃了麻油，麻油烧着了木头拌子，霎时火光熊熊，烈焰腾空。大萨满抓起神鼓神鞭，带着众徒弟，绕着火堆且歌且舞。鼓声镗镗、铃声惶惶、歌声凄凄、哭声哀哀……

一个时辰过去，火光渐渐熄灭，大萨满止住了乐舞，朗声说道：“老王爷已被天神接走，儿孙们再送一程，女眷退回。”劾者与劾里钵等众儿子在余烬中拾捡骨灰，唐括多保真、注思灰等人在哭声中被架回去。按着大萨满事先选好的风水宝地，安葬这位为女真部统一作出卓越贡献的“活罗”。

果不其然，乌古乃病逝的消息不胫而走，很快归顺依附完颜部的其他女真部族都知道都勃堇逝世了，纷纷派人前来致哀慰问，打探消息，更为甚者，乌春部、纥石烈部、裴满部都责问为什么要秘密发丧？为什么不通知各部的勃堇参加葬礼？还有，阿疏部竟然直截了当地问：“都勃堇过世了，谁接替他的位置？”……一时间，会宁州官署信使不断。劾里钵没有公开露面，只是请国相雅达和大萨满一一解答，复述一遍乌古乃临终前的遗嘱，并通知各部勃堇在乌古乃烧头七那天来祭奠议事。

劾里钵虽然没有与各部信使正面接触，但在暗中分析他们的疑惑与责问，与雅达、大萨满等商议了一系列对策，静观其变。

辽上京临潢府，耶律洪基皇帝临朝。颇剌淑与纳兀、曷鲁把谢野押解上来，如数缴纳了鹰路阻断时所未送到的海东青。颇剌淑发挥了自己能说会道的特长，把整个讨伐谢野的过程描绘得惟妙惟肖，活灵活现，听得满朝文武啧啧称赞，纳兀终因乌古乃替他挡了一支箭而心怀感激，也是人性回归，替乌古乃说了很多好话，并建议乌古乃病重难以主事，节度使应由其儿子劾里钵接任，以便统辖女真各部。辽道宗龙颜大悦，准了纳兀的奏折，并赏赐了乌古乃金鞭宝马，以示皇恩浩荡。

颇剌淑对金鞭宝马并不感兴趣，内心直惦记劳累成疾、重伤在身的父亲，谢主隆恩后，急三火四地连夜赶回宁州，途中累倒了三匹战马。颇剌淑兴冲冲地跑进了官署，高声叫道：“父王！父王！我回来了！”然而映入他眼帘的是身穿孝服的大哥、二哥和几个阿弟。颇剌淑登时明白了，他大叫一声“父王！”便昏了过去。

众人扶起颇剌淑，见他牙关紧咬，二目紧闭，手脚抽搐，大萨满探探鼻息，摸摸脉说：“无大碍，他是悲伤劳累过度所致，一会儿救醒后让他大哭一场就好了。”颇剌淑悠悠转醒，肝肠寸断，嚎啕大哭，谁劝也劝不住。这时，劾孙、盈歌过来说：“三阿哥，别哭了，你没见他最后一面感觉委屈，我俩在家了咋样？二阿哥派我俩去布防，照样没给他老人家送终，父王地下有知，一定会原谅咱们的。”

颇剌淑慢慢止住了哭声。劾里钵过来拉着他说：“三阿弟，你办了件大事，

一会儿回屋好好歇一阵子，见到了厄宁千万别像刚才那样，不然她会更伤心，明天各部勃堇前来议事，不知曷鲁将军能否及时到场，不然还要有纷争，晚上咱们还得商量一下对策。”颇剌淑强忍悲痛去后屋看望母亲。

第二天，劾里钵把议事厅布置成一个简单的灵堂，上立乌古乃的牌位。一大早，各部族的勃堇陆续到来，亲兵卫队不断喊着：“纥石烈部腊醅、麻产勃堇到！”“乌春部乌春勃堇、窝谋罕勃堇到！”“星显水勃堇之子阿疏勃堇到！”“裴满敌库德勃堇到！”……

天近中午，附近部族的首领大多到齐，按先后顺序排列站好，劾里钵带领众亲人，站在牌位两旁，大萨满通神长声喊道：“拜祭开始！”那些部族首领依次膜拜上香，劾里钵率众亲人一一还礼，拜祭结束后，撤下牌位。

劾里钵在雅达和萨满的陪同下，手持权杖来到都勃堇位子近前，扫视众人一眼道：“诸位是我父王生前的好友，胜似亲兄弟，咱们生女真人三十六部，能像今天这样往一起拧成一股绳，实属不易呀！诸位勃堇都尽心尽力了，我父王临终前将都勃堇之位传给我，还企望诸位像从前一样精诚共事，强大我女真部族！”劾里钵说完后，众勃堇有的赞同，有的叹息，有的摇头，议论纷纷，国相雅达干咳了两声道：“各位勃堇别这样戗戗了，谁有啥想法可以站出来说吗！”

国相雅达是非常有威信的，他的位置仅次于乌古乃，他站起来提议，众人立即停止了议论。你瞅我，我瞅你，谁也不肯带头，又沉闷了起来。

乌春第一个跳出来发难，他说：“我乌春世代以打铁为业，从阿跋斯水逃荒到完颜部来的，全凭老勃堇收留了我全家，仍然让我继承祖业打铁。后来，老勃堇觉得我家技艺精湛，就允许招收难民，组织新的部落，我眼前的一切都是老勃堇给的！他胜过重生的父母，再养的爹娘，他老人家过世，你们凭什么不给信，让我再见老人家一面……”说到这里似乎动了真情，声音有点哽咽。

国相雅达忙说：“乌春勃堇，事出仓促，天寒地冻的，各部族远近不一，也不可能一时到齐，所以就索性谁也不告诉了，以免有亲疏远近厚薄之分，还请谅解。”“谅解啥呀？我知道你们不让我们来，是怕参与劾里钵继位的事，如果大伙都来了，都勃堇的位置说不定是谁的呢！”大萨满打圆场说：“劾里钵继位是老勃堇临终遗嘱，我与国相都在近前，无可非议。”

未等乌春说什么，尖嘴猴腮的阿疏阴阳怪气地说：“这遗嘱也有毛病，老勃堇是病糊涂了吧？论年龄还有长辈的跋黑王爷，论资历还有排行老大的劾者，咋一下子跳格了，落到劾里钵头上了呢？他继位我第一个不服！”一向沉稳和善的劾者忍无可忍，冲着阿疏说：“阿疏，完颜部待你不薄，你为何趟这浑水？再者谁继位是我们自己的事情，你这样挑拨是不是手伸得太长了？”阿疏狡辩道：“你急什么呀？今儿个是你们请我来议事的，议事议事，有啥意见就得提吗！”劾里钵逼视阿疏一眼道：“阿疏，你是代表你父亲阿海勃堇前来的，你所有的话都能代表阿海勃堇和星显水部吗？”阿疏这个这个两下，便不作声了，众人又开始议论起来。

忽然，一个刺耳的声音撞击所有人的耳鼓：“都是捅猫尿的手啊！到真章了谁也不出头了！”众人不用看，听声音就知道是豁牙子麻产。麻产与劾里钵可以说是情敌宿仇，当年劾里钵的妻子拿懒如花，正像她的名字一样是女真部族第一美女，凡是有实力的部族勃堇的公子，都跃跃欲试，企图将这个美女娶到家，一亲芳容。拿懒如花家门庭若市，提亲保媒的人穿梭不断。拿懒如花的父亲没办法，自己是个小部落，哪个大部落也得罪不起，只恨自己女儿生得少，不然哪有这些烦恼。于是，提出了一个比武招亲的办法来。这个办法规定，各部落只能推举出一个人前来比武。于是各部落自己先比武，选拔出各自的高手。劾里钵年轻，血气方刚，当然也被拿懒如花的美貌所动，在完颜部选拔中胜出，麻产自然是纥石烈部的优胜者，两人都是一等一的好手。经过三天的角逐，各部的选手纷纷被淘汰，只剩他们两个人，其他一些部落的选手均以告负。二人到了一决雌雄的境地。

比武招亲一共比试三样武艺，一是射箭功夫，二是马上兵刃功夫，三是拳脚功夫。射箭不仅比射得准，还要比射得远，一般讲究百步穿杨，而他们决赛的箭靶子却是一百五十步，靶子的后边还绑着一只山羊，只有三箭射中靶心，才能把山羊射死。麻产无所顾忌，志在必得，劾里钵也是踌躇满志，不肯相让。担当评判的三十二部的勃堇都为两个后生捏把汗，二虎相争必有一伤。比箭是文比，没有大闪失。比兵刃不长眼睛，拳脚也无情。乌古乃和麻产的父亲也都为自己的儿子暗暗担心。

比武开始了，骄横不可一世的麻产抽了头签，拉开桃木大弓，连发三箭皆中靶心，并且是从一个箭孔射过去的，三只雕翎箭都插进山羊的胸部，只剩半截杆露在外边，山羊已死去。劾里钵也毫不示弱，同样连发三箭，不偏不倚射中靶心，射死了山羊。第一局算是平手。

第二局是比兵刃，麻产手使一把大铡刀，重达三十多斤，刀沉力猛，劾里钵手使狭长的女真弯刀，锋利无比，轻巧灵活。二人马打盘旋，斗在一起。麻产恨不得立刻把劾里钵劈到马下，自己独占花魁，大铡刀舞得虎虎生风，避重就轻，避闪之余，偶尔反刺。二人斗了三十多个回合不分胜负，评判者也怕双方有闪失，在双方父亲的强烈要求下停止比刀刃，以免伤亡，第二局是和局。

第三局也是决定胜负的一局，两人都是搏熊刺虎的勇士，拳脚也自然了得，尤其是麻产，长得五大三粗，一身横肉，相比较劾里钵比麻产单薄一些。比赛的锣声一响，麻产就先发制人，猛擂猛打连拉带扯，劾里钵以灵活的步法躲闪，围着场地转悠，伺机出手。看台上的人分两伙，一伙给劾里钵加油，另一伙给麻产加油。拿懒如花当然希望劾里钵胜，她非常讨厌麻产。

二人拳来脚往打了二十几个照面，不分胜负。麻产酣战之余，瞥见拿懒如花正给劾里钵鼓掌加油，顿时气从心中起，恶向胆边生，他仗着自己皮糙肉厚，挺着胸脯，忍着疼痛让劾里钵打了两拳，趁机抓住劾里钵的腰带，猛然把劾里钵举了起来。拿懒如花见劾里钵击中了麻产，先是喝彩，又见劾里钵被麻产举起，接着是惊呼，在众人惊叫声中，麻产已举着劾里钵旋转了六圈，此时乌古乃闭上了眼睛，心想劾里钵非死即伤，麻产的父亲却是洋洋自得，拿懒如花差点哭出声来。

麻产自认为已经把劾里钵转悠迷糊了，双膀一用力，准备把劾里钵扔到台下去。电光火石之间，劾里钵在麻产撒手的刹那，空中一弯腰，用了一招倒踢紫金冠，一脚踹在麻产的面门上，麻产刚喊了个“呀!”未等“嗨”出口，却变成了“呦”，他被劾里钵踹个满脸花，鼻口冒血，门牙掉了两颗。原来劾里钵小的时候与小伙伴玩耍，经常玩“大风车”，就是把人举在空中旋转，劾里钵经常被当做风车举在空中旋转，麻产转那几圈，他根本一点都不晕，于是在麻产欲摔他下台之际，踹出一脚，并借势一个就地十八滚，腾身而起，抱腕当胸道:“麻产兄承让了。”

麻产极为凶悍，摸一把脸上的鲜血，吐掉两颗门牙，哇呀怪叫，还是往上冲，找劾里钵拼命。看台上铜锣已响，示意比赛结束，劾里钵胜。因为这场比赛事先有约定，谁先见血就为输，机智勇敢的劾里钵终于赢得胜利，也赢得了女真第一美人的芳心。完颜部的人及其与劾里钵关系较好的人欢呼雀跃，拿懒如花则是心花怒放，喜不自胜。从此，劾里钵与麻产结下了冤仇，完颜部与纥石烈部也是明和暗不和，麻产对此事耿耿于怀，认为劾里钵横刀夺爱，几次策划想把拿懒如花抢回来，都被他大哥——老谋深算的腊醅拦住。

麻产今天终于找到报复劾里钵的机会，所以抢先质问，提出异议：“我说劾里钵，老勃堇啥时候死的咱们况且不论，你给不给我们信也不说，你们完颜部谁出来当头我们也不管，这都勃堇说传就传呀？这执掌调兵大权的节度使，是你家的呀？不能让别人当几天呀？”众人心里皆是一凛，这麻产是有备而来，他的质疑句句在理，字字咬木头，不像乌春和阿疏谈了些无关痛痒的问题。

麻产提出的问题确实特别尖锐，都勃堇是部落联盟长，需所有的部落认可由辽朝委任才行。当时生女真共有三十六部，完颜部所辖十二部，虽然有一定的势力，也只占三分之一，更何况节度使都是由辽朝指派，统辖女真诸部。只因当年拔乙门阻断鹰路，杀了辽朝的节度使，乌古乃施妙计活捉了拔乙门，打通了鹰路，辽主一高兴，干脆任命乌古乃为节度使。麻产提出的问题也是非常有道理的，国相雅达与大萨满无言以对。

颇剌淑站起来施一礼说：“既然麻产勃堇问到这里，我就解释两句，我父王是在围剿谢野作战中受伤的，他为咱们女真部族的团结统一战斗到最后一刻。活捉谢野后，是我跟从纳兀天使、曷鲁将军押解谢野去见的辽主，当时，辽主非常高兴，还赏赐金鞍宝马，大家都看见了吧？谁知我父竟然一病不起，瞬间长逝，我为见父王一面，就马不停蹄地赶回来，哪知道还是扑了个空……”颇剌淑说到这，抹了一把眼泪，说：“我父王受伤后，自觉于人世不久，肯定会向辽主举荐继承人的，他临终的遗嘱，就是他早已想好的。”

麻产武断地打断颇剌淑的话，说：“你那只是推理，辽主有口谕还是有圣旨？拿出来看看！”

“我已跟大伙说清楚了，我是先回来的，报丧的信使后到。”“反正都是你们哥们的事，你咋说咋是呀！”

此刻，劾里钵再也按捺不住了，嚯地站起来说：“我们哥们儿咋了？我们哥们儿为整个女真部落竭尽全力，请问拔乙门反叛的时候你们出兵了吗？谢野阻断鹰路，你们出人帮忙了吗？辽廷天使频繁往来，你们应付过吗？我三弟劾孙曾陪我母亲到拔乙门那里做人质，你们当时都干啥去了？”

劾里钵越说越激动，言辞越激烈。麻产无言以对，只好胡搅蛮缠地说：“你们家也是图都勃堇的位子了！”劾里钵怒不可遏，指着麻产说：“简直是一派胡言，你不要拿这件事泄当年的私愤。”麻产也被激怒，噌地跳起来，说：“泄私愤咋的？

现在还没人承认你是都勃堇呢，耍啥威风啊？”

劾里钵气得嘴唇直哆嗦：“你！……你！……”半晌说不出话来，麻产毫不退让，说：“我咋的了？戗你肺管子了是吧！当年比武时老子输了你一招，到现在也不服，女真部第一美女到你手里了，你又要当都勃堇，啥好事都是你的啦？”麻产越说越不正经，劾里钵手按刀柄怒目而视，麻产唯恐事情不大，又大声嚷嚷道：“咋的，还要和我决斗啊？走，到外面去，我奉陪到底！”议事厅顿时剑拔弩张，充满了火药味，一触即发。

关键时刻，老主母唐括多保真出现在门口，这位曾名噪一时的大美人，虽然年逾五十岁，却犹存当年风韵，她在盈歌的搀扶下进了议事厅，说：“都吹胡子瞪眼的干啥呢？劾里钵，这是你的待客之礼吗？”劾里钵兄弟收回兵刃回到座位。唐括多保真又向麻产等人说道：“各位勃堇是来祭奠老勃堇来了，还是打仗来了？老勃堇尸骨未寒，你们同室操戈，传出来不怕让人笑话？”

唐括多保真的话还真好使，缓和了骑虎难下的双方。原来聪明伶俐的盈歌一见局势不妙，乌春、阿疏、麻产等出言不逊，分明是找茬打仗来了，乌春、阿疏提的问题是好应对的，而麻产所提出的两个问题非常棘手，于是，悄悄溜出去，把最能圆场化解问题的母亲请了出来，果然灵验，老主母一席话缓和了紧张的气氛。劾里钵上前请罪道：“厄宁，孩儿知错了。”唐括多保真稳坐在椅子上，清清嗓子说：“腊醅、阿海（阿疏的父亲）、裴满胡腊、仆散加恕……都是老勃堇情同手足的兄弟，一起打猎，一起闯天下，如今老勃堇不在了，我们孤儿寡母的还得靠大伙维系，完颜部有今天靠的是大伙，咱们女真人要发展壮大也要靠大伙……”唐括多保真说得情真意切，入情入理，本来想蓄意闹事的几个勃堇也偃旗息鼓了，就连劲头十足的麻产也一时语塞，找不到更好的言辞反驳老主母。

唐括多保真趁热打铁，拿出自己的看家本领，自编自唱山歌来：

哎嗨呀！哎嗨哎嗨呀！
同气连枝本一家，
白山黑水养育大，
女真儿女多英豪，
驰骋疆场打天下。
哎嗨呀！哎嗨呀！

日出东方落西方，
蓝天白云留彩霞。
花开花落终有时，
自有新花接旧花。
天顺出良臣，
地顺养骏马。
跟凤凰飞的是俊鸟，
跟喜鹊飞的是乌鸦……

唐括多保真的歌具有较强的感染力和煽动力，唱得许多人热泪盈眶。而麻产是铁石心肠，对完颜部积怨甚深，待唐括多保真的歌声一停，他又开口说："老主母唱的确实比说的好听，可我们这些部落多年来一直都听从完颜部摆弄，这都勃堇的位子难道是皇帝封的，非得你们完颜部做不成吗？劾里钵接任，我第一个不服！不然就找辽廷说理去！"

他的话音刚落，亲兵报告说："讫报国相，大辽朝银牌天使耶律挞不野、宁江州镇守使曷鲁将军到！"

众人皆是一惊，暗忖辽朝的神速，对女真事情真是高度重视。耶律挞不野是第二次出使女真部落，第一次是催缴天降异人，时隔六年又来吊唁。实际上这个差事是他自己讨来的，因为他父亲耶律仁先与乌古乃是故交，于公他是代表朝廷而来，于私他代父亲吊唁故人。耶律挞不野先公后私，他首先摆上祭品，在乌古乃的牌位前祭奠一番，然后，宣读辽皇耶律洪基的诏书，诏书册封了劾里钵继承乌古乃的都勃堇职务，并昭告女真各部知悉。最后，耶律挞不野又拜见了主母唐括多保真，送上父母亲馈赠的慰问品。一场关于都勃堇位置的风波暂时平息了。唐括多保真在纷争中起到了扬汤止沸的作用，那么，辽廷的册封则是釜底抽薪了。跋黑等人精心策划的夺位篡权的阴谋破产了。

第六章

蝎皮鼓惊天动地　十岁三箭惊辽使

劾里钵虽然继承了乌古乃的位置，但其中隐藏了许多危机。国相雅达年事已高，由于长期的劳累，再加上因老主人乌古乃的去世忧伤过度，轰然病倒。劾里钵请名医、寻灵药，为其治病，可就是不见好转，最后雅达只好要求回他的封地邑屯村①。国相雅达回家不久便病逝了，按当时的规矩，国相一职应由雅达的儿子桓赧就位，可桓赧不仅是只顾吃喝玩乐的浪荡公子哥，还是一个卑鄙的小人。劾里钵权衡再三，只封了他继承雅达勃堇的职务，而国相一职，授给了四弟颇剌淑。而这一举措却引起了桓赧的强烈不满，也为以后桓赧的反叛埋下了导火索。

一日，劾里钵正召集各部头领议事，突然，安出虎水流域的一个小部族斡勒部的勃堇杯乃闯了进来。杯乃见诸部的勃堇都在开会，自己由于部族太小不够资格参加，心里很不是滋味。劾里钵见他进来说："杯乃，我们在议事，你的事情要是不急的话，过会儿再说吧！"

杯乃把眼一瞪说："不行！你们议事着急，我家的事更急，昨天夜里欢都和他的家人胡土到我家里放火，要不是发现得早，我恐怕今天就见不着你了！幸亏救得及时，只烧毁了我的草料棚子。"劾里钵问道："欢都他们放火时你亲眼看到的吗？""不是，是我的家奴不哥束看到的。""不哥束是证人了，他来了吗？""来了。""来了就好，传他进来对证！"

这时，腊醅站起来道："都勃堇，这事你可得主持公道，人证物证俱在，应

① 邑屯村：今黑龙江省宾县一带。

抓起欢都按条教处置!”乌春也说道:“欢都也太胆大妄为了,凭着自己立过战功仗势欺人呀!”桓赧建议说:“都勃堇,欢都再勇只是一个人,杯乃有十几个兄弟,何苦因一个人得罪十个人呢?我看还是去把他抓来正法!”

此时欢都再也忍不住了,他顾不得开会与否,手提鸡鸣戟冲进会场,抗辩道:“这明明是杯乃栽赃陷害,我昨夜与盈歌陪仆散部的几个哥们喝酒了,喝多后在一起住的,不信可问问他们,怎么能跑你家去放火?大丈夫敢作敢为,说我放火纯属胡扯,谁要是抓我,只有战死方休。”

坐在炕上的盈歌一向敬佩欢都的勇猛,他兴奋地站起身来,把身边的火盆带倒,他一脚把火盆踢飞,高声喝彩道:“壮哉!欢都!这才是大丈夫所为,你要开战就骑院子里我那匹大红马!”然后,又向乌春、腊醅、桓赧一抱拳说:“各位,你们不能听一面之词,如果有人诬陷都勃堇兄弟,你们也信吗?我作证,欢都根本没去放火,不信再把仆散部的几个人叫来对证一下。”

这时,有人把不哥束领进来,不哥束见众人像看怪物似的把目光都落在他身上,就有点打哆嗦,何况他是一个奴仆,也没见过这么大的场面。劾里钵缓步离开座位,背着手踱到站立不稳、冷汗直冒的不哥束面前。不哥束更加惶恐不安,劾里钵突然抽出长刀架在不哥束的脖子上,用严厉的目光盯着不哥束道:“从实招来,到底是谁放的火,不然你就吃不到晌午饭了!”不哥束已是魂不附体,道:“是欢……欢都……”“你怎么看见的?”“借着月光看见的。”

劾里钵目光一沉,“昨晚是二十九,在座的哪位看见月亮了?”

众人哄堂大笑,不哥束赶紧说:“不对,不对,是星光!”大萨满插话道:“你家的星光那么亮?”“不是,是……”劾里钵宝刀一用力说:“到底是谁放的火?”

“是欢都……不是……是……啊出……”最后一个字还没说出口,就被身旁的杯乃一刀捅死,杯乃边抽刀边骂道:“这个狗奴才,八成是疯了,胡乱咬人,得了,放火的事我也不追究了,算我倒霉,你们接着议事吧!”说着就要往外走,欢都上前拦住去路道:“那不行,你杀了不哥束,中断线索,纵火的真凶还没抓到,不哥束是你的奴仆,说不定是你指使他诬告我的呢,今天必须把这事说清楚。”

杯乃也不示弱,说:“要打仗咋的?打仗咱们到外边去,我那几个亲兄弟手早痒痒了。”双方僵持不下。实际上,大家心里都雪亮,分明是杯乃栽赃冤枉欢都,不然,他为何一刀杀了不哥束使线索中断?只不过是没有充分证据不好定

性罢了。正在劾里钵进退维谷之际，阿骨打跑进来说："阿民，我知道是谁放的火！"劾里钵气不打一处来，说："赶紧出去，大人商量事呢！小孩子跟着掺和啥？"两个亲兵过来拽阿骨打，可阿骨打挣着不走，执拗地说："我确实知道吗，是亲耳听来的，亲眼看到的！"

颇剌淑见阿骨打天真的样子，就建议道："都勃堇，童言无欺，不妨让他说说看。"阿骨打说："我昨晚上跟乌雅束他们一大帮藏猫猫，我和大家奴钻进了杯乃家草垛。藏了半天，乌雅束和术忽没找到我们，又过了一会，突然看见一高一矮两个人走过来……"说着指着躺在地上的不哥束，"他就是那个矮个的。"杯乃凶巴巴地拦住阿骨打话头说："胡说！你咋看清是不哥束的？"阿骨打见杯乃凶狠的样子稍一迟疑，盈歌讥讽说："杯乃勃堇真威风呀，冲一个小孩子要上了。"颇剌淑轻蔑地看了杯乃一眼，转身向阿骨打说："孩子，阿叔给你做主，不用害怕，你接着说。"

阿骨打有两个阿叔做主，毫无惧色地说："他俩过来后，拽了两捆干草点着了，扔进了草棚子，然后高个对那个矮个的说：'明天你就告发说是欢都放的火'，说完就跑了，借着火光我看清了那人的脸。我和大家奴吓够呛，趁着大人们救火，就跑回来了。"

杯乃抢过话头说："都勃堇，常言道嘴巴没毛说话不牢，何况是一个六七岁的小孩子，你可要明察呀！"劾里钵没有理他，对盈歌说："去把乌雅束、术忽、大家奴等都叫来。"不一会儿，盈歌把几个孩子都找来了，当众一问，与阿骨打说的一模一样。劾里钵把阿骨打等打发走后说："看来这件事只有抓住阿出胡和才能弄清楚，杯乃，你先回去吧，桓赧勃堇，你不是愿意抓人吗？抓阿出胡和的事就交给你了。"撒改、大萨满刚想说什么，被劾里钵用眼色制止住，众人继续议事。

事后，劾里钵向欢都等人解释，现在是笼络大多数人的时候，能争取的尽量争取，不能把中间派推到敌对的一边。劾里钵的宽宏大量感化了一些人，而像杯乃那种冥顽不化的家伙，最终还是投向了乌春，走上了不归之路。

劾里钵继位都勃堇之后，其同母兄弟大阿哥劾者、三阿弟劾孙、四阿弟颇剌淑、五阿弟盈歌真心辅佐，异母兄弟也同心同德，共图大业。然而，乌古乃同父异母的弟弟、劾里钵的叔父跋黑，却野心勃勃，欲争都勃堇的位置。原来，劾里钵的祖父昭祖石鲁与活剌水的乌古伦都葛成婚后生有二子，即乌古乃和乌古出，三儿子跋黑由侧室乌萨札氏而生。乌萨札氏母亲是乌萨札部出名的美人，有一年被粟末水部抢去，生了两个天仙似的姑娘。乌萨札部出现了杀人事件，昭祖与贤勇石鲁前来调停，贤勇石鲁与昭祖同是智慧超群的人，仰慕昭祖大勇大智，前来投靠辅佐昭祖砥定大业，为了区分二人的名号，故在前冠以“勇”、“贤”。昭祖以粟末水部违反“条教”为名，率众讨伐了一贯桀骜不驯的粟末水部，取胜后迫使该部接受了“条教”和部落联盟的调遣，并且把两个漂亮姑娘接回，其中一个嫁给了昭祖生下跋黑，另一个嫁给了贤勇石鲁生下大将欢都。

昭祖英明一世，所生三子却性格迥异，大相径庭。乌古乃文武双全，为人宽厚，能容物，平生不见喜愠，推财与人，分食解衣，无所吝惜。人或忤之，亦不忿。而乌古出则好吃懒做，性情乖张，经常酗酒闹事，依仗父亲的权势作恶乡里。其出生时大萨满就断言：此子相貌顽劣，无亲情之人，长大后必行不义。

昭祖在世时乌古出还收敛一些，昭祖过世后他变得肆无忌惮，明火执仗地欺男霸女，强抢财物。到官署告发者接踵而至。乌古乃多次教训，不思悔改，一时间闹得乌烟瘴气。跋黑也跟他沾染了恶习。乌古出竟色胆包天，他强奸一个有夫之妇，那男人与他理论，他竟然大打出手，使之致残，那女子刚烈贞洁，竟然投河自尽，幸被邻人救起，此时闹得满城风雨，乌古乃只好按“条教”赔偿事主，然后责罚乌古出。

暴虐成性的乌古出不但不思悔改，还恶语相加，引起了极大的民愤，人们对完颜部的“条教”失去了信任，影响极坏。乌古伦都葛见丈夫用性命换来的部落联盟的团结统一，被乌古出搅得分崩离析，乌古乃的都勃堇位置也受到了威胁。有大丈夫之至的老主母一狠心杀死了乌古出，她的义举平定了民愤，安抚了民心。乌古乃总觉得对不起乌古出，把内疚之情化作对乌古出的儿子习不失的关怀备至、精心呵护，甚至超过自己的儿子。

一直觊觎勃堇位置的跋黑却耿耿于怀，他曾经拉拢过表兄、大将欢都，而欢都为人正直爽快，干脆地回绝了他。他又拉拢习不失，旧事重提，企图加深习不失的仇恨。

习不失深知乌古乃对自己的养育之恩，在他成人之后，祖母乌古伦都葛和乌古乃，就当着习不失母子的面，把乌古出的所作所为和盘托出，并给了一把钢刀，他说：“你要报杀父之仇，杀了我老婆子吧！与大阿伯无关。”习不失当时很痛苦，后来他几乎走访全部族的人，所得的结论都一样，当年他父亲确实危害乡

里，作恶多端。连自己亲生母亲也是一样的说辞，只有三阿叔跋黑一家说法不一。他感觉劾里钵等众兄弟对他非常好，胜过自己的亲兄弟。习不失明大节，识大体，懂大义。跋黑所说的与自己所经历的、看到的完全不一样，而跋黑倒像他所说的坏人。习不失顶住了跋黑的拉拢腐蚀，并把此事告诉了刚刚继任的劾里钵，劾里钵大为感动，并告诉他不要回绝跋黑，看他还有什么阴谋。

雅达是乌古乃在世时的国相。雅达死后，相位本应传给他的两个儿子桓赧和散达，而劾里钵却让自己的四弟颇剌淑当了国相，这就引起了桓赧和散达的不满。乌春、窝谋罕等部落相继蠢蠢欲动，不服新上任的酋长，劾里钵无可奈何，刚刚继任，没有能公开收拾他们，只能小心行事，处处提防着跋黑。

桓赧兄弟霸土一方，实力雄厚，兵力不少于完颜部，再加上跋黑一再挑拨，他们对劾里钵就更不买账了。为笼络安抚他们，唐括多保真说服了劾里钵和他的几个弟兄，以怀柔的策略应对。老主母领着劾里钵等人，带着厚礼到斡里罕出水[①] 邑屯村去拜访桓赧兄弟。

实际上，两部人都是心照不宣，桓赧虽然骨子里有一种抵触情绪，但仍以礼相待，酒席宴上，大家喝得耳热情酣。言来语去，话不投机，散达本来对阿哥盛情款待劾里钵等人就有意见，几碗酒下肚后，脸色微红，端起一碗酒来到颇剌淑跟前说：“大国相，我、我敬你一碗，你文武全才，我们兄弟从心里往外佩服。”说完，一仰脖把一碗酒倒进肚里。

颇剌淑明知来者不善，散达根本不是诚心敬酒，而是借酒发泄心中的不满，自己虽然酒量有限，刚才已喝了许多，仍勉强把这碗酒喝了下去。散达见颇剌淑酒喝得很困难，就得理不饶人，又倒上一碗，说：“大国相好酒量，我应敬你三碗。”

话音未落，又把一碗酒喝下去，颇剌淑皱皱眉头，费了好大劲才喝下第二碗，已是头晕耳鸣，脸色紫红，心跳加速。散达干下第三碗，劾里钵深知颇剌淑的酒量，自己本来酒量过人，但是在任酋长之前，因为一次喝得酩酊大醉，竟然骑着毛驴回到毡帐，还把毛驴赶进帐里。第二天酒醒，发现帐里有毛驴蹄印，大惑不解，责问下人。下人只好说出实情，劾里钵后悔不迭，羞愧难已，发誓再不饮酒，从此滴酒不沾。

---

① 斡里罕出水：黑龙江省宾县海里红河。

今天筵席一开始，桓赧就用话点了劾里钵好几次，他又不好破例，逼得自己母亲替他喝了好几碗。眼见酒量低微的四弟颇剌淑再也喝不下去了，就用眼色示意三弟劾孙，劾孙酒量也一般，硬着头皮起身道："散达将军，我阿弟不胜酒力，这碗我替他喝了。"

散达把酒碗往桌上一摔道："那不行，你们都勃堇滴酒不沾，又这个例不破，那个令不违，大国相又不能喝我敬的酒，这分明是看不起我们兄弟！何况我是以酒待人，没有恶意，要想替酒，大酋长一口没喝，那酒谁替？咋个替法？当年我父亲当国相时可不是这个样子，要没有斤八的酒量，还当啥国相？"

这显然是话中有话。当年完颜部乌古乃任部落联盟主时，为了笼络女真各部，就花重金把桓赧、散达的父亲雅达请出来任国相，雅达也实实在在地为女真部落的团结作出了贡献。按当时的习俗，雅达死后应由他的儿子接任，可劾里钵任命颇剌淑为国相，桓赧、散达为此耿耿于怀，在今天的酒席宴上，终于找到发泄的机会。

颇剌淑被逼无奈，毅然站起，端起碗来干了下去。桓赧更是半夜吃桃子，挑软的捏，一挥手，仆人又满上三大碗，皮笑肉不笑地说："大国相真是海量，别再装了，我也敬你三碗如何？"

劾里钵见桓赧兄弟哪里是敬酒，分明是让颇剌淑出丑，也分明是借敬酒挑衅，便接过话头说："桓赧勃堇，颇剌淑已经醉了，请您高抬贵手。"

桓赧冷笑一声说："国相喝醉了，都勃堇你可滴酒未沾，不然你替他喝吧！"

"我已经发誓不再饮酒，咋好破例……"劾里钵的话尚未说完，桓赧粗野地说："啥叫不能破例，你们不是早就破例了吗？按惯例我们兄弟应该承袭父亲的国相之位，可你们是咋做的？你当都勃堇还不算，又把你四阿弟封为国相。"

散达也说："阿哥，你说那些有啥用，此一时彼一时，那可不是老都勃堇求咱爹当国相的时候了。"劾里钵忍无可忍，刚想发作，被唐括多保真用目光制止住，劾里钵由气变笑道："好，今儿个就破例，把该喝的酒补上再替颇剌淑喝。"说完，连干了三大碗，又替颇剌淑喝了桓赧敬的三碗，然后又满上一碗道："二位勃堇，我们母子登门拜访，出于一片诚意，我借花献佛，敬二位一碗。"说完自己先干了下去。桓赧出于礼貌干了一碗，散达却借着酒劲耍赖道："都勃堇的感情我领了，如果国相敬酒，我喝死也得喝。"唐括多保真劝解说："散达勃堇，颇剌淑已喝得太多了！他确实不能喝酒。"散达眼睛一翻道："不能喝酒当啥国相呀！"

颇剌淑本来已经憋了一肚子气，见散达连母亲和二阿哥的面子也不给，还尽说些难听的话，火往上撞，推翻桌子抽出弯刀说：“原来你们想要国相的位置，好吧！问问我手中的弯刀答应不答应！”

桓赧兄弟终于激怒了一忍再忍的颇剌淑，见目的已达到，也跳起来抽出腰刀，外边的亲兵持枪进来，劾里钵等怕颇剌淑吃亏，也抽出刀剑来，双方犹如斗架的雄鸡，一触即发，接风宴变成了鸿门宴。

在这千钧一发之际，老主人唐括多保真插进剑拔弩张的两部人中间，厉声责备儿子们说：“你们住手！咱们是来访亲问友的，还是寻衅闹事来了？简直是不懂事。”然后，又和颜悦色地对桓赧兄弟说：“两位将军请息怒，何必跟几个不懂事的家伙斗气呢，你们兄弟是我丈夫最信任的人，雅达国相和老都勃堇情同手足，何必为几句话伤了部族之间的和气呢，难道你们忘了老都勃堇在世时对你俩的深情厚谊了吗？”

老主母说得情真意切，打动了桓赧兄弟的心。

劾里钵冷静一想，这是在人家的地盘上，真的动起手来，后果不堪设想。于是，举起的刀慢慢放下。接着老主母声泪俱下，半歌半说地叙述了斡里罕与安出虎水的密切关系，由祖上说到当下，由部族说到个人，世代相好，和睦共处，代代相传，怎么能因几碗酒的事就闹翻了呢。

桓赧、散达也深知劾里钵兄弟的勇猛凶悍，如果动起手来，大家同处一室，自己也难保全身而退，也就顺坡下驴，放下了刀枪。唐括多保真让随从留下所带的礼品，领着几个儿子匆匆而归。

桓赧兄弟毕竟是一勇之夫，难成霸业，他们放过了一个剿灭完颜部精英的绝好机会。正像当年楚霸王项羽在垓下放走刘邦一样，为自己培育了终结者。放走劾里钵后，桓赧、散达又非常后悔没有杀了他们。

跋黑见劾里钵从邑屯村全身而退，把桓赧骂个祖宗朝天，然后，又生一计，派人挑拨说劾里钵从邑屯村归来后正整顿兵马，准备攻打斡里罕村。

桓赧、散达闻言大怒，决定先发制人，出兵攻打完颜部。同时又邀请涞流水一带的乌春出兵夹击。

当时完颜部兵不过千人，而桓赧部却有一千多兵力，狂妄自大的桓赧、散达没有把劾里钵放在眼里。临战前，劾里钵向唐括多保真辞行，七岁的阿骨打牵着奶奶的衣襟，似懂非懂的听着大人们的对话。

唐括多保真对自己的五个儿子、乌古乃庶出的五个儿子、还有与劾里钵情同手足的几员大将说："咱们完颜部，是辽朝任命的女真部落联盟主，要咱们统领女真三十六部谈何容易？今桓赧部大兵压境，鸭子河一带如果再派兵来犯，完颜部危险就更大了，你们当戮力同心，跟劾里钵一起与桓赧决一死战，打败他们才能确保会宁州万无一失。"

众人齐声称是，阿骨打听说要打仗，兴致勃勃地说："奶奶，我也跟阿玛去打仗。"唐括多保真爱怜地抚摸着天真的阿骨打说："孩子，你还小啊，等你长大了，有的是仗打，不打还不行呢。"阿骨打懂事地点点头。

跋黑幸灾乐祸，向劾里钵提出："你们去送死我不管，习不失不能去，还得给完颜部留点骨血。"

劾里钵不屑与之争辩，将计就计，把忠心耿耿的习不失留在会宁州做守卫。

足智多谋的劾里钵令颇剌淑正面迎敌，自己率兵去抵挡涞流水的叛军乌春。恰巧适逢大雨，乌春罢兵，劾里钵才抽身去增援颇剌淑，他没有直接参与正面作战，而是绕道突至桓赧的老巢，诛其家族百余人，并把桓赧的家眷抓来。

两军阵前，颇剌淑几次派大将纳盆求和，均遭拒绝。劾里钵赶到北隘甸与颇剌淑会和时，颇剌淑已经连败三阵。劾里钵将两队人马整合在一起，又派人求和。桓赧提出，要议和可以，但必须把盈歌所骑的大红马、习不失的大紫骝马送上，作为议和的条件。在当时，坐骑尤为重要，宝马良驹是战将的第二生命。

劾里钵分析了一下形势，说："敌人的兵力是我们的一倍，我们又长途奔袭，连败数阵，士气低落，必以智取。"然后，令士兵做短暂休息，补充给养。然后让手下人牵着大紫骝马，把将士聚在一起，郑重地说："胜负在此一举，此役盈歌不必参战，骑大红马观战，如果我有不测，不必为我料理后事，家人也别管了，你直接奔赴辽国，借兵雪恨，完颜部的振兴就靠你了。"说完，打马向前高声道："请桓赧将军前来议和！我要与你面谈。"

桓赧兄弟见劾里钵只身一人，身后有人牵着大紫骝马，以为完颜部已经屈服，洋洋自得地催马向前道："都勃堇，早知有今日，何必有前一段的不愉快呢！想议和可以，得把完颜部的牛马美女给我一部分，否则免谈。"劾里钵点头称是，直到桓赧近前弯刀一挥，率十几名铁骑旋风般地冲进敌阵。主帅舍生忘死，身先士卒，士兵精神大振，蝎皮鼓擂得惊天动地，齐喊着"瓦都拉"向前冲去。

劾里钵突然猛攻，使洋洋自得等着议和的桓赧军乱了阵脚，仓促迎战，连连

败退。然而桓赧军也是久经战阵，又是人多势众，很快恢复了战斗力，双方混战进入胶着状态。

这时，劾里钵又实施了第二计。劾者把桓赧的家属推出，那些妇女孩子老人哭天喊地，一起劝桓赧罢兵。桓赧正在犹豫之际，习不失突然率一队人马突到近前，高声叫道："桓赧勃堇，休要惊慌，我有要事相告。"桓赧、散达知道习不失是跋黑收买的心腹，急匆匆地从会宁州赶到阵前，断定是内应的跋黑得手了，才派心腹来报信。桓赧让习不失到近前答话。习不失压低声音说："二位勃堇，跋黑王爷已把会宁州控制了，要你们速战速决。"桓赧、散达闻言大喜过望，几乎不敢相信自己的耳朵，问道："你说什么？王爷得手了？"习不失又提马前行几步道："对呀！王爷得手啦。"桓赧狂笑道："劾里钵，这回我让你死无……"葬身之地还没说出，习不失趁其不备，一刀劈出，把他的右臂砍了下来，散达随即冲上来，被习不失杀掉。桓赧军大乱，众人见大势已去，落荒而逃。

原来，劾里钵带兵走后，跋黑就率家丁冲进了官署，把唐括多保真等劾里钵的家属控制起来。习不失为了不伤劾里钵的家人，曲意逢迎，暗中设法搭救，跋黑还把他的小妾接来一起举杯庆祝。跋黑乐极生悲，在桓赧军节节胜利之际，在小妾的殷勤举杯劝酒中狂吃暴饮，一块大肥肉噎在嗓子里，一口气没上来，猝死。习不失立刻将与跋黑一起谋反的人马砍杀殆尽，然后率队去增援劾里钵。劾里钵心生一计，让他假意报于桓赧，并杀他个措手不及，侥幸得胜。从此桓赧、散达部便一蹶不振。

辽边将耶律者术听说劾里钵平定桓赧叛军，便前来祝贺。看见不满十岁的阿骨打拎着弓箭玩耍，就打趣道："小娃娃，拿着比你还高的大弓，当心弄坏了。"阿骨打不服气说："这是我的武器，用来射猎的，干吗要弄坏了呢。"耶律者术闻言嗤笑不止道："就你一个小娃娃还没弓高呢，能射猎？真是笑话！"阿骨打好胜心起，愤愤不平说："太小瞧人了，我现在就射给你看。"边说边寻觅目标。恰在此时，天空飞来一群鸟，阿骨打抓住机会连发三箭，弓弦响处，三只飞鸟中箭而落，耶律者术惊得嘴都合不拢，简直不敢相信自己的眼睛，捡起三只鸟，仔细观看，见三支箭皆穿胸而过，嘴上不停惊叹说："奇了！真奇了！真乃奇男子！"

劾里钵刚好赶来见状忙道："小孩子太顽皮了，大人见笑了。"耶律者术叹服道："完颜部真乃藏龙卧虎，一个小小顽童竟有如此箭法，真是令人吃惊！"

桓赧兄弟的叛乱刚平定，仆干水流域的乌林答部的勃堇婆诸刊又起兵谋反，扬言要为父报仇。

婆诸刊的父亲叫石显，是乌林答的老勃堇，当年劾里钵的祖父昭祖石鲁推行女真“条教”，触动了一些人的利益，遭到了反对和排斥。石显就首当其冲，公开跳出来与石鲁为敌。一次，石鲁到仆干水一带推行“条教”，不幸沉疴突发，重病缠身，难以骑马，只好躺在牛车上，在颠簸中缓缓地赶回安出虎水。阴险狠毒的石显却于途中伏兵偷袭，完颜军猝不及防，被围在核心，拼死砍杀，损失惨重，几乎全军覆没。躺在牛车上的石鲁虽以勇著称，此时却无能为力，又气又恨，急火攻心，吐血盈地，长号一声，于两军厮杀中气绝身亡，尸体又被石显军抢走。

正好乌古乃领兵前来接应父亲，他带一股生力军投入了战斗。乌古乃听说父亲已故，尸体还被石显抢走，怒不可遏，像发怒的雄狮一样，直捣石显中军，去找石显拼命。石显见乌古乃等完颜军已杀红了眼，内心大惧，只好扔下石鲁的遗体仓皇而逃。

乌古乃因父亲新亡，也无心追赶，就让石显逃入了大山里。处理完父亲丧事后，乌古乃接任了女真部都勃堇之位，他念念不忘为父报仇，但此时石显又纠结了附近的一些部族，企图与乌古乃决战。乌古乃心生一计，派精通契丹语的四儿子颇剌淑出使辽朝告状，说石显狂妄凶悍，拒不听辽廷任命官员的调遣，勾结五国部的反贼，公然叛逆，阻断鹰路，完颜部老勃堇石鲁为了打通鹰路，与石显开战，竟然战死沙场。辽帝闻言勃然大怒，石显竟敢阻断鹰路，妄杀辽朝命官，下圣旨让石显父子进朝对质。

石显不怕完颜部，但对辽廷却十分忌惮，不敢违命，只好带着儿子前去觐见。辽帝见石显长得獐头鼠目，一副奸猾阴险相，就断然道：“石显你不必狡辩了，听说你一向飞扬跋扈，不服朝廷和女真官员的约束，还敢阻断鹰路，真是胆大妄为。”说完下旨把石显流放到西北大漠之中，让他的儿子婆诸刊回去治理乌林答部。乌古乃兵不血刃，借鹰路之故除去石显这个大隐患，仆干水一带稳定了好多年。乌古乃一死，羽翼已丰的婆诸刊趁劾里钵继任未稳，便起兵谋反。

芯罕村是野居女真的村落，这些女真人哪个部落也不靠，而是散居在一处，芯罕村收留了许多由各部逃出的女真人。一次，婆诸刊指派了他的几个兄弟准备偷袭芯罕村。不料想，野居女真人也十分强悍，他们早有准备，把偷袭的敌人打得大败而归。婆诸刊大怒，发全部兵马血洗了芯罕村。

劾里钵得知此事后，多次警告他们，并派使者前往调停，婆诸刊不但不买账，还侮辱使者说：“劾里钵是你们完颜部的都勃堇，在乌林答部算老几，我们凭啥听他的？从今儿个起，老子谁也不屌，就是大辽朝发兵老子也不在乎。”

劾里钵的使者被打了二十皮鞭，负伤而归。劾里钵实在难以容忍，欲点兵征讨。大将斜例道：“都勃堇不必亲征，割鸡焉用宰牛刀？末将愿率二百轻骑即可取婆诸刊项上人头。”劾里钵准奏。

傍晚，落日的余晖把小小的睦吐村打扮得像回鹘新娘的洞房一样美丽，婆诸刊兄弟刚掠杀了一个小的野女真部落。他们几个兄弟各抢了一个女子，奔波搏杀一天，非常疲倦。他们手下的士兵把自己泡进米酒里，胡吃海喝庆祝胜利。婆诸刊兄弟几个草草地喝了几口酒，便拥着自己的女人回到屋里颠鸾倒凤去了，放出去的几个巡逻哨，抵不住酒香的诱惑，偷偷溜回，加入了狂喝暴饮的行列。

夜色阑珊之时，完颜部大将斜例率军悄悄掩进睦吐村，喝得烂醉如泥的哨兵稀里糊涂被割断了喉咙。一些士兵被惊醒，抓起武器仓促迎战。

婆诸刊等人被格斗的兵器声惊醒，推开搂在怀里的女人，抓起兵器，冲了出去。他的兄弟皆是亡命之徒，其武功都不在斜例之下，普通士兵是难以与之抗衡的。婆诸刊他们拼命杀出一条血路，逃回老巢，由此两部族冤仇越结越深。

劾里钵曾多次派兵围剿，狡猾的婆诸刊躲进深山老岳，负隅顽抗。完颜部一收兵，他们又钻出来骚扰侵略，抢粮抢马，造成了很大的危害，成了劾里钵心腹之患。

这年冬天，劾里钵痛下决心要剿灭这股势力。婆诸刊一见完颜部出兵，便带领族人躲进林海雪原。劾里钵认为，尽管婆诸刊给完颜部带来很大损失，但毕竟同属女真人，还是应以降服为主，故此采取了围而不攻的战术，断绝食盐、火种等重要物品的运输通道。

崇山峻岭，冰天雪地，酷冷严寒。婆诸刊的人马所带的食物已经消耗殆尽，族人和士兵出现了恐惧的心理。乌林答部不用火镰、火石，只靠火种取火。一天深夜，劾里钵令大将欢都率轻骑突至婆诸刊藏有火种的山洞，将其火种全部熄灭，又旋风般地撤回。

婆诸刊等在梦中被侍卫叫醒，说完颜兵不杀人，只灭火种，众人大惊，寒冬腊月在大森林里，如果没有火便无法生存。哥几个围营地看了一圈，火种全被灭掉。

夜里，北风呼啸，大雪弥漫。婆诸刊的士兵冻得难以入睡。大雪稍停，士兵们望着完颜部营地篝火映天，而自己营地星火皆无，都缩脖抱膀，踱足跺脚，全无斗志。

婆诸刊长叹一声，对手下人说："劾里钵这一招走得挺阴损，这是逼着咱们投降，这些年来，咱们没少祸害他们，我想他不会轻饶我们。天亮时，我们佯装投降骗取火种，再作计较。"

其部下的几个亲信深受感动，双泪长流，说："哥，咱们生死一处，要突围一起突围，要留下一起留下。"

婆诸刊苦笑道："难道你想要咱们部族灭种吗?"众人等无语。

第二日上午，婆诸刊向劾里钵投降，双方进帐坐好。劾里钵手下端来热奶茶，炭火盆。婆诸刊已一天一夜没喝热奶茶没烤火盆了，此时觉得什么也没有温暖珍贵，想起自己冻死的几个士兵心软了下来，说："我们愿意向都勃堇投降，不过要一定保证我部族和士兵的安全。"

劾里钵朗声大笑道："我之所以只围不攻，只灭掉你们的火种，就是不想女真人自相残杀，过去你们伤害完颜部许多人，本应该将你兄弟几个处以极刑，但乌林答部人还算拥护你们，只要你们兄弟几个以后痛改前非，把部族的兵力三分之二归我们部族统辖，把抢去的马匹和人放回，我可以放你们一马。"

婆诸刊沉吟片刻，答应了劾里钵提出的条件，劾里钵大仁大义，令人给婆诸刊营寨送去火种和食物。

大将欢都劝劾里钵说："都勃堇，我看他们不值得可怜，他的队伍中，还有被咱们擒获过的许多亡命之徒，声言与我们势不两立，坚决报仇雪恨。"

劾里钵不以为然地说："我看他们是走投无路了，好不容易屈人之兵，咱们只要多加防范便是。"

乌林答部营地又重新升起火来，化雪水，烤干粮，折腾了大半个上午，才算吃一顿热乎饭。士兵们狼吞虎咽，饱餐了一顿。

劾里钵万没想到，婆诸刊临时发难，在率部下投降的当口，猛然向完颜部士兵扑来，幸亏大将欢都等早有准备，挡住了突然袭击，避免了更大的伤亡。劾里钵恼恨婆诸刊言而无信，追悔自己不听欢都之言。经过拼命死战，把反复无常、作恶多端的婆诸刊于乱军中杀死，生擒活拿了他的几个兄弟，收服了降者，然后，从乌林答部中选一能者任勃堇，凯旋而归。

第七章

帅火河畔柳丝翠　松柏参天成栋梁

阿骨打十七岁时，已经长成体魄雄健的翩翩少年，加上天生的神力和奇妙的剑法，明显高出同辈一大截。祖母唐括多保真从小就格外偏爱他，长大后更是疼爱有加。这位称得上是女真人的巾帼英雄，也有了一点私心，在她的眼里，阿骨打是雄才大略、有大出息的人，一定能子承父业，二儿子劾里钵把女真各部落逐步归拢得差不多了，将来都勃堇一定是阿骨打接任。于是，想把唐括部与完颜部的婚姻延续下去，以便光大唐括部。她的侄子唐括拔葛生有一女，名为唐括捏哥，与阿骨打同岁，早年在拿懒如花和唐括拔葛的妻子怀孕的时候，劾里钵与唐括拔葛在一起饮酒时曾经指腹为婚，约定无论谁家生男生女，都要结为秦晋之好，虽然不是歃血为盟，但也共同喝了订婚酒。

十七年后，唐括多保真为了撮合这门婚事，不顾自己年老体衰和重病在身，执意要劾里钵、阿骨打陪她到帅水[①]的唐括部老家去省亲。省亲是假，让两个少年男女见面是真。劾里钵是个大孝子，阿骨打又是她的心头肉，老人家有这样的要求也不过分，年老了总是有落叶归根的想法。

孟春四月草燕飞，杂花生树，绿草如茵，沐浴着融融的春光。劾里钵、曼都珂、阿骨打带着亲兵卫队人马，陪同唐括多保真去老家唐括部省亲。

曼都珂这个亲兵卫队长，是乌古乃二夫人注思灰所生，当时难产差点母子不保，幸亏唐括多保真把他们母子救活，所以他对大额娘比亲厄宁还亲。他天生神

① 帅水：今黑龙江省巴彦县。

勇，箭法高超，是完颜部第一神箭手。一路上老人家心情非常愉快，有说有笑的，到兴头上还自编山歌唱起来。

唐括多保真唱着唱着灌了一口风，突然剧烈地咳嗽起来，阿骨打给她捶了半天背，她才咳出一口痰来，喘口粗气，擦着眼泪说："奶奶老了，岁月不饶人啊！可惜的是我都这么大岁数了，还没看到重孙子呢！"阿骨打笑着说："奶奶你着啥急呀，乌雅束都结婚快一年了嘛！""奶奶是想看你的儿子！""奶奶你说啥呢？我刚十七岁，还得学好本领帮阿民打天下呢！""十七岁还小啊，你爷爷十七岁时都生你阿民了，不也没耽误打江山吗？有相当的小格格，奶奶帮你介绍一个，趁我这把老骨头架子还没散，也抱抱重孙子呢！"阿骨打不好意思地说："奶奶你真是的，一有空就说这事！"说完扬鞭跃马跑到前边去了。

亲兵卫队长曼都珂打趣道："大额娘，你这次回老家不光是串门走亲戚吧？"唐括多保真笑着说："你这小子贼精百怪的，啥事都瞒不过你，千万不能跟阿骨打交实底，不然，那犟小子非半道跑回去不可。"曼都珂微笑着点点头。

唐括部，限鸦村，唐括拔葛大院里。

听说唐括多保真回来省亲，部族的老老少少都来看热闹。劾里钵、阿骨打在门前下马，唐括拔葛忙迎上来，叫道："都勃堇、姑母，累不累呀？走这么远的道。"劾里钵说："到家了，就叫表阿哥吧。"

阿骨打搀着唐括多保真下了车，一个漂亮的格格上前拉着多保真的手，甜甜地叫了一声"姑奶"。多保真喜出望外道："哎哟，几年不见，我的侄孙女越长越水灵了，真是女大十八变呀！阿骨打，快叫表阿姐！"阿骨打仔细打量了一下，要他叫表姐的格格果然是端庄秀丽，一看就是大户人家的闺秀，腼腆地叫了一声"表阿姐"，那格格也羞答答地回了一声"表阿弟"，低着头扶着唐括多保真向屋里走去。

一个十四五岁的顽皮少年跑过来，说："姑奶，我叫唐括速留。"然后拽住阿骨打说："你就是我阿骨打表阿哥？我阿民、阿姐常说你是少年勇士，可了不起了。"阿骨打不好意思起来，脸涨得红红的，跟着众人进了院子。

接着七大姑八大姨、三叔二大爷地涌来了一大群人，嘘寒问暖，弄得阿骨打应接不暇。

唐括拔葛的上房炕上早已放好了八仙桌，摆满了瓜子、松子和豆汁，唐括多保真被让到炕头，由跟她年龄相仿的族老相陪，劾里钵在唐括拔葛的陪同下，坐

在另一张八仙桌子的上首。阿骨打搭边坐在炕沿上，喝完一碗酸豆汁解渴后，劾里钵说："阿骨打，去让亲兵把咱们带来的酒和甲胄卸下来，给你表阿叔他们。"阿骨打应声而去，众人七嘴八舌唠些家常嗑。

阿骨打草草地吃口饭，便被表弟唐括速留拉着到帅水河边玩耍去了。接风宴结束后，众人散去，劾里钵才抽出工夫来与唐括拔葛谈起帅水流域其他几个部落的情况。

唐括拔葛告诉劾里钵，裴满部、纥石烈部、加古部、野居女真村一向与唐括部交好，几个部落虽然地连垅、草连边都相安无事，只是近来桓赧常来裴满部，有时还带了不少礼物。桓赧的举措引起了劾里钵的重视，因为他深知立颇剌淑为国相，桓赧始终耿耿于怀，尤其被习不失砍掉一只胳膊后，对完颜部更是切齿之恨，莫非桓赧把手伸到帅水流域来了？还有麻产，也到过裴满部几次。劾里钵本想送母亲后，第二天返回会宁州，听了唐括拔葛的一席话，让他改变了行程，决定要会见其他几位勃堇。

阿骨打没过多会儿就跟唐括速留的小伙伴混熟了，玩得非常开心，大伙都知道他三箭惊辽使的故事，非常羡慕他，因为在北方游猎民族中，一个好的箭手是特别受人尊重的。唐括捏哥偶尔也领着小姐妹跟阿骨打他们一起玩，或许是情窦初开的原因，她一接触阿骨打的目光就脸红心跳，阿骨打对此浑然不知，只觉得表阿姐性格内向，唯唯诺诺。

劾里钵临回会宁州那天中午，纥石烈部勃堇乌古伦土石为其饯行，帅水流域各部的勃堇都来赴宴。劾里钵自然对他们进行一番安抚，并馈赠礼物以示宠信。酒至半酣，眼红耳热，纥石烈部与加古部的勇士比酒量不相上下，劾里钵怕他们酒多伤身，就建议暂停饮酒，到校场比箭射远，结果一看，两个部族的箭手都射了一百八十步，众人不断喝彩。

裴满部勃堇摆摆手说："一百八十步不算远，我听说完颜部曼都珂能射二百多步，咱们请他射一箭开开眼！"众人又轰天阶似的叫好。

曼都珂盛情难却，只好搭箭拉弓，稳稳地射出一箭，众人用步一量，二百一十五步，刚才比箭的那两个勇士惭愧地低下了头，众人又是一阵喝彩。阿骨打与唐括速留等少男少女，早被这热烈的场面给吸引得情绪高涨，又是鼓掌又是喝彩的。

唐括速留见曼都珂一箭服众，再无人上前比试了，就怂恿阿骨打说："表阿哥，你射一箭试试，省着大人们都说咱们小阿哥们瞎胡闹，成不了真的勇士。"

阿骨打忙说："别扯了，大人的事咱们少掺和。"

站在唐括捏哥身边的是身着一袭红衣、俏眉丽眼的格格，听了唐括速留与阿骨打的对话，便拍着手起哄道："阿骨打，射一箭！阿骨打，射一箭！"这个格格叫裴满明慧，是裴满部族勃堇裴满斡古的掌上明珠。

少男少女们一听也跟着喊起来，顿时，"阿骨打射一箭"的喊声响遍全场。

阿骨打被这突如其来的喊声弄得不好意思起来。劾里钵见阿骨打用询问的目光看着自己，就笑着说："阿骨打射吧！咱们女真人走马射箭是家常便饭，你可不能给完颜部丢脸呀！"

阿骨打得到父亲的许可，顿时勇气倍增，又用渴盼的口吻说："阿民，我想用你的梨木大弓！""净扯，那张弓我拉着都费劲，你能拉开吗？""前些日子，你放在家里时，我偷着拉好几回了，能拉开！"劾里钵闻言，心头一喜，想到孩子成人啦，连我的弓都能拉开了，嘴里却说："好吧，就借你用一回，下次不许乱动我的东西。"阿骨打满心欢喜地说："行，我听阿民的！"

两个亲兵把劾里钵的梨木大弓和雕翎箭拿来，劾里钵接过弓对阿骨打说："阿民用这张弓与辽朝上将耶律挞不野争过高低，当年你厄宁设擂台比武招亲时，这张弓给我争了气。今天你如果能超过你阿叔曼都珂，阿民就把这张弓送给你。"

阿骨打信心百倍，从父亲手里接过弓箭，在少男少女的簇拥下，走进了校兵场。

阿骨打甩掉外衣，只穿背心，露出野狗一样壮实的肌肉。他活动一下筋骨，选了一支雕翎，憋足一口气，引弦开弓。梨木大弓在他双膀较力下，吱呀呀轻响。劾里钵几乎是屏住呼吸看着，只见弓如满月，阿骨打轻舒猿臂，箭似流星射了出去，雕翎箭射在校场外山冈上的一颗椴树上，场上响起了一片掌声。众人一量距离，三百二十步，比曼都珂远了一百零五步，顿时校场上下欢声雷动。

几个少年阿哥把阿骨打抬起来，抛来抛去。又是那个红衣服的格格带头喊道："阿骨打！神箭手！"众人也跟着喊起来："阿骨打！神箭手！"喊声响彻校场上空，却喜在劾里钵的心头，心里暗赞：阿骨打好样的，辽人说你是奇人说对了。太虚道长的固本培元功夫没白搭，完颜部的未来就靠这小子啦。阿骨打神箭手之名从此传开了。

劾里钵临行前，把梨木弓挂在阿骨打身上，并给他留一小队亲兵，嘱咐说："阿骨打，我和你曼都珂叔叔先回会宁州，等你奶奶待够了，你护卫她回去。遇

大事跟你表阿叔商量，千万不能贪玩误事。”阿骨打看看父亲严肃的面庞，似乎一下子成熟了许多，点头应允。

比箭结束后，少男少女们更加崇敬阿骨打了，简直把他当成了了不起的大英雄，对他的话唯命是从，由此，唐括速留也跟着沾了光，一说话，总是把表阿哥挂在嘴边。

唐括捏哥却平添了几分烦恼，这个表阿弟，也就是曾被父母指腹为婚的自己未来的夫婿，却对自己不冷不热，一点感觉都没有，而对自己闺中好友、刁钻泼辣的裴满明慧却有好感，在一起时有说有笑，甚至拉拉扯扯的。她十分后悔自己把阿骨打介绍给裴满明慧，还让她帮助“把关”，按照裴满明慧的性格，她啥事都敢做……想着想着，唐括捏哥两行热泪流了下来。

恰巧唐括多保真推门进来，她忙不迭地擦了一下泪水，低声说：“姑奶来了！”唐括多保真看见了她脸上的泪痕，忙问道：“咋了侄孙女？是不是阿骨打那小子慢待你了？要真是这样，姑奶替你出气！”“没有，姑奶是我不小心迷眼睛了。”“没有就好，没有就好，等今年秋天就给你们完婚。”“姑奶，你真是的！”唐括捏哥又是高兴又是羞涩地跑出了屋，向河边走去。

帅水河畔，柳丝垂堤，碒草如毡，紫色的荠菜、黄色的金针菜点缀其间，迎春花你追我赶，争奇斗妍。离老远，唐括捏哥就听到了歌声，她急三火四地奔过去，一群少年男女正在比山歌。热情的男声响彻了河畔：

帅水河畔的柳丝翠又长
如珠似玉的羊群洒满草地上
天上的星星数不清
千万枝花朵也没有姑娘漂亮

一个大胆的姑娘火辣辣的回唱道：

柳丝再长也难成栋梁
牛羊成群怎比骏马强
天上的星星再多也比不上明月
漂亮的姑娘难觅如意君郎

小伙子们商量半天，没人对歌。姑娘那边得理不饶人，又接着唱道：

哎哟嗨，春风吹来花才放
夜莺见了月亮才歌唱
草原上奔驰的骏马呀
哪一匹勇猛似虎狼
帅水河畔的雄鹰哎哟
哪一只矫健又刚强

小伙子们沉闷了一会儿，一个粗犷的声音响起：

松柏参天成栋梁
月光再美哪能比太阳
人如猛虎啸山林
马似蛟龙驰疆场
姑娘你若是有情意
我就是你要挑的那个君郎

“好呀！好呀！”姑娘小伙子们都哄了起来，这面推着阿骨打，那边推着裴满明慧，往中间草地上跑，不停地喊着“拜天地啦！拜天地啦！”唐括捏哥心里酸溜溜的。正在这群少男少女欢呼雀跃之际，忽然村寨那边有人喊道：“不好了，快躲开呀，牛毛了！”

随着村人的喊声，只见一头黑犍牛，哞哞地叫着，箭一样地向这群沉浸在无比欢乐中的少年男女冲了过来。原来，这头公牛正在发情期，焦躁不安，河畔穿着红裙袍的裴满明慧像一团火在晃动，因此激怒了为情所困的黑犍牛，便疯了似的冲过来。玩得正在兴头上的少男少女们听到村人的喊叫，惊叫着四散而去。

黑犍牛冲向了阿骨打和裴满明慧，裴满明慧吓得连声尖叫，阿骨打见势不妙，拉起裴满明慧撒腿就跑，说来也怪，那黑犍牛像认识他俩似的，他们往东跑牛就往东追，他们向西逃牛就向西撵。明白的人都知道，牛虽然是色盲，但是唯独对红色最敏感，它认为红色是敌人，因此把红色的东西当成攻击的对象。裴满

明慧穿红裙袍，正好成了攻击的目标。

裴满明慧被阿骨打拽着东躲西藏，最后还是被黑牤牛追上了。黑牤牛喘着粗气，瞪着鸡蛋一样布满血丝的眼睛，挺着双角向裴满明慧顶了过去。众人惊呼之余，心想完了，鲜花一样的格格就要丧身牛角之下了。电光火石之际，阿骨打一把推开裴满明慧，双手像钢钳一样抓住了牛角，那牤牛摇头摆角，企图把阿骨打甩开，阿骨打憋足了一口气，死死地握住牛角不放，人牛较起力来。

赶过来的村人拿着棍棒打在牤牛身上，那牛吃痛，怪叫一声，猛地使出一股急劲，把阿骨打推得连连倒退，最后双脚腾空，被黑牛一摇头甩出一丈多远，摔了一溜滚，幸亏并无大碍。黑牤牛并不理会倒在地上的阿骨打，四处张望，突然，又发现了躲在榆树后的裴满明慧，又冲了过去。裴满明慧身前碗口粗的榆树被拦腰撞断。裴满明慧尖叫着又躲到另一棵榆树后，那树马上也被撞断。

从草地上爬起来的阿骨打终于明白了一个道理，黑牤牛攻击的是红色目标，他不管许多了，斜刺里腾空而起，一个饿虎扑食把裴满明慧仰面扑倒在地，雄壮的身躯压住了娇小玲珑的裴满明慧，口脸相对并把她遮得严严实实，裴满明慧惊异地喊道："你要干啥呀？"阿骨打气喘吁吁地说："牛顶的是红裙子，我是在救你！"男人的气息喷得裴满明慧有一种异样的感觉，嘴上却说："胡说！你是在占我便宜，众目睽睽的，你让我以后怎么做人，赶紧放开我！"

黑牤牛失去了目标，激动的情绪稍稍平息。阿骨打说："放开你？不要命了？牛会顶死你的！""顶死也比你这样侮辱我强！"阿骨打冷静一想，这样对待一个姑娘实属不礼貌，传出去也好说不好听的，同时为了证明自己是出于无奈，急切地说："放开你可以，但你得把裙袍脱下来！"阿骨打也不等裴满明慧同意，直起身来，三下五除二，把她的红裙袍给扯了下来，裴满明慧哭喊着叫道："你要干啥？你这个……"阿骨打把扯下的红裙袍扔出了几步远，那牛又找到了攻击目标，冲过去又是顶又是踩，把裴满明慧的裙袍弄个稀巴烂。阿骨打把自己的鹿皮袍子扔给了只穿亵衣的惊恐万状的裴满明慧，说："这回你明白了吧？"裴满明慧穿上鹿皮袍才觉得后怕，靠在阿骨打结实的肩头嘤嘤地哭了起来。

黑牤牛仍在发疯似的顶那件不成形的红色裙袍。到底还是养牛人有经验，见没办法阻止疯牛，就跑回村寨央求邻居牵出一头花母牛来。说来也怪，怒到极点的黑牤牛看到花母牛，渐渐平静下来，舍弃了裙袍，来到花母牛近前摇头摆尾，显得十分温顺亲昵，然后，乖乖地跟在母牛的后边回村去了。

这时人们欢呼起来，为阿骨打的勇敢机智所折服。唐括速留高声喊道：“阿骨打！巴图鲁！”人们也跟着喊。唐括捏哥被刚才惊心动魄的一幕惊呆了，简直像做梦一样，直到人们欢呼的时候，她才从梦中醒来，看到裴满明慧亲昵地靠在阿骨打的肩上，不觉潸然泪下，父母为啥要指腹为婚呢？

阿骨打陪着祖母在唐括部整整住了半个月，他与帅水流域各部的小阿哥小阿妹混得稔熟。比箭射远获了神箭手绰号，斗牛救人成了巴图鲁，在那一带声名鹊起，大人小孩都知道完颜部出了个少年英雄阿骨打，这也为他后来继承都勃堇大位、起兵反辽、一呼百应做了铺垫。

唐括多保真目的是想通过十几天的接触，让阿骨打与唐括捏哥之间互相了解，加深印象，交流感情，为成婚做准备。唐括捏哥对表阿弟一百个满意，阿骨打英俊健壮，勇武果敢，机智多谋，让这位刚刚奏出感情音符的格格坠入了爱情的漩涡，她几乎崇拜阿骨打到了极致，爱阿骨打爱到了痴迷的程度。一天到晚默念着阿骨打的名字几百次。夜里梦见的都是阿骨打，有时候竟然叫出声来。有时候梦到与阿骨打拜堂成亲，刚拜到一半，不是刮风就是下雨，始终没有进洞房。然而，一旦直面阿骨打，她却只是红着脸说句“表阿弟，你真了不起”，再就啥也说不出来了，事先准备好的山歌里的词一句也说不出口。阿骨打出去后，她又暗恨自己懦弱，就是不敢捅破这层纸。唐括捏哥备受感情煎熬，几天下来，人瘦了一圈，得了相思病。

阿骨打天天无忧无虑，被少男少女们众星捧月一样对待，到哪都是一片赞誉声。许多小格格都用艳羡的眼光看着他，尤其是裴满明慧，不仅把他当成了救命恩人，更是未来的如意郎君。那天阿骨打把她压在身下，虽然只是短暂的一刻，却让她回味无穷，事后她后悔当时还怒叫阿骨打放开自己。特别是阿骨打扯掉她裙袍的那一粗鲁的动作，几乎让她的心从嗓子眼跳出来。因此，这些日子她天天到唐括捏哥家来，一有机会就主动与阿骨打搭讪，还缠着爹爹为感谢阿骨打救命之恩设宴款待他。

裴满斡古也早看出了女儿的心思，但他早就知道唐括拔葛与劾里钵指腹为婚的事，所以，他劝告女儿道：“明慧，你这些天总往唐括家跑，是不是看中了阿骨打？”

裴满明慧万没想到阿民会单刀直入地提出这个问题，脸腾地一下红到脖子根，平时伶牙俐齿的她一下子结巴起来：“我……我……我，阿民，你说啥

呢?”“知女莫若父，孩子，你也不要难为情，你的心思从阿骨打救你那天起我就看出来了，阿骨打确实是一块好料，少年英杰，在同辈中出类拔萃，况且抛开他阿民劾里钵是女真人的都勃堇，就阿骨打来说，也足以依托终身，他有本事、有气量，侠肝义胆……”

“阿民，这么说你同意了?”裴满明慧兴奋地拽着裴满斡古的手，急切地问。“我同意有什么用，孩子，你还不知道，十七年前，劾里钵与唐括拔葛就指腹为婚了，唐括捏哥与阿骨打已经是铁板钉钉的一对了。”“阿民，这个我不管，反正我喜欢阿骨打，这一辈子非他不嫁!”“你的痴情阿民是理解的，遇上这样的好男儿也确实不容易，可人家阿骨打啥心思你知道吗?这次多保真老夫人回来走亲戚，就是要撮合他们这桩婚事的，你要是在中间插一杠子，就搅黄了人家，这对完颜部、唐括部、裴满部都没啥好处，何况你跟唐括捏哥格格是多年的好姐妹，你要横刀夺爱，这从情理上也说不过去呀!”

“这跟情理有啥关系呀?她喜欢阿骨打我也喜欢，就看阿骨打喜欢谁了。”“孩子，你还小，不知道，按着女真的习俗，指腹为婚就是约定的婚姻，死活都得成家，阿骨打要是退婚，唐括捏哥等于未进门就被休了，她还有脸活在这个世上了吗?那样一来，三个部落之间的关系就会恶化，别有用心的人也会趁机而入，帅水河畔将永无宁日了。”

“阿民!”裴满明慧扑进父亲的怀里抽泣起来，因为她是一个明事理懂大节的姑娘，虽然泼辣刁钻却很理性。裴满斡古给女儿擦着眼泪说:“孩子，你要是真心喜欢阿骨打，就要成全阿骨打和捏哥的婚事，等他们结婚满一年了，阿民亲自给你提婚，只能做二房了。”裴满明慧本来泪滴像断了线的珍珠，听父亲这么一说破涕为笑，道:“还是阿民疼女儿，只要能跟阿骨打结婚，管他是几房呢!我一会跟捏哥阿姐说去，这几天她都忧愁出病来了!”说完一溜风地跑了出去。

裴满斡古看着女儿的背影，自言自语道:“不愧是我的格格，拿得起放得下，阿骨打娶了她，也娶了一个好帮手。”

唐括拔葛这几天见女儿愁眉不展，人也瘦了，他深深地知道这其中的缘由，本来是为了两个孩子见面撮合婚事，哪知发生了英雄救美事件，半路杀出个裴满明慧，黏黏糊糊的缠着阿骨打，阿骨打也情有独钟，似乎很喜欢裴满明慧，而把自己的女儿捏哥晒在一边，虽然自己努力补救，创造两个孩子独处的时间，却也无济于事，捏哥又腼腆内向，自己不能直说，弄不好为他人作嫁衣裳了。

想到这儿，唐括拔葛再也忍不住了，就到上房，把这几天发生的事向正在和内人闲聊的唐括多保真一五一十地说了一遍，蒙在鼓里的唐括多保真吃惊地说：“还有这等事情？我说阿骨打这些日子在这儿待得这么稳当呢？也不张罗回家了，原来看上裴满家的格格了，这还了得，我侄孙女咋办？快，快把阿骨打给我找回来！我好好教训教训他，好个裴满斡古，竟敢怂恿格格跟捏哥争女婿！”说着手中的拐杖直敲地，气得浑身乱颤。

唐括拔葛忙扶着她，让她坐下说：“姑姑，这事急不得，还得从长计议！”“再计议几天，裴满家的格格就成了我的孙媳妇了！快去找阿骨打，我让他当面应允这桩婚事！”“姑姑，这事还真不能在这挑明，我表阿哥和表阿嫂又不在当场，咱们说的是一面之词，弄不好会更僵，以后更难办了。”“那就这么搁下去，太委屈我侄孙女了，不行，你们把裴满斡古叫来，我跟他说，别让他那姑娘瞎掺和了。”

“姑姑你消消火好好想一想，这还八字没一撇呢，你找人家，人家要是反咬一口，咱们咋办？我看不如你们先回会宁州，让阿骨打和裴满明慧也淡化淡化，三天以后，我们全家去会宁州，咱们两家人到一起，让表阿哥把这桩婚事说清楚，阿骨打是个深明大义的孩子，他一定会答应这桩婚事，到时候能顺理成章。”“那这几天捏哥不是更憋屈了么？”

“姑奶，我不憋屈了！”随着清脆的话语，唐括捏哥拉着裴满明慧的手走进屋来。

唐括拔葛和内人都吃了一惊，心想这孩子今天咋的了？好几天都抑郁寡欢，茶饭难进，恨裴满明慧横刀夺爱，这怎么和好如初、兴高采烈的一起进来了呢？他们哪里知道裴满明慧听了父亲一番话，豁然开朗，找到唐括捏哥后，把她与父亲的对话原原本本地告诉了捏哥，并说出了自己的想法，捏哥将信将疑，逼得裴满明慧发了毒誓，她才肯相信。

因为当时在女真等北方少数民族，一个男人娶几房媳妇是没有限制的，多女侍一夫是很正常的事。唐括多保真拉着唐括捏哥的手怜惜地说：“侄孙女，这几天让你受委屈了，看看都瘦了！”然后，面色一沉，拿出主母的身份对裴满明慧说：“裴满家格格，听说你也喜欢我孙子阿骨打？跟捏哥争女婿了？”

裴满明慧并不慌张，而是落落大方地说：“姑奶奶你说哪去了？我哪能跟捏哥争女婿，我跟阿骨打刚认识这几天，他救我是出于一个‘义’字，按他的性格即使不是我，他也得舍身相救。男女感情不是谁都能管得住的，我跟捏哥是从小

一起长大的好姐妹，我哪能跟她抢女婿呀？我真要喜欢阿骨打也有个先来后到啊！等阿姐成亲后才轮到我呀！你说呢阿姐？”捏哥忙说：“是啊！明慧不是那种人，都是阿骨打喜欢明慧，你们错怪了明慧，她可是通情达理的好格格。”唐括多保真是何等人物，听了裴满明慧一席话，心头豁然，心想阿骨打要是再娶了这个格格可真是两全其美啦。一家人见唐括捏哥又恢复了常态，满天的乌云都散了。

这一切阿骨打都蒙在鼓里，正像裴满明慧所言，阿骨打救人出于一种义气，对裴满明慧，他确实产生了好感，他喜欢率直天真的格格，表阿姐唐括捏哥在阿骨打的眼里是美丽的，文弱内向，他只当姐姐尊重，至于喜欢还谈不上。

饯行宴结束后，阿骨打把奶奶扶上马车，与众人道别，唐括速留依依不舍地说：“表阿哥，我不愿意让你走，咱哥俩太对脾气了。”“要不然你跟我去吧！我那儿更热闹，吴乞买、大家奴、术忽他们一定也喜欢你。”唐括拔葛说：“速留，快让你表阿哥他们走吧！要不然会贪黑的。”阿骨打来到唐括捏哥面前说：“表阿姐，你回去吧，过些天我再来看你。”唐括捏哥点点头。

阿骨打挎着梨木弯弓，骑着高头大马，带着一小队亲兵护卫着奶奶的牛车回会宁州了，这也是阿骨打头一次带兵指挥人马。从前几天父亲把心爱的梨木弯弓留给他，他就觉得在父亲的眼里自己长大了，更增强了几分自信，经过救裴满明慧一事和人们对他的尊崇，阿骨打悟出一个道理：英雄要自己闯。

阿骨打护卫着唐括多保真回到会宁州已是傍晚时分，全家男女老少都出来迎接，乌雅束、大家奴、吴乞买、术忽见阿骨打骑着高头大马，挎着腰刀，背着梨木弯弓，羡慕得心都直痒痒。劾里钵和拿懒如花边扶着唐括多保真下车边问：“厄宁坐了一天车累了吧？这一路上没出啥事吧？咋没多住几天呢？”唐括多保真唠唠叨叨地回答道：“我没啥事，你的好儿子在那边出了点事！“

劾里钵急切地问：“咋了？是不是阿骨打闯祸了？”“没有没有，你儿子可能耐了，舍命救裴满家的格格，那格格八成相中他了，再待几天，说不定把儿媳妇都给你们领回来了。”唐括多保真话里话外带着不满的语调，阿骨打刚想争辩，劾里钵忙把阿骨打叫到一旁，问明了事情的经过，安慰阿骨打说：“你奶奶老了，她是怕你出差错，她疼你呀！”阿骨打说：“阿民，我知道奶奶是对我好，可老说人家格格相中我了，多难听呀！”

劾者、颇刺淑、盈歌等几个儿子围了一大桌子为厄宁接风。第二天刚吃过早饭，劾里钵未等去官署，仆女就赶过来说："都勃堇，老夫人让你和大福晋到她房里去一趟。"劾里钵一向听母亲的话，尤其是父亲过世后，他更加尊崇老人家了，他与拿懒如花一起到母亲房里给老人家请了安。

唐括多保真说："找你们俩来商量一下阿骨打和捏哥的婚事，当年你们两口子跟人家亲口说的，可不能因咱家是都勃堇就毁了这门婚事。""厄宁，你这说哪去了，这桩婚事到啥时候咱们都得承认。""可我看阿骨打对捏哥一点兴趣都没有，倒是对裴满家的格格有好感。为了这桩婚事，我答应让拔葛全家三天后到会宁州，咱们两家人当面锣对面鼓的把事情揭开，趁我这口气在，就给两个孩子完婚。"

劾里钵和拿懒如花说："厄宁，你定下来了就这么办吧！到时候也容不得阿骨打不同意了。"唐括多保真叹了口气，继续说道："再说了，那裴满明慧哪里比捏哥强啊，一天到晚疯疯张张的，这阿骨打咋能看上她呢？"一向沉稳贤淑的拿懒如花开口了，"厄宁，咱们别管裴满家的格格啥样了，还是想办法说服阿骨打吧！别等唐括拔葛他们来了，几只眼睛到一起，给人家难堪。""行，你们俩先跟他唠唠，不行我再上阵。"然后，指着劾里钵说："这孩子的犟劲儿都随你，尤其婚姻大事，可有主意了。"拿懒如花接茬道："厄宁，他要没主意我能成你儿媳妇么？"一句话把老夫人给逗乐了。

劾里钵离开母亲房间，到官署处理一些事情，就匆匆忙忙的回到上房，把阿骨打叫来。他先绕了个弯子，问阿骨打道："阿民那张梨木弓怎么样？使着顺手吗？"阿骨打一听谈论弓箭，顿时兴奋起来，把那弓箭如何是好说了一大通。劾里钵又问："你知道我为何把那张宝弓给你了吗？""当然是阿民喜欢孩儿了。""只说对了一半。""那另一半呢？""阿骨打突然恍然大悟，道："阿民说我已经成年了，可以领兵出征了！""还是我儿聪明，你那天带兵感觉如何？""可好了，可惜没指挥他们打仗。""将来阿民会委任的。"

拿懒如花推门进来，见父子俩谈得很投机，问道："你爷俩唠啥呢，说得这么热火朝天的？"阿骨打上前拉住母亲的手说："厄宁，阿民说我长大成人了，将来让我干大事呢！"阿骨打转向劾里钵说："阿民，你答应我一件事，算数吗？拿懒如花道："你阿民是都勃堇，说话要是不算数，统领那些部落谁会听他的。""算数就好，你答应我等我长大了送我去长白山，跟白山真人学艺去。"

劾里钵道："这件事你不说，我也会让你去的，单凭你现在的本领，还不能

领兵上阵，听太虚道长说，长白真人是个奇人，既懂武艺又会排兵布阵。”阿骨打听了非常高兴，刻里钵话锋一转道：“你别高兴得太早，我这都勃堇还答应了人家一件事，不知你听不听。”

“听！当然听！”“那好吧，让厄宁跟你说说。”拿懒如花叹了口气说：“十七年前，我跟你阿民指腹为婚，为你定了一桩婚事，如今你和那格格都长大了，要到成亲的时候了，这也是咱们女真族的一个风俗。”

阿骨打恍然大悟说：“这、这，我全明白了，你们指腹为婚的那个格格就表阿姐唐括捏哥！”劾里钵和拿懒如花不置可否地点点头。

“那么说奶奶回娘家走亲戚也是为了这桩婚事了？”“是啊！阿骨打，这是你奶奶的一块心病啊！这几天她怕你不答应，都愁出病来了。我看她的身体是一天不如一天了，大萨满也说天神要领走她了，所以，你奶奶说要尽快给你们完婚。”

阿骨打刚才的高兴劲一扫而光，忧心忡忡地说：“真是的，这，我也没有准备呀！”拿懒如花劝道：“捏哥是多好的格格呀，稳稳当当的，要模样有模样，要身材有身材。将来过日子是一把好手。”阿骨打用手揪着自己的头发说：“阿民，厄宁，让我考虑考虑行吗？”劾里钵正色道：“晚上得答复我，明天人家就来了。”阿骨打推门出去，眉头拧成一个大疙瘩。

阿骨打坐在柳阴下冥思苦索，为什么要指腹为婚？奶奶和父母为何极力撮合这桩婚事呢？想着想着，裴满明慧浮现眼前，顽皮地做着鬼脸；一会儿又变成了唐捏括哥，笑靥如花，楚楚可怜，两个格格相交叠影，最后还是裴满明慧留在眼前，阿骨打痛苦地用脚碾着地，竟然碾了一个深坑。

在阿骨打众多叔叔中，盈歌跟他最为要好，两个人的脾气秉性相近。劾里钵也觉得这件事确实难为了阿骨打，决定让盈歌出来安慰他。盈歌来到阿骨打身后站了一会儿，阿骨打此时正沉浸在痛苦矛盾之中，浑然不觉。

盈歌好气又好笑，使劲地咳嗽了一声，阿骨打激灵一下子站起来，回头一看是盈歌，说道：“四阿叔啊，吓我一跳。”盈歌笑笑拍他的肩头说：“平时教给你的都忘了吧？身为女真武士，应该眼观六路耳听八方呀！”“四阿叔，我在想心事呢。”盈歌严肃地说：“想心事也不行，对敌打仗的时候，敌人可不管你想不想心事，如果我是你的敌人，你现在还能站着跟我说话吗？”阿骨打心悦诚服地说：“四阿叔教诲得对，侄儿今后一定注意。”“你在想啥事四阿叔心里很清楚，你的痛苦四阿叔也理解。这桩指腹为亲的婚事对你的确不公平。”

倔强的阿骨打听了盈歌的话，终于忍不住泪水，刷刷地流下来。盈歌接着说：“帅水河北临险益甸，南接直屋铠水，是连接完颜部与北方诸部的咽喉要道，唐括部这些年来对完颜部忠心耿耿，从无二心。受它的影响，周围的几个部落也相对稳定，前几天你也去了，可能也了解一些情况。当年指腹为婚的时候，也是咱们完颜部最困难的当口，你阿民也有他的苦衷呀!”

阿骨打擦了一把泪水说：“四阿叔，你别说了，我啥都明白了。”盈歌叹了口气，拉过阿骨打说：“都要娶福晋了还哭鼻子，传出去让人笑掉大牙了。明天唐括拔葛他们就要来了，这出戏你得唱下去，过后，你喜欢哪家格格，四阿叔给你做媒。”

阿骨打听了盈歌的一番劝道，心里舒服了许多。傍晚时，他把自己同意这门婚事的想法告诉了拿懒如花，一家人喜出望外，这才杀猪宰羊，准备明天会亲家。阿骨打也有自己的打算，他想，反正父亲答应自己去长白山学艺一事，上山学艺也得三年两载的，也为了满足祖母心愿，为了父亲的颜面，为了完颜部，先应承下来再说，四阿叔答应了我喜欢谁家格格，他就去做媒人。

唐括拔葛为了女儿的婚事，几乎半宿没合眼，对未来的女婿阿骨打他非常认可，唐括拔葛虽然子承父业，做了一个大萨满，但也耳濡目染地学了些奇门之术，在他看来，将来的阿骨打是人中龙凤，有王者风范，所以借当年指腹之约，竭力把女儿许配给阿骨打。鸡叫头遍的时候，管家就张罗着饮马套车，准备出发。时值初夏，和风拂面，鸟语花香，气候宜人。唐括捏哥跟母亲坐在同一辆四马大车上，心情爽朗，憧憬着未来，情不自禁地哼起山歌来：

春光明媚来郊游，
调皮的杏花吹满头，
柳阴下转出小阿哥，
搏熊刺虎显身手。
阿哥你若是一湖水，
阿妹愿做鱼儿水中游，
阿哥你若是一棵树，
阿妹愿做山莺落在头上。
……

唐括拔葛与内人见女儿动情的样子，会心地笑了。

唐括拔葛带着兵卫队和四辆马车在天近中午的时候来到会宁州，盈歌等迎出了村寨外。见过礼后，一伙人说说笑笑到了劾里钵的四合院。院里已有许多族人在等候。唐括多保真春风满面，坐在了上首，众儿孙围坐其旁。唐括拔葛一家被让到上座。然后，有完颜部中主管婚庆的萨满拉着阿骨打到唐括拔葛夫妇桌前，叫了声阿民、厄宁。唐括捏哥也如此，萨满又领着捏哥到各桌前转了一圈认亲，最后到了唐括多保真面前，捏哥甜甜地叫了一声“姑奶奶!”萨满纠正说：“应该叫奶奶。”捏哥刚想重叫，唐括多保真摆摆手说：“不用了，不用了，今个儿叫啥都行，过门必须改口叫奶奶。”众人哄堂大笑。

订婚宴开始了，众人在肉山酒海中推杯换盏，猜拳行令，吃喝起来，然后轮番敬酒。劾里钵夫妇与唐括夫妇，领着阿骨打与捏哥给唐括多保真敬酒。唐括多保真格外高兴，欣然接过了酒碗。

劾里钵忙道：“厄宁！你从不……”唐括多保真摆摆手制止了劾里钵，爽快地把半碗酒干了下去。这也是她有生以来第一次喝酒，这位女真的巾帼英雄，从小就以好待宾客闻名，即使素不相识的路人，也能以酒相赠，可自己从来不饮酒，结完婚后丈夫乌古乃与客人饮酒，她在一旁侍候，自己滴酒不沾。有醉酒吵闹耍酒疯的，她就自编歌曲为醉者分忧解难，第二天，她能将醉者谬颜错语一一叙出，说辞诚恳感人。今天出乎意料的喝了酒，劾里钵上前扶住母亲道：“厄宁，你这何必呢?”“厄宁高兴，你别管了！我的孙儿圆了我这张老脸，我寻思我这大半辈子，尽为别人分忧解难了，到老了自己的事情整不明白了呢。”说着，激烈的咳嗽起来。

阿骨打和捏哥赶忙上前搀扶她，阿骨打浸着泪水说：“奶奶，都是孙儿任性，惹您老不高兴了。”“高兴、高兴！只要你能跟捏哥成亲，奶奶就是死了也瞑目了。”拿懒如花忙打岔说：“厄宁，你说啥呢！你不还等着抱孙子呢嘛!”一句话说得捏哥和阿骨打不好意思地低下头来。订婚宴酒性正浓，高潮迭起，直喝到月上柳梢才罢休。捏哥是满心欢喜，而阿骨打却是酒入愁肠，喝得酩酊大醉，这是他十七年来第一次喝醉酒。

唐括拔葛从完颜部回来，整整装了四辆马车的礼物满载而归，松子、蜜蜡、兽皮、人参、灵芝、猪羊肉等应有尽有，这桩悬了十七年的婚事总算是有了着落，整个部落都欢天喜地。

第八章

先天混元气固本　脚底落地血培元

完颜部却欢乐不起来，除了阿骨打对婚事不满意以外，就是老主母唐括多保真自从订婚仪式结束后便病倒了。大家开始以为老人家宴席上喝了半碗酒，再加上高兴过度身体不适的缘故，过了酒劲调养几天就好了，可一连四天，老人家都起不来炕，这才请大萨满诊治。大萨满除了搬神驱魔外，又给老主母弄了几种药服用，而病却不见轻，还一天比一天重。

这天，劾里钵和众人前来探望，唐括多保真似乎好了一些，能在仆人的搀扶下坐起来了，看到儿孙一大帮，老主母心情舒畅，与众人唠了许多家常，然后，把话题转到阿骨打婚事上来，她拽着阿骨打的手说："本来准备秋后给你们完婚，可奶奶怕挺不到那时候了。昨天大萨满来给我看病，我让他掐算了一个日子，他说五月初四是望月黄道吉日，就那天给你们完婚吧，正好第二天又是拜天谢柳日，一块庆贺。"

阿骨打本来应称这桩婚事是权宜之计，一心想去长白山学艺，拖几年再说。奶奶突然提出完婚，他不假思索地脱口而出："我暂时不想结婚，等我去长白山学完艺再说吧！你为啥让我跟不喜欢的人结婚？我不结！"

阿骨打的几句话让人大吃一惊，还从来没有人敢这样跟老主母说话，霎时，空气像凝固了一样，几乎能听到人们的呼吸声。

自从乌古乃去世后，唐括多保真就以主母的身份参与政治、军事的参谋，常常有奇妙之策，几个儿子对她尊敬有加，言听计从，而阿骨打自六岁从乳峰山躲难回到会宁州后，一直跟唐括多保真住在一起，是奶奶一手把他带大的。他从小

就懂事，深得几个叔叔喜爱，闲暇时都给他指导武功，一家人特别偏爱他，视他为掌上明珠。老主母万万没想到阿骨打会在众人面前顶撞自己，气往上撞，急火攻心，“哇”的吐了一口鲜血，便昏迷过去。众人慌了神，七手八脚的施救。

阿骨打知道闯了大祸，连平时对他和蔼可亲、青睐有加的叔叔们也对他怒目而视。他预感到了事情的严重性，心想奶奶平时那么疼我，我却把她气昏了，她老人家若真有个闪失我岂不是背了一辈子的骂名？阿民阿叔们能轻饶我吗？想到这儿，他急忙扑到奶奶身旁哭喊道：“奶奶醒醒啊！我听你的话，我再也不惹你老人家生气了，我答应与捏哥成亲。”

说来也怪，昏厥多时的老主母，任凭别人的喊叫，就是不苏醒，阿骨打一喊，她慢慢地睁开了眼睛，用询问的目光看着众人，阿骨打见奶奶醒来又重复了一遍刚才的话。

唐括多保真满意地点点头，憋足了力气说：“这还像我孙子说的话，奶奶没有白疼你。”喘息了半天，对劾里钵等人说：“你们谁也不要因为今天的事情难为阿骨打，我的病我知道咋回事。”众人点头答应。

阿骨打经过这件事后，仿佛成熟了很多，暗责自己对不住奶奶，所以昼夜服侍在唐括多保真身旁，比仆人照顾得还细心周到，没出几天，老主母的病奇迹般的好了。

转眼之间，阿骨打的婚期到了，劾里钵在府里和大萨满及诸家兄弟们商量：“给阿骨打办婚事，也是一个召集各部相聚的最好机会，平时对咱们有芥蒂的更得给个信儿，办喜事需要人多，一起热闹热闹。”颇刺淑说：“对，也就此机会考验一下那些对咱们有敌意的部落。”于是派出信使往来于女真三十六部。

五月初三，路途遥远的斡泥水蒲察部、神忒水的完颜部、统门水温迪痕部、跋达部等勃堇都提前到来送上厚礼，以示恭贺。

五月初四，天还没亮，盈歌就把接亲队伍组织起来，完颜部的老少朋友三亲六故组成了浩大的接亲队伍，阿骨打里外三新一身婚装，十字交叉披两块红绸布，接亲的坐骑也披红挂花，新娘的车轿是毛帐围成的，外边饰以红绸，十分显眼。

大萨满见到齐了，扯开嗓子喊道：“吉时已到。接亲队伍起程！”阿骨打骑着高头大马走在前边，谷神是傧相紧随其后，劾孙、盈歌、劾也、欢都、习不失等大将都各自骑马，年轻格格、福晋则坐在马车上，在吹鼓手的《拜天曲》中浩浩荡荡向帅水方向进发。

唐括部也忙个不亦乐乎，他们早早起来，由一个儿女双全的老妇人给唐括捏哥开脸，然后，一个女仆用骨头梳子给她梳头，另一个女仆描眉打鬓。这时，女傧相进来说："快点儿吧！老爷着急了。"唐括捏哥在傧相和女仆的搀扶下下了地，然后弟弟唐括速留把她抱上车，外边套了四辆大马车，大包小裹的装满了车，唐括拔葛亲率兵丁和亲属相送。

接亲和送亲的队伍在混同江畔汇合，阿骨打把唐括捏哥从娘家的车上抱下来送到自家的接亲车上。两支乐队合在一起，阿骨打在大萨满的指挥下，给唐括拔葛磕了三个响头，算是承诺让他放心，送亲的人一律上了完颜部的车，双方的萨满拜过了四方神后，接亲的车才启动，阿骨打仍骑马走在前面。

会宁州，劾里钵四合院。

人声鼎沸，各部落的勃堇全部到齐，远近十里八村的人都来看热闹、喝喜酒，八仙桌子摆满了街。接亲的队伍一到，人们分站两侧夹道迎接。迎亲队伍到了门外，大萨满喊道："新人下马、下车！"阿骨打下了坐骑，来到唐括捏哥的车轿前，把头披红布的捏哥抱下来，又由女傧相搀扶缓步前进，大萨满喊道："新郎射神箭驱邪！"

谷神把梨木大弓递过来，阿骨打向唐括捏哥的车轿下连射三箭。"新人进院！"阿骨打在前捏哥在后进到院里，再通向洞房的道上摆上一副马鞍和一个炭火盆，大萨满又喊道："新人跨过马鞍一生平平安安，新人跨过火盆一生红红火火！"两人依言而行。

然后来到洞房前，阿骨打、捏哥在大萨满的指挥下拜了天地诸神，拜了老主母唐括多保真。夫妻对拜后，在少男少女撒出的雨点般的五谷粮的击打下跑进了洞房，脱鞋上了炕，在新被上"坐福"。送亲的客人都坐在上房，各部的勃堇依长幼次序入席。

开席之前，劾里钵以东道主的身份朗声道："各位同宗，各位亲友，各位勃堇，时逢端午节前夕，我儿阿骨打与唐括捏哥格格完婚，承蒙大家捧场，前来做客。这也表示我们女真人紧密团结，共兴大业。今晚按照惯例要举行角力比赛，推出巴图鲁，明天白天谢柳选出神射手。"众人一阵欢呼，然后跌进肉山酒海里。

到掌灯时分婚宴仍在继续。洞房里，阿骨打和捏哥被吴乞买、谷神、鹘沙虎、大家奴、术忽等叫阿哥叫阿嫂的围在一起"闹洞房"。内容无非是涉及男女

私房事和与生育有关的问题。闹洞房一直折腾到唐括捏哥筋疲力尽、阿骨打告饶服输还不肯罢休。

大家奴说："过了今夜再想这么闹就不行了，再说咱们也闹不过阿骨打啊！"

阿骨打毫不在乎地说："行，闹到明天早晨我都奉陪！"

谷神嬉皮笑脸地说："哪能这么闹啊，人家阿嫂还等着睡觉那！"众人哄堂大笑，捏哥脸红得像她穿的鹿皮裙袍。

阿骨打忽然想起来啥似的，说："你们闹可是闹，要是耽误了角力，就让斜葛、斯勒他们占便宜了。"

吴乞买闻言道："二阿哥说得对，咱们光在这瞎闹了，斜葛、斯勒肯定要耍威风了，咱们快去校场吧！"

阿骨打焦急万分地说："要是实在顶不住就来叫我。"你陪阿嫂睡觉吧！"几个顽皮的小子异口同声地说，接着一阵得意的坏笑，然后出门奔校场去了。

洞房里一下静了下来，捏哥窃喜，阿骨打却是心里空荡荡的，他觉得结婚就是把自己交给一个陌生的女人，而远离朝夕相处的伙伴。两人默默无语，静静地坐着。只有猪油灯偶尔啪地爆出一个灯花，打破洞房的寂静。

捏哥毕竟比阿骨打成熟一些，力图打破这尴尬的局面。她转过身看了阿骨打一眼，只见阿骨打面无表情，呆呆发愣，就轻启朱唇柔声道："表阿弟。你！要是累了，就！就歇着吧！这几天都把你折腾瘦了。"

捏哥的话还真说到阿骨打的心里去了，一开始他就不满意这桩婚事，因此，把奶奶气的重病一场，后来一边伺候奶奶，一边张罗婚事，最重要的是心里郁闷，看上去瘦了一点，阿骨打闻言，局促不安地说："不！不累。表阿姐，你！你先睡吧！我！我惦记校场那面，怕吴乞买他们吃亏。"

捏哥很不舒服，哪有新婚之夜新郎不惦记新娘却惦记摔跤角力的啊！她强忍泪水才默不作声了。

会宁州的校兵场，热闹异常，几堆篝火，把黑夜映得如同白昼，劾里钵陪着未走的客人、参加摔跤角力比武的少年儿郎以及乡亲们一起围在篝火旁，就着炭火烤着全羊、全鹿、山鸡、松鸭，喝着甘醇的美酒，看着后生们摔跤角力比武，喝彩声、鼓掌声、劝酒声混在一起，演奏一首快乐的小夜曲。校场中间一对年轻人一会儿搬脖搂腰，一会儿闪展腾挪，你推我搡互不相让，引来围观者的阵阵叫好声。吴乞买、鹘沙虎、大家奴他们赶来时，场上已经赛了几十回合了，几乎接近尾声了。

阿骨打还真言中了，趁着他们闹洞房，斜葛、斯勒果然连赢数场，占了上风。实际上，这斜葛、斯勒也不是外人，他们是阿骨打三爷跋黑的儿子，论辈分阿骨打他们还得管人家叫叔叔。

跋黑在乌古乃当都勃堇时就离心离德，私下拉帮结伙搞小动作，乌古乃过世后，他野心膨胀，串通桓赧、乌春、腊醅、麻产反叛，里应外合，企图把刚刚上任的勃堇推翻，取而代之。可乐极生悲，得意忘形，狂喝滥饮时被一块肉噎死，因唐括多保真带着阿骨打参加宴饮，他的儿子斜葛、斯勒还倒打一耙，怀疑其父是被害死的。

这斜葛、斯勒虽然比阿骨打大了一辈，却是跋黑最小的夫人所生，年龄与阿骨打相近，平时，倚仗父亲王爷的权势横行霸道。父亲死后，勃堇考虑家族团结的大局，高看了他们一眼，这两个小子更是肆无忌惮，跟阿骨打这帮伙伴水火不相容。

斜葛、斯勒与劾里钵等是叔伯兄弟，都因跋黑的原因，弄得面合心不合，今天见劾里钵又娶了唐括部的格格为儿媳妇，怨恨得牙根直痒，哥俩预谋了好几天，决定借机会闹点事，让劾里钵难堪。趁吴乞买等人去闹洞房，二人大出风头，把与之比武的青年全都战败。这种角力摔跤比武，一般分年龄段的，成家立业的后生都不许参加了。

不管斜葛、斯勒如何张狂，成年人都是无法出手的。正眼看他们就要夺得这次比武的巴图鲁时，吴乞买他们闹完洞房匆匆赶来，见到这种情景，心想，真是山中无老虎，猴子称霸王。就在劾里钵准备把巴图鲁的名号赐给斜葛和斯勒的时候，术忽喊道："都勃堇，先别忙呀。我们几个还没比呐。""是呀，接着比!""我们还没看够哪!""大长的夜，忙啥收场啊!"众人七嘴八舌的嚷道。斜葛、斯勒一见他们几个，心里稍宽，只要阿骨打不来就行。

术忽和大家奴来到校场中间，分别对阵斜葛和斯勒，几个回合下来，二人被甩出场外。吴乞买、鹘沙虎扶起术忽和大家奴，两个人愤愤不平地说："他们使诈，你们上去要多加小心。"

吴乞买对阵斜葛，鹘沙虎对阵斯勒。四个人旗鼓相当，能力互抵，一直扭扯了半个时辰也不分胜负。眼见夜色已深，劾里钵本着息事宁人的态度，敲响锣鼓，让他们停下来，四个人都累得气喘吁吁，筋疲力尽。都勃堇想把巴图鲁的腰带

分别给他们四个人，这时，校场外站着一个少年，道："都勃堇，我觉得这样收场不合理。"

众人闪目一看，是斜葛的表阿哥加古里，他平时跟斜葛、斯勒沆瀣一气，为人狡猾奸诈。劾里钵见是加古里提出异议，就问他："加古里，那你认为怎么样收场才算合理呢？"加古里似乎胸有成竹地说："斜葛和斯勒已经比上了十几场了，他们在体力上吃了亏，吴乞买和鹘沙虎刚上场，他俩占了便宜，虽然四个人棋逢对手，谁也不能摔倒谁，但实际上斜葛和斯勒已经赢了，这巴图鲁应该给斜葛和斯勒，凡事都得一碗水端平。"加古里的话虽然是狡辩，但其中确实有道理。劾里钵闻言，也觉得方才自己的决定有点偏袒了吴乞买和鹘沙虎，就笑了笑说："加古里说的没错，是应该把巴图鲁的腰带给斜葛和斯勒。"

术忽和大家奴一起喊道："我们不同意，加古里，你有本事，咱们比试一下！"

加古里轻蔑地说："败军之将还敢言勇？你们两个知道啥是磕碜吧？"术忽和大家奴无言以对。

吴乞买接茬道："我还不曾败过，咱俩比试！"说着，向校场走去。鹘沙虎道："三阿哥，还是我先来，我顶不住你再上。"不等吴乞买答应就窜到校场中间。

加古里已把话说到这份上，也只好来到校场应战。在劾里钵的印象中加古里是头一回参加这样的角力摔跤，平时也很少和大伙交流，鹘沙虎本来也是一把好手，可是，跟加古里一交手便相形见绌，没走上五个回合便被加古里干净利落地摔了个狗抢屎，众人齐声叫好。

吴乞买见鹘沙虎吃了亏，加古里又得意洋洋，二话没说冲到场中，先与之摔跤，最后比拳脚，二人是棋逢对手，将遇良才，难分难解。吴乞买的优势是力大沉稳，加古里的优势是招数精妙，二十几个回合过去不分胜负，但眼见吴乞买攻少守多，渐渐处于下风。

大家奴是个机灵鬼，他见形势不妙，心想，这小子还真有两下子，只有阿骨打能胜他，再者阿骨打结婚没过夜，巴图鲁的名号就让别人夺去，好说不好听，丢不起人，于是，他悄悄溜出人群，来到阿骨打洞房前。

洞房里，捏哥已经把被褥铺好，几次催了阿骨打上炕睡觉，阿骨打让她先睡，捏哥看出了阿骨打的心思，非常理解，说："如果你放心不下校场比赛，就先去看看吧！我等着你回来！"

阿骨打暗叹捏哥善解人意，刚要起身，就听到大家奴敲门说：“阿骨打，不好了，你快去校场吧，我们几个都让一个叫加古里的家伙给摔败了，巴图鲁快让人家抢走了。”

阿骨打说：“好，我就去！”说完急三火四地跟着大家奴跑到校场，此时校场酣战已到了关键时刻，只见加古里一记旋风腿把吴乞买重重地扫倒在地上，众人又是一片欢呼。

加古里等喝彩声平息，才对劾里钵说：“都勃董，这回我是当之无愧的巴图鲁了吧？”劾里钵刚想把那条巴图鲁的腰带赐给加古里，阿骨打大喊一声：“慢！还有我呢！”众人见身着新郎衣服的阿骨打已经站在校场中间。

人们不禁惊讶地叫道：“阿骨打！”

加古里先是愣了一下，然后用揶揄的口吻说：“阿骨打，你不搂新娘子睡觉来这凑啥热闹？”未等阿骨打回话，拿懒如花气咻咻地对劾里钵道：“这孩子太不像话了，咋把新娘子一个人扔在洞房了？”

劾里钵说：“别在这嘟囔了，快回去看看儿媳妇吧！”“厄宁，不用看我了，我也来了。”

拿懒如花回头一看，捏哥已然站在她身后，“这！这！这是咋说的呢！这叫啥？新婚之夜不在洞房歇着，你奶奶知道了又得生气。”

“厄宁，阿骨打出来比武我不放心，你就让我看看吧！”拿懒如花虽然有些气恼，听捏哥如此回答心里还是一丝甜意，由此看出阿骨打在捏哥心里的重要位置和捏哥的贤惠。

此时阿骨打已经甩掉新郎的衣装，换上皮短褂、护腕、护膝，袒胸露背，向加古里逼近，加古里还企图说服阿骨打：“这巴图鲁腰带就这么重要？值得让你那如花似玉的格格守空房？”

“我是怕这腰带落在你这奸猾之人的手里，玷污了巴图鲁的称号，新娘子会支持我的。”阿骨打语音未落，捏哥银铃般的喊声传到所有人的耳朵里：“阿骨打，加油！阿骨打，加油！”众人又是一阵骚动，心想，这真是夫唱妇随呀！阿骨打也很自豪，暗赞捏哥善解人意。

加古里道：“你们夫唱妇随我不管，少年巴图鲁可是不许成婚人参赛的，你已结婚就别瞎掺和。”阿骨打说：“我虽然行了婚仪，但洞房之夜未过，还是有资格比赛的，你要是害怕就干脆认输，何故找借口！”众人一听阿骨打说得有道理，

就一起喊道："阿骨打说得对，阿骨打说得对!"

加古里见阿骨打执意要比试，众人又支持他，就用了个激将法道："阿骨打，现在比武，你就是胜了我也不光彩。""为什么?""因为你是以逸待劳，我刚才已经比试两场，你们设好圈套，这是车轮战。"

阿骨打觉得加古里说得有道理，就向劾里钵道："阿民，还有谁没上过场?让他们上场和我比，不然胜之不公。"

劾里钵见这些少年多数是败下阵来的，只有斜葛和斯勒未曾输过，就对他俩说："斜葛，斯勒，目前你俩没有败绩，你们跟阿骨打比两场最合适，也最有说服力，一面是你们的侄子阿骨打，另一面是你们的表兄加古里，所以你们会尽力比试，这样就公平了。"

斜葛眨眨眼道："这也不公平，都勃董，我们俩也是连战数场，已是筋疲力尽了。"劾里钵打断斜葛道："听我把话说完，我是让你们俩一起与阿骨打比试。"斜葛说："这还差不多，这才叫一碗水端平了。"

吴乞买急喊道："阿民，这对阿骨打不公平，我也上，哥俩对哥俩呗。"劾里钵瞪他一眼说："有能耐冲加古里使呀!"吴乞买羞愧地低下了头。劾里钵道："二对一，角力就没法比了，直接比摔跤和拳脚吧，以对方倒地为止。"

阿骨打自斗过疯牛以后，对自己的力量充满了信心，平时跟这两位小阿叔也动过手，可今天二对一还是第一次，因此格外小心。他尽量不让对方抓肩穿腿，一旦被缠住就难以脱身，只能死拼蛮力了，所以他采取游斗战术，蹿蹦跳跃，闪展腾挪，不交死手，寻找机会个个击破。而斜葛、斯勒也深知阿骨打的厉害，处处小心寻找破绽。

一旁观战的加古里是个大行家，他已猜透阿骨打的用意，就用话挤兑阿骨打说："早就知道阿骨打是斗牛的巴图鲁，现在一看是浪得虚名，我看是个斗鸡的巴图鲁，比了大半天还是不敢交手，只是来回转圈，这都大半夜了，你不准备入洞房了，可辜负了人家新娘的美意呀!"

劾里钵不得不佩服加古里的心机，唯恐阿骨打上当，但又碍于自己的辈分位置，不好明说什么，只是心里暗暗着急。

阿骨打被加古里一顿奚落，果然中计，同时也想速战速决，游斗中他突然抓了斜葛的双肩，本想用力把他摔出去，但斜葛也非常狡猾，硬是扎稳脚步不随阿骨打的步伐走，阿骨打抡了两下没抡动，刚想放手，斯勒从后面把他拦腰抱住，斜葛这才用力拉扯，企图把阿骨打摔倒，幸亏阿骨打在乳峰山被太虚道人用丹药固本培元，增加了先天浑元之气，在危难之际，阿骨打双脚像钉在地上一样，任凭斜葛和斯勒拼命扭扯拽拉，脚底像生根一样纹丝不动，双方形成了对峙局面。

阿骨打猛然想起与小伙伴玩拉锯虚晃一招的游戏，斜葛使劲拉，他就全力抗，待斜葛一松劲，阿骨打正好被斯勒奋力抡起，阿骨打顺势双脚离地腾空而起，狠狠地揣在斜葛的胸部，斜葛遭到重重的一击，倒退好几步坐在地上，阿骨打借蹬踹斜葛之力全身重心后压，斯勒招架不住这极大的贯力仰面倒地，阿骨打重重地砸在他身上，痛得他直叫唤。待阿骨打站起身来，众人才从精彩的场面中醒过神来鼓掌叫好，捏哥兴奋得流出泪来，劾里钵心里一块石头落了地。

捏哥情不自禁地捧起一碗酒，来到阿骨打面前，娇羞地说："表阿弟，你在我心中永远是巴图鲁!"

阿骨打心头一热，觉得表阿姐特别贤惠，端起酒刚想喝，术忽端着一碗酒过来，吴乞买等起哄道："你们小两口喝个交杯酒把！待会儿回洞房省着喝了!"众人也附和道："对！喝交杯酒!"阿骨打不好意思地接过酒碗与捏哥深情相视一饮而尽。众人扯着嗓子叫好。

站在一旁的加古里见阿骨打出了风头，占尽了天时地利人和，在气势上压了自己半个点，觉得很尴尬，就气不打一处来，说："阿骨打，你有完没完？要夫妻恩爱回洞房去，在这儿显摆啥呀?"捏哥闻言脸色一红，忙不迭地退出校场外。

阿骨打一抹嘴巴说："加古里，早就听说斜葛说他有一个表阿哥，智勇双全，闻名不如见面，今晚一见你果然聪明绝顶。"阿骨打讽刺他诡计多端。

加古里佯装不解地说："你刚比试一场，歇一会儿咱俩再比，我加古里从不占小便宜。"阿骨打擦一把汗说："不必了，你没听说趁热打铁吗？咱俩现在就比试!""噢！我明白了，你还是着急回洞房搂新娘子睡觉!""你别啰嗦了！你说比啥？咋比？我奉陪到底!"阿骨打有些不耐烦地说。

加古里并不着急，说："今儿个是你大喜的日子，拳脚无情，我一旦失手伤着你的筋骨，你这婚可就等于白结了，就跟那格格睡不了觉了，不仅今天睡不成。一百天之后你都不行，伤筋动骨一百天呀!"阿骨打听他越说越不正经，气往上撞，跨前两步道："加古里，你是来比武的还是来耍嘴皮子的？你再如此饶舌我就动手了!"加古里后退两步道："不比武我来这儿干啥？你问咋个比法，我觉得什么角力呀、摔跤呀、拳脚呀都没啥意思，咱俩比兵刃如何?"

加古里一出此言，立即引来了众人的非议，“新郎官今儿不能动兵刃”；“今晚是洞房之夜，舞刀弄枪不吉利”；“加古里你太过分了”。加古里不理众人的指责，步步紧逼道：“阿骨打你怕了吗？你要不想在新婚之夜舞刀弄枪的，可以使狼牙棒、三股钢叉呀！那不是刀枪。”阿骨打犹豫之际，拿懒如花道：“阿骨打，咱不比了，巴图鲁腰带就给他吧，你也不是没得过。”

吴乞买抄起一把大刀说：“我跟你比！”加古里不屑一顾地说：“我从不打落水狗！”吴乞买脖粗脸红地把刀扔到地上。阿骨打看了一眼劾里钵，他觉得父亲的目光充满了鼓励和希望，又看到笑靥如花的捏哥脸上满是期盼与忧虑，心想，作为一个女真武士脑袋砍掉，脖子要梗着，在对手面前退缩是最大的耻辱。想到这，他坚定地说：“比兵刃就比兵刃，难道我怕你不成！”

加古里心头一颤，暗叹阿骨打是条汉子，嘴上却说：“算你有种，使啥兵器你自己选吧！”“就按你说的，是狼牙棒和三股钢叉。”阿骨打到冷兵器架上拎来了狼牙棒，加古里摸起三股钢叉来到场中站定。加古里一抖手中的三股钢叉说：“咱们俩这是真杀实战，一旦有闪失不好说，应该立个生死文书。”阿骨打道：“死生各安天命。”“那可不行，这是在你家地盘上，我死伤倒是无所谓，一旦你有个不测，这些人还不把我剁成肉酱啊！”

加古里的话劾里钵和众人听得清清楚楚，都觉得加古里说得合乎情理。劾里钵朗声道：“加古里，不用担心，你尽管放心比试吧！我完颜部从来不做卑鄙小人的勾当。”加古里淡淡一笑道：“有都勃堇这句话，我就放心了，今儿个就是死在阿骨打棒下也心甘情愿。”二人四目相对，加古里从阿骨打的眼睛读出了愤慨和坚定。

阿骨打一摆狼牙棒说：“你进招吧！”加古里却把三股钢叉插在场上说：“且慢，刚才你又有新娘子助阵喝什么合欢酒，又有亲兄弟替你比兵刃的，我这儿人单势孤，总得喝口水，上趟茅厕吧！”阿骨打不耐烦地说：“你这人真啰嗦！”

加古里也不理睬，到场边喝了一碗水，术忽说：“走，我领你进茅厕，老马上套，不是屎就是尿，你也不老呀，怎么这么多事呢？”“你是属草爬子的光吃不屙？”两个人边打嘴仗边到场外茅厕，术忽道：“你这人嘴臭，屙屎得更臭，别熏着我，自己进去吧！”加古里把披风挂在厕栅上说：“知道就好！”然后蹲下身去。

校场这边七嘴八舌地议论着巴图鲁会落在谁手里，众说不一，说阿骨打取胜的占大多数。

劾里钵觉得加古里来得有点蹊跷，仔细询问了斜葛和斯勒，二人回答说加古里住在直屋铠水一带，他们之间也不经常走动，这次是来串门，赶上了争巴图鲁，就参加了此赛。劾里钵见没有啥破绽，也只好作罢。阿骨打等了一盏茶工夫还不见加古里回来，就向术忽喊道："术忽，你催催那小子，这么长时间了，还比不比了？"

术忽一边答应一边嚷道："加古里，你还有完没完了？要是害怕，干脆认输得了，蹲在茅厕躲啥呀？"术忽一连喊了几遍不见回音，只好走过来道："咋了？哑巴了还是吓死了？"他边说边拽下加古里搭在栅栏上的披风，往里一看，哪还有加古里的影子，术忽扯开嗓子喊道："加古里吓跑了，顺着尿道子跑了！"众人起哄嗤笑，斜葛忙说："不可能，他绝对不能跑！"哥俩连忙跑进茅厕一瞧，果然不见加古里的踪影，怔怔地愣在当场。

术忽嘲讽到："还是你们亲戚本领大，尤其是借着尿道子逃跑的本领，谁也比不上。"斜葛和斯勒的脸红一阵白一阵。劾里钵说："既然加古里临阵逃跑了，还有谁想跟阿骨打比试，请上来！"连问三遍，无人应答。劾里钵扫视全场，见再也无人上来，就说："既然无人上来，那巴图鲁的腰带只好给阿骨打了！"全场立刻沸腾起来，高声齐呼："巴图鲁！阿骨打！"

要说最激动的就数捏哥了，他和拿懒如花走到阿骨打跟前，拿懒如花道："阿骨打，你是双喜临门，赶紧陪捏哥回洞房吧！"捏哥不好意思地看着阿骨打说："表阿弟，你真了不起，还没动手就把他吓跑了。"拿懒如花冲着吴乞买道："快送你阿哥阿嫂回洞房！"吴乞买、鹘沙虎、大家奴、术忽等吵吵嚷嚷道："双喜临门，洞房无人！"逗得众人笑声不止。

阿骨打拿着巴图鲁腰带和捏哥在吴乞买等人的簇拥下回了洞房。如果说捏哥在帅水与阿骨打初次会面时只是一种崇拜，如今已经完全被阿骨打征服了，简直到了顶礼膜拜的地步。她完全放下新娘的矜持和格格的架子，打心灵深处要做个贤妻良母，侍候阿骨打一辈子。她给阿骨打端来温水，柔声说道："表阿弟，我来帮你擦擦身子洗洗脚吧！"阿骨打除了救裴满明慧时与女子亲密接触过，还从未亲近过女子，捏哥的举动让他惶恐不安，结结巴巴道："我不擦身，我不洗脚。"

捏哥暗喜嫁了个不谙男女之事的单纯郎君，毫不客气地把阿骨打两只大脚按到盆子里，阿骨打双脚被一双柔软滑腻的手一摸一揉，不禁痒痒起来，连忙说：

“我自个洗，我自个洗!”两脚一缩把盆子弄翻，水洒了一地，两人都不好意思地笑了。

突然窗外传来了大家奴等人的嬉笑声和逗乐的话语：“新媳妇洗大脚，一盆水弄洒了。”原来吴乞买等人把一对新人送回洞房便去睡觉，但鹘沙虎、术忽、大家奴几人却偷偷地折回来，蹲在窗底下听声，直到二人洗脚把盆子弄翻，实在憋不住了笑出了声，说两句笑话就跑了。

阿骨打和捏哥更加不好意思了，捏哥此时已经打动了阿骨打的心，他低头说：“表阿姐，你累了，快睡觉吧。”捏哥羞答答地说：“那、那你睡吧!”按着习俗，洞房的灯，第一宿是不能熄灭的，叫长明灯，阿骨打怕外面还有叫声的，也不敢脱衣服，就躺在炕头脸朝墙睡下，捏哥见阿骨打羞涩的样子，也就穿着衣服躺在了炕尾，由于连日劳累，二人就在紧张和激动中沉沉睡去，两个人就这样度过了新婚之夜。

次日清晨，捏哥早早起来，不等女仆过来就收拾好了屋子，把洗脸水给阿骨打准备好，才附在阿骨打耳边轻声道：“表阿弟，太阳都升高了，起来洗洗脸，好去拜见奶奶和厄宁。”阿骨打睡眼蒙胧地爬起来，见捏哥笑盈盈地看着自己，就不好意思地说：“我太困了。”下地洗脸去了。捏哥把被褥叠好，就与阿骨打去拜见唐括多保真和拿懒如花，婆媳三人都兴高采烈。

如是三日，捏哥见阿骨打一直不碰自己身子，不觉有些烦恼，有时一个人躲在新房里抹眼泪。女仆偶然看见，就向拿懒如花禀告了，拿懒如花再三追问，捏哥才告诉实情，拿懒如花暗骂阿骨打是个木头人，并安慰捏哥说：“你不用着急，厄宁自有办法，让你们做真正的夫妻。”捏哥心头暗喜。

吃晚饭的时候，拿懒如花特意告诉厨房做了道阿骨打最爱喝的鲶鱼汤，然后亲手给阿骨打盛了一小碗，说：“孩子，这是厄宁特意给你准备的，你多喝点!”阿骨打憨笑着说：“还是厄宁疼我。”他喝了一盆，捏哥又给他添了几勺，唐括多保真、拿懒如花和捏哥看着阿骨打吃得那么香，都会心地笑了。

是夜，阿骨打仍像往常一样躺在炕头，翻来覆去睡不着，浑身燥热，捏哥躺在他身边说：“表阿弟，你哪儿不舒服？咋老翻身呢?”阿骨打低声说：“没有，就是太热了。”捏哥拿过一块布，边给他擦汗边说：“出了这么多汗，不行把衣服脱了吧！咱们都是夫妻了，还怕我看你身子咋的?”

阿骨打热得实在难受，就起身在捏哥的帮助下把衣服脱掉，嗅着捏哥淡淡的体香，他一下子冲动起来，顺势把捏哥揽在怀里，捏哥不失时机地把香吻送到阿骨打嘴边，阿骨打贪婪地吸吮着捏哥的双唇，一双大手把捏哥的衣服脱掉，在她那光滑如玉的酮体上揉捏起来，捏哥被阿骨打弄得轻轻呻吟起来，那声音犹如仙乐，让阿骨打神魂颠倒，他再也把持不住自己，二人进入了欲仙欲佛的境界，酣畅淋漓地享受着美妙时刻。

次日，阿骨打和捏哥照样向唐括多保真和拿懒如花请安，拿懒如花见捏哥红晕挂腮，目光中露出无限感激之情，便知道二人已做成了真正的夫妻，也验证了自己偏方的灵验。原来，婚后三天，阿骨打心里还是想着裴满明慧，一直不碰捏哥。捏哥整天表面欢喜内心却是苦闷难言。拿懒如花知道后，在调制一锅鲶鱼汤时，特意把一只鹿鞭捣碎放在锅里炖了给阿骨打喝，阿骨打不知就里，由于鲶鱼汤好喝，就多喝了几碗，鹿鞭鲶鱼汤在阿骨打身上起到了催化作用，从此小两口生活非常美满，唐括多保真努力撮合的政治婚姻就算告一段落。

纥石烈部的腊醅、麻产兄弟与完颜部有积怨，尤其是麻产，认为拿懒如花应该顺理成章地成为自己的妻子，但半路上杀出个劾里钵，夺走了自己心上人不算，还踹掉了自己两颗门牙，因此引为终身的奇耻大辱伺机报复。怎奈现在完颜部逐渐壮大，凭纥石烈部的力量还不足以与之抗衡，因此就与腊醅合计出一条一女许配二夫的毒计。

这天，劾里钵正在官衙议事，亲兵来报，纥石烈部的勃堇腊醅求见，劾里钵急忙传令把他请进来。腊醅进来先奉上礼物，然后，与劾里钵谈论一些部族间的大事，劾里钵设宴盛情款待了腊醅。三碗酒下肚，腊醅借着酒劲道："都勃堇，属下有一件事不知当讲否？"劾里钵笑着道："你看你，我拿你当外人了吗？有事你就直接说呗！""这不是前些日子，你儿子阿骨打和唐括部的格格结婚了。我们哥几个一合计，觉得唐括部能与完颜部世代联姻友好，咱们纥石烈部为啥不能与完颜部联姻世代友好呢？所以我们想，把部族最漂亮的姑娘、我三弟的格格许配阿骨打，不知都勃堇意下如何？"说完，不眨眼地观察劾里钵的反应。劾里钵闻言忙道："完颜部与纥石烈部通婚倒是一件好事，不过，阿骨打刚刚结婚不到一个月，小两口新鲜劲还没过，咋也不能连着结婚呀。何况按着咱们的习俗，这两天阿骨打还得去唐括部入赘一年呢。"

腊醅道："我的意思不是现在就结婚，可以过五六年再操办！"劾里钵已然看出这桩婚事也是政治婚姻，一时摸不清楚纥石烈部的真正意图，就说："过一段

时间倒可以，但我已答应了阿骨打去长白山学艺，以了他与长白真人的师徒之缘。”“能跟长白真人学艺，这是件好事呀！这样的女婿我们更得选了。”腊醅喜形于色地说。“这学艺至少也得个三年两载的，你们能等他回来再完婚吗?”“等等等，就是二十年、三十年，我们也等。”“好吧！既然你们能等，咱们就一言为定，等阿骨打艺成回转，再给他们完婚。”“一言为定。”腊醅端起酒来，与劾里钵碰了一下，一饮而尽。

与此同时，麻产到了乌春部，正在与乌春推杯换盏，两人都喝得醉眼蒙胧，神侃一通后，话题自然转到完颜部上来。乌春用酒杯震了一下桌子说：“一提劾里钵，我心里就堵得慌，往年，我打造的铠甲都供给他们了，前一段时间，加古部竟然绕过我给他们送去五十副铠甲，劾里钵竟然收下了，根本不把我们乌春部放在眼里，比老都勃董差远了！”麻产闻言冷笑一声道：“你还说那干啥，你看我这牙，这就是他给踢掉的，本来拿懒如花已经同意嫁给我了，可那小子半截腰插一杠子，整个比武招亲，结果他抢走了我的格格，夺妻之恨呀！”说着，猛地啁了一碗酒。

乌春安慰麻产道：“麻产勃董，你那都是过去的事了，就说眼前吧，我部下不听我的号令，让我教训了，那几个小子竟然逃到劾里钵那儿告状，他偏听偏信，派盈歌和欢都来责问我，拿教条压我，好像我欠了他们八辈子人情似的，让人难以咽下这口恶气。”“可不是，上个月又与唐括部联姻，宴请各部勃董，还不是笼络人心，扩大自己的实力。”

乌春眼珠一骨碌，道：“对呀！听说你三弟有个格格能文能武，是你们纥石烈部美女。干脆与我儿子订婚算了。”麻产一拍桌子道：“你说到我心里去了，我这趟来也是为了这件事。咱们结为亲家，一南一北，以后有个照应，省得受完颜部的气。”“不过，婚是订了，但我儿子眼前才十二岁，得过几年再完婚。”“我侄女也不大，等几年怕啥的！”为反对劾里钵，两个人一拍即合，以儿女婚事为筹码。

转眼间，阿骨打与捏哥结婚已经三个月了，这天清晨，阿骨打一家吃早饭，捏哥刚吃两口就忽然呕吐起来，女仆给她喝了两碗水才算平静，见此情景，拿懒如花和唐括多保真都喜上眉梢，阿骨打愕然不解，心想，你们都说喜欢捏哥，可她呕吐得这么难受，你们却欢天喜地的！

晚上睡觉的时候，阿骨打忍不住问捏哥这件事的缘由，捏哥喜滋滋地说：

“女人的事你一点也不懂，你错怪奶奶和厄宁了。因为、因为你快当阿民了！”阿骨打惊喜道：“什么什么！我也要当阿民了？你、你、你这么快呀！”捏哥羞涩地点点头。

劾里钵自从答应腊醅与纥石烈部联姻后，也反复思忖了阿骨打和其他的几个儿子，他觉得大儿子乌雅束柔善，谨小慎微，三儿子吴乞买聪明伶俐，招人喜爱，但有时耍小聪明，四儿子斜也年纪尚幼，看不出什么来。只有阿骨打性格坚韧，勇猛刚毅，举止端庄，敢作敢为。况且一出生就充满神秘色彩，被辽廷称为“奇人”；十岁时弓马娴熟，曾三箭惊得辽使连称“奇男子、奇男子”，十二岁时勇夺少年巴图鲁腰带；十七岁时射箭比远，超过完颜部射远英雄曼都珂，获“神箭手”称号；勇斗牤牛，救人于危难，被赞为“少年巴图鲁”……

劾里钵把希望寄托在阿骨打身上，曾经跟盈歌及几个兄弟说：“我的长子乌雅束柔善，日后只有阿骨打能了结契丹之事。”劾里钵经常出使辽国，对辽廷一些出类拔萃的将领很是钦佩，他们不仅有游牧民族骑射精良的本领，大多都请汉人武师先生教武艺、汉文化和兵法。

阿骨打的资质虽然高出侪辈许多，但跟辽国一些学过汉文化的文官武将比就相形见绌了，而完颜部地处荒凉的漠北，是从属辽国的一个部落，不可能与中原往来，更不要说学汉文化了，甚至整个女真部落连一个汉人都没有。所以他决心要把阿骨打造就成一个全才。记得当年送阿骨打去乳峰山避难时，太虚道长曾对他说过：“我只是一个炼丹炼道炼气的道士，疏于兴邦治国，兵书战策，排兵布阵，经史文章。我有个小师弟，来自中原腹地，现落脚在长白山修道，是个文武全才，日后阿骨打长大成人，可以拜他为师，定能成为栋梁之材。”并赠予刻有“太虚”二字的浮尘为信物，并说师弟一定会收他亲荐的徒弟。

劾里钵向劾者、颇剌淑、劾孙、盈歌等几个兄弟说出自己的想法，大家一致赞同，盈歌说：“二哥的想法太好了，咱们女真族连文字都没有，被契丹人污蔑为蛮夷之人，再说阿骨打是一块好料，应该出去历练一下，关在笼子里的山鹰永远体会不到抓捕野兔的乐趣。”颇剌淑也说：“可惜，太虚道长只引荐了阿骨打一个人，不然多去几个阿哥不更好了嘛。”劾者道：“这就是缘分吧！”劾孙说：“好是好，不过别忘了，按旧俗阿骨打要去岳父家入赘一年，咱们应跟唐括家打个招呼。”劾里钵道：“唐括拔葛明大义、顾整体，他一定能同意。”

果然，唐括拔葛欣然接受劾里钵的建议，只是新婚燕尔的捏哥对阿骨打难舍

难离。

去长白山学艺是阿骨打梦寐以求的，这个喜讯对他来说不啻于与唐括捏哥结婚，而吴乞买、鹘沙虎、大家奴、阿里合懑、术忽等都羡慕得心里直痒痒。大萨满为阿骨打选了一个黄道吉日，阿骨打拜别了祖母、父母、妻子和其他亲人，朝夕相处的伙伴们纷纷送些东西饯行，只有术忽没来，阿骨打还挺纳闷。

老主母唐括多保真拄着拐杖送到门外，拉着阿骨打的手说："我虽然老了，身子骨不好了，我要看着我重孙出世，你要学好本领回来，早两年兴许能看到奶奶！"阿骨打强忍泪水，跨上良驹，告别了亲人，向长白山进发。

第九章

辽宠奸佞残骨肉　明月入怀乌云遮

辽道宗耶律洪基继位后的前二十年，凭借着聪睿的天资，深厚的汉文化修养，严谨刚毅的举止，沉静的性格，颇受朝臣和民众的拥戴。后来道宗佞佛好儒，刚愎自用，宠信奸臣，自残骨肉。随着耶律仁先等一批老臣的亡故，耶律乙辛独揽大权。耶律乙辛可谓是辽朝的头号奸臣，他网罗了张孝杰、萧十三等一大批奸臣佞党，对皇上极尽溜须拍马之能事，整天引导道宗玩乐淫纵，对同僚党同伐异，排挤打击陷害忠臣。由于百般讨好道宗，被加上太傅、太师、北院枢密使、魏王的封号，总揽军政大权，权倾朝野。甚至说话比皇上都好使，当时民间谚语说："宁肯违抗皇上的圣旨，也不敢不遵魏王的白帖子。"

皇后萧观音早已洞察这一切，她屡次劝谏道宗，道宗只当耳旁风。待皇太子二十岁那年，辽道宗在萧观音的苦劝下，终于安排了皇太子耶律浚监理南北枢密院事，打理朝政。耶律浚在秉直好义的老师耶律引吉的教诲下，法度修明，处事干练，内政外交料理得井井有条，道宗和萧皇后都窃喜。由于耶律浚以太子的身份摄政，危害了耶律乙辛的权力，触及了他的利益，所以他把矛头直指皇后和太子。

一日，西夏贡来一匹大苑良驹，俗称汗血宝马，据说此马夜行千里日行八百，跑热蹄了，汗都渗出血来，是天下难得的宝马。乙辛心生一计，令人把汗血宝马牵到太子府。冷兵器时代，战马是重要的作战工具，欲得一匹宝马良驹比得一美女还难。这匹汗血宝马是纯种，通身雪白，无一根杂毛，嘶鸣起来清脆悦耳，头颅高昂，腿壮蹄圆，肚小背宽。耶律浚见此马赞不绝口，连称好马。来人

说是太师让牵来太子府专门孝敬太子的。

耶律浚心想，大辽上下，只有父皇可享受属国贡物，自己虽为储君，也不能随便接受他国贡品。于是，把这匹汗血宝马直接牵给道宗。道宗龙颜大悦，啧啧称赞，还夸奖耶律浚识大体、明事理。道宗极善骑射，酷爱打猎，骑上汗血宝马驰骋起来，风驰电掣，瞬息百里，因此赐宝马名号“飞电”。由于“飞电”奔跑的速度太快，普通马跟不上，在一次打猎时竟然把王公大臣、护从卫士甩下很远，独自一人跑到深山幽谷当中，众人找了半晌才找到皇上。

有一次打猎，道宗撒开缰绳，催动“飞电”狂奔起来，卫队长萧韩家奴唯恐再抓不到皇上的踪影，就拼命用马刺扎自己的坐骑追赶，结果坐骑力竭，跃一山坎时跌倒，萧韩家奴从马上摔下来折了好几个跟头，身负重伤不治身亡。

萧观音看在眼里急在心上，她连夜写奏折上疏。道宗表面应承，实际上心生反感。就是因为萧观音直言敢谏的缘故，道宗对太后稍有疏远。耶律重元府上有一歌伎叫单登，弹得一手好筝和琵琶。有一次道宗宴饮，喝得兴起，竟然召单登弹奏。萧观音阻拦道：“陛下，此事万万不可，单登乃叛臣重元的婢女，怎知她是否怀有豫让① 之心。”一些忠良之士也点头称是，道宗只好作罢，内心却极不舒服。

萧观音谈古论今，委婉劝说，是忠言逆耳，是良药而不苦口，却被道宗认为后宫干政，渐渐疏远了萧观音。实际上，道宗疏远萧观音还有一个主要原因，那是一次秋天狩猎，萧观音身体不适，没有伴驾随行。那天道宗大显身手，亲自搏杀了一头黑熊，他先用三股钢叉刺进了黑熊的腹部，黑熊挣扎，把道宗摔出几丈远，幸亏他抓住了树杈，才未伤着，然后，他从树上跃下，抢过亲兵的一把长戈捅进黑熊的心，直至黑熊血流尽轰然倒地。

当晚，群臣宴饮，大臣耶律俨的夫人邢莺莺是草原上有名的细娘②，这次也随着丈夫一起狩猎。邢莺莺有烹饪熊掌的绝技。为了讨好皇上，耶律俨就让她亲自下厨做了熊掌，结果四只熊掌四种做法，清蒸、红烧、烂炖、酱卤，味道特别，胜过御厨的手艺，道宗还从未吃过这样可口的熊掌，赞不绝口，耶律俨趁机献媚说：“陛下，臣妾不但烹调手艺出色，还唱得一嗓子好歌。”道宗喝得兴致勃

---

① 豫让：豫让原是战国时智伯家的门客，赵襄子灭了智伯，豫让则毁容变哑，谋刺赵襄子为智伯报仇，被执自杀。

② 细娘：契丹语，美女之意。

勃，宫廷的几个歌伎的演唱他已经稔熟，于是下旨道："快把她叫来，为朕助酒兴。"耶律俨马上派人把妻子叫来，邢莺莺轻启朱唇唱了一首南唐李后主的《采桑子》：

庭前春逐红英尽，
舞态徘徊，细雨霏微，
不放双眉时暂开，
绿窗冷静芳音断，
香印成灰，可耐情怀，
欲睡朦胧入梦来。

邢莺莺是大家闺秀，深谙汉文化，她的歌声清理婉约，动情撩人，道宗也略懂音律，精通诗韵，听得兴犹未尽，就赏了邢莺莺，让她接着唱，邢莺莺尊皇上之名又唱了一首李后主的《南歌子》：

云鬓裁新绿，霞衣曳晓红，
待歌凝立翠筵中，
一朵彩云何事下巫峰。
趁拍鸾飞镜，回身燕漾空，
莫翻红袖过帘栊，
怕被杨花勾引嫁东风。

南唐后主李煜本是"花间派"的代表人物，词风靡丽，再加上邢莺莺入情入境的演唱，让人心旌摇动。道宗大喜，立召邢莺莺近前陪宴。邢莺莺风骚妩媚，风情万种，俏眉丽眼，频频敬酒，弄得道宗有七分醉意，眼珠不转地盯着邢莺莺。几个识相的大臣纷纷告退，最后只剩下耶律俨夫妇二人。耶律俨也看出了道宗的心思，皇上看上了邢莺莺，他借口出恭也退到帐外。

道宗趁邢莺莺敬酒之际，捏住了她的纤纤细手，邢莺莺借机站起来，用她那坚挺圆润的乳房碰到道宗的脸上，道宗陡然嗅到她那淡淡的体香，欲火腾地燃烧起来，顺势把她揽到怀里，说："你歌唱得好，人也长得美，朕今夜宠幸你，你

可愿意？”邢莺莺慌忙跪倒在地说：“陛下乃天子之身，真龙之体，小女出身卑微，恐辱陛下御体龙颜。”道宗色迷心窍，急不可待地说：“那还不好说，明天朕封你诰命夫人就得了。”邢莺莺娇滴滴地谢主隆恩，然后，二人半搂半抱地转入内帐。

道宗借着酒劲先给邢莺莺脱裙褂，邢莺莺乐不可支地为道宗宽衣解带，两人忙三火四地进入了鱼水之欢。邢莺莺得到皇上临幸是求之不得的，她嗲声浪潮，媚态百出，花样翻新地讨道宗欢心。道宗虽然与萧观音结为夫妻，但萧观音美丽中是端庄秀雅文静，临幸其他妃子，都是曲意逢迎，都没有邢莺莺的骚劲、浪劲和媚劲。邢莺莺使出浑身的解数，弄得道宗神魂颠倒，一夜之间三次求欢，得到了有生以来的最大满足。

道宗连续在秋山射猎了半个月，邢莺莺便陪了道宗十五个晚上，知道边关有急报，道宗才起驾回宫。此时，道宗看萧观音啥地方都不如邢莺莺。已隔半个月未见面，道宗竟然没有临幸专宠的萧观音，而是暗遣乙辛，悄悄地把邢莺莺接进宫来，一时闹得满宫风雨，沸沸扬扬，上上下下只瞒着萧观音一个人。

萧观音私自揣摩，皇上三宫六院，后宫三千佳丽都是他的女人，说不定又宠幸了哪个宫女了，王公贵胄都可取三妻四妾，何况一国之君了，尽管自己风韵犹存，容颜光艳，毕竟是三十多岁的人了。这样一想，心里还舒服一点。

中午，道宗回到御书房，萧观音主动去见驾，到了房门口被值班的太监拦住道：“皇后，皇上有旨，他在午寐，任何人不许惊驾，请止步。”萧观音停住脚步，恰在此时，御书房传出了道宗与女人的嬉笑声。只听到一女子娇声娇气地说：“陛下，前些日子你就说封臣妾为诰命夫人，可到现在也没有呀，耶律俨官职也没提，快点封吧！臣妾有了名分再进宫侍奉皇上，就顺理成章了。”“宝贝儿，别着急，明天就封，你要是离开耶律俨，我就纳你为妃子。”接着就是女子的浪声淫语，毫不掩饰的呻吟和萧观音再熟悉不过的道宗那粗重的呼吸声。

萧观音听到这里，犹如万箭穿心，她无论如何也想不到，一个万乘之君拥有无数个女人，竟然和一个大臣的妻子私通，青天白日的在御书房里苟且偷情，她怒不可遏，真想冲进去质问道宗，当年娶她为妃和立她为皇后发的山盟海誓哪去了！本来皇上招妃和临幸宫女是正常的事，而与有夫之妇厮混并许愿封官晋爵，就乱了朝纲，有失一国之君的风范。

萧观音毕竟是受了儒家文化的熏陶，又是母仪天下的皇后，不能因这事吵吵闹闹，有损皇上的威严，于是，她强忍悲愤，趺趺撞撞、失魂落魄地回到了寝宫，趴在床上低声抽泣，把一切痛苦都压在自己的心里。道宗偶尔到她寝宫来一次，一提及此事道宗就翻脸拂袖而去，萧观音觉得无力回天了，就把整个希望寄托在儿子耶律浚身上，除此之外，她全神贯注地写词谱曲，排遣心中的郁闷和哀伤。

由于独特的境遇，使这位才华出众的皇后写出了千古绝品的十阙词《回心院》,《回心院》是借用了唐玄宗的妃子江采萍与杨玉环争宠的典故而命名。当时，梅妃江采萍失宠，唐玄宗“三千宠爱一人身”专宠杨贵妃，而梅妃仍然幻想唐玄宗能回心转意，希望皇帝能怜爱自己，就把寝宫改为“回心院”。萧观音以此为词名，用意极其明显，企图打动道宗，渴望夫妻重新恩爱。这十阕词荡气回肠，凡读者无不拍案叫绝。

扫深殿，闭久金铺暗。
游丝络网尘作堆，积岁青苔厚阶面。扫深殿，待君宴。
拂象床，凭梦借高唐。
敲环半边知妾卧，恰当天处少辉光。拂象床，待君王。
换香枕，一半无云锦。
为是秋来辗转多，更有双双泪痕渗。换香枕，待君寝。
铺翠被，羞杀鸳鸯对。
犹忆当时叫合欢，而今独覆相思块。铺翠被，待君睡。
装绣帐，金钩未敢上。
解却四角夜光珠，不教照见愁模样。装绣帐，待君贶。
叠锦茵，重重空自陈。
只愿身当白玉体，不愿伊当薄命人。叠锦茵，待君临。
展瑶席，花笑三寒碧。
笑妾新铺玉一床，从来妇欢不终夕。展瑶席，待君息。
剔银灯，须如一样明。
偏是君来生彩晕，对妾故作青荧荧。剔银灯，待君行。
爇香炉，能将孤闷苏。
若道妾身多秽贱，自沾御香香彻肤。爇香炉，待君娱。
张鸣筝，恰恰语娇莺。

一从弹作房中曲，常和窗前风雨声。张鸣筝，待君听。

《回心院》写得缠绵悱恻，细腻深致，把失宠皇后的孤独寂寞、苦闷抑郁、企盼君王回心转意的独特心里表达得酣畅淋漓。全词句式独创，自填其词，自谱其曲。音韵谐婉，曲调高妙。传遍了宫中乐坊，而诸多歌伎伶人皆演奏不出效果来。“时诸伶无能奏此曲者，独伶官赵唯一能之。”萧观音只好把《回心院》交给了赵唯一，令其弹唱，以派遣心头的忧郁。赵唯一经常被皇后召见，出入皇后禁宫。也因赵唯一精通韵律，会措辞谱曲，萧观音还常常与之切磋一番。

赵唯一在皇宫伶人中，才华出众，艺术修为颇高，且风流倜傥，一表人才。单登本是重元府上的歌伎，重元谋反失败，乙辛接管重元府后，对她青睐有加，特意选好安排宫中。单登也略有姿色，弹筝和琵琶是一把好手，但她水性杨花，倾慕赵唯一已久，主动投怀送抱，赵唯一为人正直，断然拒绝了，单登又恨又气，耿耿于怀。原想应召给皇上弹奏，又被萧观音谏言拦住，非常失意，对皇后也心存不满。

单登虽擅长弹筝和琵琶，却未能接近皇上、皇后，只是在宫中乐坊中做些杂事。而她的妹妹单青、妹夫朱顶鹤却颇得萧观音欣赏，经常出入禁宫。乙辛本来安插单登与宫中，就是想做自己的耳目，结果被萧观音拒绝，他索性把单登养在自己家，一人享用。单登为感知遇之恩，投进乙辛怀抱。还帮他买通了单青、朱顶鹤监视萧观音的举动。

道宗疏远皇后满朝文武皆知，皇上家里的事情，别人也不好多问。乙辛一心要陷皇后于死地，于是，他与单登找来宋朝宫廷盛传的一首艳词《十香词》，反复研琢，制成曲调，然后教授给单青，授以机宜。萧观音每日除了填词作诗打发时光外，就是找伶人赵唯一切磋音律。

那一日，偏巧赵唯一家中有事，她就让单青过来研讨新写的词曲，单青聪明伶俐，处处恭维皇后，萧观音一时很开心。单青见火候已到，便神秘兮兮地说：“皇后，你填的词高深典雅，韵味悠长，适合文墨之人欣赏，而一般的俗人却喜欢俚谣俗曲，我们当奴婢的也自然愿意弹唱俗曲了。”

萧观音心情很好，饶有兴致地说：“俗曲俗到啥程度，你弹唱一曲让我听听。”单青忙跪下推辞道：“奴婢不敢，俗曲粗野不堪，恐污了皇后的耳朵，皇后怪罪下来，奴婢承担不起。”萧观音由于寂寞难耐，也就来了好奇心，道：“你弹唱吧，哀家不怪你便是，啥样的曲调还能污了人的耳朵。”

单青见萧观音已经上钩，就站起身来，到了案前轻拢琵琶，把事先演练了上百遍的《十香词》情意缠绵地弹唱起来：

青丝七尺长，挽作内家妆；
不知眠枕上，倍觉绿云香。
红绡一幅强，轻阑白玉光；
试开胸探取，尤比颤酥香。
芙蓉失新颜，莲花落故妆；
两般总堪比，可似粉腮香。
蝤蛴那足并？长须学凤凰；
昨宵欢臂上，应惹颈边香。
羹美好滋味，送语出宫商；
定知郎口内，含有暖甘香。
非关兼酒气，不是口脂芳；
却疑花解语，风送过来香。
既摘上林蕊，还视御苑桑；
归来便携手，纤纤春笋香。
凤靴抛合缝，罗袜卸轻霜；
谁将汉白玉，雕出软钩香。
解带色已颤，触手心愈忙；
那识罗裙内，销魂别有香。
咳唾千花酿，肌肤百合妆；
元非瞰沉水，生得满身香。

萧观音听得心惊肉跳，两颊绯红。心想：这民间还真有些人才，这词写得华丽婉转，悱恻奇香艳丽，堪称绝妙的闺房私语，有活脱一幅媚气十足的美女图。

单青见萧观音想入非非，面带羞涩，知道她已经融入《十香词》的意境中去了，就试探地问：“皇后，这词写得咋样？”萧观音缓过神来，道：“呃，这词写得文辞优美，意境非凡。只是太过于艳丽，让人听了后觉得脸红。”“奴婢不懂诗词

的真正含义，只觉得好听，实际上贵人和俗人都一样，都食人间烟火，词虽说浪了一点，但写得实实在在。”萧观音言不由衷地说：“不管咋说，词确实写得好，不过刚听一遍，有些词语还没记住，总体上大致分为香发、香胸、香乳、香腮、香臂、香唇、香手、香足、香腿、香体。”“哎呀！都说皇后聪明绝顶，过目能诵，今天奴婢领教了，我要是再弹一遍，皇后一定能全记下来。”

萧观音经单青一吹捧，心花怒放，因为自被道宗疏远后，心情头一回这样舒畅，听单青要再弹唱一遍，也就点点头。单青坐下来重弹唱《十香词》，这次萧观音全神贯注地听词，待单青弹唱完毕，她马上铺纸研墨，将《十香词》默写下来，单青看了一遍，与自己所唱的词别无二致，大为折服，然后说：“难得皇后今天有这样的雅兴，奴婢仰慕皇后书法已久，我斗胆相求，这张字幅就送给奴婢吧!”萧观音看看所录的《十香词》道：“方才只顾想词了，所以有‘书’无‘法’，你真的喜欢我的书法，我再书写一幅。”

单青喜出望外，铺纸研墨，端茶递水，大献殷勤。萧观音泼墨挥笔，刷刷点点又写了一遍。书罢，她又觉得这样的艳词如果出自皇后之手，会被国人耻笑，于是，想了半晌，又在后写下一首诗加以批驳：

宫中只数赵家妆，败雨残云误汉王。
唯有知情一片月，曾窥飞燕入昭阳。

萧观音是百无聊赖的境地下，听了《十香词》又抄录下来，她又觉得抄这种粗俗的东西有失体面，故借赵飞燕误了汉天子的历史故事，批驳了《十香词》。

单青把皇后抄录的《十香词》拿给了乙辛和单登，二人喜不自胜，重赏了单青。然后，找来了靠刀笔小吏起家的张孝杰和耶律燕哥，反复推敲研究萧观音批驳《十香词》的那首诗。终于无中生有，牵强附会地把此诗定为“嵌字诗”，诗的第一句和第三句出现了“赵唯一”三个字，他们就大做文章，诬陷皇后与伶官赵唯一有染，连夜写好一奏折，第二天一早就上奏给了道宗。

道宗对皇后萧观音的字再熟悉不过了，他不相信自己的眼睛，也更不相信平时温文尔雅、知书达理、母仪天下的皇后能写出这种粗俗不堪入目的艳词来。乙辛见道宗无比震怒，就假惺惺地说：“启奏陛下，我觉得《十香词》肯定不是出自皇后之手，一定是那伶人赵唯一所作，皇后只不过是抄录而已，而词后的那首诗确实是皇后所作。后宫里发生这种事好说不好听，此事不宜声张，知道的人越少越好，单青、赵顶鹤、高长命等了解内情的人已被控制起来，臣亲审赵唯一，弄个水落石出。”

乙辛一提赵唯一，道宗更是火往上蹿，一国之君岂能容皇后私通伶人。他吩咐乙辛速审赵唯一，自己要亲自审问萧观音。乙辛得了道宗的口谕，急忙赶回宰相府，与早已等在府中的张孝杰、萧十三、耶律燕哥等密谋一番，就派人去了赵唯一家。赵唯一正好在家弹筝，完全进入了意境当中，四个差役进来，其中一个说：“赵先生好雅致，自己一人弹筝呢？”赵唯一闻言见四个陌生人站在面前，便站起身来，疑惑地道：“你，你们是……？”那人答道：“我们是宰相府的差役，奉耶律乙辛大人之命，特来请你去府上弹奏。”“乙辛大人那里不是有弹奏高手单登吗？还能用着我了？”“我们奉命行事，乙辛大人交代过，无论如何也得请赵先生到府上去一趟。”

赵唯一百思不得其解，一头雾水。“单登弹奏技法娴熟，颇受乙辛的赏识，一半歌伎一半小妾的身份，又找我前往何用？”赵唯一带着疑团跟着差役来到宰相府。一进大厅，登时看明白了哪里有什么弹唱词曲呀，分明是审犯人的公堂。只见三班衙役手持杀威棒两厢站立，二目圆睁，杀气腾腾。木剑、铁骨朵、炮烙铁梳、熟铁锥等刑具摆了一排。耶律乙辛端坐太师椅，单登站在一旁笑盈盈地看着他。赵唯一心头一紧，但转念一想，自己也没犯什么王法，紧张什么。他稍稳定一下情绪，开口道：“宰相大人召小人来，不知要弹奏哪种乐器？什么曲目？”

乙辛冷笑一声道：“什么曲目也不弹，还是让这些刑具弹弹你吧！赵唯一，你知罪吗？”赵唯一心头一凛，强止心跳说道：“小人一向安分守己，不曾冒犯宰相，未触及大辽律条，何罪之有？”“最近，你是否经常出入皇后寝宫？”“那是皇后召见小人前去弹奏曲调。”“除了弹奏曲调外，还干了些啥事？”“研磨词曲的技法。”“你们可曾研磨弹奏过这首词曲？”说着，把《十香词》摔到赵唯一面前。

赵唯一看了《十香词》后，心头大震，嘴上说：“不曾研磨此词。”“那这首词出自何人之手？”“据说是南朝皇后写的宫中艳词。”单登不怀好意地追问一句说：“为什么不是出自当今大辽皇后之手呢？”“我朝皇后温文尔雅，知书达理，岂能涂写这等粗俗靡丽之词。”说完，他狠狠地瞪了帮腔的单登一眼，想起当初她曾用这首词勾引过自己，今天又来诬陷皇后。

乙辛大人怒道："赵唯一，你是不见棺材不落泪，你看这首词出自何人之手?"说着衙役又把萧观音亲笔所录的《十香词》和批驳的诗给赵唯一看。"嗡"的一下，赵唯一的脑袋涨了几倍大。词确实是皇后的笔体，他怎么也不相信皇后会喜欢这首词。半晌说不出话来，怔在公堂之上。

乙辛高喝："来人，刑具伺候。"四个衙役如狼似虎，把木枷戴在赵唯一肩上，并把两把铁骨朵罩在他头上，表明是重刑犯，如有反抗砸死勿论。赵唯一边挣扎一边辩解道："纵使是皇后亲手所为，又与我一个伶人何干?"乙辛奸笑一声："有人亲眼所见，你与皇后研磨词曲，研磨到一起去了，侮辱了当今圣上，也侮辱了大辽国。"赵唯一听到此处，犹如五雷击顶，瞠目结舌。

他心知肚明，遭人暗算，难免一死。他冷静了一下道："宰相大人，说我有何种罪过都可以，玷污皇后清白的事一点没有，皇后母仪天下，贤良淑德，是我大辽女子的典范。你们信口雌黄，肆意污人清白，是要遭报应的。我虽为奴婢伶人，万死也不能让皇后的清誉受损!""那好吧！我先让你遭报应，身体受损!"乙辛恶狠狠的一挥手，两个衙役过来把赵唯一绑在木桩上击了一百木剑，直打得遍体鳞伤，但仍是一口咬定绝无此事，打手们又给他炮烙铁梳，把他前胸后背的皮肉烫熟刮掉，痛得赵唯一昏厥多次，用水浇过来后，他深知难逃此劫，只求速死，便破口大骂乙辛奸臣误国，残害忠良，猪狗不如；骂单登为虎作伥，卖身求荣，娼妓不如；骂道宗昏庸无道，宠信奸臣，助纣为虐：骂单青、朱顶鹤、高长命趋炎附势，巴结权贵，陷害好人……

乙辛见赵唯一文弱书生却铁骨铮铮，不畏强暴，不畏生死，并把众人骂个狗血喷头，于是丧心病狂地吼道："上熟铁锥口刑，让他永远说不了话!"一个打手过来，拿着顶端带着锋利弯钩的铁锥，对准赵唯一的嘴捅去，赵唯一猛地一咬牙，竟被捅掉四颗门牙，那打手再用力一捅一绞，迅速抽出来，赵唯一的舌头完完整整地被拔出来。赵唯一立刻昏死过去。当场的人吓得毛骨悚然，单登也面现怯色。乙辛却狞笑着道："让你骂！让你喊！让你叫!"

打手们把赵唯一拖进了死牢，然后，让口供师把单青、朱顶鹤、高长命等人的口供逐一取好。他招来张孝杰、萧十三、耶律燕哥等人密谋一番，根据单青、朱顶鹤、高长命等人的口供，给赵唯一编了一套供词，承认与皇后私通一月有余，并且共同研磨写就《十香词》，经常弹奏，情到浓处就上床巫山云雨。把整个经过编得非常详细，令人信服。还杜撰了一首赵唯一写给萧观音的藏头诗：

观花御苑闻啼莺，音似天籁传苍穹。

曼舞轻歌羞嫦娥，妙以诗词寄心声。

诗中开头暗嵌“观音曼妙”四字，到死牢中把奄奄一息的赵唯一的手纹印按在下边，算签字画押了。张孝杰又施展他的才华，亲笔拟定一份奏折，把此案定得确凿无疑，无懈可击。

耶律乙辛到御书房请道宗定案，道宗翻阅了供词，怒不可遏，尤其是看到了伶人单青的供词：

奴婢常应招伴皇后弹奏词曲，半月前，皇后忽然不招奴婢，却招教坊伶官赵唯一弹奏，如是数日，奴婢颇为失落，窃以为皇后见罪于吾，那日黄昏，奴婢以为皇后弹筝为名骗过门人，来到寝宫，即听见赵唯一弹唱《十香词》，听得奴婢心惊肉跳，面颊发烧。词曲终了，只听皇后说道：“哀家身上只有这十香吗？”赵唯一嘻曰：“皇后国色天姿，金枝玉叶，通体妙不可言，岂止十香，尚有百香千香，待臣慢慢品味，逐一写来。”皇后急不可待地道：“快快来品”……

道宗再也看不下去了，怒火万丈，把龙书案上的奏折全部摔到地上，气急败坏地叫道；“把那个贱人给我传来！”内侍一愣，不知传谁，追问道：“陛下，恕奴才愚钝，传哪个贱人？”“传皇……传萧观音！”内侍愕然，皇后怎么变成贱人？恍然不解地传圣谕去了。

萧观音正在寝宫以诗书打发时光，忽闻内侍传皇上口谕，宣皇后御书房见驾，顿觉欣喜，匆忙梳理一番，来到御书房。未等开口请安，道宗就怒目横眉，劈头盖脸地把奏折、供词扔了过来，咬牙切齿地说：“这、这就是一国之母的所作所为！”

萧观音茫然不知所措，头一回见皇上对她发这么大火，忙捡起奏折和供词看了一遍，几乎晕倒，她强敛精神申辩道：“陛下，臣妾怎么样的人你是知道的，这是奸人恶意陷害，陛下千万明察！”“人证物证俱在，还等我亲自去捉奸吗？”“我愿与所有人对质，还我清白。”“你能丢起人，我大辽国丢不起人，贱货！”无论萧观音怎样辩解，道宗一个字也听不进去。道宗气咻咻地往外走去，萧观音忙跪

倒，拉住道宗的衣带，道宗盛怒之下抬脚把萧观音踢个跟头，然后向乙辛等吼道："立诛赵唯一九族，看那贱婢有何脸面苟活于世。"萧观音见道宗如此绝情，便知此案难以逆转，此怨难伸。失魂落魄，踉踉跄跄地回到寝宫，悲愤交加，血泪迸溅，为证明自己清白，惨遭乙辛奸党陷害，伏案奋笔疾书写下一首绝命诗：

嗟薄祐兮多幸，羌作俪西皇家；
承昊穹兮下覆，近日月兮分华。
讬后钧兮凝位，忽前星兮启曜；
虽衅累兮皇床，应无罪兮宗庙。
欲贯鱼兮上进，乘阳德兮天飞；
岂祸生兮无联，蒙秽恶兮宫闱。
将剖心兮自陈，冀回照兮白日；
宁溆女兮多怜，遏飞霜兮下击。
顾子女兮哀顿，对左右兮摧伤；
共西曜兮将坠，忽吾吾兮椒房。
呼天地兮惨悴，恨今古兮安极；
知吾生兮必死，又焉爱兮旦夕。

写毕，她揩干泪水，重新梳理一番，换下皇后装束，着上淡妆，内侍早已端来酒，恭立半晌了，她从容地问内侍道："哀家想最后见陛下一面。"内侍道："皇后，恕下臣难以从命，皇上已与邢贵人歇息多时了。"萧观音把鸩酒泼掉，把平素舞蹈的白绫悬在梁上，系了个美丽的花环，微笑着把头钻进了花环，她仿佛看到一个纯净、美丽、祥和的世界。

萧观音出生时，她母亲曾梦见明月入怀，后来又被乌云遮住。她父母找了萨满预测，那萨满煞有介事地说："明月当空，光华四射，是吉相，而乌云遮蔽是天狗食日，降生日是五月初五，犯月忌，此女将来能大富大贵，可是恐怕难得善终。"也许是巧合，萨满的预测真的就应验了。

道宗余怒未消，回到寝宫，邢莺莺见皇上面色不豫，忙绽笑靥，闻言软语，百般逢迎，稍解道宗余怒。邢莺莺备受道宗专宠自然是她狐媚之术和床上功夫，对皇上的侍候还是小心谨慎，唯恐一时不周引来祸端。道宗因无度地纵欲，身体虚弱，经常在临幸邢莺莺时感觉力不从心，使这欲望强烈的女人得不到满足。而这种奸邪之人为达到丑恶的目的，讨道宗欢心，竟然让耶律燕花重金购来上好的壮阳药“一箭十靶”。今晚见道宗心情很坏，便在御膳房送来的燕窝粥中掺入了一箭十靶，哄着道宗吃下。

一箭十靶本来是郎中治阳痿沉疴的特效药，道宗又没有病只是心绪不佳，这种药在他身上发生奇效，本来萧观音的事闹得他心情沮丧，毫无情绪，而药力一催，加上邢莺莺挑拨抚慰，竟然使之欲火炽烈，弄得邢莺莺只有招架之功。一箭十靶，道宗却是一箭一靶了。

皇上圣谕诛赵唯一九族、赐死萧观音的旨意，传到皇太子耶律浚府上已经是夜里，母子情深，耶律浚死活都不相信父皇能赐死感情笃深的结发妻子，急匆匆与小公主跑到萧观音的寝宫，见母后正在从容不迫地写《绝命词》，两个宦官端着鸩酒伺候，证实了传闻是真。于是，四处寻找道宗，最后从内侍那里打听到道宗驾幸邢贵人处，兄妹俩不敢贸然惊动圣驾，跪在门外苦苦哀求，并愿意以自己的性命换母后之命。

此时，道宗正借着药力与邢莺莺颠鸾倒凤呢，对皇子和公主的乞求听而不闻，在他的眼里，十个萧观音也比不上一个邢莺莺，再加上邢莺莺嗲声嗲气地添油加醋，道宗越发对萧观音气恼，仿佛要把这一切能量都发泄到邢莺莺身上，二人折腾到下半夜才沉沉睡去，把太子和公主晾在外边。

耶律浚和小公主听父皇寝宫开始还有声音，后来寂寥无声，浑然入梦了，便失望地离开。

萧观音边写《绝命词》，边存着一丝希望，期盼着皇太子、小公主能以亲情劝动皇上回心转意，《绝命词》写了一个时辰，几个内侍催促道：“皇后，您平时就对奴才们很好，我们也是奉命行事，如果完不成皇上的旨意，我们也会被杀头的，恭请皇后成全。”萧观音心想，皇上已然绝情绝意，又何必再让别人白白送死呢？于是选择了自己的死法。

耶律浚和小公主求情不成返回了母后的寝宫，萧观音已是香消玉殒了。二人悲痛欲绝，耶律浚嚎啕大哭，发誓要找出真凶为母后报仇雪恨，还母后清白。

皇后事件使满朝震惊，文武百官议论纷纷，一些忠臣良将进谏道宗，认为皇后事件处理得过于草率，其中有许多蹊跷。道宗却执迷不悟，对臣僚的奏折置之不理，对乙辛异党言听计从，对邢莺莺宠爱有加。

耶律乙辛虽然除掉了阻碍他的萧皇后，但耶律浚的怀疑、朝臣的进谏也使他如坐针毡，惶惶而不可终日，一旦事情败露，也得被诛灭九族。担心知情人会走漏风声，于是，给单登、单青、朱顶鹤、高长命一笔钱，让他们离开京城远走高飞。四人虽然留恋京城的繁华和富庶，但看到那白花花的银子，也就心甘情愿地远走他乡了。于是各自拿着一笔钱欢天喜地离开了京城。万没料到，刚出京城一百多里，就被耶律乙辛派遣的装扮成强盗的亲兵赶上，一顿乱刀砍成为肉酱，终落得个害人又害己。

耶律乙辛杀人灭口后，心里稍安。耶律浚成了心腹大患，眼见他一天天长大，迟早要继承皇位，到那时候一定会为皇后报仇申冤。于是，心生一条毒计。

耶律浚自从母亲死后，过了一段以泪洗面的日子，曾经多次向道宗谏言，陈述母后是被耶律乙辛等奸臣诬陷，蒙冤而死，道宗丝毫听不进太子的话。耶律乙辛见缝插针，编瓜结枣说了太子许多坏话，渐渐地道宗与太子间产生了隔阂。

这期间有高丽国朝贡的千年雪参、回鹘国朝贡的羊脂玉、完颜部朝贡的海东青等贡品，耶律浚无心打理，让枢密院一律纳入国库，也不曾向道宗禀告。乙辛趁机煽风点火，对道宗说太子浚将外邦朝贡的珍宝异物窃为已有，道宗不以为然。

隔一段时间又暗遣护卫太保耶律查剌向道宗密报他亲眼所见，亲耳所听。耶律查剌、萧速剌等人密谋逼老皇上退位，拥立太子登基坐殿，道宗虽被惊出一身冷汗，但还是不相信耶律浚能作出这种事情来，于是暗中派亲近的内侍追查，哪料想这些内侍都被乙辛拉拢腐蚀，追查的内容当然与乙辛所说的差不多，道宗将信将疑，拿不定主意。

萧观音被赐死后，皇后的位置一直空着，道宗在邢莺莺的百般纠缠下，想封其为妃，进而立为皇后。但这一动意遭到萧兀纳、耶律者术等一些重臣的强烈反对。他们力谏皇上得选萧氏后族的细娘为妃为后，何况邢莺莺是有夫之妇，封她为后有失国体。乙辛在满朝文武中最忌惮的就是耶律者术和萧兀纳，他索性赞同二人的意见，劝谏道宗断绝与邢莺莺的公开往来，然后，暗地里又与死党谋划把驸马都尉萧霞抹的妹妹萧坦思引荐给道宗。

道宗也觉得强占耶律俨的妻子好说不好听，见那萧坦思的模样俊俏，风情万种，又是后族，也不论是不是黄花闺女，选进宫来立为妃子，事隔不久又册封为皇后。此时他已经到了一夜都离不开女人的地步。道宗追查太子耶律浚废帝自立的事毫无结果，负责此案的耶律查剌、枢密使萧速剌被无故贬出皇宫，又将守卫太子宫的六百多名护卫亲兵鞭打一顿，调离皇宫，开往边境戍边。同时根据乙辛的进谏颁布诏令：有告谋逆者，重赏。

诏令颁布三日后，耶律乙辛的党羽萧讹都斡和耶律达不野先后向道宗投案自首，负荆请罪道："耶律查剌告发太子图谋自立一事全是事实，臣一时糊涂也参与了密谋，太子确实想除掉乙辛废掉皇上，自立为帝。臣等幡然悔悟，这是谋君篡位之罪，要株连九族，故前来自首，只求速死，不牵连族人。"道宗深知此事干系重大，废帝立储自古有之，但这谋君之罪非同小可，若无事实，谁能把这等罪名加在自己的头上，况且自己只有一个皇子，故招其皇侄、耶律燕哥审理此事。

道宗做梦也不会想到这是耶律乙辛的苦肉计，耶律燕哥早就是乙辛的死党，他恨不得立诛太子，梦想自己有继承大统的机会。太子耶律浚百般申冤道："皇上只生我一子，且立为太子，继承皇位是早晚的事，我怎能急于一时。公与我是同宗兄弟，请念我无辜，与父皇解释清楚，或让我叩见父皇，当面陈述。"耶律燕哥表面上应承，实际上焉能替他说话。

于是，又与乙辛、张孝杰、萧十三等编造了一套供词，说耶律浚供认不讳。乙辛又把平时亲近耶律浚的臣僚下到狱中，严刑逼供，屈打成招，伪造了一套太子篡位的供词，又恐道宗下不了狠心，就给萧讹都斡等人戴上重枷、细绳缠脖，押到道宗面前。那几个人遭到严刑拷打，此时连气都喘不出来，不堪其苦，只求速死，一副挣扎的痛苦模样。乙辛趁机进言道："陛下你看，他们已深深悔悟，痛心疾首。"道宗昏庸至极，焉能不信，下诏立诛参与谋篡皇位者。贬耶律浚为庶人，囚禁于上京，将太子宫中所有的役使之人尽数诛杀。受牵被诛者无数。时值盛夏不及掩埋，腐尸臭气熏天，太子府成为"死宫"。

奉命押解耶律浚去上京的官员，早已接受萧十三的密信和银两，一路上紧锁车门，不许太子下车，并百般凌辱，幸有杨柳在侧未遭毒手。到上京后，耶律浚被囚禁在一座高墙深院之中，受到非人的虐待。耶律浚静下心来写了一份长篇奏折，详细地把皇后与自身遭遇及乙辛阴谋叙述一番，交予杨柳让他进宫面圣，期盼皇上回心转意。

乙辛得知此事，动了杀心，趁杨柳回宫之际秘密派遣亲信潜入上京，伪造圣旨杀害了耶律浚。上京留守与乙辛串通一气，上报奏章，谎称耶律浚病死，道宗

闻听悲痛了一阵子，下令葬于龙门山。杨柳把太子的奏章呈给道宗后，随即听说太子已死，情知为人所害却无力回天，皇后、太子都死了，他在辽国再无亲人，本想刺杀昏君道宗和奸臣耶律乙辛等人，又转念自己是大宋子民，何必趟这浑水，何况道宗毕竟是太子的生身父亲。杨柳万念俱灰，尘世无所依恋，索性到长白山出家为道。

第十章

蛇蛙酷战蛙胜蛇　纳葛里闹牤牛精

长白山逶迤连绵，横亘千里，风光秀丽，景色迷人，奇峰怪石，瀑布垂天，峡谷幽长，地下森林，峰巅天池，美人松，温泉群，绝无仅有，素有塞外第一山之称。在《山海经·大荒北经》中就有记载“东北海之外，大荒之中，有山名曰不咸，有素慎氏之国。”“不咸”就是长白山的古称，意为“有神之山”，素慎族就是女真人的祖先，同样是女真人先祖的“勿吉人”称长白山为“太皇山”，对它怀有无比的敬畏之心。因此，这座造物主恩赐塞外的山峦，便成了诸多少数民族倍加崇敬的圣山。

劾里钵决定让次子阿骨打去长白山学艺，不仅仅是出于对长白山的膜拜，更是寄希望于阿骨打，希望把他打造成一代英雄豪杰，使女真部族发展壮大。阿骨打又是血性男儿，渴望自己能像爷爷、父亲、叔叔们一样驰骋疆场，建功立业。故而能断然离开自幼疼爱自己的年迈的祖母，离开新婚燕尔、柔情似水、怀有身孕的娇妻，离开朝夕相处、情同手足的弟兄和诸多喜欢他的亲人，只身一人千里迢迢去长白山寻师学艺。

阿骨打在送行的众人面前谈笑如常，还安慰泪水婆娑的母亲和妻子，而当他一人策马行走在山路上，回头望着渐渐模糊的会宁州，也不觉眼前涌起一片湿雾，只身一人离家拜师学艺，确实有些伤感。正在阿骨打怅然之际，忽闻一阵急促的马蹄声，一匹战马箭似的飞来。马上的人离得老远就喊道：“阿骨打！二阿哥！等等我！”阿骨打已听出喊话的是术忽，心想，送行时你没来，这会儿追来干啥？把坐骑带住，回过头来看着术忽。

术忽飞马到了阿骨打近前，笑嘻嘻地说：“二阿哥，我跟你一起去!”阿骨打忙说：“这可不行，你厄宁和阿民会急死的，赶紧回去，别耽误我赶路。”“是厄宁和阿民让我撵你来的!”“他们会让你来吃这苦？我不信。”“你不知道我爷爷是大萨满呀！他早就看出你不是一般人，将来会有大出息，我如果跟着你，干啥都没错。”“那也不行，太虚道长只介绍我一个人去长白山学艺，你去算咋回事？人家能收留吗？快回去得了，跟爷爷练萨满神术去吧！将来也有用。”术忽忙抢到阿骨打马前，下了坐骑，拽着阿骨打的马缰绳说：“二阿哥，看在咱俩这些年的情分上，你就让我去吧！我爷爷还说，好男儿要做个真正的武士，你刚结婚这么几天就能割舍情爱出门学艺，以后一定能成大事的。”术忽急得带着哭腔。“不行，一路上千难万险，万一出点啥事咋办？”术忽跪在阿骨打马前道：“二阿哥，你要是不让我去，我就不起来了，也不让你走。我爷爷还说，跟凤凰飞的是俊鸟，跟喜鹊飞的是乌鸦。”说着泪流满面。

看着他一片真诚和十分着急的样子，阿骨打心软了下来，说：“术忽，你先起来，别一整就甩鼻涕，你要诚心去，就必须答应我两件事!”术忽站起身来道：“只要让我去，一百件都行。”“好吧，第一，要不怕吃苦，别一整就熊了。第二，一切事都得听我的。”“没问题，以前啥事不都是你说了算吗？谁说个不字了，咱两个人走也有个伴儿，一旦有个啥事还能相互照应，好歹我也能给你当个垫背的。”最后一句话把阿骨打说乐了，他再也无法撵术忽回去，二人并肩而行，有说有笑，阿骨打也不感到寂寞了。

完颜部所辖之地，仅占生女真地域的一部分，阿骨打和术忽越过村寨、山林、河流、田野、沟室，不觉到了傍晚时分，仍无一分倦意，马却不知主人的心情。奔跑了大半天，已是汗流浃背，他们俩只好找一户人家寄宿。

临行前盈歌一再叮嘱阿骨打：“出门在外事事要小心，你阿民是女真部落的都勃堇，诸部当中有的拥护有的反对，既结交了一批正直忠诚的朋友，也得罪了不少心怀叵测的小人，切莫以他的名义在外为人处事。”阿骨打点头应承，心想：“五阿叔也太多虑了，我虽然没有像你们那样担当大任，但知道英雄自己闯、光棍众人捧的道理，何况我已两次夺得巴图鲁的腰带，咋也不能用父辈的威德去闯荡江湖。”

他告诉术忽说：“在外边无论遇到什么人，都不要露出我是完颜部都勃堇的儿子，咱们就是山里猎户的孩子，以免招惹麻烦。”术忽笑着说：“别总拿我当小孩子，咱俩同岁，你比我大不了几天，树大招风这个理儿我还是清楚的。”于是，二人晓行夜宿，两天后走出了完颜部所辖之地。

涞流水发源于牤牛山，是一条较大的河流，它的支汊很多，一般都是季节性的河流。鸭子泡是只住十几户人家的小村落，因村前有个河汊子叫鸭子泡而得名。顾名思义，因那里鸭子成群而得名，每到七八月涞流水汛期，鸭子泡注满了河水，汛期一过，水自然减少，而冲进来的鱼虾，便成了村人的美餐。

中午，阿骨打和术忽赶到了鸭子泡，想找一户人家歇脚，却不见村里有人影，好不容易遇见一位老态龙钟的渔民。打听到村里人都在鸭子泡里救人呢，并说泡子里有妖怪，吃了不少鸭子。二人闻听，也顾不得饥饿，催马向鸭子泡驰去。

离老远就听到女人撕心裂肺的号啕声：“孩子！孩子！我的孩子呀！快救救我的孩子！”那女人边哭边喊想往泡子里跳，被几个女人拽住。

阿骨打看见一群人在一片水塘前指指点点，闹闹吵吵的。水泡里一个小孩被一扁头怪物叼住了手臂，正往肚里吞咽。阿骨打拉弓搭箭，趁那怪物一露头的刹那，一箭射去。正中那怪物左眼，那怪物一吃痛，咬断小孩的胳膊钻进水里，阿骨打毫不犹豫驱马入水，游了过去。把已经昏迷的小孩捞起，拽着马尾回到岸边。

众人见阿骨打把孩子救上来，纷纷过来施救。术忽为阿骨打脱下水淋淋的衣服。一个三十几岁的汉子手拎着渔叉，摇头叹气说：“惨呀，太惨了，活蹦乱跳的孩子竟然让怪物咬掉一只胳膊！要不是小阿哥精妙的剑法，这孩子就没命了！”那女人还在踏地呼天地叫着慢慢苏醒的孩子。等孩子醒来，又转忧为喜道：“孩子，你醒了，不然，妈可咋活呀！”

阿骨打被那女人哭得心里发酸，猛然想到妻子捏哥也怀了孩子，心里不觉更加酸楚，父母亲对孩子的情感是相通的。他上前问手持渔叉的汉子道：“阿叔，这是咋回事呀？什么样的鱼能把小孩子吞下去？”“小阿哥，你有所不知，这几天，泡子里的鸭子时常被搅得四处逃窜，惊叫不已，每天都没好几只，大家都挺纳闷，后来有人看见一条扁头鱼在吞吃鸭子。”一个老渔民插嘴道：“我说这些日子泡子里的鱼都没了呢！好几天都打不上来。都被那家伙给吃了！”“老阿伯说得没错，那扁头鱼把泡子里的鱼吃得差不多了，饿急了就开始吃鸭子了！”大汉接着补充道。

术忽疑惑不解道："这样的小泡子，咋能有那么大的鱼呀？"阿骨打道："小泡子肯定与大江大河相通，涨水时从江河游进来的。"那大汉把渔叉插到地上说："这鸭子泡通牤牛河，准是从那里来的，但鱼要把小孩吞下去，还没听说过。"老渔民道："别说你没听说过，我打了一辈子鱼，也是头一回遇到这样的怪事。"众渔民又七嘴八舌议论一番。刚才哭天号地的女人过来向阿骨打千恩万谢，一时弄得阿骨打不好意思起来。

拿渔叉的大汉说："你回去照顾孩子吧，这小阿哥我来安排。"那女人抱着受伤的孩子向村里走去。大汉仔细打量阿骨打一番，见他裸露的臂膀、结实的胸脯在阳光下赤亮鼓胀，像褐色的岩石，暗暗点头道："两位小阿哥可否到家歇歇脚，合计一下如何除掉这怪物？"阿骨打说："行。"

那大汉拨出渔叉道："大伙都听着，晚上回家都把鸭子喂饱，圈好，明天不许放出来，我们想出办法收拾那怪物啦。"

术忽问道："要去牤牛山也得过这些河岔子吗？"老渔民道："必经之路。"术忽道："这……"未等他把话说出口，阿骨打忙打断道："阿叔，我们小哥俩出门走亲戚，碰上了这么回事，帮忙是应该的，你说咋收拾那怪物都行。"看着阿骨打一脸诚恳的样子，大汉点点头。

老渔民道："多个人多一份力量，咱先回去张罗结实一些的大网。"术忽从心里往外不想凑这个热闹，但要赶路也得过鸭子泡，阿骨打已答应要帮忙，只好顺水推舟跟着阿骨打和众人回到村里。

第二天，晴空万里，骄阳似火。鸭子泡风平浪静，水波不兴。几十户人家的鸭子都没有放出来，水面显得格外静谧。阿骨打和术忽跟着村里的几个渔民，在老渔民的指挥下开始在鸭子泡布网。

当时的女真人还不善用舟船，涉水渡河大多是拽着马尾浮水泅渡。阿骨打与那领头的大汉一组，浮在马尾后，拉着渔网横渡过去，把网拦在泡子中间，如是布了三道拦网。众人手持渔叉在泡子岸边，等待怪物上网。整整一天过去了，毫无动静。一连三天都如此，等得大伙都有点泄气了，认为那条大扁头鱼游回了牤牛河。

老渔民说："绝对不可能，眼前是枯水期，那么大的鱼没有大水，无论如何也不能回到河里，除非会飞。"领头的大汉说："大家别松劲，我回去弄几只鸭子来试试，兴许能把它引出来。"一个小阿哥道："这还用你回去？我去！"说着，飞快地回到村里，赶来十多只鸭子。

已经憋闷了三天的鸭子见了水，呱呱叫着，欢天喜地跳进水里畅游起来，时而扎进水里觅食，时而扑棱着翅膀在水面上滑翔嬉闹。阿骨打与领头大汉等几个人都一手拽着马尾，一手拿着渔叉小心谨慎地观察着。

几只鸭子无忧无虑地游到湖心，尚且不知危险就在水底。那怪物吞食了小孩的一只胳膊后，一只眼睛被射瞎，在水底蛰服了三天之久，泡里的鱼虾几乎让他吃得一干二净，此时早已饥肠辘辘，好不容易有猎物出现在水面，岂能放过。阿骨打等人只觉得泡水一颤，紧接着哗啦一声水响，那怪物蹿出水面，宛如契丹人使用的柞树小船，硕大的头颅像扣在水面上的簸箕，一张大拉网被它一撞，像扯碎的鹿皮棉被一样，两只鸭子瞬间被怪物吞入腹中。

那大汉和老渔民是打鱼的好手，他俩抓住大鱼蹿出水面吞食鸭子的一刹那，手中的渔叉银蛇般划了两道耀眼的弧线，刺进了它的腹部和背部，长长的线索握在手中。那怪物吃痛，拼命蹿起一丈多高，落回水面，刚好是阿骨打所在的方位，水浪四溅，阿骨打也来不及细想，双膀一用力，手中带有倒须的三股渔叉深深地扎进了它的腮中。

由于距离较近，阿骨打没法投掷渔叉，刺中目标后，渔叉柄还紧紧地握在手中，阿骨打紧握渔叉不放手，怪物硕大的身子翻滚不已。

怪物的尾巴像一把大扫帚拍击水面，惊起层层波涛，它在水面上挣扎几下，便往水里钻，阿骨打被怪物连拖带拽拉进到水底……

岸上的男女老少都被这惊险的一幕惊得目瞪口呆，只有术忽急切地喊了一声："阿骨打！快撒手！"阿骨打沉入水底哪能听得见，幸亏他自幼生长在安出虎水，水边长大的孩子早练就了水里生存的本领，再有在乳峰山太虚道长为其固本培元，教了他一些道家的闭气吐纳功法，这回派上了用场。入水后，他屏住一口气，任凭怪物怎么摇摆甩动，仍死死地握紧叉柄不松手。怪物在水底忍不住疼痛，又蹿出水面，被带出来的阿骨打趁机换了一口气，人们这才缓过神来，大声惊呼。

怪物又拖着阿骨打钻进了水底，领头大汉和老渔民身边又来了几个人，拼命地拽渔叉线绳，怪物再拱出水面时，已不像上次那么凶猛了，在两只带绳的渔叉牵制下，磨盘一样转动身躯。阿骨打长长地吁了一口气，攒足力气，猛地一用力，渔叉穿腮而过，怪物闷哼一声，再也无力钻回水底。身上三处伤口大股大股

的污血翻着泡沫汩汩地流出，血腥之气弥漫开来，它又挣扎了几下便慢慢不动了。阿骨打这才松开了渔叉，几个渔民游过来把精疲力竭的阿骨打扶出水泡。人们仰视着这位奋不顾身的小阿哥。

那怪物原是十分罕见的巨大的怀头鱼，也叫怀头鲇，是鲇鱼家族中的一员。与普通鲇鱼的区别在于：它下颌上长有四根长须，腹部左右各有两道黄色的纹迹，像画出来的杠杠。混同江流域中，这种巨怀极为凶残威猛，连比它个头大几倍的鲟鳇鱼、牛鱼都敢攻击，其他鱼类几乎都成了它口中之餐。老渔民打鱼大半辈子，头一回见到这么大的家伙，巨怀吞食小孩更是头一遭。人们费了九牛二虎之力，直到傍晚才把那巨怀弄到岸上，妇女们早已燃起了一堆堆篝火，准备好了长铁钎，打开白酒罐子，准备烤鱼肉宴了。

领头的大汉把阿骨打和术忽请到上首就座，鸭子泡家喻户晓人人皆知，一个叫阿骨打的青年巴图鲁刺死了残害生灵的巨怀。

领头大汉告诉阿骨打说："鸭子泡处于乌春部、加古部和术虎部三不管地带，几十户人家以打鱼为生，我算个头人。乌春部、加古部、术虎部、乌萨扎部都曾拉我们入伙，松散惯了的渔民们，不想受别人的约束，哪家也没靠。我担心迟早会被别的部族吞并。"阿骨打在家时常听父亲说乌春部、术虎部有反心，就趁机说："加入哪个部可是大事，一定找一个心术正、人好的勃堇。"

那大汉听了阿骨打的话，笑了笑说："小阿哥，我见你侠肝义胆，身手不凡，年纪轻轻却做了大人做不来的事，你帮参谋一下，我们加入哪个部族好？"阿骨打道："我平素听阿民阿叔们常说，加古部挺好的，不过这只是听说，阿叔，你加入哪个部还是自己拿主意吧。"大汉对阿骨打的身份早就产生怀疑，感觉到他肯定不是普通猎户的子弟，就问道："小阿哥的阿民阿叔怎么称呼，你姓啥呀？"阿骨打摆摆手说："他们都是普通猎户，说了你也记不住，况且，我出门时已向他们保证不讲他们的名字。"

大汉见阿骨打不愿透露自己的身世，便不再问，拉着阿骨打加入村人的宴饮、萨满舞行列。被阿骨打救起的小孩叫都刺，刚七岁，却十分坚强，上药包扎好后，嚷着要见救他的巴图鲁。他厄宁百般劝说才等到晚上，宴会上他找到阿骨打，说："阿叔，听我厄宁说你的箭法特准，一箭就射瞎了巨怀的眼睛，不然，我就被怪鱼吞进肚子里去了！"阿骨打说："那也是赶巧，情急之下发了一箭。"都刺兴奋地说："阿叔，等我伤好后，能教我射箭吗？"阿骨打点点头。

都刺的厄宁说："孩子，别缠着阿叔了，让阿叔喝酒，咱们回去养伤，等你长大了再练射箭。"都刺从人们的眼神中看出了什么，眼圈一红扭头跑开了。大汉叹口气说："都刺这辈子也射不了箭了。"都刺的母亲哽咽地说："这孩子刚七岁就残废了，以后该咋活下去呀！"众人无语。阿骨打忽然眼睛一亮道："阿叔，你和老玛法飞叉刺鱼的本领很高，你们可以教都刺这一招呀！"老渔民道："是呀，将来总得让他有个谋生的本事呀！"人们在激越欢快的《鹧鸪曲》中，边吃鲜嫩细软的烤鱼肉，边跳着萨满舞，直至深夜方散。

翌日，阿骨打、术忽带了一些烤好的鱼肉，在鸭子泡男女老少的欢送下走出了村口。阿骨打摸着都刺的头说："都刺，玛法已经答应教你飞叉本领，好好学，以后一定有用处。"都刺点点头。老渔民拽着阿骨打的手说："看你的气量和身手，会有大出息，往前走过了涞流水，就是牤牛山，那里有个叫迷魂阵的地方，千万要加小心，我小时候跟阿民去过一次，好歹算走出来了。我阿民说，进去那座山的人很少能出来，都迷山了，得用耳朵听才能找到路，我到今个都不知咋回事。"阿骨打点点头，村里人依依不舍，直到阿骨打和术忽的背影渐渐远去才回转。

出了鸭子泡，又走了几天的路程，便觉林木渐渐茂盛起来，地势呈丘陵状，进到山里，人烟更加稀少。马蹄踏在山路上发出嘚嘚的回响，惊得树林里的山鸡远远地飞去，而小鸟却落在高高的树枝上，叽叽喳喳叫个不停，像议论着这两个不速之客闯入它们的领地，又像欢迎他们的到来。这个季节不是狩猎的时候，山里很少有人光顾，他们跑了一天的路，也没见到个人影，映入眼帘的是山路旁的鱼鳞松，疙疙瘩瘩的树杆和一张张硕大的树冠。

落日衔山，从密密匝匝的树冠下筛下斑驳的光线。阿骨打对术忽说："看样子，今夜就得住在山上了。"术忽忐忑不安地说："这、这半夜不会来野兽吧？"阿骨打嘲笑他说："猎人的后代还怕野兽，还头回听说。"术忽不好意思地低下头。阿骨打找到一个猎人用过的废弃的地窨子，术忽捡来一些枯叶败草，在里边烧了一把火，撵跑虫蚁之类，然后砍了四个圆木插在四角，把鹿皮和山羊皮撑开四角，盖在上边成为帐篷，扒出灰烬，撒上半尺厚的松叶，铺上袍子皮，便成了简易的炕了。

二人拿出烤鱼肉、野猪肉、烙制的胡饼开始晚餐。地窨子的后边是一眼山泉，水流虽细，也足够喝了。两匹马却有点亏了，鱼鳞松是非常霸道的植物，在它生长的地方杂草很难生长，土里的养分被它占有还不算，一簇簇巨大的树冠像

巨伞，遮荫挡阳，零星的几颗野草儿在树下只能忍气吞声地活着，他们把马溜了很远才吃到嫩草。

夜幕降临，万籁俱寂。阿骨打和术忽捡了许多枯枝，燃起了篝火，一是驱赶蚊蝇，二是惊吓野兽。这是山里人野外露宿的经验，阿骨打告诉术忽：“有这堆篝火，你就安稳地睡吧！啥野兽也不敢来，如果真的有野兽闯来，咱们的马也会报警的。”他让术忽睡在地窨子里边，自己枕着弯刀睡在入口，以防万一。

松枝噼噼啪啪地燃烧着，在静谧的森林之夜，像催眠曲，偶尔远处猫头鹰的一两声鸣叫，恐怖的感觉油然而生。尽管阿骨打说了些野外宿营的安全性，术忽心里还是紧张，听着阿骨打均匀的鼻息声，自己却迟迟睡不着，越想越害怕，直到后半夜才迷迷糊糊地睡着了。

清晨，报晓的鸟儿吵醒了阿骨打，一缕缕清新的空气钻进了五脏六腑，感觉非常舒畅。他坐起来见术忽吧嗒着嘴睡得很香甜，也不忍心叫醒他，自己起身去饮马、喂马。

阿骨打牵着两匹马，沿着山泉的流向，寻见到一处野草茂盛的沟塘，由于地势低洼，泉水在这里积存形成了一汪浅池，四周长出许多杂草，草叶上挂满了露珠，在旭日的映照下晶莹剔透。马儿选择芳草尽情地啃食，阿骨打手持梨木大弓在沟塘旁信步而行。

突然，他发现沟塘底浅草丛中，一条镐把粗细的大蛇，叼住了一只正在扑食昆虫的林蛙，并蠕动着身躯吞咽，林蛙在垂死挣扎中发出了绝望咕嘎咕嘎的惨叫声，阿骨打箭已上弦，准备射杀大蛇。然而，奇怪的现象出现了，随着被蛇逮住的林蛙的惨叫，沟塘里窜出一只马蹄一样大小的林蛙，咕嘎的一声接一声叫着，接着沟塘旁拱出一只又一只的林蛙，密麻麻一片足有百余只，在大林蛙的带动下，从四周向正在吞咽猎物的蛇围拢过来。

蛇是食蛙类的天敌，贪得无厌的蛇眼见又有猎物送上门来，加速吞咽准备继续扑食。然而，它的如意算盘打错了，马蹄似的大林蛙接近蛇后，猛然跃起，出其不意地落在蛇的七寸处，四条腿紧紧地箍住蛇的要害，任那蛇疯狂地甩头摆尾，就是不肯松开，其他的林蛙瞅准时机，纷纷跃上蛇身搂住不放，瞬间蛇身像蒜辫子一样结成了林蛙链索，上百只林蛙连箍带压，弄得蛇只有挣扎之力，连逃命的力量都没了。

有的林蛙没有箍到蛇身，就跳到同伴背上增加重量，有的却在蛇头两侧来回跳跃，阿骨打惊奇地发现那些跳跃的林蛙在跳跃时，都从腹部射出一股细细的尿流来，准确无误地撒在蛇头或喷在蛇眼里，蛇没有任何还击的力。阿骨打看得如醉如痴，这等以弱克强的情景简直令人匪夷所思。蛇慢慢地停止了摆动，连嘴里的舌头都吐得有气无力，半个时辰后，那蛇渐渐地垂下头去，然后一动不动了，任凭撒尿的林蛙在头上跳跃，没有任何反应。那只箍在蛇七寸的大林蛙“呱”的一声脆叫，从蛇身上跳下来，其他林蛙就像接到命令似的，全部离开了蛇身，跳进了沟塘，不约而同发出一阵清越的共鸣，似乎高唱凯歌欢呼胜利。

鸟儿的啁啾没有唤醒熟睡的术忽，蛙鸣声声打断他的酣梦，他慢慢睁开眼睛，金灿灿的阳光洒满了地窨子，他见阿骨打不在身旁，急忙爬起来叫道：“阿骨打，阿骨打！”没有回应，他钻出地窨子，拴马的松树扑簌簌地滴着露珠，马也没影了。术忽有点发毛，扯开喉咙喊道：“阿骨打！你在哪呀？”阿骨打还沉浸在蛇蛙之战的情景之中，思忖着林蛙克敌的奥妙，忽然听到术忽焦急的叫喊，连忙答道：“我在这喂马，你过来吧！”

术忽悬着的心才放到肚子里，循声而至，埋怨道：“你咋不喊我一声啊？吓我一跳，以为你……”阿骨打拦住他的话头道：“等你起来，马都饿急了，要是吃不好草，能跑动路吗？”术忽挠挠头说：“可也是，以后喂马饮马的活我包了。”阿骨打向术忽讲起蛙蛇大战的奇异场面，术忽根本不相信，说：“别蒙我了，蛇专吃蛤蟆，林蛙碰上蛇逃命还来不及呢，还能把蛇干死？”“要不信你下沟底看看那条蛇是咋死的，我这箭还没射呢！”术忽将信将疑地来到沟底，他捕蛇有一套办法，先用分叉的树棍按住蛇的七寸，那蛇纹丝不动，术忽捏住蛇头捡起来，果然是一条死蛇，摇臂一轮，蛇身的骨节已然脱位，通身上下无一处伤痕，只是一种腥臊难闻的气味从蛇头散发出来，那味道犹如蟾蜍防御敌人侵袭时所放出的毒液，令人作呕。

阿骨打对拎蛇上岸的术忽道：“这回你该相信了吧！你是抓蛇的好手，你说这蛇是咋死的？”“你说的还有点谱，我真是被一阵蛙叫声吵醒的。那么说，这真是啥事都有。”“那咱俩的早饭就是这条蛇了！”二人发出一阵开心的笑声。

术忽把那条蛇挂在松树上，用解肉刀把蛇颈部的外皮割开，双手掐住蛇皮，用力往下一拽，蛇皮一下褪下来，变成一条粉白的肉棍。术忽取出蛇胆道：“这东西解毒祛火，我没少吃，你趁鲜吞下去。”阿骨打接过蛇胆放进嘴里，屏住呼吸咽到肚里，那股土腥味差点让他呕吐出来。

早餐后二人下得山来，阿骨打的脑海里还萦绕着群蛙战胜大蛇的情景，参悟其中的道理。术忽见阿骨打骑在马上若有所思，就打趣道：“寻思啥呢？是不是想捏哥了？你要是想媳妇的话，干脆把拂尘给我，我去长白山学艺，你回去得了。”阿骨打见术忽耍笑自己，就顺坡下驴道：“行，把拂尘给你，我回家了。”术忽万没料到阿骨打竟这样答复他，惊愕之际，阿骨打已调转马头向回走了。术忽急转马头追赶，道：“唉，唉！真的呀？那你要回去，给我拂尘呀！”“你自己来拿吧！”术忽催马撵上阿骨打，阿骨打见他兴冲冲的样子，猛然在他的马屁股上抽了一鞭子，大喊一声“驾！”那坐骑吃痛，撒开四蹄狂奔起来，术忽差点从马上跌下来，阿骨打哈哈大笑道：“你要是想家就回去吧！”术忽方知上当，在阿骨打的嬉笑声中跑出好远才勒住马。术忽拨回马来边追边喊：“等等我，等等我，再不逗你了！”

术忽提起捏哥，阿骨打还真有点想家，一晃离家已是好几天了，祖母、厄宁、捏哥、阿民、阿叔们的影子出现在眼前，他暗叹一声，如果说不惦记家，那是假话。术忽追上来，他气喘吁吁地道：“人家跟你说个笑话，还值得你这样溜我呀？”“我是跟你的马开个玩笑，没想到你的马真听话，跑得够快的了。”

两人说说笑笑又赶了两天的路程，便到了涞流水。河水不凉不热，适合泅渡，二人时而扶着马鞍子飘浮，时而自己游，摆着各种姿势追逐嬉戏，不知不觉到了河中央。二人也有点累了，各自牵着马尾躺在水面上，靠马的牵引划行，术忽跟阿骨打唠起嗑来：“二阿哥，你说长白真人是啥样子？是女真人、契丹人、汉人、还是西夏人？”“我不管他是什么地方的人，只要能教我本领就行。”“长白真人一定是身材高大、文武双全，或是须发皆白的仙风道骨的神人。”“别瞎猜了，到了长白山就知道了！”“那到了长白山你有拂尘为凭，他能收你为徒，我咋整？万一他不收我呢？”“那你就天天跪在山门前求他收你，只要真心，会感动他的，当初我还不让你来呢，你还不是软磨硬泡跟来了吗？”“你跟他可不同，人家是师傅，你是我二阿哥呀！”说到这儿两人都笑了。

又游了一会儿，快到对岸了，脚可以够着河底了，二人轻舒了一口气。术忽又贫起嘴来道：“打鱼的老玛法尽瞎说，根本没有什么河蚌夹脚，非让拿一把破斧子，让马多受一份累。”说着从马鞍子上摘下那把斧子，扔到岸上。他踩着河底刚走没几步，忽然觉得左脚一紧，似乎被一把铁手紧紧抓住，往下拖。他大叫一声：“哎呀！不好了，有水鬼拽脚了！”说着，左脚钻心一阵刺痛。阿骨打忙说：

“别着急，肯定河蚌夹你了，我钻进去看看。”说着一个猛子扎下去，潜到术忽跟前，用手一摸，果然是一只大河蚌，把术忽的大半个脚夹住。

阿骨打怕术忽害怕，拱出水面道：“刚吹完牛就给你个眼罩戴，这叫现时报，我用泥沙抹抹试试，看它能松开不。”阿骨打又钻进水里抠了两把泥沙，顺着河蚌的缝往里抹，一连抹了七八把，那河蚌就是不松口，并且越夹越紧，痛得术忽直叫喊。阿骨打浮出水面道：“你把嗓子喊破了它也不能松开，这样吧，我下去捧住它，你往岸上游，到岸上再整。”术忽点点头。

阿骨打再次潜到水底，搬起河蚌顺着术忽的劲，游了一段，水已到了腰下，阿骨打搬着河蚌，术忽单腿挪动好不容易到了岸边，术忽次龇牙咧嘴地说：“斧子，快找斧子！”“你不是说破斧子没用吗？”“好，都啥时候了，你还挖苦我。”阿骨打找来斧头对术忽说：“是你砸还是我砸？”“你砸吧，我疼还疼不过来呢，哪有劲儿了？”

阿骨打抡起斧头三下五除二把蚌壳砸碎，术忽疼得直喊，等把蚌壳掰掉，术忽的脚已被夹出两道深深的沟槽，冒着血筋，脚趾刷白。术忽气得拿起斧头还要砸，阿骨打拉着他说：“别砸了，你先歇一会儿，等会儿好好砸砸，咱们当菜吃。你真有本事，能用脚钓河蚌了，以后缺吃的就靠你了。”术忽哭笑不得，两个人经历几次奇事怪事，走起路来更加小心了。十多天后，他们来到了犴牛山脚下。

犴牛山属于长白山麓，张广才岭的余脉，方圆百余里。山脚下零星地散落着几十个村落。贴晌时分，二人来到了博碾村。为了不惊扰村民，他们在村外就下了坐骑，牵马慢行。

博碾村总计不到一百户人家，村中一条土道从东头到西头也不过一里路远，而阿骨打和术忽转悠大半条街，连一个人影都未看到，家家关门闭户，似乎对二人高度戒备。

术忽疑惑不解地唠叨：“怪事了，咋连一个兔子大的人影都没有呢？咱俩也不是吃人的魔王，躲着咱俩干啥呢？”阿骨打道：“人生地不熟的，别说些不着边的话，你知道人家是啥风俗呀！”两个人走了一个来回，仍是不见有人出来，偶尔看见房屋里有人影晃动，待驻足观看时马上又消失了。阿骨打把马缰绳交给术忽，并暗示要小心戒备，以防不测。然后，找了屋内人影频闪的一家，推开柴门，边向院里走边喊道：“阿叔阿伯，我们是过路的，进村就是打听道，顺便讨口水喝，你们千万不要误会。”屋里鸦雀无声。

阿骨打继续诚恳地说："你们要是讨厌我们，一会儿我们去别的地方，咋也得见个面说明原因呀？"说完，用手拍了两下房门，听得屋里有点动静，又马上消失了，他再等一会儿，失望地转身欲走，房门忽然打开，一位身披狍皮夹袄、须发苍白的老人推门出来，道："小阿哥慢走！你确实是过路的，不是牤牛山的人，我们慢待了。"阿骨打忙问："玛法，这村里见了我们，咋家家关门闭户的，我们只是过路，害怕我们干啥呀？"

老人长叹一声道："小阿哥，你有所不知，这都是牤牛山的牤牛大王那帮妖精给害的。我们这个村子叫博碾村，往东南走有座牤牛山……"阿骨打道："小时候，听奶奶讲过牤牛山的事，还真的那么吓人呀？"老玛法冲着屋里说道："卓丹，你收拾收拾屋子，让两位小阿哥进屋里喝点水。"屋里传出脆生生的应答声。

这时，术忽见有人搭理，就把马牵进院子里，拴在一个破旧的马槽旁。老玛法热情地把二人让进屋里，一个十三四岁、脸黑黑的小阿哥给他舀来一瓢水。喝过水后，术忽又饮了马，老玛法才讲了关于牤牛山的事。

"牤牛山是一座美丽富饶、有着无数宝藏的山，方圆百余里。牤牛山是因为月黑风高时，会响起牤牛一样的'哞、哞'的怪叫声而得名。老辈人都说山顶尖上有个牤牛洞，洞里住着牤牛精。但多年来，谁也没见到牤牛精啥样。后来山上真有一群野牛经常出没，每逢秋季，野牛成群结队地祸害庄稼，村里人一到秋收时节，就组成护秋队，轮流在山下守护，晚上点篝火，白天敲皮鼓摇响铃，那些野牛就不敢来了。自从前年秋天，野牛不敢来了，牤牛精却出现了。"

阿骨打和术忽都不约而同地"啊"一声，吃惊地问："那牤牛精啥样？"老玛法喝口水接着讲道："那牤牛精有普通老牛好几个大，四条腿像一个壮实的阿哥一样粗一样高，身子像一堵墙，眼睛像铜铃，蹄子像蝎皮鼓，尾巴像扫帚，角如绞锥，头如铁锅。""他嘴里还能喷火呢！"卓丹插嘴道。

老玛法瞪了他一眼，道："大人说话，小孩子别乱打岔，去外屋干活去。"卓丹嘟囔着走出去。阿骨打接着问："那牤牛精嘴里喷火是咋回事？""前年秋天，那牤牛精刚出现在山坡上，身旁还有几个戴着牛头面具的喽啰兵，其中一个小头目告诉大家，牤牛大王显圣了，每家每户都得供奉人参、灵芝、东珠、牛羊等，不然，就喷火烧了房子和庄稼。话音未落，牤牛精真的喷出一股火来，烧着了一片篙草和小树林。村里人十分害怕，就纷纷献上供品。"

老玛法接着讲："每逢初一、十五上供品，大伙都认了，破财免灾嘛。去年春天，牤牛精又显圣了，手下的喽啰更多了，这回要供品还不算，还要在各村里选最漂亮的格格做牤牛山的压寨夫人。这下村民不干了，谁家的格格舍得给牤牛精当媳妇啊？凡是家里有格格的都不答应，年轻力壮的阿哥们就回家拿起钓竿铁尺，与牤牛精拼了。谁料，当大伙冲到牤牛精近前时，它竟喷出火来，烧着了草木，把阿哥们烧得焦头烂额，然后牤牛精带着喽啰冲杀过来。已经被火烧伤的几个阿哥根本不是对手，都被他们杀死了。"老玛法说到这儿流下了两行热泪，身体不住地颤抖，仿佛又回到了那场惨烈境况中。"我儿子被挑得开肠裂肚，儿媳被抢走，儿子临死前嘱咐说，无论谁杀了牤牛精为他报仇，一定把格格嫁给他为妻。"说着，昏花的老眼瞄了一眼外屋干家务活的卓丹。

阿骨打听得血脉贲张，愤愤不平地问："那、那你们部族的勃堇也不管吗?""管是管呀，派兵来了两趟搜山搜林的，连个牤牛精的毛都没找到，村民们还搭了不少吃喝。后来乌春勃堇说忙着跟完颜部打仗，我们交给他的租子都让牤牛山截去了，索性干脆连兵也不派了。乌萨扎部在牤牛山那侧，根本不管我们的事，这儿离别的部族又远，找不到别的勃堇，只能这么挨着。"

术忽一下子明白了，说："你们看见我俩进村就关门闭户的，是怕牤牛山的人啦?""是啊！那些畜生下山来探听谁家的格格媳妇俊俏，软的不行就来硬的，抢上山去。村里稍大一点的格格不是出嫁了，就是躲到外村去了，小一点的就装扮成阿哥模样，害怕让山上知道。"术忽恨恨地说："这帮家伙，跟辽朝银牌天使一样，真是可恶透顶。"

阿骨打接茬道："玛法，这儿去牤牛山的路咋走？你能带我们去吗?""不行、不行，你们俩根本治不了它，我这一把老骨头不可惜，你俩就……"话未说完，连摇头带摆手。

卓丹从外屋进来，说："我玛法岁数大了，要杀牤牛精，我给你们带路。"

老玛法狠狠地瞪他一眼说："该干啥干啥去，大人的事你总瞎掺和啥?"卓丹赌气走开，一转身的功夫，阿骨打看到他白皙细嫩的脖颈，心想，这小子脸漆黑的脖子还挺白的。

老玛法又打个唉声说："这牤牛山有牤牛精一伙不算，还有一座蜈蚣岭，也有人叫它迷魂阵，据说那里的山冈像蜈蚣爪一样多，还都一模一样，进去的人十有八九出不来，听说被牤牛精抓到山上的格格媳妇，有的偷着跑出来，误入蜈蚣岭，人一个也没出来，要是没有大队人马也对付不了牤牛精。你杀了牤牛精要是

误入了蜈蚣岭，也是九死一生。我要是领你们去牤牛山找牤牛精，就是作孽呀!”

术忽道：“那就没啥办法治这牤牛精了?”“办法吗，除非到长白山请长白真人来，听说他不仅有一身好武艺，还有定方位的八卦图，就是进了蜈蚣岭迷魂阵也不会迷路，可惜路途遥远，我们这的人连仆干水[1]都没去过，别说是长白山了。”

老玛法说的句句是实话，涞流水和牤牛山距仆干水的几百里之间，可谓万木参天，排比联络，间不容尺，树根盘错，乱石坑砑。秋冬冰雪凝结，不受马蹄；春夏高处淖深数尺，低处汇为波涛。蚊虻、白蚁髅齿，人马畏之不前，路险人稀。

老玛法见两个小阿哥可亲可爱的，就留他们在自家吃饭住宿，卓丹显得特别兴奋，干活也特别勤快。吃晚饭的时候，卓丹不断给阿骨打夹菜，弄得阿骨打有点不好意思。

老玛法已看出卓丹的心思，就漫不经心地说：“两位阿哥，饭前我光嘞嘞我们纳葛里[2]这点事了，忘问你们从哪来到哪去了。”

阿骨打一口肉嚼在嘴里，未等开口，术忽答道：“我俩来自安出虎水，要去长白山学艺，他是……”说着指着阿骨打，阿骨打忙抢过话头道：“我叫阿骨打，他叫术忽，都是猎户家的阿哥。”

老玛法兴奋地说：“安出虎水旁的完颜部可是很了不起，听说英雄辈出，要是他们知道牤牛山的事儿，一定能管，两位阿哥不知你们认识他们的人吗?”

术忽刚想开口，阿骨打忙说：“认识倒是认识，不过认识的都是一些小阿哥!”“那也行，以后你们回去把这里的情况告诉他们。”阿骨打连连点头。

老玛法家里只有一铺炕，阿骨打和术忽要在院子里睡上一宿，老玛法执意不肯，并说那不是女真人的待客之道，况且一铺大炕睡四个人绰绰有余。

入夜，铺好了兽皮，阿骨打和术忽睡在炕梢，中间是老玛法，炕头是卓丹。这一夜，四个人之中有两个人几乎彻夜未眠。

炕梢的阿骨打辗转反侧，思绪起伏，反复琢磨牤牛精的事。自己身为女真完颜部都勃堇的儿子，应该管这档子事儿。

---

① 仆干水：女真语，今黑龙江省牡丹江。

② 纳葛里：女真语，村庄之意。

炕头的卓丹叫仆散卓丹，是个聪明开朗的小格格，自从父亲被犴牛大王害死，母亲被抢，只有与爷爷相依为命，时时受到犴牛山的威胁，一个女儿身还要扮成小阿哥的装束，学小阿哥的声调，蹩脚透了。阿骨打和术忽的到来让她眼睛一亮，尤其是阿骨打身材健壮气度不凡，又是去长白山学艺。爹爹的话始终萦绕在她的耳畔："谁要是杀了犴牛精为我报仇，就把格格嫁给他为妻。"她恨不得阿骨打现在就是那杀犴牛精的巴图鲁，自己也能……她越想越心跳，脸发热，幸亏是夜里谁也看不见。她急盼着天亮多看阿骨打几眼，又怕天亮后阿骨打赶路走了。

术忽由于白天的疲劳，早早地进入梦乡，老玛法呼吸均匀，就连相依为命的卓丹都不知他是睡还是醒。

第十一章

泉水丁冬潭水清　卓丹赠宝猛犸牙

东方泛起了鱼肚白，浓浓的夜色悄然而退，博碾村又开始了新的一天。早饭后，阿骨打和术忽整理行囊准备上路，老玛法细心地查看了他们的盐、火镰、刀锯，并自言自语地说："山里人三件宝：盐巴、火镰、刀具不能少。"临行前，老玛法执意要和卓丹把阿骨打和术忽送出牤牛山地界。卓丹听了爷爷这个决定，暗暗高兴，这样一送，又可以跟阿骨打多在一起待一天了。

一路上老玛法几乎不停嘴地介绍牤牛山的情况，讲述长白山的一些传说。卓丹有时插上两句，阿骨打听得津津有味，尤其是长白老祖与天池仙女凄婉哀怨的爱情故事，让人心旌摇动。卓丹被感染得热泪盈眶。

四匹马在主人的催动下，跋山涉水，渐渐地远离了牤牛山。老玛法在牤牛山途中还特意下马，把阿骨打领进树丛草窠里，边走边寻找到萵苣菜、七叶一枝花、斩龙草三种植物。

卓丹心直口快，道："玛法，这一道都是你唠叨了，现在总该让我说几句了。""好！好！你说你说，我也考考告诉你的忘了没有。"卓丹一本正经地说："我玛法说这种叫萵苣菜，浆汁多，专解蚊蝇飞虫叮咬之毒，只要把它的根茎一折浆液就冒出来了。"术忽接过来在手里摆弄着。"这种叫七叶一枝花，看好了，是长全了七片叶子才开花的，少一个叶是没长成，多一个叶就老了，都没有药性，必须七叶长全开花才有效，专解蛇毒，无论被多毒的蛇咬了，把它嚼烂敷在伤口，再吃下两棵，就能保住性命。"阿骨打接过七叶一枝花若有所思。

"这种叫斩龙草，是解毒气的，行走山林中难免碰上瘴气，要想事先预防，就得采斩龙草，熬成汁液喝下去，就不会被瘴气所害。”老玛法听得心花怒放，一面暗赞卓丹的伶牙俐齿，一面为她看上阿骨打而高兴，孙女将来有了可信赖的人托付，自己死也能瞑目了。阿骨打和术忽听得如醉如痴，打心眼里佩服小阿哥见多识广。

夕阳在逐渐收敛它的光线，被远山遮去了半个脸庞，像一个娇羞的回鹘新娘罩上火红的面纱，留给窥视者一片朦胧迷人的霞晕，让人浮想联翩。

阿骨打千恩万谢地劝老玛法和卓丹回去，老玛法摇摇头说：“日头都落山了，回家也不能干啥了，索性再陪你们在山脚下待一宿吧！”卓丹听了非常高兴，拉着阿骨打和术忽去伐木，准备支帐篷。不一会儿，八棵胳膊粗细的树干摆在老玛法的面前。

老玛法拾起树干说：“这野外过夜支帐篷讲究挺大，不同的季节选不一样的地势。冬天要选在依山靠林的低洼处，抵御北风的侵袭，如果雪大，拍起雪墙更好；夏季要选在高岗和山坡上，避免雨后山洪冲击和滚山……”说着，他把卓丹削好的树干插在山坡上，从马背上卸下几张兽皮围在四周，又在上面盖两张，草地上铺上软软的鹿皮。一座帐篷就算竣工了，阿骨打、术忽、卓丹也手忙脚乱地支起另一座帐篷，然后钻进里边，嗅着青草的芳香，确实有一种家的温馨。

老玛法看看支好的帐篷，满意地微笑着，说：“一会儿咱们再吃一顿泉水炖活鱼。”

卓丹急着问道：“玛法，这儿离河老远了，上哪打鱼去？”阿骨打和术忽也用疑惑的目光盯着他。

老玛法说：“拿着锅和盐，一会儿你们就知道了。”他任凭卓丹怎么纠缠就是不告诉去哪里弄鱼。老玛法让他们捡些干树枝，自己用刀在楸子树上砍下了几块树皮。

离帐篷不远是一眼山泉，泉水丁冬作响，积年累月，泉下冲出一个小潭，泉水满了就流到山下，潭水清澈如月，浅处可见底。四人刚到水边，突然，哗啦一声从水中岩石下蹿出一只水獭，嘴里叼着一条不断扭动的鱼，钻进草丛。阿骨打他们才恍然大悟，原来这小溪潭里还有大鱼呢！

老玛法告诉说：“水獭一般白天蛰伏在洞穴里，傍晚才出来觅食。别看那家伙长得腰粗身壮，走起路来难看，捕鱼可是好手，一口一条专叼大个的。”卓丹问：“水獭能捕鱼，那咱们咋整呀？”

老玛法说："别着急，你把干柴架好了，你们俩用石头把树皮砸烂。"说完端起三耳锅舀了一锅泉水。

阿骨打和术忽茫然不解地把几块楸树皮捣烂，心想这树皮能变鱼吃？老玛法演的是哪出戏呢。老玛法把捣烂的树皮扔进水里，对阿骨打和术忽说："你们脱了衣服，把水搅浑，一会等着抓鱼。"碎树皮入水后，把水染成绿色，经过搅动立即扩散了。

卓丹已把火点着，老玛法架上锅，烧上了水。不多一会儿，几条细鳞鱼浮出了水面。

阿骨打伸手抓住一条，惊喜地叫道："鱼！鱼！我抓住鱼了！"水面上又浮出几条被楸树皮药得半死不活的细鳞白鱼，阿骨打和术忽手忙脚乱地捞起来。卓丹看着老玛法说："玛法你真有办法。""好招有的是，够你学半辈子了。"老玛法把鱼一条一条地收拾干净，放进锅里，转眼之间，鱼香味伴着饮烟弥漫开来，氤氲着整个溪潭。

老玛法看岸上的鱼差不多了，就向溪潭里喊道："阿哥们，够用了，明早上都吃不完，上来吧！"术忽有点急了，把一条鱼甩到岸上道："这、这剩下的不白瞎了吗？""放心吧，不等你吃完了这锅鱼，它们过药劲就好了。"溪潭里荡漾着欢快的笑声。

四个人吃着香嫩的鱼肉，品着鲜美的鱼汤，老玛法告诉他们这少见的冷水鱼，只有长白山一带的溪流中才有。术忽还是好奇地问道："为啥把楸树皮扔到水里鱼就漂上来呢？"老玛法说："这楸树呀，它有毒，像迷糊药似的，鱼受不了那股药味，呛迷糊了就浮了上来，但药不死，药劲一过，鱼就啥事没有了，你们看看水面上还有鱼吗？"几个人借着月色看溪潭波光粼粼，一轮明月沉在水中，方才还沉浮不定的鱼儿连个影都不见了。老玛法又给他们讲了许多在山林中生存的本领，只听得阿骨打如醉如痴，不知不觉月上中天，老玛法说明天还得起早赶路，先睡觉吧，四人兴犹未尽地回到帐篷里安歇。

阿骨打因昨天夜里没睡好觉，刚躺下就要睡着了。术忽却拨拉他低声地说："你说这老玛法也太热情了，送出咱多远啦？还陪着在野外住，图啥呀？""老人家的心思我已看出来了，既希望咱去找牤牛精又怕咱们去找。""你这话我咋越听越糊涂呢？""他希望咱们找牤牛精为民除掉一害，为他家报仇，怕咱们去呢，就是感觉咱们本领能力都不行，白白搭上性命。"

术忽挠挠脑袋点头说："是这个意思，怕咱俩直接去牤牛山，所以才把咱们送出牤牛山地界，盼着咱们早日到长白山，学好本领再收拾牤牛精。""那他咋不让他孙子卓丹跟咱们去学艺，回来好报仇啊？""傻小子，你还没看出卓丹是个格格？""啥？他是个格格？不能吧！"术忽吃惊地坐起来，摸摸阿骨打的头道："你不是有病说胡话吧？"阿骨打忙把他掘倒说："小点声，别让人家听着，好像窥探人家隐私似的。"术忽又急着说："你、你咋知道的？"阿骨打道："快睡觉吧，明天再告诉你。"

术忽毕竟是个不谙男女之事的少年，而阿骨打已经是结婚的人，他从卓丹白皙的脖颈、看自己和术忽是热辣辣的眼神、亲昵的神态，就断定她是女扮男装，又听老玛法说，这一带让牤牛大王闹得格格媳妇都东躲西藏，都女扮男装，更确认卓丹就是格格。

阿骨打和术忽没有睡觉，另一个帐篷的老玛法和卓丹也谈论同一个话题。卓丹道："玛法，我知道你今天为啥要把那两个阿哥送出牤牛山地界了。""为啥呀？说说看。""因为你怕他们上山找牤牛精，眼下，以他们的功夫是白白送死，可又惦记要杀牤牛精，他们又要去长白山学艺，所以，你为了不让他们半路上山，才把他们送出牤牛山地界。还把你肚子里的东西都倒给了他们，陪他们在这儿住一宿。""咦，你这小哈哈珠子①，你还真要长大了，我这点心事你还猜透了。""要么我咋能是你的孙女呢！""你猜准了我的心事，我也知道你心里想的啥，你是在盼着那个叫阿骨打的阿哥早点学好本领回来，杀了牤牛精，是不？""那当然了，为我阿民报仇吗！""光是为了报仇吗？""玛法，你再说人家该不好意思了。"

老玛法呵呵笑了两声，道："我看那个阿骨打是非同一般的阿哥，又来自安出虎水，肯定是完颜部的后生，胸怀大志，且不畏艰险去长白山学艺，日后定能成大器，你真的委身于他，我也就放心了。"卓丹羞得蒙上脸假装睡去。

清晨，卓丹已梳洗完毕，还原了本来面目，一个清纯少女，雪一样的肌肤，白桦一样的腰肢，柳丝一样的秀发，与昨日那个灰头土脸的阿哥模样天壤之别，只是那种顽皮相还挂在脸上，简直把术忽看呆了。

告别的时候，老玛法仍是千叮咛万嘱咐，一定小心，暂时不要去牤牛山找牤牛精，等到长白山学艺回来再上山除害也不晚。

---

① 小哈哈珠子：女真语，小姑娘之意。

卓丹见阿骨打和术忽牵马走出几步，追了上来，把一颗猛犸牙塞到阿骨打手里，说：“小阿哥，这是我家传家之宝，你带上吧！保佑你一路平安，学成后好给我阿民报仇！”也不等阿骨打表态，卓丹红着脸跑开了。

阿骨打手拿着那颗暗红色的猛犸牙，“你、你这是……这?”老玛法见阿骨打为难的样子，说：“孩子，你就拿着吧！这东西避邪呀，卓丹指望着你学好武艺回来给她爹妈报仇，猛玛牙会保你一路平安的。”

术忽也看明白了其中的意思，就劝阿骨打道：“拿着吧，别辜负了老玛法的希望和卓丹的情意。”阿骨打见卓丹急切渴求的神情不忍心伤她，便把猛犸牙揣进怀里，心想，我先替你保存，你什么时候要再还给你。

术忽回头喊道：“老玛法，你们回去吧，都麻烦两天了!”“小阿哥，你们上马吧！趁早赶路，我们就回去!”卓丹声音几近颤抖地喊道：“阿骨打，你别忘了博碾村啊！我们等着你!”

术忽小声说：“快走吧！刚待两天就舍不得了！时间再长还不好办了。”说着，朝阿骨打的坐骑猛抽一鞭子，马儿撒着欢跑了起来。术忽也催马追赶，他们跑出一箭之地，等马的脚步慢下来，回头张望，见祖孙二人仍勒马在山冈上挥动着手臂。阿骨打和术忽都觉得心里热乎乎的。

术忽道：“老玛法还是放心不下，怕咱们去牤牛精那，那卓丹有点舍不得你走。”阿骨打有些慌乱地掩饰了下自己慌乱的心情说：“净瞎扯，她哪来的那些心思。”“哎哟！糊弄谁啊？她咋没把祖传的猛犸牙送给我当护身符呢?”阿骨打被问得无言以对，眼前也晃动着卓丹顽皮可爱的影子。

第十二章

篝火腾腾烧飞鼠　雾帷昭昭绝人世

两人又走了一会儿，阿骨打忽然问道：“术忽，你说牤牛要成精了还能和人在一起吗？它能变成人形吗？你爷爷是大萨满，他见过那些成精的神吗？”“他平时只教过我一些神曲神调，与诸神沟通我还不会，不过咱俩也没少看萨满搬神，从没见过哪个精灵现身显圣，都是他们说的唱的。”“我想牤牛精长得那么大，又能抢赫赫当压寨夫人，总是有点悬乎。”

术忽若有所思地问道：“那牤牛精会不会像咱们小时候玩游戏一样，用人装扮的呢？”“人扮兽都是戴面具披兽皮，通常是一人扮一兽，最多两个人扮狮子、老虎的，那牤牛精大得出奇，得几个人装扮呢？”

阿骨打说到这儿，忽然勒住马，跳下来，围着他的乌锥马转起圈来，一会儿拍拍马头，一会儿扯扯马尾，一会儿摸摸马腿，弄得术忽丈二和尚摸不到头脑，问道：“阿骨打，不走了？你的马有毛病了？”“没有。”阿骨打嘴里回答着术忽，眼睛还是死死地盯着乌锥马。“马没毛病，你有毛病了？你的马骑了好几年不认识了？”阿骨打不理他，全神贯注地看着、思考着。术忽有点急了，道：“快点赶路吧！你还能把马看成神马，从天上飞到长白山啊？”

阿骨打终于想通了，像发现新大陆一样惊喜地说：“术忽，你快过来。我知道牤牛精是怎么回事了。”“尽扯，看你的马还能看成牤牛精了？”术忽不情愿地下了坐骑，来到阿骨打跟前。

阿骨打兴奋异常地拍着术忽的肩膀说：“我知道，我知道！牤牛精是人扮成的！”

术忽急切地问："怎么扮的？你快告诉我。"

阿骨打从马鞍上解下两张狍子皮，卷成筒围在自己身上道："看像不像牛腿？""扯呢，这就是牛腿了？""四条腿已成，然后用木头做成牛身子裹上牛皮，与牛腿连在一起，扮腿的四个人抬着身子。""就算你说得对，那牛头怎么办？""牛头吗？也是一个人扮的。扮牛头的那个人是坐在木架子上，整个上身就是牛头，双手就是牛角。"

术忽一拍大腿道："所以那个牤牛精就是一个庞然大物，嘴里吐火也是人干的，我早就知道我玛法跳萨满的时候就会吐火，可我真笨一点也没想到，这回我不跟你犟了，我服了。彻底服了。""我这也是一种推测，是否如此，还得到近前看真的。""那你的意思是还想回牤牛山，先不去长白山了？"阿骨打扑哧一下笑了："你这家伙，反应还挺快，对，咱返回牤牛山看看牤牛精到底是咋回事。"

术忽犹豫不决地道："那老玛法和卓丹知道咋办？人家怕咱俩去牤牛山。""咱俩从这面上山，不让他们知道就行了。"咱们俩能斗过牤牛精和那些喽啰吗？""你害怕了是不是？你追我要一起上长白山学艺时咋说的了？""那也没说斗牤牛精啊？""好，你要是害怕的话我一个人去，你还是回家吧！不过有两条，一是不能告诉老玛法和卓丹，二是不能告诉我家人。"

术忽一见阿骨打生气了不理他，心里又犯了嘀咕："都走了一多半的路了，让我一个人回去，回去跟家人咋说呢？况且一个人走那么远的路，心里也没底。当时阿骨打本不愿带我去长白山学艺，我已跟他许诺，一切事都听他的，再说去牤牛山不一定就死。"

想到这儿，他又来了豪气，说："阿骨打，我去，你敢去我在乎啥啊！要成为一个女真武士，就敢上刀山下火海。"阿骨打见术忽同意去牤牛山就激他一句说："真去啊？不后悔吗？那牤牛精可是厉害。""厉害能咋的。他就会顶人挑人喷火，也不会吃人，你是英雄我也不是狗熊。""行，这几句话说得像一个巴图鲁，也是我的好阿弟。"二人策马向牤牛山奔去。

老玛法和卓丹返回博碾村，已是贴晌十分，一路上，卓丹边走边唱，心里像打翻了蜜罐子。老玛法看在眼里忧在心上，说："卓丹，你要真的喜欢阿骨打的话，还得装回你原先的样子，免生祸端啊！""玛法，我听你的话，等阿骨打阿哥学艺回来除掉了牤牛精，我再变回格格。""唉，此去路途遥远，谁知道他啥时候能回来。""他啥时候回来我都等。"

阿骨打和术忽又悄悄的回到了牤牛山下，他们没有急于进山，而是按照老玛法说的情形，在山下转悠了大半天，才小心翼翼的选择了一条进山之路。开始的时候山路尚有人行之道，坎坷不平，乱石倒木盈路，马儿还勉强能走，快到半山腰的时候，便没有了路。荆棘遍地，杂草丛生。尤其是大树下，像渔网一样的藤条，葡萄秧子缠绕得千丝万缕，二人只好下马，用弯刀和斧子披荆斩棘开路，牵着马慢慢前行。也不知道走了几道沟沟岭岭，太阳慢慢的下了山，两人也是筋疲力尽。他们按照老玛法所教的方法，找了一高岗地支起了帐篷，可惜这一带既无山泉，又无溪水，没法出去捕鱼，只好吃带的肉干鱼干了。

如是走了两天，第三天天快黑的时候，二人正在捡枯树枝准备升篝火之际，突然从不远的大树上传来嘟嘟的怪叫声。循着声音往树上看去，只见一棵大树的树杈上蹲着一只狸猫一样大的老鼠，瞪着锃光瓦亮的眼睛盯着树下的不速之客，两腮一鼓一缩，咕噜的声音就是从它嘴里发出的。

术忽惊奇地道："这牤牛山可真怪了，不仅牤牛成精了，老鼠都成精了，还能上树!"说着，把手中的半截木棒向那家伙掷去，大老鼠见木棒飞来，赶忙从树杈上跃起，朝另一棵大树窜去，它在空中竟然像鸟一样展开翅膀飞翔，飘飘悠悠落到另一棵大树上，回头机警地瞅着树下。术忽惊叫起来："蝙蝠！这么大的蝙蝠，你说邪门不邪门!"

阿骨打也是头一次看到这怪物，似乎小时候听谁说过，他迅速地翻动着记忆的底片，终于想起来了，是刚记事的时候，在乳峰山躲灾，听太虚道长讲的。他依稀记得太虚道长说有一种会飞的鼠，而这种鼠十分罕见，只有长白山附近的谷底森林里才有，这儿既不是长白山，又没有谷底森林，咋会有飞鼠呢？阿骨打顿生疑团。

术忽见阿骨打愣愣的不吱声，就嚷道："咋的了？被那家伙吓倒了？还是想卓丹了？还不说话了。"阿骨打又好气又好笑，道："你瞎咧咧啥啊！你家蝙蝠大白天的到处飞啊?""对呀，蝙蝠只有夜里才出来活动，这家伙长得肉乎乎的，真不是蝙蝠，那是啥啊?""是飞鼠。""老鼠能飞真是怪事。""实际上它又粗又胖，也不是像鸟的翅膀飞翔，而是借着风力滑翔，它也飞不多远。"

术忽为了证实阿骨打的话，又捡起一根木棍向飞鼠掷去，果然飞鼠又向另一棵树滑落过去，只飞不远的距离。"嘿！你真有两下子，我咋没听说过，连老玛法都没告诉。""这牤牛山说不定还有什么稀奇古怪的飞禽走兽呢!""这山可比咱

家附近的山大多了，珍禽异兽肯定少不了。”“唉，术忽，你这两天吃肉干不是有点腻了吗？也该换换口味了。”术忽一听谈到吃，兴奋地说道：“咋的，你要吃啥？”“老玛法不是告诉咱们靠山吃山吗？”

说着，阿骨打从马鞍子上摘下梨木大弓，抽出一支暗红色的雕翎箭。术忽道：“那家伙会飞能射到吗？”“连契丹人都惊服我的射术，你还不信。”“我是想早点把那家伙吃到嘴里。”术忽有些不好意思，自己射箭最差，害怕人家射不准。“别光耍嘴了，你拿木棍打它！”术忽找了一节木棒掷去，那飞鼠像前两次一样，腾空跃起向另一棵树滑翔。

阿骨打弯弓搭箭，轻舒猿臂，弓弦响处，一只雕翎箭托着火狐般的尾巴射向飞鼠。那家伙被一箭射中，吱哇一声惨叫跌落草地，术忽急忙跑过去，见雕翎箭从那飞鼠胸口穿过。捡起来新奇的猎物，暗叹阿骨打好箭法，术忽打猎不是行家，收拾猎物有一套，他用解肉刀麻利地把飞鼠皮剥下来，那家伙浑身肉墩墩的，有十多斤重。他抓一把盐撒在上面，就着阿骨打刚刚升起的篝火，嗞嗞啦啦地烤起来。不一会儿香味弥漫了整个山坡。那飞鼠肉又鲜又嫩，二人饱餐一顿，还有剩余。

这天，他们又艰难地爬了一段山路。便觉得天特别热，汗水早已湿透了衣衫。术忽说：“今天咋这么热啊？像下火了是的，一点风丝儿都没有，看看马身上都晒出油了。”阿骨打抬头看看天空，太阳如同一个巨大的火球，铆足劲儿的播撒烈焰。阿骨打见西北天空已有浮云升起，就说：“天作有雨，人作有祸，看样子要下大雨了，咱们找高岗处歇脚，免得被山水冲着。”“这大晴天的哪来的雨啊？竟瞎乱猜。”“这话也不是我说的，你忘了老玛法说的那些话了？咱们要信其有啊。”说着，阿骨打拉着马奔向山冈上一块巨大的岩石。

术忽还想说什么，忽然觉得一丝山风袭来，立即觉得凉爽了许多，一片黑云打着滚地扑向了那轮骄阳，狂风吹着尖厉的口哨拔地而起，一道道闪电犹如巨鞭抽打着厚厚的云层。那块岩石刚好凸起一块，下面有两三间房子大小的空间，两个人两匹马站在下面绰绰有余。他们刚松了一口气，暴雨便倾盆而下，天地之间被厚厚的雨幕压得严严实实。

岩石下开始还能遮风挡雨，偶尔风向一转，雨点在狂风的夹裹下撒着欢儿的淋了过来，不消片刻，人马都淋得像落汤鸡一样。巨雷在头顶上“咔嚓！”“轰隆！”响个不停，似乎要炸平山头，闪电恰似天神的利剑，仿佛要把大地捅个窟窿，令人心惊胆战。

暴雨下了半个时辰，也跟雨来的时候一样突然，转瞬间天开云散，彩虹横空，太阳也像水洗了一样清亮亮的，山冈上雾气弥漫，青烟似的在树尖上山岭中荡来荡去，雨水从脚旁撒着欢儿向山下淌去。阿骨打和术忽要脱下淋透的衣衫，两匹马摇头摆尾，甩着身上的雨水。阳光柔柔地洒在他们身上，有几分惬意。突然，阿骨打觉得脚下的巨石一晃悠，听到呼啦一声闷响，脚下的岩石忽然沉了下去，他们连人带马随着巨石坠了下去……

这块巨大的岩石高有近百米，像牤牛山的一块丰硕的肌腱，镶嵌在泥土中，经历了多年风霜雨雪。谁也没想到巨石的底下是一趟地下森林，原本此时的泥土很坚固，经多年的雨水冲刷，稍有松动，偏偏今日一阵急风暴雨和巨雷的连续震动，再加两人两马的重量，山体的泥土再也固定不住，脱落了下去。

随着巨石的下落，战马哀鸣，阿骨打、术忽也绝望地叫着。巨石像一座小山，急速下坠，两匹马轻了许多，下坠的速度比巨石慢，落下了一段距离，阿骨打和术忽重量更轻，被落下得更远。

巨石下面是空谷，是世人罕见的地下森林，巨石刚好在森林的首端。适逢夏季，山水沿着石缝浸透流到谷底，天长日久形成了一个水潭。这水潭夏天潭水充盈，到了冬天，潭水减少，成了一个大泥沼，那潭水淤泥深十几米。

巨石雷霆万钧地砸下来，把潭水全部挤了出去，十几米的淤泥被砸了出来，激起了数丈高的泥浪，那股泥似一根巨大的泥幕冲天而起，两匹急速下坠的坐骑被泥浪的气浪一冲，顿时落势缓了下来，但身体却遭到了重创，阿骨打和术忽落下来的时候，那股气浪冲力已缓，受的冲击不大，落速刚好赶上两匹马儿。他们的手已经触到了马背，借着这点的支撑力，硬生生地伸直了身体，头朝上脚朝下地坠落下去。泥沙在空中打了个转，迅速落了下来，却不是原来的位置了，砸进深潭的巨石稳稳地坐在泥中，潭水四溢而去，被激荡而起的泥沙稀里哗啦落在巨石之上，犹如给巨石盖了十几层厚厚的泥毡子。

可怜的两匹马，大头朝下扎在泥沙之中，挣扎了几下便不动了，阿骨打和术忽由于在距离地面几丈高的时候，凭空借着拍马之力挺直了身子，双脚朝下，呼隆一声大半个身子插进泥沙中，尽管泥浪、气浪、坐骑减缓了他们身体下坠之势，但巨大的惯力也震得他们头昏脑胀，眼冒金星，泥沙的撞击使他们周身疼痛得几乎昏厥。

泥沙覆盖在岩石上，水分流失较快，在阳光的直射下，又不断地蒸发，泥沙开始板结。阿骨打和术忽是不幸中的万幸了。如果像两匹马一样大头冲下栽进泥沙中，必死无疑，幸运的是他们双脚朝下，尽管受到很大的震动和摩擦，却无生命之忧。

苏缓了一阵，阿骨打睁开眼睛，只觉阳光刺目，下半身被什么东西紧紧地箍着。十分难受，他看到了不远处的术忽下半身埋在泥沙中，耷拉着脑袋，两眼紧闭，他急切地喊了两声："术忽！术忽！你咋样？"边喊边想往前迈步，结果双腿纹丝不动。他低头一看自己也像术忽一样，下半截身子埋在泥沙里，所幸双手能动，他一边喊术忽一边双手支撑着泥沙，企图拔出来下半身，结果一点没动。他急忙用手抠，挖身下的泥沙。

术忽像做了一场噩梦，被阿骨打的喊声惊醒，朦朦胧胧地说道："阿骨打，是你喊我吗？咱们还活着吗？""对，咱们还活着，快挖泥沙吧。一会儿黏住了你可活不成了。"术忽激动万分，竟然咧开大嘴哭起来。

阿骨打见状又好气又好笑，道："嚎啥啊？大难不死必有后福，你要是还不挖泥沙，等把你黏在地上，哭都没调门儿了。"术忽抹一把眼泪，飞快地挖起来。二人费了好大的劲，手指都磨破了，总算挖到膝盖，阿骨打比术忽挖得快，他两条腿有了活动的余地，双手撑在地上用力一拔，拔出了一只脚，然后又拔出了另一只脚。他长长地吁了一口气，喘息了一会儿，深一脚浅一脚地奔到术忽面前。此时术忽尚未挖到膝盖处，两人紧紧地抱在一起，喜极而泣。术忽用拳头捶打阿骨打的脊背道："阿骨打，太玄了，咱们差点就没命了。""傻小子，我俩都好好的，从今以后不许再说那个字。来，快点扒土！"两人又扒了一阵，阿骨打就抱住术忽的上半身，把术忽从泥里拔出来。两人高兴地连喊带叫，折腾了一阵，跨在肩上的弓箭还在，弯刀已无踪影。阿骨打道："咱们马呢？快找马吧！"

二人在泥地上寻找了片刻，在泥沙中看到了一束马尾，便断定马就在下面，于是以手代锹，拼命的挖掘起来。挖了好一阵子才发现马腿后，是阿骨打的啼血乌锥马，已经死去多时，阿骨打伏在马身上痛哭起来。作为一个女真武士，马是重要的作战工具和亲密的伙伴。阿骨打哭了好一阵子，术忽也陪着流了一阵泪，就劝他道："别哭啦！刚才你还去劝我呢，光哭你的马了，我的马连个影还没有呢。"阿骨打止住哭声，他流着泪把绑在马鞍上的东西摘下来。术忽道："我的马呢？"说着在泥沙上胡乱地挖起来。

阿骨打擦干了眼泪，上前拽着术忽道："别找了，多半是埋在地底下了，我也是跟你一样心疼，天快黑了，咱们还没弄清这是什么地方呢。"术忽闻言激灵打了个冷战，死里逃生的喜悦一扫而光，一种无名的恐惧爬上心头，顺从地说："行，我听你的。""好吧，这把板斧就是我的武器了，铁锯就是你的腰刀，其他的东西我背着，先把马埋了吧！"二人默默的埋了那匹宝马良驹。

二人仔细观察周围的环境，与牤牛山最大的区别是：映入眼帘的是一色的红松树，那红松树树干挺拔粗壮，扶摇直上青天，仿佛许多结实的柱子一样向上伸着，顶部是一簇簇巨大的树干，犹如一张张巨伞，密密匝匝地遮盖着地上的一切。他们小心翼翼地离开了泥潭，向前走了一段路，天便黑下来。只好搭设简易帐篷，只捡枯枝燃起篝火，二人便觉饥肠辘辘，折腾了大半天，该吃东西了，可惜东西都埋在泥沙之下。本来可以靠山吃山，而巨石坠落的声响和巨浪把飞禽走兽惊得远远地躲起来，连只鸟影都不见，溪潭被巨石塞满，即使有鱼也早砸成了粉末。他们只好喝些溪水充饥，胆战心惊地度过了一夜。

牤牛山是张广才岭诸多峰峦中极富个性的奇山，它东南西北走向，以其巍峨的身躯遮挡几十座小山头，蜈蚣岭是一道长约一百多里的峡谷，这条峡谷深凹地下，长满了参天松柏，周围群山掩映，雾气蒙蒙，扑朔迷离。阿骨打和术忽坠落的正好是谷底森林的开端处。

谷底的黎明是灰色的，弥漫的浓雾把冉冉升起的旭日裹在一个朦胧的天宇里。黑黝黝的松林在雾海中若隐若现。睡梦中阿骨打被一阵呼噜声惊醒，他一骨碌爬起来，抓起长板斧警惕地观察着四周，以为是什么野兽来了，除了雾气缭绕再就是影影绰绰的松树，再也没发现别的动物，但呼噜声依旧。他急忙推醒熟睡中的术忽，说："别睡了，天都亮了，快听听是啥玩意叫。"术忽揉揉惺忪的眼睛仔细一听，果然是一片咕噜声，而这声音却是发自头顶的树冠，忙道："你咋忘了，你前几天不是射到一只飞鼠吗？十有八九是飞鼠的声音。"阿骨打又侧耳细听一会儿，说："像是像，可咋是一大片呢？""那就是一大帮飞鼠呗！"术忽高兴地站起来，说道："阿骨打，这回咱们有吃的了，不用担心挨饿了！"

此时，太阳挣扎着从雾里跳出谷底，森林雾气渐淡，如青烟袅袅。二人眼前明朗起来、他抬头向高大的树冠上一看，果然有好多只飞鼠在上边窜来窜去，寻到松塔，扒开后嚼食松子，与阿骨打前两天射下来的那只别无二致。阿骨打心里暗想，原来飞鼠是生活在这里，靠营养丰富的松子，吃得膘肥体胖的，原来那只

飞鼠不知何故，单独窜出了谷底森林。

一夜的饥饿早已使二人肠鸣如鼓，术忽道："你快射下一只来，都两顿没吃饭了，昨夜里我都饿醒了两三回，真想起来去把你的马腿砍下来烤着吃了。"阿骨打闻言一个箭步窜到术忽面前，气愤地说道："你敢！你要真的吃了乌锥马的腿，我就掰掉你的牙，让你在这跟它做伴！"

术忽见阿骨打真生气了，忙解释道："我跟你开个玩笑，你还当真了，一个真正的武士宁肯吃树皮草叶，也不能吃自己的坐骑呀！"阿骨打见他说得真心实意的，气消了一半，仍虎着脸说："快去捡枯树枝把火烧得旺点，准备吃飞鼠肉。"说完，拎起弓箭去射飞鼠。

这飞鼠是一种罕见的鼠类，它生活在张广才岭茂密的谷底森林中，像鸟儿一样在树冠上搭窝。谷底人迹罕至，它生活得自由自在，以松子为食，偶尔逮住小鸟、松鸦之类的飞禽，就算改善伙食了，它的天敌——蛇很难爬上那么高的树冠去捕食它，因此繁殖得非常好。术忽把篝火烧得烟气腾腾，阿骨打把两只飞鼠扔到他面前，心里也暗责自己方才对术忽说得重了些，打趣地说道："你这馋鬼，快烤吧！省得惦记我的乌稚马，吃完好赶路。"

太阳像一个巨大的火球，偶尔从密集的树冠中筛下斑驳稀疏的光线。二人一上午翻过好几道山冈和沟筒子，除了一片片单调的红松外，再也不见其他植物，中午二人简单地休息后继续前行。贴晌时，术忽有点吃不住劲了，问阿骨打道："咱俩这是朝哪个方向走啊？你知道哪是长白山吗？""长白山不在咱们东南方吗？我们是向那东南方走的！""你咋知道是东南方？""不信你看看太阳。"术忽从树缝里看到太阳是火轮一样挂在头顶上，也就相信了阿骨打的话。他们一直走到了傍晚，才燃篝火支帐篷吃飞鼠肉。

第二天仍是不停脚的翻岭爬山、穿沟越河，也不知走了多少道沟沟岭岭。他们俩都是有一个感觉，两天来所翻越的沟岭几乎一模一样，连山岭的形体、红松树林的殊密都是一样的。阿骨打暗想，难道这就是人们所说的蜈蚣岭迷魂阵？

又是一个黄昏降临，两个人拖着疲惫的身子进了一片红松林，准备燃起篝火。但当他们看到周围的情景时，不觉惊得连话都说不出来了，原来他俩转悠了一天，又回到了昨晚露宿的那片森林。术忽愣了一会儿，哇的一声哭起来，边哭边绝望地说："完了，完了！我们走进了迷魂阵，这辈子别想走出去了！"

平素一向有主见的阿骨打也是冷汗淋漓，要真的陷入了迷魂阵，是很难走出这片奇怪的谷底森林的。阿骨打勉强镇定一下心神道："哭啥呀？哭就能走出去啦？活人还能让尿憋死呀？你忘了老玛法告诉我们，在山里迷了路，可以看树的阴阳面辨别方向！"

最后一句话提醒了术忽，他抹了一把眼泪，奔到一棵松树前连摸带看，找树的阴阳面，由于光线太暗，看不清楚。阿骨打燃起篝火，递给术忽一个松脂火把，两个人围着几棵松树转了好几圈，也没分辨出阴阳面。这谷底的松树根本没有什么阴阳面，那挺拔直插云霄的松树几乎是一个模子刻出来的，根本分不出稀疏来，何况阴阳面啦。

术忽沮丧地一屁股坐在地上，直勾勾地瞅着燃烧的火把喃喃地道："难道天神真的要收留我们俩？要把我们困死在这里？"阿骨打见他垂头丧气的样子，就说："别泄气，咱俩再想别的办法。""你有办法你想吧，我是没啥招，转悠了两天又回到原窝啦，树又看不出阴阳面，真是邪门了。"两人无心吃饭，蹲在篝火旁冥思苦索。术忽虽然嘴上说啥招没有了，心里却一直着想办法，他忽然眼睛一亮道："有了，我在家时听玛法说，但凡树要生长都是有年轮的，一年一轮，而树的年轮向阳的一面是阔纹，背阴的一面是窄纹。"说完拎起铁锯选了一棵稍细一点的松树，满怀希望地锯了起来。

树拉断后，一股清新的木香钻入鼻孔，二人为之精神一振。他俩借着火光查看年轮，然而，树干茬面的年轮一圈套一圈，等同均匀，根本看不出有稠密稀疏之分。术忽绝望地踹了一脚树干，懊恼地说："等着困死吧！"便坐在一旁一声不吭了。树皮和树的年轮没有阴阳面之分，不是这里红松长得奇怪，而是凹进去的峡谷，阳光照射是垂直的，树的受光面是同等的，很难分出阴阳面来。

阿骨打心里也是七上八下的，他把飞鼠肉烤熟，对术忽说："喂！还是吃点吧，要死也得是饱死鬼，不当饿死鬼。"术忽一扭头没有理他，阿骨打不再谦让，自己先吃了，当他掰下一条飞鼠腿时，忽然想到这飞鼠能在树冠上生存，人为什么不能攀上树冠看看呢！想到这儿，他又对术忽说："我又想出一个办法，飞鼠能在树冠上生存，咱们为何不能爬上树冠，从高处看看四周的情况呢，兴许能找出一条出路来。"术忽闻言心里又燃起了希望，抢过阿骨打手中的飞鼠腿大吃起来。

二人忐忑不安地度过了一个夜晚，太阳刚露头的时候，他们爬了起来，分别选好一棵松树，双手搂着树身，手脚并用攀登起来。不一会儿工夫就钻进了浓密

的树冠，吓得飞鼠四处逃窜。二人透过浓密的树冠和淡淡的薄雾，看到了太阳，可是朝哪边看太阳都挂在头顶，根本分不清东南西北，只是一望无边的树冠。术忽看了一会儿没看出个子午来，就问阿骨打："你看出啥门道来了吗？"阿骨打用手一指说："你看那边树冠好像低下去了。"术忽仔细观察一会儿答道："是有点低，那又能说明什么？""我也不知道，待会儿过去看看吧！"两人一无所获，溜下树来。术忽垂头丧气，打不起精神来。

阿骨打说："天无绝人之路，你无精打采的就能找着出路呀？这树林里的飞鼠够咱们吃几年的了，我就不信咱们走不出这片森林，今儿个咱俩再走，砍树做记号。"术忽没有答应，他现在知道什么叫后悔了，本来阿骨打去长白山学艺，是因太虚道长的推举，人家连亲弟弟吴乞买都没带，玛法和阿民非要借着个光，死磨硬泡跟来，结果陷入绝境，长白山未到，却把命搭上了。

这天，他俩每走一步就在树上做个记号，转悠几道沟筒子，没有像前一天又回到原处，但行进速度却很慢。

夜里，他们把兽皮铺在一块平坦的岩石上，两人过于疲劳紧张，沉沉地睡去，半夜时下起雨来竟然不知道。浓密的树冠成了天然的雨伞，而雨似瓢泼罐洒，树冠被冲破，天还未亮，他们就被倾洒下来的雨水浇醒，兽皮也淋湿了，刚扒下来的几张飞鼠皮连在一起，还不如一张狍子皮大，他们只好披着衣服避雨，再也睡不着了。

避雨中，二人突然听到脚下的岩石有隆隆的响声，术忽有了上次的教训，吓得魂飞魄散，大叫："不好！石头又塌了。"阿骨打也跟着跳起来跑到草地上，然而那岩石却纹丝不动，轰隆声依旧而且越来越响。阿骨打道："难道这岩石下面还有地下森林？"他们听好一会儿，轰隆声才渐渐听不到了。"术忽，这轰隆声是来自远方还是地底下？""我听着是地底下。"说完，又趴在地上侧耳倾听，变色道："有声音连轰隆带哗啦的。"

阿骨打伏在地上听了一会儿，一蹦三尺高，又把术忽抱起来抡了一圈，喊道："我们有救了！我们有救了！"术忽茫然不解地问道："咋个有救了？听到啥了？""咱们脚下肯定就有一条暗河，那轰隆声哗啦声就是流水。""有暗河，咱们咋有救了？你能钻进地底下游出去呀？""这不明摆着吗？人往高处走水往低处流，河水一般都是向东流进大江大河的，咱们追着河流走，一定能走出迷魂阵。"术忽完全听懂了，激动得浑身发抖，用手直锤阿骨打的胸脯，说不出话来，生的希望给他们无穷的力量。

二人顺着暗河的流向走去，在层层的岩石下面，河水在流动，只要耳朵贴在地面上，就能清晰地听见哗哗的流水声。阿骨打、术忽循着这股声音绕过山冈，越过沟壑，钻过荆棘，爬过岩石，紧随暗河而行。暗河时而冒出地面潺潺而流，时而钻入低下，时而隐在岩石缝间……但无论它跑到哪里，二人都能捕捉到它的声音和踪影。阿骨打和术忽追赶着这条暗河有了几天后，暗河便在一座陡峭的山峦面前消失了。

术忽焦急起来，嚷道："这河咋失踪了呢？这不又迷路了吗?"阿骨打笑着安慰他说："这回不用害怕，这座山冈就是谷底森林的一堵墙壁，暗河就钻进峰底了，外边一定是大河了，咱俩只要攀上这座山，就算走出这迷魂阵了。""能吗？我才不信呢！咱们都转悠多少天了？难道翻过这道山就出去啦?""别啰嗦了，快吃点东西，准备翻山。"

二人饱餐一顿，歇息片刻，开始攀登悬崖绝壁。山崖上的无数藤蔓帮了大忙。阿骨打在前面开路，二人小心翼翼，一会儿是猿猴上树，一会儿如壁虎爬墙，一会儿像老翁背篓。阿骨打告诉术忽，千万不要向下看，眼睛盯着上边，看我的脚落在什么地方，你就跟着攀登。术忽此时最听话，阿骨打的话比天王老子都好使。二人快攀到山顶的时候，一件意想不到的事情发生了，几乎要了他们的性命。

张广才岭生活着一种鹞鹰，如公鸡般大小，喜欢在任何动物所不及的悬崖峭壁处筑巢。阿骨打和术忽所攀登的线路正好有个鹰巢。巢内有几只刚蹬蛋壳的小鹰啁啾待哺，还有一只鹰卵微微颤动，守候在一旁的雌鹰已经听到蛋壳里的雏鹰叽叽声，唯恐鹰雏憋死在里面，只好帮忙，以其坚硬锋利的长雕喙着蛋壳外层，里边的雏鹰这才毫不费力地伸出湿漉漉的小脑袋，欢快地叫着。

雌鹰欣喜地看着自己的孩子，外出觅食的雄鹰飘散而归，把其口中的食物吐在雌鹰的嘴里，之后便展翅腾空，发出撼人心魄的怪叫声，雌鹰边给刚出蛋壳的小鹰喂食，边警惕地环视四周。雄鹰发现了攀援而上的阿骨打和术忽，以为是偷袭鹰巢的敌人，唬叫着俯冲下来，直奔阿骨打去。阿骨打怎料危险居然降临，双手牢牢抓住藤蔓，藏头缩梗，躲过雄鹰致命的一击，虽然头颈未受伤，可羊皮袄的背部、肩部却被鹰爪抓出几道口子。那雄鹰一击未成后立刻扶摇而上，伺机再攻，阿骨打惊魂初定，他告诉术忽贴在崖壁上别动，自己将左腿在长藤上缠绕了

两圈，左手死死地握住长藤，右手悄悄摘下腰间的铁锯。雄鹰见阿骨打仍在崖壁上，又俯冲而下，直抓阿骨打。就在鹰爪抓向阿骨打脑门的当口，阿骨打右脚离开了岩石，身子一荡，闪开鹰爪，右手的铁锯顺势打在鹰身上，由于在空中，阿骨打只用三成的力量，锯齿还是透过羽毛伤及了骨肉，那鹰惨叫一声，羽毛纷飞，歪斜着飞走了。阿骨打手中的铁锯也脱手了。他赶忙抓住藤蔓对术忽说："快蹬几步，越过鹰巢。"

受伤的雄鹰鸣叫不休，斜刺里飞走。巢中的雌鹰听到爱侣哀鸣，振翅飞出，盘旋到雄鹰身旁护着它落到一块巨岩上。雄鹰受伤较重，翅膀上的长翎被铁锯薅掉许多，膀骨折断，再也没有攻击的能力，并制止了雌鹰跃跃欲试的进攻。也许它领教了对手的厉害，只是虎视眈眈地注视着敌人。雌雄双鹰见二人无意伤害其雏崽，敌意稍减。阿骨打、术忽加速攀登，绕过鹰巢，终于攀上了绝壁。

展现在他们眼前的是宽广明亮的天地，阳光温柔地笼罩着山峦，一条宽阔的河流似玉带，缠绕在山脚下，远处的村舍隐约可见。阿骨打、术忽都情不自禁地喊道："我们出来啦！我们出来啦！"激越的声音在山谷中久久回荡。

二人回头再看谷底森林，只见所来之处原是雾气昭昭一片烟霭，神秘莫测。尽管烈日当空，仍然不能扯破那厚厚的雾帷，那些挺拔俊秀的红松树隐在雾帷中连踪影都看不见。也正是因为这样，谷底森林隔绝人世。这座不知名的峰峦也就成了谷底森林的天然屏障了。

第十三章

阿骨打以石嫠额　长白真人洞拜师

山的这一侧坡势较缓，二人贴晌时下了山坡。在澄明透底的河水中痛痛快快地洗了个澡。

术忽问道："你说山这边肯定有条河，是咋断定的?"

阿骨打说："河水总得有个流处，它能钻到山底下，就能从山下钻出来，流向更大的河里，引导咱们走出迷魂阵的地下河的水肯定流到这条河里。"

术忽似乎又聪明起来，说："你一定是记住了在村子时玛法叨咕的'路在脚下'才判断出暗河，我们这路是在地下的，你可真是聪明过人。"阿骨打道："你小子学会恭维人了，你也够勇敢的了，不然我一个人也不知咋办。"术忽："大难不死必有后福，可惜我走不动啦!"说着颓然坐在地上。

阿骨打见术忽两眼赤红，用手一摸，浑身发烫，显然病得不轻。原来术忽坠入谷底后由于惊吓、忧虑、紧张、疲惫，再加上饮食不周，早已有病在身，全凭走出迷魂阵的念头支撑着，跟着阿骨打闯关历险，当他一步踏出绝境时再也支撑不住了。阿骨打忙背起迷迷糊糊的术忽，奔到山脚下推开一个猎户的柴门。迎出来的是一个四十多岁的猎人，他用鹰眸一样的目光审视着两个阿哥，见他们衣衫褴褛，蓬头垢面，似乎经历了许多磨难，背人的青年喘着粗气说："阿叔，我们是过路的，不慎迷路，好不容易摸出山来，我的同伴病了，请阿叔帮帮我们。"猎户见两个阿哥都不超过二十岁，说话的阿哥身材魁梧得已经超出了他的年龄，落魄中的阿哥不失刚毅沉着，疲惫里透着精明勇武，言辞诚恳，卑亢有度，有武士的风范。

救人于危难也是猎户的习俗，那猎户见病者病得不轻，只是说了一个“好”字，便去搀扶术忽，屋里又出来一个与猎户年龄相仿的女人和一个小格格，她们惊讶地看着阿骨打和术忽。猎人把术忽搀到炕上让他躺下，女人端来一盆清水，小格格递过一块鹿皮，猎人为术忽擦拭。

术忽浑身热得烫手，猎人对阿骨打说：“他心力过度，似乎受了瘴气，病得挺重。”阿骨打焦急地问：“阿叔，好治吗？”猎人边喂术忽酸豆汁边道：“得用七叶一枝花仙草排除瘴气，再用鹿血帮他回复元气，请萨满瑟夫去掉他身上的邪气，也许天神阿布凯恩都力能放回他的灵魂。”

阿骨打急得差点哭出来，小格格也焦急地说：“爹，你想办法救救小阿哥呀!”猎人瞪了女儿一眼，放下昏昏沉睡的术忽说：“小阿哥，看你们长途跋涉，从哪来到哪去，告诉我吧，良弓不射无名之鸟，宝马愿驮勇武之士。”阿骨打见猎人一家憨厚朴实善良，毫无奸诈凶恶之相，就把去长白山求长白真人学艺及一路的遭遇详细道来。

阿骨打的一席话听得猎人一家瞠目结舌，似乎在听离奇古怪的故事，一会儿惊愕、一会儿恐惧、一会儿欢喜、一会悲伤、一会儿忧虑……最后被两个小阿哥的勇敢所征服。猎人目光凝重地审视着阿骨打，女人偷偷地擦着脸上的泪水，小格格崇拜地瞧着两个小阿哥。

猎人拽着阿骨打的手为他把脉，又抚摸他的前额后心，叹息地对女人说：“奇怪，奇怪，同样在山谷森林里转悠十几天，瘴气对他却丝毫未侵。”女人终于开口说话道：“他先天元气旺盛，邪气难侵，飞鼠肉吃的又多。”阿骨打听那女人女真话说得比较生硬，长得又娇小玲珑，体态、肤色根本不像女真部落的赫赫。

猎人似乎看出了阿骨打的心思，也不介意，从一个木箱子里拿出几味草药，交给女人去熬，向阿骨打道：“你也洗洗换身衣服吧，一会等你同伴醒了我还有重要的事情要说。”阿骨打也不谦让，自顾换衣服去了。

草药很快熬好了，猎人给术忽灌了下去，半个时辰后术忽苏醒过来。阿骨打惊喜道：“术忽，你觉得怎样了？”术忽勉强咧嘴苦笑一下道：“咋的了？我就是睡一觉吗？这是哪？我们咋到这里来了？”阿骨打说：“你昏睡许久，是这位阿叔救醒的。”术忽挣扎着起来道谢，怎奈浑身无力起不来，只是向猎人投去感激的目光。猎人道：“小阿哥不必多礼，你也是不幸中的万幸了，你们在那谷底森林转悠几日，除了飞鼠外，可曾见到其他飞禽走兽？”“没见到。”“那就对了，那谷底松蓬连云，浓雾弥漫，日照甚少。天长日久产生一种毒瘴，人畜嗅到此味则昏迷不醒。”阿骨打和术忽不约而同的惊呼一声。

“你们刚坠入谷中是否有短暂的昏迷？”二人点头。“那就是瘴气所致，幸亏你们事先吃过飞鼠肉，不然会昏迷一段时间。”“那是为啥？”“飞鼠虽然生活在谷底，但却住在松树冠上，以松子为食，又能晒着太阳，自然能抵御瘴气，飞鼠肉不仅有抵抗瘴气的能力还能解瘴气，所以，你们初入谷底只有可能短暂的眩晕。后来你们天天吃飞鼠肉，必然像飞鼠一样不怕瘴气了。而谷底其他飞禽走兽害怕瘴气，都不敢住在那里啊。”“那我们在谷底转悠了那么多天都没咋地，怎么出来后术忽却昏迷了？我咋一点感觉都没有呢？”阿骨打茫然不解地问。

猎人哈哈大笑道：“这个你就不知道了，那飞鼠肉能抵御瘴毒一时不发作，一旦不吃了，积聚在体内的瘴气就会发作。”术忽攒足了力气发问道：“那阿骨打为何不晕呢？”“你咋能和他相比呢，他先天元气充盛，又似练了胎息功，所以瘴气难侵。”“那我现在不是好了许多了吗？”术忽仍然不解地问道。

“小阿哥，这瘴气之毒深入五脏六腑，我刚才是用醒魂草和七叶一枝花暂时解毒，让你苏醒过来，要排除体内的毒气，尚需时日。”“那得多少天呀？我还要去长白山学艺呢。”术忽挣扎着坐起来，结果一点力气都没有，脑袋又嗡了一声，眼前金星乱跳。猎人说：“小阿哥，眼前你还不能动气用力。一日瘴气百日能除，你中毒极深，没有一年半载恐怕难痊愈。”术忽听言急火攻心又晕了过去。

阿骨打大惊，猎人道：“别急，他是急火攻心，我自有办法。”说着用拇指扣住术忽的人中穴，稍一用力，术忽“哇”地哭出声来，道：“这回我不能去长白山学艺了，我的罪不白遭了吗？”猎人道：“你能保住性命就是幸运了，学艺的事以后再说吧。”术忽和阿骨打神情黯然。

大家沉默了一会，阿骨打安慰术忽说：“你就听阿叔的话吧，等你病好了，我来接你。”小格格插嘴道：“还有我在这陪你，哭啥鼻子呀？”术忽双泪长流，一心去长白山学艺，费了九牛二虎之力与阿骨打结伴，几经风雨，死里逃生，最终落个半途而废，他的心在流血。

阿骨打与术忽唏嘘了一阵，术忽也只好认命了。阿骨打这才向猎人问道：“阿叔，你身为猎户却深懂医道，我看阿婶似乎不是我们女真人。”“看来，什么事情也瞒不过你的眼睛。”阿骨打忙施礼道：“恕我冒昧，不该乱问。”“你问得没错，不过我还有一事问你，你看我像不像女真人呀？”“阿叔让我说真话？”“当然

是真话。”“那我就实话实说了，我看阿叔像契丹人。”那猎人噱地站起来，瞧了阿骨打半晌，道：“有何为证？”阿骨打说：“我是从阿叔的发式和你让阿婶熬药时说的一句契丹话得知的。”

猎人朗声大笑道：“好！好！我有生以来还是头一回见到你这样聪明的阿哥，你对我没有一点秘密保留，我就把我的秘密告诉你们吧。”

猎人说他是契丹人，姓耶律名敌虎，是皇族。敌虎家世代行医，祖上三代都是皇宫御医，祖传医道，有妙手回春之术。那一年，朝廷发兵攻宋，夺得许多州城县，抢回金银财宝美女无数，其中有一汉家女子楚楚动人，年龄在十五六岁，皇上见她端庄貌美，就把她赏给北院大王为妾，北院大王早就对汉家女子垂涎三尺，这回终于如愿以偿，就对这女子宠爱有加。

此举惹得王妃醋意大发，她不敢得罪北院大王，把所有的怨恨都发泄在汉族妃子身上。她更担心汉妃生下王子危及她及儿子的地位，就买通了汉王妃身边侍女，配制了一种避孕药，偷偷的放到汉王妃的饮食中，这样，汉王妃就难以怀上身孕。

王爷亦觉奇怪，近期汉妃几乎成了专宠，却是迟迟不怀身孕，于是找来御医耶律敌虎，他用祖上真传的医术，从汉妃的脉象察出她已受不孕草之害，并且非常之深，恐怕难做母亲了，就给开了几副保胎药。大王妃知道后怀恨在心，动了杀机。偏巧赶上皇上秋山捺钵，北院大王陪王伴驾，为了让王妃在家调养，便带了大王妃前往。狠毒的大王妃临行之前配了一副毒药，交给侍女，准备在此间神不知鬼不觉毒死汉王妃。北院大王就是想破脑袋也不会怀疑到她的头上。

汉王妃的侍女本是良家女儿，因为父母是奴隶，十四岁时就被买进了王府为奴，大王妃给了她点散金碎银的，让她给汉王妃不孕之药，但是常常后悔。大王妃与管家密谋事成之后，如果王爷追究下来，把婢女和御医当做凶手开刀问斩，恰巧被她无意中听到，她痛恨大王妃的狠毒，同情汉王妃的遭遇，更何况汉王妃为人善良，始终没把她当做奴仆使用，而像亲姐妹一样待她，于是良心发现，把此事告诉了汉王妃。汉王妃听后，如雷击顶，半晌缓不过神来。

此时，想起自己悲惨的身世，呼天天不应，叫地地不灵，自己一死了之不算，还牵连了仆人和神医耶律敌虎白白送死。她思前想后，觉得横竖都是死，何必连累两个无辜的人，于是，找出数尺白绫悬梁自尽。当她气若游丝之际，恰巧耶律敌虎来府探病，解下悬梁自尽的汉王妃，经过一阵紧张的施救，把她从死亡线上拉回来。

汉王妃把女仆的话向耶律敌虎叙述一遍，并求他救人救到底，不然还不如让她一死了之。耶律敌虎感其为人善良，自己性命不保还为别人着想，就略施易容之术，把她带出王府，逃离了大王妃的魔爪。

汉王妃告诉耶律敌虎，自己汉姓柳单名绰，父母早已死于战乱中，现已无家可归，愿追逐救命恩人终身为奴。耶律敌虎深知大王妃是皇帝的叔伯姑姑，自己救了柳绰，必然让大王妃恼羞加恨，绝不能善罢甘休，刚好自己丧偶多年，柳绰又年轻貌美，虽非作嫁女，但为人善良贤淑，就收留了她。他深知皇宫内院，王公贵族之间的尔虞我诈，伴君如伴虎，所幸收拾一些金银细软，名贵药材，带着柳绰远走高飞到千里之外的女真边界，以打猎行医为生，过起世外桃源的生活来。

几年后经耶律敌虎的精心调治，柳绰身体复原，生了个格格，又给他们生活添了无限乐趣。柳绰乃大家闺秀，识文断字，二人相敬如宾，共同切磋契丹和汉文化，日子过得幸福甜蜜。听完耶律敌虎和柳绰的身世，阿骨打和术忽感慨万千，阿骨打沉默了一会儿道："阿叔，我兄弟术忽的病就靠你了，你正好还没有儿子，就把他当做你亲儿子吧！""唉！我倒有此意，只怕术忽小阿哥去长白山心切，不肯呀！"说着情不自禁地瞧了一眼药箱，又盛情地望着术忽，柳绰也热切地盯着术忽。然后，二人走出屋里，意思是让阿骨打劝劝术忽。

术忽百感交集，一时拿不定主意。阿骨打劝他道："好兄弟，阿叔阿婶救了你性命，等于重生的父母，你中瘴毒那么深，全靠阿叔救治，还得一段很长时间，我已看出阿叔不仅要收你为义子，还要把他的医道传授给你，咱们完颜部哪有这么医术高明的人啊。你没上长白山学艺，在这里学一身本领也没算白跑一趟，何况太虚道长的拂尘只引荐我一个人。"

术忽仔细揣摩一会儿，觉得阿骨打说的有道理，部落除了萨满瑟夫驱神赶鬼外，真没有郎中，自己要把阿叔的医道学到手，不次于去长白山学艺，去长白山还不知人家是否能收自己为徒，就点头答应了："好吧！那我听你的。"

术忽同意拜耶律敌虎为父，阿骨打心里一块石头落地了，无论怎么说术忽都是追随自己去长白山学艺的，一旦出现了差错，对谁都不好，术忽有了个着落，自己也可安心去长白山了。他把耶律敌虎夫妇请回里屋，二人眼睛里闪着激动的泪花，爱怜地对术忽说："孩子。"术忽也双眼噙泪，挣扎起身，耶律敌虎夫妇忙

上前按住他，道："不行，千万别动，你得好好歇着。"术忽道："这、我能行……"阿骨打抢过话头说："拜义父义母的大礼等你病好了之后再说吧，何必急于一时。"耶律敌虎夫妇也连连称是。

安顿好术忽，阿骨打又休息了两日，在术忽和耶律敌虎夫妇盈盈泪光中骑着耶律敌虎的白马，向长白山驰去。

阿骨打离家已经三个月有余了，金风驱走了炎热的酷暑，山色由深绿变成了黄绿，阿骨打的心早已飞到长白山，他一路策马疾行。忽然，见前面有一人，阿骨打放慢了马速，唯恐碰到路人，待到近前才看清楚，原来是个衣衫褴褛的老者。阿骨打闪在一旁让出道来，结果那老者步履蹒跚地穿过来，直奔马头，那马受惊昂首扬蹄长声嘶鸣，阿骨打急勒坐骑，慌忙中还是把老者带倒马下。

他跳下坐骑，扶起趴在地上的老者，见他灰头土脸，双目微睁，似是受了伤，便急切地问道："老玛法，伤着没有？哪里疼痛？我认识一个郎中，这就去医治。"老者缓了口气，只说一个字："水。"阿骨打把他拦腰抱起，放到路边的一棵大树下，取来牛皮水袋为老者饮水。老者咕咚咕咚喝了几大口，抹一把嘴角道："有吃的吗？"阿骨打又拿出耶律敌虎给准备的肉干、胡饼，老者似乎饿了好长时间，狼吞虎咽地吃了起来。吃了一会儿又问："有酒吗？"阿骨打又拿起酒袋，老者也不谦让，拧开盖子像喝水一样喝了几大口，自言自语道："好酒！好酒！够味道！"

老者又吃喝了一阵子，酒足饭饱，恹恹欲睡。阿骨打收拾好牛皮袋，轻声问："老玛法，伤咋样了？咱们还是看看伤吧！""伤倒是没伤着，我是好几天没吃饭了，饿昏了。""那没伤着就好，老玛法家在哪里？我送你回家。""送我回家？那敢情好了，省着我老天巴地的还得往回走。""老玛法家离这有多远？叫什么屯？""我住在不咸屯，离这里还有二百多里远，你能送吗？"阿骨打迟疑一下道："能，能。"

实际上当时阿骨打并不知道不咸山就是长白山的古名，不咸屯一定是在长白山脚下。

老者见阿骨打有点迟疑，便道："小阿哥，嫌路途远，我又是个累赘，你还是自己赶路吧！刚才我跌了一个跟头也不怨你，供我一顿酒饭我就心满意足了。"阿骨打忙说："老玛法把话说外了，女真勇士说话铁板钉钉，放屁砸坑，岂能反悔！来吧上马，咱们赶路。"说着扶老者上马，那老者不再言语，大模大样地端坐马上，阿骨打只好牵马而行。

走了好久的路程，来到一片清澈的湖水旁，阿骨打觉得这湖很奇特，禁不住地问道："老玛法，你家在这里住？这是什么地界呀？"老者似乎在瞌睡，张开惺忪的眼睛瞅了瞅道："这、这叫镜泊湖，你没见那湖水像一面大铜镜吗？""看见了，圆圆的亮亮的，耀人眼目。"老者说："那就对了，这湖还挺有说道。"

接着他慢悠悠地讲起了镜泊湖的来历。原先此地野水无边，一片汪洋，山不长树，田不生禾，黎民百姓苦不堪言。长白老祖大发善心，于是在水边铸了一座长一丈宽五尺的炼丹炉，炉内装满了湖水，架起火炼起仙丹来……七七四十九天后，炉内装满了湖水，炼出一块晶莹如玉、光洁明亮的圆石头。长白老祖取出宝石，念了真言，大喝一声把宝石投入汪洋肆虐的大水中。奇异的景象发生了，那圆石如一块吸水的神兽，转眼之间把漫天大水吸得团团转，成为一个深潭，长白老祖见火候已到，大喝一声："好！"湖水停止了转动，稳稳地如一面铜镜扣在山谷之间。接着肥沃的黑土地上长出了茂密的森林和五谷，从此这里的人们生活得富裕快乐了。

阿骨打听得津津有味，老者讲完这段传说后问阿骨打说："小阿哥，咱们都认识大半天了，我还不知道你叫啥名字？一个人骑马干啥去呀？"阿骨打见老者无恶意，就坦诚相告。老者听完后摇头道："我在不咸屯住了几十年了，据我所知，那长白真人很少收徒弟，你这远道而来又没有缘分，他肯定不能收你为徒。"阿骨打忙道："有缘，有缘，我有长白真人师兄的信物，他肯定能收我为徒的。"老者不再言语。

又走了几天，阿骨打对老者恭恭敬敬，临行时所带的酒肉已经吃得所剩无几。老者告诉阿骨打，镜泊湖生产红尾白鱼，据说当年渤海国开国皇帝大祚荣从唐朝营州兵败逃回渤海地界，被唐将李楷固率兵步步紧逼，困在镜泊湖边，里无粮草外无救兵，一旅疲惫之师步入绝境，后来镜泊湖里竟然跳出无数条红尾白鱼，士兵们以鱼为食，饱餐一顿，浑身生力，勇气倍增。一鼓作气把唐军赶出长白山地界，大祚荣吉人天助，老百姓就拥戴他当了皇帝。

老者讲到这儿，看看阿骨打道："也不知你有没有这个福气，能引来红尾白鱼让我们充饥。"说完将一柳枝当做渔钩投到河里等着红尾白鱼。

阿骨打几乎不敢相信自己的眼睛，不多时老者竟然用柳树枝钓上一条挺大的红尾白鱼。

老者欣慰地说："看来你小阿哥也是个吉人。"二人饱餐一顿，又走了数日。老者开口道："小阿哥，我看你是个敞亮人，我出来时间长了，衣服破烂不堪，回去后怕被村人和家人笑话，能否把你的衣服借给我穿？"阿骨打毫不犹豫地把自己的衣服脱给了老者。

他脱衣服时露出了缠在身上的拂尘，老者登时来了兴趣，说道："把你的拂尘也送给我吧，你年轻力壮的也不用它驱赶蚊蝇。"阿骨打忙说："老玛法要啥我都给，唯独这拂尘万万不可，它是太虚道长的信物，没有它，长白真人肯定不会收我为徒的。"

老者点点头道："这可是你说的，除了这拂尘啥都可以给我。"

阿骨打豪爽地说："是呀，你看啥好就拿去！""我看这坐骑是宝马良驹，我就骑走了，这儿离长白山不远了，你自己走吧！你的酒肉也没了，跟你一起走也没啥吃的了。"说着，打马便走。

阿骨打只剩下了长刀和梨木大弓，还高声喊道："老玛法，你慢点骑别摔着！"那老者不再理会他，而是撒下一串嘻嘻哈哈的笑声，扬长而去。

阿骨打除了刀弓之外，全部东西都被老者带走。但他并不在意，慷慨解囊是女真勇士的性格，他只是想，艺成之后再买一匹好马还给耶律敌虎阿叔。至于那老者，他只觉得其行为古怪好玩儿，似顽童之所为。反正离长白山已经很近了，附近又有一些村落，食宿都会有个着落。

这一日，阿骨打好不容易打听到一个叫不咸的小屯子，小屯子在长白山脚下，只有几十户人家。阿骨打逐家挨户地问，打听路上见到的老者，不咸屯的人都摇头说："我们屯里根本就没有这样一个人，你是不是记错了地方？"

阿骨打顿觉诧异，方觉老者的稀奇古怪。他不再为此事劳神，问清楚了上长白山的路，径直登山。

长白山是一座休眠火山，由于独特的地理构造，不仅景观绮丽迷人，山顶常年积雪，素有"千年积雪万年松，直上人间第一峰"的美誉。

山坡上的松树婀娜多姿，树干挺拔纤细，如秀女的腰肢婷婷袅袅，斑白的树纹似姑娘雪白的肌肤，棕褐色的树皮裂片呈不规则的长方形，扁卵形的树冠犹如美女的发髻，故名曰"美人松"，是长白山独有的一种奇树。阿骨打以前从未见过，他一路走来赏不尽的奇花异草，俨岩怪峰，目不暇接，仿佛置身于人间仙境。

阿骨打走了一段路程，忽然，看到远处山梁上有两条玉龙似的水柱，猛然地扑向突起的石滩，冲向深深的谷底，溅起几丈高的飞浪，有如天女散花，水气弥漫如雾，响声如雷，似万马奔腾。原来他只听说过长白山有瀑布，这还是第一次看到。他被那恢弘的气势、壮观的景色所吸引，直奔瀑布而去。

那瀑布如银练垂空，似白绫脱袖，飘曳腾挪，到了近前忽觉有水雾扑面，湿润异常。他猛然发现在轰然而下的水瀑之中，似乎有一个赤臂的人攀石而上。开始阿骨打以为是看花了眼，用手揉了揉眼睛仔细瞧去，果然是一个人顶着瀑布的冲击，一步一步地在石壁上攀登，有几次险些被瀑布砸落下来，但他还是顽强地攀到山梁上，喘息一阵子，然后，大鹏展翅般从悬崖上跃下来，伴随瀑布的咆哮和阿骨打的惊呼中落入瀑布下的深潭中，半晌浮出水面，游向潭边。阿骨打惊得张开的嘴好半天不能合拢，暗赞那人好胆量，好功夫，好水性。

那人又游到岸上来，只见浑身肌肉块古铜之色，如岩石突起，臂膀似猎豹一样坚实。看面目似曾相识，阿骨打仔细一辨认，几乎惊叫出声来，此人正是与自己同行几日的乞丐模样的老者，可现在比前几天年轻了十几岁。

阿骨打惊诧之际，那人却开口道："咋了？刚分开这么两天就不认识我了？你是到这要马和衣服来了？"

阿骨打讷讷道："不是，你不是老玛法，怎么这么年轻呀！"那人捡起地上的衣服，竟然是道袍，袍上的八卦图与太虚道长的一模一样，阿骨打自幼就习惯了，再熟悉不过了。"我不是来要马和衣服的，我是来向长白真人学艺的。你在此练功夫，一定认识长白真人，请为我引荐一下。""你想拜长白真人为师，可有什么证物？""有！有！当然有了。"

阿骨打解开外衣，从腰里摘下拂尘子道："这是太虚道长的信物，他说只要拿这个去见长白真人，他一定会收我为徒。""你如何认识得太虚道长的？"阿骨打就把自己出生后到乳峰山避难的事向那人一一道来，听得他直点头，然后接过拂尘仔细端详了一会，突然刷地一抖，浮尘上的马尾笔直成束，竟无一根散落，手腕一翻，马尾如被风吹拂，散开千丝万缕，织成一片帷幕，煞是好看，阿骨打看得呆呆出神。

那道人收回拂尘说："果然是我师兄的信物，从你脸色上看，我师兄已传授了你胎息功法，你真是吉人天助。"

阿骨打从其话语中已经听出，此人就是太虚道长的师弟长白真人，也正是自

己苦苦寻觅的恩师，慌忙双膝跪地道："恩师在上，受阿骨打一拜。""我不是那个被你照顾、又要东西和马匹的老叫花子吗？何时成了你师傅了？"

阿骨打憨笑道："那是师傅在考验弟子，如有不周请师傅原谅。""你起来吧！我还有话问你。""师傅还没答应收我为徒，我不起来。""既然有太虚师兄引荐，你又仁心宽厚，忠勇机智，我就破例收你为徒。"

阿骨打在岩石上磕了三个响头，额头已破，鲜血渗出，激动得泪流满面。女真人当时有个习俗，起誓发愿时常常在石头上磕头，可见其心之诚。

长白真人见阿骨打如此至诚，心头暗喜，待他站起身来，问道："你拜我为师学艺到底为了什么？""弟子愿做一个真正的女真勇士，率我部落，平定战乱，让人人都过上安定祥和的日子。""年纪轻轻有这样的志气，实属难得。要做一个女真勇士，力图大志，靠胆识，更少不得智勇。不知你除了我师兄传授的胎息功外，还有人教过什么功法武艺？"长白真人双目炯炯发光，逼视着阿骨打。

阿骨打道："就是平时跟长辈们学过一些粗浅的刀术、箭法和拳脚功夫。""有我师兄的胎息之功，你再学了搏斗射杀技法，做一个女真武士还算可以，要做一个女真勇士还远远不够格。"

阿骨打再次跪倒，道："请师傅传授弟子做一个真正的女真勇士。""好吧！这也是为师一生中的心愿，你站起来，一会儿跟我回真人洞。"说罢，太白真人面色凝重，遥望着南天陷入了深沉的思绪之中。一会儿是江南小桥流水，竹林翠影，谷熟荷香，蛙鸣鱼戏；一会儿是刀光剑影，朗朗书声，师徒授艺，同门切磋，师妹盈盈笑脸；一会烽火连天，战马嘶鸣，生灵涂炭……

长白山，真人洞。

一个天然古石洞，坐北朝南，背阴向阳。洞分三窟，一窟供奉着上清、太清、玉清三天尊神像，一窟为道士居住，一窟为真人练功打坐炼丹之用。看来长白道士深谙风水真谛，道观洞窑按阴阳八卦所设，冬暖夏凉，春温秋润，是修身养性的天然妙处。

长白真人带阿骨打上山之后，并未传授他神功秘诀，而是带他游遍了长白山十六山峰，讲解长白山的构架和地形地貌。镜泊湖湖面平静晶莹，仿佛一块硕大的蓝宝石，群峰倒影水中，山影斑斓，云影流动，犹如一幅飘逸的水墨丹青。传说中的长白老祖与天池仙女凄婉的爱情悲剧就是在这里上演的。

在天池的左右侧各点缀着一个碧蓝、一个橙黄的小水潭，称为对杯湖，因为其一似碧玉杯，其一像黄金杯。碧蓝色的湖水如荷盖，水清浅，多水草，湖中冬无冰夏无萍，无水流注入，也无出口，池塘中心泉涌如柱。四周多苍松翠柏，参天蔽日，池畔芳草萋萋，雨燕穿梭，白鹤相戏。

赤黄池却隐在白桦林中，池水浅可没膝，池底为赭色岩石和黄沙赤土，远远望去，水呈赤黄色。传说二池是仙女泪水所化，当年她与长白老祖相爱成恨，难成眷属，又互相朝夕思慕，到了晚年，仙女流出两汪泪水，一汪清澈甘醇如玉，预示冰清玉洁；一汪浑浊而赤如血水，表明她为爱泣血。

长白真人为阿骨打介绍完这三池圣水，不觉泪光盈盈。阿骨打不知其所然。长白真人如此动情，是他讲述天池时感伤师祖长白老祖与天池仙女的爱情不幸，更联想到自己的身世家世与爱情的不幸，这也是他成为一代宗师的主要缘由。

阿骨打见长白真人惆怅的样子，就说：“师傅，您身体不适，咱们回洞观歇着吧!”长白真人猛然挣脱纷乱的思绪，说：“没事，还得去黑风口和热泉呢。”

黑风口，是在不老峰尾段峭壁上的凹形缺口，两座山峰像是被利斧从中间劈出一个豁口，让呼啸的狂风找到了施威的场所。这里一年四季尽刮大风，时常是飞沙走石，乌烟瘴气的。当时有民谚曰：“要看长白瀑布景，必到黑风口，到了黑风口，不能站着走。”由此可知长白山瀑布只有在黑风口才能饱览全貌，是极佳的观景台。

风猛山险，人根本站不住，只能匍匐着爬到风口观景。长白真人带着阿骨打到了黑风口。狂风劲吹，衣袍鼓荡，犹如钻进十几个小兔子上下窜动。离黑风口还有两丈远时，阿骨打被狂风刮得连连倒退，弓腰驼背，一步一步地艰难前行，而长白真人只是道袍飘舞，步履稳健，浑然不觉有狂风阻路。阿骨打被吹得走一步退两步，最后连腿都迈不动了。长白真人回头道：“阿骨打，你能走到这就很不错了，如果没有我师兄的胎息功，你早就被刮倒了，赶紧趴下，爬过来吧!”

阿骨打只好趴在地上，手脚并用，费了好大劲才爬到黑风口的凹处，俯视了银河倒挂、飞流直下的长白瀑布。同时，还看到了黑风口岩石下面绚丽色彩的温泉，那些温泉由于周围的岩石沙砾颜色不同而五彩斑斓，热气蒸腾，烟雾缭绕，悦人眼目，煞是好看。

一连数日，长白真人带着阿骨打游遍了长白山所有的景观，那一望无际的原始森林，巨大无比的高山湖泊，气势磅礴的长白瀑布，奇异的火山地貌，珍贵的动植物，让阿骨打大开眼界。长白真人反复地给阿骨打讲道生万物、天人合一的

道理，听得阿骨打云山雾罩，似懂非懂。

长白真人也没传授阿骨打什么神功秘笈，武学要诀，而是让他每天拂晓就起来到天池提回两木桶水，供道士饮用，然后讲些经邦治国之道，排兵布阵之法，汉唐契丹的礼仪文化。下午在风最大的时候，带阿骨打到黑风口练习在狂风中站立。晚上让阿骨打到山底最热的泉水中煮青菜、禽蛋等。夜里让他顶着长白瀑布的巨大冲力，攀登岩壁……

那长白山奇绝险峻，高耸入云。山顶寒冷难当，如数九严冬；山腰气候适宜，温暖似春；山下热浪蒸腾，俨然酷暑。阿骨打每天提水、站桩、煮蛋，上下奔忙经历了三个季节，无形中也练就他耐寒耐热耐饥渴的本领。刚开始，阿骨打一天累得筋疲力尽，腰酸腿痛，一年以后，他逐渐适应了，提水也不像开始那么沉重了，上山下山步履轻快如飞，只是在黑风口练狂风中站立，经历由趴着、蹲着到站着而不被风刮倒的过程，攀登瀑布岩壁由开始一寸一尺的艰难攀爬到自如灵活地攀上绝顶。

这天，阿骨打嚷着要长白真人传授他武功，长白真人笑了，告诉他说："为师要教授你剑术，做个女真武士并不难，以你眼前跑马射箭、上阵杀敌已经是一个标准武士了，但非一个真正的勇士。故人以大智为勇，你还需有智慧和韬略。像为师这样，有了一身功夫也是只能做一个闲云野鹤，云游四方，却不能安邦定国，施福于民。为师早知你父亲、祖父乃至曾祖父都是胸怀大志的英雄豪杰，你们女真族才有了今天的基业，所以你将来不仅要成为一个勇士，更要成为一个智者。"

阿骨打被说得心悦诚服，长白真人接着说："上古神人伏羲氏仰观天际俯视地理，苦心研究出八卦图形，以诠释世间万物。而八卦中的乾、坎、艮、震、巽、离、坤、兑分别代表了八个方向，其中'震'代表东北方，按《说卦传》的解释'震为雷、为龙……'，震有雷之象，雷雨大作可拔大树，摧屋断壁，有撼天摇地之威，更重要的是：震有龙之潜形，龙是天子之征兆。"

阿骨打若有所思，过了一会儿，说："师傅，在家时听我爷爷说过，这地方好像真有一个国家曾叫震国。"长白真人点头说："你玛法说得没错，这里确实有一个震国，是渤海国的前身，诗集上渤海人与女真人本是一家，震国或叫渤海国的开国皇帝大祚荣，曾在唐朝时封为'震国公'，他之所以称号震国，并用十五年，是因他认为他的祖先靺鞨人就是摇天撼地的雷，是遨游苍穹的龙，再退一步说，也许大祚荣就懂得六十四爻和八卦了。”

“师傅你说渤海女真本是一家，那我们族中咋没有姓大氏的呢？”阿骨打不解地问道。“实际上大祚荣姓孔，与孔子同一个姓，他也是女真人的后裔，孔氏、孟氏自古就源于女真族。”阿骨打百思不得其解，他也不知道孔子、孟子何许人也，对长白真人的解释后人有诗为证：

一

笑君未接译伯明，渤海伯明古韵同。
渤海薄冥皆鸟海，满番孟鸟是为鹏。
幕陶起始居效化，立国当初忆祖宗。
伯益大廉本鸟氏，舜时作虞赐秦嬴。

二

至今读错大祚荣，孔孟即与大字通。
既乃女真国号震，谁知粟末方何名。
雷霆震国撼天地，龙遨爻卦游苍穹。
渤海国封渤海郡，大祚荣即孔祚荣。

三

渤海原应识韩文，番书虽古今犹存。
海东太守能赴日，醉酒谪仙可复音。
地且连绵非二国，人虽异姓本同根。
四海为家皆兄弟，煮豆燃萁罪孽深。

阿骨打向长白真人学了两年治世之道，又练就了一身本领，登山爬岭如履平地一般，在黑风口也能像长白真人一样，任凭狂风吹打，稳稳地站住，攀登瀑布悬崖一如平常之山。长白真人喜在心头，对阿骨打说：“你自来到长白山就嚷着要学武艺，两年多为师不曾传授，道家讲练气、炼丹、练剑，眼下你的胎息气功根基深厚，这两年你上山提水又练出了臂力和腿力，黑风口站桩练就了胆量、目力和下盘功夫，将来你是统领千军万马的帅才。为师我练的是剑，你们女真人善用长刀，我便从剑术中化出一套刀法传授给你，作为搏击、防身之用。”

阿骨打大喜过望，磕头谢过，又废寝忘食地练起刀术来，自身就有使刀的根

基，稍加点拨，再刻苦用功，进展神速。

这天，长白真人把阿骨打叫到身边说：“阿骨打，你来长白山一晃快三个年头了，我的本领除了阴阳八卦之外，几乎倾囊相授。我今日夜观天象，见安出虎水一带时有阴霾闭月，是不祥之征兆，完颜部恐有大的变故，你艺业已满，可回本部助你父治乱安民了，壮大完颜部。”

阿骨打双泪长流，这是他在长白真人面前第一次流泪，千恩万谢师傅的恩德。长白真人搀起阿骨打动情地说：“为师早看出你是二十多年前辽朝要找的那个‘异人’，司天监孔致和先生所预测的分毫不差，而辽廷奸人当道、朝臣弄权、辽皇帝昏庸到连自己的皇后和亲生儿子都能杀死的地步，可惜耶律阿保机所创的二百年基业呀!”

阿骨打道：“契丹人根本不把女真人当人看待，横征暴敛，肆意杀戮，女真人积怨已久，正如师傅所教‘天下为公，德者居之’是非常之理。”“可惜你们女真人三十六部族还是一盘散沙，如何聚沙成塔，就要看你们的黏合力了。”阿骨打连连点点头，并参悟这其中的道理。

长白真人又说：“天下没有不散的宴席，你又不能一心当道，咱们师徒一场也是天赐的机缘，为师把长白山的镇山之宝黑曜松石刀赠与你，盼你能为苍生谋福祉。”

“师傅，这镇山之宝徒儿不敢收受。”“不贪财宝是君子之德，不过这宝刀是遇到有缘之人，你师祖羽化登仙时曾嘱咐过我，如果宝刀自动脱鞘，铮鸣作响，便是遇到了主人。你上山的前几天夜里，宝刀每到子时都脱鞘而铮然作响，应了你师祖之言，我扮乞丐下山就是因宝刀之兆，它便是你之物。这三年来，一直是我替你保管，为何没当时给你，恐你持宝傲物，无心他事，以至误却了一代英才。”

阿骨打闻言更为动容，长跪在地，恭恭敬敬地接过宝刀，退步于旁，从鱼皮鞘中抽出刀来，不觉愕然。但见此刀长有二尺八九，宽约二寸，通体褐色，背厚刃钝，无精芒耀眼，无寒气逼人，似铁非铁，似石非石，只是重于普通长刀二倍以上，并无丝毫特异之处。长白真人从阿骨打惊愕的表情上看出了他的心思，扭头向道童说：“取一把剑来!”那道童递过一把长剑，长白真人对阿骨打说：“你已学会我的刀术，只是一人单练，未曾用于实战，今日为师考究一下你的功夫。”说完，也不等阿骨打回话，剑走偏锋，直刺阿骨打。阿骨打呆呆出神之际，顿觉剑气森然，袭向周身，只好挥动宝刀仓促还招。

长白真人剑走轻灵，并不与阿骨打的宝刀相磕，一招快似一招，一连攻了六十四招。阿骨打刚一开始应战时手忙脚乱，后来稳住了身形，只守不攻，把长白真人从剑术中化出来的刀法一一用上，却无一点落败的迹象，二人战成平手。

长白真人见阿骨打基本功扎实，虽是慌忙中应战，却慌而不乱，一柄宝刀防得滴水不漏，心头窃喜，嘴上却说："阿骨打，你为何只守不攻？临阵对敌能这样吗？"阿骨打闻言便刀锋一转守中带攻，偶尔也逼得长白真人连连倒退。师徒二人又斗了三十多个回合仍不分胜负，此时阿骨打已是攻守兼备，但自己的宝刀却一直没碰到师傅的长剑。狐疑之际，长白真人的剑已然当胸刺到，这一剑来得又急又准。阿骨打无暇思索，长刀抡圆了招架，只听到喀嚓一声脆响，长白真人手里的长剑已被阿骨打的宝刀斩断，阿骨打大吃一惊，忙道："师傅……我……不知……"

长白真人摆摆手说："你刚才不是怀疑这宝刀吗？我只好陪你试上一试，知道这为何是长白山镇山之宝了吧。""师傅，恕弟子冒犯，不过这刀似石非铁的，咋会这么锋利？"阿骨打重新端详手中这毫无异处的宝刀。

长白真人接过宝刀，说："据你师祖告诉我，这口宝刀的材质是产于古锡霍特山，鄂尔多次克海岛上的黑曜石簇，滴上了松脂入水百年后所化，坚硬过铁，用以砺刃，看着黑曜石刀的形状，当年一定是磨刀砺剑了，年深日久不知被哪个先师制化成刀，所以能削铁断石。虽然其貌平实，却内质坚硬，为人之道亦当如此，治世之道更当如此。"说着，轻挥着宝刀把身旁的石桌砍掉一角。

阿骨打惊骇不已，讷讷道："师傅，这么昂贵的利器我承受有愧呀！""神兵利器得非常之人能用，正像万里江山只有贤明君主才能统帅。此刀正合你用，不过，万物至刚则断，柔亦可克刚，如若不然，咱们再比试比试。"阿骨打盼着与师傅动手过招，闻言欣然应允。

长白真人还刀给阿骨打，缓缓地从背上取下拂尘道："你的宝刀虽然是削铁断石之物，却难以削断我拂尘的马尾，这柄拂尘我已多年没用，你要小心接招。"说罢一抖手腕，泰山压顶抽了下来。拂尘上的马尾如万根细发编制的大网，罩向阿骨打，阿骨打急忙闪开身形，但没来得及，佛尘的马尾打在阿骨打的头、脸、颈、肩上，麻酥酥好生疼痛。幸亏长白真人手上只用了三成功力，不然阿骨打必受重伤。长白真人一招得手，二招既出，玉带缠腰扫向阿骨打的中路。眼看拂尘

马尾如千万条线蛇，嘶叫着围了过来。阿骨打白鸽亮翅左砍右劈，满以为能斩断几根，结果事与愿违，马尾又照样打在他的胸、背、腰、臀之上，一样的麻痛，一样的令人匪夷所思。未等阿骨打反应过来，长白真人的第三招枯树盘根已经攻到了下盘。阿骨打双脚点地，旱地拔葱，宝刀耕牛犁地，企图躲开马尾的缠绕，不料那马尾如同长了眼睛，追着缠了过来，他只觉得双腿一紧，整个身躯都被甩了起来，一个跟斗栽倒地上。长白真人得理不饶人，拂尘呼啸着缠向阿骨打的脖颈，阿骨打倒地后挥刀阻挡，宝刀被紧紧箍住，只觉手上一轻，宝刀已被长白真人卷回手中，阿骨打羞愧难当，直挺挺地跪在地上道："师傅，徒儿明白了啥叫以柔克刚，下山后会细细参悟。"

长白真人一捋胡须说："知道了就好，这对你以后成就霸业大有益处。""师傅，我今日下山，何时才能相见?""为师是闲云野鹤，行踪飘忽不定，我要是想你，无论何时都能与你相见，你不必回来见我。"阿骨打见师傅一脸严肃，只好点头答应。

长白真人又告诉阿骨打，祖师爷长白老祖留下两样镇山之宝，一是黑曜松石宝刀，二是金雀开山斧，二者皆是神兵圣刃，非有缘之人而不可用，可惜在长白真人入师门之前金雀开山斧已经失落，太虚道长云游四方不肯回山，就是明察暗访，寻找那把金雀开山斧。那斧是用纯金磨制而成，斧柄雕有孔雀图案，精巧绝伦。

当年长白老祖与天池玉女二人都是大唐朝的豪杰，可惜到唐末，皇帝昏庸无能，又有权臣当道，国力渐衰，契丹人却兵强马壮，屡屡南下"打谷草"毁田庐、占城池、杀百姓，企图占领燕云十六州，他们曾是两股义军的头领，举义旗招募天下英雄与契丹人争战，两股义军策应作战，曾多次挫败过辽军，怎奈唐廷软弱，军心涣散，将无斗志，屡战屡败，后来竟屈辱求和，割地赔款换得一时安宁和平。

唐廷已割让燕云十六州赔款罢兵，契丹人便抽出兵力，全力以赴对付几股义军。在一次战役中，女侠一意孤行，不听男侠的百般劝阻，引兵深入欲刺杀辽军主帅，被辽军所困，幸而男侠早有准备，领兵解围，救出困在重围的女侠。可两支义军都伤亡惨重，归唐的后路已被辽兵切断，只好率残兵败将杀向辽朝腹部，费尽九牛二虎之力，冲破堵截，甩掉追兵逃到长白山下，手下人马已丧失殆尽。

男侠面对如此结局抱怨了女侠几句，结果性格刚烈、心高气傲的女侠不肯认错，并认为男侠瞧不起她，再加上兵败流落他乡，无家可归，心力交瘁，又遭到心仪已久的男侠抱怨，大损自尊，因爱成仇，一气之下跑上了长白山天池。

男侠无奈遣散了寥寥无几的兵丁，空怀报国之志上了长白山寻找女侠，那女侠事后也觉得错在自己，可就是嘴上不服输，又不好意思也无颜面对，始终避着男侠不见。如是几个月过去，天气渐凉，男侠就于山中间的石洞中建了一个“回心堂”，期盼女侠回心转意，女侠却在天池旁边建一小屋叫“绝情斋”，与男侠绝情，并苦练武功，一心想胜过男侠。

男侠也心无旁骛，就苦等女侠回心转意，二人重归于好，双宿双飞，东山再起，行侠仗义。后来听说唐廷已把燕云十六州割让给辽国，男侠空怀一腔报国热血，却英雄无用武之地，万念俱灰，打消了返回南朝的念头，准备终老山川。

女侠苦练了两年功夫后，报号天池玉女，便找男侠比武。正式比武之前，天池玉女立下一个规矩，如果她输了，就投天池自尽，诀别人世，如果男侠输了，就必须遁世出家，不得离开长白山半步。实际上男侠武功高出天池玉女两筹，但他不忍心自己曾经爱过的人投湖自尽，又难以容忍她的争强好胜，独断专行，就答应她比武的条件，结果男侠输了，出家为道成了长白老祖。

天池玉女胜了，满足了虚荣心，却失去了一生中最珍贵浪漫的爱情。“回心堂”改成了“回龙观”，“绝情斋”变了“无情庵”。两个暗中较劲，各自招收门徒传授武功，却互不相往来。

长白老祖为了怀念他青梅竹马的女伴雀儿，就在他的一把心爱的兵器——开山斧的斧柄上雕了一只栩栩如生的孔雀。天池玉女知道了非常嫉妒，尽管他们早已一拍两散互不干扰，她却容不得长白老祖心里还装着别的女人，因为她心里始终抹不去长白老祖的影子，她不让长白老祖下山，就是想让他陪伴自己一生。于是，她想方设法盗走了金雀开山斧，却把自己的黑曜松石宝刀留给长白老祖，以示悔意，无奈二人已过知天命之年，谁也不肯先开口言归于好，最后落个孤男寡女一段孽缘。后来天池仙女一缕香魂归西而去，临终前她还不想让心仪的男人心里装着别的女人，就把那把金雀开山斧扔到天池了……

长白真人讲到这里不胜唏嘘，似乎讲的不是长白老祖和天池玉女而是他自己。阿骨打不胜感慨，陪着师傅叹气……

阿骨打艺业已满，又得了一把黑曜松石宝刀，辞别了恩师，牵着耶律敌虎的坐骑，一步一回头地下了长白山，去仆干水寻找术忽去了。

第十四章

金雀开山斧劈妖　顺势代势组队伍

术忽在仆干水经耶律敌虎的精心呵护和医治下迅速恢复了健康，耶律敌虎一家三口悉心照顾术忽，用七叶一枝花给他排了三个月瘴气，总算把他从鬼门关拉了回来。又用人参、灵芝、鹿血给他补身子，小格格韵茹又整天陪着说笑，术忽也不感寂寞，待他能起炕下地时，就行了拜义父义母的大礼。耶律敌虎便开始教他医术，女儿韵茹也缠着要学，经术忽和柳绰说情，耶律敌虎也打破了传男不传女的老规矩，让她一起学。两个人比着学，又互相研究提携，自然学得比较快，耶律敌虎经常带着术忽和韵茹出入山谷、河流、树丛、田野，采摘各种草药材。一年后，把脉望诊、推拿接骨、疮疗拔毒、外伤内伤治疗等，术忽样样俱通。韵茹由于比术忽小三岁，天真烂漫，又爱要小聪明，所学的医术不如术忽。耶律敌虎责罚她时，术忽大多帮助她打圆场。

术忽除了用心学习医道外，还懂事勤快，上山打猎，下河网鱼，采制药材，料理家务样样能干，深得耶律敌虎夫妇喜欢。头两年韵茹是个小丫头，天真无邪，为有了个阿哥高兴得欢天喜地，整天地嘴巴抹蜂蜜一样，围着术忽阿哥长阿哥短的叫着，有时还要点小性子，术忽都哄着让着她。耶律敌虎夫妇见他俩处的像亲兄妹一样，也是满心欢喜，术忽还真把韵茹当亲妹妹一样看待。

两年以后，韵茹似乎一夜之间长大了，已谙男女之事，在她心里，术忽不仅仅是亲阿哥了，还有一层比亲阿哥还亲的神秘感情，这种情感说不清道不明，一会儿看不见术忽就想得百爪挠心，见到术忽又羞涩又窘迫，不知所措。有时在一桌上吃饭，都不敢正眼看术忽，而术忽正在做某一件事时，她又躲在一边偷偷注视他的一举一动，呆呆地出神。

耶律敌虎精于事故，柳绰也冰雪聪明，早已看透了女儿的心事，韵茹已经长大了，并深深爱上了术忽。而术忽却一无所知，只觉得韵茹这些日子行为怪怪的，就对耶律敌虎说："义父，我觉得这些日子韵茹心绪不宁，做事好走神，有时说话脸红音颤，好像得了一种病，惶恐不安的，应该给她吃点安神草。"

耶律敌虎苦笑着说："傻孩子，韵茹确实得了病，得的是一种心病，光服安神草还不行，你还得想办法帮我医治。""那好，义父，只要能让韵茹快乐起来，让我干啥都行。"实际上，耶律敌虎夫妇早已暗中观察了术忽对韵茹的反应，发现他是个正人君子，始终如一地把韵茹当亲妹妹看待，根本没有一点邪念，夫妇二人早有把女儿许给术忽之意，可术忽一心学医，一点没感觉出韵茹的心思，惹得女儿得了相思病，这话还真不好开口，因为已经认了术忽为义子了，左右为难。

术忽也感觉到韵茹总是闷闷不乐，有时还有意躲着自己，不像先前那样活泼开朗了。他根本不知道少女的心思，蒙蒙懵懵的去关怀韵茹，韵茹根本不领情。正在一家人不知所措之时，阿骨打艺成归来，找到了耶律敌虎，进门后向耶律敌虎夫妇行了大礼，然后与术忽相拥而泣。接着，互道离别之情，叙述各自学艺所得，说得声情并茂。在厨房做饭的耶律敌虎夫妇和韵茹听得清清楚楚，都跟着高兴。

术忽沉吟一会说："这三年来，受义父母之恩难以相报。只盼你艺业早成，我们回到会宁州禀报家人，然后把义父母和韵茹都接回去，以报答他们活命传艺之恩，这事就全靠你了，回家后就说咱俩一起在长白山学艺了，我学的是医道。"

阿骨打笑着说："睚眦之怨当偿，一饭之恩必报，这是咱女真人的习俗，敌虎阿叔一家对你的恩德，正像长白真人对我一样，咱们这一辈子也难以报答，我想你家人一定能答应你的。再者，我这三年学的是天人合一、经邦治国之道；学的是排兵布阵，率军攻伐之法；学的是安民救世、平乱抑暴之策；学的是汉唐文化，中原礼仪……长白真人也没传授我神功秘笈。"

术忽说："那正好，我学的是医道，义父常教我：上医治国，中医治人，下医治病，治病就是治世。家里人只当我去了长白山，也好了却他们的心愿。"

耶律敌虎祖传医学，柳氏自幼学的汉人文化，给女儿起名韵茹，就是按汉字的意思琢磨的。他们深知契丹、女真人仍保持着原始骑猎民族的习俗，青年男女

互相来往，村野林中彼此欢爱，并非为狎耻之事。而术忽却是一个淳朴未凿的阿哥，尚不谙男女之事，可以放心地把女儿的终身托付给他。而这话又没法向术忽开口，只好把话暗示给阿骨打。

阿骨打与术忽说话之间，耶律敌虎一家已做好了一桌丰盛的饭菜，盛情款待了阿骨打。席间，阿骨打已看出韵茹有几分忧愁，已经完全不是三年前那个活泼调皮的小格格了，她沉默寡言，矜持羞涩。看术忽的目光有些异样，爱怜中透着几分哀怨。阿骨打毕竟是过来人，当年唐括捏哥、裴满明慧看自己时都有这种眼神，这顿饭一直吃到掌灯时分。

耶律敌虎是识大体知礼仪的人，阿骨打和术忽已离家三年，如今艺已学成，早已归心似箭，已不能再留。他对术忽和韵茹说："你们俩准备一些路上用的东西，我有几句话要跟阿骨打说。"

术忽明白了义父让准备行路用的东西，就是答应了他与阿骨打回会宁州了，不觉心花怒放，满腔喜悦。而韵茹听了父亲的话，心里却苦不堪言，术忽一去不复返，自己岂不是空恋一场，越发愁肠百结。

耶律敌虎先告诉阿骨打这三年来，术忽勤奋好学，知礼知节，在医术上已经得了自己的真传，女儿韵茹顽劣耍小聪明，只学了些皮毛而无精髓，阿骨打听得满心欢喜，这等精妙的医术将来行军打仗准能派上用场。耶律敌虎说到最后，还是向阿骨打透露了韵茹的心事，并请阿骨打帮忙。

阿骨打爽然道："阿叔，这事你别怪术忽啦，他天真未凿，憨厚老实，一定是拜完义父母后，就把韵茹当亲妹子对待，根本不会想到韵茹心里已有了他。这事包在我身上，今晚我就跟他把话说开。"

"那我就多谢了，我们夫妇也从心里往外喜欢术忽的本分诚实，韵茹跟了他，我们放心。"

入夜，阿骨打与术忽躺在炕上，全无睡意，术忽不断地追问阿骨打在长白山学艺的情形，阿骨打不厌其烦地把整个经过叙述了一遍，术忽听得津津有味，羡慕不已。阿骨打等术忽不再发问了，才反问："术忽呀，你今年二十几岁了？"

术忽噌地坐起来，嬉笑道："你出来这几年过糊涂了？我二十呀，你比我大几天呗，你问这干啥呀？""我十七那年，奶奶非逼我与捏哥成亲，这一晃三年过去了。"阿骨打无不感慨地说。

"知道了，知道了，你是想阿嫂了！""算你说对了，那你心里从来没想过一个格格什么的？”

“我哪能跟你比呀？少年巴图鲁！唐括捏哥死活非你不嫁，裴满明慧还在苦苦等待，牤牛屯的仆散姑娘对你眉来眼去的。”术忽半开玩笑半羡慕地说。

阿骨打坐起来，惊讶地说：“你、你行呀！你还能听明白话呀。术忽呀，别光说我的事了，假如有格格相中你了，你咋办？”

“别扯了，我又不是少年巴图鲁，本领也没有你大，哪个格格能看上我呀？何况这一出来就是三年，在这里除了韵茹阿妹，连个格格的影子都没看见。”术忽说着有了几分懊恼，几分酸楚。

阿骨打看术忽的样子，不觉得好气又好笑。说：“你看我的事一清二楚，轮到自己却糊涂起来，我问你，韵茹阿妹咋样？”

“韵茹阿妹好呀！聪明伶俐，天真活泼。又学了我义父的医道，谁要娶她当媳妇，可是八辈子修来的福分，不过她的婚事我真得管，让韵茹阿妹掌住眼神，找一个像你一样的巴图鲁，可惜你……”

“她要是不听你的呢？选好自己的意中人了，你咋办？”

术忽讷讷半晌，答不上来，心绪惆怅，颓然倒在炕上。又冷不丁地坐起来，道：“不对，不对，你说韵茹阿妹有了意中人了，我咋不知道呢？这三年没见有别的阿哥来找过她呀？”术忽思忖了片刻，猛然腾地站起身子来，颤抖地说：“莫非……莫非……她相中了……”

“你”字未等出口，阿骨打起身把他按倒在炕上说：“你这傻瓜蛋子，看把你急得这样子，跟你明说了吧，韵茹格格的意中人就是你。”术忽又腾地站了起来，几乎不敢相信自己的耳朵，瞪大眼睛说：“啥？啥？啥？你说啥？她的意中人是我？这、这可能吗？我是她义兄呀！”

阿骨打把术忽重新按到炕上，说：“你小声点，让阿叔、阿婶、韵茹听着多难为情，你想想韵茹格格最近有啥变化？”

“变化吗？就是跟我不像前两年那么随便了，有时还躲躲闪闪的，我总以为自己得罪了她，她不愿意搭理我呢。”

阿骨打淡淡地说：“这就对了，那是韵茹心里有了你，害羞不好开口，你又榆木脑袋不开窍，看不出来她的心思，她又气又怨，郁郁寡欢，都快要得相思病了。”

“我只把她当亲阿妹，根本没往那儿想，况且我已经是她父母的义子了，不

是亲兄妹胜似亲兄妹，这如何是好呢?”术忽深深地叹着气。

“义子毕竟不是亲生儿子，阿叔阿婶都是通情达理之人，就看你心里咋想的了。你可别辜负韵茹阿妹一片痴情呀!”

“能娶韵茹阿妹为妻是一辈子的造化，阿叔阿婶收我为义子，我纵是有那份心思，也不能做那不仁不义之事，只是苦了韵茹阿妹了。”“如果阿叔阿婶同意你娶韵茹呢?”

术忽又忍不住坐了起来，说道：“那我是求之不得，韵茹也学了医道，他和阿叔都会为咱完颜效力的，只是我咋开口呀?”术忽难为情地说。阿骨打胸有成竹地说：“那好，只要你愿意，一切都包在我身上。”这一夜，术忽兴奋至极，翻来覆去睡不着，韵茹因为术忽明日就要跟阿骨打返回完颜部，也辗转反侧一夜未眠。

次日清晨，一家人早起。韵茹目光哀怨，术忽眼圈发黑，神色慌张，见了韵茹倒局促不安起来，就像韵茹暗生情窦后见他时一样。阿骨打见状暗中好笑，为了成人之美，尽管归家心切，他还是决定在这儿逗留几天，把术忽和韵茹的终身大事定下来。

早饭后，阿骨打支开术忽、韵茹，把术忽的想法跟耶律敌虎夫妇说了一遍，夫妻二人喜不自胜。于是，阿骨打代表术忽的父母，向耶律敌虎夫妇为术忽求亲，术忽由义子变成了女婿，一家人皆大欢喜。韵茹、术忽仿佛掉进了蜜罐，整个世界变得无比甜蜜明丽，一切都是妩媚的，连喘气都甜甜的。

三天后，阿骨打盛情邀请耶律敌虎一家前往会宁州完颜部居住，耶律敌虎婉言推辞道：“眼下还不是时候，等你回会宁州后向你父亲说明情况，术忽也得向他阿民厄宁把婚事说清楚，到了他们成婚之日，我全家自然会前往会宁州居住。”

阿骨打听他们说得入情入理，也不再强求他们同行。术忽与韵茹难舍难分，一家人送出几里远，才留住脚步，直到两匹马的背影消失在地平线上，韵茹才擦干泪水，与父母返回。

阿骨打的心早已飞回会宁州，不断加鞭催马，术忽虽已归心似箭，心却被韵茹分去一半，始终追不上阿骨打。阿骨打跑了一段回头风趣地喊道：“术忽！还在想韵茹呀？你要是不愿回会宁州，干脆回马找韵茹成婚去吧！别耽误了我的行程!”

术忽被阿骨打说透了心事，脸一红分辨道：“你瞎扯！你拼命赶路回家，想阿民厄宁是假，想捏哥是真吧？她可是新媳妇呀！”说着催马赶上来。二人晓行夜宿，说说笑笑，洒下了一路欢乐。

牤牛山，博碾屯。

靠小屯西头的一户草房，张灯结彩，喜气洋洋，正在操办喜事，奇怪的是院里却没有人，房门前站着两个手持长刀的武士，与喜庆的气氛不协调。

阿骨打和术忽进博碾屯时已是正午时分，二人直奔仆散老玛法家，离老远就见他家扎花挂红，喜气冲天，阿骨打心头一紧，下意识地摸了一下卓丹给他的猛犸牙，心想老玛法那么大年龄不可能办婚事了，一定是卓丹嫁人了，分手时卓丹曾说过：谁能杀了牤牛大王给她父母报仇雪恨，她就嫁给谁，难道这三年真有巴图鲁杀了牤牛大王？

二人风风火火地闯进院里，阿骨打喊道：“老玛法，卓丹阿妹，我们回来了！你们这是给谁办喜事呢？”

守门的两个武士见闯进两个青年阿哥，长刀出鞘，横眉怒目地吼道：“哪儿来的愣头青，谁是你玛法？谁是你阿妹？这里只有牤牛大王要娶的压寨夫人，远点滚着，冲了我们大王的喜气，让你们死无葬身之地！”

阿骨打刚想发作，老玛法颤巍巍地走出来道：“两位息怒，两位息怒，他们俩是我孙女的表阿哥，听说牤牛大王要娶他们的表阿妹做压寨夫人，特意赶来喝喜酒送亲的，不是外人，实在是亲戚。”说着，塞给两个把门武士一人一颗东珠。趁两个武士欣赏东珠，给阿骨打和术忽使了个眼色。阿骨打和术忽心领神会，道：“是，是呀。我们听说表阿妹嫁给牤牛大王，就赶来喝喜酒送亲，这是我们给表妹的礼物。”说着把耶律敌虎给带的东珠、松子、人参等礼物拿了出来，给两个武士看。那两个武士收了老玛法的东珠，见来的小阿哥是两个毛头小子，并不在意，一个武士贪婪地从术忽手中选了长白山参，塞进怀里道：“是压寨夫人的表哥呀，从哪里来的？”“从鸭子泡来的，特意来贺喜，盼着牤牛大王一高兴，给我们点赏钱啥的。”另一个武士不屑一顾地说：“浑小子想得美，有赏钱大爷我还要呢。”说着把术忽手中的礼物一把抓去，然后一挥手让二人跟老玛法进屋。

仆散卓丹已经哭成泪人，牤牛大王是她杀父夺母的仇人，自己为逃灾躲难，已隐去女儿身份扮男装好几年了，无奈屯里的一个无赖知道底细，死皮赖脸地纠缠求婚，遭到拒绝后，就跑到牤牛山向牤牛大王告发。牤牛大王嗜色如命，抢来的女子玩腻了就赏给手下小头目。听说博碾村还有美女，岂能放过，他赏赐了那

个无赖几个钱，为了先睹为快，亲自下山抢亲。

那日，仆散卓丹正与爷爷在家里干活，无赖带着犴牛大王及喽啰突然闯进来，不容分说把仆散卓丹的皮袍扯下来，现出了曲线玲珑的女儿身和瀑布似的秀发，犴牛大王贪婪地盯着仆散卓丹清丽的面庞，咕嘟咕嘟直咽口水，双目欲火顿炽，恨不得登时化作冲天烈焰，把卓丹烧成灰烬。卓丹依偎在爷爷的怀里，如一只待宰的羔羊。孤立无助的祖孙，除了愤怒恐惧，就是悲伤和绝望。

犴牛大王欲火攻心，得意忘形，心想，弄到手的那些美女在这个格格面前都黯然失色。他正要下令将仆散卓丹带走之际，谁道天公不作美，陡然间，平地卷起一个大旋风，直刮得天地昏暗，日色朦胧。

旋风过后，犴牛山萨满就地占卜吉祥，他扭腰晃臀、蹿蹦跳跃，呵呵咧咧一阵后，告诉犴牛大王今天非黄道吉日，犯月忌，触犯了风神，需先下聘礼，三日后方能娶亲。犴牛大王虽然横行霸道，但对萨满之言笃信不疑，何况那美女已是笼中之鸟，网中之鱼，要想一亲芳泽也不差三日。于是，命令手下从屯中找来两个老妇人，命其二人昼夜守在卓丹身旁，三日后格格少一根毛发，就要她们的老命。又留了两个武士在此把守，以免逃脱，然后带人回了犴牛山，第二日便派手下送来了聘礼嫁妆等，并把卓丹家装饰一番，只等第三天迎娶。

卓丹几次寻死觅活，都被两个妇女拦住，她不吃不喝，把犴牛大王的聘礼扔了一地。两个老妇人苦口婆心地劝道："孩子，人呀都得认命，谁也不愿往火坑里跳，可有啥办法呀？谁让你摊上这事儿了，你要是有个好歹的，你爷爷也活不成了，就连我们两家也有灭门之灾，那犴牛大王一生气，村里不知有多少人要遭殃，你要是刚烈女子，就顺从他上山，想办法迷惑住那魔王，趁机杀了他，也为这地方除一害，不知能救多少人呀！何必自己寻死觅活的呢。"

卓丹从悲痛欲绝中挣脱出来，觉得两个阿婶说得很有道理，自己死了不要紧，还要连累爷爷和许多人，就打消了一死了之的念头。恰在此时阿骨术、术忽来了，让她心头一亮，一切忧愁都抛到九霄云外，乐得直蹦。那两个妇女以为她们的劝说起了作用，悬着的心终于落地，长长地出了口气。

阿骨打拉开房门就大声道："卓丹表阿妹，恭喜你嫁给犴牛大王，我和术忽喝喜酒送亲来了，以后还得求你在犴牛大王面前给我们美言几句，我们好在这一带有个抛头露面之日，从今后就沾你光了。"

卓丹早听到了爷爷和他们的对话，一切了然于胸，万分欢喜地说："表阿哥，你们说啥呢？都是实在亲戚，啥沾不沾光的。”

阿骨打和卓丹对话，听得外边两个武士和屋里两个妇女都心头一宽，再也不用担心了。

卓丹和阿骨打在堂屋四目一对，登时各自吃惊，阿骨打见卓丹还原女儿身后，楚楚动人，娇艳无比。卓丹见阿骨打比三年前更加伟岸强壮，干练成熟，沉稳深邃、热辣辣的目光，看得她不好意思低下了头。

术忽往前迈了一步道：“表阿妹，你要当新娘子了，可真漂亮呀，不再是那脏兮兮的小阿哥了。”

卓丹娇笑一声说：“表阿哥，就你们夸我！”阿骨打接茬道：“咋是我们夸你呢？你要不是姿容出众，牤牛大王能选你当压寨夫人呀！”

老玛法说：“别在堂屋站着了，赶紧让你表哥进屋歇歇脚，她阿婶，你们辛苦一下，收拾饭吧，大伙都饿着肚子呢。”

那两个妇女再也不担心卓丹出事了，赶忙下了厨房，切肉杀鱼，把牤牛大王送来的吃喝做了一大桌，忙个不亦乐乎。

阿骨打、术忽和老玛法、卓丹趁机在里屋商量对付牤牛大王之计。老玛法说：“你俩回来我可放心了，卓丹也不用寻死了。”

卓丹幽怨地瞅着阿骨打和术忽说：“两位阿哥，幸亏你们回来了，你们再晚回来一天就看不着我了。”

阿骨打斩钉截铁地说：“我们这不回来了吗？就是没有牤牛大王强娶你的事，我也要上牤牛山找他算账，为民除害。”

术忽道：“那可不，我们在路上都商量好了，一定要会会牤牛大王。”

“那你们说咋样能除掉牤牛大王呀？”卓丹有点急了。

阿骨打问道：“明天迎亲时牤牛大王来吗？”老玛法回答道：“听门外的武士说，前日牤牛大王被旋风惊了一下，明日不来了，让手下的来接亲。”术忽献计说：“那更好办，咱们杀了门外两个家伙，带着老玛法和卓丹回会宁州得了，只是便宜了牤牛大王。”

阿骨打反问道：“牤牛大王不除，你能安心回去吗？看来我们必须上牤牛山。”“这！……那咋去呀？你定吧！”术忽不好意思地挠挠头。

“为今之计只有以送亲为名，混上山再作打算。”阿骨打沉思一会儿说。老玛法不置否地点点头。

四个人又密谋了一阵子，终于想出一条妙计。饭菜已做好，老玛法热情地把门外的两个武士请到屋里坐了上座，以美酒敬之，那两个武士见一家人笑逐颜开，变了态度，自己又拿了东珠和长白山参，不再怀疑其中有诈，见满桌佳肴，甩开腮帮子大吃二喝起来。

饭后，仆散老玛法又把向牤牛大王告密的那个无赖招来，当众感谢他做了件大好事，把卓丹介绍给牤牛大王，送给他们一些东西酬谢，弄得那个无赖丈二和尚摸不着头脑。以往牤牛大王抢了谁家姑娘小媳妇，他们都哭天喊地、寻死觅活的，这老玛法爷俩是昏了头，还是贪图钱财和荣华富贵？

老玛法说："这件事是你做的红媒，你可要好人做到底，明个儿牤牛山来接亲，你得好好张罗，我孙女终身大事，要办得风光一点，不能委屈了她，牤牛大王送来了很多聘礼，好吃的有的是，今晚上摆几桌，把村里的老亲少友都请来吃个喜酒如何？"

那无赖几乎不敢相信自己的耳朵，他恶意告发了仆散卓丹，不但没遭到痛恨，反而备受礼遇，虽然自己没得到卓丹的美色，却从中渔利许多东西。听了老玛法的话，嬉笑着说："我早就看出卓丹阿妹是富贵命，也只有牤牛大王才配得上卓丹，从此你家还种啥地、打啥鱼、采啥山货啊，就等着享福吧！"

卓丹羞答答地说："那明天也不能让我一人上山呀！咱们娘家咋也得去几个人送亲呀，这婚姻大事是一辈子的事，都图个吉利，这事你媒人就得费心找几个人吧！"

"那是，那是，现在就去给屯里人送信，晚上到你这喝喜酒。"无赖说完，收拾起老玛法给他的东西，高高兴兴地走了。众人交换了一下眼色，他们第一步计划顺利实施了。晚上，无赖费了好大劲，磨破了嘴皮子，好不容易把村里几个往日与仆散家关系密切的老翁老妪找来喝喜酒，勉强凑了二桌。

那些有正义感的村民早对牤牛大王恨之入骨，起初无赖告密，仆散家惨遭厄运，大伙还很同情，都暗暗为卓丹惋惜，一朵鲜花插在恶牛粪上了，都骂无赖阴损。而当仆散家收到牤牛大王的彩礼后，又张罗办酒席忙乎着请客，竟然被牤牛大王的淫威震慑，被人家的钱财所诱惑，众人由同情转为不齿，认为仆散祖孙两个是软骨头，无能无志。

席间，老玛法又提出明日去牤牛山送亲的事，结果来喝酒的没有一个说去的，他们来喝酒就是碍于往日的情面。听说送亲谁都不敢去牤牛山，忙不迭地草草吃了一口饭就告辞了。心想，犴牛山三个字人们听了都哆嗦，谁还敢去那里送亲，就是让上山娶亲，他们都不去。情形尴尬，老玛法说：“不管咋样，也不能让卓丹一个人上山，也不能让人家说咱娘家没有人了，这多没面子呀!”

那无赖灵机一动一指看守卓丹的两个女人说：“正好犴牛大王让你们俩伺候卓丹，你们俩干脆算送亲的，不把新娘子送上山，你们也不算完成任务。”两个女人心想，这算倒了八辈子霉了，咋就摊上这么一档子事呢。

那无赖又瞄一眼阿骨打和术忽，一拍大腿道：“还有你们俩，不是来喝喜酒的吗？你们算卓丹的表哥，明儿也去送亲，算上我是三男三女，正好。”他说得眉飞色舞，得意忘形。

术忽道：“都说犴牛大王可厉害了，他要难为我们咋办？我们可不敢去。”

“还怕啥呀，我是大媒人，他能难为你们吗？以后都是亲戚了，你不去送亲就是看笑话，其实啥事都没有，明天一切包在我身上，你们只管喝酒等赏钱吧。”

阿骨打和术忽假装诚恳地点点头。

众人在惴惴不安中度了一夜，太阳冒红时，犴牛大王的迎亲队伍吹吹打打地来到了博碾村。无赖迎到村口，向领头的小头目连连道喜并说：“博碾村小，送亲的人少，也不多添讨扰。”小头目也不用正眼看他，冷冷地问：“压寨夫人还哭闹吗？她能服服帖帖地顺从大王吗？”

那无赖说：“起初格格不同意，后来看到你们送来的彩礼就变了，心甘情愿地做压寨夫人，连她玛法也眉开眼笑的，这回大王娶亲会万无一失，你就一百个放心吧!”

犴牛大王的迎亲队伍一共有三十多人，皆身着彩服，八个壮汉抬着大轿，五只牛角号，五面吹皮鼓，吹吹打打，其余喽啰荷枪持刀，显然是护卫新娘。那小头目对无赖的喋喋不休，似充耳不闻，到了仆散家又详细询问了看守房门的两个武士，所言与无赖说得差不多，小头目觉得其中没有什么差池，送亲的不过是两个妇人和年轻阿哥，并没有异常，屯里的男人都躲得远远在看热闹。

小头目让接亲的人稍作休息，吃饭、喂马。卓丹早已穿好了嫁妆，犴牛大王未亲自来迎亲，自然省去了许多繁文缛节。卓丹又无兄弟姐妹，又少了啰嗦事。迎亲队伍中的萨满抬头看了看太阳，与小头目耳语几句然后高声喊道：“吉时已到，新娘上轿，鼓乐齐奏，送亲者后面跟着。”

卓丹穿的花枝招展，也没有伴娘，在两个妇女的搀扶下出门上轿，仆散玛法

还是忍不住地老泪纵横，说：“孩子，我年迈体衰，不能上牤牛山了，一切事都听你表阿哥安排吧！”

卓丹也泪水婆娑地道：“玛法你放心吧，我一定听你的话，听表哥的话，等三天回门再团聚。”

萨满又喊道：“起轿回山，物喜人欢！”

迎亲人马逶迤而行，阿骨打腰挎黑曜松石宝刀，术忽身背药囊紧紧地跟在花轿后面。路上的行人一见是牤牛山的人马，早躲得远远的，无人敢正面相对，一行人走得很快。

正午时分，迎亲队伍来到牤牛山。

牤牛山装饰一新，彩绸飞舞，花团锦簇。牤牛大王十字披红，一身新装。他身高体壮，满脸胡须，鹰鼻鹞眼，面目凶恶。尽管满面春风，喜上眉梢，也难以掩饰与生俱来的残暴本性。他见花轿已抬到山洞前，咧开大嘴怪笑两声道：“我看上谁家格格，谁就是我媳妇。”得意之态无以形容。

牤牛大王又吩咐手下的一个头目道：“今儿个是大喜之日，把地窖里的好酒都搬出来，告诉弟兄们可劲吃喝三天。”

迎亲的吹鼓手与山上的吹鼓手合在一起，猛劲地吹打起来，几个萨满色夫扭腰甩胯跳得异常卖力气，整个牤牛山沉浸在一片喜庆之中。牤牛大王在几个小喽啰的簇拥下，来到花轿前不可一世地说：“今儿个不拜天也不拜地了，在牤牛山我就是天，我就是地！哈哈哈哈……”

阿骨打冷眼看了看牤牛大王，倏然想起师傅长白真人的一句话，得意莫忘形。牤牛大王得意忘形的样子，终究成不了大事，心里暗暗盘算如何对付这个不可一世的魔王。

正在歌舞的萨满被牤牛大王的狂言妄语惊得停止歌舞，天地都不在他话下，眼里还能有什么？天开于子，地劈于丑，人出于寅，逆天违地悖人伦，必是气数已尽。但谁也不愿因劝阻此事而得罪牤牛大王。

卓丹在牤牛大王挑轿帘的刹那，终于看清他那副丑恶的嘴脸，难怪阿民、厄宁死在他手下，只恨得咬牙切齿，却仍是笑脸盈盈。在两个妇人的搀扶下，慢慢地离开花轿，牤牛大王牵住卓丹手中的红绸，目空一切地引着新娘进入洞府。此时，牤牛洞中已摆得肉山酒海，各种飞禽走兽之肉、山珍野菜等应有尽有，大罐子、小罐子、木盆子都盛满了酒。众喽啰早把兵器丢在一边，围在桌旁，一面瞪大眼睛观赏新娘的艳丽姿色，一面瞄着美酒佳肴，时不时地咽着口水，卓丹可餐的秀色，丰盛待餐的酒席，折磨得这群乌合之众犹如蜈蚣进肚百爪挠心。

阿骨打和术忽环视这一切，二人交换着眼色。一个小头目扯着破罗一样的嗓子喊道：”新郎新娘，免拜天地，免拜高堂，直接入洞房！”众喽啰齐声叫好，他们心想，新娘长得再漂亮，咱们看多少眼也白看，大王的女人多了，看多了，容易惹祸，多吃点好菜多喝点好酒，那是真格的。

牤牛山的两个妇女过来，把卓丹接进洞中的一个屋里。阿骨打、术忽不放心，与同来的两个妇女坐在离洞房较近的一张桌前。两个小头目过来陪娘家客人，众喽啰开怀畅饮，山吃海喝，只恨爹娘少生了一张嘴。阿骨打勉强喝了两勺酒，见洞房里没有任何动静，向陪客的小喽啰问道："大王一会能来敬我们酒吗？我们路途远，吃完还得赶路回家呢！"

一个头目说："我们大王有个习惯，娶了新娘子，要亲一会儿再出来敬酒。"

术忽站起来说："那不行，我们还着急回家呢！"说着端一碗酒就要去洞房找牤牛大王。小头目说："说的是，着急睡觉也不差敬酒的工夫，我去请大王出来。"洞房里，牤牛大王把卓丹扯过来仔细端详了一阵子，急三火四地脱衣服，他已被欲火煎熬得昏了头脑，酒席未开始就想成就好事。卓丹见他淫邪的样子，吓得直发抖。

此时，那个小头目拍门道："大王！大王！娘家客等你敬完酒就下山，再说山上兄弟们也都等着喝你喜酒呢。"牤牛大王正在兴头上，听小头目叫他出去敬酒，心里憋气刚想发作，卓丹胆怯地说："大王，我早晚都是你的人，何必急于一时，你去敬酒，回来再做夫妻也不迟。"

看着美人楚楚可怜、怯生生的样子，平素专横跋扈的牤牛大王如听到天语圣音一般，抓起衣服说："夫人说得是，好饭不怕晚，我不能慢待了娘家客人，也不能冷落了弟兄们，你好好等着我吧。"说着，轻轻地捏了一下卓丹的脸蛋，推门而出，示意洞房前的两个妇人看好新娘。

众喽啰一见牤牛大王出来，举着手中的酒碗喊道："恭喜大王，大王干杯！"

牤牛大王挥挥手，得意万分地说："弟兄们，本王娶了天仙一样的压寨夫人，山寨大庆三日，酒管够喝，肉管够吃！"

"好！"喽啰们扯开喉咙叫着，唯恐自己喊的声小。牤牛大王端过小喽啰送过来的一碗酒，来到阿骨打面前，两个小喽啰又抬过大桶来，术忽见自己的酒只剩

半碗，就顺手在酒桶里舀酒，说："大王来敬酒，我得喝满碗。"

牤牛大王见状更加欢喜，点点头道："是条汉子，我敬娘家客一杯，仆散格格嫁到山上来，你们就放心，她是牤牛山的凤凰，是我的心肝宝贝，我先饮为敬。"说着，一仰脖干了一碗，阿骨打和术忽也干了一碗。洞府里总计八九桌人。牤牛大王在小头目的引导下，挨桌敬了一圈，小喽啰都逞赛似的喝，一大桶酒很快就喝干了。

在牤牛大王敬酒之际，术忽端了两碗酒来到洞房前，对两个守门的妇人道："大王说你们辛苦了，敬你们一碗。"两个妇人听说是大王敬的酒，不敢怠慢，接过酒碗一饮而尽。

术忽见她们喝干了酒，又说："我进屋与表阿妹道个别，一会儿就下山了。"说着推开房门，两个妇人也跟着进来。卓丹一见术忽进来，心头一喜，跳下炕来。两个妇人刚想催促术忽有话快说，不觉头昏腿软倒在地上，术忽忙道："快换上她们的衣服。"

卓丹脱下自己的嫁妆给一个妇人穿，然后穿上她的衣裳，术忽把穿嫁妆的妇人弄到炕上靠墙而坐。牤牛大王很快敬完了酒，待他要回到阿骨打那桌时，却见刚才喝了木桶酒的喽啰们，有的趴在桌上，有的跌倒在地睡着了，酒碗散了一地。

原来，术忽早已准备了一包麻醉药，在牤牛大王敬酒之际，借去酒桶里盛酒之际，把药倒进酒里，众喽啰和那两个妇人喝了麻醉酒，少时就被麻倒。

两个小头目陪牤牛大王只是挨桌敬酒，粘嘴唇示意，故未被麻倒，两个小头目急忙去叫众喽啰，见他们昏睡不醒，忙说："大王不好了，酒中有蒙汗药！"

"啥？有蒙汗药！谁下的？"说着掀翻身边的一张桌子，二头目凶光毕露，逼视着阿骨打。一个小头目抽出腰刀道："肯定是娘家那两个小子干的，你们敢到牤牛山上来撒野，真是活腻歪了。"边说边逼了过来。

阿骨打也一脚踢翻了凳子，抽出黑曜松石刀道："牤牛大王！你作恶多端，为害一方，今儿个我就是为民除害来了。"

牤牛大王狂笑不止，笑够了才道："一个毛头小子竟口出狂言，你们上去把他剁成肉酱下酒喝。"

两个头目和十几个未曾喝到药酒的喽啰，挥舞着刀抢冲了上来。阿骨打毫无惧色，展开长白刀术应战，这是艺成之后第一次迎敌。宝刀一挥，小头目和喽啰的刀枪立即被削断。一个小头目躲闪不及，右臂被砍了下来，一个小喽啰叫道："宝刀，大王那小子用的是宝刀!"犴牛大王吃了一惊，顺手抄起一把椅子，向阿骨打砸来，阿骨打宝刀挥舞，木椅如朽木被宝刀削个稀里哗啦，阿骨打的宝刀一个白蛇吐信，刺至犴牛大王心窝。犴牛大王慌乱中扯过一个小喽啰挡在胸前，宝刀穿胸而过，刀尖在犴牛大王的胸前衣服上戳了一个洞。被削断臂膀的小头目在地上滚动着嚎叫着，另一个小头目带着小喽啰抄起板凳，冲了过来，阿骨打只守不攻，宝刀翻飞，借刀锋之利和惊人臂力把那些四面八方攻来的武器砍得七零八落，有的喽啰还受了伤，阿骨打不愿多伤及那些喽啰，并未出招进攻。犴牛大王见阿骨打仗着神兵利刃和精妙的刀术，迫使众喽啰进身不得，自已险些吃亏，就怪叫一声，抓起一根一丈多长、碗口粗细的圆木，舞得呼呼生风，向阿骨打逼来。阿骨打深知擒贼先擒王的道理，以求速战速决，先降了犴牛大王，待那些昏醉的喽啰醒来就不好办了。

兵器所谓一寸短一寸险，一寸长一寸强，犴牛大王抡起圆木铆足劲向阿骨打扫来，阿骨打为了试宝刀的威力和自己的臂力，竟然不避其势硬碰硬地以刀格架，只听扑哧一声，那圆木又被削去二尺长。犴牛王大吃一惊，深知光凭手中的圆木难以胜过阿骨打，忙向那小头目吼道："快去后洞请犴牛精助战，把我的开山斧拿来。"

阿骨打见长白真人所赐的宝刀确实锋利无比，就全然采取进攻的招数，犴牛大王全靠一股蛮力，舞动着圆木死打硬拼，但因招数不如阿骨打，渐渐被逼出了洞外，手中的圆木已被阿骨打砍去一半，二人又抖了十几个回合，犴牛大王手中的圆木只剩二尺多长，身上几处挂彩，已然只有招架之功。阿骨打的刀光已经罩住他的全身，即将取胜。恰在此时，就听"哞"的一声怪叫，一头硕大的犴牛冲了过来，阿骨打一愣神的刹那，犴牛大王趁机脱离了刀光的笼罩，长长的嘘了一口气。犴牛精巨口一张，吐出了一股烟火，所幸阿骨打闪得快，没有烧着，那畜生狂性大发，角挑，尾扫，足踢，逼得阿骨打仓皇躲避，满地翻滚，连连后退，才没被击中。就在阿骨打鲤鱼打挺从地上跃起之际，犴牛精又喷出一股火来，烧着阿骨打衣袖，他连忙甩掉皮袍，赤膊应战。

犴牛精的招术就是挑、踢、顶、撞、扫再加上喷火，阿骨打渐渐摸清了它攻击的套路，闪避之余，偶尔抡刀进攻，犴牛精似乎也怕宝刀的厉害，不断闪躲。犴牛大王借机裹了身上的几处轻伤，从喽啰手中接过金雀开山斧，边喘息边

观战。

牤牛精摇头晃脑，摆动着双脚跳向阿骨打，阿骨打躲避时，偷眼看见牤牛大王手持金灿灿的大斧，在一旁观战，若不速战速决，恐遭厄运，不但卓丹救不了，自己性命也难保，他拼着让牤牛精顶一角之危险，双手握刀用尽平生之力，砍向已顶到胸前的牛左角，只听一声撕心裂肺的惨叫，牤牛精的左角已被宝刀从弯曲处削掉，眼看戳到阿骨打胸部的右角，突然缩回。

阿骨打惊魂初定，那惨叫和呻吟的声音不是牛声而是人声，心头一亮，证实了那牤牛精原来是由人所扮的推测，健壮的四条腿是四个大汉，牛头是个矮小的汉子，坐在四人抬的木架子上，伸出去的腿便是牛角，整个牛是木头架子蒙上缝制好的牛皮，所谓喷火，都是扮牛头的那人所为。

阿骨打识破其机关之后，猛然跃起身形，宝刀力劈华山砍在牛背上，一根木杆被砍折。他连砍三刀将牤牛精拦腰斩断，扮牛头的人嚎叫着跌了下来，扮前后腿的两组人，失去了中间的拉力，一组向前扑倒，一组向后仰倒。

人们传得神乎其神的牤牛精，就这样被阿骨打彻底拆穿老底并毁掉。牤牛大王见自己赖以蒙骗世人的法宝，顷刻之间毁在阿骨打手里，哇哇怪叫，抡圆的金雀开山斧泰山压顶劈了下来。阿骨打劈倒牤牛精，刚喘了口气，牤牛大王的利斧已经到了头顶，这一斧似有千钧之力，阿骨打真想与他较量一下力量，但唯恐宝刀有损，只好避其锋芒闪躲开，牤牛大王见阿骨打单刀不敢硬接其开山斧，他一招不成，又用第二招儿，来了一个横扫千军拦腰劈来，阿骨打仍旧躲闪，那斧子几乎擦着他的软肋而过，冷汗骤然而出，惊魂未定。牤牛大王的第三斧已经砍出，枯树盘根直劈阿骨打右腿，阿骨打急忙跳开。

牤牛大王见阿骨打宝刀不敢与他的开山斧硬接硬碰，顿时凶性大发，泼风斧使开，又是那三招。阿骨打虽然自幼就在战争环境中生长，又与父叔们学些武艺，号为少年巴图鲁，在长白山学艺三年，而与敌人交手以性命相拼这还是第一次，临阵经验不足，不比牤牛大王杀人如麻，凶残无比，因此处于下风。

阿骨打被逼得连连后退，长白真人的叮嘱又响在耳边：每临大事有静气，大智为勇，柔能克刚……。牤牛大王又是一招铁犁耕地劈他的下盘，阿骨打拼着一条腿被劈断的危险，单刀挽了个花直砍牤牛大王的脖颈，可谓攻敌之必救。牤牛大王急忙抽斧招架，不然即使砍断敌人的双腿，自己的脑袋也搬了家。阿骨打见他回斧防守，又不跟他硬碰，手腕一翻玉带缠腰削向中路，牤牛大王挥斧抵挡，刀斧未交，阿骨打又一个夜叉探海刺向他的腹部。如是一来二人战成了平手。一个胜于斧沉力猛，另一个胜在招术精妙。

此时，二人心头各自焦急，阿骨打担心山洞里的喽啰药劲过去，一旦醒来，群起而攻之，势必人单力孤难以全身而退；牤牛大王忧虑的是，如果不把这小子劈死，牤牛山的基业将毁于一旦，自己也难在这一带立足，由此都想速战速决，招术也越来狠毒。

阿骨打白鹤亮翅削牤牛大王的肩头，牤牛大王竟然不防守，豁出中刀，开山斧连劈带砸捣向阿骨打的背部，这是攻敌之所必救，若不以刀格架，很难躲过这一杀招。阿骨打撤身抽刀只好举刀迎上巨斧，酣战多时，二种兵刀首次相交，牤牛大王嘿嘿冷笑道："小子，你仗着宝刀之利伤我属下，焉能伤了大爷的金雀开山斧。"然而刀斧相交铿然作响，他却大吃一惊，这一斧不但没把敌手的宝刀折断、震飞，自己却觉得双臂麻酥酥的。

阿骨打见宝刀丝毫未损，牤牛大王的力气和自己不相上下，尤其听到金雀开山斧几个字，心头一亮，莫非是师傅所言的长白山的镇山之宝？顿时豪气大增，猱身而上，展开长白刀术，攻中带守。牤牛大王见阿骨打敢以单刀与自己的巨斧格击，一点不见劣势，他的刀术又神鬼莫测，自然气馁了三分。剩下的那个小头目带着几个喽啰远远观战，也插不上手。

牤牛大王自觉招架有余还手不足，再缠斗下去必败无疑，于是，危急之中双手抡斧，顺风扫叶劈向阿骨打，这一斧来得凶狠古怪，阿骨打急忙回刀格架，刀锋碰上斧锋击出火星，阿骨打挡出斧当，而牤牛大王像一个旋转的陀螺，斧柄却划向他的腹部，幸亏他躲闪迅速，免去了开肚破肠之灾，却在肚皮上划出一尺多长的口子，伤口虽浅也是鲜血淋漓，斧刃划在阿骨打胸膛，幸亏猛犸牙挡着，未伤逢筋骨，但猛犸牙却被割出一道沟槽。

牤牛大王这记旋风斧绝招，曾伤过无数武士，阿骨打之所以幸免，是因为他身法较快，只是被划了一道浅浅的伤口。牤牛大王旋转了两三圈速度慢了下来，阿骨打不顾腹部伤口，在牤牛大王强弩之末时，双足点地，腾空而起居高临下，黑曜松石宝刀犹如青蛇曼舞，在牤牛大王的脖颈上绕了一圈，牤牛大王的头颅落于地上，尸身轰然倒地，金雀开山斧抛于尘埃。阿骨打还刀入鞘。

阿骨打伸手抓起金雀开山斧挥舞一圈，大喝道："牤牛大王已死于我的刀下，你们还有谁想来送死？"那些小喽啰早已领教了阿骨打宝刀的厉害，见他又杀死

了牤牛大王，都不寒而栗，谁还肯上前送命？纷纷扔下兵器跪倒在地，道："巴图鲁饶命，我们愿尊你为大王，统管牤牛山。"

阿骨打厉声道："胡说！我堂堂一个女真武士，岂能与你等草寇为伍，为害一方？你等身强力壮却不劳而获，助纣为虐，鱼肉乡里，我真恨不得把你们剁成肉酱！"

"巴图鲁饶命！巴图鲁饶命！我们再也不敢了。"

阿骨打不再理他们，对洞里大喊："术忽、卓丹你们出来吧！牤牛精让我破了，牤牛大王也死了！"

术忽用药麻倒了两个妇人后，与卓丹各寻一柄短刀护身。术忽深知阿骨打得长白真人的真传，对付牤牛大王绰绰有余，故紧闭洞门，唯恐有人来袭。听到阿骨打叫他们出来，这才打开门，见那些喽啰横躺竖卧仍自酣睡，几桌酒席七零八落，一塌糊涂。他们来到洞外，见阿骨打威风凛凛，手持金雀开山斧，脸上荡漾着胜利的喜悦，几个小喽啰跪在一处，磕头如捣蒜，乞求饶命。卓丹喜极而泣，只说一句"阿哥……我……"便哽咽了。

术忽欢悦之余，高声叫道："阿骨打，你不愧是长白真人的徒弟，艺高人勇，这回你可真是咱们完颜部的大巴图鲁啦！"

"术忽，咱们这回不仅除掉了牤牛精、牤牛大王，算是为此地去了一害，还寻回了长白山又一镇山之宝——金雀开山斧。我师傅说过，得此斧就是得'来福'，必能成大业，可叹牤牛大王得了此宝物却不知珍惜，竟然用来为害一方。"阿骨打喜滋滋地说。

术忽从阿骨打手中接过金雀开山斧仔细端详，卓丹泪光盈盈无限崇拜说："你真了不起，我玛法早就说你是大材，是完颜部的福分，女真的福分！"

那几个小喽啰从三人的对话中听明白了，杀牤牛大王的青年叫阿骨打，是长白真人的徒弟，来自女真人最大的部族完颜部，都惊诧不已。小头目是颇有正义感和良知的人，委身于牤牛山是为了躲避乌春部仇人的追杀。得知阿骨打如此来历，见到阿骨打的神勇，已经佩服得五体投地，跪爬过来道："我愿意追随阿骨打巴图鲁，牵马坠镫，赴汤蹈火在所不惜，巴图鲁若是不应允，我就长跪不起。"

术忽鄙夷地看了他一眼，对阿骨打说："先别理他，咱们还是看看洞里那帮家伙咋样了？"

卓丹却关心那些被抓来的妇女，她对那个小头目说："你光跪着他就能收你呀？做些积德的事，还是快去把犴牛大王抢来的那些姐妹放出来吧！”

小头目闻听连连点头，爬起来后，领着几个喽啰去了后洞。阿骨打风趣地说：“看来你这压寨夫人说话还挺好使，犴牛山的头目都唯命是从了。”

卓丹脸一红嗔怒道：“他是听我的吗？是怕你这大巴图鲁，别拿我开心呀！”三人都笑了起来。洞里喝了药酒的喽啰们，美美地睡了一大觉，对醉后所发生的事情一无所知。术忽见他们稀里糊涂还未清醒，就从皮囊里摸出一种解药，打着火嫌燃了起来。不多时，袅袅烟雾弥漫了山洞，昏睡的喽啰们闻到烟味，打着哈欠喷嚏慢慢醒来，蒙蒙懵懵的，只见杯盘粉碎，桌倾凳翻，菜肴满地。送亲的两个年青阿哥与新娘并肩而立，只是新娘未穿嫁妆，大王的兵刃金雀开山斧却在他人手里。

正在他们满腹狐疑时，洞外传来女人叽叽喳喳的吵闹声：“犴牛精死了，犴牛大王被杀了！”“我们有救了！可以下山与家人团聚了。”“那魔王早就该死，不知害了多少姐妹。”“咱们去谢谢那救咱们的巴图鲁。”

妇女们的话撞击着洞里每个喽啰的耳鼓，他们沉默了片刻，立即像马蜂窝遭天火一样炸了营。“什么？大王被杀了？谁有这样的本事呀？”“太厉害了，连犴牛精都灭了！”“那咱们以后咋整呀？”“咱们哥们咋办呀？”

在众喽啰嗡嗡之际，那个小头目进来道：“别瞎嚷嚷了，大王就是这位叫阿骨打的巴图鲁杀的，你们没有看到金雀开山斧在谁手里呀？”

众喽啰根本不相信眼前的年轻阿哥能在一时之间砍翻犴牛精、杀死犴牛大王。犴牛精在他们心里是兽神，犴牛大王是皇帝，在这一带横行霸道数年，冷不丁没有了，还真有点接受不了这个事实，都怔怔地愣着。小头目见状喊道：“你们还傻愣着干啥呀？到外面看看不一切都明白了吗？”

众喽啰乱哄哄地到洞外，见不可一世的犴牛大王身首异处，犴牛精被砍翻在地，扮牛腿的四个壮汉均被砍断双腿，昏死过去，扮牛头的矮个子少了一条腿，哀号不止，被他们奉为神明的犴牛精原来是人所扮，在山上待了好几年，竟然不知道。

“大王已死，咱们散了吧！”“有家奔家，没家奔店。”“再也不受窝囊气了，再也不干伤天害理的事了！”“山上的钱物咱们都有一份，不能这么走了。”“对呀，拿点回家好过日子。”说着就奔仓库去了。

“慢着！”那小头目大喝一声，登上一块山石道：“大伙听我一句话，你们

可知道杀大王的是什么人吗？他是长白真人的传人，完颜部的巴图鲁，他叫阿骨打。”

众喽啰听得愣眉愣眼，术忽接茬道：“还不仅如此，阿骨打还是完颜部都勃堇劾里钵的二公子。”

这句话不仅让喽啰兵们大吃一惊，就连那个小头目也更加另眼相看。他们落草为寇，打家劫舍，对这一带的地方长官自然了解，完颜部是生女真最大最强的部族，还是辽朝委派的统辖生女真诸部的节度使。牤牛大王生前曾不止一次地告诫部下，天不怵、地不怵、就怵完颜部，得罪他们就等于自己找死路。尽管他们没有去招惹完颜部，结果牤牛山几十年的基业，还是毁在完颜部一个年轻的阿哥手里，自己也难免一死。

阿骨打急忙打断术忽的话头，说：“术忽，跟他们说那么多有啥用？”然后，对那些仰视他的喽啰和跪在地上谢救命之恩的十几个妇女说：“我是从长白山学艺回来的，赶上牤牛大王强抢民女成亲，才出手相助，万不得已杀了牤牛大王，我手中的金雀开山斧是长白山的镇山之宝，我替师傅收回，山上的其他财物，都是你们抢老百姓的，如果知道都是谁家的就给送回去，剩下的你们按人头分点，拿回家好好过日子吧！”

众喽啰齐声叫好，又要往仓库里冲，那个小头目又大喊一声道：“等一等，我有话要说。”他跳下石头跪到阿骨打面前说：“阿骨打巴图鲁，山上的这些弟兄大多都是术虎部、蒲察部、温都部、乌春部的奴隶，实在生活不下去了才逃出来上山为寇的，我们哪敢回家呀，回去头人也饶不了我们，这也是女真人的‘条教’规定的。今儿个大伙离开牤牛山，到别的地方也还得吃这碗饭，还不如你收留我们，跟你去完颜部，从此改过自新。”

阿骨打低头沉思，术忽劝道：“他说得有道理，他们已经是有家难回，咱们部族正好缺少兵丁，你何乐而不为呢？”

阿骨打说：“我怕阿民他们不同意，带回他们咋办呀？”

术忽道：“带回去再说，都勃堇不同意再遣散他们。”

喽啰们都跪在地上，央求道：“大巴图鲁，我们跟定你了，你就行行好收留我们吧！我们也不愿意过这样的鬼日子，一年到头在山上死朽，为了活命，没法子呀！”

阿骨打觉得大伙说得有道理，暗想，如果把这伙强人改为兵丁，不仅为地方除去了祸患，也给完颜部族增添了兵力，也符合师傅顺势代势、大乱大治的想法。于是，朗声道："我暂且收留你们，但你们必须听我的号令，按着'条教'盗贼当斩当罚，你们犯了死罪。好在你们是帮凶，罪魁祸首牤牛大王已死在我刀下，只要你们不再烧杀抢掠，不再坑害百姓，我暂且免去你等的罪行。"

众喽啰再次跪倒称谢，阿骨打缓口气说："如果愿意跟我，我接纳，不愿跟我，就拿点钱回家吧。谁要是再为非作歹，定杀不饶。就是钻到地下，我也把他抠出来。"众喽啰齐声称"是"。阿骨打又说："你们都站起来吧！"众喽啰多数跟定了阿骨打，只有少数的牤牛大王的死党，到库房领点钱物散去，那些被解救的妇女又一次跪下道谢。

第十五章

乌春等沆瀣一气　抛刀救父平叛乱

阿骨打带着牤牛山近百名喽啰，与术忽、卓丹回了博碾村。仆散玛法送迎亲队伍走后，心里七上八下的，唯恐阿骨打救人不成，不仅孙女搭在山上，还白白地送两个小阿哥的性命。连中午饭都没吃，焦急不安地在村头张望。

傍晚时分，他见牤牛山方向来了一哨人马，借着夕阳的余晖，昏花的老眼终于看清走在前面的是卓丹、阿骨打、术忽。他踉踉跄跄地跑上前去，老泪纵横地说："孩子，你们可回来了，你们要有个好歹的，我这条老命也就没了。"

卓丹高喊着玛法，跳下马来，祖孙两个抱在一起，喜极而泣。村里人见来了牤牛山的人马，以为牤牛大王来抢掠，家家闭户。老玛法和卓丹哭了一阵，忽然，向村里跑去，高声喊道："牤牛大王死了！牤牛精被巴图鲁阿骨打杀了！"

村里人开始不相信，悄悄地从窗缝、门缝观瞧，果然见卓丹回来了，那两个骑着高头大马的阿哥正是仆散家来的后生，后面跟着牤牛山的喽啰，拿着许多东西，并叫喊着让大家认领自家的物品。村人们涌出家门，奔走相告。

一时间，十里八村的百姓得知此信，都从四面八方聚到博碾村，认领自家的物件，然后杀猪宰羊，拿出最好的饭菜、米酒，通宵达旦地庆贺。"阿骨打！巴图鲁！"的欢呼声此起彼伏。众人载歌载舞，轮番给阿骨打敬酒，都称他大王，阿骨打百般推辞也无济于事，仆散卓丹的目光似乎被磁铁吸住一样，始终离不开阿骨打，即使在欢舞中，也频频往顾。

老玛法对孙女的心事了若指掌，阿骨打三年前去长白山时接受了卓丹的猛犸牙，而今艺业已成又成了大英雄，不知其心里咋想的，于是端起一碗酒说：

“大王，不……阿骨打，不……巴图鲁……”阿骨打忙道：“玛法，你这是咋的了？”“唉，我还是老糊涂了，一时不知叫你啥好啦！”“你还是叫我阿骨打吧！我还是我呀！”“那咋行呢？他们都叫你大王了。”

术忽见二人左右为难，就插话道：“老玛法你别为难阿骨打了，叫他大王肯定不妥当，他又没到绿林落草为寇。”

牤牛山的小头目凑过来说：“是呀，叫‘大王’，我们也觉得别扭，可是你这领着百八十号的人马，必须有个名堂，总不能直呼其名呀！”

术忽挠着头说：“直呼其名确实有损尊严，咱们也是一股人马，有个规矩是对的。”

“叫勃堇！”“不行！那是部族首领！”“叫元帅！”“叫元帅领那还得受皇封！”术忽一拍大腿道：“有了，从今以后咱们就叫阿骨打将军，领兵的就是将军。”

几个人附和地叫道：“对！叫将军，叫将军！”那小头目说：“来！咱敬将军一碗酒！”众人又乱哄哄地敬起酒来。老玛法本来想跟阿骨打说说卓丹的事，结果被大伙呛呛称谓和敬酒给挡了过去，只好低头喝闷酒。

阿骨打已经看出老玛法的心思，端一碗酒过来说：“玛法，我敬你老爷子一碗，这次能除掉牤牛大王，还多亏你和卓丹帮忙，不然，我和术忽也没法上牤牛山进牤牛洞。”

老玛法把一碗酒全倒进肚里，叹口气说：“你为我们除掉牤牛大王，是天大的喜事，你救了卓丹，却也害了卓丹。”

阿骨打不解地问：“玛法何出此言？我又如何害了卓丹？”说着不由自主地望了一眼人群中且歌且舞的卓丹。火光中卓丹正好也向他张望，渴求的目光中带着几分幽怨，阿骨打不觉心里一颤，仿佛看到了当年唐括捏哥的目光，他突然明白了老玛法的叹气和担忧，明白了三年前卓丹赠与猛犸牙的真正意图。

老玛法见阿骨打望着人群中的卓丹，若有所思，就给阿骨打添了一勺酒道：“自你去长白山学艺后，卓丹没有一天不叨念你，有时梦中还喊你的名字，还得了一场大病，村里的萨满瑟夫说是你带走了她的魂，等你回来她就好了，眼瞅着你艺成归来，除掉了牤牛大王，成了名震一时的巴图鲁，这又要回完颜部了，我担心这丫头以后再活不下去了，何况当年她爹临死时许下了诺言。”

阿骨打吃惊不小，下意识地摸了摸挂在胸前的猛犸牙，是这个护身符为自己挡了牤牛大王的金雀开山斧一下，不然，自己至少得受重伤。老玛法接着说：

“卓丹曾发誓，牤牛大王不死她不嫁人，嫁人就嫁为他爹娘报仇除掉了牤牛大王的人，她早已铁心非你不嫁，我就舍个老脸，求将军别辜负了卓丹一片深情呀！”说着就要跪下身去。

阿骨打忙双手擎住他说：“这……老玛法你千万别这样，卓丹阿妹是个好格格，我！已经有了家室，怕委屈了她。”

“看卓丹的心思别说你有了家室，就是再有三妻四妾，她也全然不顾，给你当奴仆都会心甘情愿。”

阿骨打低头沉思，术忽上前道：“快答应老玛法吧！我与韵茹的事你百般撮合，这回我也当回媒人。去长白山之前我就说卓丹看上你了，才给你猛犸牙。你要是不同意，为啥接人家的定情物呀？要没有猛犸牙挡一下，你还不得受重伤呀！”

“可我家里已娶了唐括捏哥，还有裴满明慧在等我，阿民又答应了纥石烈部联姻的婚事。那我一开始就把卓丹当阿妹看待，谁知道她自己竟然立了个那样的誓言，我现在脑子很乱，让我再好好想想，明天答复行吧？”

老玛法、术忽点头签应。狂欢一直进行到深夜才罢休。众人带着余兴，甜甜地进入梦乡。而阿骨打却无一点睡意，他反复思忖着是否答应这门婚事。卓丹更是备受煎熬，她对阿骨打的爱已经到了不能自拔的地步，如果说三年前她一见钟情地爱上了阿骨打，如今她对阿骨打除了刻骨铭心的爱之外，就是无限的崇拜和敬仰，阿骨打就是让她去死，她都会义无反顾心甘情愿，她此刻犹如一个死刑犯在等待着监斩官的生死判决。老玛法为孙女的婚事担忧，一夜未眨眼，坐到天明。术忽却睡得香香甜甜，一大早醒来就问阿骨打考虑得怎样了。

阿骨打经过一夜的思忖，觉得如果拒绝了这桩婚事，仆散卓丹一旦有不测，老玛法岂能独活，实际上是等于自己害了两条性命，何况卓丹清纯娇艳，也是难得的格格，就答应了日后娶卓丹为妾。卓丹和老玛法闻言，相拥而泣多时，才擦着喜悦的泪水去张罗早饭。

术忽喜不自胜地对阿骨打说：“咱们这回不但都学成了艺业，更主要的是你收服了一百多喽啰兵，家里人尤其都勃堇知道了还不知有多高兴呢！”

阿骨打说：“术忽，你别光美了，今儿个你吃完早饭，带着五个兵丁去把耶律韵茹一家接来和卓丹一家汇合，咱们一起回会宁州，省得以后费二遍事。”

术忽听后高兴地说：“从收服牤牛山众喽啰后，我就这么想的，怕你不同意没敢说。遵命，将军大人。”说着施了一礼，逗得在场的人开怀大笑。

阿骨打趁术忽去接人之时，在博碾村训练牤牛山收编的喽啰兵。他按着长白真人传授的排兵布阵的方法，把喽啰兵分成十人一组，改牤牛山的旗帜为完颜部的旗帜，以博碾村和一座无名小山为目标，演练攻城略地、防守突围、迂回包抄之术。那些喽啰原本是一些乌合之众，慑于牤牛大王的淫威而归服。阿骨打杀了牤牛大王，他们对阿骨打敬若天神，唯命是听。

阿骨打恩威并施，公正严明。他为了检验自己的武艺，丰富实战经验，竟然与一百来人逐一对阵，持械或徒手格斗，众兵下皆非其对手，最多能打上五六个回合，便败下阵来。后来，阿骨打便让他们三人、五人、七八人、十人一伙合攻自己，以此印证了在长白山学的武功，每战他都能各个击破，一一胜出，赢得众人心服口服，死心塌地跟从他。

术忽星夜疾驰，赶到耶律敌虎的住处，将博碾村的事陈述了一番，一家三口听得心惊肉跳，最后一同上路。几日后，回到了博碾村，与仆散卓丹一家相见。阿骨打又把那五个喽啰编进队伍中去，一行人在村民的欢送下，浩浩荡荡开回会宁州。

会宁州，劾里钵营寨。

月明星稀，议事大厅灯火如昼。劾里钵面色凝重，诸将议论纷纷，大将欢都说：“乌春这家伙忘恩负义，老都勃堇算是收留了一个白眼狼，回头下死口咬人。”撒改接茬道：“看来这次乌春下了狠茬子，竟然把周围几个部落的兵马都纠集起来进攻咱们，据说有上千的兵马。”

盈歌愤然说：“兵来将挡，水来土掩，我愿领一哨人马去拒乌春，御敌于边界之外。”

其他几个年轻将领也纷纷请战，愿意同盈歌一起出征。劾里钵审时度势，沉思良久说：“乌春起兵早在我意料之中，这一支兵马虽声势浩大却不足惧。”

颇剌淑急切地说：“那都勃堇是担心桓赧这个反复无常的小人啦?”“我虽然担心这个家伙趁机偷袭，更忌惮江北的腊醅与麻产七兄弟，他们表面上与咱们和亲联姻，实际上蠢蠢欲动，时刻想要霸占江北土地，与咱们分江而治。如果这次他们三股势力联合起来，咱们恐怕凶多吉少呀!”

盈歌等气血方刚的将领，听了劾里钵的一番话，不再争抢请战出兵。劾里钵虽然已想好拒敌策略，但心里仍是忐忑不安，他缓缓地说：“为今之计，我们尽

管兵力不足，也得分兵迎敌，我和撒改率一路人马南敌乌春，因为撒改领地尽在此方熟悉地形；颇剌淑和劾孙带一路人马东去婆多土水一带驻扎，遍插旌旗，虚张声势，给桓赧造成假象；盈歌、习不失带一路人马驻扎在混同江畔，整日操练人马，多布疑兵，让江北摸不清人数的虚实；腊醅多疑，则不敢轻举妄动；会宁州老营寨还是由兄长劾者率部分人马防守。此一战关乎我完颜部生死存亡，诸将必戮力同心，许胜不许败。”众将称是，然后个个回营寨，分头准备出兵。

涞流水河畔，乌春营寨，牛皮大帐。

窝谋罕等叛军头领正向乌春敬酒献媚。窝谋罕喝得两眼通红，打着酒嗝道：“乌春勃堇……以咱们七部一千多的兵马，对付完颜部定能不成问题，攻破会宁州后，你……你当你的都勃堇，那里的财物和女人就分给我们哥几个啦……”说着他得意地狞笑起来，其他几个部落的头领也跟着狂笑不止。

乌春把啃净的一块羊骨棒扔在桌子上，一抹嘴巴说：“你们以为完颜部是块肥肉呀？不用费劲就能吃到嘴？完颜部是块硬骨头，啃不好要硌掉大牙的。”

温浑部首领谋阔台说：“乌春勃堇所言极是，劾里钵既然能争得都勃堇的位置，必然有过人之处，他同父母的五个兄弟都是能征惯战的上将，同父异母的兄弟还有十多个也都十分的了得，再加上欢都那样的猛将若干，我们绝不可轻敌。”

窝谋罕倒是不屑一顾地嗤笑道：“你要是害怕，干脆回家搂娘们去，明个我打头阵，我就不信完颜部的人都三头六臂。”另几个不知天高地厚的头领也随声附和着。

乌春摆摆手道：“大家别争执了，劾里钵等确实是非等闲之辈，我们虽人多势众，也不能掉以轻心，窝谋罕勃堇明天出战，你可是先锋，开个好头，争得头功。”

窝谋罕不可一世地说：“我一定马到成功，生擒劾里钵，为乌春勃堇出口恶气。”

涞流水岸边，黄土岗，枯草连天。

劾里钵率四百人马来到黄土岗，仔细观察一番地形，与撒改商量说：“我军在人数上逊于乌春，此役只可智取不可力敌，我见此岗蒿草茂密，可藏伏兵，我带二百人前去对阵，劝说乌春退兵和好，如果乌春执迷不悟，必于阵前厮杀，我若胜了，则领兵追杀；不胜，则退至此岗，引敌兵进你的包围圈，然后你异兵突起，用箭射杀，定败敌军，挫其锐气。”

撒改点点头说："此计可行，都勃堇，你在岗上设伏，我和欢都将军去打头阵，引乌春兵吧!"

劾里钵说："那样不行，我与乌春相识多年，彼此了解，我若不出阵，必然引起他的怀疑，伏兵之计恐怕落空，何况你也无法劝他罢兵。"撒改只好依计而行，布伏兵于黄土岗蒿草之中。劾里钵带大将欢都引二百兵马，与乌春五百兵士对阵黄土岗下。

两军相对而立。劾里钵手持长刀催马出阵，高声叫道："请乌春勃堇前来答话!"

乌春见劾里钵兵微将寡，胆气顿壮，催马出阵与劾里钵在阵前四目相对。

劾里钵见乌春顶盔贯甲，手持一杆长枪，阴险狡诈中略带几分霸气，开口道："乌春勃堇，想当年你带领族人逃灾避难，从仆干水流落到完颜部，我阿民见你们可怜，以仁义为怀，好心收留了你等。给马匹、粮草，划出地盘让你族人重操旧业打铁谋生，你部族才得以繁衍生息，而你部族壮大后，不思报恩却屡次寻衅滋事，掠我部人马财物，岂不是一个忘恩负义的小人所为？今日我只带少数人马前来劝劝你，罢兵回去，咱们言归于好，化干戈为玉帛，免得兵戎相见，积怨更深。"

乌春闻言冷笑一声，长枪一指劾里钵说："劾里钵，你说的比唱的都好听，当年你阿民收留我，是看好了我的打铁手艺，这些年来，我部族打制的所有盔甲都供给了你们完颜部，而你等却不守信约，又擅自收购加古部的甲胄，视我部族于无物。我们部族人马也不少，凭什么非听你们完颜部的？辽朝皇帝封你个都勃堇，我们不扯你了，我还想当都勃堇呢！今儿个我们诸部起兵，就是要灭了你完颜部，轮流做都勃堇。你说只带少数人马，恐怕你派不出兵来吧？桓赧袭击你的老巢了吧？腊醅、麻产抄你的后路了吧?"说完，一阵得意的怪笑。

劾里钵见乌春果然与桓赧、腊醅等沆瀣一气，联手谋反，虽然是预料之中的事，心头也吃惊不小，他还是尽力争取乌春，和颜悦色地说："乌春，看在当年老勃堇拉扯你的份上，咱们还是重归于好，捐弃前嫌吧。我胞弟有一格格，愿嫁给你儿子为妻，咱们永结秦晋之好如何?"

乌春闻言冷笑不止，然后用不屑的口吻说："劾里钵，你现在想起这事恐怕晚了，何况我儿子是人，若与猪狗结亲，咋能生儿育女。"

劾里钵强压怒火道："乌春，你这个以怨报德的家伙，果然与桓赧、腊醅之

辈同流合污，起兵谋反，南北夹击还不算，竟然说出如此绝情的话。”

“无毒不丈夫，今儿个我叫你有来无回！”说着一摆大枪，直取劾里钵。劾里钵深知乌春有一股狠劲，不敢怠慢，忙举刀招架。两个回合下来，劾里钵不敢恋战，唯恐乌春大队人马掩杀过来。刚好乌春一枪到来，劾里钵微微一侧身，大枪紧擦着腋下刺过，他用力夹住枪杆，手中的长刀劈向乌春的头部。乌春以为此枪已刺中对手，心中暗喜，陡然间长枪走空，心头一惊的刹那，劾里钵的长刀已砍到头顶，他急忙缩梗藏头，可为时已晚。

劾本钵这一刀已劈到他的头盔上，只听“咯嘣”一声，乌春脑袋被震得“嗡”的一声，还幸亏他躲得快，头盔削去一片并带着一块耳朵。乌春大叫一声弃枪而逃，劾里钵刚想追赶，窝谋罕已抡着大棍抢了过来，这边欢都擎着鸡鸣戟迎了上去，二马相交只一个回合，窝谋罕自忖不是欢都的对手，拨马回头喊道：“并肩上呀，抓住劾里钵赏马十匹，美女五个！”

重赏之下必有勇夫。那些将士闻言，嚎叫着挥舞刀枪一拥而上。劾里钵与欢都巡回马来，带兵向黄土岗退去。

乌春联军个个争先，人人奋勇，唯恐奖赏落入他人之手，急冲过来。完颜军边跑边扔掉旗帜、锣鼓迅速撤回黄土岗。

撒改见劾里钵引军回来，令旗一摆，让劾里钵按着他指引的线路退入蒿丛中。乌春联军不知是计，呐喊着追上了黄土岗，见劾里钵的人马四散而去，高喊着：“活捉劾里钵！活捉劾里钵！”猛然冲下岗来。

撒改早已在伏击圈内挖下了陷阱，拉上绊马索，撒下铁蒺藜，在岗底下又有几十个兵丁假装逃窜，乌春联军的先锋正是窝谋罕的手下，他们玩命地冲下来，一百多人进入了伏击圈，登时人仰马翻，撒改的士兵与劾里钵的人马合在一处，从蒿草中探出身来，把伏击圈的敌兵当做活靶子，引弓狂射，登时窝谋罕的一百多人死的十有八九。窝谋罕一见中计，狂喊着：“撤退！快撤退！”自己打马便逃。箭矢飞蝗似的追着敌军，窝谋罕的先锋军伤亡殆尽。

乌春见窝谋罕中了埋伏，自己又受了伤，再战无益，只好引军退去。劾里钵初战告捷，大获全胜，却不敢挥师追击，恐乌春军以退为进，包抄过来以少胜多。

双方罢兵各回营寨，晚饭后，欢都向劾里钵建议道：“乌春新败，窝谋罕兵丁尽失，敌军必然斗志全无，我们应趁热打铁，今夜我带一哨人马前去劫营，必能获胜。”

撒改道：“我看不可，乌春联军败于都勃堇的妙计，只损失了窝谋罕的人马，其他几个部族的人马并未伤元气，他们一定会加强戒备，自我防守，将军此时前去劫营等于自投罗网。”

劾里钵点头称是，安慰了欢都，让他好生休息明日再战。欢都认为撒改坏了他的好事，劾里钵对撒改言听计从，于是喝了几杯闷酒，过半夜后，他心血来潮，要干出奇迹给撒改看。于是私自点了一百兵丁，悄悄地去偷营劫寨。

乌春联军由五个部族组成，窝谋罕部全军覆没，其他四部却未损一兵一卒，四座营寨环形设栅，首尾相接，互相照应。欢都率部偷营劫寨，他领兵潜到近前，见中间一座营寨灯火阑珊，门前站岗的兵士抱枪而睡，便用弓箭射杀，然后打开寨门一拥而进，一百余骑鱼贯而入，突然，中军大帐嘭然一声鼓响，登时四周火把如昼，伏兵涌出，当头一员大将高声断喝：“来将可是劾里钵？快快下马受降，我家勃堇饶你不死！”

欢都情知中计，悔不听都勃堇和撒改之言。只有拼死厮杀方可有一条活路，于是，舞动鸡鸣戟带头冲杀，一阵短兵相接的混战。杀到后半夜，欢都仗着武艺高强勇猛无敌，杀出一条血路，落荒而逃。可怜那些兵丁，非死即降，只走脱了一半。

天亮时候，欢都败阵回来，人马满身是血，狼狈至极。欢都叫开寨门，直奔中军大帐，跪倒在刚刚起床的劾里钵面前道：“都勃堇，末将有罪，甘愿受处罚。”

劾里钵忙扶欢都说：“将军请起，一大清早你有啥罪呀？咋弄得浑身是血呢？”欢都死活都不肯起身，把自己违抗军令，私自带本部人马劫营的经过叙述一遍，劾里钵大吃一惊，万没料到大将欢都竟一意孤行，折损五十多人马，还让乌春摸出了完颜军的底细。忙向帐外传令道：“号令诸军马上埋锅做饭，准备迎敌，请撒改将军前来议事。”

欢都仍直挺挺地跪着。

撒改进了毡帐门就问道：“都勃堇，清晨议事，定有紧急军情吧？不知何等大事？”

劾里钵一指欢都说：“欢都将军不听你我之言，昨夜带兵劫寨中了埋伏，只身逃回，其残兵少数归队，我料定乌春大军一会儿便到，敌兵几倍于我，寡难敌

众，只好坚守不出，有出战者定斩不饶!”

撒改也吃惊不小，略思忖后道：“我军只有三百多人，难以力战，我去布置各寨边插旌旗做疑兵之用，敌军近寨便以强弓硬弩射之，等敌军懈怠了，我们寻机出击。”劾里钵点头赞许。然后，又回头对跪在地上的欢都说：“你是先父的老臣，按辈分你是叔父，况且屡立战功。这次出兵本意是为了消灭敌人，而你违抗军令理应按军法处置。但大敌当前，用人之际，我暂且饶你，待退敌之后再军法从事，不然难以号令三军，你先去歇息，听候招呼，希望你戴罪立功。”

欢都连连称谢，退了出去。果然不出劾里钵所料，乌春击败偷营劫寨的完颜军，几乎生擒活捉了欢都，打破了完颜军不可战胜的神话，勇气倍增，信心十足。吃过早饭便统帅大军追击而来。完颜军寨大门紧闭，四处旌旗招展，人影晃动，就是不开寨门迎战。乌春令人挑战，人马刚到寨前便被飞箭射了回来，根本靠不了近前。于是，令兵丁百般辱骂、挑战，从早晨骂到中午，从中午骂到晚上。只骂得喉咙发干，嘴巴起沫子，完颜军就是无动于衷，坚守不出，乌春见天色已晚，只好退兵。

如是三日，乌春联军站着骂、坐着骂、躺着骂、一人骂、众人骂……，完颜军对骂声听而不闻，稍一靠近营寨，就用箭射。乌春召集各部族首领道：“劾里钵一定是兵微将寡，不敢与咱们正面接战，因此坚守不出，那咱们就和他们对射。明天各位勃堇领本部人马分四个寨门进攻，叫完颜军首尾不能相顾，此寨必破，一定能生擒劾里钵。”

众人分头准备，以干牛皮连接成大的盾牌，挡在战车前像一个大屏风，然后推车缓行，兵士隐藏其后，徐徐而进。完颜军的箭射在牛皮上，被弹落在地上，无法穿透。乌春联军偶尔从牛皮盾牌后面探身对射，逐渐逼近寨门。

劾里钵见乌春联军攻寨甚紧，就召集撒改、欢都商量道：“敌军从四面急攻，营寨难以保全，如果被他们围在核心就难以脱身，不如弃寨突围再做打算。”

撒改道：“为今之计也只好如此，我军的粮草还能维持一天，困守孤寨等于坐以待毙，突出重围之后，或撤兵回防，或迂回作战，主动权就攥在我们手里了。”欢都道：“我服从将令，将功折罪，头阵我打定了，豁出我这一百多斤，也要趟出这条血路，撒改将军，你保护好都勃堇，冲出寨门我再垫后。”

完颜军选择了东寨门突围，攻打东寨门的是温浑部，其首领谋阔台对乌春攻打完颜部持有不同意见，但因诸部联合出击，他迫于压力，勉强硬着头皮随着而来，作战中始终不前不后，保存自己的实力，不像窝谋罕那样好大喜功，结果全军覆没。攻打寨门时，窝阔台已下令必须保存自己，才能消灭敌人。所以他们攻得比较缓慢，保证兵丁不伤亡。

欢都带五十名兵士埋伏在东寨门前，在劾里钵、撒改指挥弓箭手一阵急射时，趁谋阔台兵丁躲箭之机，欢都大喝一声推开寨门，如出笼的猛虎扑向敌军，谋阔台军被寨里射出的箭压得抬不起头来。忽然，一员大将手持鸡鸣戟疯了似的冲过来，后边的士兵也呐喊着助威。

谋阔台见完颜军情急之下突围，以一当十，锐不可当，忙引军避其锋芒，只是虚张声势，并不上前死拼硬杀。欢都迅速冲出一条道来，劾里钵、撒改领兵紧随其后，完颜军全部撤出。谋阔台领兵追击，欢都让过劾里钵和撒改，前队变后队，迎上谋阔台，二人马打盘旋戟棒相交，厮杀起来。

这时，攻打其他寨门的乌春联军也围拢过来追击。酣战中欢都大吼一声，用尽全身之力把谋阔台的熟铜大棒震飞，谋阔台失去兵刃，无力再战，只好败归本队，欢都顺势撤退。乌春令旗一摆，四路人马合在一起，尾随追赶下来。

劾里钵、撒改按预先的谋划，撤向黄土岗东部一个小山头。欢都边掩杀边撤退，手下的士兵时有伤亡。乌春军边追边喊道："活捉劾里钵！活捉劾里钵！"声震四野，形势万分危急。

阿骨打率领一百多人离开博碾村回会宁州，一路上听说乌春纠集各部联军，在涞流水旁与完颜军开战，心中甚急，他在家里就常听父亲和叔叔们议论过乌春有反意，须小心戒备，如今果然起兵谋反，与完颜军兵戎相见了。他平生最讨厌的就是不讲义气的人，乌春受了完颜部大恩，反倒以怨报德，阿骨打从心里往外痛恨这种小人。因此，派术忽和一个小头目带几个兵士化装成猎户村民前去打探。

术忽等在涞流水畔，把两军对阵的情况摸得一清二楚，此时正是乌春联军围困劾里钵营寨之时。阿骨打听了术忽带回的情报，知道是父亲带兵亲征，撒改和欢都也在军中，估计出此役的重要性。经过反复思考，向仆散玛法、耶律敌虎和术忽等人说出自己的计谋，众人皆拍手称妙，依计分头准备。

劾里钵在欢都的掩护下，带兵撤退到黄土岗的东山包上，居高临下，用弓箭射得乌春联军不敢贸然前进，乌春高声吩咐道："诸将莫要急躁，完颜军离家数日，所带的粮草弓箭有限，现在已是强弩之末，困兽犹斗，只要我们守住下山的

路口，再困他两天三日的，完颜军会耐不住寒冷饥渴不战自溃。”

谋阔台等勃堇不愿意硬冲硬打损耗兵力，听乌春号令一下，立即命令士兵就地安营扎寨。正如乌春所言，劾里钵人马从完颜部会宁州出发，所带的军需辎重基本上用光，连日来又固守营寨，没有得到补给，几乎无米充饥，无水解渴，深秋时节，白天阳光充足还好过，到了夜晚气温下降，野外露营，没有毡帐，实在难熬。而黄土岗三面临水，只有一条道，又被乌春联军死死堵住。

撒改道：“明日无论如何，我们都将冲下山去，不然被困在山上不过两日就会军心涣散，不战而败，到那里连突围的可能性都没了。”

劾里钵不置可否，令欢都将几匹受伤的战马杀掉，分给士兵以火烧烤充饥，疲惫不堪的士兵，狼吞虎咽地把半生不熟的马肉吃个一干二净，把身上的米酒也喝光。太阳升起的时候，乌春联军正在吃早饭，劾里钵、欢都和撒改率军冲下山岗来，乌春联军仓促迎战，一时被完颜军击退几百米。乌春联军迅速集结，恢复常态，把劾里钵等包围在核心，双方短兵相接，形成混战局面。乌春、谋阔台等指挥着兵丁轮番围击，死死地缠住完颜军不放。

劾里钵、撒改尤其是欢都杀红眼了，如果冲不出去，自己将因违抗军令遭致失败而悔恨一生。一杆鸡鸣戟上下翻飞，左劈右刺，人难近前。怎奈敌人众多，杀退一层又围上一层，幸亏山路狭窄，乌春联军不能全部投入战斗，不然完颜军的处境会更加危急。即使这样，劾里钵、撒改、欢都的人马渐渐地被分割开来，完颜军已经首尾不能相顾。劾里钵的长刀斩杀十几个敌人后，刀刃已卷，乌春的副将合剌舞动着狼牙棒紧紧缠着劾里钵，二人奋力厮杀，劾里钵手下士卒被砍杀殆尽，合剌的兵丁却在地上拉起绊索，定要生擒活捉劾里钵。

此时，劾里钵既要抵挡合剌的狼牙棒，又得顾及地上的绊马索，左挡右支已现败相。欢都和撒改被团团围住，自顾不暇，也难以救援。

乌春正得意洋洋，把劾里钵等视为囊中之物。忽然，山脚下的士兵喊道：“火！火！不好了，着火啦！”随着喊声，只见一条火龙从身后滚滚而来，乌春联军士兵忙不迭地躲避。西南风正好刮向东北，火借风势，风借火威，烧得山路旁的干枯蒿草噼啪直响。

火光中只见一员战将骑着枣红马，手抡金雀开山斧，逢人便砍，后面的士兵也凶悍勇猛，横冲直撞而来，乌春的士兵难以敌挡，纷纷躲让。

劾里钵正处在危急关头，他手中的长刀被合剌的狼牙棒砸断，坐骑被绊马索绊了个趔趄，前腿跪地，把劾里钵掀到马下，几把长枪同时刺来。千钧一发之际，只听一声断喝：“阿民接刀!”

声到，人到，刀到，来将正是阿骨打。他杀散敌兵，斜刺里冲过来，见到劾里钵滚于马下，情急之下大喊一声，抽出腰间的黑曜松石宝刀抛给劾里钵。合刺见一青年将领闯来，狼牙棒一挥拦住去路，道：“哪里钻出的毛头小辈，通名受死!”

阿骨打救父心切切，没有功夫与合刺啰嗦，金雀开山斧力劈华山，直砍下来。阿骨打挂记父亲安危，这一斧运用了平生之力，只听咔嚓、扑哧、咕咚三声。阿骨打天生的神力，一下子砍断合刺的狼牙棒，劈开了头颅，死尸栽于马下。

与此同时，劾里钵在跌于马下的刹那，听到阿骨打的喊声，一个前滚翻接住了阿骨打掷过来的宝刀，恰巧几杆长枪刺到胸前，劾里钵挥刀一格，刷啦一下，几杆长枪的枪头被削掉，那几个围攻劾里钵的士兵惊骇不止，劾里钵心头一喜，暗赞好刀，翻身站起，宝刀飞舞，登时把那几个士兵砍翻。阿骨打高声说：“阿民，援军到了!”“好儿子，原来是你。”说完又高声大喊：“援军到了！完颜部的援军到了！杀呀!”原来是阿骨打在老玛法的引领下抄近路而来，从乌春联军后面放起火来借着火势，杀乌春一个措手不及，使完颜军免遭覆灭之灾。

劾里钵跃上坐骑，与阿骨打分头去救撒改和欢都。围攻撒改的是谋阔台手下，他们只是阻挡撒改与劾里钵和欢都汇合，似乎没有出全力死杀硬打，见有援兵赶到，士兵们四散而去。围攻欢都的是窝谋罕的把兄弟，为了给窝谋罕报仇雪恨，对欢都死缠烂打，幸亏欢都勇猛，拼死血战，但守多攻少。阿骨打催马而至，高声叫道：“欢都玛法，我来助你!”

金雀开山斧砍瓜切菜一样，把围困欢都的敌兵打散。术忽、耶律敌虎等人在后面助阵鼓噪，一时间，把乌春联军打得晕头转向。乌春的白日梦被阿骨打的援军打破，他见一员小将盔明甲亮，手使开山大斧，勇猛异常，自己的士兵挨上死碰上亡，就连号称无敌上将的合刺，只与阿骨打战了一个回合，便被劈于马下。

阿骨打抛刀救父，斧劈合刺，简直是一气呵成，乌春倒吸一口冷气，心中暗暗嘀咕，难道是天神不灭完颜部。但他仍不甘心到嘴的肥肉就这样白白的吐出，声嘶力竭地喊道：“顶住！顶住！活捉劾里钵奖赏加倍!”那些士兵见阿骨打天将金刚一般勇猛强悍，哪还有心思再抓劾里钵领重赏，潮水般散去。阿骨打见山坡

上一员大将拼命挥着令旗阻挡兵丁后退，以询问的目光看欢都一眼，欢都心领神会地说："那人便是乌春，这次叛军的最大头子。"

阿骨打闻言道："你快与我阿民汇合，待我擒他。"说完拨马直奔乌春冲去，手下的士兵随主帅冲了上去，嘴里喊着："冲啊！杀呀！别叫叛军头子跑了！"

乌春在高岗上，见那员小将救出了劾里钵、撒改和欢都三人后，又率军奔自己杀来，也慌了神，嘴里喊着"顶住！"却调转马头随乱军退了下去。阿骨打一直追出二里多地，忽然，听到了鸣金收兵的锣声，他深得长白真人布阵之法，也懂穷寇莫追的道理。于是，勒住战马，率兵原路退回，与劾里钵所剩下的二百多人马合在一起打扫战场。此一战由于阿骨打及时赶到，完颜军反败为胜，缴获军需给养、帐篷、刀剑等若干，大大补充了自己，阿骨打所带的生力军杀得乌春联军元气大伤，从此一蹶不振。

乌春败回涞流水畔的营寨，盘点残军，此战伤亡一百多人，以谋阔台为首的各部族的勃堇都有惧色。乌春召来细作询问完颜部援军的来路。细作回答，完颜部老营根本没派出一兵一卒。其中一个细作探来详情，说这股人马来自牤牛山，是劾里钵的二儿子完颜阿骨打去长白山学艺归来，在牤牛山除掉了牤牛大王收复了牤牛山的喽啰兵，改编成完颜军，从后方杀来。

乌春闻言颓然坐在椅子上，心想，自己早就想收复牤牛山那伙强人为己所用，哪料想被阿骨打抢了先，长白真人竟然收他为徒，难怪他勇猛异常，合刺死在他的手下也不算冤枉。纵观自己手下的战将，无人能是阿骨打的对手，再战无益，况且各部勃堇都有退兵之意。然而，他自己是联军的首领，进犯完颜部的召集人，又不好先说退兵，就转向谋阔台道："谋阔台勃堇足智多谋，你看下一步咱们咋办？"

谋阔台看看其他几个头领道："既然让我先说，我就说说个人看法，我军新败已无斗志，各部人马都有损失，急需补充兵源和粮草弓矢。况且完颜军又新增长白真人的弟子阿骨打，骁勇凶猛无人能敌，他带的牤牛山喽啰都是亡命之徒，欢都、劾里钵的厉害我也领教过了，我看再战下去恐怕凶多吉少，窝谋罕回去召集兵马至今尚无消息，我们又无后援……""原本想生擒劾里钵发笔财，现在看来不行了。""眼看大功告成了，半道却杀出个阿骨打来。""要想抢夺完颜部都勃堇的位置难呀！"未等谋阔台说完，几个首领七嘴八舌地议论着。

乌春眼珠一转道："按原计划，也不知桓赧、腊醅、麻产他们动手了没有。"

谋阔台嗤之以鼻，说：“桓赧都是贪财贪色的无能之辈，他们出兵也必败无疑，或者完颜部答应给他们财产、美女，他们马上就乖乖地罢兵了，把你分进合击的计划早忘到九霄云外去了，我看咱们还是先撤兵为上策。”

“那腊醅可是计谋多端，麻产与劾里钵又有夺妻之恨，他们总该动手吧！”乌春显然相信谋阔台的分析，却不相信腊醅、麻产不会出兵。

谋阔台道：“腊醅计谋过人，但为人奸诈狡猾，他是要等咱们和桓赧、散达把完颜部打得一蹶不振或两败俱伤时再发兵，坐收渔翁之利，至于麻产一介莽夫成不了大事。”

乌春听了谋阔台一席话，像泄气的皮球，瘫坐椅子上不再言语了。

谋阔台说：“咱们眼下军需给养都被完颜军所抢，今夜他们休整完后，一定乘胜再战，咱手下的士兵大多有家有口的，再损失人马，回去就不好交代了，我看不如趁天黑撤去……”

“对！吃完晚饭就走，不然让阿骨打撵上，咱们可就惨了，他竟能一斧劈死合剌将军，咱们谁也不是他的对手。”

“别说阿骨打呀，就是欢都那老家伙，咱们也不是对手，何况现在，他们添了一支生力军，咱两家兵力差不多，以少胜多之计用不成了。”谋阔台补充说。

乌春见大势已去，所幸卖个人情道：“既然诸位勃堇都有退意，我也不拦大家了，这次出兵窝谋罕全军覆灭，我的兵马折去近半，你们也各有伤亡，我眼下也无力给你们补充人马粮草，等回去缓缓，我再酬谢大家。”

乌春联军以失败而告终，各自引军回本部落了。劾里钵见阿骨打不仅艺成而且还带回一哨人马，解完颜军于危难，喜不自胜。撒改、欢都对阿骨打赞不绝口，推他为大功臣。阿骨打把这几年的事，向他们叙述一遍，术忽时而补充一两句，听得大家心潮跌宕。最后又介绍了仆散玛法、耶律敌虎两家人，劾里钵欣然接纳他们，并对两门婚事非常满意，用赞赏的口气说：“完颜部添人进口是大喜事，回会宁州后择良辰吉日把婚事办了，何况仆散玛法是这一带的活地图，耶律敌虎是旷世名医，我求之不得呀。”

众人皆大欢喜。阿骨打于危难之中救出了劾里钵、撒改、欢都的人马，实际上等于救了整个完颜部。劾里钵看着离家三年多的阿骨打长高长壮了，比在家沉稳成熟了，打心眼里往外高兴，爷俩相拥而泣。唏嘘一会儿，劾里钵推开阿骨打道：“别光咱爷俩高兴了，冷落了你的部下，快给阿民介绍他们，你从哪整来的

这支凶猛的人马?”

没等阿骨打开口，术忽上前来道：“阿伯，这几年我们可经了风雨见了世面了，那一路上的事以后慢慢告诉你，这批人马可大有来头。”

卓丹插嘴道：“术忽，你就别卖关子了，快告诉阿伯吧!”

术忽说：“这批人马是牤牛大王的手下，牤牛大王被阿骨打杀了后，他们就心甘情愿地归顺了，并称阿骨打为将军。”

欢都咧着大嘴道：“阿骨打你真行啊，这三年学艺有成，一下山就立了大功，看来我们真老了，以后就看你们这一辈的了!”

阿骨打不好意思地笑了笑，又转头对撒改说：“大阿哥，我还给你带回一宝，是这一带的活地图，仆散老玛法。这次给你们解围就是老玛法指点的线路，我抄近道赶来。”说着，一指须发皆白的仆散玛法。

仆散玛法过来道：“拜见都勃堇，早就闻听你的大名，果然名不虚传。”说完要下跪施大礼，劾里钵上前扶住他道：“免礼，免礼，老人家，你也为完颜部立了大功，我还得谢你呢。”

仆散玛法忙摇头道：“谢我啥呀！你的好儿子阿骨打从牤牛大王手下救出我孙女，我还没谢你们呢，卓丹，快给都勃堇见礼。”

卓丹上前施礼道：“民女仆散卓丹拜见都勃堇。”

劾里钵说：“免了，免了。”

阿骨打上前道：“阿民，还有一‘奇人’也投奔咱们了，他就是辽朝祖传名医耶律敌古的弟弟耶律敌虎，他不仅精通医道，为人也好，术忽的命就是他一家救的。”耶律敌虎一家上前见礼，耶律敌虎说：“敌虎虽属辽朝臣民，却被权贵迫害，逃难他乡，流落到仆干水畔，也是我与阿骨打、术忽两个孩子有缘，略尽一点微薄之力，还请都勃堇收留异邦之民。”

劾里钵朗声大笑说：“敌虎先生，我部求贤若渴，天下的人才无论何族何国，只要看得起完颜部一律待为上宾，你和仆散玛法这样的高人恐怕我请都请不到呀!”

众人说笑间，火头军进帐说：“都勃堇，酒菜已备好犒赏三军吧!”

劾里钵道：“我谅乌春再也没有胆量回头劫寨了，弟兄们有两三天都没好好吃一顿饭了，今晚上你们猛吃猛喝。乌春留下的嚼谷不吃白不吃。”

阿骨打道：“阿民，你们开怀畅饮吧！我带牤牛山的人马巡营守寨，乌春要是胆敢前来劫寨，我定叫他有来无回。”

撒改道：“乌春联军是由五个部落组成，经此一战必然有涣散，尤其是窝谋罕部全军覆没，其他勃堇定各揣心腹事，恐怕在短时间内难以作乱。”

欢都插嘴道：“是啊，咱们突围时谋阔台只与我过了二招便败下去，过后细一品味那一招，谋阔台的臂力并不在我之下，我觉得他是有意相让。”

劾里钵沉思一下道：“如果真如你所言，乌春联军已无力再战，今天夜里必然撤兵，我们先静观其变。”

酒宴开始，仆散玛法、耶律敌虎被让到主桌，杯杓起落，欢声笑语甚是热闹。酒至半酣，一探马道：“禀都勃堇，乌春联军晚饭后已拨营起寨，退回涞流水西岸。”

劾里钵放下酒碗道：“继续打探，乌春的几路人马，是否分头回各自领地。”探马得令而去。

撒改道：“乌春这家伙会不会耍什么花招呀？”

劾里钵道：“那就看明天他的各部人马是否四散。我军也连日拼杀，疲惫不堪，夜里风高，咱们也无力追击，歇息一夜明日再作定夺。”全军上下酒足饭饱回帐酣睡。

次日清晨，劾里钵刚刚起身，探马来报说，乌春联军过了涞流水之后，各部头领带各自人马回归本部去了，劾里钵心头稍宽。

早饭后，完颜军又驰到涞流水河畔乌春的营寨，见那里狼藉一片，人去营空。阿骨打建议道：“阿民，我们何不乘胜追击，直捣乌春老巢，一举歼灭这个不仁不义之徒？”

劾里钵摇头说：“螳螂捕蝉，需防身后的黄雀，我之所以只带四百人马迎战乌春，一是担心桓赧这个反复无常的小人，二是防备觊觎都勃堇位置已久的腊醅和麻产兄弟，岂能顾此失彼。”

“阿伯、三阿叔、四阿叔不是领兵防守呢吗？”

劾里钵忧心忡忡地说：“我迎战乌春十日有余，他们未派人增援，足以证明他们也是战事吃紧，分不出兵来，我必须班师回去，你无须多言。”

然后劾里钵召集全体人员，犒赏在这次作战中的有功将士，赏罚分明。欢都过去征战杀掠，立了许多战功，因这次私自带兵劫寨，全军覆没，招至完颜军陷入被动境况，虽然在突围中立了战功，但功不抵过，用人之际，体罚免去，但官

降一级，由正先锋降为副先锋。阿骨打因解围有功，升为正先锋，其他将士分别得到奖赏，众将士心服口服。

欢都满心欢喜，自己犯了那么大错，都勃堇却手下留情，只给自己降了一级官职，实际上平定乌春叛乱结束，那先锋官之职自然解除，心里的感激之情难以形容。

奖赏之后，劾里钵又宣布：为了防止乌春倒戈回犯，派阿骨打率牤牛山的人驻扎涞流水河畔数日，以观其变，其他人马即刻回会宁州。

阿骨打对劾里钵说："阿民，我晚些时候回家倒没啥，耶律敌虎一家和仆散卓丹祖孙两个，应早日到达完颜部安顿下来。"

劾里钵说："这件事我早就考虑好了，你不用操心，好好监视敌军吧！"

仆散玛法闻言上前道："都勃堇，我和卓丹暂不回会宁州，别忘了我是这一带的活地图，留下来也许对阿骨打有帮助。"

"那你老就受累了，待这场风波平息后咱们再相聚。"

卓丹听说自己和爷爷仍留下和阿骨打一起戍边监视敌人，自然乐不可支。

劾里钵从腰上摘下黑曜松石刀说："这刀是长白真人赠你的镇山之宝，果然非同凡响，削铁如泥，救了我的性命，这也是你将来成就大事必不可少之物，你一定惜之如命。"

阿骨打推过去说："阿民，你善使长刀，这宝刀你先用着，我手中还有金雀开山斧呢，等你有了更好的刀时再还给我也不迟，何况阿民把心爱的犁木大弓早就给我了。"

劾里钵闻之一喜，心想，阿骨打善解人意了，说不定回头还有恶战，这宝刀定能派上大用场。于是不再谦让，率领人马回会宁州去了。

劾里钵在阿骨打的勇助下，击退乌春、窝谋罕联军，回师东进又大败桓赧。江北纥石烈部腊醅兄弟隔岸观火，企图坐收渔翁之利的计谋破灭，大骂桓赧、乌春、窝谋罕等狗熊脓包，又暗自庆幸没趟浑水出兵，不然，后果难以想象。阿骨打率军监视乌春动向，见他们彻底偃旗息鼓也就撤兵与大军会合。

第十六章

腊醅嫁纥石烈女　联姻火拼完颜部

阿骨打得胜回师，会宁州一下子沸腾起来，全寨的男女老少都走出家门，迎接凯旋的各位英雄。“赛因！巴图鲁！”的喊声不绝于耳。

阿骨打骑在马上威风凛凛，更是引人注目。阿骨打随着大伙回到自家门口，早已恭候门外的拿懒如花、唐括捏哥、吴乞买、大家奴等人喜出望外。

拿懒如花把阿骨打让进屋后，一把拽过阿骨打，眼里闪着泪花，说：“我二儿子长高了，长壮了，有能耐了，术忽早就跟我说了，你如何了得！”

阿骨打看着母亲鬓角又添了白发，心疼地说：“厄宁，你别再惦记我了，儿子长大成人了。”

大家奴见他娘俩亲近没完，就诙谐地说：“阿婶呀，别说起来没完了，我阿嫂都急坏了！”

拿懒如花嗔怪大家奴道：“这臭小子，就你明白！”然后一侧身道：“捏哥，快领圣果过来吧！”

阿骨打见唐括捏哥比新婚时丰满了许多，成熟了许多，娇艳的面庞上还带着新婚少妇的羞涩的神色。手里拉着一个虎头虎脑的小男孩，上前一步娇羞地说：“阿骨打，你可回来了，咱们孩子都两岁了，叫圣果，是奶奶给起的名字。”说着，把小男孩抱起来，催促道：“圣果，快叫阿民，这就是厄宁天天给你讲的巴图鲁阿民。”

小男孩脆生生地叫了一声“阿民”，众人一阵欢笑。

阿骨打面对着母亲和娇妻幼子，心头一热，眼睛有些湿润，他从捏哥怀里接

过儿子的刹那，又嗅到了久违的女人淡淡的体香，心里不觉有几分内疚。嘴里却说：“捏哥，你真行！给我生了个大儿子。”

圣果扎入阿骨打宽阔的怀里说：“阿民，我长大了也像你一样当大巴图鲁。”

大家奴风趣地说：“真是龙生龙凤生凤呀！”众人都笑了起来。

唐括捏哥道：“圣果，过来，厄宁抱你，你阿民刚回来，挺累的。”说着去接圣果。圣果说：“不，我让阿民抱。”

站在后面的仆散玛法说道：“这就叫骨血，谁的孩子跟谁亲呀！这爷俩刚见面就亲得不得了。”

阿骨打闻言，忙把圣果递给捏哥，说：“厄宁，咱一家人光顾说话了，这是仆散玛法，这是他孙女卓丹。”

拿懒如花上前道：“玛法，就是术忽说的那个活地图玛法，还有一个好标致的格格！”

卓丹见阿骨打与家人亲热，唐括捏哥美丽大方，心里十分羡慕，也有一丝丝醋意。捏哥从卓丹看阿骨打的眼神里，已猜出了少女的心事。女人的直觉让她萌生妒意，嘴上却说：“仆散祖孙俩是贵客，快请到上房好好款待。”然后拉起阿骨打的手说：“你回屋换换衣服，看看我给你做的鞋子合不合脚，衣服合不合身。”

阿骨打说：“咋没看见我奶奶？她老人家身体怎样？”捏哥刚想说什么，拿懒如花忙说：“你奶奶挺好的，圣果的名字就是她给起的。你先回屋换换衣服，一会儿再去看她。”

术忽对卓丹说：“卓丹妹子，你爷俩跟我来，先安顿住处。”

拿懒如花忙说：“好好好，就这么着，一会儿喝酒吧！”

卓丹看着阿骨打被捏哥亲昵拥扶而去，心头不觉泛起淡淡的忧伤。

这次出征，盈歌留守会宁州，他虽然没有亲临现场，可心情比在战场还紧张。他不仅肩负着保护老营的重任，还要密切关注江北纥石烈部腊醅兄弟的动向，他们一旦趁机发难，完颜部就会陷入三面夹击的被动局面。幸亏纥石烈部意见不统一，有的主张火中取栗，有的主张坐山观虎斗，待三路人马拼个鱼死网破时，再出兵收拾残局。结果，完颜部大获全胜，他们只好另作图谋。

捏哥帮阿骨打换好衣服，阿骨打便要去看望祖母唐括多保真，捏哥闻言，面色一戚便流下泪来，她告诉阿骨打，老人家在他去长白山的第二年就病重不治去世了。阿骨打闻言失声痛哭，在众人的陪伴下去坟前祭奠一番。

会宁州，都勃堇府张灯结彩披红挂绿，大排筵宴，庆贺三天，像过年一样热闹。劾里钵论功行赏。赏赐五虎大将欢都、治珂、拔达、纳盆、习不失；赏赐了同父异母的兄弟劾保真、麻颇、阿里合懑、曼都珂、辞不失；亲兄弟劾者、颇剌淑、劾孙、盈歌以及下一辈的撒改、阿骨打、乌雅束、术忽等，并把所有的战利品分发给参战的士兵。撒改、欢都一致建议重赏阿骨打。

众人皆大欢喜，开怀畅饮。酒兴正酣之际，忽然一兵丁来报道：“启禀都勃堇，纥石烈部勃堇腊醅，抬二十坛子好酒前来贺喜！”劾里钵闻言，皱起眉头，刚想说什么，盈歌抢先道：“他们来得好快呀！这次他虽然没出兵夹击咱们，但也蠢蠢欲动。”

颇剌淑道：“好歹没撕破脸皮，兵戎相见，我去把他迎进来，看看他们又有何图谋。”

劾里钵道：“以礼相待，我估计他是冲着阿骨打的婚事来的，三年前，为了稳住他们，我曾答应了这门婚事，今儿个阿骨打艺成归来，果然找上门来了。”

腊醅在颇剌淑的陪同下，兴高采烈地走进了大厅，见到劾里钵忙施礼道：“都勃堇东征西伐，喜事连连，这是天神的旨意，我特备二十坛上好的白酒来祝贺。”

劾里钵把腊醅让到正席上说：“让勃堇费心了！在这次的叛乱中，你们纥石烈部深明大义……”没等劾里钵说完，腊醅忙说：“都勃堇放心，我纥石烈部岂能与他们同流合污，更何况咱们三年前就结了秦晋之好，现如今完颜部可谓四喜临门，我焉能有不来贺喜之理？”

欢都是个直性子，他听腊醅说得含混其词，便插话道：“腊醅勃堇，你别拐弯抹角的，这四喜都是啥？你说来听听。”腊醅喝了一口酒，慢条斯理地说：“这第一喜是大败了乌春联军。”

“那还用你说？谁都知道。”“第二喜是不战而屈桓赧之兵。”“你就说三四喜是啥得了！”欢都抢白了腊醅一句。

腊醅毫不介意，继续说：“这第三喜呢，就是阿骨打长白山学艺有成，收服了牤牛山人，并从背后插了乌春一刀，这难道不算一喜吗？”

众人喊着好说：“算！喝一杯！”

“这第四喜就是咱们趁热打铁，把我侄女纥石烈秀女和阿骨打的婚事办了，这不是四喜临门吗！”

盈歌意味深长地说：“腊醅勃堇真是消息灵通，万事皆知啊！佩服，佩服！”

腊醅说：“这是关系到我们女真部生死存亡的大事，我哪能不关心呢。”

劾里钵道：“三年前我是答应了这门婚事，但阿骨打刚回来，现在办是不是太急了？咱们再好好筹划筹划。”

“秀女都等了三年了，桓赧、乌春都来求过亲，被我拒绝了，他们都骂我巴结完颜部，我的日子不好过呀！这次你又打败了他们，他们会更恨我袖手旁观，唉！如果都勃堇要给彩礼的话，就给我一些马匹和盔甲，我把侄女嫁给阿骨打，得罪了他们，我得时刻防备着。”

劾里钵说：“好吧，既然你把话说到这份儿上了，我就给你五十匹战马、一百副盔甲做聘礼，也不算辱没了秀女。”

腊醅又站起来，深施一礼道：“都勃堇英明，我即刻回去准备，你就让附近各部族的勃堇都来喝喜酒，当证婚人吧！一个月后正晌午时，我把秀女送来与阿骨打完婚。到时候我再抬一百坛子好酒来，就算是陪嫁了！”劾里钵当年为了稳住腊醅、麻产，答应了这桩婚事，如今人家要主动送女上门，也不能食言，只好默许了。腊醅吃过饭，回纥石烈部准备去了。

散席后，劾里钵把阿骨打叫到自己房中，把这桩婚事向阿骨打摊牌：“孩子，三年前，腊醅就提出把他的侄女嫁给你，使纥石烈部与完颜部永世修好。当时我考虑，你娶捏哥是你奶奶做的主，你的心思都在裴满明慧身上，为了你奶奶和整个部族，你委屈了自己。因此我以你去长白山学艺为由，婉言回绝了腊醅，不料想现在他又旧事重提，我想，他嫁女和亲是假，另有图谋是真。我也知道感情这东西勉强不得。其实，你和裴满明慧的婚事我早就同意了，还想找个机会办了。”

阿骨打一愣道：“阿民，那当年为啥非让我娶捏哥？”

劾里钵说：“那都是奶奶的主意，她总觉得你会有大作为，极力把娘家人嫁给你呀！”

阿骨打又摇摇头说：“加上裴满明慧，还有仆散卓丹、再娶秀女，我这娶几个……”

拿懒如花笑着插话说：“傻小子，这才四房，你阿民娶五房都没嫌多呢！”劾里钵瞪了妻子一眼说：“娶几房都是你同意的，说孩子的事。扯到我头上干啥？”“我这不是打比方吗！咱们女真族就兴这个，男人媳妇多才人丁兴旺。”

劾里钵又对阿骨打说：“孩子，你的心事阿民知道。仆散卓丹对你一往情深，我早看出来了，她还小，等一两年再娶也不迟。”

阿骨打原本不想答应与纥石烈秀女的婚事，可父母亲通情达理，把自己婚姻大事说得一清二楚。不仅答应了裴满明慧入门，还应允了卓丹的婚事，前后的路都堵死了，让他无可分辩。只好说：“阿民，桓赧、乌春、窝谋罕那么猖狂都败给我们了，纥石烈部还能掀起多大风浪？”

劾里钵意味深长地说：“你有所不知，腊醅、麻产倒是不惧，但他们的大哥——星显水纥石烈部的阿海勃堇却令我担忧，他是你爷爷的故交，女真总计三十六部，岭东就有十二部，所以当年你爷爷才找一个与自己关系密切的人任勃堇。况且他们与辽廷较近，与辽臣关系好，他一旦与咱们反目成仇，等于一半女真人与完颜部作对，这些利害关系你清楚了吧？”

“阿民，这次让我与纥石烈秀女成婚，就是想稳住阿海部，再试探一下腊醅的心思。”

劾里钵沉吟半晌才说：“孩子，一定要记住，咬人的狗是不露齿的，腊醅等已往只是抢掠那些散居的野女真人，虽然犯了‘条教’，但未出大格，也不曾公开与完颜部为敌。这次桓赧乌春兵败，他主动上门，我恐其另有图谋，尤其是乌春，他兴师远袭，无功而返，怎肯罢休。”

阿骨打道：“我在涞流水驻扎了数日，监视敌情，并未见乌春有什么新的动向。”

劾里钵刚要说话，突然气息不畅，剧烈地咳嗽起来，憋得脸红脖子粗的，拿懒如花赶忙给他捶背，劾里钵猛地咳出一口痰来，阿骨打见父亲吐出的痰里一半是血，知道父亲积劳成疾，不觉心头一酸。

劾里钵透出一口气道：“人一过五十就力不从心了，阿骨打，阿民就指望你了结咱们与契丹的仇恨了。”说着又咳了几声。

阿骨打对纥石烈部的婚事从心里往外不同意，可是看到满脸沧桑的父亲期盼的目光，想说的话又咽了回去，不再反驳。急忙去找术忽给父亲看病。

术忽给劾里钵看完病后，给拿了一些草药安慰一番。出了劾里钵的卧室，术忽把阿骨打叫到一旁说：“阿骨打，我看都勃堇的病不太好，千万不能再着急上火，不要太劳累了，不然会有性命之忧。”

阿骨打急切地说：“术忽，无论如何要想想办法。”

术忽说：“都勃堇的病不是几日之疾，内伤已深入脏腑，我师傅恐怕也没有

回天之力，但他那有两根长白山参，也许能给都勃堇延长一段时日。”说着就去取老山参。

阿骨打不忍心再让父亲为自己的婚事劳神，也就默默应承了。心想，与捏哥的婚事是奶奶做主，婚后也生了儿子，恐怕自己就是这个命了。一旦自己找到心仪的女人，中间肯定出岔，半路杀出另一个女人来。

劾里钵服用了术忽的草药和老山参，暂时恢复了体力，也没把咳嗽当回事，忙着与颇刺淑等人张罗阿骨打的婚事，向周围各部族派信使送请柬，就连几百里之外的耶赖部宗族石土门、迪古乃，都飞鸽传书，给了信儿。

二十多天的时间，一晃就到了。接到请柬的各部落勃堇如约而至，有的是真心实意前来祝贺的，有的则是见风使舵，巴结讨好完颜部，唯独星显水纥石烈部勃堇阿海未到，只是提前派手下送来生金等贺礼，并带来贺词：“三星打横，灯火通明；黄道吉日，要防阴风。”劾里钵、颇刺淑、盈歌等见到阿海的贺词，反复揣测，最后心领神会。

快到正晌午时，腊醅果然带着人马，把纥石烈秀女送到会宁州来。还有一百坛子好酒，用大号的坛子盛装，少说也有一百斤。披红挂花，两个壮汉抬一坛子，吆喝着逶迤而进。

劾里钵带着阿骨打和接亲的队伍迎到城外。腊醅格外地谦恭，抢前几步给劾里钵施礼道：“都勃堇，烦劳你出城迎接，一百坛子酒我已抬来，我们家也没那些说道，啥送亲不送亲的，我和秀女她阿民来了就行了。”说着向一个蛤蟆眼的大汉说：“敌故保！都是自家人了，快见都勃堇！”

那汉子上前施礼道：“敌故保拜见都勃堇，秀女年轻，还请您多照顾。”

劾里钵见敌保故有些面熟，但一时又想不起来在哪见过，就顺口答应道：“自家人不必客套，阿骨打快拜见你岳父。”阿骨打上前见礼。实际那人并非腊醅的亲弟，而是为婆诸刊的死特意来寻仇的。

敌保故见阿骨打气宇轩昂，风度非凡开口赞道：“早就听说阿骨打是青年巴图鲁，今天一见，果然不同凡响。能嫁给你是我女儿的福气。”

颇刺淑上前道：“我们还是赶紧进城，赶在吉时让他们拜堂吧！咱们好喝喜酒呀。”

腊醅道：“对呀，大国相，赶紧让人把酒接过去，好让他们大船回去！”盈歌哈哈大笑道：“你这不是见外了吗？怎么也得吃过饭再走啊！”

腊醅也打了个哈哈回答说："四将军你有所不知，他们都是下人，送亲的就我们哥俩，连女眷都没带，怪麻烦的!"

劾里钵道："办喜事人多热闹，下人也不能空着肚子走。再说眼下也没有那么多人抬这一百坛子酒呀，别客气了，都进城寨吧，喝完再走。"

敌故保点头哈腰地说："那就讨扰了。"

阿骨打见那些壮汉虽然是下人装束，却个个精神饱满，身体健硕，两人抬一坛酒轻松自如，步伐整齐，行动一致，训练有素。

一行人吹吹打打，鼓乐喧天，笑语欢言来劾里钵营寨。在萨满的指挥下，走了拜天地的所有程序，众人皆大欢喜。只有唐括捏哥和仆散卓丹强颜装欢，黯然神伤。

唐括捏哥新婚三个月后，阿骨打就去长白山学艺，早也盼晚也盼，好不容易把阿骨打盼回来了，却带回一个仆散卓丹，虽然兄妹相称，但早晚也是阿骨打的人。在一起还不到一个月，纥石烈部又送秀女来与自己的丈夫成婚，她心里有说不出的委屈。

卓丹更是愁肠百结，满以为到了完颜部也能像耶律韵茹和术忽一样美满地结婚，尽管阿骨打已娶妻生子，她没有一点怨言。可是，如今阿骨打真的结婚了，新娘却不是自己，而是另一个纥石烈部的格格，主持婚礼的萨满说的每一句话，都像巨石一样，把她的心砸得粉碎。

拜堂刚一结束，盛大的婚宴就开始了，各部的勃堇，亲朋故旧，乡里乡亲和那些抬酒的壮汉被安排在上屋大厅里，山吃海喝起来。

劾里钵、颇剌淑、盈歌和唐括部、仆散部、乌古伦部的勃堇陪着腊醅、敌故保一桌饮酒。众人说古论今，笑语喧哗，推杯换盏，开怀畅饮。

阿骨打和纥石烈秀女进了洞房以后，繁琐的婚俗让他们折腾好一阵子，待天黑下来，众人才散去。此时阿骨打已经喝了很多酒，似醉非醉地横卧在炕上。秀女见他没有揭自己的盖头，而是独自横躺在炕上，恹恹欲睡，心里猛地折了个儿，莫非阿骨打知道了腊醅的图谋？如果那样的话，自己就被动了，本来自己是被胁迫出嫁，欲在洞房之夜行刺阿骨打，然后与腊醅等里应外合，一举歼灭完颜部的首领。腊醅答应事成之后，不仅有重赏，还封她个公主郡主什么的。

她生长在纥石烈部，二十年来从没出过远门，对外界的事情一无所知。阿骨打的名字她听说过，平时腊醅、麻产、敌保故等说的都是完颜部的坏话，在她的

印象中完颜部的人都是奸猾狡诈、无恶不作、无所不为的魔鬼。可是今天，自从她踏入会宁州以后，所见所闻却与腊醅等人说的大相径庭，完颜部出来迎亲的从老到少，都是和蔼可亲，尤其是阿骨打，英姿伟岸，气度不凡。拜堂时，婚礼萨满还把阿骨打少年巴图鲁的一些事迹陈述了一番，她不觉产生了敬佩之情。当她听到萨满说了一大串，她从未听说过的部族的勃堇都来祝贺，感觉到完颜部的人缘很好，不像父辈们，除了一些酒肉朋友，再也没有要好的了，不然连自己出嫁的大事都没操办。何况这次是以嫁女为名，图谋起事，不仅置自己的终身大事于不顾，还要把自己推到谋杀亲夫的不仁不义的境地。

看着已入睡的阿骨打，秀女摸摸怀里的短刀，把房门闩好，把松油灯拨亮，来到阿骨打身边，见阿骨打似乎睡得很香，就轻声叫道："阿骨打，阿骨打将军！"

阿骨打翻了个身，睡眼惺忪地道："我，我实在是喝多了，等我睡一觉吧。"

秀女一见阿骨打这副模样，唯恐迟则生变，拽住阿骨打的胳膊急切地说："阿骨打，你快起来吧，我有重要秘密跟你说。"

阿骨打仍然含混不清地说："洞房还没入完，你有啥秘密呀？等我睡一会儿再说吧。"

秀女以为阿骨打已喝得烂醉，拽也拽不动，情急之下，把女仆端来的一盆洗脚水泼在阿骨打脸上，嘴里说："睡，我让你睡，一会儿命就没了。"

阿骨打没料到纥石烈秀女如此性情刚烈，翻身坐起，佯装醉眼朦胧地道："你，你这是干啥？我在洞房睡觉咋能没命？难道你还要谋害亲夫不成？"

秀女见阿骨打疑惑不解，从怀里掏出尖刀，扔到阿骨打面前，嗔怒说："我就是奉命来谋杀我亲夫的！"

阿骨打拿起尖刀，边擦脸边说："那你为何不趁我睡着时一刀要了我的命，干啥要叫醒我，告诉我秘密呀？"

秀女见阿骨打完全清醒了，正色道："明告诉你吧，我刚来时真有杀你之心，那样，我们母女就再也不用过寄人篱下的日子了，荣华富贵，分封土地。可是，我第一眼看到你时，便觉得你是我要找的夫君，我这一生注定要跟你一辈子。我还能动手吗！再说我阿伯、阿叔他们干的也不是正事，不然我阿民也不能把命搭上。"说到这，秀女神情黯然。

阿骨打哈哈一笑，跳下地来说："没想到呀，喜鹊窝里还飞出个凤凰来，纥石烈部竟然有你这样的女子。”

秀女见阿骨打神情自然，无半点醉态，十分惊讶地问：“你！你！你不是喝多了吗?”

阿骨打淡然一笑说：“洞房之夜要是喝多了，除非傻到不识数的程度。”

秀女听了，扑哧一声笑了，说：“原来你是装醉呀！你们是不是已知道了我们的图谋?”

“知道一点，但不知道你要谋杀亲夫。”

秀女不好意思地说：“你是谁的亲夫呀？咱俩还……”

阿骨打说：“幸亏你心地善良，没有与腊醅等人同流合污，不然你非但谋杀不了亲夫，亲夫早把你杀了。”

秀女正色道：“行了，咱们别斗嘴了，快想办法告诉你阿民他们，别中了奸计!”

阿骨打道：“这个你不用着急，我们早有准备，他们的阴谋不会得逞的，你知道他们什么时候动手吗?”

秀女急忙道：“天黑入洞房后，让我杀了你，然后把洞房的灯熄掉，提着你的头进大厅，令你阿民他们大吃一惊，杀你们个措手不及。”

阿骨打问：“看来那抬酒的人都是武士了，个个训练有素，他们的兵器在哪里?”

“他们抬酒的杠子里有刀枪。”

“那好，咱们就把灯熄灭，一起杀出去。”

秀女忙拦住阿骨打说：“不行，这是长命灯，不能熄，我既然跟你拜堂成亲了，就是你的人啦，我还想跟你白头到老呢！有了。”说着，把炕上的新被褥扯起当做窗户帘子挂在窗户上面，把灯光挡住，然后跳下炕来，拉着阿骨打道：“咱们快去救你阿民吧!”

阿骨打说：“没事，有我几个阿叔在，谅他们也伤不着我阿民。”嘴里这么说，脚上却加快了步伐，向大厅奔去。

大厅里，腊醅装作喝多了，胡言乱语，叫敌故保的那个人见天色已黑，就说：“都勃堇、国相，你们别见怪，我大哥他不胜酒量，我去解个手，回来咱们散席，我们好赶紧回去。”

盈歌也有三分醉意，说：“别地，你这不见外了吗？天都黑了还走啥呀，

就住下吧。”

敌故保装出去解手，见洞房的灯火已熄，一片漆黑，忙抽身回屋，对装醉的腊醅说：“大哥，洞房都熄灯了，咱们动……”

腊醅闻言，猛然站起，醉相全无：“对，咱们动手！”说着手中的酒杯重重地摔在地上。

盈歌见腊醅已然发难，第一个跳起，从桌子底下抽出弯刀，颇剌淑也抄起解肉尖刀，站在劾里钵身边，唯恐腊醅伤着都勃堇。

腊醅带来的二百抬酒的壮汉，纷纷从木杠里抽出刀枪，有的手持木杠封住了厅门。腊醅干咳一声，对那些惊慌失措的各部勃堇说：“诸位不要惊慌，冤有头债有主，我是冲着完颜部来的，与你们无关，只要你们不参与，我的手下绝不会伤着你们，你们就做个证，为啥他完颜部总做都勃堇？今天轮到我了。”劾里钵处乱不惊，面对咄咄逼人的腊醅毫无惧色，朗声大笑道：“腊醅！你别高兴太早了，你的狼子野心由来已久，虽未像桓赧、乌春等明火执仗地与完颜部为敌，却与他们暗中勾结，企图用联姻的拙计火拼我完颜部，达到你的目的，真是痴心妄想！”

敌故保挥舞着长刀逼过来道：“劾里钵，老子的哥哥谢野就是你们杀的，今天是为我兄弟报仇来了！”

劾里钵冷言道：“怪不得好像在什么地方见过你，原来你与谢野那叛贼长得有几分相像，他被押进辽朝的大狱，难道你要步他的后尘吗？”

敌故保咬牙切齿地说：“先杀了你再说！”

盈歌大喝一声道：“真是白日做梦，你们已成了瓮中之鳖！”话音刚落，大厅四面的门窗瞬间被推开，无数只雕翎箭对准了腊醅等人。腊醅大惊失色道：“你！你们早有准备？”劾里钵泰然自若道：“对付你这卑鄙的小人，没有准备行吗？诸位勃堇不要惊慌，我们的箭手专射叛逆小人！”

敌保故立功心切，报仇心切，鼓动几个死党说：“别听他的，给我上，先剁了他们再说！”靠前的几个亡命徒举着刀，鼓噪着往前冲了两步，被飞来的利箭射中，扑倒在地。

颇剌淑厉声道：“腊醅，你还不束手就擒吗？要反抗只有死路一条！”

腊醅恶狠狠地说：“劾里钵，你高兴得太早了，一会儿让你看看阿骨打的脑袋！”

突然，房顶上传来穿透力极强的声音，震得大厅里的人耳鼓嗡嗡作响：“光看我的脑袋有啥意思，我整个人都来了！”声随人到，阿骨打已从天窗上跃了下来，手持金雀开山斧，威风凛凛地站在地中央。周围的兵士纷纷闪到一旁，阿骨打旁若无人地边向前走边问劾里钵等人：“阿民阿叔，你们没事吧？”

劾里钵呵呵笑道：“这几个奸贼能奈何我们？孩子你咋样？”

“谢谢腊醅送给我一个好媳妇，她把一切都告诉我了。”

敌保故见父子二人一问一答旁若无人，声嘶力竭地喊道：“拦住他，别让他们汇合！”那些士兵素知阿骨打神勇无敌，只是拿着刀枪战栗着退缩，却无一人敢上前。敌保故恼羞成怒，垫步上前，轮刀向阿骨打砍来，阿骨打攒足力气，金雀开山斧锋利无比，不仅劈断了单刀，还把他的一只手砍了起来。敌保故大叫一声昏死过去。

阿骨打大斧一摆，扫视一下众人道：“还有谁想试试我的斧锋？”那些士兵顿生怯意，一支支利箭指着他们，阿骨打只一招就砍下了他们主将一只手，谁还敢拿性命开玩笑。他们面面相觑，没有一个敢上前的。

阿骨打来到劾里钵跟前，劾里钵高声道：“腊醅，还不让你的手下放下刀枪，难道让他们给你陪葬不成！”那些士兵看着胸插利箭躺在地上的同伴，看到丢了一只手的头领，看到无数支雕翎箭，看到劾里钵等人胸有成竹的样子，再无斗志，纷纷扔下刀枪投降。

腊醅本想困兽犹斗，眼见自己精心挑选的敢死之士临危不敢死了，长叹一声把弯刀扔在地上，有气无力地说：“完了完了，一切都完了。”

劾里钵冷笑一声道：“咋说完了呢，不刚刚开始吗？压轴戏还在后头呢，你这主角不能退场啊！”

颇剌淑擒起瘫在凳子上的腊醅，逼问道：“说吧，咋与城外里应外合？联系信号是啥？”

阿骨打说：“四阿叔，不用问他，秀女早告诉我了！”

腊醅边叹息边骂道：“秀女这个丧门星，还没跟人家睡觉呢，胳膊肘就往外拐了。”

根据腊醅的口供和秀女提供的敌兵进攻路线，劾里钵当机立断，令欢都、习不失、活腊胡、曼都珂、劾者等人各归所部，颇剌淑仍然去迎击桓赧，盈歌去迎战麻产，撒改迎击乌春。原来乌春上次根本没有返回老巢，而是收集残兵败将与

腊醅密谋了这条诡计。

前来贺喜的各部勃堇也纷纷要求参战，劾里钵摆摆手说："各位前来的是客人，你们只带了些亲兵卫队，不便参战，况且我有足够的兵力，你们观战助威就行了。"

石土门上前道："都勃堇，咱们是同宗，可不是客人，乌春这伙太不是东西，当年老勃堇收留他时，我就在场，十几年不见，成了没毛的牲口。我得会会他，看看他心肠是啥色的！"

劾里钵听石土门言辞诚恳，就点点头道："阿叔执意参战也好，我答应，不过让阿骨打带人伴你左右。"

劾里钵话音未落又激烈地咳嗽起来，咳出了几口带血的痰。颇剌淑见状心疼地说："二哥，你在家歇着吧，我们去迎敌，随时给你报信！"

劾里钵摇摇头说："大战在即，主帅怎能缺席，我一点事都没有，整队出击，少杀多掳。"

会宁州，在夜幕遮掩下格外的静谧，几点灯火在寒星辉映下，闪闪烁烁。突然，在营寨的东边、北边、南边，各燃起了三堆篝火，待火势渐旺、腾空而起之时高喊："瓦都拉！"早已埋伏在城寨外的麻产、乌春、桓赧等，见到信号便快速作出反应，顿时人喊马叫，火光冲天。

麻产一马当先，从北方杀来，他恨不得立即冲进会宁州，生擒劾里钵，羞辱拿懒如花，以雪当年之恨。

乌春的先锋杯乃率十兄弟，更是快马加鞭。那年他与欢都交恶，曾暗使家奴不歌束纵火诬陷欢都，被劾里钵识破，杀死了不歌束，他怀恨多年，恨不得立斩仇人。而桓赧见了篝火燃起却按兵不动，其副将催马过来道："勃堇，乌春和麻产已冲上了，咱们让他们捡了大便宜，快上吧！迟了财物美女就让人家抢光了，咱们不就枉费心机了吗？"

桓赧撇撇嘴道："你急个啥？那年秋天的一仗咱们咋吃的亏？你还是长点记性吧！说好了三家联手三面夹击，可是腊醅、麻产这两只老狐狸压根就一兵一卒都未动。乌春呢，见硬就卷，借口天气不好，自行退兵，把咱们晾在风口浪尖上，死了许多兵丁不说，连家眷都搭上了，这回让他们去当出头鸟，咱们静观其变，拿下会宁州也少不了咱们那杯羹，拿不下来咱们自保实力，我跟完颜部打了这么多年交道，要想啃他们这块骨头，不把牙崩紧了啃不动。要中了埋伏就会全军覆灭，连老本都赔上!”副将闻言退到一旁。

桓赧的预测没出现误差，麻产的人马进了盈歌等的伏击圈；杯乃的人马进了撒改的伏击圈。完颜军以逸待劳，箭如飞蝗，把手持火把的来敌尽数射倒，然后燃起篝火把麻产、杯乃两队人马团团围住，呐喊着劝其投降。

麻产深知中计，如果落入劾里钵手里，一定不会有好下场，就对已吓得肝胆俱裂的士兵下令投降，他也佯装缴械，趁完颜军清点俘虏松懈之际，仗着自己那股凶狠劲，抡开铡刀杀出一条血路，带着几处箭伤落荒而逃。

杯乃十兄弟依靠乌春人多势众，有乌春、窝谋罕做后援，开始没把合围的完颜军放在眼里，鼓动士兵死战。当包围圈越来越小，士兵阵亡十之四五时，才有几分惧色，但想退兵为时已晚。

大将欢都舞动着鸡鸣戟杀了过来，边杀边让士兵呐喊：“腊醅已束手就擒，你们中了埋伏。快快投降。”杯乃遇到欢都，仇人相见，格外眼红，催马抡刀来战欢都，只一个回合便败下阵来，他的两个亲兄弟也上来助战，三人刀枪并举斗欢都，还是落在下风。另两个兄弟又纵马上前，刚好阿骨打前来助战，见状大吼一声：“贼子，想以少胜多吗?”拍马举斧加入战团，欢都之勇、阿骨打之猛非杯乃等辈能敌。混战中，欢都将杯乃刺于马下，阿骨打力劈二将，其余将士不战自降。

天亮时分，完颜军大获全胜，打扫战场，虏获战马一百多匹，敌兵二百多人，杀死二百多人，只是走脱了麻产。

老奸巨猾的桓赧坐壁上观，未动一刀一枪，未损一兵一卒，便偃旗息鼓，悄然撤退。

乌春和窝谋罕更是老谋深算，他们抓住杯乃立功心切、报仇心急的弱点，让杯乃的部族人马当先锋打头阵，以探虚实，自己却亲统中军按兵不动，待两军交战时发现事已败露，中了完颜军的伏击，便舍弃杯乃军自行撤退。

判军几路人马落败之后劾里钵召集众将道：“桓赧按兵不动，是上次大伤了元气，不敢轻易交战，不足为虑。麻产只身逃脱，腊醅就擒，江北纥石烈部全军覆没，成不了气候，暂且不管。而乌春、窝谋罕联军只丢了杯乃一个部落的兵马，没有伤筋动骨，放虎容易擒虎难。”众将闻言纷纷请战追击乌春。

劾里钵说：“诸位稍安勿躁，有的是仗打。现在大家都劳累了，尤其是撒改、盈歌两支人马已鏖战一夜，要好好休息。”

颇剌淑说："我们昨夜只看他们打仗了，弟兄们躲在房里静待敌人，可桓赧他们硬是不动手，大伙手都痒了，我们去追击乌春、窝谋罕正好。"

劾里钵点点头道："你们乘胜追击，不可与他们死撑硬打，只是咬住他们就行。"

阿骨打上前说："阿民，我和四阿叔一起去，我昨夜就杀了一阵，不过瘾。"

劾里钵道："不行，你是新婚，秀女的功劳也不小，你回去陪她，三天以后再出征，乌春是蒸不熟煮不烂的主，这一仗不是三天五日能打下来的，我也歇一天，明天统领中军随后即到，都依令而行，谁也别争了！"说着又咳嗽起来。阿骨打还想说什么，见父亲剧烈地咳嗽，就把话咽了回去。

石士门打圆场道："都勃堇决断英明，我老人家也想跟乌春痛快地干一场，可军中有军纪，都听都勃堇安排，抓紧歇着，有的是仗打。"众人遵令散去。

第十七章

劾里钵亲统中军　窝谋罕阴擒乌春

颇剌淑暗自高兴，那年秋天，桓赧、散达仗着兵多将广，连胜自己好几阵，幸亏劾里钵挥师东上解了重围，不然自己会全军覆没。昨夜桓赧未动手，他没有报那一箭之仇，令他大失所望，因此这次要大展军威，拿乌春出气。他率军马不停蹄，连中午饭都没吃，追出几百里地，在阿里矮村追上了乌春的队伍。

昨夜攻城时，乌春让杯乃的人马打头阵，杯乃的人马厮杀多时，全军覆没，连一个报信的都没跑回来。

窝谋罕几次要驱兵救援杯乃，都被乌春拦住。待杀声渐停，便觉杯乃的人马非死即降，孤军不能再深入，号令先退兵再作打算。窝谋罕抢白乌春不够意思，把他的义弟杯乃扔下不管，乌春也不反驳只顾撤军。

乌春却不动气，告诉窝谋罕，退出是为了观察局势，如果完颜军伤了元气，必定要休整舒缓，不会派兵追赶，那时再杀个回马枪也不迟。如果完颜军追杀来，证明他们大获全胜，我们一定要退回自己的领地，人熟地熟也好对抗。

果然，傍晚时，颇剌淑挥师追到，大将曼都珂、纳盆、拔达等一拥而上掩杀过去，乌春并不恋战，引兵退去。颇剌淑见天色已晚，也鸣金收兵，等待劾里钵中军到来。

乌春、窝谋罕退到了一百里以外的姑里甸。姑里甸的首领跋石出寨迎接，并设宴犒劳将士。

跋石边劝酒边说："二位勃堇不要忧虑，姑里甸依山傍水，易守难攻，营寨里有充足的粮草，你这几百来人在这住个一年半载的没问题，况且我大寨前面是

一里多地的斜坡，寨里有特制的磙子磨盘石，定叫完颜军有来无回。”

乌春、窝谋罕稍放宽心，并决定凭借此险与完颜军决一死战。

颇刺淑的探马回报了会宁州，歇息一天的劾里钵恢复了精神，盈歌劝慰说：“二哥，这些日子你咳嗽不止，就让我带兵与四哥会合追击叛贼吧，你在家好好调治一下。”

劾里钵摇摇头说：“乌春是我一生最恨的人，他忘恩负义还倒罢了，去年派使者与他儿子联姻，他竟然声称完颜部是猪狗，岂能与猪狗通婚，除非我跪着舔他的脚趾，他才能答应，并把使者的双耳割掉，百般羞辱。前一段临阵我劝其归降，他仍这样说辞。我这咳嗽病就是他给气的，我非亲手杀了他，方能解心头之恨，这病也自然会好。家里的事也不少，处理俘虏，防御桓赧，收复腊醅领地，这都得靠你了。何况我已在众将面前说过，明日午后亲统中军追击贼人。”

盈歌觉得再争无益就依了劾里钵，派欢都、习不失、活腊胡等大将随劾里钵出战。阿骨打眼睁睁地瞅着别人出去打仗，自己急得直跺脚，纥石烈秀女知情达理说道：“都是我拖累了你，不能出征参战，我替你求情去？”阿骨打虽然感激秀女，但还是闷闷不乐。拿懒如花推门进来说：“你着啥急呀！你阿民说了，三天后就让你和石土门赶到阵前，你手下的兵他一个也没带，让你自己领着！”阿骨打闻言心头的烦闷一扫而空，击掌叫好，把拿懒如花和秀女都逗乐了。

劾里钵与颇刺淑兵合一处，探马回报说，乌春、窝谋罕五百多人马驻扎在姑里甸，与蒲察部勃堇跋石狼狈为奸，据险死守，要与完颜军周旋到底。

劾里钵大军开到姑里甸二里地外安营扎寨，召集众将商议攻打姑里甸之策，待来日开战。

姑里甸，跋石山寨前，两军对阵。跋石、故石、乌春、窝谋罕列在阵前。颇刺淑高声喝问：“跋石、故石勃堇，你们都是完颜部的老联盟，交好多年，这次难道要为收纳叛贼一起造反吗？

跋石嘴撇得像瓢一样，说：“一派胡言！我部受你们管制多年，除了要交租税以外，你给我们什么好处了？我们早就不想扯你们啦！今儿个送上门来就别想回去了！”

欢都闻言大怒，催马上前直取跋石，二人战在一处。故石恐哥哥有失，飞马上前助战，大将纳盆驰出接住故石厮杀。几个回合下来，跋石、故石拨马败回寨去。

颇剌淑率军掩杀，乌春、窝谋罕也率军混战，两军各有伤亡。酣战时，姑里甸山寨锣声大震，鸣金收兵。完颜军紧追到山寨前，欲抢攻山寨门。

跋石、故石见自己人马全部撤到寨内，令旗一摇，便放起磨盘石磙子来。颇剌淑军布满了山坡窄道之上，磨盘石轰隆隆滚下来，躲没处躲，藏没处藏，被砸死撞死大半。欢都、纳盆仗着自己力大马快，挑开几个磨盘石全身而退，累的大汗淋漓，气喘吁吁。

如是几次攻寨，完颜军都被磨盘石砸了回来，众人一筹莫展。劾里钵虽是智勇双全，但此时也是束手无策。两军相持不下，完颜军攻不上山寨，姑里甸的人也冲不下山来。

颇剌淑见劾里钵愁眉不展，咳嗽加剧，就建议说："二哥，离此不远的胡伦加古部勃堇胜昆，为人忠厚老实，对此处地形熟悉，不如派人把他请来，也许对咱们能有帮助。"

劾里钵说："还派人干啥，你身为国相，应礼贤下士亲自去请，显得对人家重视。"

颇剌淑备了一份礼品，带着亲兵卫队，到胡伦加古部去请胜昆。那胜昆受宠若惊，唯恐受乌春叛乱的牵连，筹备了些粮草和颇剌淑一起来到劾里钵营寨。他向劾里钵施礼道："都勃堇远道讨贼，属下来迟，望恕罪。"

劾里钵热情地搀起胜昆道："你这不把话说远了吗？难得你这些年来一直对完颜部忠心耿耿，老勃堇在世时没少夸你。乌春、窝谋罕屡次谋反，前几天竟然胆大妄为，去攻打会宁州，被我击败，追到姑里甸。没想到跋石、故石哥俩也跟他们一起反了，这样的贼人不除，我寝食难安呀！现在把你请来，想看看你有啥好办法。"

胜昆感激地说："感谢都勃堇对我的信任，姑里甸山寨背靠乌纪岭千仞峭壁，前有仆干水支流，天然的护城河，人兽难越。这还不算，他们制作一种磨盘石，非常厉害，从山坡滚下来，任你千军万马都得砸成肉酱。"

颇剌淑叹口气道："都勃堇正因此事犯愁呢，才把你请来，我军已因此死伤百余人，你好好想想，那里有没有别的路径能通过乌纪岭。"

胜昆冥思苦想了半晌，说："前几年听老年人说，有一条崎岖险要的道路能通到山顶，可说归说，没人上去过，要不我派人回去找几个老山里人详细问问。"

"不用找人了，我是现成的活地图，还麻烦别人干啥？"声到人到，仆散玛法

和石土门、阿骨打一起走进大帐。

劾里钵连忙让仆散玛法和石土门坐下，说："老玛法，临行的时候我真想到你了，但一考虑你这么大年龄了，还有，阿骨打娶了秀女，卓丹心情一定不好，也不知咋样，我咋好开口求你呀。"

老玛法动情地说："都勃堇，这可是你多想了，我这把老骨头硬实着呢！阿骨打娶秀女是好事，秀女是个好姑娘，这一次多亏了她，不然阿骨打和完颜部都有危险。"劾里钵赞叹地说："卓丹早已经想通了就好，等这一仗打完，再接着给她和阿骨打办喜事。"

阿骨打不好意思地说："玛法、阿民，你们都说啥呢！这都缠死我了，我一出来，捏哥哭鼻子，秀女也掉眼泪。"

"哎哟，你小子行了，媳妇疼你，你还来毛病了，真是福大把你烧的。"颇剌淑的话把大伙都逗乐了。

玛法面色一正道："咱们还得说正事，那乌纪岭一面是悬崖峭壁，一面是平坦山坡，姑里甸山寨就建在坦坡上，后面是天然的屏障。但峭壁有一条石缝叫一线天，能通到大半山腰，还有几十丈光滑的石壁，就像镜面一样，猴子都爬不上去。"

阿骨打道："阿民，不用担忧，我在长白山学艺时，师傅曾教我盘山术，任凭何种奇峰险岭皆可逾越。"

颇剌淑道："那也不行，姑里甸兵马近千，凭你一人之力无法抗衡。"

"那也无妨，只要能攀到山顶，用软梯把弟兄们拉上去，就能潜入营寨中，破其磨盘石阵。"

劾里钵道："为今之计，也只好试试了，两军已僵持好几天了，时间一久，恐怕粮草难以为济，马上从军中挑选能爬山的军卒五十人，跟阿骨打去吧！"

阿骨打忙说："不用了，我从牤牛山带回的士卒个个都是爬山的好手，有他们就够了。"

颇剌淑嘱咐道："得手之后，举火为号，我们好攻山寨。"

阿骨打领命而去，仆散玛法不愧号称"活地图"，有他领路，阿骨打率兵很快到了一线天。乌纪岭上的一线天，无非是岭中蒿草、树木中的一条石缝，人迹罕见。缝隙狭窄，仅容一人侧身而过，也不知玛法咋知道的这条石缝子。阿骨打等挪蹭了大半天，费尽了九牛二虎之力才爬到了半山腰，挤出了石夹缝。顿觉冷风袭人，虽是初冬，却有数九隆冬的感觉，原来山顶积雪常年不化，气候寒冷。

仆散玛法对阿骨打说：“我知道的路已到了尽头了，那悬崖峭壁就靠你的盘山术了。”

阿骨打仰望那绝壁，足有十几丈高，寸草皆无，平滑如镜。他抚摸冰冷的石壁沉思良久，然后从一位士卒手中拿来锤子和铁钎子，凿起石壁来，不多时，坚硬的石壁被凿出一个拳头大小的小斜洞来，阿骨打找来一根木棒插进洞里，用力一搬，木棒滑了出来。众人一筹莫展，阿骨打思忖良久，一拍脑门道：“有了！”他从腰间解下水袋，往洞里灌了些水，再把木棒插进，一盏茶的工夫，木棒牢牢地冻在里面，往外一拔，那木棒纹丝不动。阿骨打让几个士兵凿洞，几个士兵支起锅来化雪水，几个士兵锯圆木。

仆散玛法乐不可支地道：“这就是你师傅教的盘山术？”

阿骨打也诙谐地答道：“这叫人造天梯。”阿骨打想的人造天梯固然奇妙，就是速度缓慢，一天下来只凿了二十多个洞，但他心里还是很高兴，按这样的速度计算，三天后就能达到山顶。于是，他派两个兵丁护送仆散玛法回劾里钵处，并约定第四天里应外合攻打山寨。

人造天梯果然按预定时间造完了，插进石洞里的圆木经雪水一冻，非常坚固，用锤子砸也得砸一阵子才能掉下来。

第四天天亮时，阿骨打领手下的四十多名爬山能手饱餐一顿，轻装简从，每人只背了一柄弯刀，阿骨打背着金雀开山斧，小心翼翼地攀上了乌纪岭的主峰。站在峰顶，姑里甸的山寨一览无余，山寨里房屋连片，炊烟袅袅，人来人往，防备松弛，根本没有大战在即的紧张气氛。

阿骨打暗赞跋石兄弟有眼力，找了这样依山傍水的地方安营扎寨，易守难攻，一夫当关万夫莫开。

阿骨打等扮成猎户，三三两两混进了村寨，几经周折，终于摸到了山坡前放磨盘石的寨栅。木刻楞屋前有两个放哨的士兵，大声问道：“干啥的？”阿骨打答道：“查防的！”“查防的？我咋没见过你们？”“我是刚从乌春勃堇那边来的。”

两个哨兵狐疑之际，阿骨打身后的两个武士猱身而上，以迅雷不及掩耳之势制服了哨兵。阿骨打一挥手，其余人鱼贯而入。

负责看管发放磨盘石的十几个士兵正在屋里闲聊，因为近两天完颜军没有攻山寨，他们用不着往下放磨盘石，干在屋里待着，闲得五脊六兽的。

阿骨打带人一拥而进，明晃晃的大刀架在他们脖子上，小头目结结巴巴地说：“你……你们?！……这是?……都是自己人!?……”阿骨打厉声说：“谁跟你是自己人，我们是完颜军，都老实点，不然让你们看不见屋外的太阳!”那些士兵怎么也想不出完颜军是从哪冒出来的，乖乖地束手就擒。

阿骨打令人把俘虏捆好，押着小头目去看如何放磨盘石。原来，磨盘石摆放在陡坡上，前边的两排像车轱辘一样立着，下面卡着圆木，只要打开寨栅，撤掉圆木，磨盘石就顺坡滚下去。狭窄的山坡小路，来犯之敌纵然有浑身本领也难抵抗这些“石将军”。阿骨打赞叹不已，难怪阿叔、阿民他们连输好几阵。他当机立断，令士兵将立着的两排磨盘石放倒，然后大盆小罐地从屋里端来冷水，浇在磨盘石上。

一个士兵不解地问：“将军，咱们这是干啥呀?”

阿骨打道：“这磨盘石是敌军制胜的法宝，一会儿我军攻寨，他们必然要放磨盘石下去，如果发现磨盘寨被我们抢占，必然派重兵来夺，我们四十多人即无甲胄又无敌马弓箭，如何能抵挡？我多泼些水把磨盘冻在地上，他们既使夺回磨盘石寨，一时半会儿也放不下磨盘石，山下就赢得时间攻下寨门。”众人听后连连称妙。

一炷香的工夫磨盘石尽数被冻在地上。用圆木撬都撬不动。

阿骨打这才命令点火，给山下发信号。完颜军连败数阵后，又憋气又窝火，早已在山下急不可待，颇剌淑留下石土门为中军，令欢都等六员猛将各带一支人马冲向山寨。

乌春、窝谋罕、跋石、故石正在中军大帐商议退敌之策。有兵丁来报，说完颜军进攻山寨了，跋石冷笑道：“劾里钵、颇剌淑真是不知死活，还没尝够磨盘石的滋味，等再胜几阵，咱们冲出去活捉他们。”

故石提醒说：“咱们还是到山寨前看看，别让他们钻了空子。”四人来到寨前，见完颜军蜂拥而至，把山路挤得满满的，乌春见状忙道：“快放磨盘石，把他们压成肉饼!”

跋石命令传令兵挥旗，给磨盘寨发信号。传令兵摆了三次令旗，磨盘寨却没有任何反应，只见到一股浓烟冲天而起，跋石断定磨盘石寨出事了，忙命故石带人去看看咋回事，如果有失，马上夺回来，放石拒敌。故石领命而去。

完颜军由于没有磨盘石的阻挡进攻迅速，已经逼近寨门，双方用弓箭对射，寨内有掩体，完颜军只好靠牛皮盾牌结成的屏障向前推进。不时有兵士中箭，行进缓慢。

故石带五十骑兵冲到磨盘石寨，见一群不明身份的猎人装束入侵者，就命士兵放箭，弓箭把阿骨打等逼回木刻楞，见山下完颜军步步紧逼，跋石又不断命令放磨盘石，结果磨盘石冻在地上无论怎么搬撬都纹丝不动，急得团团转，命士兵下马撬石。

阿骨打见状，不顾飞蝗一样的利箭，率人冲杀出来，金雀开山斧上下翻飞，锐不可当，几个刨石的人被阿骨打砍倒。

故石带着马队把阿骨打围在当中。寨门前已是短兵相接，磨盘石迟迟没放下来，欢都等几员猛将舍生忘死抓住了这个机会，一举攻破寨门，双方陷入混战。本来双方兵力不相上下，跋石在家门口，地形比较熟悉，如果乌春、窝谋罕三人戮力同心，完全可以与完颜军战个平手。但狡猾的乌春进姑里甸没几天，却用重金买通了跋石的一个亲兵，得知营寨有一个秘密地道可通山下，所以他趁寨门被攻破跋石全力抵抗完颜军之际，给窝谋罕使了个眼色，二人带着自己的人马悄悄后撤，寻到密道逃走了。

跋石在寨门死战，故石这时也冲下山来，于跋石汇合，阿骨打手下伤亡不大，几十人也追杀下山。防守密道的兵士见乌春等逃走，前来向跋石禀报，跋石和故石听了，大骂乌春、窝谋罕狼心狗肺，悔恨自己引火烧身，激战之中哪容分心，兄弟二人分别被习不失和曼都珂杀死在乱军之中，姑里甸部众树倒猢狲散，纷纷跪地投降，只可惜让乌春、窝谋罕逃跑了，劾里钵把姑里甸交给胜昆治理，挥师继续追逃叛军。

乌春、窝谋罕经过与完颜军几次交锋，士兵虽有伤亡，但有杯乃、跋石等当替死鬼，尚未伤筋动骨。二人昼夜兼程逃回了窝谋罕城下。

此时，窝谋罕对乌春的阴险毒辣有所不满，杯乃、跋石、故石都是歃血为盟的兄弟，可作为联军的主帅，为了保存自己的实力，竟然丝毫不讲情义地舍弃他们，眼下只剩他们两个部族的兵马了。

窝谋罕对乌春说："主帅大人，我们这次征战损兵折将，结盟的兄弟非死即降，现在兵临城下，不知有何退敌之策?"

乌春冷笑一声道："勃堇严重了，现在你和我是拴在一根绳上的蚂蚁，一损俱损，一荣俱荣，我们只有联手拒敌，才能保存自己，消灭劾里钵。"

窝谋罕毫不退让地说："主帅对完颜部特别是对劾里钵恨之入骨，现在劾里钵就在城下，你我何不带着本部人马，夜里去偷营劫寨生擒劾里钵?"

乌春说："行，趁完颜军立足未稳，人生地不熟的，咱们掏他一把也许能有意外收获。"

夜里，劾里钵驻地，周围是个大将的营帐，如众星供月围着中军大帐，阿骨打的营帐紧靠劾里钵，为了保护父亲，阿骨打人不解甲马不卸鞍，枕戈待敌。

乌春这次冒险偷营劫寨是为了报仇，而窝谋罕则是为了考验乌春的能力和为人。颇剌淑也颇有心计，为防被敌军劫营，除了加强巡逻外。又虚设了几座营寨，灯火朦胧却无人居住。

乌春复仇心切。为了在窝谋罕面前显示自己的能力，一马当先扑进空营，非但没抓住劾里钵，还遭到阿骨打和欢都的围杀，幸亏窝谋罕军赶到营救，才突出了包围圈，结果损失了一些兵士，无功而返。

第二日，劾里钵亲率大军到城下挑战，向乌春叫阵，列数乌春的罪状。乌春身为叛军的主帅，尽管自己只剩二百多人，也只好硬着头皮出战。

两军列阵，劾里钵止住跃跃欲试的众将道："乌春匹夫欺我老了，今天我必杀此贼。"说着，拍马抡刀出阵，乌春舞枪相应。劾里钵虽然身手不适，但勇猛异常，乌春哪里是对手，几个回合下来，便败下阵去。颇剌淑率众将掩杀了过来，乌春大败，狼狈逃回城去，手下的人马折去大半。

下午，完颜军挑战叫阵，还是单点乌春，只字不提窝谋罕。

乌春明知是劾里钵的反间计，可自己虽然身为主帅，却没有出城应战的能力。一改暴戾之气，对窝谋罕说话客气了许多，提出让窝谋罕坚守城池，自己回温都部去搬兵，与劾里钵重新开战。

窝谋罕表面答应，待天黑时帮乌春杀出城去，送他回温都部召集人马，暗地里却与副将太峪商量说："乌春为人阴险奸诈，这次兵事由他挑起，如今联军伤亡惨重，完颜军包围了咱们城池，乌春说回去组织兵马是假，金蝉脱壳是真，我何不一箭双雕。"太峪不解地问有何妙计。

窝谋罕阴笑道："你即刻出城，把辽朝宁江州曷鲁节度使请来，我自有良策。"太峪出城直奔宁江洲。

晚上，窝谋罕为乌春饯行，酒至半酣，窝谋罕的亲兵卫队涌入，把乌春绑了。乌春大惑不解地问："窝谋罕，你这是干啥？咱们可是结拜兄弟呀!"

窝谋罕冷笑道："你还有脸提啥兄弟呀？杯乃、跋石、故石是不是兄弟？还不是让你给卖了吗？明个儿我把你献给劾里钵，趁他因你被俘高兴之际我杀了他，这女真族的都勃堇就是我的了。说着得意地大笑起来。

乌春脸扭曲得吓人，恨恨地说："窝谋罕，你也太歹毒了！"窝谋罕狞笑着说："这都是和你学的，无毒不丈夫呀！"乌春绝望的低下了头。

宁江州节度使曷鲁收到窝谋罕送去的生金应约而来。这天早上，劾里钵又领兵出战，指名叫乌春迎战。

窝谋罕从女儿墙上探出头高声道："都勃堇，稍安勿躁，我马上让乌春见你大驾。"说完，城门洞开，窝谋罕、曷鲁、太峪三骑驰出。太峪的马后拴着五花大绑、蓬头垢面、嘴塞烂布的乌春。

众人皆是一惊，没想到窝谋罕来了这么一手。曷鲁将军马上朗声说道："劾里钵都勃堇，窝谋罕已经把乌春联军谋反的事跟我说了，他是迷途知返，幡然悔悟，当机立断把乌春拿下。看在我的薄面上，你们化干戈为玉帛吧！"

窝谋罕也施礼道："都勃堇，以往我受乌春蛊惑，多有冒犯，敬请赎罪，我把罪魁祸首乌春抓来将功赎罪，任凭你发落，今后我部族忠孝完颜部，如有二心，就像乌春一样。"说完，让太峪把乌春拖了过来。完颜部众人都认识乌春，一见他那狼狈样，特别解恨。

太峪扯下乌春嘴上的烂布，乌春不敢与劾里钵对视，回头看见冷笑的窝谋罕，破口大骂窝谋罕卑鄙小人，不得好死，刚要揭穿窝谋罕的阴谋，窝谋罕手起一刀把乌春砍死，骂道："死到临头了还敢恶语伤人！"然后对劾里钵道："都勃堇，我替你除了这奸贼，免得脏了你的手。"曷鲁道："怎么样，劾里钵都勃堇，窝谋罕勃堇真是真心诚意的和好，你有啥吩咐尽管说。"

劾里钵见仇人乌春已死，心里一激动，又忍不住又咳嗽起来，吐出一口鲜血，道："既然有节度使大人说情，我既往不咎，不过窝谋罕，你必须把你和乌春抢去的马匹和边民如数放回，遵从'条教'永不滋事，把你部族的兵士拔到完颜部一部分统一调用，我就此罢兵。"

窝谋罕迟疑一下，马上答道："行行行，我坚决照办，不过，不过我有一个请求，都勃堇大军气势汹汹，我心里没底，你能否让大军退后五里？"劾里钵道："有曷鲁将军在，我退军五里又何妨！"于是下令退军。

颇刺淑非常担心地说："二阿哥，咱们……"众将也道："都勃堇，这……？"

劾里钵挥挥手说："这是命令！"众人无语。

颇剌淑听出劾里钵让自己领兵后退，却没说让众将也退走，心里稍安，他与每员大将都交换了一下眼色，众将也心领神会。

窝谋罕看见完颜军徐徐退去，身边只剩下几十人的护卫，心中暗喜。嘴上却说："都勃堇果然大智大勇，言出必行，那就请进城接纳叛徒逃者和俘虏马匹吧。"阿骨打上前道："我阿民身体不适，就不进城了！"

劾里钵也顺势说："我身体不适，温都部勃堇富者郭赧，乌林答部勃堇故黑，麻烦你二人率人马进城交割。"二人领命随太峪进城去了。

窝谋罕假惺惺地说："都勃堇还是心存疑虑，这样吧，让城里送两桌酒席来，咱们就在这儿同饮一场如何？"

劾里钵道："你太客气了，只要你诚心归顺，有的是工夫喝酒。"窝谋罕急切道："以后是以后的，都勃堇鞍马劳顿，贵体抱恙，我怎么也得尽地主之谊呀！

曷鲁称赞道："好！好办法，郊外对酌，天凉心热！"

窝谋罕调转马头追赶快要进城的太峪，喊道："整两桌酒席来，快点！"太峪边答应边进了城门。

富者郭赧和故黑刚进城门，便被埋伏在那里的窝谋罕的亲兵队缴了械。此时，颇剌淑的队伍已经退出了众人的视线。城门洞开，太峪骑兵冲杀出来，窝谋罕大笑道："劾里钵，你中计了！"

曷鲁大惊道："窝谋罕，你！你这是背信弃义！你把我也装进去了，我如何能对得起劾里钵都勃堇。"

窝谋罕怪笑不止，说："我要有信有义，劾里钵能落入我的手掌心吗？"说着率三百骑兵包抄过来。劾里钵等猝不及防，早知道窝谋罕也是反复无常的小人，但未料到他比乌春还阴险。

阿骨打急忙抽出宝刀递给劾里钵，欢都大叫道："围成圈子，保护好都勃堇！"十几员大将和十多亲兵各擎兵器，形成一个圆形，把劾里钵围在当中，阿骨打手持金雀开山斧，寸步不离劾里钵左右，唯恐阿民有啥闪失。

曷鲁再劝无益，拔马便走，嘴里骂道："窝谋罕，你这小人！不会有好下场！"

窝谋罕仍阴阳怪气地道："曷鲁将军，你是'大人'，大人慢走，你的亲兵队还在城里呢！"

曷鲁气恨恨地说："都他妈留给你当陪葬吧！"说话间，窝谋罕的人马已把劾里钵等层层围住，窝谋罕虽然计取劾里钵大军后退，但他却低估了劾里钵的几员大将，这些人都身经百战，忠心耿耿，以一当十，勇猛异常。他的三百骑兵虽属精锐，却难一时突进他们的保护圈。窝谋罕也下了血本，承诺诛杀劾里钵后，重赏生金、马匹、奴隶若干，想得重赏的士兵踏着同伴的尸体，发疯似的围攻。

欢都等众将浴血拼杀，且战且退，程度不同地受了伤，十几个亲兵死于非命，时有敌兵突进圈来，都被阿骨打劈于斧下，敌兵死伤百余人，包围圈逐渐缩小。窝谋罕的人海战术果然奏效。

曷鲁气恼窝谋罕言而无信，急冲冲地跑了一段路，猛然拨马追赶上缓缓而退的颇剌淑大军，扯开喉咙喊道："颇剌淑国相，快去救你的都勃堇，窝谋罕把他包围了！"

颇剌淑闻言道："多谢节度使报信，大恩容日后回报。"说着回师窝谋罕城下。

窝谋罕驱动着士兵疯狂进攻。治诃左腿被砍断，纳盆右臂已不能动，换了左手使刀舍命拼杀，闯进圈子的敌兵渐多。阿骨打左右搏杀，砍死敌兵数人。劾里钵也参入战斗，宝刀翻飞，近者非死即伤。

窝谋罕的士兵死伤近一半，仍没伤着劾里钵一根毫毛。他对太峪说："你带同死队往上冲，就是铜墙铁壁也要捅出窟窿来。"太峪应声带队而去。

包围圈渐渐缩小，阿骨打和劾里钵已是背靠背抵抗敌兵，这时阿骨打刚把一员敌将劈下战马，金雀开山斧还没抽回来，被一敌兵死死地抓住斧头，冲杀过来的太峪见有机可乘，双脚一蹬离了坐骑，犹如巨蟒出洞，手中的长矛刺向阿骨打，激战中的活腊胡见太峪冲向阿骨打，不假思索，长刀出手风驰电掣，砍在太峪的枪杆上，刹那间，太峪长枪一偏，枪尖从阿骨打腋下穿过，戳掉了几片铠甲。阿骨打暴怒，断喝一声，双膀有千钧之力，把攥着他的斧头不放的敌兵硬生生从马背上薅了下来，在空中一舞，摔在地上，登时身亡。斧头砸在太峪的胸口，太峪像断线的风筝倒在地上。劾里钵俯身一刀结果了他的性命。与此同时赤手空拳的活腊胡也中了两枪，幸有习不失救护才幸免于死。众将已各自为战，捉对厮杀。

颇剌淑闻讯后率马队旋风似的卷了过来，杀声震天。

窝谋罕见完颜大军又杀了回来，情知偷鸡不成反蚀了一把米，连城都没敢进，单枪匹马绕城落荒而逃。阿骨打酣战中瞥见窝谋罕策马而逃，向冲杀过来的

颇剌淑喊道："四阿叔这交给你了，我绝不能让窝谋罕跑了！"只身一人追了下去。

颇剌淑的队伍立即把窝谋罕的人马包围起来，他把气恨都发泄在那些士兵身上，连投降的机会都没给，那些跑了主帅丧失斗志的士兵，被砍瓜切菜一样斩杀殆尽。

劾里钵虽然躲过了此劫，却因连气带累吐了两口鲜血，完颜军迅速包围了窝谋罕城，守将见主帅逃往，副将阵亡，三百精锐被砍杀殆尽，见大势已去，只好乖乖投降，富者郭赧、故黑也被解救出来，完颜军进城休整。

窝谋罕跑了一阵子，见后面只有一骑追来心里稍宽。他还不曾与阿骨打交过手，不知厉害，待阿骨打追近不足百步时，猛然回身射出三箭，分别射向阿骨打的咽喉、胸口、小腹。三箭连珠，迅雷不及掩耳。阿骨打临危不乱，电光火石之间用金雀开山斧格出第一箭，金刚铁板桥躲过第二箭，扑向小腹的那一箭实在是太急无法躲避，只好一脚离蹬，镫里藏身才免遭破腹之灾，饶是如此那只狼牙箭还是射在阿骨打腰间的箭袋上，阿骨打惊呼一声坠下马。

窝谋罕暗想神人也难逃我百步穿杨的连珠三箭，他拨马回来看落马的敌手。刚到近前，只见敌将忽然从马腹下跃起，舌炸春雷："你也吃我一箭！"说时迟那时快，来将手一扬雕翎箭射向窝谋罕面门，窝谋罕猝不及防被雕翎箭击中脸庞，虽无大碍也是吃惊不小，敌将并未被射死，还反戈一击。窝谋罕惊骇之余阿骨打已端坐在马上道："窝谋罕！你还跑得了吗？"金雀开山斧横在马前，窝谋罕听说完颜军中有一员神勇异常的小将，此时一见果然了得。于是大吼一声："爷爷跟你拼了！"抡棍便砸，阿骨打举斧相应只三个回合，已丧斗志的窝谋罕大棍脱手被生擒活拿，阿骨打恨其阴险毒辣，把他拴在马后拖回。

阿骨打把窝谋罕押到劾里钵面前，窝谋罕像只癞皮狗，扑通跪下，喊道："都勃堇饶命，我再也不敢造反了。"劾里钵冷笑道："你这种卑鄙小人，再也没有造反的机会了。"说完亲手斩下他的头颅，叫人把他与乌春的头颅一起挂在窝谋罕城示众。

劾里钵率军在窝谋罕城休整了几天，然后班师回宁江州。途经星显水纥石烈部阿海的领地，勃堇阿海闻听完颜军得胜而归，早已率部众恭候在路旁把盏为劾里钵祝捷，并献黄金五斗庆贺。劾里钵十分感激，拉着阿海的手说："先父的旧臣只有你忠心不二，一如既往，乌春这家伙本是个卑贱人，他穷困无依携家投靠了完颜部，我父王收留了他，以后又派他回原部族当了勃堇，谁知他却恩将仇报，与我们为敌，我们忍无可忍才剿灭了他。”

阿海道：“那家伙该死。”劾里钵又说：“我们完颜部是辽朝封的都勃堇，要管理生女真诸部，如果大家和平相处，何来此等杀伐之事，但愿咱们两部世代友好。”阿海深为感动，点头应充。而其子阿疏却面现愤愤不平之色。

征服桓赧、散达，平定乌春，剿灭腊醅之乱后，完颜部争得了一时的安定，而劾里钵连年征战，心力交瘁，劳累过度，病情加重，幸亏有耶律敌虎和术忽二人精心调治，暂时稳定了病情，在整个冬天里都是用药维持，刚强的他照样料理政事。

迟暮的春风姗姗而至，毫不留情地吹得严寒狼狈而逃，吹得冰雪消融，万物复苏。然而这孕育生命的季节，也会有生命终止。

开春后，劾里钵的病突然加重，大口地吐血，最重的一次竟吐了大半瓢。耶律敌虎和术忽昼夜监护调治，但病情还是越来越重，其弟兄妻儿奴仆等数十人轮流护理。这日，卫兵报告，辽朝宁江州守将派信使送来了急信。

颇剌淑没让惊动劾里钵，当众拆开书信见上面写道：大辽皇帝于此月在鸭子河捺钵摆头鹅宴，千里之内的勃堇在十日之内，必须赶到鸭子河面君朝圣，迟误者自负其责。颇剌淑看完后很气愤，对在场的盈歌、撒改、欢都等人说：“我二阿哥病势沉重，如何能去参加头鹅宴！不如修一封书信言明实情，或许能免一死。”

盈歌忙说：“四阿哥，此事不可修书，头鹅宴是辽帝召集群臣议事之宴，也是各附属国、部落向辽朝进贡之机，平时见大辽皇帝一面都很难，这是个探听辽朝内部情况、了解各部族形势的好时机，万万不可错过。”众人七嘴八舌地议论不休。

昏睡中的劾里钵被大伙的议论吵醒，直入耳鼓的就是头鹅宴三个字。也不知哪来的力气，劾里钵掀开被子，忽然坐起道：“辽皇帝又摆头鹅宴了？那我得去参加。”

劾里钵已经昏昏沉沉睡了好几天了，颇剌淑、盈歌早已与耶律敌虎多次商量救治之术，耶律敌虎说都勃堇大限已到，及早准备后事是上策，众人只好遵医而行。劾里钵忽然坐起身来，把守护一旁的拿懒如花、乌古伦氏、徒单氏、术虎氏等人都吓了一跳。拿懒如花忙扶着他说：“爱根，你好了？”然后，惊喜地朝外屋喊道：“都勃堇病好了！”颇剌淑，盈歌等人闻言一拥而进。众人见劾里钵面色红

润，眼睛发亮，根本不像有病的样子，心头稍宽，暗责耶律敌虎、术忽师徒二人胡说八道。劾里钵问颇剌淑道：“刚才我听到你们议论参加头鹅宴的事了？”

“是呀，都勃堇，辽朝信使传来御旨，让你去鸭子河参加头鹅宴，你疾病在身，我们正议论是否参加呢。”

“这头鹅宴一定去，无论以后谁做都勃堇，都不能落空。”众人称是。

劾里钵又说：“这次头鹅宴我去不成了，由国相颇剌淑带队，阿骨打、悟室等晚辈随从，都去见见世面，蜗牛一样在一个地方转悠，一辈子也难见大天。”说着又咳嗽两声。

盈歌上前道：“二阿哥，我们听从你的安排，你还是好好保重身体吧！头鹅宴的事，我帮四阿哥准备，你就别操心啦！”

劾里钵异常兴奋，目光在所有的人脸上扫了一遍说：“我完颜部定能成就大业，光是咱们宗族子弟就好几十号人，大家拧成一股绳啥事不成？我的几个孩子个个龙睛虎眼的。”说到这，他大笑起来，又引起一阵咳嗽。盈歌和颇剌淑都说：“二阿哥，你躺下歇一会儿吧！”

劾里钵似乎真的累了，叹口气躺下身去，然后，拽着盈哥的手说：“咱们同辈中，只有你出类拔萃，做都勃堇称职，但我不能再走咱父王废长立幼的老路了，我走之后都勃堇的位子就传给你四阿哥，你要好好辅佐他。”说着似乎太累了，停下来喘息。

盈歌泪流满面：“二阿哥，你这不是好好的吗？咋说不吉利的话呢？我一定团结众兄弟子侄，辅佐四哥壮大完颜部。”

劾里钵又缓一口气说：“晚辈中，乌雅束聪颖过人但心慈性柔，将来要解决契丹的事，只有靠阿骨打了，而阿骨打虽深明大义，智勇双全，但心性耿直，好意气用事，须加以磨炼和调教，平时他最听你的话，以后要多加经管。”

颇剌淑已泣不成声，说：“二阿哥，你这不是好好的吗？说啥呢？”劾里钵双眼一瞪，生气地说：“你总像一个妇道人家似的，哭哭啼啼成啥样子，你要是这样，三年后定追我而去。”

拿懒如花拦住话头说：“大伙都来看你，你还老发脾气。”说着泪水掉在劾里钵的脸上。劾里钵语气稍软对拿懒如花道：“走是谁也留不住了，大家不要过分悲伤。”拿懒如花不觉哭出声来，其他几个夫人也饮泣失声。劾里钵瞪着眼睛对拿懒如花道：“你再哭一年后必追我而去。”盈歌、撒改、阿骨打忙把几个妇人劝到另一个屋里，让病人平静一下。

劾里钵闭目歇息片刻，对阿骨打说："以后遇事要多与诸位阿叔父商量，你得长白真人的真传，隆兴祖业解决契丹之事就靠你了。这次你去参加头鹅宴，结束后速回，你我父子还能见上一面………"话未说完又昏迷过去。众人一片惊呼，忙把耶律敌虎和术忽找来，二人见劾里钵呼吸急促，脉相沉重，安慰大家说，暂时没大事，刚才是回光返照，病情会越来越重，已无回天之力。术忽用萨满的艺业，不断为劾里钵驱灾求福。

第十八章

鸭子河辽帝捺钵　头鹅宴戏萧巴乙

鸭子河，水面宽阔，烟波浩渺，水草丰茂，树木繁郁，是候鸟的理想栖息地。春天，天鹅来到这里繁殖，到了秋天，小天鹅长大了就迁回南方越冬，第二年春天再回来，循环往复。

辽朝皇帝抓住了这个时机，每逢春秋都带领朝臣王公贵族到鸭子河捺钵，放猎鹰海东青捕杀天鹅，宴请千里之内的各属国、部族酋长，商议大事，收受贡品。

鸭子河畔，毡帐连绵起伏，犹如颗颗珍珠散落在茵茵草地，阵势宏伟壮观，成了辽朝皇帝临时的行宫。河畔上一排身着墨绿色衣服的扑鹅者，有的拿着连柄锤，有的握着刺鹅锥，有的端着鹰食器皿………等待皇帝圣驾，观察天鹅的动静。

鸭子河下游，一队人马急急奔来，这是女真部参加辽皇捺钵的使者。跑在最前头的是阿骨打。这也是他第一次奉父命出使辽朝。由于惦记重病的父亲，阿骨打不断地鞭打坐骑，与后面的队伍拉开了一段距离。颇剌淑见时近晌午，就放开喉咙喊道："阿骨打！停下歇一会儿，吃过午饭再走吧，下午赶到就行，不用着急，天还早呢，时间够用。"

阿骨打徐徐地勒住坐骑，颇剌淑、悟室等赶过来，一行人在一个马料场旁边停下来，马喂草，人打尖。草场的远处有一群野马正在啃着青草，牧马人的歌声断断续续地送到耳边：

美丽的草原辽阔无边，
鸭子河水波滚浪花翻，

我的马儿多健壮，
单等那英勇无畏好儿男。
……

突然，几匹骏马驰来，见前边有人吃饭便慢了下来。只见一匹桃花马上端坐着一位契丹细娘，年龄在十七八岁上下，肤色粉润，杏眼直鼻，弯眉秀发，身着戎装，英姿飒爽，体态丰腴而不失婀娜，举止大方而不失端庄，放眼望去就知道是贵族人家的格格。那格格瞟了一眼阿骨打等人，似对阿骨打这伙人、又像自言自语，说："骏马就单给男人呀？我偏要选上几匹，让你瞎唱。"说着敞开嗓子唱起山歌来：

蓝蓝的天空高又高，
彩云追着月儿跑，
男儿并非都是英雄汉，
巾帼里边出英豪。

悟室听后笑着跟阿骨打说："这个契丹格格不同一般，她的歌既是唱给牧人听的，又像是跟咱们挑衅。"

阿骨打闻言道："人家契丹格格，跟咱们挑啥衅，快点吃吧，一会儿好赶路。"

颇剌淑也说："出门在外，少惹是非，她就是个公主，跟咱们又有啥牵连，我看西方有点阴，别赶上雨，咱们快收拾赶路吧！"众人收拾东西，准备上路。

说话间，西北天边乌云打着滚卷了过来，顷刻遮住了太阳。颇剌淑高声喊道："说要下雨，这雨说来真就来了，快把东西搬进草棚子，把马拴好，进草棚子避雨。"众人七手八脚地卸下马上的贡品，搬进草棚子。

一道闪电撕破了云层，一声炸雷震得地动山摇，倾盆大雨劈头盖脸地泼了下来。牧马人对突然来的暴雨始料不及，况且仲春的季节也不该有暴雨呀。没等牧马人反应过来，他的马群被巨雷闪电惊炸营了，决堤的洪水一样的马群向契丹细娘这边涌来。

阿骨打拴好马，刚要进草棚避雨，在一道闪电中，猛然瞥到契丹细娘惊愕的

面庞和恐惧求助的眼神。也许是出于一个女真武士的血性，阿骨打纵身上马，大紫骝马似乎明白主人的心意，转头追向契丹细娘。马群犹如洪峰滚来，似乎要吞噬一切。

阿骨打就在那女子惊恐万状、束手无策之际赶到，伸手把她揽过来放在自己的马鞍上，狂奔的马群冲了过来，万蹄踏地雷鸣般震耳。大紫骝马不愧是良驹，在疯狂的马群中奔行，巧妙地躲开与同类的碰撞。阿骨打右手上的马鞭如灵蛇飞舞，稍一靠近大紫骝的马匹，都被他打跑，那契丹细娘的双手不知不觉地抱住了阿骨打的腰身，大紫骝马如惊涛骇浪中的一叶扁舟，随波漂浮，随时都有被倾覆的危险。

乌云像魔鬼一样，变着戏法捉弄人。太阳不耐烦地抹掉脸上的泥巴，露出了笑脸，暴风雨戛然而止，疯狂的马群也停止了奔跑。大紫骝马也慢下来脚步，被救的契丹细娘，这才清楚地仰视一副沉稳坚毅的勇士的面庞，浓眉下一双虎目犹如深幽的清潭，雨水从他宽阔的前额上潺然而下，在初晴的阳光下晶莹璀璨，契丹细娘似乎看到一尊天神。

她除了看清这个武士的面容，立刻弄清了救自己的竟然是被同族称做“野人”的女真武士，躺在他的马鞍上的感觉似在惊马群中，急忙松开紧搂阿骨打的双手。阿骨打顺势把她扶起，甩蹬离鞍下了坐骑，说：“事出危急，多有冒犯，请格格多多见谅。”

契丹细娘大吃一惊，平素听到的都是女真人如何粗俗野蛮，顽冥不化，整个部族连文字都没有，处于愚昧无知的原始生活状态。而眼前救自己的武士不仅勇武胆识过人，而且彬彬有礼，说得一口流利的契丹话。

契丹细娘也跳下马来，惊奇地打量着眼前的女真武士，见他身材伟岸，举止洒脱，目光深沉冷峻，原本想说些责备的话却咋也说不出口，羞涩道：“谢谢你救了我！”

“格格何必言谢，救人于危难是一个武士的天职，见死不救非人的本性。”“可我不是你的同族。”“格格言之差矣，莫说你是契丹人，就是西夏、渤海、高丽、回鹘人，我也照救不误，我救的是一条性命，何必管他是哪个部族？”

契丹细娘见阿骨打见解独到，一脸正气，无半点狡黠虚假之色，心里暗暗佩服，但嘴上却说：“假如我是一个年逾半百的老奴，壮士也能出手相救吗？”阿骨打此时已有三分愠怒，心想你以为我贪图你的美色？冷然一笑道：“人的性命只有一次，骤雨突降，我还有工夫多想你的年龄吗？如果格格无大恙，我先告辞了。”说着牵马便走。

契丹细娘忙喊道：“唉！你救了我一命，还没告诉我你的姓名呢！”“番邦属国的臣民尽是粗野不识礼数之辈，卑贱之名不便见告。”契丹细娘已听出他的三分气恼，心想这个女真人不卑不亢，性格耿直，不买自己的账，又喊道：“你说自己是个救人于危难的武士，我衣裙都淋湿了，也没有骑马，你咋不管了？”

阿骨打头也没回，淡淡地说：“我怕被人误解贪图女色，巴结天邦大国的权贵，何况你的随从已来接你了，我何必多此一举呢。”说着径直走去，连头都没回。契丹细娘气得直跺脚，又不好去追。

此时，几个随从牵着马过来一起施礼道：“公主受惊了，恕属下救驾来迟。”“这事不怪你们，当时是我要自己去选马的，大雨滂沱的，你们去哪救我。倒是那女真武士救了我一命。”“啥？女真人救了你？那你为何气咻咻？”几个随从不相信地问。“他不告诉我他叫啥！”一个叫移敌蹇的武士上前道：“公主息怒，待下属前去盘问那女真人的名字。”也不待公主发话，便追了过去。

这移敌蹇姓萧，是朝中重臣太师萧兀纳的亲孙子。当年，太子耶律浚和太子妃被乙辛害死，略有觉醒的道宗便把皇孙和皇孙女寄养在萧兀纳家，拜萧兀纳为太师。移敌蹇与延禧和延寿年龄相仿，三人从小在一起吃住玩，一起习文练武，一起长大，关系非同寻常。十五岁以后，道宗便把延禧、延寿接回宫中。耶律延禧后来被封为天下兵马大元帅、燕王，耶律延寿则无忧无虑地过着公主生活，习武打猎，游山玩水。

移敌蹇官封辅底郎君，骑射娴熟，勇武过人。对延寿暗生情愫，因此，追随公主左右，唯命是从。萧兀纳早已看出其中的端倪，就委婉地劝过他，帝王之女不可强求。而移敌蹇嘴里应称，心里深深地印上了耶律延寿的影子，无论如何也挥之不去。

这次鸭子河捺钵，移敌蹇和爷爷一起陪王伴驾。延寿公主去马场选马，移敌蹇自然陪同，遇到暴风雨后，他和随从们束手无策，急得如热锅上的蚂蚁。公主被阿骨打所救，移敌蹇自愧不如。见公主因问不出阿骨打的名字而生气，顿时来了章程，他不放过任何讨好公主的机会，高声喝道：“喂！那个女真小子，我们公主问你叫啥名？你为啥不回答！”

阿骨打听此人问话如此粗鲁，不屑回答，竟自走去。移敌蹇心头愠怒道：

“哎！你这人是聋了还是哑了！咋不说话呢?”说着抡起马鞭狠狠地抽向阿骨打的坐骑。阿骨打听到背后呼啸的鞭声，便转身挥动马鞭迎了上去。两只马鞭如两条银蛇在空中搅在一起，倏尔挽了个鞭花结成一个疙瘩。移敌蹇见马鞭被缠住，心头更怒，拼命回扯，想把对方拽个跟头。不料对方的力量比自己还大，他被拽得踉踉跄跄扑到对方近前，几乎跌倒，阿骨打顺手扶了他一下说：“公子！刚下过雨地上滑，小心跌倒。”

按理说移敌蹇应该知难而退，对方既然能在惊马群中勇救公主，又轻描淡写地化解了冲突，必有过人的本领。而盛怒下的移敌蹇却大逞英雄，见阿骨打扶他时，门户大开，便曲臂弯肘，向阿骨打的心窝捣去。练过武的人都知道，宁挨十手不挨一肘，移敌蹇来势虽凶，阿骨打岂能让他捣中？心想此人太不识抬举，只好教训他一下，于是含胸收腹，微侧身躯。移敌蹇一肘走空失去重心，阿骨打就势在他肩上轻轻推了一掌，说：“唉呀公子！我说雨后地滑，你还要多加小心。”说话间，移敌蹇身体腾空，向前扑去。阿骨打不想让他太难堪，就在他要扑倒之际，探手抓住他的腰带，硬生生把他提了起来。

一旁的颇剌淑见状忙问道：“阿骨打！你们干啥呢?”阿骨打说：”“这位公子要滑倒，我扶他一下。”

颇剌淑道：“时候不早了，你赶紧换衣服，咱们去朝拜大辽天子。”

阿骨打边往回走边向那契丹公主道：“那位格格，我是完颜部的阿骨打，来给大辽皇上进贡，咱们后会有期，不过你的手下可要管教好，雨后路滑以免摔跟头。”

那公主已把移敌蹇被戏弄吃了大亏的过程全看在眼里，暗赞女真武士好身手，于是道：“阿骨打谢谢你了，你可真是勇武过人!”

移敌蹇吃了个哑巴亏，幸好没有摔倒，他从对话中知道阿骨打是女真来进贡的使者，也不敢过分纠缠，只好作罢。

颇剌淑见移敌蹇面色不愉，施礼道：“完颜部国相颇剌淑忙着给皇上进贡，不再打扰了各位，就此告辞。”说完，率领一行人急匆匆向前走去。

移敌蹇悻悻地回到公主面前说：“那人叫阿骨打，是完颜部给皇上进贡的使者，要不是怕朝廷怪罪，我非把他拽过来向公主赔礼不可。”

那公主不以为然地淡淡一笑。

阿骨打边走边把他们的对话听得清清楚楚，心想，那个契丹细娘果然有点来头，从话语流露出来颐指气，便猜出是贵族，但没想到是什么公主。当时辽朝官衔也比较混乱，什么王爷大王遍地都是，公主也多。阿骨打根本不在意对方是什么公主不公主的。

契丹细娘对随从说："你们还傻愣着干啥？快点把我的马找回来，我换衣裳，一会儿好去看捕猎天鹅。"马夫双指含在嘴里，吹起口哨。不多时公主的桃花马从马群中跑了过来。

暴风骤雨，把鸭子河畔那些恭候辽皇出来捕天鹅的侍从淋得落汤鸡一样，而辽道宗耶律洪基却躲在华丽的毡帐里，观赏着雨景。黄色龙袍裹着丰腴臃肿的身体，沧桑的脸上刻满了岁月的沟痕。几十年的帝王生涯尽管多半养尊处优，但皇后萧观音事件和太子耶律浚事件，让他伤心伤神，仿佛一下子衰老了十多年。虽然贬谪了几个奸臣，但冤死的皇后、太子已难复生，所以此事始终在他心头萦绕，成了一块心病，难以释怀。

一个太监进来禀报："启奏皇上，风雨初歇，晴天丽日，请皇上放鹰捕鹅！"耶律洪基道："这雨来去倏忽，急骤无比，好生蹊跷。速召司天监和大萨满进帐，朕要亲详其故。"太监急忙走出毡帐向恭候在帐外的文武百官、进贡使节喊道："皇上有旨，召司天监、大萨满进帐议事！"

司天监和大萨满不敢怠慢，忙整理衣冠，疾步进帐，行过君臣之礼后便恭立一旁。耶律洪基道："刚才春行夏令，暴雨骤至，来去倏然，不知是何天象、神谕，你们可曾测得？"

大萨满恐司天监抢了头功，忙跪倒在地道："启奏陛下，臣已预测，乌云蔽日，天降骤雨，预示此次出行捺钵，陛下龙体要染小恙，请皇上多多保重龙体。"耶律洪基觉得有点道理，微微点头，目光转向司天监，司天监也跪倒在地道："微臣奏请皇上，春令夏行乃不祥之兆，龙从雨，虎从风，暴风骤雨突至，有龙虎纷争之相，请陛下留意天下的反叛迹象。"道宗闻言，微微皱起眉头，显然心中不悦。

帐内侍立的皇孙耶律延禧，新得一只稀有的白爪海东青。那鹰凶猛无比，他就等捺钵这一天，好显示他神鹰的厉害。本来午饭后就可以开始放鹰捕杀天鹅，突降一场暴风雨，搅了人们的雅兴。现在已等得不耐烦了，就插言道："启奏皇帝爷，风雨雷电乃自然现象，古人还说'好雨知时节'呢，春行夏令说明皇爷爷威震四海，连风雨都来拜见，又有何不吉兆！"道宗觉得皇孙说的也有一定道理。

耶律延禧的近侍耶律章奴见耶律延禧给他递眼色，也忙跪倒道："禀奏皇上，燕王所言极是，风雨雷电是自然之象，随时而发，不可大惊小怪。记得二十年前臣刚进宫侍奉陛下时，就听司天监孔致和奏本说安出虎水有异云，必出异人。兴师动众地弄回一个满身是毛的女娃，至今仍在宫中做仆人。完颜部节度使乌古乃都熬死了，也未见出啥异人，有些人就是好故弄玄虚，骗取皇上的信任。"

道宗觉得几个人说的都有道理，一时也难定谁对谁错，还是犹豫不决。老太监来道："禀奏陛下，各位进贡的使节已经到齐。"五鹰坊总管进谏道："禀奏陛下，午时已过，正是捕天鹅的好时光，恭请陛下起驾。"

道宗细一想，此时再不出去捕猎天鹅，今晚的头鹅宴就开不成了，也打破了以往的惯例，一点风雨阻碍正常的活动，恐怕被众臣耻笑。想到这，心头的顾忌一扫而光，传令起驾捕猎天鹅。涂金镶银的逍遥辇早已停在帐外，两厢绯衫辇官侍立，黄罗伞盖下，虎皮御榻，华贵无双。道宗在内侍的搀扶下登上了逍遥辇，皇后萧坦思的辇车紧跟其后，身边有五坊官员擎着海东青静候待命。接下来是燕王耶律延禧，其后是王公贵族、文武群臣、外部使节、诸部酋长，熙熙攘攘，浩浩荡荡。颇剌淑、阿骨打、悟室也在队伍中，徐徐而进。

捕猎队伍来到鸭子河边，恭立多时的侍卫见皇上驾到，立即向岸上驱鹅者发出信号，顿时河面芦苇荡、岛屿上锣鼓齐鸣，彩旗招展。无数只天鹅被惊起，嘎嘎地叫个不停，清越悠扬的叫声响彻了天宇。

道宗手上早戴好了皮套，五坊鹰官急忙捧上一只海东青，道宗接过来，振臂放出。海东青瞄准了猎物箭似的穿向天空直扑飞蹿的天鹅。天鹅拼命地扇动翅膀躲避着海东青的扑击。然而那海东青是最凶猛的捕猎高手，不仅动作迅捷，而且其爪如钢，其喙如铁，身体数倍于它的天鹅像绵羊一样被蹂躏。海东青的钢爪抓住天鹅，天鹅无可奈何，只有挣扎的份，鹅毛纷纷飘落。不多一会儿，那只天鹅就摔下地来，五坊鹰官赶过来围住天鹅，把刺鹅锥递给道宗，道宗俯身将天鹅刺死。然后令五坊鹰官取出天鹅脑汁给海东青吃，那猎鹰吃完后，又飞向空中追捕其他天鹅。

众人齐声欢呼道："恭祝陛下手刺头鹅，大辽江山福事多多，皇上圣明，天下太平。"

辽道宗龙颜大悦，朗声道："众位爱卿，放飞你们的猎鹰尽情玩乐吧！"

众人一片欢呼，纷纷放出自己的海东青，追捕天鹅，湛蓝的天空立即变成惨烈的杀戮战场，一只只天鹅摔落下来，五坊鹰官纷纷地将刺鹅锥给众臣僚，然后把刺杀后的天鹅送到御膳房烹制。

阿骨打第一次参拜辽朝皇帝，见辽庭皇族奢侈糜烂，从皇帝到臣子追求享受游乐，心里厌恶之情油然而生，暗想，我们各部族进贡海东青和松子、人参、东珠、蜜蜡等物品，原来是供你们享乐的。为了平定鹰路，女真各部族自相残杀多年，而你们却不顾百姓的死活，恣意欢乐，真是腐化至极。

忽然，一个刺耳的尖叫声打断了他的思绪："你们快看，我那只白爪红嘴的海东青凶狠无比，已经连着捕了三只天鹅了，你们快把它叫回来，喂它鹅脑。"阿骨打循声望去，见一皇族青年衣着华丽，颐指气十足，手舞足蹈，一副专横跋扈的样子。周围的人对他唯唯诺诺，阿谀奉承："是啊，燕王的猎鹰独一无二。""除了皇上的就数你的厉害。""百里挑一。"那青年疏眉频挑，阔口一撇道："那当然，将来还得让女真鞑子多送几只好的。"

说着，他一眼瞥见了阿骨打等人，转过头对侍候他的耶律章奴说；"去告诉女真鞑子，回去多给我整几个白爪红嘴的猎鹰。"他的话传到了阿骨打等人的耳朵里。阿骨打刚想搭茬，颇剌淑丢给他一个眼色，制住了他，耶律章奴狗仗人势，特意跑过来说："你们几个女真人听着，燕王让你们回去后，多抓白爪红嘴的海东青，他有重赏。"

阿骨打憋了一肚子气，闷声问颇剌淑道："四叔，那指手画脚的小个子是什么人？专横跋扈的？"颇剌淑忙说；"你小声点，那小子咱们可别招惹，他是当朝皇帝的孙子耶律延禧，官封燕王，天下兵马大元帅，也是皇位继承人。"

悟室特别机灵，他上前向耶律章奴点头哈腰地道："我们遵命，回家后一定多抓白爪红嘴的海东青孝敬大王。"阿骨打见那燕王不可一世的样子，暗想，大辽朝的天下交到这种人的手里必丢无疑。

众臣僚的海东青各显其能，直到把飞起的天鹅捕杀殆尽才罢休，纷纷回到鹰奴的肩头去享受天鹅的脑髓，一场血腥捕杀终于结束了。各部族的头领分别向辽道宗进缴贡品，南北宰相耶律仁杰、耶律阿思忙着指挥宫人清点贡品，御膳房已经把捕猎的天鹅收拾妥当。

辽道宗则把美丽的头鹅羽毛，赏给皇亲国戚、文武官僚，众人奉若珍宝，插在头上以示吉祥，然后以头鹅、牛羊、酒果等供品举行荐庙仪式，拜天地诸神、列祖列宗。

夕阳衔山，夜幕低垂。头鹅宴大厅设在行馆大帐，帐内灯火辉煌，帏幔重重，人影晃动，热闹异常。帐内猩红毡毯上置满桌案，摆着山珍海味，猪牛羊鹿肉和美酒佳酿。所有参加宴会的人按级别地位依次而坐，阿骨打和颇剌淑等诸部首领被安排在客人席位。

御膳案旁，辽道宗正襟而坐，左边是皇后萧坦思，右侧是皇孙燕王耶律延禧，次坐是皇孙女耶律延寿。

侍宴太监见众人均已落座，扯开喉咙道："吉时已到，头鹅宴开始，请皇上赏赐头鹅！"随着一阵悠扬的胡乐声，数十名身着彩衣、丰乳肥臀的契丹女子，手捧乌漆的檀木托盘，内置六个小碟，碟里盛着精烹细炙的天鹅肉，浓浓的肉香充满了宴会大厅。

两个侍女迈着俏步款款来到道宗面前，跪身下去轻启朱唇道："请陛下品尝头鹅。"另一个侍女则小心翼翼地把托盘中小碟内的鹅头、鹅心、鹅肝、鹅翅、鹅腿、鹅蹼一一端出，轻轻放在御案之上。道宗在一个切好的鹅头上夹下一块肉来，放进嘴里细细品尝，然后朗声道："捺钵伊始，喜得头鹅，是天神赐佑我大辽，预示国运昌盛，臣忠民顺，天下太平。"

众人齐声说："恭祝皇上万岁！万岁！万万岁!!!"阿骨打闭口不言，颇剌淑拉他衣角一下道："假意奉迎，莫露怨色，冷心笑脸。"阿骨打点点头。

道宗龙颜大悦，道："众爱卿免礼，朕分赏头鹅。"众人谢恩。

"耶律延禧！"耶律延禧忙起身道："孙儿恭听圣谕！"

"你身为燕王，官拜天下兵马大元帅，又是皇位继承人，朕将鹅心赏赐与你，切记莫负众望，以保我大辽江山千秋万代。"

侍女将装有鹅心的小碟呈给耶律延禧。耶律延禧接过道："谢皇爷赏赐！"然后回座。

那妙龄少女趁着道宗分赏头鹅之时，向下张望，在人群中终于觅到了阿骨打的所在，心头荡起一串涟漪，莞尔一笑。

道宗接着说："北院宰相耶律仁杰，南院宰相耶律阿思！"二人同时出列躬身道："微臣在。"你二人分任南北两院宰相，主管朝中大事，犹如朕之左膀右臂，这鹅翅赏你二人。""谢陛下隆恩。"耶律仁杰和耶律阿思端回自己的鹅翅。

道宗又道："耶律挞不野，萧托卜嘉！"二人出列请安。道宗说："你二人为领兵元帅，卫国戍边，这两只鹅腿赏给你们。"二人谢恩。

道宗又喊道："女真完颜部节度使劾里钵。"颇剌淑慌忙出列跪倒，叩头道："启禀圣上，完颜部节度使劾里钵因平定鹰路受了重伤，现在卧病在家，不能前来拜见陛下，特差臣来叩见，望讫恕罪。"此时一太监低声对道宗说："此人乃是劾里钵的四阿弟颇剌淑，是女真部的国相。"

道宗迟疑一下道："既然你是女真部国相，代表节度使而来，朕赐你鹅掌，回去后转告劾里钵，一定保证鹰路畅通，率完颜诸部世世代代孝忠大辽。"颇剌淑连连称是。阿骨打心中暗道这辽皇真是痴心妄想，还要我们世世代代臣服，总有一天我们要建立自己的国家。

辽道宗又把另一只鹅掌赐给渤海节度使大臭。

御案上还有一只碟里装着鹅肝，众人都在猜测那只鹅肝一定是赏给皇后萧坦思的。而道宗却拿起鹅肝道："朕一向内外有别，先国事后家事，这鹅肝就赏给我最疼爱的皇孙女、小公主耶律延寿。"侍女赶紧把鹅肝端给小公主。道宗又说："头鹅肉分赏众爱卿，为大辽江山千秋万代，满饮一杯。"众人齐呼万岁，接着便是丁当杯声和饮酒声。

第一轮酒敬过去，耶律延寿站起身来说："皇爷把鹅肝赏给我，我用一半孝敬皇后。"说着双手捧着半个鹅肝送给了皇后萧坦思。道宗和众臣无不赞叹小公主聪明伶俐会来事儿，皇后也喜不自胜。

阿骨打看了一眼笑靥如花、满面春风的耶律延寿，心想我在惊马群中救起的小格格原来是皇帝的孙女，她虽然贵为公主，却懂礼数，知尊长，不像他哥哥贪婪自私。

第二轮酒过后，耶律延寿与道宗耳语几句，便让侍女端着酒和鹅肝走下丹樨，两厢的王公贵族，争赏芳容。移敌蹇以为公主是奔他而来，慌忙站起，企盼着幸运当头。而延寿公主却笑脸盈盈，顾盼流芳，在众多炽热企盼的目光中款款而行，落落大方地走到阿骨打案桌前温言道："你叫阿骨打，我已打听到你的名字了，皇帝赏的鹅肝我赠给你，再敬一杯酒，就算感谢今天马场的救命之恩吧！"

阿骨打没料到延寿公主来敬他，慌忙站起讷讷道："公主！公主过奖，我也是巧遇此事，公主何必挂记。"说着，接过鹅肝并把碗中的酒一饮而尽。众人更惊诧不已，金枝玉叶的公主缘何把御赐珍馐送给完颜部一个无名小辈，还敬他酒，而对契丹公子们却不屑一顾。延寿公主又说："我平时最钦佩的就是英勇无畏的武士，阿骨打，你是当之无愧的勇士，再敬一杯。"说着与阿骨打对饮而尽。

移敌蹇气血喷涌，他和公主从小一块长大，在爷爷的教导下，始终对皇孙和公主陪着三分小心，从未得到公主这样的礼遇。这小子刚跟公主见一面，难道赢得了公主的芳心？想到这他如坐针毡。于是端了一碗酒，挤过来道："阿骨打，咱俩也算有一面之交，公主敬酒你喝了，我也敬你三杯，你不能不给面子吧？"契丹、女真等民族地处高寒地区，善于饮酒，豪爽至极，以酒敬人从无恶意。

阿骨打见移敌蹇皮笑肉不笑的样子，心里雪亮，这哪里是敬酒，分明是找回中午在马场丢的面子，大庭广众之下岂能让他难住。于是斟满一碗酒道："既然公子有如此雅兴，我愿意奉陪到底，莫说三杯，就是九杯也得干下去。"说完连干三碗，移敌蹇本来武功不敌阿骨打，没想到酒量也不如，心想，若再喝下去也是自取其辱，只好恨恨退去。此时酒宴正酣，众人互相敬酒，谁也没注意到移敌蹇脸涨得猪肝一样。

延寿公主借机回到主桌，耶律延禧问道："皇妹，你缘何将鹅肝给了一个素不相识的女真鞑子？不怕皇爷见怪吗？"延寿公主笑道："皇兄有所不知，那人叫阿骨打，中午在马场曾救过我，如果我把这事告诉皇爷，皇爷不但不会见怪，还会奖赏他呢！"道宗不胜酒力，喝得薄熏微醉，听到延寿公主的话问道："延寿，你说的是啥事？我还得赏谁呀？"

延寿公主闻言，把中午在马场的遭遇说得声情并茂，听得皇后萧坦思啧啧不已，道宗听得津津有味，听得耶律延禧愤愤不止。耶律延禧根本不相信，一个女真人会舍着性命去救契丹人。定是那小子不怀好意，不是看上公主的美色，就是为巴结皇亲。

此时，酒宴高潮一浪高过一浪，敬酒曲已更换成八佾舞曲，一队彩衣靓装的伶人缓缓登场，和着乐曲翩翩起舞，引得众人争相观赏。道宗的眼睛也盯在舞女身上。

移敌蹇耿耿于怀，觉得让阿骨打占尽了风光，所以他挖空心思，想在众人面前折辱阿骨打。他悄悄地走到耶律延禧旁，窃窃私语一阵，耶律延禧听得眉飞色舞。然后又对耶律章奴点头。不多时耶律章奴捧来一副双陆棋盘。

耶律延禧和移敌蹇走到朝臣萧巴乙面前说："有一个叫阿骨打的女真人说是双陆棋下得好，你何不跟他下几局？这舞女有的是，哪天看都行。"移敌蹇边说边把萧巴乙前面的桌子挪开。萧巴乙双眼直勾勾地盯着一个漂亮舞女的胸部道："我再看一会儿。"移敌蹇不耐烦地说："这可是燕王的意思，你看着办吧！"

萧巴乙听说是燕王的意思，忙收回目光，说："是燕王的意思，你咋早不说呢！我这就去。"耶律延禧接茬道："你要是胜了那个阿骨打，你要哪个舞女，我赏给你。"萧巴乙眉开眼笑地说："我一定杀得那小子屁滚尿流。"

双陆棋是辽朝贵族中盛行的一种游戏，棋盘呈正方形，上刻五条经线，五条纬线，还有六条斜线，形成十五个点，正方形一端终线延伸一菱形，一端终线延伸一个三角形，谓之尖山平顶一角和三角形的钝角，与正方形相交处则是双鹿所居的起始位置，正方形内除中心点外，交点上则是八只犬所居起始位置。鹿子两颗，犬子二十四颗，均为肖类，犬子死掉可以随时补充，鹿子如果被吃掉则为输。

耶律延禧趾高气扬，移敌蹇心怀鬼胎。萧巴乙胸有成竹地来到阿骨打的桌前。颇剌淑忙暗示阿骨打和悟室，站起来说道："颇剌淑见过燕王千岁。"耶律延禧撇着嘴说："不必多礼，听说你们来了个叫阿骨打的，马骑得好，酒喝得猛，双陆棋也下得高，我们朝中有一位高手要会会他。"话音未落，侍女已将桌上的杯盘撤掉，萧巴乙早已把棋盘摊开。

颇剌淑着急地说："燕王千岁，阿骨打是一勇之夫，不善棋道，这双陆棋都是天朝王国大人物玩的，我们番邦小部族都不会呀！"移敌蹇冷笑道："看来你们这是驳燕王的面子啦。"萧巴乙傲慢地说："不会走棋，还不会输棋吗？"阿骨打早已看透移敌蹇的伎俩，这是有备而来，存心找茬，就不卑不亢地说："这输棋和赢棋还有说法吗？"

萧巴乙道："输就是输，赢就是赢，还整啥说法呀！"移敌蹇眨眨眼睛道："有说法，有说法，咱们得赌点彩头，要不然棋下得没啥劲头，大家看着也没意思。"萧巴乙领会了移敌蹇的意图，又改口道："对！对！整个彩头，要不然下着也没意思，这样吧，你要赢了，我给你十匹好马。"阿骨打说："你这彩头太大了，我们路途遥远没多带马匹，没法玩呀。"移敌蹇添油加醋道："你们来时都骑马了，可以用来赌吗！"

颇剌淑急头白脸地说："这可不行，阿骨打要输了，我们咋回家呀！"移敌蹇阴阳怪气地说："活人还能让尿憋死呀，走着回去呗。"移敌蹇的奚落话，引起了围观者的一阵哄笑。在外边观看了半晌的延寿公主说："阿骨打，你跟萧大人下吧，你要是输了，那十匹马我替你出了。"

耶律延禧一看妹妹掺和进来，就说："皇妹，这不关你的事，快去陪皇爷爷

看歌舞去吧。”移敌蹇也劝道：“公主，这是男人的游戏，你何必介入呢？”“既然是男人的游戏，萧将军这么热衷为何不亲自上场一搏呢？”

一句话问得移敌蹇哑口无言，萧巴乙倒被移敌蹇的话提醒了，他得寸进尺，说：“再加一个彩点，谁要是输了再穿上女伶人的彩衣，涂个油彩大花脸，每桌拜席，给众人助酒兴。”那语气似乎他已经稳操胜券、输棋的就是阿骨打一样。

颇刺淑唯恐事情闹大了，急忙道：“诸位大人，我们认输了，等回到完颜部选十匹好马送给萧大人，咱们就别比试了。”移敌蹇见颇刺淑气馁就咄咄逼人地说：“光给马匹不行，还得穿彩衣涂大花脸每桌拜席呢！”

围观者的目光齐刷刷地盯着阿骨打、颇刺淑和悟室，就连延寿公主也为阿骨打捏一把汗。因为十匹马的彩头事小，穿彩衣涂油脸折辱人格的事简直是市井无赖所为。

阿骨打淡淡地说：“萧大人，兴致如此之高，我要是不陪你下棋，等于不识抬举，也辜负了燕王的美意，棋，我定下无疑。不过我还要加一注彩头！”萧巴乙说：“啥彩头？你尽管加，我是来者不拒。”

阿骨打微微一笑道：“不过这彩头不与萧大人赌，我要与移敌蹇将军赌，不知移敌蹇将军是否赏光？”移敌蹇嗤笑道：“赌啥我也不在乎，你划出道来。”“既然大将军这么豪爽，咱们就赌一条臂膀，如果我输了棋，自断左臂，如果萧大人输了你也自断左臂如何？”

阿骨打轻描淡写地说出彩头，让在场的人大吃一惊，移敌蹇吓出一身冷汗，讷讷半晌无言以对。颇刺淑急忙打圆场道：“阿骨打是酒后失言，诸位大人别见怪，今晚上是头鹅宴，大喜的事，别因一时快当嘴冲了喜兴。就按萧巴乙大人所说的彩头玩吧。”移敌蹇总算下了台阶，悄悄地拭着冷汗，阿骨打轻蔑地看了他一眼，坐到萧巴乙对面。

二人在众目睽睽下开棋。第一局萧巴乙抢先要了犬子，阿骨打执鹿子与之周旋，二人战了一个多时辰，阿骨打先失一局，萧巴乙得意忘形，摇头晃脑。第二局开战，阿骨打执犬子，萧巴乙执鹿子。不到半个时辰，萧巴乙便败下阵来。

第三局决定胜负的关键一局，要通过掷色子决定是执鹿子还是犬子。萧巴乙通过两局较量已领教了阿骨打的棋技，抢先把色子抓到手。

阿骨打摆摆手说：“萧大人棋技精湛，刚才我侥幸胜了一局，刚好是平手，咱们就此罢手我甘拜下风如何？”实际上，阿骨打已试出萧巴乙不是自己的对手，颇剌淑和悟室都大为惊诧，不知阿骨何时学会双陆棋。他们哪里知道，阿骨打在长白山学艺时，长白真人给他讲排兵布阵时，常以双陆棋为例，并研磨棋道棋技，所以阿骨打成竹在胸。

萧巴乙骑虎难下，未等开口答复，移敌蹇却怂恿说："要是罢手就等于认输，认输了就得按约定执行。"阿骨打看了他一眼道："移敌蹇将军唯恐天下不乱，再把我先前提的那个彩头加上，你敢赌吗?""你……你……"移敌蹇满脸胀得像猪肝一样说不出话来。延寿公主已看出阿骨打有必胜的把握，故意给萧巴乙留个面子，不把事情弄僵，才提出一个折中的办法。她看不惯耶律延禧和移敌蹇仗势欺人，更看不起萧巴乙趋炎附势，就开口道："第三局不比怎么行？大伙正在兴头上，都等着看热闹呢!"

萧巴乙看了一眼毫无表情的耶律延禧，心想比就比，我也未必就非输不可。阿骨打见他要掷色子，就拦着他说："算了，萧大人，不用掷了，你喜欢用鹿子还是犬子随便选。"此言一出原先帮着萧巴乙的几个契丹贵族，都感觉出阿骨打的豪气，气度非凡，无形中产生一丝敬意。萧巴乙心头暗道："阿骨打你也过分托大了，既然你自愿，我还客气啥呀?"抢先要了犬子，阿骨打执鹿子。

第三局一开始双方就陷入白热化状态，众人屏住呼吸观看，萧巴乙急攻不舍，阿骨打沉着应战，萧巴乙求胜心切多走险招，无奈何阿骨打棋高一筹，最终以少胜多，赢了最后一局。萧巴乙那脸色比死了亲娘老子还难看，移敌蹇暗暗庆幸自己没逞一时的匹夫之勇与阿骨打打赌，不然自己的左臂恐怕保不住。

众目睽睽之下萧巴乙输棋，给阿骨打十匹马是不在乎，穿彩衣涂油粉脸是跌颜面，所以踌躇践约。阿骨打起身说："权当是陪萧大人开心了，至于马匹和游戏的彩头就算了，请萧大人不必在意。"众人纷纷称赞阿骨打的宽宏大度。

阿骨打本来是好意，而萧巴乙却认为是讽刺他，前边有移敌蹇出头，后边有燕王撑腰，于是恼羞成怒，万分痛恨阿骨打，霸气十足地说："老子就不践约，你还能咋地。"

恰在此时侍从端着油粉过来，他伸手夺来泼向阿骨打，阿骨打一闪身，正好把他身后的一个契丹贵族泼个正着。萧巴乙未泼着阿骨打，还不肯罢休，挥拳打在阿骨打肩头，嘴里骂道："贱女真，你他妈的欠打。"阿骨打挨了一拳倒未怎么样，而萧巴乙骂"贱女真"、"欠打"，却勾起了他心头的怒火，因为契丹人在与女真人做民间贸易的时候，多是强抢豪夺，女真人稍有不从就聚众殴之，俗称

“打女真”。

这实际上是一种民族歧视和压迫。阿骨打忍无可忍，伸手操刀，悟室手疾眼快，拦腰抱住阿骨打道：“不可鲁莽！”阿骨打拔不出刀来，提起刀鞘，猛戳在萧巴乙胸口上，由于用力过猛，萧巴乙被戳得倒退好几步坐在地上，半晌才缓过一口气来。

围观者皆惊，颇剌淑急得不知所措。显然阿骨打是惹了大祸，萧巴乙捂着胸口骂道：“你！你这个女真鞑子，竟敢打我！”移敌蹇蹭地抽出腰刀，说：“反了！反了！天子面前竟敢殴打朝廷重臣。”延寿公主见事情已弄糟，轻叱道：“舞刀弄枪的显啥能力，阿骨打是我救命恩人，谁要动他一根汗毛就是跟我过不去！”

移敌蹇和其他几个武士，见延寿公主柳眉倒竖，杏目圆睁，手按剑柄，杀机现于脸上，哪个肯为萧巴乙去得罪公主，自然不敢造次。颇剌淑转着圈陪着礼，祈求谅解。萧巴乙翻身给耶律延禧跪下道：“燕王千岁，臣下可是遵旨行事，我是朝廷的命官呀！你可得给我做主，不能便宜了他。”耶律延禧点点头。

延寿公主道：“萧大人，此事主要是你引起的，咋还恶人先告状呢？你输棋不认账，张口骂人，举手打人，我咋没看见阿骨打打你，他只是转身躲闪时刀鞘碰了你一下，何必小题大做呢？你也不怕丢了大辽命臣的脸。”这显然是用话点阿骨打，别承认是故意戳的。

耶律延禧道：“延寿，你咋胳膊肘往外拐，帮外族人说话呢？这样的刁民不教训一下，岂不是倒反正罡了吗？这事跟你无关，赶紧退下。”

“我凭啥退下，这也不是燕王府，你向情向不了理，我看得明明白白，分明是你们合谋欺负人，蓄意寻衅，这事我管定了，朝廷之上，还没有说理的地方啦？”

耶律延禧知道这个皇妹一向刁钻任性，没想到竟到这种地步。于是吓唬她道：“你还不退下，再袒护女真鞑子我向皇爷禀告此事，定不会轻饶他。”“我还想找爷爷评理呢！”

道宗正专心致志地欣赏高丽舞蹈。舞女们水葱一样的肌肤，高耸的双乳，翘起的丰臀，让他大饱眼福。内侍太监早把这边发生的事情禀告了道宗，道宗一挥手屏退了歌舞者，撤去了酒席。

耶律章奴搀着萧巴乙，颇剌淑拽着阿骨打一起跪倒在道宗面前。萧巴乙拉着哭腔说：“完颜部小酋，竟敢擅打朝臣，这是对辽朝的蔑视，请陛下为微臣做主，诛杀那大胆狂徒。”

阿骨打临危不惧，用流利的契丹话把事情的经过说得一清二楚，道宗和满朝文武也听得明明白白。

阿骨打最后说：“臣本不想下棋，萧大人等强逼着陪他玩，然后他又下了彩头，输棋之后，臣根本不想要彩头，也不敢要萧大人着妇人衣服、涂油彩花脸，而萧大人不但不认赌服输，还百般辱骂‘贱女真’，先动手打人，臣只是躲避之时刀鞘撩起撞到萧大人。臣临行之时，重病的父亲一再说大辽天子是圣明贤达的君主，不啻秦皇、汉武、唐宗、宋祖，敬请陛下明察。”

延寿公主待阿骨打话音一落马上说：“皇爷爷，阿骨打所言无半点虚假，孙女在旁看得清清楚楚，耶律章奴和燕王都是当事人，恭请皇爷爷查询。”道宗问了耶律章奴，他迫于皇帝的威慑和公主的证词，没敢胡乱编造，只是强调一点，他看到阿骨打操着戴鞘的刀戳到萧巴乙的胸上。

耶律延禧说：“以上所言俱实，而阿骨打在辽朝之上，天子身旁竟敢殴打朝臣，情有可原，理无可恕，若不严加惩办，不足以服众。”

南院宰相耶律阿思奏本道：“陛下明断，漠北小酋怀轻君之心，欺辽廷之臣，此人不除必留后患。”

拦子军首领耶律挞不野进谏道：“陛下正示信以怀远，因小事而杀女真完颜节度使的儿子，恐引起女真诸部不满，何况完颜部劾里钵有功于辽朝，以后平定鹰路降服生女真反叛的部落，尚需依仗完颜部，陛下千万不能因小失大。”

大将军萧兀纳本是识大局顾整体之人，怎奈自己的孙子移敌蹇是这件事的主要参与者，上前奏道：“陛下，养虎为患古亦有之，当年王衍石勒荼毒中原，张赧禄山终倾唐室。诛杀此人，可以儆效尤。”

延寿公主跪行几步到道宗脚下说：“皇爷爷，阿骨打今儿中午救孙女一命，你不赏赐他也就算了，何必因青年人游戏的事，伤了与完颜部的和气呢？看在他舍命救我的份上，功过相抵就放了他吧！”

颇剌淑叩头道：“皇上圣明，阿骨打是我带来参加头鹅宴的，若是有罪，罪在臣身，臣愿替阿骨打一死，不然回去无法面对重病中的二阿哥。”

道宗思忖再三，还是以大国之君的风度赦阿骨打无罪。道宗的举措令辽廷有识之士扼腕痛惜。

实际上，如果道宗要诛杀阿骨打，遭殃的恐怕还是他身边的耶律延禧和萧巴

乙、移敌蹇几个人，以阿骨打的本领肯定不能束手受戮，他的黑曜松石宝刀切金断玉所向披靡，离他最近的人肯定成垫背的。

耶律延禧回到自己的营帐，越想越不是滋味，召来萧兀纳、耶律章奴、移敌蹇等人商量，如何除去阿骨打等人。移敌蹇献计说："此事好办，我带一队人马围住女真部的驿馆，乱箭攒射后，再乱刀剁了他们。"

萧兀纳瞪他一眼道："有勇无谋，难成大事，皇帝已赦免了阿骨打，你明火执仗地去杀人，岂不是违抗了圣旨，此事张扬出去，让其他部族怎么接受这事实？以后谁还愿意来给皇上进贡？"

耶律延禧道："愿听良策。"萧兀纳道："莫不如夜深人静之时令人备干柴油料，焚烧他的毡帐，暗中埋伏弓箭手，有外逃者一律射杀，让他们葬身火海，然后就说不慎失火了，皇帝那里也好交代。"

耶律延禧连称妙计，令移敌蹇去准备办理此事。

移敌蹇见延寿公主百般袒护阿骨打，妒意横生，视阿骨打为情敌，恨之入骨，欲置死地而后快，他带头准备足干柴木料和松油等物。

月光如水，春风似剪，黑夜沉沉。喧闹了一天的辽皇帝行馆营帐总算沉寂下来，王公贵族们游乐疲惫了，豪饮过量了，渐渐地进入了梦乡。毡帐内的灯火次第而熄，除了值夜的护卫兵丁游动和报时的梆子声外，一切都笼罩在静谧之中。

阿骨打的驿馆毡帐，站岗的兵丁荷枪持刀恪尽职守。突然，一队人马过来，领班头目忙问是何处人马，对方告诉是皮室巡夜的，到了近前，移敌蹇亮出自己的渔符腰牌和耶律延禧的令箭，那小头目一挥手，手下的兵丁随之撤去。移敌蹇的兵士迅速包围了毡帐，无数人影晃动。阿骨打他们驿馆的毡帐周围，悄然架起了一圈干柴。猛然数十个火把，落在干柴上，借着春风，干柴燃烧起来，毡帐随即腾地冲起一股火柱。帐里的人喊叫着推开帐门往外跑，却被冷箭射倒，不肖片刻那座大帐化为灰烬。

第十九章

一代豪杰溘然逝　完颜剿灭贼麻产

会宁州，劾里钵营寨。

劾里钵穿得利利索索的躺在炕上，耶律敌虎面色凝重地为他把脉，盈歌、撒改、欢都、乌雅束及拿懒如花等女眷焦急万分。耶律敌虎把完脉，轻轻地给他盖上被子说："脉已散乱，怕是挺不过今天了。"盈歌红着眼圈说："按路程计算，国相他们也得今天半夜才能回来，就怕路上有啥事耽误了。"

撒改道："都勃堇好像有啥话还要跟阿骨打交代，阿骨打临走时，他还嘱咐说，'要是回来早，咱们父子还能见一面。'术忽，你无论如何再想想办法，让都勃堇等到他们回来。"

术忽和耶律敌虎商量半晌，就选了人参、灵芝、何首乌等名贵中药熬了一小碗浓汤给劾里钵灌下去，耶律敌虎无可奈何地说："这就要看阿骨打他们有没有送终的机缘了，要是贴晌前后能赶过来，还能见一面。"屋里的人不觉潸然泪下。

天刚到中午，一直守护在劾里钵身旁的拿懒如花见昏睡中的劾里钵突然呼吸急促，就拉着哭腔喊道："盈歌，你们快来，你二哥他……"她的话还没等说完，劾里钵却睁开双眼坐起身来说："大惊小怪的喊啥呀，我好不容易睡得这么香。"

盈歌等人都大吃一惊，自阿骨打一行人走后，劾里钵一直昏迷不醒，如今突然奇迹般地坐起来。盈歌拉着劾里钵的手说："二阿哥，你好多啦。"劾里钵叹口气道："挺好的，我刚才好像看见阿民、厄宁他们了，都叫我过去呢。"劾孙忙岔开话题道："二阿哥，你方才是做梦吧。"

劾里钵勉强笑了一下说："三弟呀，你不用说安慰话了，我也是半个萨满

呀。”恰在此时，侍卫进来报告说：“国相他们回来了！”随着侍卫的话音，阿骨打、颇剌淑、悟室急匆匆地进来。

原来散朝之后，阿骨打等人回到了驿馆安歇，延寿公主深知他哥哥耶律延禧的品行，道宗虽然赦免了阿骨打，但手握兵权的天下兵马大元帅，肯定不会善罢甘休。她悄悄地拿出令牌把阿骨打等人送出了辽营。因为有了令牌，一路上遇到的所有关隘和州城都畅通无阻，大开方便之门。第二早晨他们就到了女真人的领地，大伙这才松了一口气，歇息喂马。

颇剌淑没有责备阿骨打，只是说：“这件事实属辽臣欺人太甚，幸亏延寿公主搭救，看来你出于义气，救人于危难也得到了好的回报。不过在辽廷之上拔刀杀人却是过于鲁莽。”

阿骨打点点头承认自己行为过火，同时对四叔愿以性命解救自己感激不尽，对悟室及时抱住自己没有造成更大的事端也很感谢，心怀歉意说：“四阿叔，还是侄儿一时考虑不周，让你担惊受怕了，在长白山时，师傅常举项羽和刘邦的例子教训我，看来有勇无谋，充其量是个武夫，悟室，你手疾眼快，不然我杀了那个姓萧的了，也把你们性命搭上，我阿民的一番苦心就付之东流了。”

说道这里，阿骨打眼睛湿润了。悟室眉开眼笑道：“咱们是不幸中的万幸，我看那个延寿公主对你情有独钟，移敌蹇那家伙也是因爱生恨才整事的，可惜耶律延寿是辽国的公主，契丹人。”阿骨打推了悟室一把说：“又把话题扯远了，快走吧！我阿民还等着咱们回去呢！”于是，一行人在马背上草草地吃了中午饭，又跑了一宿半天才赶回会宁州。

劾里钵听说阿骨打他们回来了，似乎有了精神，翻身坐起来，拽着阿骨打的双手，用了平生最后一口力气说：“阿骨打你回来就好，我就等着跟你说一句话……说一句话，了结契丹人的事……就全靠你了。”说完，一代豪杰劾里钵头一歪，溘然长逝。

后来，劾里钵临终前说的几件事都一一应验了，拿懒如花确实在他去世一年后过世，三年后颇剌淑也亡故，这是非常神奇的事情。

劾里钵去世后，按其遗嘱，颇剌淑接任都勃堇之位，盈歌接任国相。上报辽朝，下告女真诸部。辽道宗还暗自庆幸那日在头鹅宴上没杀了阿骨打，不然女真诸部肯定会出现动乱。纥石烈部的麻产兄弟听说劾里钵去世却大为高兴，尤其是麻产，大排筵宴，庆祝了好几天，并招兵买马，扬言要兵发会宁州，为其大哥腊醋报仇雪恨。

直屋铠水，麻产营寨，建在险要高山陡坡之上，易守难攻。麻产自上次和亲诡计流产后败走此处，招纳匪盗等亡命之徒，高筑营寨，据险为非作歹，打家劫舍，涂炭百姓。劾里钵去世，他的气焰更加嚣张，他认为劾里钵勇猛彪悍，颇剌淑则缺少霸气，现在正是报仇雪恨的好机会。

麻产让他的七弟以请客为名，把陶温水部、尼庞古部等几个部族的勃堇拉拢来。麻产举起酒杯说："老话讲远亲不如近邻，我纥石烈部与你们地挨垄、水连边的，好歹是一方水土养一方人。我前两天从南边整来一批战马，好事不能一个人独享，待会儿喝完酒，你们都牵几匹马回去，以后咱们要同气连枝，互相照应。"

马匹在那个年代是重要的作战工具，也是耕地的主要畜力，白给谁不要呀。几个勃堇眉开眼笑，对麻产极尽阿谀奉承，最后表示以后不管有啥事，只要言语一声，定能效犬马之劳。

麻产道："眼前没啥事求你们，说不定将来干一件惊天动地的大事，要你们相助，不知各位意下如何？"陶温水部勃堇多贪了几杯，硬着舌头说："麻产勃堇，你说话好使，没事，你要干成大事了，还能亏待我们吗？我们跟你干。"另几个人也随声附和着。

颇剌淑继任以来，外奉辽廷内抚诸部，基本稳定了形势，巩固了位置。只有麻产肆无忌惮，多次抢掠完颜部和其他几个部族的牧马，由于天气炎热不是用兵之时，也就不了了之。

在人们尽情享受夏天的葱茏绿色之际，秋天却悄然而至，把收获的喜悦带到人间。辽廷催缴猎鹰海东青的使者也络绎而来，生女真各部都忙不迭地把捕来的海东青献出，像送瘟神一样打发着银牌天使。

这日，颇剌淑正和盈歌、撒改、欢都、阿骨打、乌雅束等人在酒桌上计议年终税赋等事宜，辽朝黄龙府曷鲁林牙带人突然到来，一进门就扯开嗓子喊道："唉呀，都勃堇好生自在呀！还有情趣在家开怀畅饮呢！直屋铠水纥石烈部的麻产拉拢了陶温水、尼庞古等几部阻断鹰路，拒不缴海东青。"

颇剌淑早就知道，麻产不服"条教"，不把完颜部都勃堇放在眼里，但没料到他竟阻断鹰路，公开叛辽。起身惊问道："真有这等事情？""那还有假吗？这是障鹰官，不信你问问他们。"曷鲁指着身旁的一个大个子军官说。

盈歌忙说："大人所言还能有假，这事好办，我们即刻发兵打通鹰路，此等小事还烦劳大人亲自跑一趟，先坐下喝几杯酒解解乏。"撒改忙吩咐厨房重整杯盘。

曷鲁见完颜部主要人物都在场，他们爽快地答应了平定鹰路之事，心头稍宽，回头对身旁的障鹰官说："我临来前就跟你说了吧，完颜部都勃堇一定能解决此事，你也不用着急上火了。"

那障鹰官脸色一红道："大人有所不知，我是头一次讨这样的差事，朝廷又催得急，限定时日和数量，唯恐延迟被圣上怪罪下来，我跟完颜部也没打过交道，才麻烦大人的。"

阿骨打恨恨地站起来说："麻产这老家伙是活腻歪了，当年我阿民曾顾及比武招亲的那档子事，怕别人说是公报私仇，对他宽容有余，严惩不够，而他却得寸进尺，竟然公开反叛，与朝廷作对，我绝不会轻饶他。"

障鹰官见事情已成百分之九十，才慢吞吞地说："当今皇上也有旨意，令完颜部即刻发兵，打通鹰路，缉拿贼首交与朝廷。"

颇刺淑道："请二位大人放心，猎鹰一只不少照交。叛贼麻产，我们一定不能放过，两位大人请入座，我马上发兵。"

等曷鲁等人坐定，颇刺淑又道："阿骨打、乌雅束，你们各带一队人马，一路奔麻产的后路，抄其老巢，把他们的家眷虏获；一路与麻产正面交锋。散改，你带一队人于后策应，随时增援。"三人领命而去。

欢都、活腊胡、曼都珂、习不失几员老将一见没有他们啥事了，忙上前施礼道："都勃堇，麻产是咱们的老对手，你竟然派几个晚辈去进剿，我们不放心，你是嫌我们老了？还是怕我们抢头功呀！再说他们三个谁也没见过麻产，到时抓谁去辽廷复命？"

盈歌一听，忙道："都勃堇，既然几员老将请令，就派他们分别为撒改、乌雅束和阿骨打的监军，也好共商剿贼之事。"颇刺淑准命。曷鲁暗称完颜部人才济济，将帅一心，难怪皇帝仰仗他们平定鹰路。

秋雨淅沥，乌云蔽日，数天不开。

直脱改城，麻产正得意洋洋地在大寨帐里对其手下吹嘘说："我早就料到，劾里钵一死，完颜部就没有出类拔萃的人物了，我几次抢他们的牧马，又阻断这一带的鹰路，怎么样？颇刺淑没尿儿了吧！"几个捧臭脚的头目说："勃堇英勇无敌，又与诸部联兵，完颜部哪敢正眼相看。等雨过天晴，秋高气爽，咱们起兵南伐，看看他完颜部有多大实力。”麻产被手下的一吹捧，嘿嘿冷笑不止道：“等攻下完颜部，女人、财物都少不了大伙的。”

忽然，一探马闯进来道：“报勃堇，大事不好了，完颜部分兵两路杀来，一路直取邕村老营，另一路向直脱改城中军大营杀来！”麻产腾地一下站起来，几乎不敢相信自己的耳朵，问道：“什么？什么？完颜军冒雨杀来？这不可能。”探马补充说：“此事千真万确，敌兵离此已不到五里路程，勃堇还是早作打算。”

麻产咬牙切齿地说：“来得好！我没发兵，他们还送上门来了，我定叫他们有来无回！你们可探得领兵的都是谁？”“禀勃堇，一路是乌雅束、欢都、曼都珂，另一路是阿骨打、活腊胡、习不失。”

麻产闻言狂笑几声道：“看来完颜部没人了，派两个无名小辈和四个老棺材瓤子来送死。这样也好，劾里钵呀劾里钵，这回我叫你父债子还。”

然后吩咐道：“敌保故你带一支人马去增援邕村老营，播开你去联络陶温水、尼庞古诸部兵马，前来夹击完颜军，其余诸将随我一起拒敌。”左先锋劝道：“勃堇不可小觑敌将，据我所知，乌雅束、阿骨打虽然年轻，却都有搏熊刺虎之勇，阿骨打又在长白山学过艺业，颇剌淑令他们出战必有道理。”

右先锋抢过话头说：“雌黄小辈有何惧哉？将军何必长他人志气灭自己威风，一会儿对阵我先出马擒杀他们。”

阿骨打一队人马直奔邕村麻产的老巢，尽管道路泥泞，风雨交加，他深知兵贵神速的道理，因此，一路急行，马不停蹄。麻产也知自己为害多端，仇家不少，对他的老巢也是苦心经营，寨栅严密，派有重兵防守。

阿骨打带兵到了寨前，秋雨初歇，天光放晴。寨前的士兵高声喝问：“何处人马？赶紧止步，如若不然，弓箭伺候。”阿骨打引马上前，挥动手中的金雀开山斧道：“我是完颜部的阿骨打，速叫你家王爷出来答话！”“我家王爷没工夫搭理你，有啥你就跟我说吧。”

阿骨打怒道：“你只是麻产的一个走卒，不配与我对话！”卫兵说完手一挥，后面的弓箭手登时射出一排箭来。阿骨打和手下士兵急挥兵器拨打雕翎。完颜军的盾牌手忙置盾牌于地上，围成一道屏障，弓箭手也趁机向寨内发箭。双方对射，寨内不出来交战，阿骨打也攻不进去，形成对峙局面。

忽然，探马来报，自麻产中军营寨来了一哨人马救援老巢。阿骨打闻言对活

腊胡道："舅父，此寨可破了！你率少许人马在此佯攻，我去杀散援军。"说完领部分人马急驰而去。

敌保故领麻产之命，顶风冒雨前来增援，敌保故的家属也在邕村老营之中，他救人心切，所以快马加鞭，连中饭都顾不上吃，手下的士兵多有怨气，心想，为你们舍生忘死的卖命，连饭都不让吃。

敌保故厉声呵斥，一点都不体恤手下。队伍走到离邕村半里远的时候，遭到了阿骨打的伏击，本来士兵们怨气冲天，怎能抵住以逸待劳的完颜军，深知其神勇了得，刚一交战就气馁三分。敌保故只战了三个回合，就被阿骨打用金雀开山斧砍断了钢鞭，他不顾手下的死活，拨马落荒而去。

阿骨打高声断喝："你们的主帅已被我打跑了，你等还给谁卖命？放下兵刃，姑且免尔等一死！顽抗者定斩不饶。"那些士兵本来心中就对敌保故不满，听阿骨打一说，个个放下手里的兵器投降。阿骨打找来其中的巴萨小头目道："你带几个人，骑着马走在队伍前面，到村寨前把寨门打开，我会重赏你们。如果不听我的指挥，你们每个人身后都有两个弓箭手瞄准了你们的后心，必死无疑。"那些降兵谁也不愿意拿性命开玩笑，都点头称是。

活腊胡依阿骨打之计，躲在盾牌之后虚张声势，偶尔射上几箭，引得寨里不断叫骂着往外射箭。阿骨打引军绕到东门，降兵的小头目向寨里大声喊道："守门的兵士你们听着，我是巴萨，麻产勃堇派我回来增援，你们快开城门吧！咱们兵合一处，据守来敌！"守寨门的两个士兵探出身来看了看，果然是自己人，就问道："勃堇咋没回来？""他那也跟完颜军打着呢！怕家里有闪失，就让我们赶紧回来增援。"

守门的士兵不再迟疑，打开寨门，挪走路栅，"援军"急急地进了寨门，守门士兵见近百人，就说："勃堇还真挺惦记家，派回这么多人来。"巴萨蔫头耷脑地说："弟兄们投降吧，我们都是完颜军的俘虏了。"有几个守寨士兵奋起反抗，被阿骨打等人立斩寨门旁。阿骨打说："只抓麻产的家眷，免杀无辜。"说完带人直扑麻产家，登时有的士兵鼓噪起来："完颜军进寨了！阿骨打进寨了！"霎时，人喊马嘶，鸡鸣狗叫。

西寨门还与活腊胡对峙的小头目，听到喊杀声，顿时慌了手脚，嘴上却说："顶住！顶住！"阿骨打催动紫骝马冲杀过来，他恨那小头目骂人嘴损，见他还负隅顽抗，立即搭弓上箭，弓弦响处，那小头目被射中咽喉死于非命。其他兵丁一哄而散，活腊胡也趁势掩杀过来，兵合一处，占领了麻产邕村老巢，习不失把麻产、敌保故的一家老小三十多口人抓到一起。

阿骨打让巴萨领着投降的士兵，挨门逐户地安抚邕村的村民，告诉他们完颜部只对麻产一家，抓他的家属是为了劝降麻产。阿骨打军纪律严明，绝不像以往部族仇杀争战，野蛮屠城、屠村寨，也无奸淫掠夺之事。阿骨打的军队在邕村宿营一夜，秋毫无犯，第二日才开拔与乌雅束汇合。

乌雅束由于面对的是麻产的主力，他并没有阿骨打那样顺利。麻产的营寨是座土城，四面有一个高的土墙，再加上这里的兵丁多是亡命之徒，双方棋逢对手，一开战便难分上下。

那日，当乌雅束引军来到城外，麻产已在城下列开了阵式。乌雅束提马上前用马鞭一指道："麻产，你屡抢牧马，阻断鹰路，你可知罪吗？完颜大军至此，你还想抵抗不成？"麻产仰天狂笑，说："无名的小辈，你是乌雅束还是阿骨打？当年我与你爹比武的时候，还没有你呢！今儿个倒要教训起老子来了，这可是你自寻死路。劾里钵死了算是便宜他了，不然，我杀到完颜部，灭你全家，以解我心头夺妻之恨。"

乌雅束气往上涌，也反骂道："麻产你这苍颜匹夫，皓首奸臣。当年我阿民多次饶你性命，就是顾忌比武招亲那件事。时隔多年你不思悔改，仍耿耿于怀。反复叛乱，今天我绝不轻饶你。"说着大枪一摆直取麻产。

早已憋了一肚子气的右先锋，一抡手中的大锤抢先出阵，嘴里说着："割鸡焉用宰牛刀！勃堇看我的。"乌雅束见来将五大三粗，满脸横肉，黑里透亮，手使一把打铁用的大锤，判断此人可能是打铁的出身，心想只可智取。

果不其然，那右先锋一上来就抡着大锤连人带马猛砸一通，气势凶猛，乌雅束避重就轻，长枪飞舞与之周旋，那人一口气砸了二十多锤，锤锤走空，连乌雅束的长枪都没碰上，气得连连怪叫，使尽全身的蛮力猛砸起来。乌雅束等他锐气已尽，气力半竭，趁他一锤走空，长枪如灵蛇归洞直刺其小腹，那人慌忙抡大锤格挡，为时已晚，噗的一声，枪尖已从他后腰冒出，他的大锤也砸在乌雅束的枪杆上，大枪往下一沉，锋利的枪锋挑开了小腹直至裆部，惨叫一声栽于马下。

麻产见折了一员大将，铡刀高擎手中，冲了过来。欢都见主帅胜了一阵，双脚一踹蹬冲上去，手中的鸡鸣戟架住麻产的铡刀奚落道："老豁牙子，好几年没见，你这火暴脾气还没改呀？"麻产见到欢都这个老对手，犹记着劾里钵当年比

武招亲踢掉他门牙的丑事，也不答话，铡刀挂着风声直劈欢都面门，欢都岂能让他劈中，横戟相迎，战在一处。

二人年龄相仿，可谓旗鼓相当，武艺相近。曾经数次交手，从未分出胜负。欢都胜在勇与智上，麻产胜在凶与猛上，他常是只进攻不防守，要拼个两败俱伤，而欢都却不想跟他拼命，巧妙地与之周旋，七分在防，三分是攻，如是两个人只成平手。麻产的左先锋为人谨慎，他见天色已晚，二人久战不下，唯恐主帅有失，便鸣金收兵。

乌雅束也觉得欢都虽勇，毕竟年龄不饶人，所以一直让神箭手曼都珂箭不离弓，盯着二人厮杀，一旦欢都有闪失，就放箭施救，听到对方鸣金之声，也令鸣金，二将各回本阵。

麻产归阵后不耐烦地说："我正杀在兴头上，为何鸣金收兵？不然定斩老匹夫于马下。"左先锋解释说："我见勃堇力战多时，虽然有必胜把握，但敌将也是骁勇异常，并无败迹，况且天色已晚，邕村老营那边也不知怎样了，播开征兵至今不到，不如歇息一夜，明日再战。"麻产虽然心里不悦，但人家说得入情入理，何况右先锋已命丧阵前，自己失去了一条臂膀，不再责问，只好收兵回城。

掌灯时分，前去征兵的播开回到寨中交令说，陶温水部、尼庞古部等部已召集好兵马，明日必来城下会战。麻产嘴上没说心里却暗骂，这些白眼狼，平日粮草、马匹没少供给他们，一到关键时刻就看热闹，今儿个要被完颜军打败，明个发兵还顶用吗？麻产余怒未消，敌保敌灰头土脸地进来跪倒道："二阿哥，你再给我一百人马吧！我去与阿骨打决一死战。"

左先锋上前扶起敌保敌，说："七将军咋弄成这样，有话慢慢说。"敌保敌哭丧着脸把自己如何中了阿骨打埋伏详细说了一遍，最后强调一句："阿骨打那小子的勇猛，比当年劾里钵还厉害，我只跟他战了两个回合，钢鞭就被他的大斧子砍掉了，箭也射得准，要不是我的马跑得快，我也不能回来报信了。"麻产急不可待地说："废物一个。那村寨咋样？""村寨还在坚守，有寨栅挡住他们，一时半会儿还攻不破。再给我一哨兵马，我连夜去偷营劫寨，报一箭之仇。"左先锋忙道："七将军不可，夜黑路远，敌情不清，轻易进兵犯了兵法大忌，一旦再有闪失……"

没等左先锋说完，麻产就武断地说："我家老少三十多口都在那里，一旦村寨被攻破，他们必遭毒手。"左先锋还是据理力争道："勃堇如果要出兵，也得等明日其他部落兵马到来，不然你前去救援，此城也会危在旦夕。”“别啰嗦了！我给你留下一百人，只守不战，明天援军必到，我宰了阿骨打那小野种，再回师收拾城下之敌也不迟。”

左先锋苦劝不成，麻产执意带走城中主力去救援老巢邕村，留下的都是老弱残兵，左先锋暗中叫苦：此城必不保。麻产一意孤行，任敌保故、播开为左右先锋，率主力连夜赶往邕村。大军行至半途中，陆续碰到邕村中被打散的士兵，俱告邕村营寨已落入完颜军手中，巴萨大部分人马已投降了阿骨打，寨门就是巴萨骗开的，副寨主已被阿骨打杀死，村中的男女老少都控制在阿骨打手中。

麻产差点气抽了，一家老小全被虏获，尤其是最近新纳的两个千娇百媚、风情万种的小妾，更让他心疼。他恨不得一步跨到邕村生吞活剥了阿骨打，方解心头之恨。他急急赶路。阿骨打让巴萨安抚完全村百姓，就让巴萨担任邕村的寨主，其士兵宿于自设的毡帐中秋毫无犯，就连麻产的家人都一律善待。

麻产于天亮时赶到邕村老营，见村寨遍插完颜部旗帜，完颜部士兵严守寨门。稍一靠近就被乱箭射回，寨内响起锣声，阿骨打闻声率部来到寨门。麻产于寨外大骂，激阿骨打出战，阿骨打于寨门旁历数麻产的罪恶，并把他的家属弄来向外喊话，劝麻产投降，其他兵丁的人也于寨内哭天喊地的，要他们家人放下武器，不要与完颜部为敌。

麻产军军心浮动，已有人哭出声来，也有的放下兵器，麻产厉声道：“有投降者定斩不饶，跟我攻寨，攻克村寨与家人团聚！”众人被麻产的淫威所震慑，鼓噪而行，然而，很快被阿骨打的士兵众矢射回。

阿骨打高声断喝：“麻产！我不忍杀戮你族人，伤你家眷，你却苦苦相逼，你如果是英雄好汉，敢与我单打独斗决一死战吗？免得士兵伤亡，百姓遭殃！”麻产想了片刻道：“阿骨打，你占我村寨，抓我家眷，掳我族人，我恨不得吃你的肉喝你的血，为何不敢跟你决战！有种的你放马出寨，咱们单挑！”

阿骨打向活腊胡、习不失交代一番，活腊胡还是担心，说道：“单枪匹马出寨，别中了麻产的诡计，不然让习不失守寨，我陪你去厮杀。”阿骨打道：“寨外士兵的家属大多都在咱们掌控中，他们已军无斗志。只要生擒或者击败麻产，此军将不攻自破，我既已约定独战，焉能反悔！”说罢，令士兵大开寨门。一人一骑冲到麻产阵前。

麻产前几年随大哥腊醅到完颜部时见过阿骨打，那时他还是一个小孩子，几

年不见，哪知阿骨打已经长成一个威风凛凛的青年将军，并且英雄虎胆，在已掌握战场主动权的情况下，单枪匹马与自己决斗。麻产仗着自己的凶狠劲儿，心想，欢都这老家伙我都胜了，你再厉害也只是少年英雄，也未必能敌住我的大铡刀，如果阵前劈了这小子，夺回村寨就不成问题。想到这儿，一挥铡刀，对手下士兵说："你们且后边观战，待我劈了这个小杂种再进寨与家人见面！"

麻产策马抡刀搂头便砍，阿骨打举斧相迎，刀斧相碰，顿生火星，二人都觉双臂麻酸，阿骨打心道：难怪当年这家伙与我阿民抗衡，手上确实有几分硬功夫。麻产心里一惊，难怪左先锋说这小子十分了得，年纪轻轻，竟然能硬碰接我一招泰山压顶。想到这他圈马回来，大铡刀一个玉带缠腰横扫过来，阿骨打凤凰展翅又硬生生地接了一招，铡刀被弹出，麻产见两招没能取胜，怒吼一声，尽平生之力，翻手抡刀不是砍劈，而是拍向阿骨打后背，阿骨打没料到麻产会如此变招，急忙一翻斧攥用了一招苏秦背剑，解了麻产的杀手锏，此时麻产已经气喘吁吁，而阿骨打却气定神安。

麻产纵横江湖多年，这三刀是制胜的法宝，曾有无数英雄好汉败在他手下，当年与完颜部对阵，也只有劾里钵和欢都是他的对手，而今阿骨打却轻描淡写地化解了他的致命三击，其能力比起父辈有过之而无不及。麻产多少有点英雄末路的感觉，完颜部英才辈出，而自己的后代皆是平庸之辈，想到这，他更恨劾里钵不但抢去了他心爱的女人，还生出优秀的儿子。他抱着玉石俱灭的心理，又猛扑上来，拿出野蛮打法，只攻不防，门户大开疯了似的狂劈乱砍，全无套路。开始，阿骨打还真不适应这种胡搅蛮缠的打法，只有招架之功，全无还手之力。两军鼓噪呐喊不停。

十个回合过去，麻产渐渐力衰，出刀的频率慢了下来，阿骨打见麻产已黔驴技穷，便猛抖神威，大喝一声，金雀开山斧斜肩带背劈了下去，麻产和阿骨打战了半晌，阿骨打刚还一招。麻产攒足力气用铡刀去接这一斧，不料，已是强弩之末，毕竟年龄不饶人，也是阿骨打天生的神力，只听到哨的一声巨响，麻产只觉得虎口胀痛，双臂麻酥，大铡刀竟然脱手飞了出去。铡刀被磕飞后，他自知再战是白白送死，拨马便逃走。

阿骨打纵马追去，敌保故和播开见麻产败了，忙叫士兵放箭，顿时箭如飞蝗，阿骨打不得不挥斧拨打雕翎，速度自然慢下来。活腊胡见阿骨打取胜，大开寨门掩杀过来，寨里的家属们也跟出来，哭喊着麻产士兵的名字，叫他们放下兵刃，别再拼命了。麻产战败，士兵们早涣散了，大多惦记着妻儿老小，纷纷扔掉兵器，只有少数顽固不化者跟随麻产逃走了。

阿骨打率众追了一阵，麻产等急于逃命，不惜用腰刀刺破马臀，战马没命地奔跑，把追兵远远甩开。阿骨打只好下令收兵，暂回村寨。安抚降兵，收缴麻产的家财，分放一部分给百姓，把部分降兵编入自己的队伍，让巴萨治理此方。然后，挥师向直脱改城挺进与兄长会和。

直脱改城左先锋带着老弱病残兵守城。他苦苦等待陶温水部、尼庞古部的援兵。尽管欢都、曼都珂等在城下叫阵两个时辰，他仍是坚守不出。从早上等到下午，不见援兵的踪影，等来的却是铩羽而归部族几十人的麻产残军。左先锋打开城门放下吊桥，放进了大败的麻产。麻产进城后似乎抓到了救命稻草，劈头便问："援军到了没有？"左先锋道："至今毫无音信。"播开道："看样子他们反水了，坐山观虎斗，根本不会出兵。"

麻产颓然坐在地上说："这些个狼心狗肺的家伙，有朝一日我得好好收拾收拾他们，没有他们我也照样能抵抗完颜部。咱们就坐守不出，拖也拖垮他们，城里有的是粮草。"左先锋道："勃堇，我觉得这样耗下去不是上策，陶温水和尼庞古部都不肯出兵相救，咱们何不向阿疏求救，好歹都是纥石烈部，你还是他亲叔叔。"敌保故紧忙抢过话头说："对呀，虽然阿海大阿哥没了，阿疏毕竟是咱们的亲侄子，何况完颜部对阿疏宠爱有加，即使他不出兵对抗完颜部，在中间做个和事佬，劝完颜部退兵，也能解除咱们的危机。"

麻产沉吟了一会道："此计可行，这事就交给你去办事，目前完颜军对直脱改城还未形成全面包围，趁天黑，你带两个人去找阿疏。"敌保故依言去做准备。

阿骨打押着麻产的家眷来到直脱改城下，与乌雅束兵合一处，兄弟二人独统兵马征战，都是初战告捷，各自欢喜。

老天爷似乎故意捉弄人，刚放晴一天又下起雨来，民谚有云："不怕初一下，就怕初二阴。"而恰恰八月初二的一大早，秋雨翩然而至，似雾霭如牛毛，下得人们心烦意乱。欢都、活腊胡、曼都珂、习不失等，分别领兵到土城下叫阵挑战，麻产就是闭门不出，无论城下怎么叫骂，他们无动于衷，只要敌兵稍近城池就用弓箭射，气得众将暴跳如雷也无可奈何。

乌雅束与众将道："麻产坚守土城数日，不肯与我们交战，使缓兵之计，而其附近几个部落的勃堇，咱们已派出使者知会他们，果然未发一兵一卒，如此说来，它还能等谁呢？”

阿骨打道：“无非在等阿疏，不管咋说，他们也是亲叔侄。”

欢都说：“据我所知，阿疏的父亲阿海勃堇在世时，看不惯腊醅、麻产的所为，从不与他们往来，不知阿疏能否子承父志。”

阿骨打道：“我看阿疏那小子挺不地道，爷爷奶奶活着时，他到咱家来，啥事都歘尖卖快的，跟咱们合不来，这次他不出兵，也会出头当说和人，我们应速战速决，不给他们任何机会。”

乌雅束说：“这回麻产已是穷途末路了，咱们不能心慈手软，谁的面子都别给，不然还是放虎归山。”

阿骨打斩钉截铁地说：“干脆，押着麻产的家眷攻城，看看麻产的心到底黑透了没有，能不能向他的亲属放箭。”习不失和曼都珂都称妙计。

纥石烈部，阿疏城，阿疏宅院。

演武场上，一个黄脸的中年汉子正在要着三股钢叉，他蹿蹦跳跃，一招一式中规中矩，引来围观者阵阵喝彩，那汉子练得正在兴头上，一个兵丁进来道：“禀勃堇，外边来了一个老者，自称是您七阿叔，说有事求见。”

那汉子停下钢叉，说：“快让他进来！”说着把钢叉递给侍从，接过手帕，擦拭着干瘦的刀条子脸，汗珠顺着稀疏的短须不停地滚到脖颈上。敌保故急匆匆地进来道：“阿疏勃堇！大事不好了，完颜部出兵把我和你二阿叔的家抄了，人和财产都被掠去了，你二阿叔被困在直脱改城，你快去救他吧，去晚了就没命了。”

阿疏眼睛一转道：“七阿叔，你们也真是的，早就跟你说过，轻易别惹完颜部，等把咱们纥石烈诸部统一起来，跟辽廷把关系搞好，再动手也不迟，你们就是不听，小不忍则乱大谋！”

敌保故讷讷道：“你二阿叔不是咽不下这口气吗！他说劾里钵死了，要趁机报仇。”

阿疏说：“人家死了他来章程了，劾里钵活着时候不是对手，现在又打不过他的儿子，真是打不住黄鼠狼惹一腚臊，完颜部那么好惹吗？”

敌保故着急地说：“现在说这些还有啥用啊，赶紧发兵救人吧！晚了就来不及了。”

“你们拉拢的陶温水、尼庞古那些部族呢？”

“都他妈的是小人，坐山观虎斗呢！”

阿疏沉思一下说："七阿叔，你先吃口饭，马上回去告诉二阿叔，让他坚持一天半日的，救兵马上就到。"

敌保故这才放心地说："关键时候，还是自己的亲侄子呀！别人倒是不行，救人如救火，我也不吃饭了，现在就回去告诉你二阿叔，你快点出兵吧！"

敌保故走后，阿疏确实点起一队人马奔直脱改城方向而来，不过阿疏并不是去救他的二阿叔和七阿叔，而是趁机招抚陶温水、尼庞古等各部落，扩充自己的势力去了。

秋雨如丝，没完没了地下着。阿骨打令士兵押着麻产的家眷走在攻城队伍的前列，来到了城下。麻产一家几十口人哭喊着让麻产开城投降，以救全家人性命。城上的士兵当然不敢放箭，忙向正在喝闷酒的麻产报告。麻产听了忙领众将登上城头。

阿骨打遥望城上骂道："麻产！你言而无信，先前败在我手下，为何不投降罢兵？难道你连一家老小的性命都不顾了吗？"

麻产平时最娇宠的小妾哭哭啼啼道："老爷，你平时总说我是你的心肝宝贝，到了这个时候，你为何不救我？"另几个妇人也跪在地上喊着救命。麻产脸上阴晴不定，似乎内心激烈地斗争着，是战是降？

播开道："勃堇，你快下决心吧！完颜军又向前推进了两丈。麻产一跺脚，从士兵手中夺过弓箭。

那艳如秋花的小妾走在前边，还娇滴滴地叫道："老爷！老爷！你忘了我们往日的情意吗？难道我不是你的……""心肝"二字未出口，麻产的狼牙箭已到，正好射在那小妾的心肝上，小妾死也不相信，把她奉为心肝的老爷竟然绝情地射死她。她死时还双手握着箭杆，断断续续道："心……肝……"。

麻产丧心病狂，歇斯底里地喊道："放箭！谁阻挡我拒敌，我就杀死谁！"说着带头放箭。

阿骨打纵马上前，和众将便拨打雕翎便骂道："麻产，你猪狗不如，虎毒不食子呢。"乱箭中，麻产的家眷被射死了四人。完颜军有数人受伤，阿骨打只好下令退出敌军弓箭的射程。

麻产惨无人道的行为令其手下胆战心惊，尤其是家眷，咒骂不止，亲人还不如敌人。落入完颜军手中毫发无损，而自己的亲人反而下毒手。麻产的左先锋已经看出，麻产不仅刚愎自用，而且阴损狠毒，连妻子儿女都忍心亲手屠之，还有

谁不在杀之列。于当天晚上以巡城为名，悄悄离开了直脱改城，不知所终。

第二天，麻产知道左先锋逃走后大骂不止，并下令再有逃脱者，定杀其全族。一连四天，小雨不住地下，乌雅束和阿骨打等一筹莫展，对麻产这等穷凶极恶之徒也无计可施，处于进退维谷的境地。大队人马征战，军需粮草是头等大事，已向附近部落征集多次，不能再强加于民了。

也许是天人共愤，麻产的气数已到，连日的阴雨，把直脱改城的土墙泡得松酥了，天空乌云翻滚，炸雷连声。一阵倾盆大雨瓢泼而下，突然，朝着完颜军营的那面城墙，轰然倒塌，轰隆声犹如闷雷，霎时天开云散，丽日当头。城墙的突然倒塌，对麻产来说可谓天灾人祸，唯一赖以坚守的屏障顿失，再也难以与完颜军抗衡。

乌雅束、阿骨打在一筹莫展之际，听探马来报，说直脱改城墙被秋雨浇塌，二人连道："天助我也。"立即带军出击。

麻产见城墙倒塌，暗道："天灭我也。"在完颜军的喊杀声中，仓皇出城，带着部分兵丁向直屋铠水的尼河方向逃窜。

完颜军顺利占领了直脱改城，阿骨打对乌雅束说："大哥，你现在城里招降安民，我去追拿麻产，这回说啥也不能让他逃脱。"说完，带领本部兵马追出城去。欢都催马跟上来道："麻产是我的老对手，我必须亲手把他抓住，我曾发过誓。"

麻产手下只有几十人，战将只剩播开一员，阿骨打率一百余骑穷追不舍，麻产一触即溃且战且走，手下的士兵非死即降，最后只剩下二十多人，播开紧随其后。

追兵逐渐迫近，麻产对播开道："事已至此，难得你还忠心耿耿，今日兵败乃是天意，咱们分道逃命或许还能有一线生机，无论谁活着，都要东山再起。"说着来到一个岔路口，播开道："勃堇，你保重。"带几个残兵与麻产分路逃窜。

阿骨打率人追到岔路，见敌军分两路逃亡，便与活腊胡、习不失、欢都分路追去。

阿骨打追到一片沼泽地时，已不见敌兵踪影，看见地上有一个头盔，前方不远处看到一副铠甲，远方似有马蹄声，又往前追了一程，只见一匹马胡乱地跑着，马背上没有人。雨后的土地有点泥泞，阿骨打止住马，下了坐骑，俯下身去仔细观看地上的马蹄印。然后留下部分人继续搜寻，其余的人跟他又返回原处。

原来，阿骨打从地上的马蹄印看出，那蹄印很浅，说明马上的人已离开了坐骑，故意打跑战马，吸引追兵的注意力。

阿骨打回到丢铠甲的沼泽旁，细心观察周围的足迹，但人迹和马蹄印已经混乱，看不出名堂来。

阿骨打百思不得其解，周围是一马平川，根本无法藏身。欢都已核对过，在死降的士兵中根本没有麻产和播开。难道他们会土遁不成？不然咋会凭空消失。他惆怅地四处张望。忽然沼泽地中央有一片浅浅的芦苇，微风吹过芦花飘荡。

阿骨打下马来到沼泽岸边细细观察，似乎有一溜淡淡的脚印，因为麻产没有踏萍浮水的功夫，这脚印可能是他留下的。他边看边想，迈步下了沼泽地，扑哧，淤泥陷到了脚脖子。他又向前走了几步，淤泥没到小腿肚子，他回到原处再看走过的脚窝，泥水慢慢往回聚拢，很快脚窝被水淹没，只留下浅浅的印痕。

阿骨打断定麻产十有八九是丢下盔甲，越过沼泽地藏身芦苇丛中了。于是高声断喝："麻产，我知道你藏在哪了，赶紧出来投降，饶你不死！"连喊了几遍，芦苇丛中鸦雀无声。他抠一块泥巴甩过去，惊起了一只野鸭子，根本没有人影。正在阿骨打狐疑之际，一个大汉扛着渔叉拎着渔篓从沼泽地的另一端走来。惊问阿骨打道："刚才我听到谁喊麻产来？是纥石烈部那个麻产吗？"

阿骨打见那渔民五大三粗，就说："对，是那个麻产，我们正在抓捕他！"那大汉忙扔下渔篓道："他在哪？他是我的仇人，杀了我阿民，抢走了我阿妹，我与他有不共戴天之仇。他在哪？我宰了他报仇。"

阿骨打见大汉焦急的样子，用手一指道："好像藏在那片芦苇丛里边。"

大汉道："我去抓他！"话音未落，端着渔叉向芦苇丛奔去。

阿骨打忙说："壮士，危险，小心暗箭。"边说边追了下去，无奈那大汉似乎惯走泥淖之地，阿骨打费了好大劲也赶不上，两人相差二丈多远。那大汉距芦苇丛还有一丈多远时，忽然，一个满脸漆黑的人从芦苇丛中站起来，如海中的夜叉，阿骨打小心二字未出口，那人连发两箭，一箭正中大汉心窝，那大汉跪倒。幸好阿骨打有防备，抽出宝刀，宝刀刚出鞘，两支利箭已到胸前，他挥刀斩断。猛喝一声："大胆狂徒，休得猖狂，看我取你狗头。"那人也不答话，一阵猛射，由于距离较近，阿骨打虽然拨挡，还是被射中了肩头，幸有铠甲护身，并无大碍。

岸上的欢都大怒，于马上高喝一声："贼子，死到临头还敢逞凶！"说罢弯弓搭箭，一箭射出，正中那黑脸人的额头，那人"妈呀"一声跌倒在泥淖之中。阿

骨打这才上前扶起那大汉，后面的几个兵丁过来，阿骨打让他们抬走大汉救治。抄刀小心前行，防止那黑脸人突然袭击。他到了那人近前，那人勉强挣扎着跪起，阿骨打用刀逼住他，只见他满脸漆黑，看不出真面目，只是额头那支箭，顺着箭尖流血，阿骨打厉声问道："麻产跑到哪里去了？"那人闭口无言，有几个士兵过来，把那人拖到岸边。

众人之中只有欢都认识麻产，阿骨打对欢都说："爷爷，你看这人是不是麻产？"

欢都道："这满脸稀泥，还真没法辨认。"

阿骨打道："快去舀点水来冲冲！"

欢都道："不用了，把他嘴撬开我看看。"

两个士兵掰开那人的嘴巴，欢都弯腰一看，哈哈大笑说："果然是这老豁牙子，麻产，你这算作到头了。"

阿骨打道："你看准了是麻产吗？"

"没错，他那门牙就是你阿民给踹掉的。"

这时，麻产醒过来，看到一张张愤怒的面孔，长叹一声对阿骨打说："你们赢了，我们完了。"说着，双手握住额头上的箭杆，猛地往里一插，闷哼了一声，自杀身亡了。

阿骨打见麻产虽然作恶多端，却死得很有骨气，也算是枭雄，就命令道："也算一条好汉，把他埋葬了吧！"

欢都道："不行，麻产是辽朝挂了号的贼首之一。辽皇曾多次命你阿民剿灭他，必须留个凭证，好给辽廷一个交代。"阿骨打不置可否，心想，古人所言多行不义必自毙是一点不假。

完颜军剿灭麻产后，先前追随麻产的那些小部落都偃旗息鼓，为求自保，双方鏖战时就是观望的态度，麻产一死，他们更把麻产的关系断得利利索索。乌雅束、阿骨打等也没有追究联系谋反的事，就领兵回了宁江州。

颇剌淑、盈歌率众将迎到城外，为阿骨打和乌雅束祝捷。看到晚辈们都能挑起大梁了，他们由衷的高兴。休息几天后，颇剌淑派乌雅束和欢都把麻产的头颅送到辽廷报捷。经银牌天使的验证后，了结了此案。辽皇耶律洪基龙颜大悦，重赏了乌雅束和欢都，并封乌雅束、欢都、阿骨打祥隐的官职。

第二十章

金马鞭子起阴风　跋忒乱规杀无辜

那日阿疏打发敌保故走后，领兵分别到陶温水、尼庞古等部利诱威逼，把那些本来就属于墙头草的小部落拉拢到自己的麾下，也算他继承了二阿叔的遗产。

敌保故返回直脱改城时，正赶上麻产与乌雅束、阿骨打鏖战，他没有把阿疏的军队请来，也不敢贸然进城，而是在城外偷偷观望。等到麻产逃亡，那里已曲终人散，新上任的勃堇根本不买他的账，没抓他到完颜邀功就是给他极大的恩典，他心里又气又恨又悔，气的是阿疏迟迟不肯出兵相救，恨的是完颜部心狠手辣，悔的是当初不该起兵叛乱。他四处流浪了一段时间，在走投无路的情况下，硬着头皮投到阿疏城，寄人篱下，希望阿疏能发展壮大，为其兄弟报仇雪恨。

阿疏拉拢安抚纥石烈诸部后，又亲自到完颜部协调关系。颇剌淑还像父亲乌古乃、哥哥劾里钵一样热情地接待了他，拉着他的手说："阿疏，你来得正好，不然我们还想去阿疏城，把纥石烈部的事好好商量一下。"

阿疏谦逊道："哪能让都勃堇去我那里呢！我登门拜见理所应当。完颜部对我有大恩，今生今世都不能忘记。"

盈歌听出阿疏的弦外之音，除了套近乎外，就是想让完颜部推举他当纥石烈部的头，忙打着哈哈说："阿疏，你现在果然能独当一面执掌一方了。"

阿疏眨眨眼睛道："还不是全靠完颜部勃堇栽培嘛！可这次我二阿叔七阿叔他们……"

颇剌淑忙拦住他说："麻产他们是咎由自取，这些年来就与完颜部为敌，你阿民早与他们分道扬镳了，这次他们阻断鹰路，抢掠牧马，并扬言要灭掉完颜

部，事情竟闹到辽廷，我们也是不得已而为之。”撒改补充道：“听说麻产向你求救兵，你拒绝了他，这真是难得呀!”

阿疏动情地说：“不是我阿疏不讲父子爷们的情谊，凡事得以大局为重，咱们女真人总是窝里斗，分崩离析的，早晚得让外族给吞掉，二阿叔他们也是自作自受。我想，我阿民九泉之下有知的话，也会原谅我的。”说着眼睛已湿润了。

盈歌道：“阿疏勃堇还是深明大义，明辨是非，没有卷入纷争。咱们今天才能坐在一起共商纥石烈部的大事。”

阿疏连说：“那是，那是。”心里想，我能干那傻事吗!

颇剌淑道：“前些年由于腊醅、麻产等人的作乱，纥石烈部始终统一不起来，你阿民也没啥好办法，只能拥兵自保，洁身自好。现今叛逆都已被剿灭，纥石烈部只有你们阿疏城有威望了，如果你不嫌事多操心，这纥石烈部就由你统领，各部族的勃堇那里由我通告。”

阿疏闻言，心中暗喜，此行的目的终于达到了，慌忙施礼谢恩，嘴上却说：“多谢都勃堇信任，恐阿疏能力有限，恐负厚望。”

颇剌淑上前扶起阿疏说：“能力可以慢慢增长，只要你处事公正，诸部一定会心服口服。”“我一定按都勃堇的意思去做，一点不走样。”“那就好!”

阿疏走后，盈歌对颇剌淑说：“我看阿疏这小子跟他阿民不一样，他聪明机灵中透着狡诈奸猾，以后咱们对他要多留点心。”颇剌淑道：“为今之计，只好走一步看一步了，那一带也没有太合适的人选，但愿阿疏能像阿海一样与咱们同心同德。”

几天后，颇剌淑亲自到了星显水纥石烈部阿疏城，召集了陶温水、尼庞古、温都乌古伦、徒单等部的勃堇，当众宣布任阿疏为这一带的部落联盟长，并安抚一番，那些部族本来也没有阿疏强大，事先又收了阿疏一些好处，自然没有人提出半点反对意见，阿疏也就顺理成章地坐上那一带部落联盟长的宝座。

此时，由于劾里钵的连年东讨西伐，南征北战，桓赧、散达、乌春、窝谋罕、腊醅、麻产等大股敌对势力已土崩瓦解，造反的头目死的死，降的降，逃的逃，以完颜部为核心的女真联盟基本上形成了。一时间，鹰路畅通，百姓安居乐业，力农积谷。秣马厉兵，继续着生女真统一的大业。

一年后，阿疏巩固了自己的地位后，野心也开始膨胀，再加上他七阿叔敌保故在一旁煽风点火，让他为腊醅、麻产报仇，阿疏早有异志，把颇剌淑的叮嘱忘到九霄云外。

徒单部勃堇诈都与阿疏自小为友，二人臭味相投，他怂恿阿疏道："徒单十二部，乌古伦十四部，蒲察九部，共三十五部人马，再加上你势力最大的纥石烈部，凭什么受制于完颜部，他们只有十二部，以我们三十五部对他十二部，必须取胜，你要念及与完颜部的旧情，可以坐山观虎斗，我们起兵。"

阿疏把诈都拉到自己身边，亲热地说："诈都勃堇稍安勿躁，反完颜部是迟早的事，只不过我现在与辽朝的关系还没有完颜部亲密，时机还不够成熟。"然后与诈都密谋一番，说得诈都连连点头称是，然后依计而行。

数日后，诈都率人到完颜部边界，抢走了完颜部五十匹牧马。颇剌淑闻报，忙与众人商议。欢都、习不失、曼都珂等大将请令出兵徒单部，追回牧马，教训诈都等人。

盈歌阻拦道："此事不可轻易出兵，我们刚刚有了休养生息的时间，最好不用武力解决。"

阿骨打建议说："既然我们封阿疏为那里的部落联盟长，就应该找他当面解决，如果贸然出兵，阿疏也会有想法，让他调停此事，既给了他面子，又从中了解他的态度，五十匹牧马是小事，而那一带十几个部落的安稳是大事。"颇剌淑采纳了盈歌和阿骨打的意见，派他们去阿疏城调停此事。

阿疏热情接待了盈歌和阿骨打，极力表达他对完颜部的忠心。当盈歌提到诈都掠走完颜部五十匹牧马时，阿疏佯装大为震惊，大骂诈都胆大包天，然后承诺道："国相请放心，我一定查明此事，追回牧马，并绑着诈都到会宁州请罪，你们先礼后兵，也算看得起我阿疏。"

盈歌还一再强调五十匹马不算大事，关键是要维护完颜部的尊严，不能因小事而伤了大体，完颜部要想自己解决这件事也行，但是要顾及部落联盟长的权威。阿疏一再承诺要查清此事。

从阿疏城出来，阿骨打问盈歌道："四阿叔，我看阿疏对此事答应得如此爽快，会不会另有图谋，谁都知道他跟诈都是光腚娃娃，他能忍心向自己的好哥们下手吗?""我觉得阿疏态度也有些反常，按理说，这不是他的性格，他一向心胸狭窄，诡诈多疑，寡情薄义，不知这里还有啥变数。"

阿骨打道："都勃堇对阿疏一再迁就，我想咱们也暗中做些查访，看看其中有无圈套。"盈歌点点头。

阿骨打带几个随从化妆潜入了诈都城。

几天后，阿疏派来使者拜见颇剌淑，说他已查明掠抢马匹一事，根本不是诈都所为，是雅古浑村附近一伙野居女真人干的，他正派人追查踪迹，想方设法将牧马追回。

颇剌淑闻言半晌无语。使者走后，阿骨打把查访来的情况向颇剌淑汇报说："这次抢掠牧马是阿疏和诈都串好的，想试探一下咱们对他们的态度。现在百般抵赖，又嫁祸于人，咱们当时未发兵追讨，是给阿疏一个机会，可现在他们把牧马分散了，连把柄都没了。"

颇剌淑长叹一声说："难道阿疏不可救药了？"

阿骨打道："四阿叔，你别对他抱有幻想了，当年剿灭乌春回来，我阿民与他阿民对话时，阿疏就流露出怨恨，如今他羽翼已丰，肯定会原形毕露。"

欢都恨恨地说："莫不如当初出兵追击诈都，抢回牧马，又能抓住把柄。现在可倒好，鸡飞蛋打了！"撒改道："这是刚刚开头，不管咋说，也不能便宜了他们！"习不失说："干脆我带人去抢他们的马，一报还一报！"盈歌说："那不行，咱们都勃堇部咋能随便抢别人的东西呢？""那就是便宜了这帮小兔崽子了？"欢都气呼呼地说。纳盆插言道："这事要不整清楚，他们还笑话咱们无能不敢招惹他们呢。"

盈歌与阿骨打耳语了几句，然后高兴地说："大家别乱说了，当时都勃堇不出兵自然有他的道理，既然阿疏把抢马的事推到野居女真人身上，我就从这下手，绝对不能便宜了他们！"

此时，颇剌淑身体不佳，便有气无力地说："这事由国相处理吧，我暂时不插手了。"众人齐声称是。

雅古浑村是介于完颜部、纥石烈部、徒单部的三角地带的一个自然村落，居住五十多户野居女真人，所谓的野居女真就是没有从属于哪个部落，散居于部落之外的零星女真人家。前些年各部族之间相互征战，雅古浑村也被人淡忘了，这两年战争平息了，雅古浑村也成了各部瞩目之地，尤其是纥石烈部的阿疏，徒单部的诈都，都想据为己有。于是抢掠牧马贻祸东吴，让完颜部把矛头指向雅古浑村，他们静观其变。

盈歌和阿骨打找到雅古浑村首领那不勒，说明了来意，并列举了当年芯罕村野居女真被腊醅所屠戮的惨案，劝说他们归入完颜部，并给他们牧马和土地，保证他们生存的安全。那不勒是个深明大义的汉子，他深知雅古浑村弹丸之地，早有人虎视眈眈，迟早得被人吞并，而今完颜部日益壮大，又是都勃堇部，就通情达理地答应并入完颜部，村民巴不得依附一个强大的部落，将来会有保障，于是一呼百应。

盈歌、阿骨打没想到兵不血刃，顺利地收复了野居女真部落，就派人送信给阿疏和诈都说："野居女真抢掠完颜部牧马，冒天下之大不韪，现已被完颜部征服，鉴于雅古浑村乃三部交界处，各部应各占一份，请纥石烈部和徒单部勃堇前来合计一下，如何均分雅古浑村。"

阿疏、诈都接到信后，一边暗自庆幸贻害东吴之计成功，一边急忙赶到会宁州去分一杯羹。雅古浑村虽然面积不大，但地处三部的交汇处，战略位置非常重要，谁要拥有它，等于获得一个前沿哨卡，在那里可以屯兵戍边，又可以监视其他部落的动向。即使三部均分，利益均沾，对于纥古烈部和徒单部来说，垂手而得，何乐而不为呢?

然而，到了会宁州，颇剌淑的决定却令阿疏和诈都匪夷所思，他宣布："完颜部已经迁走了雅古浑村的野居女真人，本着睦邻友好的原则，完颜部愿让出应得的那块地盘，给纥石烈和徒单两部平分，你们两部尽快商定所辖面积，我们好及早撤兵。"

阿疏和诈都始料不及，二人都想把雅古浑村据为己有，以扩大地盘。阿疏抢先表态说："都勃堇真是大人大量，我们感激不尽，不过对雅古浑村的大小我们一无所知，等我们去测量一下，然后再分不迟。"

诈都也说："阿疏勃堇所言极是，既然都勃堇恩惠给我们，我们一定分好。"二人辞别颇剌淑，在回家的路上却讨价还价起来。阿疏说："这次咱们计赚完颜部成功，你已得到几十匹牧马，我看小小的雅古浑村就给我们部吧！不然把一个村子一分为二也不好管理。"诈都冷笑着说："阿疏老弟不是在说笑话吧？你们部地广人多，还在乎一个小小的雅古浑村了?"

阿疏心里暗骂诈都小人，嘴上却说："这次之所以能让完颜部落入圈套，蒙受损失，还不是我出的好主意呀!"

诈都分毫不让，说："主意是你出的，可事是我干的，我冒了多大风险出人出马的啊!"

二人沉默了一会儿，阿疏说："既然你不肯让步，咱们就二一添作五，干脆

平分，雅古浑村从中间切开，西部给你，东部归我，这样谁也不吃亏!”

诈都奸笑一声说：“你是没吃亏，啥劲没费就得二十多匹马、半个村子，而我们兴师动众、结果却一样。”

阿疏不屑争辩道：“不然你也出个妙计，我出人马，再捞完颜部一把!”

诈都小声嘀咕道：“谁也鬼不过你，横草不过。”说罢二人脸上都浮现得意的笑。

阿疏和诈都分手后，回了自己的城寨。他派弟弟敌固宝去接收雅古浑村，诈都派副将钝恩前来接收。当盈歌和阿骨打带人撤出雅古浑村时，敌固宝和钝恩带兵涌进村里，两人指挥各自的士兵抢占房屋，在划分边界时，敌固宝和钝恩发生了冲突，互不相让，最后拉拉扯扯动起手来，钝恩身大力不亏，把敌固宝推了一个跟头，敌固宝勃然大怒，破口大骂。钝恩也压不住心头之火，提刀上马叫战。

两厢士兵也捉对厮杀，雅古浑村顿时乌烟瘴气，喊杀声震天。村外的盈歌、阿骨打窃喜不止。激战中敌固宝与钝恩不相上下，敌固宝杀得兴起，居然使出了绝技回马枪，钝恩为保性命也使出了抛刀术。结果敌固宝刺了钝恩一枪，钝恩也砍了敌固宝一刀。二人两败俱伤，各自罢战，派人回去搬兵。

阿疏、诈都接到信后都恐自家吃亏，带兵前来增援。阿疏看到胞弟敌固宝伤了臂膀，差点就被卸下一只胳膊，大骂钝恩心狠手辣。诈都见爱将被敌固宝一枪挑开了肚皮，肠子都露出来了，也是心痛不已。阿疏与诈都一见面，一个说对方不讲哥儿们情面，伤了我阿弟，一个愿对方不顾江湖义气，伤了我爱将。越说越恼，话不投机二人动起手来。

盈歌见对方已经为各自的利益闹得不可开交，对阿骨打说：“这回咱们可以安心回会宁州，等他们来互相告恶状吧!”

阿疏、诈都双方交手，不分胜负，只好罢兵。阿疏恶人先告状，连夜赶到会宁州状告诈都不听号令，违背“条教”，欲摆脱部落联盟，请都勃堇出兵调停，颇剌淑让阿疏回去听信，完颜部会马上处理此事。然后派盈歌和阿骨打率兵责问诈都。

盈歌和阿骨打至诈都城寨前，阿骨打挥舞金雀开山斧高声叫道：“赶快让你家勃堇出来答话，就说完颜部阿骨打前来有要事相问。”

诈都闻报吃惊不小，慌忙带人来到城头，忐忑不安地问道：“阿骨打将军，不知何事烦劳你兴师动众远道而来?”

阿骨打朗声道："诈都勃堇，不是我想来讨扰你，而是有人告发你不服'条教'，不服部落联盟，想挑旗单干，并且掠走完颜部牧马嫁祸野居女真，可有此事？"

诈都闻言打了个冷战，急切地答道："将军是听谁说的？这是血口喷人的话，我，我从来也没有拥兵自立、挑旗单干的想法！""那牧马可是你抢的？""这！这！这！！！"诈都一时语塞，"你还胆大妄为，为了争夺雅古浑村竟与联盟长阿疏兵戎相见，可都是事实。"

诈都听到这儿一拍大腿说："阿骨打将军，你不用再说了，我知道阿疏是恶人先告状，这一切都是阿疏操纵的，抢马是他出的主意，他早就不愿意受你们管制啦，多次找我们合计如何与你们分庭抗礼，抢马只是试探一下。这阿疏真不是东西，为了雅古浑村跟我大打出手，还像疯狗一样到都勃堇那咬我一口，我真后悔跟这样的小人交往多年。"

阿骨打劝慰道："你也不必过于自责，临行前都勃堇已交代过，只要不再与阿疏勾搭连环，退回所抢的牧马，退出雅古浑村的争端，完颜部既往不咎。"

诈都思忖半晌说："好，我就依将定所言，送回牧马，遵奉'条教'，雅古浑那儿啥也不要了，以后唯完颜部令是从。"

阿骨打见目的达到了，兵退五里，诈都乖乖的把抢去的马还回，盈歌、阿骨打班师回了会宁州。

离间计摆平诈都之后，颇剌淑找来阿疏，把掠去的牧马、雅古浑村争斗等推到诈都身上，对他好言相劝，雅古浑村给了阿疏一半，另一半由完颜部统辖。盈歌、阿骨打等人劝颇剌淑，阿疏早生异志，光靠感化已无济于事，要恩威并施，以免养痈为患。但颇剌淑没听劝阻，放纵了阿疏。

两年后，早已与完颜部离心离德的阿疏，为了摆脱完颜部的管制，竟然跑到辽朝边将耶律者术那里告发完颜部"力农积谷，秣马厉兵"，兴修边城是为了叛乱反辽。

耶律者术是大辽文武全才的大将，阿疏说得有鼻子有眼的，并起誓发愿地说："如果将军能保奏我当都勃堇，那女真人的财富将分给你一半。"耶律者术表示他要亲自察看，掌握确凿证据后再向朝廷上奏。

冬日里的一天中午，颇剌淑正在会宁州官署宴请众将，因为近三年风调雨顺，平息周边纷争而庆祝。耶律者术忽然率亲兵卫队到来，颇剌淑闻报，忙带众

将到营寨外迎接。

耶律者术见到颇剌淑，开门见山劈头问道："有人告发你部'力农积谷，秣马厉兵'，意在谋反背叛辽廷，颇剌淑勃堇，你可要解释清楚，不然皇帝那里我不好交代。"

颇剌淑闻言大吃一惊，心里暗骂是谁如此阴毒，到辽廷告恶状，表面上却连连施礼说："耶律将军从哪里听来的谣言？我完颜部世代忠良，为大辽皇帝平定鹰路，我阿民累死在沙场，我二哥病倒在征战途中，每年向朝廷缴纳的贡品一点不差，怎么能说我们造反呢？"

盈歌说："耶律将军，我们招募的兵丁可都是按着朝廷的旨意，为防盗贼、平定鹰路的，练兵习武都是力求自保，如果将军对此有疑虑，可以奏请进行把勃堇的职位转告给告状那人，我们也落个清闲自在，管事多倒出了麻烦，得罪人的日子不好过，以后皇帝要猎鹰与我部无关。"

耶律者术见完颜部要撂挑子，不管鹰路的事，心里一慌道："我没有别的意见，只是有人告状，我能听而不闻吗？所以过来看看，我也不相信一向忠心耿耿的完颜部能造反。"

阿骨打见耶律者术语气缓和了下来，趁势道："耶律将军，如若不相信的话可以去看看我们的兵丁，比朝廷规定的数目还少一些呢！"

颇剌淑道："行了！行了！天这么冷，我们还是进屋说吧。"

一些人进了会宁州，颇剌淑吩咐上好酒好茶，招待耶律者术等人，在耶律者术喝得醉醺醺的当口，盈歌派人送上几斗黄金，并邀请他去察看仓库积存的粮食和完颜部的兵丁，耶律者术虽然见钱眼开，但毕竟是有识之士，金子收下了，粮食和兵丁还是照看不误。

但他看到的只是部分粮食和一般的兵力，他心里嘀咕，完颜部就凭这些粮食和兵力就与大辽国七十万军队抗衡，简直是以卵击石，不自量力。什么"力农积谷，秣马厉兵"纯属无稽之谈，原来阿疏告状是狗咬狗，想争都勃堇之位。临行前盈歌送他上马后说："耶律将军，这回你知道我们完颜部的忠心了吧？敢问将军是谁告的黑状？"

耶律者术摇头苦笑说："这事我也没法告诉你，不然以后一旦有个风吹草动的，谁还给我们通风报信呢？"

阿骨打提马上前说："将军不说我们也知道是谁，这样也好，将军会进一步了解我们对朝廷的忠诚。”

耶律者术仔细打量阿骨打几眼，反问道：“既然你知道是谁告的状，说出来我听听。”

阿骨打用眼色征得盈歌的同意：“一定是阿疏那家伙，他早就想摆脱完颜部了，拥兵自立任意妄为!”

耶律者术因为收了礼，再一想反正是他们内部的事，索性顺水推舟卖个人情，哈哈大笑道：“人们都说阿骨打是完颜部的后起之秀，果然名不虚传，不过你虽然猜中了，也不能擅动武力，他也是出于对朝廷的忠心吗!”

盈歌连忙说：“那是，阿疏毕竟年轻，见的世面少，我们咋能和他一般见识呢。”

“你们能识大体就好!”说完，耶律者术打马扬长而去，回到了辽边城。

阿骨打望耶律者术的背影说：“那些金子总算没白搭，换来了一句实话，我早就看阿疏不地道，果然反咬咱们一口。”

盈歌颇有忧虑地说：“恐怕这是刚开头啊！都是你四阿叔一再迁就那家伙，造成这个结果。”“四阿叔昨晚喝多了，咱回去看看他酒醒没有。”

颇剌淑确实喝多了，要是平时，喝那点儿酒也属正常，而今年龄不饶人，再加上接任都勃堇以来，日夜操劳，虽无征伐之苦，却劳心劳神。他昏昏沉沉地睡了一夜，天快亮时，颇剌淑做了个噩梦，梦见的还是当年对桓赧的那场恶战，自己兵败被追得走投无路，后来被二阿哥劾里钵救出，劾里钵百般安慰他，使他痛哭流涕，竟然哭出声来。夫人蒲察氏把他叫醒，给他喝了一碗水，他才平静下来，把梦中的情景对夫人说了，最后还不解地说：“二阿哥死后，怎么比活着时对我还好?”

蒲察氏安慰他说：“做梦还有准儿，都是心头所想，天还没亮，再睡一会儿吧!”嘴上这样说，可她心里犯了嘀咕，她忽然想起了劾里钵生前曾说过，拿懒如花会晚他一年而逝，颇剌淑会晚他三年而逝。拿懒如花果然在劾里钵去世一年后过世的，难道，难道这是天神的旨意？蒲察氏再也没有睡意，早早起来去请术忽。

盈歌和阿骨打刚起来就去见颇剌淑，见他还在熟睡中，术忽正给他把脉，蒲察氏便把颇剌淑做梦的事对他们说了，阿骨打劝慰道：“四阿婶子，做梦是常事，术忽的医道好，四阿叔不会有啥事。”

术忽此时已把完脉，他说："都勃堇的脉象不太好，现在是昏睡，咱们得有个准备。"他的话音刚落，颇剌淑忽然醒来，说道："准备？准备啥呀?"几个人一愣，盈歌反应比较快，忙说："我们说已经进了冬月，河里的冰都冻厚了，该准备杀年猪了。"

颇剌淑闻言挣扎着起来说："杀年猪好呀，就着冬闲没事把阿骨打和卓丹的婚事办了，要不是腊醅和麻产搅和，他们早就成亲了。"

阿骨打不好意思地说："四阿叔，你好好养病吧！现在的事也不少，阿疏告咱们的黑状，引来了辽将查询，好歹算把耶律者术打发走了。"

颇剌淑长叹一声说："都是我心慈手软，处处偏袒他，结果袒护了一个狼崽子。"说着脸色格外难看。

盈歌连忙劝慰道："四阿哥，你好好养病吧，咱们以后小心便是。"

颇剌淑默默不语，郁郁不乐，没过十天便辞世而去。

按着劾里钵创立的兄终及弟的规定，盈歌顺理成章地继承了都勃堇之位，并上报辽廷下告诸部。盈歌为人豪爽干练，智能双全，乌古乃在世的时候，把长子劾者与次子劾里钵组合在一起共事，把三子劾孙与四子颇剌淑组合在一起，唯独盈歌独立。

劾里钵在任期间，每逢外出征战时都留他在会宁州料理政务军务，其才能显而易见。盈歌接任都勃堇后，立即任命撒改为国相。因为撒改的父亲劾者是乌古乃的长子，性情柔和内向，乌古乃临终前弃长立次，把位置传给劾里钵，劾者一点怨言都没有，一心一意维护着完颜部的团结，盈歌在这里也算找了一下平衡，撒改也是有勇有谋的功臣，担任国相十分胜任。盈歌上任时，以完颜部为核心的生女真部落联盟已经形成。诸部皆以归服，只有阿疏还贼心不死。

温都部，跋忒营寨。

一个士兵跑进大帐，叫道："勃堇！阿疏勃堇送年货来了！"

跋忒一愣，对副将道："这可怪了，每年都是咱们给他送礼，咋今年想起给我送年货呢？我估摸着与颇剌淑的死有关，咱们去欢迎。"他把阿疏让到上房，屁股刚粘炕沿，就吩咐家人说："快整菜我们好好喝一顿。"

阿疏谦让道："不忙，不忙，我让你看一样好东西！"说着，一挥手，随从捧上一个金灿灿的马鞭子。跋忒一见啧啧称赞，爱不释手，忙问从何而得，阿疏得意地说："这是盈歌赏给我的，他说是辽皇帝因完颜部平定鹰路有功所赐，是权力的象征。”

跋忒羡慕不已，略带几分妒意说：“你是完颜部的红人，我们咋比得了啊？还拿来馋我们。”

阿疏拍着他的肩头冷笑道：“你猜盈歌刚一上任就送重礼给我想要干啥？”“收买人心呗。”“那咋没送给你呢？”

“我算老几呀，人家能扯我？你势力多大呀！不过我也没亏本，前些日子，趁颇剌淑死，我派人抢了唐括部一批年货。”

阿疏大加赞赏地说：“行！行！行！敢干，就冲这一点，我把金马鞭送给你。”

跋忒大感意外，结结巴巴地说：“这、这、这么贵重的东西，你给我？太好了，太好了。”边说边接在手里贪婪地摸着马鞭子。

阿疏眼珠一转说：“给你是给你，以后一切你得听我的安排。”

“那是，那是，以前我不也听你安排吗！我抢唐括部也就等于抢了完颜部，看他们能把我咋样。”

阿疏怂恿道：“那还咋地？颇剌淑活着时，我就到辽廷告发他们谋反，他们不但没咋地我，盈歌一上任还送给我金马鞭子，你说他们想干啥？”

“怕咱们谋反吧。”“对呀，他们越怕，咱们越得反，把都勃堇位子抢过来。”二人一唱一和，说到兴奋处得意地笑起来。

酒菜上来后，二人喝了起来，阿疏在酒桌上又向跋忒谈了如何摆脱完颜部，拥兵自立。二人喝在兴头上，亲兵来报说唐括部勃堇唐括拔葛和术虎部的勃堇胜昆求见。

跋忒一惊道：“果然找上门来了，他们带多少人？”亲兵说：“只有几个随从，没有大队人马。”

阿疏闻言阴笑说：“这是送到嘴边的肥肉，看看他们是啥态度。不然就狠收拾，我先回避一下，你对付他们还绰绰有余，关键时候我出场帮你。”

跋忒收了阿疏的金马鞭子，对阿疏的逃避心里很不舒服，但也不好意思表现出来，就让阿疏进了里房，然后对副将吩咐道：“你带几个刀斧手埋伏在里屋，我去把那两个家伙领进来。”

唐括拔葛和胜昆在寨外等得有些不耐烦了，又叫守门的士兵快去通报，恰在此时跋忒来到寨门口，假惺惺地说：“是啥风把二位吹来啦？快进屋暖和暖和。”

唐括拔葛冷冰冰地说：“我还以为你不敢见我们呢！这么冷的天让我们在外边吹西北风呀！”

胜昆说：“可不是，天寒地冻的，这也不是待客之道呀！”

跋忒也不在乎他们抱怨，还赔着笑脸说：“进屋后我请二位多喝几碗酒就算赔不是了。”

三人来到正房，跋忒又高声道：“把弟兄们让到偏房喝点酒暖暖身子，我们到正房谈事儿。”

唐括拔葛和胜昆没有任何戒备，跟着跋忒进了上房，跋忒与阿疏的残席早已撤掉，又上来新的酒菜。跋忒把二人让到桌上说：“二位大冷天跑这么远来，一定有急事，先干一碗驱驱寒，有话一会儿再说也不迟。”三人各自干了一碗酒。跋忒皮笑肉不笑地说：“眼看着进腊月啦，你们的年货都准备好了吧？也没给我送点来？”

唐括拔葛闻听此话，把酒碗重重地蹾在桌上说：“猪也杀了，羊也宰了，不都让你的手下给抢走了嘛！还杀了好几个人。”

胜昆道：“太过分了，没有这么干的。”

此时跋忒脸子一撂说：“二位是来做客还是来兴师问罪的？”唐括拔葛忽地站起来说：“只要把年货还给我，把杀人凶手交出来，万事皆休，如若不然……”

胜昆拦住话头道：“稍安勿躁，我想跋忒勃堇会妥善处理此事的！”

跋忒见唐括拔葛义愤填膺，就把矛头指向胜昆道：“胜昆勃堇，你术虎部年货也没丢，人也未被杀，你来凑啥热闹？”

胜昆气不打一处来，回答道：“此话差矣！跋忒勃堇，你还记得当年劾里钵勃堇平乌春归来，曾让我代管瘟都部，你如此为非作歹，我能坐视不管吗？”

跋忒冷笑道：“那已是陈糠烂谷子了，劾里钵都死好几年了，颇剌淑也死了，我现在就听阿疏勃堇的。”胜昆被噎得说不出话来。

唐括拔葛怒道：“我不管你听谁的，抢东西必还，杀人偿命！把杀人者交出来！”

“我要是不交呢？”

“那我就去完颜部盈歌都勃堇那里告你去，他们一定能主持公道。”

“别动不动就拿完颜部来压我，他们不就是你亲家吗？别人怕他我不怕。”胜昆说：“那好，既然你归阿疏勃堇管，咱们就找阿疏说理去。”

“不用找了，我来了！”话音刚落，阿疏从里屋倒背着手走出来。唐括拔葛和胜昆都是大吃一惊，没想到阿疏竟然在这里。跋忒也未料到阿疏会贸然出来，这等于公开向完颜部叫板。

唐括拔葛平定一下情绪说：“既然阿疏勃堇在这里，你得主持公道，跋忒抢了年货杀了人，该当何罪？”阿疏奸笑一声道：“你说他抢了你的年货，杀了你的人，有证据吗？”

唐括拔葛说：“当然有，跋忒已经承认了。”

胜昆也补充道：“这是千真万确、人命关天的大事，谁敢乱说呀！跋忒说归你管，阿疏勃堇，你说咋办吧？”

阿疏白眼一翻道：“我说呀，跋忒干得对，凡是跟完颜部套近乎的都该抢该杀，何况是完颜部的亲戚啦，更该抢该杀。”

跋忒得意洋洋地看着唐括拔葛和胜昆，阿疏接着说：“凭什么完颜部就占着这都勃堇的位子不放呀？劾里钵死了上来个颇剌淑，颇剌淑死了又传给盈歌，我们受了他们这么多年的气，我就不尿他们，跋忒干得好，干得对。”

唐括拔葛和胜昆已意识到了事态的严重，这件事不是跋忒的偶然行动，背后有阿疏撑腰，再说也无益。唐括拔葛扔下一句话：“既然事情到了这般田地，也没啥好说的了，改日再谈吧！胜昆勃堇，咱们走！”

说着起身就往外走。

跋忒凶相毕露，狞笑道：“走？往哪里走？想去完颜部告状呀？你们走不了了。”说着掀翻了桌子，埋伏的兵丁一拥而上，把唐括拔葛和胜昆团团围住。

二人连拔刀的机会都没有了，胜昆临危不惧，大声叱道：“跋忒！难道你要造反？”跋忒道：“造反又能咋地，你们已是笼中之鸟，网中之鱼，今天可是你们自投罗网。”

唐括拔葛长叹一声说：“胜昆兄弟，我死倒不足惜，遗憾的是搭上了你一条性命。”阿疏恶毒地说：“没啥遗憾的，黄泉路上你们俩也有个照应。”

胜昆怒骂道：“阿疏，你这白眼狼，你杀了我们，完颜部会给我们报仇的，天神也会惩罚你的！”

唐括拔葛也骂道：“跋忒，你这狼心狗肺的东西，你不得好死！”跋忒一挥手说：“我先让你不得好死！”众武士抢起弯刀一顿乱砍，可怜的唐括拔葛惨死在乱刀之下。

跋忒杀了二人之后，也是一阵后怕，扯着阿疏的胳膊说：“我杀了他们，完颜部知道后一定会兴师来伐，到时候阿疏勃堇你可得帮我，我可都是为了你呀!”

阿疏安慰他说：“怕什么？我一定帮你的，咱们召集徒单、蒲察、纥石烈等部前来，把唐括部、术虎部的人财物全分了，一起抵御完颜部!”

唐括部、术虎部勃堇被杀的消息不胫而走，很快传到完颜部。新任的都勃堇盈歌马上召集众将商议。盈歌面色凝重地说：“唐括部、术虎部传来消息，温都部的勃堇跋忒，派人抢了唐括部的年货，还杀了人，唐括拔葛和胜昆去温都部讲理，结果被杀了。”

欢都第一个跳起来说道：“这还了得，都勃堇刚上任，跋忒竟然如此狂妄，任意杀人，况且唐括拔葛还是咱们的亲家。我们一定要去讨伐跋忒。”

撒改看欢都愤怒的样子，忙劝慰道：“你先别激动，我看这件事不是那么简单的，都勃堇刚刚继任，某些部族必定不服，跋忒只不过是一个出头的椽子，胜昆是劾里钵都勃堇在世时诏令他代管温都部。颇刺淑都勃堇又把这权力转给阿疏，这件事会不会与阿疏有啥瓜葛?”

阿骨打开口道：“国相分析得有道理，从腊醅嫁女起事造反，诈都抢掠完颜部马匹，还有状告完颜部蓄意谋反，这些事都跟他有关。这回说不定他还是幕后指挥呢?”

乌雅束道：“前一段时间，都勃堇已经把他召来好言相劝，还赠给一支金马鞭子，他能变心这么快?”欢都又道：“那小白脸儿狼子野心，就是给他一座金山也暖不透他，何况一支金马鞭子。”

盈歌叹口气道：“你们说的都有道理，阿疏这小子肯定不是善良之辈，与他阿民是两路人，前两任都勃堇是念及旧情，咱们目前又没抓到他谋反的确凿证据，还不是撕破脸皮的时候，应先解决跋忒吧!”

欢都喜道：“对，都勃堇，你下命令吧！我一定把跋忒擒杀了。”乌雅束笑道说：“老爷子你是三代老臣了，这十冬腊月的哪能让你再去厮杀了呀，我带人去。”

撒改道：“乌雅束说得对，像你们这些老臣，都为咱们部族立下了汗马功劳，轻易不能再出战了，我是现任的国相，理应带兵出战，大伙谁也别争了。”

阿骨打道：“国相言之有理，不过，我有个请求，这次事件肯定得平息，对其他诸部也有一个交代，这是从公而论；于私呢，跋忒杀了我岳父，无论如何，我也得过去看看，所以这征讨跋忒的事，谁也别争了，就我去最合适。”

欢都、撒改、乌雅束等还想争。盈歌摆摆手道：“本来这次我理应亲自讨伐跋忒，但考虑到快到年关了，辽廷要应对，其他部族也得安抚。”撒改说：“这点事，哪用得着勃堇亲自出马呢？”

盈歌又说：“不仅我不出马了，正像乌雅束说的，小辈们都长大成人了，不到万不得已时，像欢都那样的老将军就不用再出战了。”

欢都的火爆脾气又上来了，跳到地中央说：“咋地，嫌我老了？哪个小辈不服来跟我较量较量！”众人都笑了。

阿骨打说：“爷爷，大伙不是那个意思，你是三代老臣，一杆鸡鸣戟勇战八方，谁敢跟你比呀！我们是说大事你出马，这点小事我们晚辈去就行了。“欢都火气顿消，坐在原处说：“你要这么说，我就不跟你们争了。”

坐在角落里的吴乞买说：“老爷子，你还争啥呀？我都二十多岁了，还一次仗都不让我打呢，整天教一帮小孩子练武，要不然这还你替我管管那帮小家伙，我跟二哥出战如何？”

盈歌笑着说：“吴乞买，你才从小孩子堆里出来几天呀？还装上大人了，你赶紧好好教他们练武，以后仗多着呢！就怕打腻了，谁也别争。阿骨打你去准备一下，明天出兵，小年之前了结此事。”阿骨打领命而去。

盈歌又对撒改说：“对付跋忒，阿骨打一个人足够了，阿疏那边咱们不能不防，他若要暗助跋忒出兵夹击，阿骨打难有胜算。明天你带一队人马去阿疏城，明着通告阿疏，跋忒违反‘条教’，乱杀无辜，咱们已发兵讨伐，暗中牵制他，以免他轻举妄动。如果他执意出兵，救跋忒那就是公开反叛，对他就不能客气了。”

跋忒自阿疏走后洋洋自得，得了一支金马鞭子，唐括部、术虎部的财产也能分一部分。好日子没过几天，他的副将毛睹乌探听到，唐括拔葛的儿子唐括速留、胜昆的儿子加古撒喝，已自立本部勃堇，并把父亲被杀的事报告了完颜部，盈歌已派阿骨打率精兵二百向温都城杀来。

第二十一章

温都城妙施离间　阿阁版怒杀辽使

跋忒虽然娇横狂妄，但对完颜部颇为忌惮。听完毛睹乌的叙述，暗暗吃惊道：“为今之计，只好向阿疏求救，看来这个年谁也过不消停了。”

毛睹乌说：“兵来将挡，水来土掩，怕啥呀？阿骨打远道而来，天寒难耐，咱们应先下手为强，我先带一队人马在桦树岭设伏，打他个冷不防，挫挫他的锐气，能抓住阿骨打那就更好了，完颜部没有传说中的那么神吧，我不在乎他们。”

“你还是留在城寨里跟我一起防守吧，等阿疏大队人马来了，就不怕完颜军了。”

毛睹乌坚持说：“勃堇，你咋胆小了呢？完颜军就是三头六臂，我也要碰一碰。都说阿骨打如何了得，我手中的铁扁担也不是吃素的。”跋忒虽然赞赏毛睹乌的勇气，还是告诫说：“一切小心行事为妙。”

桦树岭乃完达山脉出名的山峦，漫山遍野的桦树，不掺杂任何其他树种，大雪犹如一条巨大的鹅毛被子，已把桦树岭捂得严严实实，深处齐腰，浅处也没了膝盖。岭中间一条蜿蜒的山路，仅能容一辆牛车通过。

毛睹乌带着一百多兵丁，化装成猎人，设好绊马索，兽夹子，反穿着厚厚的羊皮袄，埋伏在路两旁积雪中，单等阿骨打一到，出其不意地杀他个措手不及。

阿骨打的队伍冒着刺骨的寒风，长途跋涉而来。唐括速留和加古撒喝早就想发兵，为父报仇雪恨，怎奈兵力不足，又担心跋忒联合其他部族来瓜分自己的部族，更怕阿疏发兵里外夹击，所以不敢轻举妄动，严守村寨，焦急地等待完颜军前来。见阿骨打带兵前来，二人悬着的心总算落了地。唐括速留迎接阿骨打十里外，见了姐夫失声痛哭，并发誓不报仇誓不为人。

几日的行军，众人已疲惫不堪，唐括、术虎两部腾出暖房、上屋给完颜军。阿骨打向他们详细了解了跋忒城寨的情况。加古撒喝说：“跋忒有二百多人护城，他的副将毛睹乌手使一根铁扁担，勇猛异常。温都城寨坚固易守，这两天听说完颜军发兵前来征讨，他们又把城墙浇水冻成冰墙，难以攀登，攻城的难度很大。”

阿骨打闻言皱眉头道：“跋忒竟如此狡猾奸佞，看来还是一块硬骨头。”

唐括速留道：“我的手下探听到，跋忒已经派人向阿疏求救，咱们还真得赶到阿疏援军到来之前攻破城寨。”

“这一点你们放心，阿疏那边都勃堇已经派兵警告，并监视他的一举一动，援军是发不来的。”阿骨打的话音未落，唐括部的一个亲兵来报说：“勃堇，温都城的副将毛睹乌率一百多人，向桦树岭方向开去了。”唐括速留点头说：“再去打探!”

加古撒喝说：“桦树岭是去温都城的必经之路，毛睹乌领兵去那里，要耍什么花招呢?”阿骨打问道：“桦树岭是啥样一个地势？能设兵埋伏吗?”

加古撒喝、唐括速留你一言我一语地把那里的地势地貌介绍一通。阿骨打沉思了一会儿说：“毛睹乌是想在那里设伏袭击我们，还有其他能通过桦树岭的道吗?”“有是有，这大雪封山很难走。”唐括速留忧心忡忡地说。

加古撒喝道：“桦树岭虽然山高、雪大、路险也用不着犯愁啊，找些猎户引路，精选几十个会驾木马的兵丁就能到达岭上，从背后插他一刀。”

阿骨打道：“看来对方已有了准备，咱们要跟毛睹乌硬碰硬地打一仗了，这回追野兽的木马可派上了大用场。”

史书记载，所谓木马就是宽六寸、长七尺的木板，系在足上能践雪如平地，居住在深山的女真猎户以此逐狍鹿，是冬季狩猎的重要工具。唐括速留转忧为喜道：“咱们就像追野兽一样，给毛睹乌一个冷不防。”

阿骨打喜道：“此计甚妙，你们上山之后，出其不意悄悄地抄他们后路，待我进入谷底之后，咱们上下夹击，敌兵必破。”唐括速留和加古撒喝依令安排去了。

完颜军休息了一天一夜，便向温都城寨进军了。唐括速留和加古撒喝在前边引路，中午时候，队伍到了桦树岭。

皑皑白雪在正午阳光的映照下耀人双目，与密密匝匝的白桦树浑然一体，树

丛中偶尔有的树身脱皮，露出了淡棕色，才让人分出树与雪来。桦树岭并不算高，山谷之路很窄，仅能容一辆牛车行驶，毛睹乌的伏兵刚好设在谷底最窄处。

完颜阿骨打的队伍接近谷底时，前边兵丁早已把战马留给后队，用盾牌护身缓缓而进。潜伏在谷底两侧的兵丁，见敌军前队已经进入伏击圈，已在弓箭射程之内，只可惜他们舍弃战马，绊马索便失去了作用。按理说，此时毛睹乌应该想到，敌人已察觉到有埋伏，才舍马而步行，但他立功心切，自以为敌明我暗，突然袭击一定会得手，于是，下令放箭，顿时箭如飞蝗，扑向完颜军的先头部队。

毛睹乌万万没料到，完颜军早有准备，忙而不乱，四个人一组，背靠背，以盾牌遮住身体，把射来的箭悉数挡住，被射中腿部负伤的寥寥无几。一顿乱射并没给完颜军造成多大伤亡。正在毛睹乌准备发起冲锋时，他们的背后却遭到了驾木马驰来的唐括部、术虎部人马的袭击，猝不及防，被射死十几人，顿时乱了阵脚，谷底的完颜军见敌人停止了射箭，便呐喊着向前冲去。此时毛睹乌正率人与背后偷袭的两支人马混战到一处，完颜军冲过来加入了战斗。

阿骨打见时机已到，金雀开山斧一挥，大队人马扑了上去，把毛睹乌一百来人围在核心。

毛睹乌勇猛异常，一根铁扁担重有三四十斤，上下翻飞。完颜军士兵的刀枪碰上即被磕飞或折断，登时被扫倒一大片。

唐括速留、加古撒喝一个抡棒、一个舞锤双战毛睹乌，仍是处在下风，险象环生。

阿骨打暗赞毛睹乌好功夫，是一员难得的虎将，顿生收服之意。他高声断喝，叫回唐括速留和加古撒喝，二将正被毛睹乌逼得手忙脚乱，听到阿骨打的命令，立即跳出圈子停止厮杀。

阿骨打提马上前说：“你就是温都部第一勇士毛睹乌吗？早就说你武艺高强，为何不分青红皂白替跋忒做挡箭牌？”

毛睹乌见来将身材魁梧，气宇轩昂，英气逼人，声若洪钟，断定是敌军首领阿骨打，不答反问道：“你就是传说中的巴图鲁阿骨打？”

加古撒喝道：“既然知道是阿骨打将军，还不赶紧投降，难道要自寻死路吗？”

毛睹乌瞪了加古撒喝一眼道：“手下败将还有脸劝降！”

加古撒喝怒极，抡锤欲上。阿骨打制止住加古撒喝，然后说：“加古撒喝是好言相劝，是为的你好，乌春、窝谋罕、腊醅、麻产、桓赧、散达咋样？最后都败给完颜部了，何况你们小小的温都部。再说，你又不是杀人的主谋，及早归降是唯一的出路，眼看到了年关，家人都指望过个好年，何必替别人卖命……”

毛睹乌不等阿骨打说完，气得抡起扁担砸断一棵碗口粗细的桦树，说：“废话少说，只要你赢了我手中的扁担，我就降服于你，如果你输了，就别想活着走出这片桦树林。”

阿骨打笑笑说：“你说话可当真算数?”

“我毛睹乌说一是一，说二是二，从来没含糊过。”

“好吧！一言为定。”阿骨打说完便让唐括速留和加古撒喝带兵远远地观战，自己持斧与毛睹乌对阵。其他士兵见双方主将决战，便停下混战观敌瞭阵。

毛睹乌自恃力大无比、扁担沉重从未遇过敌手，于是抡圆了铁扁担向阿骨打头部砸来。

阿骨打不敢掉以轻心，知道对手是天生的神力，也用尽了全身的气力，举斧相迎，铁扁担与巨斧相碰，火星四溅，响声震耳。

毛睹乌连砸三扁担，都被阿骨打接住，不但没把阿骨打的大斧震飞，反而把自己都震得两臂发麻，虎口发热，心中暗暗吃惊。阿骨打也胳膊酸胀不已，暗自赞叹对手了得。

阿骨打不仅有天生之力，还有在长白山练就的内功，在气力上胜了毛睹乌一筹，但是为降服这样的对手，必须让他心服口服，那就是在力量和招数上都战败他。想到这便说：“毛睹乌！你也接我三斧!”声到斧到，一气呵成三斧劈下，在毛睹乌的铁扁担上砍了三个豁口，趁毛睹乌喘息之机，阿骨打展开精妙的招数，把毛睹乌困在斧影之中。

毛睹乌左拙右支，只有招架之功，心里暗暗叫苦，都说阿骨打神勇无敌，自己却不太相信，今日一交手，果然名不虚传，自己逞一时匹夫之勇，不听跋忒之言前来与之抗衡，结果身陷险境，自己死于非命不要紧，就苦了一家老小了。

高手比斗哪容分神，毛睹乌精神一溜号，阿骨打金雀开山斧左劈右挂，毛睹乌好不容易挡开劈向左肋的斧头，却没有办法避开挂向右肋的斧柄。阿骨打无意伤害他，只是轻轻地点了一下他的软肋，毛睹乌便扑通一下坐在雪地上，他也深知阿骨打手下留情，如果这一挂用足了力气，自己早已开肠破肚了。

毛睹乌坐在地上喘了几口粗气，勉强支撑要爬起来，唐括速留和加古撒上前

喝齐声道："好，今天先杀了你为我父报仇。"

阿骨打高声道："且慢！你们的杀父仇人是跋忒，毛睹乌只不过是被人利用而已，这样杀来杀去，冤冤相报何时了。"二人低下了头。

毛睹乌翻身站起，施礼道："毛睹乌力不如人，技不如人，甘拜下风，任凭处置。"

阿骨打笑了笑说："你得话归前言，我已胜了你，你就得归降我。"

毛睹乌有点不服气地说："谢将军不杀之恩，愿听将军吩咐。不过在兵刃上你胜了我，我有点不服，不知你敢与我再比一番拳脚吗？"阿骨打笑道："有何不敢。""好！你要是在拳脚上再赢了我，我就心服口服。"

说完二人放下兵器，又比起拳脚来，毛睹乌的蛮力怎比得上阿骨打的精妙招术，结果又被阿骨打打倒。他跪到阿骨打面前心悦诚服，甘受处置。

阿骨打说："那好，你把城里的情况给我详细介绍一下，以便我们下一步行动。"

毛睹乌告诉说："温都城里还有一百多带甲士兵把守四门，城墙已浇水结冰，难以攀登，况且城内滚木石准备充足，跋忒又向阿疏求援，恐怕你们一时半会儿攻不下温都城。"毛睹乌所言与阿骨打事先掌握的情况没有任何差错，要想攻下此城确实是面临重重困难。

阿骨打说："将军之言句句属实，但不知你与跋忒谋反是为了啥!？他给了你什么好处？"

毛睹乌脸色一红道："说来惭愧，跋忒是受阿疏指使下手杀人的，阿疏给了他一支金马鞭子，他就乐得不知东南西北了，答应跟从阿疏推翻你们。我家是温都部老户，跋忒见我有一把力气，就封我为副将，替他领兵打仗，其实我们也不愿过着刀头舔血的日子，无奈一家老小都在城里，不得不听命于人。"

唐括速留道："阿骨打将军已经饶了你性命，你何不倒戈一击，帮助我们破了温都城？"

加古撒喝也溜缝说："是啊，何必给跋忒卖命，落个谋反的罪名呢？那样会株连族人的。"

毛睹乌道："这可不行，我和这些兵士的家眷都在城里，一旦反水了，跋忒心狠手辣，一定会拿他们开刀，岂不是害了他们。"

阿骨打说："毛睹乌将军所言极是，我们也不能光想破城就害了你们家眷，不过我有一计，不知将军肯做否？”

毛睹乌道：“请将军明言。”阿骨打对他耳语了一番。毛睹乌道：“我可以按着将军的意图行事，不过跋忒是个疑心较重的人，我这次主动请战，无功而返，又伤了手下的弟兄，肯定引导起他的不满，如果我的手下泄露了机密，恐怕我全家性命不保，况且跋忒是我多年的兄弟，待我不薄，我若有奶便是娘，岂不成了卑鄙小人。”

阿骨打心中暗赞毛睹乌的忠诚，说：“好一个忠义之士。不过，如果真的要对你下毒手，那就悔之晚矣。”

“如今也只能走一步算一步了，他要不仁我就不义。”“那你估摸一下，温都城能否守住？”

“以将军的神勇，温都城迟早得破，但双方必将死伤惨重。”

加古撒喝道：“跋忒是我们的杀父之人，就是全族都死了也得报仇！”

唐括速留道：“唐括部也一样，不惜一切代价跟跋忒老贼决一死战。”

阿骨打见毛睹乌如此执拗，知道再劝无益，就安慰他说：“你回城之后，千万小心，一旦跋忒对你不利，就按我说的办。”毛睹乌不置可否。

傍晚，如坐针毡的跋忒接到禀告说，毛睹乌领兵回来了，他心里才一块石头落了地，急忙到寨外查点，见毛睹乌垂头丧气的样子，就知道吃了败仗，心中不悦。

毛睹乌上前说：“禀勃堇，完颜军甚是强悍，阿骨打也十分了得，又有唐括部、加古部人马助阵，属下无能，不是阿骨打的对手，损失了十几个弟兄，我甘愿受罚。”

跋忒忍着雷霆之怒，温言相劝道：“完颜军强悍异常，我早有耳闻，阿骨打是少年巴图鲁，你要挫人家的锐气，反倒让人家挫了锐气，这也在我的预料之中。对付他们只能固守待援，你回去歇息吧！我去安抚一下死者的家属，大敌当前，得拢住人心呀！”

毛睹乌谢罪出去。跋忒自言自语道：“不碰南墙不回头，你以为自己天下无敌呢！”跋忒名为安抚死者家属，实施收买人心，更重要的是摸清毛睹乌战败的实际情况。几个士兵把桦树岭伏击战的情景，向他作了一番描述，当他听到毛睹乌与阿骨打决斗，最后战败，阿骨打手下留情放了他一条生路，众人才得以脱身，心里咯噔一下，顿生疑窦。阿骨打为啥饶了毛睹乌的性命？毛睹乌为何对此

避而不谈？他再也没有心思犒劳兵丁、安抚逝者家属了，他把这事交给别人，带几个亲信回到大帐密谋起来。

毛睹乌回家后，把自己泡进了闷酒里，喝多了之后昏昏沉沉睡去。起来吃饭时，亲兵向他报告说，跋忒勃堇派来一队卫士保卫副将家府，担心大战之际，有啥闪失。开始，毛睹乌还挺高兴，感谢跋忒想得周到，兵败后不但未受到责罚，还得到了保护。可是两天后，他觉得有点不对头，这两天到跋忒大帐议事，众人显得格外热情，可眼神中令人有些异样的感觉。

完颜军整天叫阵攻城不止，跋忒听而不闻，坚守不出，稍靠近一点就用箭射，或发发滚石檑木击退完颜军。城墙结冰光滑如镜，难以攀登，阿骨打也是无可奈何。阿骨打觉得如果不能速战速决，天气寒冷令人难以忍受，腊鼓频催，年关将近，阿疏的人马一到就会腹背受敌，后果不堪设想，不但抓不住跋忒，恐怕回师都困难。

阿骨打在万分焦虑中，自然想到了毛睹乌，他回到温都城两天了，没有任何动静，进攻城寨时防守的将士中也没有他的身影，显然跋忒对他已经起疑。看来破城还得寄希望于毛睹乌，于是，令人作了一些刻着毛睹乌名字的令牌，用强弓硬弩射进城里。

毛睹乌已感觉出跋忒对自己的不信任，派亲兵守卫家府是假，实行监视是真。可惜我毛睹乌一片忠心，正在愁肠百结之际，一个亲信进来说："将军，事情不妙啦，有一样东西给你看看。"说着，把完颜军射进城的令牌拿出来给毛睹乌，登时把他惊得从炕上跳走来，说："阿骨打害死我了，勃堇知道吗？"

"城外射进来许多，他能不知道吗？快作打算吧！晚了就来不及啦！"毛睹乌捶胸顿足，在地上直转圈。

守门的亲兵报告道："将军，勃堇令你马上到他府上，有重要军机相商。"

毛睹乌暗暗叫苦，跋忒来得好快呀！那亲信凑近前来道："跋忒表面对你好，看你有一身惊人的武艺，替他东杀西挡，南征北战的，如今他怀疑你与完颜军勾结，必下毒手，肯定不会把你这员虎将留给完颜军，将军别再迟疑了，还是痛下决心吧！弃暗投明也未尝不可。"

毛睹乌一跺脚道："也只好如此了！"他让亲信把家眷掩藏在密道里，然后套起一辆马车，让几个亲兵伪装成家眷出去看病，自己带着几个随从跟着传令兵出了大院。守门的跋忒的亲兵头目问道："将军，去勃堇那里还用带家眷吗？"

毛睹乌脸色一沉说："胡说，我阿民病了，去看萨满瑟夫还得你允许吗？你是保护我的还是来监视我的？"

那小头目被噎得一时答不上来，毛睹乌策马而去。小头目一挥手，几个兵丁尾随着马车跟上去。毛睹乌走了一段，突然转向城门，传令兵急了，忙问："将军，勃堇府在这边，众将都等着你议事呢，你去城门干啥？"

毛睹乌说："都是你们逼的，你们把我一片忠心当成驴肝肺。"说着，把铁扁担压在那人肩头厉声说："跋忒是不是要对我下手？快说！不然我砸碎你的脑袋。"

那传令兵被吓得魂不附体，战战兢兢地说："将军饶命！我只是个传令的，勃堇看到完颜阿骨打射来的令牌，怀疑你与完颜军密谋破城，在府上埋伏了刀斧手，单等你前往。"

毛睹乌恨得咬牙切齿，大骂跋忒不够意思，有话明说，何必暗下毒手。那传令兵央求道："将军，我已实话实说了，就放了我吧！我也有一家老小呀！"

"算你识相，没跟我撒谎，现在还不能放你，等到城门再说。"一行人急匆匆地到了东门。

毛睹乌令守城的士兵开门，守城的士兵向一个头目请示："伍长，毛睹乌将军要出城，给他开门吗？"

被称为伍长的头目过来道："勃堇有令，没有他的令牌，任何人不许开城门。"

"我是领兵打仗的副将，有重要的军务出城，耽误了你负得起责任吗？"

"我们眼里只有勃堇，别人都不好使！"

毛睹乌暗想，看来自我从桦树岭回来，跋忒就起疑心了。他拽过传令兵道："你跟他们说，勃堇让我出城办事。"传令兵依言而行。那守门的小头目道："我知道你是传令的，不过我只认令牌不认人。"

毛睹乌提马上前道："好，我把令牌给你看。"说着掏出一块腰牌给传令兵。那小头目从传令兵手里接过令牌，凑近火把仔细观看。

毛睹乌此时也顾不了许多了，抡起铁扁担，把那伍长的脑袋砸得粉碎，愤愤道："这回看你听谁的！"守门的其他士兵一看头目已死，毛睹乌又勇不可挡，谁也不愿上前送死，只是手提着兵刃，在毛睹乌等人的逼迫下，步步后退。毛睹乌厉声道："放下兵器，挡我者死！"那些士兵为了活命，只好扔掉兵器站在一旁，

毛睹乌顺利地夺取了城门。

跋忒的亲兵跟随毛睹乌看病的马车，见马车绕来绕去根本不知去找哪个萨满看病，就上马车想问个究竟，没想到，马车上躺着的根本不是什么病人，而是化了装的家丁，连呼上当，飞马回去禀报跋忒。

阿骨打射箭入城后，即刻令士兵反穿皮袄，借着朦胧的暮色，缓缓向城下移动。一个时辰后，接近了护城河前。毛睹乌夺取城门后，迅速点起火把，打开城门以待完颜军。

唐括速留道："城门打开，阿骨打将军的离间计果然奏效。"

加古撒喝说："且慢进城，跋忒是不是又要啥花样引咱们上钩？别中了奸计。"

阿骨打坚决地说："这是拿下温都城的绝佳机会，即使是个圈套，我也要钻一钻！"说完，率兵冲了上去。

跋忒还在府上等毛睹乌前来议事，他好瓮中捉鳖，拿下毛睹乌后再拷问令牌的事。突然，一个亲兵慌慌张张禀报说，毛睹乌劫持了传令兵向东门奔去。跋忒竟出了一身冷汗，说："难道，难道他真的反了？投靠了完颜部？"话音未落，又一个亲信慌慌张张地进来报告说："勃堇，大事不好了，东门火光冲天，喊杀声震天。阿骨打率军杀进来了！"

跋忒两手一拍大腿说："快，快把毛睹乌的家眷抓起来！"

"我们已搜遍了他的全家，一个人影也没有。"

跋忒扑通一声坐在地上，嘴里低声叨咕道："完了，这下子全完了！"亲兵头目扶起跋忒，说："咱们还有二百来人，我保着勃堇杀出去，投奔阿疏城，君子报仇十年不晚呀！"跋忒绝望地点点头。

阿骨打在毛睹乌的引领下，直奔跋忒府杀来，两军在街上相遇，一阵砍杀后，跋忒的军队见大势已去，连他们平素最崇拜的温度部第一勇士、副将毛睹乌都归顺了完颜部，便纷纷扔下武器投降了。跋忒困兽犹斗被阿骨打、毛睹乌、唐括速留、加古撒喝围在了核心，他的几个心腹还拼死抵抗，被割稻谷一般撂倒。跋忒也被生擒活捉了。

阿骨打把跋忒交给了唐括速留和加古撒喝处置。安抚了城中百姓，奖赏了毛睹乌并任他为温都部的勃堇，治理一方，毛睹乌在阿骨打的见证下与唐括速留、加古撒喝歃血为盟，世代修好。

跋忒被押回唐括、术虎部示众，然后被女真人用最残酷的刑罚处死，这一事件终于平息。而阿疏自从撒改率兵到阿疏城与之会晤后，已心知肚明完颜部是敲山震虎，自忖目前还不是完颜部的对手，就未敢轻举妄动，静待时机。

阿骨打回到会宁州已经是腊月二十三了。正是北方最冷的时候，由于长途奔袭，有的士兵手脚冻得起了冻疮。捷报传回会宁州，盈歌对阿骨打大加赞赏，率众人迎到距会宁州二十多里的霭建村。阿骨打的队伍已出来近一个月，众人归心似箭，越是要到家心里越急。队伍快到霭建村时，忽然见到一队人马挡在路中央，阿骨打心里一惊，难道还有人敢到这里滋事？他擦一下眉毛和皮帽子上的霜雪仔细一看，为首的是都勃堇盈歌，慌忙令众人下马，在厚厚的雪地上小步疾行，盈歌迎了上来，叔侄二人四目相对，两双手紧紧相握，一切尽在无言中……

春风有如慈母的双手，抚摸得大地河流山川朗润起来。辽上京临潢府又忙碌起来，辽道宗耶律洪基的春捺钵又开始了。庞大的驼队似乎要把整个朝廷都驮在背上，缓缓地向鸭子河逶迤而进。皇帝春按捺，各级臣僚、王公贵胄、亲兵卫队等紧随其后。

五坊障鹰官更是忙得不可开交，皇帝捺钵自然要捕杀从南方越冬回来的天鹅，猎鹰海东青就炙手可热。为了讨得皇上的欢心，他们恨不得把自己变成搏击长空的猎鹰多捕杀些天鹅，因此自得到春捺钵的确切消息后，就派出几路人马，到女真五国部催缴海东青，已备皇上捕猎天鹅之用。障鹰官薛斤儿是相鹰的能手，自然成了催缴海东青的银牌天使。他也得惯了银牌天使的好处，到女真五国部一带，肥吃肥喝，拿着礼物不算，每晚都有女真女子荐枕陪睡，银牌天使简直是神仙过的日子。

薛斤儿带着几个障鹰官，途经女真陶温水、德笼古水等纥石烈部地界。德笼古水勃堇石卤见银牌天使驾到，不敢怠慢，把薛斤儿等请到府上，杀猪宰羊热情款待。酒席间，石卤为了讨好银牌天使，让自己的小妾叫出来亲自把盏倒酒。薛斤儿本来就是个好色之徒，几碗下肚后，眼睛就盯上了略有几分姿色的石卤小妾。

石卤一见不好，猜出了薛斤儿的心思，忙端碗劝道："天使大人，咱们再干一个。"

薛斤儿的全部心思都在那女人身上，眼睛直勾勾地盯着她的脸蛋和胸部，神

不守舍地随和道："喝、喝、喝！干一个就干一个。"说着顺手端起一碗沾狍子肉的盐水一饮而尽，还连声道："好酒！好酒！就是有点咸。"进而对石卤的小妾动起手脚，摸摸搜搜。副将敌烈眼见薛斤儿欲火攻心、急不可待的样子，就开口说："石卤勃堇，天使大人驾到，这荐枕的事安排好了吗？"

另一个障鹰官说："是啊，荐枕是大事呀！光让我吃肉喝酒有啥意思。"

石卤局促不安，十分尴尬，尤其看到薛斤儿对自己的小妾色迷迷的样子，犹如吃了个苍蝇一样恶心。他连忙答道："天使大人来得比较仓促，我事先没有准备，现在天还早呢，天黑时一定能安排好荐枕的事。"

薛斤儿已被欲火煎熬得难以把持，一把搂过石卤的小妾道："本、本天使等不到天黑了，她挺俊的，我就要她了。"说着，张嘴向女人的脸啃去。

那女人边躲着薛斤儿的嘴巴，边说："我是石卤勃堇的媳妇，我是有夫之妇。"石卤也连忙说："天使大人，她是我的女人呀！你、你不能这样……"

薛斤儿已色迷心窍，胆大包天，道："别说是你的女人，就是皇上的妃子，我也要了。"说着，抱起石卤小妾，踹开房门走进内室，连门都没关。把石卤小妾扔到炕上，饿虎扑食一样压了上去，在女人挣扎叫喊声中，薛斤儿笑着喘着粗气，喷着酒气，把石卤小妾给强暴了。

几个障鹰官还以酒助兴，说些污言秽语。石卤又气又恨，却不能言语，任凭薛斤儿凌辱他的女人。银牌天使到女真地找女人荐枕是常事，荐枕的多半是未曾出嫁的穷人家的女子，贵族和有钱人家的女子都能幸免。而今天，薛斤儿却不分贵贱，色胆包天，当着众人的面把部落勃堇的女人给强暴了，银牌天使到了肆无忌惮的地步。

那薛斤儿仗着酒力把石卤的小妾折腾了近一个时辰才肯罢休，死猪一样沉沉睡去。石卤小妾这才得以逃脱，她穿上被撕得难以遮体的衣衫，饮泣着走出来。石卤赶紧让下人把她扶到后屋歇着。副将敌烈问石卤道："天使酒足饭饱，事也办完了，我们哥几个也得荐枕呀，你说安排好了，人在哪呢？"

石卤虽然赔了夫人，但对他们无可奈何，仍是毕恭毕敬地说："我，我已派人找了几家，这！这天还亮着呢，要不然先到阿阁版勃堇家吃过晚饭，我就把荐枕的准备好。"

阿阁版是陶温水纥石烈部的勃堇，与石卤系属一支人，两人之间曾有过一些过节，银牌天使如狼似虎，石卤觉得自己难以招架，就拽上了阿阁版。石卤带着敌烈等几个障鹰官大摇大摆地来到阿阁版府，正好阿阁版外出办事刚回来，石卤给阿阁版一介绍，阿阁版也不敢怠慢，急忙吩咐人准备酒菜，并问道："天使大人咋没来呢?"

石卤讷讷道："他，他喝多了，正在我那里歇着呢。一会儿酒菜好了再去请他。"

几个障鹰官听了石卤的话，不怀好意地嗤笑起来，石卤的脸红一阵白一阵的。阿阁版不知就里，还暗自纳闷障鹰官因何发笑。

不多时酒菜准备好了，阿阁版说："各位大人请就座，石卤勃堇，快把天使大人请来吧!"

石卤深知薛斤儿如狼入室，好不容易听阿阁版让请天使吃饭，就忙不迭地跑回家去。

薛斤儿发泄完兽欲美美地睡了一觉，由于饮酒过多又喝了一碗盐水，口干舌燥，叫来下人，喝足了水才问其他人干啥去了，下人告诉他说去了阿阁版勃堇家了，他闻言淫心又起，让下人把他带到后屋，见石卤小妾换了一身衣服，正坐在炕上抹眼泪，薛斤儿贱声道："美人，你哭啥呀？是刚才大爷没侍候好你呀。"说着又把那女人衣服扒下来。石卤小妾自知挣扎没有意义，刚才天使竟然当着丈夫的面把自己强奸了，石卤都不敢吭一声。她既恨天使的胡作非为，更恨丈夫软弱无能，还当啥勃堇。眼下再反抗又有啥用。所以任薛斤儿大施淫欲，竟然嗲声嗲气地迎合起来。

石卤急匆匆地赶回家里，见客厅没人，里屋睡觉的天使也不见了踪影，忙抽身进了后屋，刚到窗前就听到了男人粗重的呼吸声和女人的娇喘声，一切都明白了。正好下人走过来，石卤气不打一处来，抬手一个嘴巴，骂道："没用的东西，咋不看好后门，让他进来了?"

下人捂着发红的脸庞道："他……他自己找来的……"

石卤长叹一声蹲在地上，听着薛斤儿与自己的女人淫声浪调，屋里折腾好一阵子，那不堪入耳的声音渐渐平息，他才轻声叫道："天使大人，好了吗？去吃晚饭吧！夜里还有荐枕呢。"

薛斤儿边穿衣服边说："夜里荐枕的我不要了，给别人吧！还是你的女人有味，还让她陪我。"说完，薛斤儿满意地走了出来。

石卤旁眼看了一眼小妾，见她已无悲戚之色，而是笑靥如花，心里有一种说

不出来的味道。

薛斤儿也觉得这样做有点过分，就安慰石卤道："女人是块地，谁种是谁的。往后我在皇帝面前保荐你，让你多管几个部族，将来也弄个都勃堇啥的。"

石卤闻言，心中的愤懑、羞愧、耻辱一扫而光，媚态十足地说："那、那就多靠天使大人美言和提携了，石卤终生不忘。"

薛斤儿信口胡诌的一句话，竟让石卤乐不可支。

阿阁版深知辽朝天使的身份，小心翼翼地设宴款待，障鹰官们毫无避讳地山吃海喝。

薛斤儿一下午荐了两次枕，心花怒放，席间大夸石卤忠心。

敌烈等障鹰官心里想：石卤可不是忠心，把小妾都给你睡了，饱汉不知饿汉饥，我们还等着荐枕呢。

薛斤儿似乎猜透了他们的心思，就问石卤道："夜里荐枕的姑娘都安排好了吗?"

石卤忙说："那是，那是！早就安排妥了！"

正在他们喝得热火朝天的时候，阿阁版的女儿闯进来说："阿民，啥事这么热闹呀?"银铃般的声音敲击着所有人的耳鼓，一个天真烂漫、婀娜秀颀的格格，亭亭玉立在众人面前。几个障鹰官登时被少女的美丽所征服，有的端着碗忘喝酒了，有的夹着菜忘吃了，有的放进嘴里的肉也不嚼了，都伸长脖子看着一脚门里一脚门外的格格。阿阁版见状，嗔怒地对女孩说："还不快回后屋去，天使大人在这，你咋一点礼数都不懂！"

女孩已看清了几个契丹装束的武士，一个个伸长脖子盯着自己，恨不得把自己吞到肚里去，她鄙夷地转身就走。敌烈坐在门口立即醒悟过来，忙说："格格慢走，陪天使喝一口酒吧！"

阿阁版忙说："孩子还小，不会喝酒，咱们快喝吧，一会儿得安排你们到各家荐枕呢！"敌烈淫笑道："荐枕，荐枕，我就要那小格格荐枕！"说完便追了出去。

阿阁版怒道："荒唐！这成何体统，连我的格格也要荐枕?"

石卤毫无羞耻地劝道："忍着点吧，我的小妾一下午都荐两次了，谁让咱们不是契丹人呢！"

阿阁版不愿听他啰嗦，推桌起身，他刚迈出一步，便听到敌烈一声惨叫从格格的后屋窜出来，双手捂脸，鲜血从手缝淌了出来，含混不清地叫道："鼻子！

我，我的鼻子!”

原来敌烈借着酒劲尾随格格进了后屋，那格格听见后边有声响，转过身来，敌烈趁势伸出双手抱住了那格格胡乱地亲了起来，格格左右挣扎，摆脱不了敌烈，慌乱中那突出的鹰钩鼻子伸进了格格嘴里，她好不容易得到了机会，狠狠地咬了一口，刚好把敌烈的鼻尖咬掉，痛得那家伙嚎叫着松开了格格，双手捂着鼻子逃了出来。

薛斤儿见满脸是血的敌烈，关切地问：“鼻子咋的了?”“让、让她给咬掉了!”

薛斤儿与另三个障鹰官闻言酒醒了大半，一个女真小格格竟敢把大辽天使的鼻子咬掉，薛斤儿大怒道：“反了！反了！快把她给我抓起来，大伙用她一个荐枕，然后再给敌烈赔鼻子!”

阿阁版闻听要伤害他的女儿，勃然大怒，掀翻了桌子，正要冲过来，被石卤抱住。

障鹰官们听到天使的号令，狞笑着扑向小格格。哪料想，小格格自幼喜爱跑马射箭，舞枪弄棍的，身手矫健，最先扑过来的障鹰官一下子扑空，小格格绕到他身后踹了一脚，那家伙趴在地上，小格格趁势抽出他的腰刀，后扑过来的几个家伙，见格格手中明晃晃的钢刀，登时吓了一跳，止住了脚步，那格格厉声道：“谁敢上来我就杀了他!”

一个障鹰官色迷心窍，竟然不顾钢刀，伸出脏兮兮手去捏格格粉嘟嘟的脸蛋。那格格岂容他们作践，回手两刀把那障鹰官的双臂砍断，众人都是大吃一惊。

薛斤儿头一回遇上这样的刚烈女子，怜香惜玉之心顿无，恶狠狠地说：“砍了她！砍了她!”几个障鹰官听到同伴的哀叫声，顿时凶性大发，纷纷抽出腰刀，扑了上来。

格格虽然懂些武艺，却难以抵挡这些训练有素的契丹武士，只应付了几招，钢刀被磕飞，身中数刀，倒在血泊中。

转瞬之间惨剧发生了，阿阁版大吼一声，挣脱了石卤的双臂，冲上近前，抱起了浑身是血的女儿。那格格断断续续地说了一句“报……报……仇……!”便死在阿阁版的怀中。

阿阁版年逾四旬，膝下无儿，只有这一女儿，视为掌上明珠，如今却惨死在障鹰官手里，他气血喷涌，把女儿放在炕上，为她合上眼帘，怒吼一声：“来人

呀!”十几个亲兵听到主人传唤，一拥而进。

薛斤儿见进来的人剑拔弩张，慌忙地说：“你……阿阁版，你要干啥？难道你要造反？你不怕掉脑袋吗?”

阿阁版愤愤地说：“我掉脑袋之前，先把你的脑袋砍下来，还愣着干啥？动手呀!”亲兵们对障鹰官的所为已恨之入骨，听到主人的命令，一拥而上，刀枪并举，一通猛杀猛砍。好虎挡不住群狼，平素到女真地就为非作歹的薛斤儿和他的手下，顷刻变成了肉酱。敌烈见这阵势，忘了掉鼻子的疼痛，窜上窗台准备逃跑。阿阁版摸起一把腰刀顺手掷出，把敌烈扎了个透心凉。

石卤惊得半晌才结结巴巴道：“你……你杀了银牌天使，这……这可是灭门之罪呀!”

阿阁版瞪了他一眼说：“我的孩子都没了，还怕啥灭门？今天的事谁要是走漏了风声，就跟他们一个下场!”说完又抱起血肉模糊的女儿，失声痛哭，说：“孩子，你睁开眼看看吧，阿民给你报仇了！让他们给你陪葬了!”在场的人无不潸然泪下。

阿阁版杀了薛斤儿一伙还不解恨，还断然把薛斤儿等押运的海东青扣下来。石卤唯恐殃及自己，秘密派人报道完颜部。

盈歌闻报大吃一惊，心想，阿阁版平时一向处事稳妥慎重，缘何竟敢诛杀银牌天使和障鹰官、还扣押重要的贡品？他忙召集众人商讨，结果众人一致认为阿阁版如此举措必有隐情，银牌天使到女真之地肆意而为，人人深恶痛绝，一直忍耐。但杀了他们等于公开背叛辽廷，也给完颜部带来了麻烦。辽帝捺钵大队人马正向鸭子河进发，这批海东青万万不能耽误。于是，由国相撒改为帅，阿骨打为将，率二百精兵急急赶到陶温水纥石烈部。

阿阁版由于痛失爱女，心情烦闷，大小事情都交给石卤处理，石卤掌握了部族的一切事物。忽然觉得当大头头好，尝尽了甜头。当完颜军到城外时，他迅速打开城门，把撒改、阿骨打迎进府中，把事情的经过作了详细的介绍。

本来对石卤及时报信，使完颜部处理此事占据主动，撒改、阿骨打要给予奖赏，但当石卤叙述到他自己的小妾竟然被薛斤儿在大天白当着众人的面任意侮辱，石卤却不为所动，顿生厌恶之感，阿骨打道：“石卤勃堇倒好脾气，好耐力，能忍了夺妻之恨。”

“那是，那是，大丈夫能屈能伸吗!”

撒改眉头紧锁道："好吧，不说这些了，扣留的海东青存放在哪里？"

"在阿阁版府上，他还说等契丹人来取时再杀他几个，就是死了也够本。"

阿骨打说："咱们现在就去找阿阁版。"

"那你可要加小心，阿阁版好像被仇恨迷失了心智，现在啥也不管了，就想为女儿报仇。"撒改点点头。

实际上，阿阁版一切正常，他由于心情不好，才让石卤料理部族事务，一是平静心绪，二是借机考验一下这个结义兄弟。果不其然，石卤露出了自己的真面目，大有取而代之的意向。

完颜部能在极短的时间内知道此事，除了石卤谁也无法迅速传递消息。他也深知闯下了弥天大祸，当撒改和阿骨打在石卤陪同下来到他府上时，阿阁版非常平静地承认自己莽撞酿成了大祸，所以请罪说："本来，我想料理完孩子的事，前去完颜部负荆请罪，没想到我的义弟这么性急，把二位劳烦来了。"石卤在阿阁版咄咄逼人的目光下惭愧地低下了头。

撒改叹口气说："杀了银牌天使可是灭门之罪呀！"

阿阁版一笑说："国相，我一点不后悔，试想，堂堂女真男儿，又是陶温水纥石烈部的勃堇，连自己亲生的格格都保护不了，何谈整个部族，契丹狗竟然敢当面凌辱并残忍地杀了一个无辜的孩子，这也是对我的蔑视。你们都是娶妻生子的人，这件事要是放在你们身上咋办？你们能咽下这口气吗？"

阿阁版义愤填膺，慷慨陈词，说到每个人的心里去，谁都知道，银牌天使过分地欺凌女真女性已引起了许多事端。阿阁版稍平静了一下激动的情绪，又说："以前，银牌天使荐枕，只限于下层百姓，如今，连勃堇家的女子都不放过，石卤你也是深有体会吧？假设有一天他们到了完颜部……"

阿骨打嚯地站起身来道："你不必再说了，这个理大伙都清楚，事已至此如今应该考虑的是如何把这件事搪塞过去，不让辽廷发兵责难。"

"那有啥办法？只能是割下我的脑袋送给辽朝，万事皆休。"阿阁版说。

撒改道："辽廷目前还不知他们的天使被杀，你把扣押的海东青交出来，我们暂且就说，银牌天使途中被盗贼所杀，海东青已被我们劫下，盗贼被我们杀了，再听辽廷的动静吧！"

阿阁版千恩万谢，石卤却在暗中打自己的算盘。

撒改、阿骨打押着几笼子海东青回了会宁州，准备向盈歌说明此事，再派

人给辽廷送海东青。他们刚走了一天半的路程，忽然，身后有一匹快马箭似的飞来，刚到近前，马上跳下一人，浑身血迹斑斑，那人喘息了一会儿道："国相，阿骨打将军，快救救阿阁版勃堇吧！晚了他就没命了。"

撒改令人把他扶起来道："有事慢说，不用太着急。"

那人道："我是阿阁版勃堇的管家，你们走后第二天，我家勃堇就被石卤抓了起来，要把他送到辽朝去。"

阿骨打急急问道："这是为啥呀？"

管家说："石卤虽然跟我家勃堇是结义兄弟，可他为人奸诈，不甘心被别人指挥，始终惦记勃堇的位子，这回银牌天使来，他便有了机会，他把自己的小妾献出还不算，暗地里告发阿阁版勃堇的格格如何美丽，又主动把银牌天使引到我们府上，然后才发生了格格不堪侮辱、咬掉了一个障鹰官的鼻子、砍掉一个障鹰官的手臂后被杀的惨剧。我家勃堇盛怒之下才杀了银牌天使和障鹰官。本来大家定好攻守同盟，消息不外露，而石卤却告发给都勃堇，你们来后的事情我不用说了。"

撒改道："你家勃堇拥有许多兵丁，咋被抓了呢？"

"石卤设计把勃堇骗到他的府上抓的，现在他正要把勃堇送往辽朝。"

阿骨打道："还真不能小看石卤！他是处心积虑想夺勃堇的位子。国相，你先带人回会宁州，我带人去把这家伙捉来，救出阿阁版。"

撒改说："可以，但你要小心行事，别伤了阿阁版，至于石卤这种奸佞之徒，能活捉便活捉，不行就宰了他。"

阿骨打率兵在管家的带领下，只用两个时辰便追上了石卤押解阿阁版的队伍。阿骨打没有马上出击，而是埋锅造饭，让士卒养精蓄锐，缓缓跟进。

石卤一心想夺阿阁版勃堇的位子，才秘密地把令牌报给了完颜部。完颜部虽然派兵来了，但经阿阁版一番陈述后，不但没有治阿阁版诛杀辽人之罪，反而还很同情他，只是带走了海东青，勃堇的位子也没动摇，于是想直接报告辽廷，阿阁版不死自己就当不了勃堇，就设下圈套，生擒阿阁版，欲送到辽廷请功。

石卤心想，完颜部袒护阿阁版，这回我连完颜部也告，反正阿疏勃堇早就通气，让我们想办法摆脱完颜部。只要我把阿阁版送给辽廷，把事情经过一说，大辽可不惯着你，连完颜部你都得吃不了兜着走。说不定自己还会被封个一官半职的，不仅仅是当一个部族的勃堇了。他越想越美，竟然情不自禁地在马上哼哼起小曲来了。

阿骨打已经缀行多时，探子已探明，石卤也就是五六十人的队伍，阿阁版被绑在马车上，其他没有任何异常。在一个岔路口，阿骨打命令出击，登时拦住了石卤人马的去路。自鸣得意的石卤被突然出现的阿骨打惊出一身冷汗，口中小曲也走了调，半晌才缓过神来。

阿骨打冷冷地说："石卤勃堇别来无恙啊，你押着阿阁版去哪里呀？"

石卤吭哧半天说："我……我到阿疏勃堇那里去，他要我帮助处理……"

"胡说，阿疏对这种倒霉的事躲还来不及呢，他还能让你们去？怕是去辽朝邀功领赏吧？"

石卤低下头无言以对，他又把心一横说："是又咋样？阿阁版杀了银牌天使，我部有灭族之灾，你们却包庇他，让我们跟着担风险，这都是被逼的，全族人都想活命呀！"

阿骨打说："即使把阿阁版送到辽朝，也用不着你送啊，我看你是别有用心。就想窃取勃堇的位子，卖友求荣，你把自己的小妾献出去还不算，还要用结义弟兄的脑袋换取前程，真是少廉寡耻之极，还不快快下马受缚，难道等我动手吗？"

石卤反唇相讥道："你们完颜部不是唯辽朝之命是听，不断镇压同族弟兄吗？凭啥总管着我们？"

阿骨打气愤地说："鼠目寸光的东西，蠢驴怎知骏马驰骋千里的雄心！今天你要是执意不放人，可别怪我不客气了。"

石卤理屈词穷，声嘶力竭地说："弟兄们，咱们拼了吧！开弓没有回头箭。"说着挥舞着长矛，带几个亲信冲了上来。

阿骨打也不敢怠慢，金雀开山斧划了个弧线迎上前去。石卤哪是阿骨打的对手，勉强斗了两个回合，被阿骨打震得双臂酸痛，手中的长矛几乎落地，他的亲信还跟完颜军死拼。阿骨打恐怕伤及更多的无辜，猛喝一声，金雀开山斧搂头劈下，石卤举矛相架，阿骨打用力过猛，斧头砍断了矛杆劈在石卤的左肩上，一声惨叫过后，石卤的左半个身从肩头到胯下被劈了下来，登时死于非命。其他士兵见石卤已死，阿骨打又神勇难敌，谁还愿白白送命，纷纷扔下手中的刀刃站在一旁，管家上前松开阿阁版的绑绳。

阿阁版泪水纵横，倒身便拜，深深地感谢阿骨打救命之恩。

阿骨打扶起他来安慰几句，并让回去好好治理部众，听候完颜部调遣。然后割下石卤的头颅，用木匣盛好，疾驰而去，与撒改汇合。

第二十二章

令牌猎鹰海东青　完颜居中日月旗

撒改当机立断，让阿骨打暂且回会宁州，自己带上石卤的头颅、押着海东青火速向鸭子河进发，向辽帝献猎鹰。

阿骨打回到会宁州，正好赶上辽使阿息保前来质问银牌天使被杀、鹰路被阻的事。盈歌赔着笑脸说：“大人质问的极是，我听到消息后，马上派国相带着阿骨打去平息此事，约摸现在已处理完了，大人放心，肯定能打通鹰路，保证不能耽误皇上鸭子河捺钵。”阿息保颐指气十足地说：“这可是你打的保票呀！如果耽误事，你去跟皇帝解释，我可不跟你塞那个牙缝子！”

二人说话间，阿骨打进来复命，他把银牌天使如何强行荐枕，最后又动手杀人的事说得一清二楚，活灵活现。最后又把他和撒改国相如何苦战，伤了许多人才杀死凶手夺回海东青，为了不耽误皇帝捺钵，已由国相带人星夜兼程，把海东青和石卤头颅送往鸭子河。

阿息保和盈歌都松了一口气，阿息保心想，死几个银牌天使是小事，只要不耽误捺钵，一切都好办。

盈歌趁机对阿息保说：“使节大人，你看这鹰路出事，大多是银牌天使荐枕的事惹出来的，能不能把荐枕这习俗改了啊？免得无事生非。”阿息保眼珠一转说：“这事我可做不了主，这是多少年留下来的旧俗，银牌天使不仅到你们女真人这里要荐枕，到哪个部都一样啊！”

“那就以后再说吧。”盈歌只好作罢。

阿骨打说：“我还有一事要求天使大人，这些年来，女真人争端纷起，兵事不断，我们完颜部忙于为朝廷弹压那些谋反的部族，虽然是都勃堇的位置，却没有一个统一的号令和旗帜，无论大事小情都得派要员处置，如果统一了令牌和旗帜，就便于统辖诸部了，不知朝廷是否允许？”

阿息保故作沉吟，盈歌拍拍手，一个亲兵端来几颗上好的东珠，阿息保的眼睛发出比东珠还亮的光芒，盯着东珠，嘴里却说：“那是，那是，统一令牌旗帜的事，没有必要报给朝廷，你们自己照着办吧！”

盈歌忙施礼说：“谢大人恩准！”

阿息保听而不闻，摸起一颗东珠鉴赏起成色来。

盈歌对阿骨打提出制作令牌和旗帜的事大加赞赏，并令他即刻着手制作。

撒改把海东青押到鸭子河，交给辽皇耶律洪基，并呈上了杀害银牌天使罪人石卤的头颅，辽皇对完颜部的忠心大加夸奖。因为朝廷刚接到鹰路被阻的信息，完颜部已派兵打通了鹰路，夺回被劫的猎鹰，捕杀了肇事者，保证了海东青及时到达。辽帝对薛斤儿等被杀的事也没细问，撒改隐约感觉到，在辽皇的眼里，猎鹰官的命根本还没有海东青值钱。

撒改受到了奖赏，还代表盈歌参加春捺钵仪式。他从鸭子河回到会宁州后，盈歌立即召集众人研究制定令牌和旗帜。

盈歌说：“前几天阿息保来质问鹰路的事，没料想国相和阿骨打早已把这件事处理妥当，趁着他高兴，阿骨打提出要制定女真各部统一的令牌和旗帜，他答应了让咱们自制令牌和旗帜。”

众人七嘴八舌地把女真人崇拜的各路天神都搬出来，山神、树神、水神、鹰神等说了几十种，大家议论纷纷，莫衷一是。

盈歌摆摆手止住了众人的嘈杂声，说：“诸位肃静一下，你们提出的建议都有道理。这也是咱们女真各部都曾经刻过的图样，这次不能重复，要有独特之处。”

撒改说：“都勃堇说得对，咱们要独树一帜。阿骨打曾经在长白山习过汉唐文化，悟室也在研究汉文化，我看不如你们两人各自在地上画一个图案让大伙挑选。”众人一致称赞国相想出一个好办法来。

阿骨打和悟室伏下身去，在早已铺好的土灰上勾画起来，二人几经涂抹勾画，终于画出一个像样的图案，呈现在众人眼前。二人可谓不谋而合，所画的图样都是猎鹰，只不过阿骨打的那只小了一点，极似海东青，而悟室画的那只大了

一些，有如大雕。

图样已画好，撒改又说："你们能不能把画好的图案的寓意跟大家说一说？"

二人谦虚一番，悟室说："我要把令牌刻上一只雄鹰，是因为鹰是空中之王，几乎所有的鸟都惧怕它，况且咱们女真祖先就是鹰嘴妈妈，把鹰刻在令牌上就是要以鹰的威力号令诸部。"众人都说好。

轮到阿骨打陈述了，他说："鹰的寓意悟室说透了，我也不重复了，我画的海东青是猎鹰家庭中最凶猛、最顽强的一种，它能够以小胜大，永不服输，比它大几倍几十倍的猎物，它都能捕杀，咱们完颜部人就应该像海东青一样以小搏大，以弱胜强。"

众人又一齐称妙。于是，女真人第一块统一的令牌猎鹰海东青诞生了。

盈歌甚为欢悦，说："俗话说，一代更比一代强，一点不假，看来晚辈当中确实有佼佼者，咱们不服不行啊！"欢都、曼都珂、习不失等元老一齐点头赞同。

盈歌又问阿骨打说："你是怎么设想画这样一幅图案的？"

阿骨打说："阿息保答应咱们可以自制旗号之后，我就捉摸制啥样的旗号，我想起师傅教给我的天干地支、六曜、二十八宿之说。"于是他把这些知识详细地对众人说了一番。听得众人蒙蒙懵懵。

盈歌见众人听得朦胧不解，自己也没听明白，就说："这玩意太深了，我们一时半会儿也弄不明白，你干脆说点浅的吧！"

阿骨打笑着说："我当时也是捉摸好几天才明白，现在我想，如果利用这些做出旗帜来，作为各部的标志，以便统一指挥，这样就会极大地方便各部之间的联系。"

撒改说："你光这么说，我们也不明白，干脆你带人把它制出来插在地上，我们一看就明白了！"

众人也跟着附和道："对呀，先制吧！"

阿骨打一听也对，光嘴上说，谁也弄不明白，于是心无旁骛地制起号旗来。

一个月后，阿骨打在悟室的帮助下，把旗帜做了出来。完颜部居中央，以日月旗做标志，按东西南北设四个大部族，以青龙、白虎、朱雀、玄武为旗帜，其他小部再配上二十八星宿。

盈歌等人在阿骨打和悟室的解说和指点下，掌握识别旗帜的要领，这才召集各部勃堇齐集会宁州，正式颁布令牌和旗帜。本来女真三十六部是松散的联盟，令牌、旗帜统一后，就等于成了紧密的联盟，一些边远弱小的部族，已不得不依靠完颜部这强大的部族，所以都欣然接受了。而拥有十二部的徒单、十四部的乌古伦、十九部的纥石烈、七部的蒲察等勃堇却从心里往外不满意，他们认为，接受了令牌和旗帜，就等于完全受制于完颜部。

阿疏第一个站起来说："统一令牌和旗帜我不反对，请问都勃堇这事可与辽廷知会？他们同意吗？"盈歌胸有成竹地说："阿疏勃堇尽管放心，一个多月前我就与阿息保大人商量此事，他大为赞赏，并认为只有这样咱们生女真才好管理，避免发生阻塞鹰路的事件，这一点你大可放心，我不是乱起幺蛾子的人。"

敌库德紧接着问道："统一号令和旗帜之后，我们各部人马就都得听你们的调遣了？"撒改解释说："敌库德勃堇，这一点你又理解偏了，统一标志是为了便于互相之间的沟通与联系，完颜部虽然处于都勃堇的位置，也不能随便征调你们的人马，大家还是自己管理自己的领地，完颜部还从中斡旋，协调管理一些事情。"

留可、诈都等都非常不满，但见唐括速留、加古撒喝、毛睹乌、富者郭赧、阿阁版、石土门等众多勃堇都举双手拥护，阿疏和敌库德也被人家用话挡了回来，已知此举大势所趋，难以更改，也就不再言语，心里打着自己的小算盘。

盈歌在官署设宴盛情款待了各部勃堇，统一令牌和旗帜得到百分之八十以上的拥护，免不了一番庆贺。酒后，一些路途远的就住了下来。

阿疏、敌库德、留可、诈都心怀疑虑，为了观察动静，尽管道路不远，也都佯装喝多了，留了下来，与那些远道的勃堇掺和，拉关系套近乎，一直在完颜部逗留了三四天才逐渐散去。

阿疏在回程的路上，把心怀不满的留可、诈都、敌库德邀到阿疏城热情款待。席间，四人沆瀣一气，订攻守同盟，坚决不执行完颜部的号令，把令牌和旗帜烧毁，并约定，如果完颜部出兵责难，就同时起兵，推翻完颜部都勃堇的统治地位。

送走众人后，盈歌、撒改、阿骨打等已看出阿疏等人的异志。就暗派细作跟踪他们，果然探得了他们的密谋。一个月后，盈歌派使者到各部查看使用令牌和旗帜的情况，大多数部族都依令而行，而阿疏、留可、诈都、敌库德却我行我素，拒不使用统一的令牌和旗帜。

盈歌接到报告对众将领说："阿疏谋反是早晚的事，但我没想到来得这么快！

枉费了前几任勃堇的一片良苦用心！”

撒改道：“阿疏反意由来已久，还不如按着阿骨打的想法，早收拾他，最终还是养虎为患。”

盈歌说：“如今我还是在给他们个机会，派使者去他们各部，找他们来议事，无论如何也得做到仁至义尽，如果他们不来，咱们就起兵征讨，现在就做好准备吧。”

几天后，派出去的信使有两路信使遭到了厄运，阿疏这回彻底撕破了脸皮，他把信使的耳朵割下来以示反心；敌库德把信使暴打一顿放回；另两路信使遭到语言上的侮辱。

盈歌是比较沉稳的人，见阿疏和敌库德如此行径，也是火冒三丈，立即布置人马，他与阿骨打亲统中军征讨阿疏，令阇母、斜也为先锋；撒改率一支队伍征讨留可，由斡带为先锋；乌雅束征讨诈都；曼都珂征讨敌库德。四路人马一起开到阿疏城下，扎下大寨，按预先设计好的策略，有的围而不攻，有的攻而不围，分头行事。

阿疏割了信使的耳朵，料到完颜部必来讨说法，却没想到完颜部竟然发来四路人马，而且非常神速，顿时慌了手脚，四门紧闭不敢出城。他见撒改、阿骨打、乌雅束、曼都珂、斡带搦战不止，连头都不敢露。

盈歌见敲山震虎之势已成，这才让另三路人马去攻打其各自的目标。

阿疏知道自己不是完颜军的对手，何况盈歌亲统大军而来，就苦苦等待诈都、留可、敌库德能出兵救援。

撒改率军开到离留可城十里左右扎下营寨，探马报告说，留可城不同于其他城寨，它周围有十几个小城堡村寨，首尾策应。要攻留可城，那些城寨就会出兵从后面攻击，要攻打小城寨，留可城又会从城内出兵夹击。究竟先攻打哪里，众将意见不一。

撒改便派斡带佯装攻留可城，果然外围的村寨前来救应，再佯攻村寨，留可城也出兵救援。撒改又自忖兵力不够，飞马报与盈歌，要求阿骨打过来增援。

盈歌接到报信，知道撒改那里一定吃紧，就跟阿骨打说：“阿疏已被我们的疑兵之计镇住，一时半会儿不会出战，你先带人去增援国相吧。”

阿骨打带领一百名勇士，速来增援。队伍到半路，却遇到悟室，他说：“曼都珂军到了米里米石罕城下，事先约定的石土门援军没到。当地百姓在敌库德的煽动，不明真相，借我军在百姓家住宿之际，把我们包围了。敌库德又派兵从外边包抄，曼都珂身陷重围，我杀出一条血路前来报信。”

阿骨打当机立断，马上从自己队伍中分出五十人，去与石土门汇合，救援曼都珂，自己带着五十人急急赶往撒改营中。

撒改令翰带迎接阿骨打，翰带向阿骨打详细地报告了这里的战况，并领着他观看留可城与周围形成犄角之势的地形。阿骨打观察之后，心中有了主张。与撒改见面后，他力陈自己的主意，博得众将的一致赞同。

夜里，阿骨打率数十名精锐骑士，人披软甲马摘銮铃，越过留可城外几座村寨，悄悄潜入留可城下隐藏起来。

撒改约摸阿骨打已率队到了预定地点，就与翰带、鹘沙虎各带一支人马向靠近留可城的三个村寨猛烈进攻，并且虚张声势，锣鼓震天，喊声雷动。三支队伍往来穿插。夜黑风疾，被攻击的村寨不知道完颜军有多少人，只见带有野猪油火把的箭矢飞蝗一般射到村寨内，借大风气威力，烧着了许多草垛民房。村寨的头目非常害怕，不断派信使禀告留可。

留可深知唇亡齿寒的道理，但黑灯瞎火的，不敢贸然出兵，一直到拂晓，他才决定开城门出兵救援。留可小心翼翼地站在城头瞭望远方的战况，他的一队人马走过了吊桥，守桥的士兵刚想把吊桥拉起，忽然，从桥下蹿出几个黑衣人，身手异常矫捷，以迅雷不及掩耳之势砍断拉动吊桥的缆绳，然后又有十几个黑衣人冲上桥面，与守桥的兵士混战。

留可一见，果然中了敌人的诡计，忙下了城头，带人企图夺回吊桥，但为时已晚，潜伏在一旁的阿骨打见自己的手下已得手，带着马队迅速冲上吊桥，刚好与留可打了个照面。

阿骨打高声喊道：“活捉留可，封赏有加。”说完带头冲向留可。留可手下几个不知死活的士兵前来阻挡，结果均在阿骨打的斧下丧生。

留可舞动一对板斧与阿骨打展开激烈的厮杀。

刚刚出城去增援的那队士兵见有人偷袭，抢夺吊桥，就折回身来加入了战团，里外夹击阿骨打人马。尽管留可的人马是阿骨打的几倍，怎奈吊桥狭窄，无法施展。

阿骨打手下都是精锐之士，以一当十拼命厮杀，双方战成平手，而留可的人越集越多，把阿骨打等围在核心。

撒改的三支人马佯攻了大半宿，等到天亮时终于看到留可城来了救兵，被阿骨打抢占了吊桥，于是从不同方向抢杀过来，他边向城里射带有火把的箭矢边大声鼓噪：“完颜军已经攻入城内！”然后一起加入了战团。留可的人马不知就里，真以为城池失守，加之撒改、悟室、蒲家奴三支人马一起冲击，顿时乱了阵脚，开始败退。留可根本指挥不了乱军，也随着败下去。

阿骨打等趁机冲进留可城，大喊：“生擒留可，余者不予问罪！”许多兵丁见大势已去，自己守家在地，城中有妻儿父老，也就不再卖命，悄悄地放弃了抵抗。留可只带几个亲信仓皇逃命。

阿骨打紧紧咬住留可不放，因为他们曾经是好朋友，从阿骨打舅舅活腊胡那论起，应是表兄弟，而今却与阿疏同流合污，扯起谋反的大旗，因此更加恨他。

留可深知自己不是阿骨打的对手，况且城池已破，就勒住马回头央求阿骨打说：“看在你我小时候的情谊上，你就放我一条生路吧！”阿骨打说：“放你生路，你再招兵买马造反，还是投靠阿疏为虎作伥，我舅舅英明一世咋生出你这个孽种来，你要活命就下马受降，都勃堇看在你阿民对完颜部有功的份上，会给你一条活路。”

留可见阿骨打丝毫不讲情面，无可奈何地说：“那好吧，我甘愿受缚。”话音未落，佯装下马的留可见阿骨打放松了警惕，突然双手一扬，两把板斧同时飞出，一把奔阿骨打前胸，另一把奔阿骨打的面门。嘴里还说：“这就是你教我的飞斧夺魂的招术，没想到关键时刻能用到你自己身上。”

阿骨打毕竟身经百战，他断喝一声，手中金雀开山斧舞成一个圆圈，把奔向胸前的板斧磕飞，与此同时，另一把板斧已劈到面门，再想招架已来不及了，他急忙藏头缩梗，身体在马上矮了半截。侥是他躲得快捷，板斧还是把他半个头盔削掉，差点伤着头颅。

阿骨打无比震怒，暴喝一声：“飞斧夺魂！”金雀开山斧如同银雀投天般飞出，留可转身策马刚要逃走，正好楔在他后心窝上，留可惨叫一声栽下马来，即刻死去。

留可城很快被完颜军占领，撒改道：“阿骨打，你跟翰带去米里米石罕城救曼都珂，我们安抚百姓，打扫战场。”阿骨打带着翰带去增援曼都珂。

曼都珂是完颜部著名的神箭手，骁勇善战，这次征讨敌库德，他算元老级的将领，本来以他的威名会降服对手，未料想米里米石罕城距完颜部太远，知道他的人不多。他的先锋是大将欢都的儿子悟室和谋演。

当地的百姓都被敌库德的宣传所迷惑，极端仇视完颜军，却假装热情，允许完颜军住到他们家里。曼都珂也放松了警惕，竟然与当地百姓喝起酒来。悟室几次提醒，他都不当回事，结果那些百姓中有敌库德派来的奸细，在酒中下了迷药。幸亏悟室、谋演不喝酒，才没被麻倒闯出城来，带领一部分士兵，扬威守一个村寨，拼死抵抗，才把曼都珂救了出来，这才遇到阿骨打带翰带五十勇士杀回村寨，一起抗敌。

一时间，敌库德的人杀不进来，曼都珂的人也杀不进去，双方就这样僵持着。

阿骨打和翰带赶到时，正好石土门率耶懒部人马也赶到了，一路从正面，另一路从侧面冲杀。此时正是曼都珂胜负立决最关键之际，敌库德踌躇满志，他要把曼都珂等人生擒活捉，想露个大脸了，今后在其他部族勃堇面前可就高人一等了。然而，就在他美梦即将成真时，阿骨打与翰带杀来，石土门的援军又杀到，曼都珂、悟室、谋演见救兵到了，就再鼓起勇气，从里往外杀出来。

敌库德不知完颜军来了多少人，阿骨打的大名他早就知道，可从来没对过阵，他的两个副将不知深浅，纵马冲过去拦阻阿骨打，结果只战了两个回合，便被阿骨打劈于马下。敌库德吓得魂不附体，才知道传说中的阿骨打勇冠三军，果然不假。他哪敢恋战，舍弃了到嘴的肥肉，狼狈逃回了米里米石罕城。

阿骨打、翰带和石土门一起救出曼都珂等，曼都珂悔恨不已，于众军前发誓道："要不是石土门勃堇和阿骨打相救，我早已成为敌库德的阶下囚了，都是喝酒误的事，以后谁再见我喝酒，有如此箭。"说着折断一根雕翎箭。此后曼都珂折箭戒酒，在完颜军中也传为佳话。

三路人兵马合一处，在米里米石罕城下扎下营寨，只围不打，等国相撒改来后再做定夺。

曼都珂对敌库德尚存一丝仁慈之心，他说："敌库德虽然谋反，但尚未泯灭人性，如果他想杀死我，恐怕我也难跟你们见面，他想生擒活捉，才等到你们到来，我看还是以劝降为主，避免更多的血腥杀戮。"众人也就采纳了他的建议。

两天后，撒改率军来到，便把米里米石罕城围个水泄不通。敌库德接到留可城被破、留可被阿骨打杀死的信，如坐针毡，整天提心吊胆地到城头观望完颜军的动静。

这天正好赶上曼都珂与阿骨打前来挑战，曼都珂劝道："敌库德勃堇，我们知道你是被拉拢谋反的，前几天你没对我下杀手，证明你不是心狠手辣的人，国相已经答应了，只要你投降，改过自新，他不会惩罚的。"敌库德还是犹豫不决。

阿骨打朗声说道："敌库德，你不要执迷不悟了！如今我完颜军所向披靡，远的不说，乌春、窝谋罕、腊醅、桓赧怎样？就说近的吧，跋忒、诈都、石卤、留可，不都是因跟完颜部作对而非死即降吗？难道你觉得米里米石罕城坚不可摧吗？你再数一数你手下的战将，哪个能跟我斗上几十个回合，我们之所以不急于攻城，就是不愿女真人同室操戈，杀害自己的同胞啦！你好好想一想吧。"

敌库德回到府上与众将商议一番，又出现在城头喊道："我可以投降，不过你们不要伤害我的家人和族人。"阿骨打道："只要你知时务，我们一定会保证你的族人的安全。"

敌库德道："只要将军不计前嫌，我甘愿领罪受罚，马上打开城门，迎接大军。"说完令兵丁洞开城门，身负重绑前来谢罪。阿骨打见敌库德诚心诚意，没有半点虚伪狡诈，就亲自给他松开绑绳，安慰一番。

让敌库德继续做勃堇，并传达国相的指令，任石土门为这一带的部落联盟长，统辖诸部。

乌雅束也不辱使命，带领骨室、蒲室奴打败了诈都。诈都思忖自己屡犯条教，抢牧马、争地盘、烧令牌、罪过不轻、落荒而逃，不知所终。

从此，岭东一带的统门、混春、星显、耶懒四部服从完颜部的统一号令，再也没有发生过叛乱。

阿疏原指望其他三路人马能来救援，而等到的却是频频噩耗，留可被诛，敌库德降服，诈都逃亡。

撒改、曼都珂、乌雅束、阿骨打的人马又回到阿疏城下。盈歌对他们大加赞赏，众将趁机进言要一举攻下阿疏城。

盈歌笑着对他们说："大家说说攻打阿疏城的目的是什么？"

曼都珂心直口快，抢先说："那还用说吗，抓住阿疏那个狼崽子，消灭反贼呗。"

撒改道："都勃堇围而不攻必有隐情。"

盈歌说："现在咱攻下城池，也抓不到阿疏了。"

众人吃惊地问道："这是为啥？难道阿疏不在城里？"

阿骨打平生最恨阿疏，急问道："那阿疏跑到哪去了？"

盈歌道："阿疏知道他三个盟友死的死、逃的逃、降的降后，自觉孤掌难鸣，孤城难守，和他的弟弟敌固宝在一起，于昨天深夜弃城而去，逃向辽国境内。"

曼都珂急了，略带火气地说道："那！那你应该抓住他呀！放虎归山，再抓就难了。"众将也有些疑惑，按盈歌的兵力，即使不攻破阿疏城，捉住逃跑的阿疏还是绰绰有余，为何纵而不擒，难道还在顾及昔日的情谊吗？

盈歌站起身来道："如今我们统一了令牌和旗帜，得到了诸部的拥护，几个谋叛部落已被你们彻底平息，形成了前所未有的部落联盟，也就是说，内忧已无，可我最担心的还是外患呀！"

阿骨打心领神会地说："都勃堇的意思是，我们最大的对手还是辽人，你故意放阿疏逃入辽国，要看看辽廷对咱们的态度，更重要的是把阿疏当做将来我们与辽人讨价还价的筹码！"

盈歌点点头，撒改忙道："妙极，妙极！"盈歌以欣赏的目光看着阿骨打说："不怪你阿民在世时经常夸你，你果然能猜到我的意图。"

乌雅束说："如此说来，不过几天辽使就会来责问我们为何围攻阿疏城了。"

撒改替盈歌答道："一点不错，他们一定会来，由此也可以看出阿疏与其他人的不同之处，就是极力巴结辽廷，以此给咱们施加压力，其目的就是想取代都勃堇的职位。"

阿骨打说："这也跟咱们女真人以前附属于辽廷有关，阿疏阴险狡诈，自然要单独与辽廷往来，咱们还真得合计一个应对之策。"

盈歌道："看来咱们大队人马驻扎这里是不行了，只能留一队监视此城，其余的撤回会宁州。留守者一律换上纥石烈部的衣号，让辽人真假难辨。"

撒改说："那就把劾者召来，他原本就是纥石烈部人。对这里的情况熟悉，也好应对。"盈歌准许，于是完颜军留下劾者围城迅速撤回会宁州。

阿疏和他的胞弟敌固宝逃到辽边城，向辽节度使乙烈告状。

乙烈是奚族人，那一年辽道宗无心处理朝政，任命地方官员竟然用掷色子看大小点决定，乙烈仗着自己运气好，竟然掷出个静边州节度使来。乙烈从前就与阿疏交好，也是阿疏用财物结交的辽廷权贵。听了阿疏陈述后，对完颜部的举动大为恼火，他认为完颜部是在排除异己，扩张势力，将来会对辽廷不利。因此，一面给辽帝写奏折，一面派使者到完颜部责问。

盈歌早已率人回到会宁州，辽使来到阿疏城，见城内城外的军卒着装打扮，旗帜令牌一模一样，同样的语言，同样的服饰，辽使人生地不熟，根本分辨不出是谁的人马。

劾者趁势说："我们纥石烈部内部争斗，本是常事，与你们何干！这里没人承认你们任命的节度使，我们自己的事不用你们管。"说完，抡枪捅死两匹战马，又奔辽使的马匹而来。辽使见纥石烈部的人如此野蛮，十分胆怯，心想管他们那些闲事干啥，死一个少一个，就拨马而回。

辽靖边州，节度使府。

那使者回到辽边城向乙烈汇报了阿疏城的情景，乙烈大怒，愤愤地说："这还了得，难道女真人反了不成？连辽使都不放在眼里。"

阿疏趁机凑火说："节度使大人，完颜部谋反朝廷是早晚的事，这只是刚刚开始。"

使者辩解道："阿疏勃堇，这回你可冤枉了完颜部，城里城外可都是你们纥石烈部的人，根本没有完颜部的一兵一卒，不信问问同去的弟兄！"

阿疏狐疑起来，自言自语地说："这就奇怪了，明明完颜军围住了城池，咋能一下子都变成了纥石烈部的人了？难道是副将歌温投降了？还是他拥兵自立了？乙烈有点不耐烦地说："阿疏勃堇，虽然你我是多年的至交，可军机要事可要弄清楚了，我派人去女真境内探听消息，是代表朝廷的，可是你部却窝里斗，一旦完颜部报到皇上那里，我咋解释！"

阿疏的脸红一阵白一阵地说："是！是！我一定弄清楚。"

乙烈拂袖而去。

阿疏回到住处，向敌固宝道："我就不相信是咱们自己人在争斗，你连夜潜回城去看个究竟，别中了完颜部鱼目混珠之计。"

敌固宝说："这！这！万一不是那么回事，我、我不是白白送死吗？"

阿疏把一肚子火全发到亲弟弟身上，怒吼道："熊屌一个！古来成大事者都是鱼死网破，你怕死不敢回去，我回去。"

敌固宝被阿疏骂了一顿，脸上无光，只好硬着头皮说："那我就回去探个究竟，阿哥，你有啥话要跟家里说的吗？"

阿疏见敌固宝可怜兮兮的样子，语气稍缓说："回去告诉你嫂子她们，就说我很快就杀回去，有辽廷撑腰，完颜部咋地不了咱们。"敌固宝点点头，回去做准备了。

辽上京临潢府，燕王府邸。

辽道宗嫡孙耶律延禧已不是当年那个骄横刁蛮、任意妄为的纨绔少年了，已经成长为阴鸷寡言的皇位继承人。此时辽道宗也已到了垂暮之年，皇后、皇太子死于奸臣之手，他把所有的希望都寄托在皇孙身上。

耶律延禧的两个大舅子萧奉先、萧嗣先都是官居要职。这几日正为妹夫登基称帝紧锣密鼓地张罗着。耶律延禧双眉紧锁，细瓷扣碗茶在手里掂来掂去，浓郁的香气溢满客厅，他却无心饮啜。

萧嗣先晃着肥猪一样的头颅道："燕王，你是钦定的皇位继承人，还有啥担心的？我看皇上的龙体每况愈下，你不久就会面南背北，登上皇位，还有啥可忧虑的呢？"

萧奉先打断他的话头，白了他一眼说："瞎咧咧起没完了，朝廷的事你懂几成。"说完又用商量的口吻对耶律延禧说："燕王，要不然把萧兀纳大人请来，听听他的高见？"

耶律延禧眼睛一亮，把那碗香茶大口喝下，说："好！请萧大人，顺便把耶律余睹将军、耶律挞不野将军、萧乾乙将军都请来，本王要看看他们的态度。"耶律章奴依令而去。

萧兀纳等心知肚明地来到燕王府，耶律延禧备下了丰盛的酒菜，端起酒杯说："本来皇爷身染重病，我等不应该宴饮笙歌，而奉先、嗣先两位大人有雅兴，我不好败兴，却不知诸位对当前朝廷的状况咋个看法？"

萧乾乙道："那还用说吗？燕王是皇帝唯一的亲骨肉，顺理成章地继承大位呀！别人也没资格争啊！"

老成持重的萧兀纳摇摇头说："我看不然，在燕王年幼时，皇帝曾动过立其侄德王耶律淳的念头。"

"念头有了，可终究没成事实呀。"萧乾乙争辩道。

耶律余睹插言道："耶律淳倒不足为虑，可他麾下的大将军耶律大石林牙可是文武全才，胸怀大志，并深通汉唐文化，是一个厉害的角色，不可不防。"萧兀纳和耶律挞不野都点头赞同。

萧嗣先道："既然余睹将军心存疑虑，不如咱们去一趟燕京，看看他们有何动静，也好起到牵制作用。"众人不置可否。

萧兀纳道："不知燕王跟南府宰相额特勒的关系咋样？他现在可是皇上的近人啦。能代替皇帝起草诏书。"

耶律延禧道："南府宰相那里没啥问题，前些日子，我已亲自到宰相府拜会过了。"

皇宫内苑，道宗的寝宫。

在位四十余年的辽道宗耶律洪基，即将走到生命的尽头，往日的风采已荡然无存。他形容枯槁，老态龙钟，呼吸急促，喘息阵阵，御医正给他吸痰。

南府宰相额特勒捧了一堆奏折，站在龙塌旁，等着御医为道宗吸完痰念奏折。两个御医忙活了好大一阵子，才把道宗喉咙里的痰一口一口地吸出来。道宗呼吸稍为平缓，憋得发紫的面颊渐渐地恢复了本色。

额特勒刚想开口奏本，道宗有气无力地说："快、快把延禧宣来，朕有要事。"说完又闭上了双眼。钦差到了燕王府宣读圣旨，诏燕王上殿，萧兀纳猜测可能皇帝知道燕王的所为，故来下诏。于是纷纷回到自己的府邸。

耶律延禧匆忙进宫，拜见了道宗。道宗看到皇孙，似乎精神好了许多，说："皇孙呀，皇爷已经老了，朝中的事你就要多操心了，今年春天去混同江捺钵，你就全权代我安排吧！还有朝中一些事，你替我审阅奏折，应急的事该处理就处理吧！"耶律延禧跪拜领旨。

道宗让延禧审阅奏折，处理朝政，实际上就是把皇权的一大半交给了他。耶律延禧也不敢怠慢，认真办理。几份奏折除了大宋朝宋哲宗皇帝驾崩、宋徽宗即位之外，就是女真纥石烈部阿疏勃堇的告状书。耶律延禧与额特勒商量说："大宋是中原大国，宋皇驾崩，必派使者前往吊祭。"

额特勒点头赞许，然后说："至于女真的事，也没法公断，完颜部为了保证鹰路畅通，就得与其他各部争斗，非完颜部莫属。阿疏说的事往后拖一拖再说吧。"

阿疏告发完颜部力农积谷、要谋反的事，在辽廷上层没有引起足够重视。

纥石烈部，阿疏城。

劾者奉命围城一年多，城里的歌温不敢出兵，劾者也不攻城，双方就这样对峙着。这天亲兵抓来三个从辽境过来的奸细，押进劾者大帐，劾者一眼就认出了敌固宝，只是乔装打扮而已。三人异口同声说是来往于边境的商人，并拿出通关文牒，劾者说："既然你们是生意人，就放你们去做生意吧。"三人被解绑后，活动着双臂向外走去。

劾者猛然高声喊道："敌固宝，你站住！"其中一个浓须汉子不由自主地停住了脚步，迟疑一下，又急急地向前走去。

劾者一挥手喊道："把那个大胡子拿下！"

士兵过去把那人摁住，劾者上前扯掉他的胡子道："敌固宝，别演戏了，沾上胡子我就不认识你了？扒了皮我能认识你瓤。"

敌固宝见已败露，便毫不在乎地说："认出来能咋的，我阿哥已向辽皇写了奏折，过几天辽皇就派兵来平了你们，让你们都不得好死。"

劾者说："你们哥俩心都黑透了，今天我先让你不得好死。"说着让亲兵把他推出去杀掉，随着敌固宝一声惨叫，那两个奸细的手脚发冷，忙跪倒说："将军，将军，不要杀我们，你问啥我们如实招来。"

劾者说："若有半点虚假，就让你们与敌固宝做伴去。"

那两个奸细磕头如捣蒜，交代了他们奉阿疏之命潜回来探听虚实，为辽军发兵做准备。

劾者道："你们两个起来吧！我暂且饶你二人不死，但你们必须听我的命令。""只要将军饶我们一命，让我们干啥都行。"劾者道："好吧！你们立刻动身进城，带上敌固宝的人头去见歌温将军，把阿疏派你们回来的意图，如实向他禀告，尤其是阿疏怀疑他要投降完颜部作为重点说，我知道你们的家眷也在城里，歌温一家老小也在城中，我们之所以围了这么长时间没有攻城，就是考虑不想造成太多杀戮。如果他要投降，都勃堇已经承诺让他当勃堇治理此地，他又不是反叛的主谋，何必还替一个丧家之犬卖命呢？"

那两个人听劾者的话说得入情入理，就依令而行。而阿疏临行前曾叮嘱歌温他去辽庭告状借兵，凭他与乙烈节度使的关系，一定能搬来辽兵解救阿疏城，因此在完颜军重兵围困下，小心翼翼地守卫着城池，苦苦地等待阿疏借得辽兵解围。

一年过去，终于等来了阿疏的信使，歌温以为肯定带来好消息，那二人呈上的是敌固宝的头颅，并把劾者的劝说原原本本一字不漏的转达给歌温，然后要求歌温屏退左右，有要事相告。于是二人把阿疏怀疑歌温投降处说得十分仔细，还添枝加叶地说："阿疏勃堇还告诉我们，如果你投降了完颜部，就让我们杀了你，趁大风之夜，放火焚烧城池，让完颜部得个空城。"

歌温闻言，沉思了良久。以阿疏的为人这样的话他能说出来，这样的事更能做出来。既然你不仁我也就不义了，何况现在完颜部已平定所有的叛乱，诸部皆已臣服，阿疏城早已孤城难守，独木难支。只不过完颜部手下留情而已，我还苦苦支撑啥呀！阿疏即使回来他也斗不过完颜部。

想到此他痛下决心道："事已至今，为了全城的百姓，为了你我一家老小，就投降完颜部。你们俩再当一回信使，去向劾者将军禀告，我同意献城，但他必须答应：一不要伤害阿疏的家眷，二不要拆毁阿疏的祠庙；三我不当勃堇，让完颜部派人，我还是副将帮助他们治理阿疏城。如果劾者同意，今晚我就到他的营帐，商量完颜军如何进城。"

劾者接到信息后，表示完全答应歌温的条件，并邀请他到城外军营议事。歌温为了表示诚意，连兵刃都没带，只身与两个信使来到劾者军营。二人密谋一番，劾者把此事飞报给盈歌，盈歌派撒改、阿骨打率人协助劾者接管阿疏城。

深夜时分，歌温带着亲兵卫队来到城门巡岗察哨，守门的头目见将军巡城毕恭毕敬的，歌温下令打开城门，有重要军事行动，守城士兵依令而行。城门吊桥缓缓放下，早已潜到城下的劾者率人涌到城内，歌温把城里重要岗哨都让劾者换上了完颜部的人马，天亮时分，完颜军已控制了整个城池。

为了兑现承诺，劾者让歌温亲自派兵守卫阿疏的祠庙和家眷。这样劾者就兵不血刃拿下了阿疏城，憋闷一年多的城中百姓，终于又能自由出入，恢复了与外部的往来。

至此，完颜部推行统一令牌和旗帜在女真人中全面实行，就连一向桀骜不驯的野女真也全部归顺，白山黑水之间一个强大的势力悄然崛起。

混同江，辽皇行宫。

辽道宗本人已病入膏肓，难以承受长途跋涉、鞍马车辇的劳顿。而萨满瑟夫主张，春捺钵是祖宗旧俗不可荒废，再者到混同江，也可以驱灾、辟邪、禳祸。一些有见地的大臣也认为：辽太祖以武开国，历代皇帝四时不辍捺钵，深得捺钵之利，其富以马，其强以兵，挽弓射雕，所向无敌。其间可深入下民，了解疾苦，接受四方朝拜，处理国事，亲政四邻，强兵稳政，发扬先祖尚武精神。因此，朝廷上下一致赞同，春捺钵正常进行。

道宗因体力不支只好布置给皇孙耶律延禧，让他张罗这次春捺钵。辽廷的大队人马到达混同江行宫时已是二月中旬。行毕春水之仪，又大摆头鱼宴庆贺。几天的劳累，道宗不仅未驱灾、避邪、禳祸而且病情加重。北院枢密使耶律阿思是在当年平定重元之乱时立了大功而升迁的，而南院枢密使耶律俨则是因其老婆邢莺莺的姿色，被辽宗招到宫里淫乐而升迁的。

耶律阿思很是瞧不起耶律俨，眼见道宗疾病日益加重，就奏本请道宗行春水之仪后返回京城，而耶律俨则说春捺钵，还有一项重要的仪式放海东青捕天鹅未完成，等这项活动结束再返程也不迟。耶律阿思曾多次向耶律延禧建议返程之事，而耶律延禧则推说皇帝要参加捕鹅仪式，骨子里盼着皇爷早死，自己早日登基当皇帝。阿思无限感慨，最是无情帝王家。

阿疏在静边州焦急等待敌固宝的消息，时间一天天过去，直到一个月后等来的却是他七阿叔敌保故。这老头还是麻产被诛后逃到阿疏城避难的，原指望阿疏会出兵为他报仇。然而事与愿违，阿疏非但未出兵，而且收拢了他的旧部，抢占了他的地盘，趁机扩张自己的势力，敌保故也只好忍气吞声过着寄人篱下的生活。尽管如此，他仍不停地煽阴风，点邪火，挑拨阿疏与完颜部的关系。

这次阿疏阴谋造反，他满以为可以出口恶气。却万没料想鸡飞蛋打，不仅阿疏被逼出走了辽国，有家难归，其弟弟敌固宝还被劾者杀死，歌温投降，阿疏城落在完颜部手中。幸亏劾者跟他不熟，不然被他认出来，也是死路一条。他深知盈歌、撒改、阿骨打若来阿疏城定会认出他来，因此想方设法逃出城，去给阿疏送信。

阿疏听到敌保故叙述阿疏城陷落经过后，登时背过气去。好一阵子才苏醒过来。他哭哭啼啼地去找乙烈，跪到乙烈面前哭诉道：“求大人开恩救我全家，请大人看在往日的情面上，出头跟完颜交涉归还阿疏城，我还回去当勃堇。对辽朝有好处的，我是你们的眼线，等到完颜部把整个女真部落统一起来，下一步对付的就是你们契丹人呀！请大人上报朝廷，我阿疏可是一片真心呀！”

乙烈看见阿疏很可怜，心中暗笑，但阿疏说的这些话却给他提了醒，他觉得阿疏说的有一定道理，因此要亲自出马探听一下虚实。实际上乙烈早就得到密报，知道完颜部已占领了阿疏城，正好辽帝刚到混同江捺钵，他就飞马报给了辽皇，恰巧耶律延禧替道宗打理朝政，听说女真人有反意，耶律延禧心中暗笑乙烈小题大做，但又想起前几年阿骨打去朝廷上怒殴辽权贵之事，想惩罚一下完颜部，就派乙烈前去责令完颜部归还阿疏城，乙烈也正想亲自去探个虚实。

乙烈装腔作势道："阿疏勃堇，快快请起，何必行此大礼呢?"阿疏哭丧着脸说："乙烈大人你就别挖苦我了，我有家难归，连整个部族都被完颜部吞并了。我还给谁当勃堇。"乙烈道："我要是满足你的要求，你咋感谢我呀!"阿疏眼珠一转道："乙烈大人真的如我所愿，我把阿疏城的钱物人口分给你一半。"乙烈嘻嘻笑道："爽快！虽然是个空口白话，但让人听了舒服。好吧，我明天就去找盈歌说理去。"

第二十三章

巧借鹰路阻乙烈　手握兵权鱼符印

会宁州，盈歌营寨。

五国部主隈、秃答的勃堇鼻骨德向盈歌汇报，近来辽帝捺钵，辽朝银牌天使频繁来索缴海东青，骚扰居民。幸亏他左右抵挡一再安抚，才未酿出事端，恳求都勃堇必须当面与辽朝协调，能否由咱们女真人送贡鹰与辽，别让银牌天使和障鹰官来催缴了。盈歌道："辽朝银牌天使和障鹰官胡作非为，给咱们部族带来了很大伤害，就目前局势来看，咱们刚刚统一令牌和旗帜，如果断然拒绝银牌天使入境还不合时宜，只能等待时机。前几天劾者已占领了阿疏城，杀死了纥石烈部敌固宝，阿疏岂能善罢甘休，辽廷也会借机来探虚实，所以一切都要谨慎行事。"

盈歌的话音未落，亲兵报告说，辽朝静边州节度使乙烈到了廖晦城[①] 馆驿，让都勃堇前去觐见。阿骨打道："乙烈这家伙好大的架子，为啥不来会宁州呢?"撒改道："据说乙烈是奚人，与契丹贵族不同，此人不仅贪财好色，且生性多疑，他一定是为阿疏城而来的，真是说曹操，曹操就到了。"

乌雅束道："咱们经常跟曷鲁、阿息保、耶律者术打交道。乙烈这家伙头一次来，咱们还摸不清他脾气秉性，我代表都勃堇前往，好有一个回旋余地。"

盈歌摇头道："廖晦城离咱这不远，乙烈指名要见我，我要不去，他定会找到会宁州来，好像我怕见他似的，此事必须我亲自去。"阿骨打道："我陪你去，关键的时候对付他们要软硬兼施，你唱红脸，我唱黑脸。"撒改道："我也一同前

① 廖晦城：今黑龙江省双城市红星村前后对面城屯。

往，看看乙烈到底用啥借口替阿疏撑腰。”

盈歌笑着说：“对付一个辽使，不必兴师动众，撒改在会宁州坐镇。阿骨打、谋演、阿里合懑跟我一起去就行了。鼻骨德勃堇也在这等两天，也许你所说的主隈、秃答的事情对我能有帮助。”众人便分头行事。

廖晦城，涞流水旁一座小城，与宁江州隔河相望。乙烈曾与女真人打过交道，但从未涉入过女真腹地，因此到了女真地界便住进了边城馆驿，差人通知完颜部都勃堇前来会晤。

盈歌见到乙烈后，见他身材魁梧，相貌丑陋，令人望而生厌，但仍是热情地寒暄道：“节度使大人前来未能远迎，多有失礼，大人住在边地小镇多有不便，何不到会宁州下榻，以便我等盛情款待。我还特意给大人带来一批礼品，望大人笑纳。”说完有亲兵抬上一些礼品。盈歌先发制人，这使乙烈要先给他来个下马威的打算落空，官不打送礼的。

乙烈仔细打量一下盈歌相貌，与阿疏所描绘的一模一样，慈眉善目，机灵干练。盈歌一番热情使乙烈再也拉不下脸来，于是用商量的口吻说：“本官无事不登三宝殿，今个儿是奉朝廷之命前来与你合计阿疏城的事来，原来我只管铁骊、兀惹、渤海等部族，这次朝廷却让我前来调停此事，人生地不熟的，只好在这里落脚。”

盈歌等人所料不错，乙烈果然是专程为阿疏城而来的。盈歌试着问道：“朝廷这么重视阿疏城的事呀，不知大人带来了啥旨意？”乙烈道：“这次我来按照朝廷的旨意，就是让你们完颜部归还阿疏城，把所抢掠财物一点不少的退回，让阿疏回来还当他的勃堇，管他的属民。”

盈歌闻言用眼神示意阿骨打，阿骨打心领神会道：“乙烈大人，完颜部攻打阿疏城事出有因的，你可不能光听阿疏一面之词而下决断呀。”乙烈有些不耐烦道：“事出有因，啥原因呀！你们占了人家的城池，没收了人家财物，致使阿疏有家难回，有国难投，流亡在外，无论什么原因，都是你们的不是。”

阿骨打毫不退让道：“阿疏是完颜部的罪人，第一他曾指使诈都抢掠完颜部牧马五百匹；第二他为了和诈都争夺吐谷浑村，大打出手伤人无数；第三他拒不执行统一令牌和旗帜；第四他纠集诈都、留可、敌库德等部叛乱谋反，阻断鹰路，你说我们该不该讨伐他？”

乙烈以为阿骨打是盈歌身旁的护卫，开始没在意，而此人一开口就列举了阿疏四大罪状，句句是理，让他难以应答，就强词夺理道：“你是什么人？我在跟你们都勃堇商量要事，你没有插嘴谈话的资格。”

盈歌忙打圆场道：“这都怪我，忘介绍了，他是我侄子，叫阿骨打，是大辽皇帝册封的祥稳，这些年来他尽跟阿疏打交道了，才要他来面见大人。”乙烈见阿骨打两腮丰腴，二目如炬，声似洪钟，英气逼人，讷讷道：“阿骨打！阿骨打！好像听说过，是不是头鹅宴上下双陆棋打仗的那个？”盈歌道：“正是，正是，侄儿年幼无知。若有冲撞处，望大人多担待。我已令人摆下酒宴，给大人接风，咱们酒桌上边吃边谈。”

乙烈临行前，阿疏特意向他介绍完颜部几个出类拔萃的人物，阿骨打是其中之一，他今儿个一见面，果然觉得完颜部人气态非凡。阿骨打列举了阿疏四大罪状，也确实令他难以应答，就顺水推舟说：“行行行，先吃饭，边吃边谈，我尽管是奉旨行事，但不能不近人情，不吃饭呀！”

酒菜上来后，阿骨打讨厌乙烈那副嘴脸借故走开，盈歌也未劝他陪酒，只好自己频频劝乙烈饮酒，二人已有七八分醉意。乙烈道：“阿疏的事你就答应吧！既不抗旨又给我一个面子。”盈歌推托道：“事关重大，也不是我一个人说了算，我们得好好商量再做答复。”

乙烈打个酒嗝似有醉意道：“你一天不答应，我就待在这里，反正你有的是酒菜，你也不许回会宁州，就在这陪着我吧，阿疏不听你们的号令，你们就说他谋反，现在你们不听朝廷的号令，算不算谋反呀？”

盈歌终于等到了乙烈的酒后真言，顿觉事态严重，心里七上八下的。表面却频频举杯，恭敬乙烈，不管乙烈喝不喝，他都干杯把酒倒进肚里。如此下来，盈歌已有醉意，说话舌头短了，对乙烈也放肆起来。乙烈见盈歌喝多了，就推脱天色已晚，跑了一天一宿，鞍马劳顿，好好歇一宿，明日再谈。

盈歌回到自己的住处，马上与阿骨打、阿里和懑、谋演商量道：“我看乙烈有备而来，对咱们的情况了若指掌，这家伙软硬不吃，只好按咱们临行前的计划行事。谋演，你连夜赶回会宁州，让撒改领着鼻骨德明天上午务必来见我。把主隈、秃答之民阻塞鹰路之事，说得越严重越好，阿里合懑再动身赶往宁江洲，向节度使阿息保报告鹰路被阻。乙烈这家伙不好对付，要真的把奚族的兵带来真不好收场。”

阿骨打道：“此计甚妙，乙烈一个管渤海、铁骊、兀惹的节度使突然跑咱们

这，指手画脚地管起完颜部来了，阿息保肯定不能容忍乙烈染指他的势力范围，若让他们狗咬狗，咱们自然得益，你们多带几个兵丁，都勃堇这有我保护，就放心吧！”阿里合懑与谋演急急而去。

第二天直到东南晌时分乙烈宿酒才醒，他草草地吃了一口饭便急忙派人去找盈歌，昨晚虽多贪了几杯但思路特别清醒，酒桌所言是敲山震虎，逼盈歌就范，但盈歌已经喝多了，只好作罢。今早盈歌刚一进屋他劈头就问：“盈歌都勃堇，你昨晚说要合计合计答复我，不知道这一宿合计的怎么样啦？”

盈歌神态尴尬道：“不瞒节度使大人，你的酒量太大了，昨晚把我喝多了，回去就睡去了，也没合计上，我这还难受呢。”说着揉揉眼睛撸一把脸。乙烈道：“昨天喝的酒，劲是挺大的，但也不至于把你喝倒呀！”“我是舍命陪大人喝高的，耽误事了，待会儿我们就商量。肯定给你一个满意的答复。”乙烈点点头。

盈歌回到自己的屋室，心急如焚，等着撒改和鼻骨德快点到来。阿骨打道：“五叔你不要过于着急，实在不行我过去跟他理论理论，拖到国相他们来了为止。”盈歌道：“不行，乙烈虽然惧你三分，可是咱们现在不是使强用横的时候，他为阿疏强出头，就证明阿疏一定给了他莫大的好处，他是为利而来。只能跟他斗智。”

天近中午，乙烈竟然追到盈歌住处问话，盈歌不好再拖了，就硬着头皮答复道：“乙烈大人，我们已经商量过了，可以把城池和财物还给阿疏。”乙烈一拍大腿道：“早这么爽快不就得了吗，何必憋了大半天呢？”盈歌道：“不过，我们还有一个条件，就是阿疏再也不能做纥石烈部的勃堇了，你们派人或完颜推举都行，如果阿疏当勃堇，这一带永无宁日，他一定还得整事，不然你们奚族来人管理也行。”

乙烈听了前句话觉得大功告成，自己未辱使命，听了后一个条件马上把脸撂下来道：“今个儿我是奉朝廷的旨意前来调停此事的，你们却推三阻四跟我讲起条件来了，还把不把我这节度使放在眼里！”盈歌忙道：“节度使大人息怒，节度使大人息怒，咱们好商量！”“商量个屁，马上按我的意思办，不然我就发奚族之兵……”

他的话未说完，一旁阿骨打怒道：“节度使大人，动不动就要发奚族之兵，不知啥意思？我完颜部的都勃堇也是辽皇钦封的，你奚族节度使只不过替辽皇代管铁骊、兀惹、渤海三个部族，现在管到完颜部来了？而你口口声声说是奉旨行事，可是现在我们也没看到圣旨啥样呀？有点欺人太甚了吧！”

乙烈被阿骨打几句话问得哑口无言，气急败坏地说：“反了，反了，你想谋反吗？”刚好此时撒改和鼻骨德赶到。鼻骨德一脚门里一脚门外道：“反了，可不反了咋的？都勃堇大人，你咋跑到这来闲扯呢？”盈歌见撒改、鼻骨德已到，心里悬着的一块石头落地。佯装生气道：“鼻骨德你咋来了？冒冒失失的瞎咧咧啥呀？快给天朝节度使大人见礼。”鼻骨德闻言施大礼道：“天朝节度使大人，小的不知，多有冒昧请恕罪，早知节度使大人在这里我省得去朝廷报告啦。”阿骨打道：“鼻骨德勃堇，谁把你逼成这样？快说呀！”

鼻骨德端起一杯水扬脖喝进去，抹一把嘴巴说：“五国部的主隈、秃答反了，他们阻断了鹰路！他们阻断了鹰路啦！”盈歌大惊道：“啥时候的事？咋才来报告？”“前天的事，我着急忙慌连夜赶到会宁州，你不在就撵到这里来了。”

阿骨打道：“竟有这等事情，你们没派兵弹压吗？”“哎！别提了。我们的兵力不到一百人，能整得了那些穷山恶水的刁民吗？还是你们出兵吧！”盈歌道：“出啥兵呀！阿疏谋反，我们出兵讨伐，这不整出事来了吗？乙烈大人来打抱不平，我可不管这些事，你直接跟节度使大人说吧！”

乙烈深知整个辽朝从上到下玩鹰已经玩疯了，鹰路是他们极为关注的，别说是一个阿疏城了，就是十个阿疏城也没有鹰路重要。他拍拍脑门道：“跟我说干啥？我也不管你们女真的鹰路的事，我只管铁骊、兀惹、渤海部族。”阿骨打道：“节度使大人，你不能发奚族之兵吗？你们人马那么彪悍威武，一定能兵到祸除。”“咿呀嗬！我调停阿疏城事宜，你们咋把平定鹰路的事推到我身上啦？这事应该向阿息保大人报告。”鼻骨德道：“我们已派人去了，说不定阿息保大人正往这赶呢！”

乙烈道：“鹰路可是大事，你们还等啥呀？赶紧派兵去镇压呀！”盈歌道：“大人勿急，现在我再也不敢擅自去镇压这个部那个族了，阿疏就是例子，一旦都跑到辽廷告恶状，我吃不了得兜着走，一定要得到朝廷的号令我再发兵。”阿骨打道：“可不是咋的，不然的话是费力不讨好。”

乙烈此时骑虎难下，下令吧，怕完颜部不听，自己也确实管不着这一段，对于契丹人来说他也是外族人，只不过入辽籍在朝廷为官而已。鼻骨德见盈歌也不表示发兵，就挤兑乙烈说：“既然节度使大人和都勃堇都不做决断，那这事就没人管了？”

“咋没人管，我来管!”随着刺耳声音，耶律阿息保在阿里合懑陪伴下推门进来，盈歌忙率众人见礼。在路上阿里合懑已把乙烈如何前来要挟完颜部的事，添油加醋地向阿息保汇报了，阿息保听后对乙烈很是反感，心想：完颜部跟你静边州有啥关系，还用你调停阿疏的事情，这分明是狗拿耗子多管闲事，手伸的太长了，竟然到我的辖区来指挥，是越权、抢权。

乙烈见阿息保到来，惊慌中透着尴尬道：“下官……下官不知天使大人驾到，未出门远迎望乞见谅……”阿息保故作惊讶道：“奚族的乙烈节度使，你真有闲情逸致，咋跑到这里来游山玩水来了?”乙烈结结巴巴道：“下官、下官是来调停阿疏事件，不是，不是调停，是替阿疏向完颜部求情来了。”阿息保冷嘲热讽道：“调停、求情都是一回事，看来你与阿疏关系不一般呀！乙烈大人善于调停，主隈、秃答阻塞鹰路的事你也调停调停吧，还省得我劳神操心。”

乙烈的脸青一阵紫一阵道：“下官、下官哪有那个能力，自己那点事还没管好呢，还是大人英明能干，专门管理棘手事件，如果没有别的事，下官告辞了。”盈歌忙道：“乙烈大人，阿疏的事还没定下来呢？你不能忙着走呀!”“有阿息保大人在此还有我啥事，何况鹰路吃紧，阿疏的事以后再说吧!”说完灰溜溜地往外走了。阿息保揶揄道：“乙烈大人管好你自己的事得了，这里就不用你操心啦。在下恭送了!”

乙烈又气又恨，眼看自己已经逼盈歌就范，鹰路早不出事晚不出事，正好此时被阻，半路杀出阿息保来，把自己挖苦一顿，到嘴的鸭子飞了。一时气火攻心，走出了好远一段路程才想起盈歌送给他的礼物还忘带了，想来回驿站取走，又怕被阿息保挖苦耻笑，只好空手而返。

乙烈走后，盈歌又把阿疏城事件向阿息保陈诉一遍，并特别强调阿疏城拒不接受令牌、旗帜，且一再说明统一令牌、旗帜是阿息保大人的意思，阿疏却置若罔闻，并且叫嚣道：“你们不就认识阿息保吗？我还认识乙烈大人呢！别老拿阿息保来吓唬我们。串通诈都、留可、敌库德等谋反，忍无可忍下才发兵的。”

阿骨打道：“这乙烈十分霸道，根本没把大人您放在眼里，还扬言阿息保是皇封的节度使，他也是皇封的节度使，你俩平级。我们听你指挥，就得听他的命令，要不然他就发奚族之兵给我们颜色看看。”

阿息保道：“乙烈这家伙太不像话，朝廷对女真人是安抚政策，还依靠完颜部平定鹰路呢。他到这瞎指挥啥，你们没听他就对，以后也别扯他!”

撒改道："是呀！以后我们就听大人您的！"阿息保点点头。此时谋演已把乙烈未带走的礼品拿来送给阿息保，阿息保见到礼物，眉开眼笑道："盈歌都勃堇，平定鹰路你最有经验，用不着我操心了吧！"

盈歌道："只要大人吩咐一句，我完颜部完全照办，我们女真人绝对效忠大辽天子，以后还靠节度使大人在皇帝面前多给我们美言几句，千万别听信阿疏之流的恶意诽谤。"阿息保边清点着礼物边答道："那是，那是，我现在就把鱼符兵印给你，可以应急调动人马，你马上率人平定鹰路，不能耽误皇帝混同江捺钵。"

盈歌巧借鹰路被阻，打发了乙烈，堵塞了阿疏回归之路，又赢得了阿息保的充分信任，得到了辽朝鱼符兵印，就意味着完颜部有权力在女真之地调动军队，再有乙烈那样找茬的辽官也不用担心了。盈歌率大队人马大张旗鼓地开往土温水一带，在那里与主隈、秃答部族交好，双方在一起打猎，练兵，一直折腾好些日子才策马返程。一路上完颜部大肆宣扬平定鹰路的成果，把当地两个十恶不赦的山贼的头目枭首示众，说他们是阻塞鹰路的罪魁，并以木匣收敛，送与辽朝邀功请赏。

此时道宗正在混同江捺钵，他所要的那批猎鹰海东青如期而至，在捕猎天鹅中大显神威，满朝文武皆大欢喜。阿息保为完颜部奏本请赏，辽皇非常满意，诏令嘉奖，重赏了盈歌等人。而盈歌慷慨大方，把辽朝所有的赏物尽数分给主隈、秃答部落，落得个皆大欢喜，此后女真各部唯完颜部之命是听。

辽道宗的春捺钵圆满结束，所有的仪式都进行得顺利稳妥，也是乐极生悲。辽道宗就在捺钵队伍即将启程返回临潢府的头一天晚上驾崩。那是辽寿昌七年(公元1101年)。按着辽道宗所留下的遗诏，天下兵马大元帅燕王耶律延禧，在耶律阿思、萧兀纳、耶律余睹、萧奉先、萧嗣先等人的簇拥下，奉先皇遗诏于道宗灵柩前即位，改年号为乾统，群臣尊号为天祚皇帝。

耶律延禧即位后，大赦天下，收买人心。在其皇妹耶律延寿的强求下，重新审察其父耶律浚冤案，把奸相耶律乙辛从棺墓中挖出鞭尸三百，凡是乙辛的奸党，活者判为死罪，死者的家属充当奴隶，没收所有财产。

耶律延禧和耶律延寿多次到太子山一带寻找其父骸骨，终无所获，只好立空冢冢，修祠堂以示怀念。

耶律延禧还下令，把乙辛奸党及其罪臣的家产分赐给群臣，把当年受乙辛奸

党诬陷的官员昭雪平反，官复原职，在查办案件中，北院枢密使耶律阿思，同知枢密使，皇妃的亲娘舅萧得里底收受贿赂，也放纵了一些案犯。

乙辛的案子涉及了辽朝边将萧海里，他是萧讹都斡的远房侄子，本来与他一点关系都没有，只因未给耶律阿思和萧得里底送礼，便牵扯到他，耶律阿思等诬陷萧海里是乙辛同党，逼得萧海里走投无路，起兵造反。

辽乾州①，节度使府。

辽朝走马天使正在宣读圣旨："奉天承运，皇帝诏曰，乾州军马都统萧海里，系前朝佞臣耶律乙辛的同党萧讹都斡的侄子，经查与谋害太子案有染，革除兵权押回朝廷查办。"乾州节度使忙叩头接过圣旨，向传令兵道："马上把萧海里传来！"

"不用传了！我早就来了！"声到人到，一个彪形大汉昂首而进。那人浓眉虎目，阔口重须。节度使道："钦差大人在此，还不叩拜！"萧海里仰天大笑道："你们都要杀我了，我还叩拜，别说一个小小的钦差，就是耶律延禧小儿来了，老子也不在乎他！"钦差厉声说："你……你想谋反吗？""不是我想谋反，而是你等昏君佞臣逼我谋反，我不就是没给耶律阿思和萧得里底送礼吗？就把我八杆子戳不着的亲戚联系扯在一起，说我也参与了谋害太子，我常年驻守边疆，跟那事一点关系都没有，苍天无眼啊！"

节度使拍案大叫："来人，把他拿下！"两个亲兵应声而到，架起萧海里的双臂，萧海里道："反还能活，不反就是死！"说完双臂一用力，登时把两个亲兵的脖子夹断，然后抡起亲兵的尸体朝节度使和钦差砸去，那两个平时养尊处优、狗仗人势的家伙连躲避都不会，立时被砸倒。

节度使的亲兵、钦差的卫队听到里边打起来了，便一拥而进，一个使长枪的卫士见钦差被砸倒在地，龇牙咧嘴地指着萧海里说不出话来。登时，长枪一抖刺向萧海里，萧海里微微一侧身，长枪从他右腋下穿过，萧海里哪还容他抽枪，左脚抬起把那卫士踢飞，正好砸向冲上来的兵丁，立时倒了一片。萧海里把大枪一合，如蛟龙取水，刺向刚从地上爬起来的钦差的胸口，"扑哧"一个透心凉，节度使爬起来就往后门跑，萧海里怒吼一声："哪里走！"长枪怪蟒翻身捅进节度使后背。

---

① 辽乾州：今辽宁省兆镇县。

众兵丁见萧海里如此骁勇，谁也不愿上前送死，提着兵器节节后退。萧海里高声断喝道："该杀的我都杀了，难道你们都愿为他俩陪葬吗?"他的虎威震慑了那些兵丁，纷纷扔下兵器站在一旁。萧海里道："还算你们识相，不然都是我枪下之鬼。"萧海里的卫队冲进来，副将道："将军，我军已控制全城，乾州兵器库的兵刃，我已派人装上车了，所有的兵丁都等待你的号令呢!"萧海里向降兵道："好！愿意跟我走的拿起兵刃，不愿去的就地诛杀。"

那些扔了兵刃的士卒如待宰的羔羊，谁还敢不听号令，乖乖地拾起兵刃道："愿追随将军。"萧海里向副将道："此地不可久留，马上出发去熟女真阿典部，阿典是我的老朋友，他们那里地势险要，进退自如。"这支被奸臣逼反的人马向阿典部开进。

原来萧海里已接到了京城的密信，早就知道耶律阿思和萧得里底陷害他，在钦差未到之前已做好了谋反的准备，万般无奈情形下，杀死了钦差和节度使，扯起了谋反大旗。他深知乾州处在辽军四面包围之中，只要谋反，必会招来乾廷重兵围剿，不得已开向熟女真阿典部。

萧海里杀钦差诛节度使、扯旗谋反的消息很快传到朝廷。耶律延禧大怒，立刻升朝，诏文武百官议道："朕登基以来，风调雨顺，国泰民安。乙辛乱党案已结，受害的忠臣良将均已昭雪平反，万民信赖，人心大快。萧海里是何等人也，咋能举兵杀钦差造反呢?"

耶律阿思慌忙跪地答道："启奏陛下，那萧海里是乙辛同党萧讹都斡的亲侄子，陛下审查太子案，他自忖难脱干系，在钦差奉陛下之旨去缉拿时，杀死钦差和乾州节度使，抢了乾州的兵器库，逃向熟女真阿典部，欲占据险恶之地与朝廷对抗。"

耶律延禧怒道："一个小小都统边将竟如此猖狂，诛杀钦差大臣和朝廷命官，这还了得！速调兵马不惜一切代价围剿萧海里。"萧奉先、萧得里底、耶律俨等都是文官，根本不明白如何打仗，看到耶律延禧愤怒的样子，面面相觑谁也不敢妄言。

耶律阿思心中暗笑道："陛下息怒，萧海里谋反不足为奇，只是陛下登基年余，竟然出现这等大逆不道之事，剿灭他势在必行，臣保举兵马副元帅郝家奴为帅征讨叛军。不过现在若从朝廷发兵已来不及，他早已逃入阿典部一带。"

萧兀纳也跪倒奏道："耶律阿思将军所言极是，兵贵神速，依臣之见飞马传

令，显州、懿州、九百溪营、黄龙府、达鲁古五部人马，对萧海里实施围、追、堵、截，在他未到阿典部之前剿杀他。以正视听。”

耶律延禧闻言怒眉宽展颜道：“两位爱卿言之有理，朕就按你们意思下旨，早日剿灭叛军。”

萧海里把乾州的财物、武器、人口席卷一空，几千人的队伍浩浩荡荡向熟女真阿典部开进。离乾州较近的显州得知乾州发生兵变，萧海里杀了钦差叛乱反辽，就一面飞书上报朝廷一面准备军马拦阻。显州节度使底热与萧海里交好，他也深知萧海里勇猛无敌，一向对朝廷忠心耿耿，今日缘何而反，他百思不得其解，施即率兵探个究竟。

萧海里的人马很快到显州地界，底热就率兵迎了上来说：“萧将军，你这率众多人马欲何往?”萧海里道：“节度使大人你是真的不知，还是明知故问呢?”“在下只听说将军诛钦差、杀乾州节度使，反叛朝廷，却不知何缘由?”萧海里把缘由说完后道：“情况就是这样，我不反就等于坐以待毙，反了也许能有一丝生机，你我往日交情不浅，你要好心劝说，我就领了你的深情厚谊，你若是替朝廷出头，拦阻我，咱们只能割襟断义，兵器上见个真章。输赢胜败，各安天命。”

底热自忖难抵萧海里，又未接到朝廷的旨意，何必此时翻脸，就笑着说：“萧将军言重了，你确有冤情，应该去朝廷上向皇帝申辩，何必走谋反这条不归路呢?”萧海里冷笑道：“申辩？跟谁申辩？我一个下级军官，恐怕连皇帝面见不着脑袋就搬家了，这是不得已而为之。”底热长叹一声道：“咱们兄弟一场，咋能反目成仇，你自己多保重吧!”说完策马而归。

萧海里顺利越过显州地界，底热刚回到显州府邸，朝廷飞马特使传令，命底热拦截萧海里人马，抵抗者格杀勿论。底热不敢违抗朝廷的旨意，又重整军马，尾随萧海里追赶下去。

九百溪营节度使乙绝接到圣旨后不敢怠慢，立即起全营之兵，设路栅于通衢要道，专候萧海里到来。乙绝是静边州节度使乙烈的哥哥，此人生性鲁莽，全无心计，靠一身的蛮力和世袭的爵位在自己的领地当节度使，为了既得利益拼命讨好皇帝，他低估了萧海里的能力，所以在自家门口有恃无恐地设栅拦截。

萧海里率军而至，先礼后兵道：“乙绝大人，在下被逼无奈才铤而走险，只是为了逃命，望大人网开一面放我人马过去，大恩大德日后必报。”乙绝大嘴一咧呵呵笑道：“萧海里你乃朝廷要犯，咋还跟本官讲起条件来了？速速下马受降，免得我动手啦。”萧海里见乙绝态度坚决，没有任何回旋的余地。就把手中的大铁枪一举道：“既然你如此效忠朝廷，那我就成全你了！”说着纵马冲来，乙绝也毫不退缩道：“抓住你这个叛贼，皇帝有重赏，看在钱财的份上，你也休想过九百溪营。”手中的一对铁锤一磕嗡嗡作响，迎了上去。乙绝自恃力大无穷，哪料想萧海里是辽朝驰名的勇将，二人只打三个回合，乙绝就被萧海里挑于马下。其手下兵丁见长官已死，四散而去。

此时底热刚刚追到，见死于地上的乙绝心惊道：“萧海里！要逃便逃何必滥杀无辜，杀孽太重会遭报应的。”萧海里瞭望了他一眼道：“你已收兵，咋又追到这里来？难道也要步乙绝的后尘吗？”底热难为情道：“我自知非你对手，但圣上有旨，我不追杀等于违抗圣旨，这是不忠。追杀又违背了兄弟情谊是不义，为了对钦差有交代我只好得罪了。”说着舞刀拍马直取萧海里。

萧海里听底热的话说得模棱两可，又挥刀砍来，只得挥枪招架，底热一连砍了七八刀，招招凶狠，萧海里心道，你嘴上说得好听，手上却毒招频出，稍不慎就会要命，招架中反挑一枪，底热完全可以挡住萧海里这一枪，可他格击的刀未用上全力，萧海里只用了七成的力量，却把底热的铠甲挑开，把他的左肋挑了一个大口子，鲜血顿涌，底热惨叫着栽于马下，眼睛里似乎流露出一丝感激之情。

萧海里顿悟底热的用心，歉意地说了一声：“得罪！”虚张声势掩杀其军，那些士兵见主帅栽于马下，一哄而散。

懿州节度使接到圣旨后，挥师追来，见显州、九百溪营主帅一伤一死，萧海里扬长而去。他素闻萧海里勇猛异常，一杆大枪使得出神入化，手下多半是亡命之徒，自知硬拼难以取胜，就尾随萧海里的队伍追去，不正面与萧海里交锋，以待前边的堵截人马两面夹击。

黄龙府是辽朝的政治军事重镇，是辽国东部存储粮草、木材的基地，素有银府之称。守将耶律宁是辽国有名的能征惯战的上将。他接到圣旨后，深知萧海里不是等闲之辈，立即把达鲁古的人马召集过来，在鸭子河旁的芦苇塘设下伏兵，单等萧海里兵马一到一举歼灭。

芦苇塘是鸭子河边的一片沼泽地，也是穿越鸭子河的必经之路，鸭子河对面则是熟女真阿典部。耶律宁选择茂密的芦苇塘设伏，意图即是出其不意，围困萧海里与后面追兵形成合围之势，不然要消灭萧海里数千之众的叛军绝非易事。

萧海里连胜两州人马，士气高涨，大军所向披靡，途中再也未遇到什么阻

拦，只是后面有懿州的人马遥遥相缀。萧海里忙着去阿典部汇合，也无意回师与追兵对阵。十几日后，来到了黄龙府地界。萧海里早知耶律宁的威名，因此小心谨慎，偃旗息鼓，在黄龙府界内秋毫不犯。

萧海里引军顺利地通过了黄龙府地界，眼看越过黄龙府就是鸭子河了，过了河便与阿典汇合了，那里林高树茂，地势险要，易守难攻，可进可退。不料在达鲁古城与黄龙府交界处，遭遇了耶律宁派出两队精兵的袭击，双方混战多时，互有伤亡，懿州的追兵也加入了战团，两军处于胶着状态，萧海里深知此战的重要性就动员士兵说："一会儿我带头冲杀，后面结成敢死队，一定挡住追兵，过了鸭子河就是阿典部，到那里后大家都有好日子过。如果我被对方杀死，你们就投降，罪责在我一个人身上。"

说完萧海里带头冲杀，他一杆铁枪出神入化无人能敌，终于一鼓作气杀退伏兵。而耶律宁却毫无动静，使萧海里顿生疑窦。耶律宁的为人他非常了解，对自己的谋反不能坐视不管，至今未露面，恐怕酝酿更大的阴谋。因此萧海里派出几路哨探，侦察敌情，芦苇塘好大一片开阔地，方圆十几里，探马频频回报，前方芦苇荡确实没有伏兵。

萧海里暗道耶律宁百密必有一疏，他是没瞧起我，如果在这里设下伏兵，我可万难逃脱，真是天助我也。

萧海里得意洋洋带着大队人马，进到芦苇荡深处，再有一段路程就到江边了。猛然从前边涌出无数辽兵，拦住了去路。为首一员大将，身着重铠，手提三股钢叉，正是耶律宁。萧海里虽然久经战阵却也大吃一惊，空荡荡的芦苇塘陡然冒出众多辽兵，简直是匪夷所思，他们隐藏到何处呢？难道真有神灵相助？

实际上萧海里只看到芦苇荡芦苇稀疏难以藏人，空荡空阔，一眼可望到边，只有江边茂密一些，但也不可能隐藏几千的人马，他却不知这里有一宽大深沟通往蛟河大江汊子，秋冬时节枯水，江汊子干涸，两旁长了芦苇把它隐藏下来，人只要不到近前是难以发现的。耶律宁为了设伏兵，几经探查发现长长的江汊子，就把士兵隐藏此处，只以达鲁古之兵阻拦萧海里，倘若截击成功那是再好不过，一旦失败这些伏兵就是斩获萧海里的预备队。

两阵对峙，耶律宁纵马上前朗声道："萧将军你已中了我的埋伏，后面又有郝家奴元帅的追兵，速速下马受降，免去残酷厮杀，我在皇帝面前美言几句，也许能留一条性命，如若不然今天你休想走出这芦苇荡。"萧海里平定了一下紧张的心情狂笑道:“我姓萧的自起兵那天起就没想好好活着，我一向忠君爱国，到头来被奸臣诬陷成了谋杀太子的凶手，犯了诛杀九族之罪，横竖都是个死，就是死也要拉几个垫背的，今天鱼死网破，我也领教一下耶律大人的厉害。”说完挥枪冲了上去。

耶律宁排兵布阵经验老到，他并不跟萧海里死缠硬打，见劝降不成萧海里冲了过来，就令旗一摆，弓箭手跃出乱箭齐放，强弓硬弩挡住了萧海里的冲锋势头，萧海里抡圆了大枪遮掩全身，雨点般的箭矢却奈何不了他，而他身后士兵只能靠盾牌掩护防身，没有盾牌的纷纷被射倒。萧海里见硬冲不行就退到对方射程之外，稍作喘息。

萧海里把全军的盾牌集中起来，组成盾牌墙在前边开路，弓箭手掩在盾牌之后，缓缓前进，对方射箭有盾牌挡着减少伤亡，双方弓箭对射起来。这样萧海里的队伍虽然前进缓慢，但逐渐逼近耶律宁中军，而耶律宁并不急于决战，有意拖延时间，等待追兵从萧海里背后攻击上来合围。萧海里用了一天时间伤亡了几百人，也没向前推进多远。

耶律宁则引军退进了天然的隐体江汉子，以弓箭阻止叛军前进。双方又陷入激战状态。突然，探马来报郝家奴的一万精兵已距此不到五里地。萧海里闻报登时心凉半截，前面有能征善战的耶律宁，后又来如狼似虎的郝家奴，自己又是疲惫之师，肯定要陷入双方夹击之中。无论他如何鼓动士兵，只要冲破这道防线进入阿典部就是安全地带，无论他的士兵如何拼杀，就是撕不开耶律宁的防线。郝家奴的追兵逼近，黄昏时分已与萧海里后面防卫部队接战，萧海里万分焦急，幸亏天色已晚，前后没有进行合围式攻击。

月黑风高，原本凛冽的西北风，忽然转为西南风，严寒稍缓，萧海里准备最后决一死战。萧海里令士兵扔掉辎重，人披软甲，马摘銮铃悄悄向江边摸去。

耶律宁早就料到，萧海里今夜必定困兽犹斗，一定会冒死突围，令士兵饱餐战饭，人不卸甲，马不卸鞍，在暖帐里枕戈待敌。萧海里的前队士兵摸到江汉子近前时，被巡营哨兵发现，双方短兵相接，于黑夜中混战。萧海里的人马潮水般推进，耶律宁率重兵一涌而出，遏制对方冲锋势头。萧海里的士兵为了活命而战，自然同仇敌忾，以一当十奋力拼杀，而耶律宁军身着重铠准备充分，双方旗鼓相当，难分胜负。

郝家奴率兵追上叛军后，由于天黑入夜，不利交战，只是派小股部队打了几

个照面便收兵，安营扎寨截住了萧海里军的退路，准备明天开战，生擒萧海里。半夜时分，忽然前方火光腾空，杀声震天。探马来报是萧海里率兵突围与耶律宁部交战，此时如果郝家奴立即起兵夹击，萧海里一定会首尾不能相顾，必败无疑。而郝家奴却留个心眼，杀敌一千自损八百，他想等萧海里跟耶律宁拼个两败俱伤时，打扫残局，坐收渔利，因此贻误了战机。

按正理说萧海里要突破耶律宁的防线并非易事，然而天不灭萧。正当两军酣战之际，早已潜入过江的阿典部大将斡达剌，在耶律宁后面点燃芦苇放起火来，正好西南风往东北刮，干枯的芦苇和蒿草劈劈啪啪地燃烧起来，一会儿便引燃了耶律宁的草料和营帐，大火在劲风的吹动下快速蔓延开来。耶律宁也未料螳螂捕蝉黄雀在后，哪知阿典部竟然也敢公开反辽，从背后插了一刀子。斡达剌虽然人数不多，但他们借着火势鼓噪，乱箭齐发。耶律宁也不知后方有多少人马，大火熊熊，烈焰腾空，烧得众兵四处躲藏，自先乱了阵脚。

萧海里见敌军后方起火，杀声阵阵，敌军阵脚已乱，估摸是阿典部来接应了。就一鼓作气突破了耶律宁的防线，冲到混同江边。斡达剌认出萧海里就高声喊道："萧将军！不可恋战，快与我过江！"萧海里哪里有闲心恋战，恨不得立时摆脱敌兵，马上整理人马滑下鸭子河。

郝家奴见前方两军杀得难分难解，其兵马严阵以待，等着收拾残局。见前方火光顿盛，喊杀声稀落，才引军出击，一路势如破竹，抓了许多俘虏，等到他大军推进江边与耶律宁汇合，已是天色大亮，萧海里早已在阿典部阿典勃堇的热炕头上喝烧酒、吃狍子肉了。

郝家奴再看那些俘虏，是清一色辽兵，而且四分之三是被大火烧伤的耶律宁的士兵，只有少数未曾逃掉的萧海里叛军。郝家奴埋怨耶律宁无能，没有拦住萧海里等待合围夹击；耶律宁指责郝家奴坐山观虎斗，错过了合围的时机，被阿典部的火攻破坏了防线，瓮中之鳖的萧海里逃掉，二人互不相让，鸡争狗斗。

最后耶律宁一气之下，引军回了黄龙府，因为他接到的圣旨就是堵截萧海里，并未指示追击剿灭。郝家奴也自知理亏，不理耶律宁竟自孤军深入与逃入阿典部的萧海里打了十几仗。怎奈那里山险岭峻，雪大风高，地形不熟，又到了年关，士兵们回家心切，军无斗志，郝家奴只好退兵缴旨。

耶律延禧大为震怒，欲诛郝家奴以示惩戒。后来在众臣的苦谏下，免去郝家奴官职以示惩戒，耶律延禧还想选将派兵征讨，众臣又进谏，正值年关之际，天寒地冻，将无战意，兵无战心，不宜用兵，不如过年之后再围剿，耶律延禧觉得有道理，也只好作罢。

萧海里就在阿典部消消停停地过了个年。正月，原为“政月”，是历代皇帝议论国政朝政大事的月份，一般都是正月十五过后，开始召开各类朝议，研究布置一年的施政方略。

辽朝正月的第一个议政会，就是商量如何剿灭萧海里事宜。萧奉先奏本道：“臣以为剿灭萧海里应分两路进兵，一路从鸭子河正面进剿，另一路应绕过涞流河从生女真部包抄萧海里的后路，让他再也无处可逃！”耶律延禧认为有道理，微微点头。

萧兀纳奏道：“臣以为此战借道生女真进剿，不如责令女真完颜部联合进剿。”耶律延禧道：“剿灭一个反贼，还用女真人帮忙，我们的军队不是白养了吗？”萧兀纳忙道：“臣的意思是也借此考验一下完颜部对我朝的忠诚，边将常说女真人有反心，正好以此试之。”

耶律阿思也帮腔奏道：“萧兀纳大人所用的是一箭双雕之计，即剿灭叛军，又能看清完颜部族的真实面目。”萧奉先道：“二位大人在完颜部的议题上过虑了，总是疑神疑鬼的，他们为了打通鹰路，没少为朝廷出力，不能全听那些对完颜部有成见人的话，这回正好是考验完颜部的好机会。”

耶律阿思道：“我们倒不是怀疑完颜部谋反，按正理萧海里肯定派人跟他们联络共同谋反。”萧奉先为了证实自己推断正确就扭头问道：“阿息保大人与女真人打交道最多，你说他们能谋反吗？”阿息保是个大滑头，他谁也不得罪，模棱两可地说：“此事只要派人联系共剿萧海里，一试便知完颜部的忠心。”

耶律延禧没有否定，就算准奏了，他反问道：“正面派哪个将军挂帅？”萧兀纳又奏道：“臣以为派静边州节度使乙烈最为合适，因为他是九百溪营乙绝的弟弟，乙绝死于萧海里之手，他对萧海里恨之入骨，早就扬言要替其兄报仇雪恨，肯定拼死作战。”阿息保也奏道：“臣愿往完颜部说服他们起兵征讨萧海里。”耶律延禧点头准奏，并令两路人马按不同方向，朝阿典部推进。

第二十四章

辽内廷手足相残　完颜部兵马扩编

萧海里投靠阿典部后，借地势之利连胜郝家奴数阵，致使其无功而返，总算过了一个消停年。正月十五刚过，辽朝就派两路征讨大军向阿典部开来，阿典部虽然赖地势之险，但也担心自己势单力孤，就忙派使者完颜部联络一起反辽。

斡达剌自告奋勇，出使完颜部劝说他们一起谋反。完颜部自萧海里起兵那日起就非常关注事态的发展。从萧海里的几次战斗中，完颜部隐约觉出辽军战斗力的薄弱。萧海里过五关斩六将，闯过好几道关卡，连败辽军数阵逃到阿典部，因此十分佩服萧海里勇武。

斡达剌风风火火地赶到完颜部，直接向盈歌道："都勃堇，末将代阿典部勃堇给您见礼了，有要事相商。"盈歌寒暄道："斡达剌将军，啥风把你吹来啦？阿典勃堇还好吗？"斡达剌大咧咧道："行啦！咱俩也别客套了，我就直说我的来意，我今个儿来不仅代表阿典部，我还是萧海里大将军的特使，受萧大将军差遣请你们完颜部率生女真族众加入反辽行列，共兴霸业，从此熟女真、生女真就与辽国三足鼎立划疆而治，这不是千载难逢的好机会吗？"

盈歌道："此事关乎我全部族生存，容我们商量商量，再作答复，况且将军一路鞍马劳顿先到馆驿歇息片刻，我等商议后再作定夺。"斡达剌不屑一顾道："多好的事呀！还商议啥？大丈夫做事就要雷厉风行，优柔寡断难成大器！"

阿骨打对斡达剌目中无人的举止早已产生反感，听他话中含有些轻蔑之意，有些气恼道："你说话有点分寸，这不是阿典部也不是萧大将军府，喳喳呼呼的干啥？"斡达剌被阿骨打捅到痛处怒道："你是什么人，我是跟你家都勃堇商议军国大事，你咋乱插嘴。”阿骨打道：“跟你一样，是替人跑腿学舌的。”“你，你咋能跟我比，我是萧海里大将军特使，阿典部的首脑，事成之后我就是宰相、丞相啦。”阿骨打上前一步想给他点颜色看，盈歌忙道：“阿骨打！快送特使去馆驿，咱们好商量大事。”

斡达剌听到“阿骨打”三个字，心头一凛，暗道：“我说这人说话比我还冲呢，原来是阿骨打，连辽朝权贵都敢打的人我可惹不起。”慌忙跟亲兵去了馆驿。在对待萧海里谋反的事上，完颜部有不同的意见，以欢都、劾孙、曼都珂、习不失等元老级重臣主张坐山观虎斗，待其两败俱伤后再动手；以悟室、骨舍、斜也、吴乞买为代表的青年将领主张借机起事，他们认为时机已到，一个萧海里就把辽朝搅得鸡犬不宁，咱趁势而起，定能成大业；以撒改、阿骨打、乌雅束、阿里合懑、翰带等为代表的少壮派则认为辽朝天祚帝刚刚登基一年多，正在整治朝纲，拨乱反正，任能选贤，处于上升气势，况且辽朝有几十万大军，而完颜部不足千人的队伍，根本无法抗衡，此时与萧海里同谋起事等于自取灭亡，尚需慢慢等待机会。

欢都第一个跳起来嚷嚷道：“我已老天巴地的，土埋半截的人了，这等大好机会不抓，还等啥机会，再等就把我等死了，看不到整倒辽朝那一天了！阿骨打你是个天不怕地不怕的人，咋到这节骨眼上往后缩呢？”其他老将也接着欢都话茬，七嘴八舌说了一大套慷慨激昂甚至刺激阿骨打的话。

等他们说完阿骨打站起道：“诸位老将军，老当益壮我非常佩服，各位小将初生牛犊不畏虎，勇气可嘉。我先问一句，如果我们同意跟萧海里一起举事，我们先攻打辽朝的哪个州府？现有的兵马咋配备？生女真其他各部人马能否听我们完颜部调动？萧海里英勇无敌，连破数州人马，他为何不直接去攻打辽上京临潢府推翻天祚帝他自己好面南背北登基坐殿？为何引人马退到阿典部呢？他要能轻而易举地打败辽皇帝，缘何分给咱们一块肥肉？”

欢都不服气地说：“阿骨打你越来越胆小了，当年你敢在辽朝天子面前殴打权贵，而今你怕啥？”阿骨打让老爷子气笑道：“殴打权贵那是我个人的事，大不了他们把我杀头了事，而举旗造反，关系到整个生女真部族的事，哪能轻举妄动。”

阿骨打一连串的问题，把几个元老和青年将领问得哑口无言，你看我，我瞧你，都无言以对。撒改缓和尴尬气氛道：“我赞同阿骨打的观点，咱们完颜部历

经三代都勃堇，三十多年的时间才在生女真中统一了令牌和旗帜，部族叛乱刚平息不久，拿什么实力去反抗有二百多年基业的辽朝，我们若此时扯旗造反等于引火烧身自取灭亡呀！”

盈歌见主缓派有理有据，主战派无言以对，就问阿里合懑道：“阿里合懑，你是萨满，你通神到天，看看神的旨意如何？”阿里合懑闭目凝神了一会儿，忽然睁开眼道：“神谕此时不可举大事。”

众将又议论一阵子，最终还是主张不与萧海里共谋举事。盈歌见几个老将军也心悦诚服了就说：“既然大家一致认为此时举事时机不成熟，那咱就两头靠一头，这档子事躲是躲不过去，推也推不了，不帮萧海里，就得帮辽朝，坐山观虎斗是不可能了，阿典部跟咱们只隔一条河，辽朝一定会借路从咱们这里抄萧海里的后路，咱们不能坐等辽兵前来，不如先发兵涞流水，到时候也好跟辽人要些出兵的条件。”

阿骨打道：“正好这个狗仗人势的斡达剌就是一个见面礼，刚才要不是都勃堇拦阻，我就给他个下马威，那小子也不知谁惯的，到咱们这装上大瓣蒜了，一会我剥剥他的蒜皮。”一席话把众人逗乐了。

斡达剌去馆驿里等着完颜部商议的结果。也许是连日奔波的疲倦，他靠在火墙旁睡着了，竟然做起美梦来，他梦到自己做上南府宰相，娶了个美貌的高丽新娘，进洞房后，乐得抱着新娘子不住亲她那瀑布似的长发，嘿嘿地乐出声来……

阿骨打领几个亲兵进来，见斡达剌侧歪在火墙上吧嗒！吧嗒！亲吻自己火狐狸帽上的长毛，还嘿嘿笑着，以为他中了邪。就让一个士兵拨拉他。斡达剌人被弄醒，魂还在梦境，蒙蒙懵懵地道：“新娘子，我的高丽新娘子呢？宰相，宰相，萧将军已封我为宰相啦！”阿骨打才弄明白，他这是白日做梦。就大声道：“斡达剌！你的梦做得不错呀！”

斡达剌这才从梦境中挣脱出来道：“哎呀！睡着啦！做了个梦。”一想到美梦被打破，他气不打一处来道：“你们真没眼力见，看到本将军打盹你们等一会儿不行吗？把宰相和高丽新娘都给整没了，你们赔我的梦！”阿骨打怒笑道：“莫非将军梦到自己当了宰相又娶了高丽姑娘！”“那是，那是！不过我这一定是好梦吉兆，盈歌肯定听从萧将军之命，跟我们一起举事吧！”

阿骨打道：“对，一切如你所愿，我们这就送你去辽朝当宰相！”说完一挥手，两个亲兵上前，扯住他胳膊，准备把他捆起来。斡达剌顿悟道：“你们这是干吗？

不同意就拉倒，干什么捆我！”说着双膀一晃，把那两个士兵振了个趔趄几乎跌倒在地。阿骨打看出斡达剌之所以豪横，身上还是有点硬功夫。斡达剌挣脱两个士兵之后，伸手便抽胯下的弯刀，阿骨打岂容他再动兵刃，拧身箭步，一脚踹在斡达剌后胯上，并把腰刀蹬掉。

斡达剌抽刀不成，趁阿骨打收脚落地之际，抡拳打向了阿骨打心窝。阿骨打脚未着地，再躲已来不及，胸脯一挺硬生生接了一拳，只打得胸骨隐隐作痛。斡达剌心道：“都说阿骨打如何了得，也不过如此，我的双拳也打中了他。”思念未了他双腕犹如被两把铁钳夹住，接着就是一阵裂肺撕心般剧痛，咔嚓，一声脆响，双手腕骨给齐刷刷扭断，痛得斡达剌惨叫一声蹲在地上。阿骨打岂能白挨他一拳，就在斡达剌双拳击中心口之际，双脚落地站稳，趁斡达剌抽拳缓慢之际，双手抓住他的手碗，暗运神力扭断他的手腕。阿骨打幽默道：“你打了我两拳，我扭断你双腕，咱们两不欠，现在就送你去当宰相吧。”

斡达剌痛得冷汗盈额，暴戾之气皆无，再也无力装倔使横，不用捆就乖乖听话了。

盈歌号令道：“撒改坐镇会宁州，欢都、阿骨打、翰带、乌雅束、骨舍、悟室、谋演等将领，率兵出城押着斡达剌去迎辽军，以免他们入境。”

盈歌的队伍刚出来会宁州没走多远，迎面来了八匹快马，近前一看是辽使阿息保，盈歌对阿骨打道：“这不是说曹操曹操就到了。”众将心领神会。阿息保一反常态格外客气道：“盈歌都勃堇，这是带着队伍干啥呀！浩浩荡荡的好威武呀！”盈歌知道阿息保吃不准完颜部的立场是助辽朝还是帮萧海里，故意投石问路，就不答反问道：“特使大人，这新正大月的，你说我们能干啥去？”阿息保一时语塞，讷讷道：“这个，这个我可说不好，朝廷正在围剿萧海里叛军，也许你去守卫自己的边界吧！”

盈歌笑了笑道：“阿息保大人不愧是外交特使真会推断，下官也斗胆问一句特使大人，这是去我们会宁州吗？”阿息保道：“正是，我是奉朝廷之命，特意诏令你部助讨伐大军一起进剿萧海里叛军，不知都勃堇意下如何？”言外之意就是你们是帮助朝廷剿贼，还是跟萧海里一道谋反。盈歌道：“特使大人知道，我完颜部一向对朝廷是忠贞不贰，别人说我们有反心，纯属诬陷，完颜部愿意听朝廷调遣，进剿萧海里！”

阿息保赞道：“好！果然未负圣意，是大辽的忠臣良将，我的判断没错，那

咱们就去与朝廷大军汇合。”阿骨打提马上前道：“特使大人，先不用着忙，我还有你最想要的见面礼，保你喜欢，带上来。”阿息保道：“兵贵神速，至于见面礼以后再说吧！眼前是剿灭叛军。”

垂头丧气的斡达剌被两个士兵押上来，阿骨打道：“这个见面礼大人一定愿意要！”阿息保脱口而出道：“斡达剌！他不是阿典部的副将、帮助萧海里谋反的急先锋吗？咋被你们抓来了？”盈歌道：“大人有所不知，萧海里自年前逃入阿典部就不断派信使撺掇我跟他一起谋反，都被我们拒绝了，朝廷二次起兵征讨，他又派斡达剌这得力干将，前来威逼利诱，我岂能与他们同流合污，就派阿骨打把这小子抓起来，献给大人当见面礼。”

阿息保甚为欢喜，完颜部确实对朝廷忠心耿耿，抓住斡达剌可以进一步了解萧海里的情况便于下一步行动，高兴地说：“好！太好了！这见面礼比啥都强，你们给我的见面礼太珍贵了，不知这次出兵你们有啥困难？”阿骨打道：“感谢特使大人体谅我们的苦衷，听说萧海里率三千之众谋反，还把乾州军器库洗劫一空，兵强将勇，武器精良，所以连败朝廷数阵，虽不抵关云长过五关斩六将，但也气势如虹，锐不可当，而我们也就这三百多人，对付萧海里几千亡命之徒，显得势单力薄了！”

阿息保听阿骨打说得非常有道理，朝廷数万大军都是连连败给萧海里，逼完颜部几百多人去对付萧海里，无疑是以卵击石，于是动了恻隐之心道：“阿骨打将军，你说得很有道理，那我就给你们开个口子，允许完颜部自行招募兵丁，朝廷不再限制。”盈歌、阿骨打等都心中暗喜，嘴上却道：“特使大人，我们招来兵丁，盔甲兵刃一无所有，不能投入战斗，等于白招，你帮人帮到底吧！”

阿息保道：“铠甲兵器包在我身上，你们尽管招募兵丁吧！我即刻带着斡达剌回去复命。”也正是阿息保为了与萧兀纳打赌，一发善心允许完颜部招募兵丁，为其大辽埋下了祸根。

盈歌令阿骨打等晓谕各部族迅速招募兵丁，未过几天就招来好几百壮男入伍，完颜部兵力第一次突破了千人。阿骨打乐得嘴都合不拢，兴致勃勃地说：“我们有了这些甲兵，何事不成！”盈歌道：“快把此事说与族人，不宜宣扬，以免引起辽朝疑心。”

盈歌带着完颜军，开到混同江畔。

在正面进攻的奚族节度使乙烈，自恃强悍，为其兄报仇心切，猛冲猛打，不料萧海里在阿典部的配合下，使乙烈军遭到重创，并且以巧妙的原始战术杀伤乙烈人马。

森林中到处都是陷阱，雪洞，冰窟，不时有士兵惨叫着落入，落入者必死无疑，偶尔一两个活着的也伤成废人。还有的士兵被兽夹子夹住吊在空中，好不容易卸下来，脚骨被夹碎。地弩、连钩枪伤人无准备之中。乙烈终于领教了萧海里的厉害，也明白了郝家奴为何无功而退。

迂回到生女真地界辽朝另一支招讨大军，以萧得里底为元帅，他恨透了萧海里，在办理乙辛这桩案子中分文未得不说，还被他反咬一口借办案贪污受贿，差点被皇上革职查办，因此主动请缨当了招讨使，并选了渤海留守为副元帅，率八千人马开到混同江畔阿典部背后。阿息保献上斡达刺，并劝萧得里底等完颜军到来一起进攻萧海里。

然而，刚愎自用根本不懂行军打仗的萧得里底，求胜心切。他以为萧海里是强弩之末，惊弓之鸟，根本不堪一击，所以不听阿息保和渤海留守的劝阻，不顾士兵长途奔波的疲惫，贸然组织进攻，萧海里凭借原始森林、莽莽雪原，只用少数兵力配合阿典部兵马就把乙烈死死拖住，他抽出主力来对付从背后下手的萧得里底。

两军相遇，萧得里底根本没打过仗，只是吆五喝六地驱赶士兵往上冲，自己却躲在几层牛皮大帐之中，唯恐被流矢所伤。而萧海里却身先士卒带头拼杀，士兵一见主帅都不惜命，自然勇气倍增一起拼杀。辽军虽为正规军，却因没有过硬的指挥官，厮杀了片刻就败下阵来了，潮水般后退，渤海留守如何喝令也阻止不住退势，只好保护着萧得里底撤退。

恰在此时，盈歌引军队赶来。阿息保忙喊道："盈歌都勃堇，萧海里追杀过来了，快点顶住，保护招讨使大人!"盈歌点头称是，引兵迎了上去，萧海里先锋部队见又有一支队伍涌出，自然停止了追击，一员大将催马上前道："看旗号，你们是完颜军吧？盈歌在吗？萧将军命令你们赶紧截住辽军的招讨使，重重有赏。"

冲在前面的阿骨打道："萧将军呢？"那将道："他马上就到，你们赶紧杀辽兵吧，一会儿都跑净了，如果你们不听指挥，等萧将军人马一到连你们也一块灭了，萧将军的厉害你们是知道的。"阿骨打听得气往上撞道："萧将军也真是的，他手下连一个会说人话办人事的人都没有，难成大事。"乌雅束道："物以类聚，人以群分。鱼找鱼，虾找虾，乌龟只能找大王八，萧海里也就这样了。”

那将道：“你们可真胆肥了，竟敢骂萧将军！活腻歪了咋的？今个老子就成全你。”说着催马舞棒冲了上来。阿骨打恨此人说话嘴损，又想留个活口，于是摘下弓箭，一箭飞出射中来将坐骑面门。那将栽于马下，摔得龇牙咧嘴，完颜军上前把他捆上，盈歌厉声道：“萧海里带多少人马？”那将疼得七荤八素，哼唧半天才说出话来，却仍然强硬道：“好几千呢！一会儿杀过来你们一个也活不了，赶紧放了我兴许饶尔等不死！”

阿骨打上前把金雀开山斧悬在那将头顶道：“那好呀！我就让你先死。”说着就要劈下来，那将终于屈服，扑通跪倒地上道：“我说，我说，算上这阿典部人马也就四千多人吧。”盈歌道：“好吧！暂且饶你一命，领我们去见萧海里。”那将乖乖从命。

这里萧得里底也止住了败退，在渤海留守和阿息保的簇拥下，来到完颜军前，阿息保向盈歌道：“都勃堇，快见过招讨使大人！”盈歌与马上施礼道：“拜见招讨使大人，因铠甲在身不施大礼望见谅。”萧得里底摆摆手说：“免礼，免礼！萧海里手下都是亡命徒太生性了，你们要狠点杀他们，一个也别留！”盈歌道：“我等一定奋勇杀敌，请招讨使大人放心。”

阿骨打上前跟阿息保说道：“特使大人，前些日子你答应给我们一部分铠甲，带来没有，我们还有一部分兵卒没有铠甲呢！”阿息保道：“带来了！带来了！只是未等拿上来，你们便与萧海里接战了。”他没敢也没好意思说刚刚备好。

不多时阿息保的手下赶来几辆马车，卸下了五百副崭新铠甲，阿骨打令未有铠甲的兵士穿上铠甲。渤海留守问阿息保道：“说话的那个手持利斧、身不着铠甲却给士兵发放铠甲的将领是谁呀？”

阿息保道：“噢，大人不认识他，我也忘介绍了，他就是先皇帝封的祥稳，阿骨打将军。”渤海留守道：“原来就是传说中的女真巴图鲁阿骨打，我说气度不凡、别于众人呢。我早就是想结交他，苦于没有机会，正好我备了一套金锁铠甲赠与他，上阵哪有不穿铠甲的呢？”

阿息保喊道：“阿骨打将军你过来一下，留守大人要你答话。”阿骨打策马过来施礼道：“见过渤海留守大人，不知大人有何事？”渤海留守流露出赞赏眼光道：“素闻将军勇武过人，早有巴图鲁之称，闻名不如见面，果然出类拔萃，你光忙着让别人穿铠甲了，你还身无铠甲呢，正好我备用一套金锁铠甲，赠与你以作防身之用。”

众人满以为阿骨打会为那副贵重的金锁铠甲滚鞍下马大礼接收。不料阿骨打抱拳道：“多谢留守大人好意，末将奉命讨逆贼，寸功未立，一敌未杀，焉能受如此厚礼，请大人收回成命。”众人愕然，那金锁铠甲乃甲中之王，柔韧坚固，是武将求之不得的至宝，而阿骨打却拒之不受，渤海留守惊愕道：“将军过谦了，上阵哪能不着铠甲呢？那太危险了。”阿骨打道：“为了效忠朝廷，我愿甘冒风险，即使死于疆场也在所不惜。”

阿骨打慷慨激昂，豪气冲云令在场的人顿生敬意。盈歌怕渤海留守下不了台阶打圆场道：“留守大人莫怪小侄鲁莽，他一向无功不受禄，这样金锁铠甲先存在你这，等他把萧海里的人头砍下来，再来换金锁铠甲如何?”渤海留守颇有感慨道：“这是真正巴图鲁，好！好！一言为定。”

萧得里底有郝家奴战败被罢官的前辙，为了尽快打败叛军忙许愿道：“你们要是打败叛军，取了萧海里的人头，不仅是一副金铠甲，叛军所夺乾州兵器库的铠甲兵器，连阿典部的一切都给你们，就算本招讨使的奖赏。”

完颜部众将闻言欣喜不已，他们缺的正是铠甲兵刃，难得招讨使如此大方。阿骨打连连施礼道：“感谢大人奖赏，感谢大人奖赏!”那意思好像取萧海里人头如囊中取物一般。萧得里底道：“那咱们就兵合一处，共诛叛军。”

盈歌再施礼道：“招讨使大人不必劳神，暂且观敌瞭阵，割鸡焉用牛刀，我完颜军领受那么多铠甲，正好借此报答朝廷，我军独自迎战萧海里。”萧得里底已领教了叛军的厉害，盈歌坚持要以完颜部人马独战叛军，他也就顺水推舟答应了，心想反正谁剿灭叛军都是我的功劳，你们先去拼吧!

萧海里统率军缓缓而进，探马前来报告辽兵已被杀退，前面出现了完颜部人马。萧海里听说完颜部人马忙问：“有多少人?”探马答道：“几百人!”“他们跟辽兵接上没有?”“双方正在对峙。”萧海里以为完颜部被其威逼利诱所动，果然出兵相助，就提兵迎上来。

盈歌见那些招募的兵丁已换好了甲，叛军大队人马逼了过来，就吩咐道：“萧海里连败辽军，必有过人之处，此战绝不可掉以轻心，一会咱们诱敌近前，猝然攻击，杀他个冷不防。阿骨打、斡带、乌雅束，你们各带二百人马从中路、左路、右路突击，不给叛军喘息机会。欢都将军跟我统中军掠阵。”完颜军准备完毕。

萧海里的人马来到近前，盈歌见为首一员大将手持粗重的铁枪，人高马大，面目凶狠，猜到此人就是萧海里。刚想上前搭讪，萧海里却先开口道：“前边可是完颜部人马？盈歌来了吗？你该早接到我的传令，为何刚到？我的特使斡达刺呢？”萧海里说话如爆豆一般，一句连一句，不容人插嘴。

盈歌示意众将往前移动，不急不躁地答道：“接到命令挺早，可是为了召集人马，耽误了几天，刚赶到阵前！”萧海里道：“接受我的指令，共同反辽。来晚点也就罢了，速让斡达刺来见我。”“斡达刺在后军，一会儿就到。”

萧海里信以为真道：“那好，你马上去追杀辽军，事成之后自有好处。”盈歌朗声道：“众将听令，萧将军命咱们追杀辽军，准备好没有？”众人答道：“准备好了！”盈歌大喝一声“瓦都拉！”萧海里听到完颜部军将帅一问一答，以为他们转身去攻辽军，不料盈歌“瓦都拉”命令一下，早就憋足劲的完颜部铁骑，开弓放箭，一顿爆射。萧海里军猝不及防，登时被射倒一片，萧海里挥动铁枪带着几个强兵悍将拨打着雕翎，竟然不退反进，冲了上来直取盈歌。

阿骨打暗赞萧海里临危不惧非比寻常，急忙催马挡在盈歌前面，与此同时斡带、乌雅束已率将士扑向叛军的左右翼。那萧海里的确勇猛异常，大铁枪舞得呼呼生风，与阿骨打战在一处。他的士兵更是训练有素，遭突袭却慌而不乱，踏着同伴的尸体，冲锋迎战，双方立即形成混战状态。

阿骨打突遇强敌精神抖擞，金雀开山斧与大铁枪频频相撞，丁当之声不绝于耳，二人旗鼓相当，战成平手。盈歌远观战阵，暗赞萧海里勇猛，也只有阿骨打能敌住他，难怪辽军屡遭败绩，遇上这伙亡命徒确实头疼。此时双方互有伤亡，盈歌不忍心让更多兵丁死于非命，期盼着阿骨打早点战胜萧海里，因此从士兵手中夺过鼓槌亲自擂鼓助威，牛皮大鼓被他一阵猛敲，声震云天。

阿骨打深悟主帅的心意，毕竟叛军的兵力几倍于已，他何尝不懂擒贼先擒王的道理。怎奈这萧海里是他出战以来所遇到的第一强手。他身不着甲自然比披重甲的萧海里灵活了许多。阿骨打斧如泼风，只攻不守，一口气劈了十多斧子，萧海里头一回遇到这样玩命式打法，忙不迭地招架，暗赞阿骨打是难得的勇将。

这边阿骨打勇战萧海里，那边盈歌为了将士们拼命擂鼓，他使尽浑身的力气，突然，由于用力过猛，把鼓面砸了一个窟窿，又命人更换一面大鼓继续擂打。盈歌擂得浑身是汗，阿骨打听到急促的鼓声，拼命死战。

二人杀得难解难分，一时难断胜负。萧海里手下一个将官，窥得主帅与一个不披铠甲的敌将战得不可开交，就溜到一边，偷偷摘下弓矢急射阿骨打一箭。激战中的阿骨打力劈华山，一斧当头劈下，萧海里举枪迎上巨斧，半斤八两，恰在斧枪碰击的当口，那偷袭的将官一箭射向阿骨打面门。

阿骨打闻得箭矢破风之声，知道有人放暗箭，抽回金雀开山斧回防，刚好那支狼牙箭已到了面门，阿骨打临危不乱，迅速以斧柄拔到狼牙箭头与杆连接处，那支狼牙箭猛然遇到一股巨大的外力拔转竟然掉回头去，凌厉之势虽减，却斜斜飞出去。正好扎在萧海里前额上，萧海里虽遭重创，仍狂吼厉声，大铁枪迅猛脱手扔砸向阿骨打，阿骨打以全身之力才拨开萧海里致命的一击。萧海里双手捂着前额想把那狼牙箭拔下来，阿骨打哪能再给他这个机会，金雀开山斧砸在萧海里的腰肋之上，立即栽于马下，眼见活不成了。

阿骨打高声喊道："萧海里死了！萧海里死了！"在附近的完颜军听到阿骨打的呐喊声，也一起呐喊起来，声音越传越远。萧海里的士兵起初不相信他们的战神会死，后来细心观看，确实不见萧海里的身影，开始疑惑起来，手下攻击自然缓慢。擂雷助威盈歌听到阿骨打喊声，心中大喜，鼓擂得更加起劲，挥汗如雨，越擂越快，战鼓声声响彻云霄。

萧得里底等闻讯萧海里已死，完颜军即将结束战斗，就催动人马冲上来包围了正在溃逃的叛军，萧海里一死，叛军群龙无首，在萧得里底大军的砍杀下，死伤大半，余下的缴械投降。

萧得里底趁势把阿典部的财物、女人抢劫一空，把阿典枭首示众。甲胄和兵器全部转给了完颜部，盈歌令人把萧海里头颅割下，派阿里合懑等随辽招讨大军一起去朝廷领功。

萧得里底、阿息保等话归前言，把叛军和阿典部的军械，尽数转给完颜部，完颜部得到大批的甲胄兵刃，为日后壮大武装力量作了铺垫。此战盈歌虽然没有上阵厮杀，而擂鼓助阵却让他汗透战袍，口渴难忍，喝了一牛皮葫芦凉水。萧得里底临行前又赏了他一大瓢酒，盈歌不胜酒力，勉强干下去，本来胃肠不好，一下子泻肚不止。

在回师的路上，盈歌问阿骨打战前为何不接受渤海留守赠与的金锁铠甲，阿骨打道："披他人铠甲上阵，灭己威风，战胜了，人们会说因铠甲的功劳，战败了人们又说你无能，给再好的铠甲也没用。"乌雅束问道："缘何诛灭萧海里之后又接受了金铠甲呢？"阿骨打道："这可不同了，这是奖赏，奖赏不能不要，何况

此甲名贵难求，另外我觉得那渤海留守是一个正直的人，也有意结交。”欢都打趣道：“你小子还真有心计，我服了，这次没跟萧海里走一条路太对了，看来我们这老家伙的见识不行了，就看你们年轻的啦！”众将一阵开心的欢笑。

阿里合懑在萧得里底、阿息保的引荐下见到了天祚帝，献上了罪魁萧海里的人头，天祚帝因萧海里叛乱被剿灭，罪人伏诛龙颜大悦，重赏了阿里和懑，嘉奖了萧奉先、阿息保、萧海里底等，三人也对此前的耶律阿思、萧兀纳说女真完颜部有反意进行有力的反驳。萧得里底等描绘了完颜部人马如何奋不顾身杀敌，说得天祚帝心里直痒痒，他传谕道：“朕下个月临幸混同江，诏女真节度使盈歌及讨伐萧海里有功之人觐见，朕到时要好好看看你们说的那些英雄是何等人物。”

实际上天祚帝自上次阿骨打于朝野上殴打了辽臣，就对女真人心怀芥蒂，登基之后说女真人有反心，再加之阿疏告恶状，更加疑虑重重，因此决定亲诏女真节度使前来，以赏赐为名，亲自观察了解他们的忠心。

阿里和懑回到会宁州后，把天祚帝的诏书给盈歌。欢都道：“这回可好了，皇帝让都勃堇亲自接受封赏，真是头一回呢！”撒改道：“耶律延禧还是对完颜部存有戒心，有多大赏赐阿里和懑带不回来呀？”阿骨打道：“事情确实不简单，如今为生女真三十六部，一切以完颜部号令为准，号令乃一，民听不疑，大辽那些有识之士定然心存疑虑，天祚帝又励精图治，萧海里的谋反无疑给他敲了警钟，他放心不下呀！”

曼都珂道：“不行，就派别人代都勃堇前去领受。”盈歌道：“那哪行呀！越是这样还越得去，何况这是天祚帝第一次诏见。”乌雅束道：“就说都勃堇近来身体不好，泻肚不止，浑身发烫，不如我代他去吧！”撒改道：“恐怕连我这国相都代替不了，都勃堇又刚刚从战场下来，就病得连皇帝都见不了？这不合常理。”

阿骨打道：“为了解辽朝的内部，探听一下天祚帝的真正用意，届时随机应变。听说萧奉先、耶鲁阿思、萧得里底之流都爱财如命，何不从他们身上下点工夫呢。”盈歌道：“我现在好多了，术忽给配的几副药，可管用了，已经不泻了，去见辽皇还不成问题。我多带些东珠、貂皮、灵芝、人参，先跟那些重臣融洽关系，也许能套出点底细来。”

盈歌这次为了不让天祚帝探出实情来，留下撒改、阿骨打等少壮派将领坐镇宁江州，挑选了欢都、曼都珂、习不失等老将，表面斯文的乌雅束、阿里和懑、谋演等年轻稚嫩的小将，身怀绝技处事稳重的吴乞买、粘罕等陪伴。阿骨打还特意让术忽跟随，以保都勃堇的身体。

盈歌提前两天到了混同江辽皇行宫，趁机重重贿赂了萧奉先等人。最后从萧奉先的口中套出底细，皇帝就是借这次犒赏之机试探一下完颜部的忠心，并且说皇帝绝无害尔等之意，千万别对圣上不恭。盈歌回到馆驿后，说明天祚帝的用意，严令所有人员，见到皇帝后，无论发生什么事情都要沉住气，不可轻易动气。因为天祚帝自幼顽劣，说不定用什么花样试探呢。

第二天天祚帝在混同江行宫，诏见了盈歌等人，他要亲自看看这些女真人英雄。他见盈歌已五十多岁，虽然精神矍铄，身体高大，却已形消骨瘦，随行有几员老将已是花甲之年，再就是恬静的文弱之士和年轻后生，不以为然，心疑渐释，对跪拜的众人道："免礼平身，朕念你等平定叛乱有功，特面见你们，并重赏尔等，有官职的赏黄金百两，无官职赏与祥稳之职。"盈歌等口头谢恩。

天祚帝又问道："听说你们生女真也统一了号令和旗帜?"盈歌说："臣等一向忠心不二，为了朝廷愿肝脑涂地，千辛不避，万死不辞。""萧得里底、萧奉先等纷纷说完颜部的好话。天祚帝见状又逼问："有边将报你们招兵买马，有反辽之心。"盈歌连连叩头道："此事万万没有，完颜兵丁只有几百人，陛下若不信臣愿以死明志。"天祚狡黠一笑道："说得好。难得你这样忠心，朕这里有一杯毒酒你能喝下去吗?"说完二目如烛逼视着他。

盈歌想起萧奉先叮嘱皇帝要不择手段地试探，就应道："君叫臣死，臣不敢不死。""好！既然你对朕这样忠心，现在就喝吧。"内侍把一杯酒递给盈歌。

盈歌一饮而尽，也未觉那酒有何异味，进肚后马上感觉一阵眩晕跌倒在地，乌雅束等一起惊呼着都勃堇并扶起盈歌，术忽边喊边搭上盈歌的脉门，脉象平稳，一切正常不似中毒，低声告诉众人道："没事，是一种麻醉药。"众人心里稍安，神情紧张。

天祚帝见盈歌干了那杯酒，晕倒后其手下只是围着惊叫，没有一个跳起拼命和指责的，心里美滋滋的。其实天祚帝只给盈歌喝了一种叫曼陀罗的麻醉药。他以恶作剧方式试探一下盈歌的忠心。见盈歌如此忠义还觉得自己有点过分了，于是让御医给盈歌灌了一杯解药，盈歌渐渐苏醒过来。天祚帝好一番安慰，大赞其忠诚，又重赏一番。这也打消了耶律阿思和萧兀纳等人对完颜部的怀疑，完颜部从此安稳一段时期。

那年秋天，盈歌却自觉体力不支，自混同江辽皇行宫归来后，盈歌的病情加重，日渐消瘦，精神萎靡不振，每日进食甚少，术忽师徒使出了浑身解数也无济于事。

这几天，盈歌没有去官署打理公务了，让儿子挞懒、乌野把阿骨打叫来。阿骨打见盈歌瘦得可怜，不觉心头一酸，眼圈就红了，挞懒、乌野也跟着抹眼泪。蒲察氏道："阿骨打，你这是干啥，你五阿叔这不是好好的吗？别这样，你两个阿弟弟动不动就掉眼泪。"阿骨打忙换笑脸道："五阿婶说得对，我五阿叔啥事也没有。对了，五阿叔，前一段时间你派人到高丽请的银器匠来了，不知你要打造啥东西。"

盈歌有气无力道："请银器匠要打造银牌，把咱们的令牌也换成银的，既能显示完颜部的权威，也让持牌者觉到自己身份的尊贵。"阿骨打点头称赞。盈歌又道："咱们完颜部自你爷爷那辈到如今，总算把诸部笼络到一起了。可他临终前，深知他的弟弟跋黑胸无大志，难成大器，你大伯劾者不愿操心担风险，所以就把都勃堇的职位传给了你阿民。结果带来许多麻烦，跋黑总是不服，里挑外掘的。桓赧、散达、乌春、窝谋罕、腊醅、麻产多次谋反都跟这有直接关系，直到他死没消停鼓捣，你大阿伯、三阿叔过世早，所以你阿民之后，就把位子传给了你四阿叔。"

阿骨打趁盈歌喝水之机道："五阿叔我明白，四阿叔在位你为国相，你多次提出要让撒改担当，就是因为劾者大伯未承大位，你想在他儿子身上找个平衡。虽然当时此事未成，可你一上任，第一件事就任撒改为国相。"盈歌道："是呀，为此事我花费了不少心血，军国大事和家族之事要尽量处理得公平些。现如今我这一辈中嫡亲兄弟已经没了。庶出弟曼都珂有勇无谋，阿里和懑有文无武。在你们平辈之中撒改任国相已有十来年，比较稳重。你三阿叔的儿子蒲家奴，你四阿叔的儿子骨室，还有我的儿子挞懒、乌野，不用说跟乌雅束和你比，就是连翰带和吴乞买也不及。"

阿骨打道："五阿叔过奖了，有些事我们赶上好机会才显露一点本领。"盈歌道："一个人的能力不是在一件事上凸显的，要有一系列的事情。按正常的话，你任都勃堇是最好的人选，但又重蹈你爷爷的覆辙，废长立幼，必遭非议，惹起麻烦。乌雅束为人耿直正派，心思稠密，他肯定不会跟你争，可是别人就不一定了。尤其撒改的儿子，乌雅束的儿子，包括你的儿子也都已立事成人了，咱们完颜部可不能因为这事造成内讧呀!”

阿骨打心里如打翻了五味瓶，不知啥滋味，他听盈歌所言皆出肺腑，已是气喘吁吁，就动情道:“五阿叔，有这些话就够了，你让乌雅束继位，我一点想法没有，肯定全力相助，只不过撒改那里……”盈歌摆手道:“撒改我已唠完，他心甘情愿任国相，你放心吧。”阿骨打放心地点点头。盈歌道:“你爷爷、你阿民早都把了解契丹的希望寄托在你身上，不过眼前时机不到，咱们甲兵刚刚过千，尚需时日，将来的天下一定是你的。”盈歌还想说什么，被进来的人打断。

进来的是撒改等一干众将，见盈歌未去官署，就知道他病重，特意前来探望，盈歌也就打住了话头。

辽上京，临潢府。

天祚帝平定萧海里叛乱后，重赏了朝臣。萧奉先因献计借女真人之手消灭了萧海里，一举成功，得到了特殊封赏，深得皇帝宠信，一时权倾朝野，他的两个弟弟萧嗣先、萧保先也不断加官晋爵成为重臣。

萧兀纳、耶律阿思、耶律者术、耶律余睹、阿息保等一些忠良之士，深感萧奉先位高权重，不是靠真才实学和文韬武略，而是全靠他的妹妹萧夺里懒贵为皇后，经常给天祚帝吹耳边风，致使萧奉先兄弟青云直上，心里愤愤不平。

这一天萧兀纳等人到耶律挞葛府聚会，萧兀纳提出要给皇帝选个美女做偏妃，也能与萧夺里懒争宠，以削弱皇帝对萧奉先的重用。众臣搜肠刮肚，提拔人选，一个一个过滤，可是数了一遍，不是名花有主，就是年龄偏小，或是姿色稍逊。耶律挞葛献计道:“在下妻妹瑟瑟自幼喜好琴棋书画，尤其喜作诗，可谓才貌俱佳，只可惜耶律章奴大人已下了聘礼，我岳父已答应了这门婚事。”

阿息保道:“你这是说一句废一句，聘礼都收了你还提它干啥。”萧兀纳眼睛一亮道:“不知你妻妹现在何处?”耶律挞葛道:“前日过来看她姐姐，正在我府上。”“可否请出来让我等一赏芳容，见识一下她的才学。”萧兀纳补充说。“这不太好吧?要是让耶律章奴大人知道了咱们几个的主意，还不恨死咱们。”耶律挞葛也摇着头不肯。

阿息保道:“你这人太死心眼了，萧大人说与大家见面，也未说一定把她选给皇上呀!”耶律者术道:“对呀，请出来祝祝酒兴，一饱眼福还能咋的?”耶律挞葛在众人的撺掇下，无奈只好到后堂请出了萧瑟瑟。

众臣见萧瑟瑟果然天生丽质，姿色超俗，是标准的契丹细娘，微颊浅笑，举手投足都显出高雅尊贵的气派，在众人的盛情邀请下即兴赋诗一首：

> 酒意阑珊兮诗性浓，一心报国兮为朝廷，
> 天上群星兮朝北斗，万众期盼兮世太平。

众人为萧瑟瑟才思敏捷、出口成章、举止得体所折服。萧兀纳心中大悦，代表众人连干三杯以示谢意，萧瑟瑟口吟一绝飘然而去，萧兀纳却早已胸有成竹。第二日萧兀纳把耶律挞葛邀到自己府上，二人促膝长谈，要把萧瑟瑟选妃入宫，耶律挞葛碍于耶律章奴的面子总是顾虑重重。萧兀纳道："瑟瑟才貌两绝是最佳的人选，你还忧虑啥？这也是你将来飞黄腾达的绝好机遇，萧奉先兄弟不就是靠皇后才显赫的吗？你是最清楚不过了。""我觉得这样做，耶律章奴那不好交代呀，同殿称臣这样做有点过意不去。"耶律挞葛一脸为难情绪。"那有啥呀？天下的女人都是圣上的，耶律俨的妻子邢莺莺被先皇看上，不也照样选进宫里了吗？别犹豫了！"

耶律挞葛道："萧大人一向是深谋远虑，又给皇帝当过太傅，能不能想一个两全其美的办法，既不得罪耶律章奴，又能让瑟瑟入宫为妃？"

二人又密谋了一阵，萧兀纳想出一计，令耶律挞葛拍案叫绝。

第二十五章

严明法纪诛妻弟　秉公执法义凛然

天祚帝自平定萧海里叛乱后，自觉帝位牢固，官从民顺。只是还有先帝一些老臣，屡上奏折，进谏忠言，挑眼拔刺。虽然提拔了一批萧奉先一样贴身的官员，但这些人难以与那些忠臣良将的才能相比。萧兀纳给他出了个主意，微服出宫，私访一些忠臣，以利朝纲。

这一天，萧兀纳把天祚帝引到耶律挞葛府微服私访，侍行完君臣之礼后，耶律挞葛让妻妹瑟瑟出来奉茶。萧瑟瑟面似春桃，腰如杨柳，明眸皓齿，风姿绰约，看得天祚帝心猿意马，暗道宫外竟然有这等绝色佳人。萧瑟瑟款款而来，婷婷袅袅，落落大方为天祚帝跪捧香茶，天祚帝接过细瓷扣碗，见萧瑟瑟十指如笋，纤细圆润，莺声燕语，摄人魂魄，爱意萌动。

萧兀纳趁机道："此女人乃耶律挞葛大人之妻妹，名门闺秀，知书达理，诗画双绝，可即兴赋诗。"天祚帝唯恐眼前的佳丽奉茶后退回内室，就顺口道："我大辽乃文明之邦，尚武习文，蔚然成风，先祖母懿德皇后，善诗书，能自作歌词，世人称道。萧瑟瑟既有此能，何不即兴为朕赋诗一首以助雅兴。"

萧瑟瑟忙叩拜道："小女子才疏学浅，只会些娱宾遣兴的雕虫小技，不敢在陛下面前献丑，恐怕龙颜不悦，小女吃罪不起。"天祚帝嬉笑道："果然名门之女，谦逊有礼。朕赦你平身，随便吟咏便是。"萧瑟瑟道："多谢陛下开恩赏识。"言毕沉思片刻吟道：

旭日东升兮辉耀四方，威加宇内兮皇恩浩荡。

国泰民安兮风调雨顺，励精图治兮前景辉煌。

萧瑟瑟口诵一首歌功颂德的诗，语惊四座，在场的人无不啧啧称赞，天祚帝更是眉开眼笑，连连道好说："真是个才思泉涌，见景生情，出口成诵，朕要赏赐你。"萧瑟瑟忙推辞道："小女子能为陛下吟诗作赋是三生之幸，焉敢受赏。"耶律挞葛道："陛下要喜好诗赋，尽管让瑟瑟吟作便是，何谈赏赐。"

萧兀纳趁势道："陛下若喜爱瑟瑟吟诗作赋，何不带回宫中一起研习。"天祚帝暗喜道："陛下有意，不知耶律大人和萧瑟瑟意下如何？"耶律挞葛慌忙跪下道："陛下有意垂怜瑟瑟是她无尚的荣幸，八辈子修来的福分，臣等唯命是听。"跪在一旁的萧瑟瑟，颊生桃红，羞涩难当，心里像喝了一桶百花蜜，说不出的甜蜜，轻启樱桃唇道："小女愿听皇上吩咐。"

萧瑟瑟就这样被天祚帝带回宫中，她未负众望，除了以美貌诱得天祚帝夜夜临幸外，整天给天祚帝吟诗作赋，哄得天祚帝眉开眼笑，心花怒放。在他眼里萧瑟瑟知书达理，能诗会画，又百般的妖柔，女人味十足，由是大有"三千宠爱在一身"之势，就连皇后萧夺里懒那里也很少去了。

皇后也不是省油的灯，探听到皇上从外边带回一个细娘，会吟诗作赋，皇上宠爱有加，甚至连早朝都不上了。她哪能容得一个没有名分的女子受专宠，于是找来萧奉先道："阿哥，你身为宰相，咋能坐视皇上从宫外带回一个野女人进宫。这还不算，皇上连我这皇后的宫殿都很少来了，你能不能联合老臣问问皇上这是为哪般呀！"

萧奉先道："皇后放心，我联合皇叔耶律鲁斡、太傅萧兀纳、大将军耶律者术等一起向皇上奏谏，探明那女人的来历，然后再做定夺，你是皇后正宫娘娘，还怕这个那个的偏妃吗？"萧夺里懒点点头，等于默认其事。

天祚帝自得萧瑟瑟之后，已有三个多月不正经上早朝了，忠心耿耿的文武百官甚感惶惑不安。好不容易盼得天祚帝升了个早朝，皇叔耶律鲁斡、太傅萧兀纳、宰相萧奉先一起跪倒奏道："启禀陛下，连日不早朝，皇上是否龙体欠安？"天祚帝一挥手道："众卿免礼平身，有事早奏。"

耶律鲁斡道："臣近来听传闻，陛下从宫外带回一女子已有三月余，后来经萧兀纳大人核实确有此事。陛下对她宠爱有加，如果陛下对此女垂爱，何不名正言顺封为偏妃？免得宫中议论纷纷。"天祚帝道："既然皇叔有此意，朕马上下诏封萧瑟瑟为文妃，众卿还有异议吗?”众臣答道：“圣上英明!”

语音落后，萧兀纳又上前施礼奏道：“陛下，边关传来信息，女真族盈歌节度使已辞世，其位置由乌雅束接任，请求册封。”天祚帝道：“朕下一道旨，就封乌雅束为节度使。”萧兀纳又道：“边将又说，女真完颜部一向野心勃勃，有鲸吞边塞诸州之意，还请陛下重视边关，有备无患。”

天祚帝最讨厌报忧不报喜，尤其对萧兀纳产生了强烈的反感，他暗想，是你带朕去的耶律挞葛府见的萧瑟瑟，也是你谏我把萧瑟瑟带回宫中，我稍偏宠瑟瑟，你就纠集皇叔、宰相发难，好呀！既然你认为边关重要，我就让你去边关。想到这儿，冷冷地说：“萧卿家所言极是，边关有如此隐患实属堪忧，朕就任你为黄龙府知兆军使，宁江州节度使，总领女真边境事宜。”

萧兀纳闻言心凉半截，心想当初先帝如不把你和延寿寄在我府上悉心供养，精心培育，养成帝王之气，哪有你今天皇位，而今却落得个鸟尽弓藏，兔死狗烹，被逐出京城，戍守边疆，真乃伴君如伴虎，心里愤愤不平，嘴上却道：“臣三日后起程赴边疆走马上任。”萧奉先道：“陛下英明，臣等钦佩不已，萧兀纳大人精通兵书战策，又是先帝的老臣，此去赴命，边关定无恙矣。”

萧兀纳憋气又窝火，本来是好意劝谏皇上纳萧瑟瑟为妃，以正视听，然后与萧夺里懒争宠，削弱萧奉先的权势。上奏加强对生女真完颜部的防备是从社稷安宁的用意考虑，万没料想，皇上翻脸无情，把自己贬出京城。而萧瑟瑟父子、耶律挞葛、耶律余睹等萧瑟瑟的直近亲戚却受益不小。

萧夺里懒见木已成舟，皇上的旨意谁敢违抗？也只有生闷气的份，只能想办法从后宫的角度，限制排挤萧瑟瑟。

盈歌去世后，乌雅束按着盈歌的遗嘱，继任生女真的都勃堇一职。乌雅束虽然用其父劾里钵的话说柔善一些，那是相对阿骨打刚猛而言，实际上乌雅束也是文武全才。阿骨打对这位哥哥十分尊重，毫无僭越之意。而乌雅束虽然位尊都勃堇，却非常尊重老臣意见，依然重用撒改为国相，特别重视阿骨打的意见。生女真完颜部内忧已无，而外患又起。

临界的高丽国逐渐强大起来，得知生女真盈歌都勃堇已故，乌雅束接任，就派大臣黑欢方石携礼品到会宁州祝贺乌雅束袭位，实际是打探虚实。黑欢方石回去向高丽国王陈述了乌雅束如何文弱柔善，全无前几位都勃堇的霸气。高丽国王派使者至会宁州，言称要放回在高丽流亡的女真人。乌雅束重赏了使者，并备厚

礼遣阿恬、成昆前往见高丽国王并接收流亡的女真人。

高丽国王旋即露出真面目，扣留阿恬、成昆二使并旋即杀掉。消息传到会宁州，一片哗然，诸将纷纷请战，讨伐高丽国。撒改道："都勃堇刚继位，国事千头万绪，不可轻易出兵讨伐，可静观其变。"阿骨打点头赞同道："国相所言极是，咱们最大的敌人是辽而不是高丽，如果他们没有大的军事进犯，咱们暂且用外交途径了断，兴师动众，劳民伤财。"乌雅束与他二人意见一致，于是派使者交涉，未果。

几个月后，高丽见女真人只是文讨而无武攻，以为女真软弱好欺了，就派大将尹瓘率领几路兵马向女真和高丽中间的地带推进，把大片土地据为己有。乌雅束见高丽果然是狼子野心，马上派大将斡鲁迎击高丽军，激战几场互有胜负。高丽就在占领区建设了雄州、英州、福州、咸州四座城池，与女真军抗衡。继而又抵宣州、通秦、平戍三城与曷懒甸，从高丽内地迁来大量人口，开垦土地。

乌雅束忍无可忍，以撒改、阿骨打等为帅，倾全国之兵，分九路人马攻向高丽九城，并相对建筑九座城堡与之对峙，双方激烈角逐。阿骨打攻破咸州，杀死其东界行营兵元帅河景泽等。

乌雅束率兵切断九城之间的通道，隔绝九城与高丽国之间的联系，并抽出兵力进攻高丽的宣德镇。包围吉州，大败其东界兵马副元帅吴延宠。阿骨打放出风声，说攻占五城后就去攻打高丽京城。

高丽国王闻风与众臣僚商议此事，由于军事上连遭败绩，九城之地难以坚守，女真人又要攻打京城，众臣僚一片恐慌，一致奏请皇上撤回九城军民，化干戈为玉帛，使国人免遭战乱，高丽国王权衡利弊，顿觉女真厉害无比，自己连遭败绩，便准奏。于是两国便于咸州城外盟誓，高丽退出九城，兵还内地，九城为女真所有。女真确保高丽边民老幼男女、无一伤亡。高丽国陆续撤回军民，完颜部收回九城，遣边将居厥伊、适是欢驻守，乌雅束方班师会宁州。从此边境相安无事。

两年后，漠北大地遭受了前所未有的霜灾，唐朝诗人高适曾有"北风卷地百草折，胡天八月即飞雪"的诗句，描述的是漠北一带飞雪来得早，农历八月就飘然而至，百草枯萎、百花凋零。

春天，布谷声声催醒了沉睡一冬的大地，知时节的好雨，滋润得黑土地墒情正吻，新种入地，胚芽拙土，禾苗茁壮，立秋刚过呈现了一派丰收之景象。

然而天有不测风云，命运总是喜好与众生开玩笑。处暑未到，正值玉米、大豆灌浆之时，突然气温骤降。早霜像魔鬼一样肆虐生女真之地，无情地摧残着待熟的庄稼，一夜之间庄稼的叶子就蔫吧了，继而又下了一场大雪，把翠绿秧杆冻成橙黄色，此后气温骤降再也没回升过，眼看到手的果实，被霜雪夺去，庄稼颗粒无收。霎时人心浮动，盗贼四起，百姓流浪。

女真人各部纷纷向完颜部告急，乌雅束急忙召集各勃堇商议对策。乌雅束道："如今五谷无收，民食不果腹，衣不遮体，多半流离失所，局面混乱，强者为盗，弱者为乞，诸位有何良策能维持大局？"撒改道："前两年与高丽鏖战边关九城，官库粮食耗尽十有六七，百姓无力纳税，为了稳定局势，我们得跟辽朝借粮或者开仓放粮，赈济饥民。"

大将欢都站起说："遇到饥荒趁机为匪盗者一律斩首。如若不然事态难以控制，后果也不堪设想。祖宗的'条教'不可废。"也有几个持强硬态度的将领和勃堇都赞同欢都的观点，他们一致认为乱世就应用重典，否则必生变乱。

阿骨打力排众议道："我不反对执行祖宗的'条教'，但也要分析一下原因，他们都是良民百姓，只因灾荒没有吃喝才去抢劫，如果把这些人都杀了，一定会激起更多人的反抗，到那时局势更难控制。何况咱们女真人丁不旺，焉能大开杀戒，自灭族人。"

习不失反问道："局势这么乱，你有啥办法平息，老百姓吃啥，如何越冬。"阿骨打道："目前要以招抚为主，让为匪盗和流浪者回家，生产自救，打开官仓按户发放粮食。我看被霜雪冻死的庄稼若收起来掺上粮食也能充饥，许多人家都用它喂猪了吗？猪能吃人为啥不能吃？只要熬过一冬，明年开春后就饿不着了。"

欢都还是不服气道："这一冬过去了，官仓的粮食放净了，老百姓又交不上租子，咱们这些士兵吃啥？"阿骨打道："大荒之年减免租税天经地义，这样人心才能平稳。"

乌雅束等都觉得阿骨打说得有道理，于是作出了开仓放粮、招抚匪盗和流浪者回家自救，并将族法"条教"中的"盗一征三"改为"盗一征一"，并减去当年的租税。此令一出流离失所的灾民，纷纷回家领取赈灾粮食后生产自救。

刚一开春，严重的问题接踵而来，人们采山野菜能充饥，勉强维持生计，可

是到了种地时节却没有粮种，人们心里惶惶不安，各部勃堇又纷纷告急，许多百姓也来到官署问计，乌雅束急得彻夜难眠一下子病倒了，一时间局势动荡，人心不稳。

阿骨打征得乌雅束同意，决定向辽朝借粮，保证春播种子。然后请出象征最高权力的族杖，走到众人面前说："都勃堇为这事已病得起不来炕，他对眼下的困难非常痛心。现在我代都勃堇宣布，种地之前一定给大家足够的粮种，并且每户再给一斗口粮。"族众对阿骨打一向信任和崇拜，对他的话深信不疑，一片欢腾。阿骨打的承诺很快传遍了各部落，稳定了人心，都眼巴巴地盼着粮种和口粮。

阿骨打与撒改不顾欢都等一些元老派的反对，决定向辽朝借粮。霜雪之灾对辽朝影响不大，只是靠女真边界的农田受点损失。萧奉先等臣僚也有先见之明，他们知道生女真受了重灾，一定会向辽朝买粮和借粮，于是就奏请天祚帝，把宋朝的岁币贡银转换为粮食。

果不其然，正月刚过。撒改、阿骨打便来朝廷，奉上东珠、貂皮等贡礼后，就直接提出了免交租赋借粮一事。天祚帝见乌雅束未来，觉得撒改、阿骨打地位太低，就委托萧奉先处理此事。萧奉先按着事前合计好的答复道："女真受灾，陛下知之，粮食可以借，但租赋可欠不可免，不然岂不破大辽朝二百来年的规矩?"

撒改道："不知萧大人准许欠赋几年?"萧奉先道："两三年吧！反正你们也欠不黄。"阿骨打道："我们所借的粮如何付利息?"萧得里底道："这个好说，暂借三百万石粮食，三年后偿还九百万石，如果粮食不足，也可以用白银顶替。"撒改道："咱们再商量商量利息的事吧，你们这是借一还三，驴打滚的利呀。"萧奉先道："这是皇上定的，你们不借就算了。"

撒改还想争辩，被阿骨打的目光拦住。因为他已看出，辽朝君臣贪得无厌，借一还三这分明是驴打滚高利贷，比"盗一征三"还苛刻，他们绝对不会为女真的百姓着想，于是答道："多谢皇上开恩，三年后，我们一定连本带利和赋租一起偿还。"

辽朝并未开启国库，而是把宋朝的岁币换成三百万石粮食，又转手给了女真，从中坐收渔利，等于多收了两年的岁币。在返程的路上，撒改问阿骨打道："辽朝的条件太苛刻了，借一还三简直是讹诈，何不与之争讲?"阿骨打道："契丹人一向对咱们巧取豪夺，他们还能放过这千载难逢的机会吗？明摆着咱们眼下的情况比去年秋天还严峻，野菜可以充饥，如果地种不上，就是连年的灾害，到那时候可不好收场了。先借粮种让百姓种地，再给部分口粮，熬过春天就好办了。”

撒改惴惴不安道：“三年之后连本带利再加上租子，咱们咋能还清？”阿骨打安慰撒改道：“车到山前必有路，船到桥头自然直，三年以后另当别论，我自有办法。”撒改起初感觉阿骨打断然决定高利息借粮有些冒失，以后咋偿还呀！而从阿骨打答话的深邃目光中，又看到了另一种含义，心头释然，打心底往外佩服这位阿弟的胆识和魄力。

三百万石粮食雪中之炭，如久旱的甘露。粮食运到了会宁州后，乌雅束等人都喜出望外，立即命各部族带兵前来领取，按人按户发放，这样所有的女真人都分得了种子和口粮，度过了危机。他们都知道这救命之粮是阿骨打从辽朝整来的，从此阿骨打的名字家喻户晓，妇孺皆知。

在这次发放种子、口粮过程中，完颜部已严令各部族，准确发放，任何人不准克扣赈济的粮种，否则严惩不贷。而活刺水的唐括部勃堇唐括速留的叔伯弟弟唐括莫加，依仗其是勃堇的弟弟，唐括部跟完颜部是直近亲戚，自己是阿骨打的小舅子，就私自留下了十几石粮食。

其族人举告完颜部，正值阿骨打穿行于各部族，审查粮食的发放情况。接到乌雅束指令后立即赶往唐括部，阿骨打带人从唐括莫加住所搜出他隐藏的私粮，当众把那些粮食分给了少得粮食的百姓，并把唐括莫加等押回完颜部。

又一次勃堇大会召开了，阿骨打早已了解到个别部族也有勃堇私自扣了部分粮食，没有发放到百姓手中的，因此决定杀一儆百，他把唐括莫加五花大绑推到众人面前。乌雅束说：“这些粮食来之不易，是阿骨打咬着牙宁肯倍受盘剥从辽朝借来的，让各部族人度过饥荒，当时已经下令对私藏占有赈灾粮食者严惩不贷，连我们都勃堇府都不敢私留，都按人头领粮食，唐括莫加竟如此大胆，私自侵吞十几石粮食，此罪当诛。”

唐括速留忙跪下道：“启禀都勃堇，都是我管教不严，致使唐括莫加胆大妄为，侵吞公粮，念他是初犯，念在他是老主母多保真后代情义上，饶他一命吧！”乌雅束没有言语，唐括速留又爬到阿骨打面前道：“姐夫！姐夫求你看在我姐份上饶他一死吧！”

阿骨打叹气摇头道："不是我无情无义，你想想他犯的是啥罪呀？他侵吞十几石公粮，就会有几十家农户种不上地，就会有几十人从此流离失所，甚至为匪为盗，或者饿死街头。人人都有骨肉之爱，夫妻之情，谁忍心割舍离散呢？你扪心自问一下轮到你咋办？当时是我下的令，我岂能为了自己的妻弟而因私废公，将来以何号令诸部，自作孽天难救呀。"一席话说得唐括速留低下头去，不再求情。唐括捏哥也来求情，被阿骨打断然拒绝。

阿骨打道："唐括莫加，徇私枉法，侵吞大批公粮，按'条教'定斩不容，为了严明法纪，就地诛杀，并将其头颅示众各部，以安民心，若再有违反号令者，罪加一等。"阿骨打说到最后声音也有点哽咽，流下两行清泪。

阿骨打秉公执法，大义凛然，下令诛杀侵吞公粮的妻弟，引起了极大的震动，有几个隐藏公粮的部族勃堇，回去后悄悄把公粮分给老百姓，自此老百姓都种上田地并且有糊口之粮。女真人度过了一个百年不遇的大灾荒，开始对阿骨打借粮有异议的欢都等一些元老级的将领对阿骨打十分钦佩，阿骨打的英明到处传颂。

三年后，欢都等大将相继辞世，乌雅束由于身体越来越不好，部族中一些大事都由阿骨打办理，阿骨打的领袖才能更加凸显，阿骨打却不揽大权，遇事都与乌雅束、撒改、阿里合懑等商量，统一意见后再实施。

初春，醉心游猎的天祚帝又进行一次大规模的捺钵活动，宏大的捺钵队伍在苍茫的雪野中踯躅而进。这支队伍从正月十五就从临潢府起身了，一路上驰骋射猎，习武练兵，夜晚就在野外驻扎，牛皮毡帐连成一片，犹如从雪地上突然冒出一座城镇来。

天祚帝在御帐里或批阅奏折，或与臣僚议政，或诏见各国使节，接受国书，或临幸妃子……因此围绕着皇帝"捺钵"队伍，驿马昼夜不息向各方驰去，又从各方驰回，天祚帝似乎要把他的宫殿搬到原野上来。

长春州，位于二江二河即今天的嫩江、松花江、洮河的汇集之处，沼泽泱泱，湖泊星罗棋布，春暖花开之际，各种鸟儿从南方飞来，栖息于此。大雁、天鹅便是这里的主要角色，因此以猎鹰捕杀天鹅，便是春捺钵主要活动。此时冰雪覆盖，群鸟未归，还不能进行捕猎天鹅，钓鱼则是一项最大的活动。天祚帝则在这里凿冰捕鱼，用捕上来的第一网鱼，宴请前来朝见的各路酋长，故而称之为"头鱼宴"，天祚帝的头鱼宴更是奢华盛大，超过历皇历帝，无与伦比。

会宁州，完颜部官署。

乌雅束早已接到辽朝信使通报，天祚帝驾幸长春州，千里以内的酋长必须前去朝拜，参加头鱼宴。怎奈身心交瘁，难以承受一路颠簸之苦，偏偏祸不单行，那段时间国相撒改也得了重病，外出禳灾避难，许多要事都由阿骨打处理。

乌雅束气喘吁吁向众将道："天祚帝一向重视春捺钵各部酋长朝拜情况，眼见我重病缠身不能前往，撒改又进山禳灾避祸。平辈之中只有阿骨打能胜任此行，何况三年前他借了辽朝三百万石粮食，如今连续两年好收成，对辽朝也得有个交代。"

众将认为阿骨打代表完颜部出使，当之无愧，因此都赞同阿骨打去参加头鱼宴。阿骨打沉思片刻道："承蒙都勃堇与诸位这样信任，我十分感激，这也是会会天祚帝君臣的良机，欠他们的粮食也得有个应付，一想到还得对辽帝卑躬屈膝，我就不愿去。"

阿里合懑道："既在矮檐就得低头，你八阿叔我要去不也照样得叩头跪拜吗？这叫大丈夫能屈能伸，今日你拜他，是为了有朝一日让他拜你，再者说了都勃堇去不了，国相也不到场，你再不去，这不等于不重视人家吗？"习不失也劝道："你不去谁去，我们都老天巴地的了，晚辈们又没有见识，去了后捅出娄子来，岂不坏了咱们大事，你不愿去也得去。"

阿骨打只好答应此事，乌雅束强打精神道："好吧，你就带吴乞买、粘罕、悟室他们参加头鱼宴，另外再让骨室、乌野、挞懒、圣果随行，让他们也闯练闯练，况且吴乞买、粘罕有搏熊刺虎引鹿之能，悟室聪明透顶，说不定能派上用场。"阿骨打说："都勃堇你就安心养病吧，家里的事让八阿叔他们多费点心。"

乌雅束的长子谋良虎扯着阿骨打衣襟道："二阿叔我也跟你去，让我也见见世面呗！"阿骨打把谋良虎拽到一边道："本来我打算带你去了，可眼看你阿民的病一点也不见好，还一天比一天重，就打消了这个念头，你还是在家好好照顾你阿民吧，以后有的是机会。"谋良虎顺从地点点头。

乌雅束道："你此去要一切以大局为重，千万不能感情用事，将来要堪大任呀！"阿骨打望着哥哥憔悴的面庞和期盼的目光，心头一热，泪水差点涌出来，他郑重地点点头，让乌雅束大放宽心。

天祚帝打的第一网鱼，是极其昂贵的，需要大费周折。鸭子河中间一段早被皇家卫队封锁了。天祚帝的豪华毡帐搬到河中心的冰面上来，距御帐五里之内的

冰面上的积雪已清理得干干净净。每隔丈余，便拦河横凿出一排冰窟窿。却未露水，留一层半寸余的薄冰，基本能看到水下的游鱼，足见熟练的功夫。每个冰眼旁都有兵丁侍立，或持冰耙，或持走杆，静待命令。以天祚帝的御帐为中心，两厢分别是随行臣僚，皇亲国戚，然后是辽朝所辖的番邦属国的首领。

萧奉先见准备工作全部就绪，向天帝奏道："启禀陛下，一切妥当，万事俱备，只等陛下的东风了。"天祚帝从龙椅上站起，在皇后萧夺里懒和文妃萧瑟瑟的陪侍下缓缓地来到冰窟窿前，趾高气扬不可一世地道："传令，开始捕鱼!"

萧奉先忙扯着喉咙喊道："圣上有谕，开始捕鱼!"传令官依次传出。

河岸高埠处的侍卫得令后，立即擦着火镰，点起火来。霎时火苗上蹿，烟气腾空。远处的侍卫得到信号，手持冰镩的士兵迅速把冰眼内的一层薄冰击碎，持冰耙的士兵把冰耙伸进水中奋力搅动，把水下的游鱼赶走。如此往复，一排一排地从两厢向天祚帝的御帐前赶鱼。

折腾了好一阵子，水下的游鱼几乎都被驱赶到御帐前的两排冰窟窿下，隔着薄冰都见到了游鱼的影子。侍卫们忙凿开薄冰，飞速投下去走杆，把串联网拦于冰底之下，憋闷的鱼群无法走脱，纷纷涌至天祚帝御帐前的冰眼，探头吐气吸氧。

这时，天祚帝带上皮手套，从侍卫手中接过缕钩，那缕钩是由长六尺宽三寸厚半寸的木条制成，微呈弧状，上缚筋革，模板两侧镶有手指粗细的铁钩，专钩大鱼。天祚帝把缕钩深入冰眼，来回搅动，然后用力外拉，只见缕钩之上都钓上了鱼，却不见个头较大的牛鱼。

侍卫们忙给天祚帝换过缕钩，天祚帝再把缕钩深入冰眼下，搅动起来，如此反复数次，寻找牛鱼。忽然天祚帝缕钩陡重，搅动费力，便知钩住了大鱼，近前侍卫忙上前相助，慢慢将缕钩抽出，果然有条牛鱼浮出水面，到此天祚帝算完成任务。在众人欢呼喝彩声中，侍卫们用鱼叉刺中牛鱼将其徐徐拖出水面。

天祚帝洋洋自得，在众人的簇拥下，转回行宫等待御厨烹制头鱼宴，宴请诸臣僚使者。阿骨打、悟室、吴乞买、粘罕、骨室、圣果等一行人中，除了悟室都是头一回参加头鱼宴。见天祚帝如此排场铺张，咋舌不已。粘罕不解地道："不就是钓条牛鱼吗？还费这么大操制。"吴乞买道："别乱议论啦！这里不是会宁州，想说啥就说啥，皇上摆头鱼宴，自然要亲手钓鱼，有啥大惊小怪的。"

他嘴里这么说，心中却想这天祚帝为了一鱼头宴，几近穷奢极欲的地步，我们女真人遇大灾，向朝廷借粮还得三倍偿还，这头鱼宴的破费，够多少人吃饭的了，因此内心愤愤不平。但自己是生女真参加头鱼宴的领队，此行的目的是为探听大辽朝的内幕，不是生闲气来了。悟室又不厌其烦向大伙介绍参加头鱼宴的程序，众人连连称是，于是同其他部族酋长，随帮唱绺向辽帝行宫走去。

下午，天祚帝在行宫休憩。阿骨打、悟室、吴乞买、粘罕、骨室、圣果等分别到萧奉先、耶律阿思、耶律里底等人的毡帐，将上等的蜜蜡、兽皮、生金、东珠送给他们。皇上捺钵，正是奸臣佞党收敛聚财的好机会，完颜部的礼品是其他部族不可比拟的，贿赂这些人既能从他们口中探听辽朝内部的虚实，又能在关键时刻使他们站出来，在皇帝面前为完颜部美言几句。

夜幕低垂，华灯初上。长春州，辽帝行宫，戒备森严，却热闹非凡，张灯结彩，人声鼎沸，宫女穿梭，酒香肉香散发在夜风中。繁盛奢华的头鱼宴开始了，天祚帝左伴皇后萧夺里懒，右伴文妃萧瑟瑟，满面春风地坐在龙书案旁。东西两侧是文武众臣和各部族酋长，然后是皇亲国戚，龙书案上摆满了各种鱼，名为头鱼宴，实则是百鱼宴。

天祚帝心情格外爽朗，随着侍宴官的指挥，一段欢快舞曲过后。天祚帝盛气凌人开口道：“朕自继位以来，四海安泰，国富民强，天下太平，百姓乐业，今钓得头鱼，天降吉祥。故设头鱼宴，大宴群臣，以彰朕朝廷之威武，朕之恩德，众卿家无须拘束开怀痛饮吧。”

众人再次叩谢圣安，然后杯盏起落豪饮起来，阿骨打慢喝酒，细品鱼，享用御膳房烹制出的美味，静观众人百态。那些身着不同服饰、操着不同语言的酋长互相敬酒，狂饮不止。

酒至半酣，皇后萧夺里懒从骨子里讨厌萧瑟瑟，以往只有自己陪伴皇上身旁，如今皇上对萧瑟瑟宠爱有加，竟然让一个偏妃陪同伴驾，一想到这里她就醋意大发，不怀好意地看萧瑟瑟一眼，对天祚帝道：“陛下今日举办头鱼盛宴，会饮群臣和各部族酋长，这文妃瑟瑟才智过人，文思如泉，何不当众即兴赋诗以祝酒兴，彰显我天朝大国文风呢!”

天祚帝几杯酒下肚，情致颇浓，听了皇后萧夺里懒之言觉得是好主意，向萧瑟瑟下旨说：“爱妃，你即席赋诗，让众臣欣赏一下你的文采。”萧瑟瑟心明肚知，这是皇后妒忌自己受宠，故意为难，让自己当众出丑。侍宴官已把众臣僚嘈杂的声音平息下来，大家洗耳恭听文妃赋诗。

萧瑟瑟不负才女之名，只见她略加思忖，樱唇轻启，笑靥如花，伴着舒缓的胡曲道：

> 神鱼朝圣兮出水府，君臣宴饮兮长春浒。
> 威加海内兮服四方，恩泽苍生兮天降福。

萧瑟瑟即兴把头鱼盛宴君臣合饮的场面、皇恩浩荡、威震四方的气势吟诵出来。天祚帝龙颜大悦，带头叫好，众人有的似懂非懂，尤其各部酋长有的根本没听懂诗的含义，见皇上拍手叫好，也跟着一起叫好。

萧夺里懒弄巧成拙，心里又气又恼，表面上还得附和着叫好。接着又有宫女舞伎翩翩起舞，婀娜的体态，轻柔的舞姿，引得众人酒兴大发，又是一痛狂饮。已有醉意的天祚帝早已看腻了宫廷舞女的演出，突发奇想下令屏退舞女，然后道："众卿酒量如海，酒兴正浓，各部族酋长何不舞上一曲，让朕开开心！"

萧奉先忙接茬道："盛宴难逢，诸位也难得陛下与民同乐，各部族酋长献舞助兴。"本来各部族民间欢饮跳舞助兴是平常之事。而今在天子面前跳些粗俗的舞蹈，未免有些拘谨。渤海酋长带了个头，拖着臃肿肥大的身躯，扭腰转胯，搔首弄姿，随着蝎皮鼓的节奏，踉踉跄跄地舞将起来，最后脚下一滑跌倒在地，众人哄堂大笑，天祚帝也笑得前仰后合。

又有兀惹、铁骊、奚族等酋长分别下场跳舞，酋长们鸡蹬狗刨，丑态百出，爬滚翻腾，皇帝咋高兴他们就咋舞。

众酋长轮流下场，折腾好一阵，乐得在场的人有的泪水溢出，有的肚肠都疼。天祚帝心花怒放，干了一杯酒道："完颜部谁来了？"萧奉先拜奏道："完颜部节度使乌雅束抱病在身，让他胎弟阿骨打替他来的。"天祚帝道："咋没看到他跳舞呀？让他下场跳一个。"

坐在一旁喝闷酒的阿骨打，对天祚帝戏弄众酋长跳舞为乐，早已愤愤不平，心想，这哪是圣明君主所为。忽然，天祚帝点到自己的名，佯装醉酒未听见。萧奉先忙道："这个粗俗的人可能喝多了，我去催催看。"萧奉先到了阿骨打近前说："陛下要你跳舞助兴，赶紧上场。"阿骨打端坐不语。

吴乞买醉眼蒙胧道："我二哥不会跳舞。"声音虽不大，天祚帝却听得清清楚楚，他心中不悦道："不会跳，就出来扭一个！"阿骨打醉意皆无，顾视四周，听而未闻。悟室忙抢过话头道："他着急赶路叩拜皇上，骑马把脚扭伤！"天祚帝已盛怒道："那就爬一个！"阿骨打朗声道："完颜部的儿男，只会搏熊刺虎，不会忸怩作态跳舞。"

此言一出，众人皆惊，都为阿骨打捏了一把汗。天祚帝脸色由红变紫，刚要下诛杀令。萧奉先近前奏道："陛下暂息雷霆之怒。阿骨打乃疆外一粗野无知的小酋，自然不懂歌舞，切不可为开心取乐的小事，当众诛杀部族酋长，会冷了众人的心。就让他去搏熊、刺虎，输了自然会死于非命，不用劳顿陛下降旨。如果杀了他，咱们会陷入与女真人的纠纷之中，届时鹰路被阻不说，还有数百万石粮食也没地方要了。"

天祚帝觉得萧奉先说得有道理，句句是要害，何况因为跳舞助兴的事，就在大庭广众之下滥杀部族酋长，也确实有点过分。他更想观看人与熊、虎的搏斗。以往打猎都是众多猎夫在猎场围剿一只野兽，玩得不过瘾。萧奉先等媚臣为讨天祚帝欢心，别出心裁把虎熊装在笼子里，令人进去与之搏击，惊心动魄，观者非常过瘾，热闹、惊险、刺激。尽管如此天祚帝对阿骨打抗旨不遵还是恨之入骨，便悄声对萧奉先下令道："如果熊虎不能把他吃掉，可托边事诛之。"

酒宴结束，众臣僚簇拥着天祚帝，来到一个装有棕熊的毡帐前，帐内有一巨大铁笼子，一头大棕熊吃饱喝足之后，正暴躁不安地来回走动，时而发出低低的怒吼声，震人心魄。棕熊见来人围观，嘴里嚼起沫子飞溅，小眼睛怒视着围观的人群。萧奉先喊道："人熊近搏，壮丽惨烈，百年不遇，完颜部赶紧出人吧！"

阿骨打愤然出列，吴乞买道："二阿哥，你先稍等，看我的。"说完几步抢到铁笼前。棕熊见有人靠近笼子，怒吼一声竖起前掌拍在笼子上，嗡嗡直响，震人耳鼓。吴乞买避开棕熊，如灵猴攀援到笼子顶端。饲养员惧怕野兽伤人，所以做了两个门，把棕熊装进去就锁死侧门，然后在笼顶开一个门喂食饮水。棕熊再厉害也够不到笼顶，所以饲养人员比较安全。

吴乞买攀到笼顶后，掀开小门。那棕熊以为给它送吃喝，立起前掌仰着脸等待。吴乞买在笼顶转了一圈，那棕熊也在笼里转了一圈。等着看人熊肉搏的人群中，早已不耐烦，不知谁喊了一声："跳下去，跳下去！"接着又有人起哄喊了起来，催促吴乞买快下去与熊搏斗。阿骨打等都万分焦急，为吴乞买捏了一把汗。

人熊又耗了一会儿，吴乞买急中生智，脱下了皮袿，垂下去引逗。棕熊连连扑抓，最后他把皮袿团成一团，猛然掷下去，棕熊立即扑上去，拍、撕、扯，吴乞买借机跃入笼中。棕熊把皮袿撕碎，又向赤裸上身的吴乞买扑去。吴乞买岂能让它扑中，闪展腾挪在笼里与之周旋，靠着矫捷的身手，一会儿东一会儿西。倏尔攀到笼壁上，倏尔吊在笼顶上，棕熊抓也抓不到拍也拍不着。累得张口猛喘，气得连连怒吼，双掌拍得铁笼子嗡嗡作响，天祚帝君臣及诸部酋长都看得心惊肉跳。阿骨打等都暗暗为吴乞买捏一把汗。

第二十六章

阿骨打鱼宴罢舞　涞流水修筑边城

会宁州，乌雅束府。

刚刚吃过晚饭的乌雅束，睡意袭来，靠在墙上打了个盹，他稀里糊涂梦见自己小时候跟阿骨打一起捉迷藏，阿骨打藏进了一堆草垛子里，他咋也找不到，急得团团转。突然草垛子起火，阿骨打被熏出来，却被大火紧紧包围着，咋跑也跑不出来，急得乌雅束大哭大喊，叫着阿骨打的名字，竟然喊出声来。

刚好谋良虎去涞流水看望撒改回来，一脚门里一脚门外，就听到父亲喊着二阿叔的名字，他急到近前，见父亲泪流满面喊着二阿叔的名字，忙摇醒他道："阿民！阿民！你醒醒，二阿叔不是替你去长春州参加头鱼宴了吗?"乌雅束被儿子叫醒，方知是南柯一梦，擦着眼泪说："哎呀！睡着了，梦见你二阿叔了，梦不太好，快去叫你八爷爷，让他给我解解梦。"

谋良虎深知父亲是为二阿叔担心，为了不让父亲忧思，嘴里答应道："好，我这就去让我八爷给你解梦。"阿里合懑闻讯迅速赶到，听了乌雅束叙述完梦境后道："被火围住了，好事！好事！火烧旺运嘛！阿骨打他们一定会安全回来，都勃堇你大放宽心吧！一点事不会有的。"乌雅束将信将疑，其内人道："自打有病，一天老胡思乱想，天不早了你脱衣上炕好好睡吧！谋良虎！送你八爷早点回家歇着。"

阿里合懑和谋良虎出了乌雅束府。阿里合懑道："根据你阿民梦境推算，你二阿叔他们肯定遇到了麻烦！你赶紧带人装扮成契丹武士，往长春州那边探探消息，顺便迎迎他们。"谋良虎本来不相信做梦的事，见阿里合懑郑重的样子，忙

答应着与大家奴、阇母、鹘沙虎、斜也等去迎阿骨打。

此时，吴乞买已经把棕熊引逗得暴怒无比，估计它的体力也消耗得差不多，大口大口地喘着粗气，已经没开始时那样凶猛了。他趁棕熊不注意，猛然双脚飞起，踹在其背上，偌大个熊身轰然倒地，众人拍手叫好。

棕熊在地上爬起再次相扑，吴乞买又跳到铁栏杆引逗，如是八九个回合，棕熊渐渐力竭，吴乞买这才接近棕熊，不断地把它踹倒、摔倒，然后骑在它身上，抡拳猛击，直到棕熊趴在地上再也起不来才停止。

这场人熊互拼，许多人都是头一回见到，而且胜者是人，难以置信，众人停顿了好一阵，才轰天阶似的叫起好来。在人们喝彩声中，吴乞买挥动着双臂从侧门走出了铁笼。

众人刮目相看，天祚帝也情不自禁地鼓起掌来，萧奉先趁机说："陛下，这不比看笨手笨脚的男人跳舞刺激多了。"天祚帝余怒渐消道："是挺好的，还得让他们刺虎呢，看看猛虎能把那个叫阿骨打的吃了吧？"萧奉先献媚道："陛下莫急，请到这边来。"说着又引着天祚帝到另外一座毡帐铁笼子旁，向阿骨打道："你来刺虎吧！"

兀室、骨室、圣果、乌野、挞懒等都跃跃欲试，粘罕却抢到他们前面道："杀鸡焉用牛刀，我去刺虎！这是我拿手好戏。"说着抽出弯刀跳进了虎笼子。众人看到刺虎的汉子身体单薄，不如拼熊的魁梧雄壮、结实干练，都担心他会被虎吃掉，兴致勃勃地凑到前面观看。

老虎不似熊用力气硬扑愣拍，它的进攻讲究一扑，二剪，三尾扫。结果这三招都被粘罕灵巧地躲过，周旋了几个回合，老虎还是用这三招，有几次粘罕差点被虎伤着。又是几个照面过去，虎未伤着人，人也未刺到虎。

众人在惊心动魄之余不断起哄，盼着人把虎刺死或虎把人吃掉，阿骨打等却万分焦急，唯恐粘罕有闪失。众人吵得老虎烦躁不安，只见它猛然跃起丈余向粘罕扑去，粘罕无法正面出击，老虎从他的身上跃过，他顺势倒地瞅准时机，把窄长的弯刀捅进了老虎的肛门。那家伙惨叫一声撞在笼子上，便一命呜呼了。外边的人看得瞠目结舌，惊叹不已。

头鱼宴阿骨打罢舞后，惹得天祚帝勃然大怒，在吴乞买搏熊、粘罕刺虎的英雄壮举中落下帷幕，那惊心动魄的场面却永远留在人们的脑海中。辽朝有识之士都预感到女真人比熊、虎还凶猛可怕。

阿骨打算起来三次到辽朝参拜，头一回在辽上京临潢府头鹅宴上，重殴辽权贵，第二次前来借粮，天祚帝因其位卑未接见，这回是第三次公然罢舞，天祚帝阴毒的目光也让他心存块垒。

在回驿馆的路上，阿骨打偶遇辽朝一个地位低微的文官，长相似渤海人。那人似乎没看见阿骨打一行人，边走边吟诗道："星落银河难知晓，虎入深山擒亦难。"像是自言自语，而阿骨打等人却听得真真切切。阿骨打忙上前施礼道："先生借步请到驿馆一叙。"那人看了阿骨打一眼道："我可没那个工夫。"然又吟道："龙归碧海遨游去，凤返丹墀翔九天。"吟完飘然而去。

粘罕忍不住嗤笑书生浪荡不羁，阿骨打却如当头棒喝，那位先生分明想快点逃走，"我可没那个工夫"说得多明白了，悟室也听懂了吟诗人的用意，就劝阿骨打在辽人未下手之前速速离去。阿骨打向吴乞买简单地交代了几句，持着萧奉先给的腰牌，潜出了长春州行宫。

此时，辽朝上层首脑正在激烈争辩如何处置阿骨打呢。耶律者术、耶律章奴、萧奉先等认为，为了确保边境安宁，鹰路畅通，维持与女真人的关系，暂放阿骨打一马，因一件小事诛杀朝拜者，有损大国威望；而耶律余睹、萧兀纳、阿息保则认为阿骨打抗旨不遵，大庭广众之上，皇帝三喻而不遵，有欺君之罪，按大辽律法定斩不饶。

天祚帝觉得两伙人说得都有道理，再争论无益就决断说："此人素有反志，双陆戏时竟敢殴打朝臣，可托边事速诛杀之。"萧得里底奏道："陛下，阿骨打还借咱们三百万石粮食呢，如果杀了他管谁要去呀？岂不是便宜了这帮女真人。"

萧奉先劝谏道："陛下，还要三思。如今诸部族酋长皆集于此，公然发兵围剿完颜部使者，恐引起非议，况且咱们有目共睹了他们搏熊刺虎之能，一旦动起手来，也会造成很大的伤亡，这事一定要慎之又慎。"

耶律余睹道："我们这些骁勇善战的皮室军，难道都是白吃饭的吗？几个女真小酋还能兴多大风浪？萧大人如果害怕，这事就交由我办理。"萧奉先道："谁说害怕了，只是想找一个稳妥的处理办法。"耶律余睹道："那就赶紧下令，包围驿馆，不许任何人出入，待明日其他部族酋长走了之后再动手收拾他们。"天祚帝表示赞许。

子夜时分，皮室军包围了完颜部使者的驿站，一个钦差宣布："明天皇帝要班师回朝，各部使者要暂居馆驿，待皇帝御驾走后，方可撤离。"

吴乞买与粘罕等都吃惊不小，不知天祚帝又搞什么名堂，吴乞买道："咱们等于被软禁了，头鱼宴罢舞，天祚帝肯定耿耿于怀，幸亏我二阿哥提前离去，如果还在驿馆脱身可就难了。"悟室道："咱们只能静观其变，阿骨打罢舞，你和粘罕已用搏熊刺虎为其搪塞了，估计不能把咱们咋样。"几个人毫无睡意，惴惴不安地熬过了下半夜。

阿骨打自知闯了大祸，快马加鞭早已离开长春州地界，驰向边城宁江州。第二天上午，其他部族的使者陆续离开驿馆启程回乡，只有完颜部驿馆被皮室军围得严严实实，大家都心知肚明，是阿骨打罢舞惹祸了，他们唯恐牵扯自己，纷纷撤离。

等各部族酋长均已离去，耶律余睹带着侍卫，气势汹汹地闯进完颜部的驿馆。耶律余睹道："阿骨打何在？速速出来答话！"吴乞买知道大事不妙，忙答道："找阿骨打呀！他昨晚上散席后就没回来，我们正想问问朝廷让他干啥去了。"

耶律余睹怒道："胡说！给我搜！"几十个人把驿馆上上下下、里里外外翻了个遍，就是不见阿骨打踪影。耶律余睹大为恼火，皮室军都勃堇解释道："将军息怒，我奉命把驿馆包围里外三层，别说是一个大活人，就是一只鸟也飞不出去，肯定是阿骨打没回来。"

耶律余睹不甘心，把吴乞买等使者叫到一起，逐一辨认排查，就是没有阿骨打，粘罕还反咬一口道："请耶律将军禀告朝廷，我们要面见圣上要人，阿骨打是在你们行宫内失踪的，活要见人，死也要见尸，我们回去好对都勃堇和族人有一个交代。"

耶律余睹仍让皮室军围着驿馆，自己回行宫回报，道："阿骨打已不在驿站，昨晚散席后就不知去向，那几个女真人还吵着向咱们要人。"萧奉先道："既然阿骨打已经吓跑了，证明了陛下威德，余下的几个女真人扣留他们也没啥用，让他们回去好好准备还九百万石粮食吧。"

天祚帝有些不耐烦，他根本没把小小的女真当做一回事，而对当面忤逆他的阿骨打却恨之入骨，杀他是为了解恨。于是极为不满地道："正主都跑了，还扣几个陪伴的有啥用！让他们回去，限三个月之内把粮食还回，不然我……"萧奉先、耶律余睹等众臣都垂手恭听不再言语。

中午时分，围困完颜部驿站的皮室军悄然撤去，吴乞买等人启程回转。圣果向吴乞买道："四阿叔，约摸这功夫，我阿民应该到了宁江州了。"吴乞买道："如果不出啥意外，应该到了。”“那还能有啥意外，辽皇上就是下八百里加急文书，也没有二阿叔的马快呀!”粘罕半是安慰半是自信地说。

阿骨打也正如众人所料，确实到了宁江州，他一路急驰，后无追兵，前无阻滞，顺利地进入宁江州西门，心里踏实了许多，才觉肚子咕咕噜噜直响，跑了半宿半天，人困马乏了。他正想找一家饭馆打尖，忽然，几匹马驰到近前，阿骨打心里一惊，难道此处有伏兵？他手握刀柄，静观敌情。

前面骑白马的人喊道：“二阿叔，你可回来了，我阿民他们都急坏了。”阿骨打听出了也看出来，说话的是谋良虎，就急急问道：“你咋在这呢？不在家好好照顾你阿民?”谋良虎未等答话，阿骨打见五弟斜也策马过来，就问：“斜也，我让你修筑边城，你跑这里干啥?”阿骨打不解地问个不停。

斜也道：“都勃堇昨夜做了一个梦，说你被大火围着不得脱身，就派我们接应你，知道你必走西门，在这等候半天了。”谋良虎道：“二阿叔，看你马跑得这样快，肯定遇到了麻烦，我四阿叔和粘罕他们呢?”

阿骨打道：“一言难尽，此处不是说话之处，回去再说，你四阿叔他们没有和我一起回来，赶紧给我换匹马，把我的马好好喂喂。”谋良虎给阿骨打换了匹马。几个人穿街而过，去通往女真地东门外一个小饭馆打尖。阿骨打才把头鱼宴上发生的事告诉了大家，听得众人心惊肉跳。

谋良虎道：“那渤海人既然能指点你，就证明他了解这件事的经过，他一定对辽朝不满，将来他说不定会找你来。”斜也道：“行了，这件事回去就别告诉都勃堇了，他身体不好听了还着急上火的，你们先回会宁州吧！我再等等粘罕他们。”

阿骨打和谋良虎驰回了会宁州，乌雅束、阿里和懑等人也顺利归来。头鱼宴事件就不了了之。阿骨打深知辽朝腐败，加紧谋划大事。

斜也奉命去了咸州一带修筑边城，与辽对峙。这一天修到赵三大王和阿鹘产村寨。这两个小部落也是生女真的子民，他们不出钱、不出人修城也罢了，还阻挠斜也修边城，说修城占了他们的土地，必须给钱，不然休想动工。

斜也把此事报告会宁州，阿骨打道：“都勃堇，赵三、阿鹘产素怀二志，当年曾与阿疏勾结，还巴结上了乙烈，根本不想听完颜部的号令。我带了人马前去查看，你就好好养病，别的事也少操心，何况咱们下一辈都长大成人了。”乌雅束道：“行！按你的想法去办吧！这次你带上谋良虎让他也多一些见识。”阿骨打

见大哥气衰力竭的样子，心里好生难受。

赵三、阿鹘产听说阿骨打带领五百兵丁亲自前来问过此事，心里发慌。赵三道："你就一百人吧！再加上我一百多人。也没有阿骨打人多呀！"阿鹘产胆怯道："就是人一样多，咱俩谁是阿骨打对手？不如跟斜也说说，咱们出钱出力出人修边城吧！"

赵三道："我发现你这人，平时可能咋呼了，一到关键时就拉松套，现在说啥都晚了，咱俩跟斜也顶得挺硬，阿骨打来了咱们就软了，好歹咱俩也得跟他对一阵。"阿鹘产后悔不已，硬着头皮去召集人马。

阿骨打人马到达时，赵三、阿鹘产已列阵待战，这完全出乎阿骨打的意料。他此次虽然带兵前来，还是以说服劝解为主，根本没想用武力解决，而赵三、阿鹘产严阵以待，心中暗愠。

阿骨打驰马阵前道："赵三！阿鹘产！你们拒不执行都勃堇的号令，又阻挠修筑边城防御强敌，意欲何为？今天又出兵列阵，难道要与完颜部对抗不成吗？"赵三冷笑一声道："阿骨打！你在头鱼宴上罢舞，得罪了皇帝，怕朝廷收拾你，让我们出钱出人修城挡灾，要修边城也行，给占地钱！不然休想。"阿骨打道："完颜部修边城是为了保卫家乡，防止强敌入侵，这是有利于整个生女真的事。"阿鹘产道："强敌在哪呢？他们没来，你们却大兵压境了，还防谁呀？"谋良虎见赵三、阿鹘产胡搅蛮缠不讲理，就策马上前道："二阿叔，别对牛弹琴了，让我先砍下他俩的狗头，看他们还犟吧！"

阿骨打道："且慢，兵法有云，不战屈人之兵为上吗！待我再劝劝他们尽量不兵戎相见，一旦打起来伤亡的都是咱女真人。"阿骨打又对赵三、阿鹘产道："咱们女真人，从前是一盘散沙，才被辽人统治，为啥不能联起手来？"

赵三道："要想联手也行，完颜部把都勃堇的位置让出来，让我当几天，大伙轮流当，凭啥就是你们家的啦？一任又一任的。"阿骨打被气笑了道："你要是当都勃堇，你有何德何能统一女真各部不受外族欺辱？"

"你别说大话了，你们完颜部当了都勃堇，不也照样给辽朝当走狗吗？他们银牌天使来了不也照样荐枕，榷场上哪天没有'打女真'的事发生？我们不照样纳税吗？"阿骨打见这两个家伙冥顽不化，再说无益，又几个骑士欲出战，阿骨打没有准许，而是一撩开山斧扑哧咔嚓，把路旁的几棵杨树拦腰砍断，然后怒道："我是不想跟你们动手，难道你们的脖子比这树干还结实吗？"赵三、阿鹘产的几个骑兵本想动手，被阿骨打的气势给震慑了，勒马不前。

无论赵三、阿鹘产怎么鼓动，就是没人敢上前接战。他俩又自忖在阿骨打面前三个回合也走不上，就得被劈了，因此不战自行退回了村寨坚守不出，阿骨打并没有追杀他们，只是率兵守在村寨外，围而不攻。

赵三、阿鹘产万般无奈，只好派人向辽咸州祥稳将军实娄求救，结果派出的几个信使被阿骨打擒获，放回村寨，让他们劝降赵三、阿鹘产。然而这两个铁心与完颜部作对的家伙，根本就不听劝阻，竟然带兵突围。由于谋良虎、斜也贯彻了阿骨打“少杀多虏”的策略，并未血腥杀戮，而是以制服俘虏为主。赵三、阿鹘产于混战中逃脱，阿骨打尽虏其兵丁和家眷而归，令斜也继续修筑边城。

赵三、阿鹘产逃到咸州，向驻守那里的祥稳将军实娄告发阿骨打沿着涞流水构筑边城、边墙、硐堡的事，心存反意，请祥稳做主，将阿骨打抓起来。

咸州祥稳实娄闻言倍觉事态的严重，一边向朝廷禀奏折，一边派使者到完颜部，令阿骨打到咸州把事情说清楚，大有问罪之势。

阿骨打对撒改说：“国相！都勃堇病情严重，就别惊动他了，我自己前去处理。”未等撒改开口阿里合懑道：“看来咸州早有准备，你孤身犯险，恐怕凶多吉少。”撒改道：“咸州节度使下了两道官文，向咱们讨说法，这已经不是阿骨打个人的事啦，第三道算是最后通牒，如果拖着不去，他就派兵缉拿……”阿骨打道：“国相放心，我一定去会会这个祥稳实娄。”吴乞买道：“二阿哥你千万不能去，你罢舞鱼头宴辽人都恨死你了，前几年双陆戏曾怒殴辽权贵，你要是去了，他们会对你下毒手，等于羊入虎口。”

习不失道：“如果不去，势必引来辽兵，恐怕要挑起战事，到那时更麻烦。”阿骨打道：“赵三、阿鹘产也学起阿疏来，这样的坏人不收拾，也会向辽朝告恶状。我明日就带人去咸州与他们对质，咱们女真人内部的事情，辽朝是干涉得太多的，也顺便探探辽朝边塞的虚实。”撒改道：“你的计谋不说，我也猜到了八九分，先发制人好倒是好，就怕你孤军深入，去得容易回来难呀！”粘罕道：“阿民，你尽管放心，在长春州天祚帝都没咋地二阿叔，何况一个小小咸州城了。”

撒改瞪儿子一眼道：“小小年龄少说大话，跟你二阿叔去吧！他要是少了一根毫毛，我可饶不了你！”粘罕转脸偷看了一眼阿骨打，见阿骨打给了他信任欣赏的日光，心里暗暗高兴，那些青年将领都争先恐后要去咸州都被撒改拦住。

咸州，祥稳司官衙。

赵三、阿鹘产正陪着实娄喝酒，实娄道："我已下了三道官文，阿骨打连一点音信都没有，上奏朝廷的折子也没答复，让我们在这里干靠，到底发兵缉拿阿骨打否？"赵三道："大人，我认为阿骨打捅了天大的娄子，整死他也不敢来咸州呀！"阿鹘产道："正是，正是，搁谁还敢来呀，大人的威势已把阿骨打压垮了。"

实娄正洋洋得意，一亲兵报告道："报大人，阿骨打已在衙门外等候！"实娄噌地站起身大惊道："啥时候来的？""我们也不知道，守城的弟兄说，只见几个渤海兵装束的人进城。""他们有多少人？""还不清楚。"实娄扑通地坐在椅子上道："都说阿骨打不敢来，这不他妈来了嘛！"

阿骨打在门外应声而到说："祥稳大人下了三道官文催我前来，我敢不来吗？咋的，我刚来，你就不满意吗？"说完也不等实娄召见推门而进，门旁几个战战兢兢的侍卫拿着兵刃尾随阿骨打走进衙厅。

赵三、阿鹘产像耗子见了猫一样吓得变毛变色的。实娄道："这！这！这哪不满意，你终于来了，咱们得好好说道说道。"边说边用余光瞥见门外的吴乞买、粘罕等，登时又是一惊，阿骨打把搏熊刺虎的勇士也领来了。

阿骨打狠狠地瞪了赵三、阿鹘产一眼道："你俩真有出息了，跟阿疏走一条道了，能找人帮助出气啦？我来了你们说咋整吧！"实娄仗着酒劲壮胆道："阿骨打！你凭啥把赵三、阿鹘产的家眷、族人掠为己有，把他俩整得无家可归？"阿骨打道："这是我们女真人的内部事情，与辽廷无关系，你最好别趟这浑水。""咋的？我堂堂大辽祥稳，连这点事都不能过问？""你是朝廷的祥稳，我也是辽皇封的祥稳，凭啥管我？"

实娄支支吾吾答不上话来，赵三挤咕眼睛道："大辽祥稳就得管着女真祥稳，今儿个你不说说为啥掠夺我的家眷和族人就别出这个门。"阿骨打针锋相对道："就凭你们阻碍我们修边城！我来了就不怕走不出去！"阿鹘产追问道："你修边城为了防谁？"阿骨打道："你家房子再好，也得有一圈栅栏院套吧！我修边城抵御盗贼，难道还不对吗？"实娄质问道："你构筑你的边城，为啥把人家和族人虏为己有？"

阿骨打冷笑一声道："你说这个呀！想当年你辽国萧太后执政时，又凭啥派耶律斜轸掠走女真人成千上万的人口和无数马匹？还强迫女真人入辽籍，这又是为啥?”实娄被问得哑口无言，一时语塞。

阿鹘产又问道:“那你完颜部又招兵买马到底想啥?”阿骨打道:“我招兵买马是皇帝的旨意，没有兵马萧海里谋反我用啥平息，你咋不领兵参战呢?”阿鹘产默不作声。赵三道:“阿骨打！今天是要解决你抢掠我们族人的事，你扯那么远有啥用？当着祥稳大人的面，你就干脆点，说明白了。”阿鹘产也帮腔道:“是呀！说别的都没用，赶紧给个痛快话。”阿骨打微怒，上前两步道:“我还真想让你俩痛快痛快!”赵三、阿鹘产急忙躲到实娄身后心惊胆战道:“你！你敢在大辽祥稳府衙撒野？你的胆子也太大了。”

实际上这两句等于没说，在皇帝面前阿骨打都无所顾忌，何况是祥稳司府衙呢！实娄见阿骨打虎视眈眈的样子，也心虚了，仗着胆子喊道:“反了！反了！在本官面前，你竟敢如此野蛮无礼，来人呀！给我拿下!”

随着实娄的喊声，果然涌进几个人，不过没有一个是他的侍卫，而是吴乞买、粘罕、骨室、谋良虎等降虎擒熊之士。实娄和赵三、阿鹘产都倒吸一口气，自己侍卫咋一个人影不见了？这阿骨打一伙人是如何闯进府邸的呢?

原来，阿骨打早已谋划好了，他把自己的五百人马都打扮成渤海人装束，举渤海军旗帜，迅速来到咸州城下，用渤海话说明是祥稳司调拨人马，并有祥稳司的官文。大队人马驻扎城外，少数将领去府衙。祥稳司的侍卫，见来了几个渤海军头领，都未带兵刃，手持祥稳司的官文，就未加盘查，让他们几个进去，阿骨打等这才大大方方地进了府衙。

话不投机实娄大喊来人，近身侍卫刚想入内，被候在门外的吴乞买、粘罕等三下五除二给撂倒，吴乞买进来说:“二阿哥咱们回去吧！这些人蛮不讲理，还扯他们干啥?”阿骨打道:“实娄大人，你连下三道官文，我若是不来，你肯定会说不听命令，可我来了，你又没有诚意，我只好回去！赵三、阿鹘产你们两个败类，本该擒你们回去问罪，看在实娄大人的面子，暂且饶了你们。”

实娄眼珠一转道:“阿骨打，让你的手下和城外的士兵退回去，咱们到京城去说理如何?”阿骨打道:“跟你没啥理可讲了，赵三、阿鹘产这样的坏人你都庇护，真是好歹不分。”

这时谋良虎和骨室进前道:“二阿叔！大事不好了，府衙已被辽兵包围!”实娄、赵三、阿鹘都露出了得意的奸笑。粘罕大怒，箭步上前道:“先宰了你们这几个家伙再说。”阿骨打忙拦住粘罕道:“不可鲁莽，我自有办法出城。”然后对

被粘罕吓得面色如土的实娄道："我们是远方的客人，大人不以酒菜相待，我只好自斟了。"说着来到饭桌前，满了一碗酒道："大人陪我喝一个吧！"实娄哆哆嗦嗦地端起一碗酒沾沾嘴唇便放下，阿骨打又喝一碗道："既然你不愿意喝，就送我出城吧！我可是你用三道官文请来的贵客呀！你无论如何得把我们送到城外。"

说完伸手死死攥住实娄的手腕。

实娄顿觉右手腕像被钳子一样牢牢夹住。讷讷半晌叹口气道："好吧！我送你们出城，不过你们可不能加害于我！"阿骨打道："我咋会加害你呢？连赵三、阿鹘产这样不顾家眷、出卖部族的败类我们都饶恕啦，你我又无仇怨，到城外自然让你平平安安回来。"

阿骨打挟持着实娄出来，亲兵卫队长带人舞刀弄枪地围上来，阿骨打用力一捏实娄，他会意地叱道："你们退下！喳喳呼呼要干啥，没看见我正在送客人出城吗？退下！"众侍卫退去两旁，实娄瞪了一眼侍卫队长心里骂道："一群废物，下过雨送伞来了，早他妈都干啥去了。一行人缓缓出了府衙，亲兵卫队尾随而进。吴乞买见状道："祥稳大人，咱们都是老朋友，不用客气了，少来几个人相送就行，何必动用大队人马呼呼啦啦的。"

实娄回头向侍卫长道："来十个八个人送客得了，其他的人都原地待命！"侍卫长只好止住大队人马，亲自带领几个卫兵跟在后边，街上的行人见祥稳大人与客人手挽着手肩并着肩走在一起，时而还低头交谈，都以为是送客人，根本没想到他们的大人被挟持了。

到了城门楼，守门的士兵问道："祥稳大人要出城吗？"侍卫长带有三分火气道："少啰嗦！快开城门，你没看见大人去送贵客吗？"守门兵不敢再多嘴，迅速打开城门，放下吊桥放一行人出城。骨室、斜也忙牵马迎了上来。阿骨打见手下众人都是上了坐骑，手持兵刃等着，才放开实娄的手腕说："承蒙大人热情相送，以后我还会来拜访你！赵三、阿鹘产连自己的部族都出卖，不是什么好鸟，大人要多加小心。"说完飞身上马，率五百铁骑呼啸而去。

实娄这时候才缓过来一口气，望着阿骨打马队荡起的尘埃，顿觉手腕火燎一样难受，手臂麻木，仔细一瞧被拧掉了一层皮，吓出的冷汗，凉风一吹，浑身冷冰冰的甚是难受，他自忖即使自己的大队人马来了，也难以抵挡阿骨打的五百铁骑，只好气急败坏的回府写奏折向朝廷报告。

天祚帝此时也遇到了棘手的大事，立哪个皇子为储君，一时间让他举棋不定。诸皇子中他最喜欢的是文妃所生之子敖鲁斡，封为晋王。敖鲁斡自幼被母亲调教得知书达理，贤能通达，文采飞扬，深明治国安邦之道。天帝还喜欢德妃所生之子挞鲁，封他为燕王。挞鲁为人豪爽，精于骑射，勇猛果敢，且善排兵布阵。德妃死得早，挞鲁自幼在皇后萧夺里懒宫里长大。萧夺里懒视他为亲子一样。眼见两个皇子一天天长大，太子之位成了焦点。

萧夺里懒是皇后，按理说立她的独生子应是名正言顺，可惜她的儿子痴呆，但她不甘心让敖鲁斡成为储君，就与萧奉先、萧嗣先、萧保先商量，收燕王挞鲁为义子，积极推举他做皇子。文妃瑟瑟父亲是国舅，大姐夫耶律余睹是南军都统，二姐夫耶律挞葛也是朝中要臣。他们更想让晋王敖鲁斡成为储君，于是两派势力的明争暗斗，不可开交。

萧奉先依仗身为宰相、萧夺里懒的皇后的权势，对文妃威逼利诱。文妃瑟瑟愁肠百结，这一天正在宫里弹唱自作的词曲，以排遣心头之郁：

丞相来朝兮佩剑鸣，千官侧目兮寂无声。
养成外患兮嗟何及，祸尽忠臣兮罚不明。
亲戚并立兮藩屏立，私门潜畜兮爪牙兵。

天祚帝恰好临幸文妃，在门外听得文妃瑟瑟唱的是朝廷之事，对皇后兄妹充满了怨恨之情，就勃然动怒道：“好了！好了！别唱啦！”萧瑟瑟大惊，见皇上到了，慌忙跪道：“臣妾不知陛下驾到，信口歌咏，望恕罪。”天祚帝见萧瑟瑟楚楚动人，娇柔可怜，怨气消了一半道：“朕恕你无罪，以后少与皇后闹别扭，这首词要传出去，你们的误解不更深了吗？这样闹下去，太子暂且不立了！”

瑟瑟再次叩谢道：“臣妾只是随口而唱，陛下不愿听，我给陛下唱点好听的。”说着又唱了好几首艳词香曲，才把天祚帝逗乐，立皇太子的事拖而不决。

阿骨打率兵突至咸州，跟祥稳实娄对质，更主要的是一次军事演练，他们把辽国边城几百里间的地形、地势、地貌、兵备驻守情况以及咸州城辽朝官民的情形、动向摸个一清二楚。到了会宁州之后向辽廷奏本说咸州地方官听信谗言，蓄意制造冤案，诓骗他至咸州城内，企图加害于他，破坏了女真人与朝廷的关系云云。

咸州祥稳司也向朝廷报送了加急奏折，把阿骨打率五百骑兵的情况添油加醋描绘一番，并着重指出女真人完颜部加紧厉兵秣马，修筑边城，蓄谋造反。辽朝其他州县的边将萧兀纳、阿息保、耶律宁等也送来上奏，陈述女真人谋反的情况。

这些奏折统统被萧奉先扣下。因为天祚帝听喜不听忧，再者在天祚帝的印象中，女真人只是一些粗俗野蛮的草莽之辈，与他所狩猎的禽兽一般，再凶狠也斗不过人。萧奉先把奏折的大意向天祚帝汇报，而天祚帝一笑置之道："小小的女真人成不了啥大气候，你传旨阿息保前去查问此事，再调几支近处的军队加强连城防守。"

阿息保奉旨来到会宁州，责问完颜部沿涞流水修筑连城一事。

阿骨打把阿息保接进营寨道："阿息保大人，说起来咱们也算老朋友了，今个有啥事，你别找都勃堇他身染重病，经不起折腾了。"阿息保道："今儿个这事还真得见乌雅束节度使，因为这件事你做不了主的，跟你谈没啥用，快把节度使请出来，不然我就在这里等他！"阿骨打深怕阿息保传达的圣旨对乌雅束有刺激，所以不让阿息保去见。一个要见，一个不让见，两个各不相让，拖了几个时辰。

乌雅束病得确实很重，但还没到阿骨打说的那种程度，他夜里又做了个梦，梦见自己率众将去深山打猎，突然，遇见一青狼，策马追近，连发数箭皆不中，又追赶了一阵，把箭支射尽了也未伤着青狼，眼看青狼要跑进树丛之中，就在他焦急之时，阿骨打催马赶来，他喊叫阿骨打！阿骨打！快射箭，结果阿骨打一箭射中，青狼应弦而倒。

乌雅束觉得梦境挺蹊跷，就让谋良虎把阿里合懑找来给他解梦。阿里合懑听他陈述完梦境之后，大喜道："都勃堇！好梦，好梦，青狼是天狼星，乃帝王之星，兄不能得而弟能得之，此为大吉之兆。"乌雅束大喜道："真的呀！看来咱们几代人的夙愿阿骨打能实现了。"阿里合懑点头称是。乌雅束一高兴病也好了许多。

习不失正好来探视乌雅束，见他二人谈得兴高采烈，在门外就嚷道："看来都勃堇的病好多了，不然咋唠得这么欢呢！"阿里合懑等习不失进门后说："都勃堇做个梦，我给圆了。""准是好梦，看把你们高兴的。"乌雅束道："当然是好梦，不然不能这样。我病多日了，今个好了。"

习不失听阿里合懑讲完圆梦的经过道："我明白了，都勃堇的梦兆已告诉了要把位子传给阿骨打，这也是众望所归呀！也合乎我们祖训兄终及弟制。”阿里合懑道：“你说得大家都认可，还有一点也得思量。当初老都勃堇传位劾者大哥，他死活不肯继位，才传给二子劾里钵，可撒改一家毕竟是长支。”习不失道：“撒改为人敦厚宽宏，沉稳睿智，他要是计较的话，盈歌传位给乌雅束，他就该争了。”

乌雅束道：“撒改大阿哥身为两任国相，殚精竭虑为咱部族着想，功勋卓著，却从不居功自傲。他继承都勃堇之位也非常合适。当年五阿叔传位时，单独把我俩叫到一起商量，撒改大哥百般推让，我才接了这个位子。”阿里合懑道：“事隔十年，咱们的孩子都出息成人了，撒改的弟弟斡鲁、儿子粘罕都是搏熊刺虎的名将。咱们还是先探探撒改的口风吧！阿骨打呢？咱三个一起去。”

阿骨打正在大厅与阿息保争论修边城的事，二人争得急头白脸的。乌雅束隐约听到前院有人争吵，就问谋良虎咋回事，谋良虎再也瞒不住，就告诉乌雅束道：“是那阿息保来了非要见你，二阿叔死活不让，才僵起来的。”乌雅束道：“我这不好好的吗？见个辽使有啥不可，你们早点告诉我呀！何必啥事都让阿骨打顶着，他的担子够重的啦，走咱们去看看。”

乌雅束竟然来了力量，谁也劝不住他，愣是去了前厅。此时阿骨打与阿息保互不相让，争论得非常激烈。乌雅束在谋良虎的搀扶下推门进来，后面跟着阿里合懑、习不失。阿骨打见状站起身道：“都勃堇，你咋来了？好好养病呀，来这着急上火干啥？”阿息保见乌雅束心里一宽道：“好呀！都勃堇来了，一切都好办了。我今儿个奉旨而来，要向都勃堇问三件事情，阿骨打不让我见，所以拦着在这争吵。”

乌雅束道：“前两天确实病得不轻，今天好多了，听说天使大人来了，就急忙赶过来。”阿息保道：“来了就好，我先说头一件事，前几天阿骨打带着五百铁骑突至咸州城下，引起大辽边民极度恐慌，不知尔等意欲何为？”乌雅束吃惊地用询问的眼光看了阿骨打一眼，意思是真的有此事吗？阿骨打道：“这是咸州祥稳司逼的，不去不行。”说着拿出三道咸州祥司官文阿息保看。

阿息保撇了两眼官文道：“官文不假，可是你为何带五百铁骑深入大辽腹地六百余里，是为了侦查吧！”阿骨打道：“幸亏我带了五百人去的，人要是少了我早被实娄给杀了！他偏听偏信，被赵三、阿鹘产所迷惑把我诓骗去，于府衙设下伏兵，要没有五百人驻扎城下，今天我也见不着天使大人了。”

阿里合懑帮腔道："早就听说实娄，没少收赵三、阿鹘产的礼物，但也不能公开偏袒，骗朝廷加封的祥稳呀？"阿息保不了解真实情况，无法再辩解。就说："行了，这事不说了，说说这两件事，你们前两年闹饥荒，曾向朝廷借了三百万石粮食。两年过去啦，一石未还，加上利息九百多万石了，何时偿还？"乌雅束闻言，脑袋嗡的一声，眼前冒起金星，差点栽倒，支撑着问道："不是借三百万石吗？咋变成九百万石了呢？"阿息保道："白纸黑字，阿骨打跟萧奉先大人签的，你们要不是三倍偿还，凭啥借给你们粮？"

阿骨打道："都勃堇，此事是我强作的主，不然那场饥荒也难度过，大田也不能下种，这两年咱们已准备几百万石，到时一定能还上。"乌雅束心中始终没底，但也没好说别的。只有阿骨打心里明白届时如何偿还。

阿息保接着道："到时如数偿还就好，不然再滚两年利息，你们更还不起了。第三件事就是你沿着涞流水修建边城碉堡目的何在，到底防御谁？"乌雅束支吾道："天使大人！我们女真境内人少地狭，力量单薄，修筑边墙堡垒是为了壮胆自防，前几年高丽还向我们大举进犯呢！"

阿息保冷笑道："你这不是胡说吗？涞流水与辽朝接壤，跟高丽差好几百里远，要防备高丽，应到曷懒甸一带去修边城，赶紧下令停止修建，修好的一律拆掉！"阿骨打闻言愤怒地站起身道："天使大人，我们是老朋友，我尊重你，可这话我得说透，你们辽朝是大国，我们完颜部为你打通鹰路进奉贡品，诛萧海里，多次平定叛乱。而你们政出多门，各行其是，听信谗言，包庇女真败类，罪人阿疏至今不交还，赵三、阿鹘产又跑到咸州造谣生事，宁江州榷场天天发生'打女真'事件，银牌天使肆意荐枕，这些总难以让人心甘情愿的执行你们旨意。"

阿骨打语词犀利，句句说理，咄咄逼人。那气势与双陆戏怒殴权贵、头鱼宴罢舞别无二致。阿息保气馁，阿骨打所提的一连串问题，他难以答对，这个连皇上都不在乎的阿骨打着实令人头痛，不敢再强令停修拆除边城，只好悻悻而归，去写奏折向朝廷报告。

第二十七章

撒改举权力廷杖　阿骨打袭都勃堇

乌雅束自阿息保走后急火攻心病情加重。

这年秋天，阿骨打正带几个青年将领在涞流水指挥修筑廖晦城，最后一个碉堡欲抢在上冻之前完工。粘罕飞马来报："二阿叔，我阿民催你快回会宁州，都勃堇不行啦！"阿骨打大惊，急忙跳上坐骑，与众将急归而去。

阿骨打鞭打坐骑急如流星，快似闪电，驰回会宁州。可还是晚了一步，乌雅束已阖然长逝，谋良虎等披麻戴孝跪在灵前，撒改手持廷杖与阿里合懑、习不失等老臣立在一旁。阿骨打想起往日与大哥乌雅束的手足之情，跪在灵前放声大哭，他一哭众人更止不住泪水，哭声一片，众人哭了好一阵子。

撒改擦擦眼泪道："人死难复活，都别哭了，都勃堇尚有遗嘱让我宣布！"阿里合懑和习不失也安慰众晚辈，总算止住了哭声，只见撒改把廷杖举到头顶道："此廷杖传自先祖函普，历经十代，是我们女真人最高权力的象征。"众人闻言纷纷下拜。撒改又道："都勃堇已逝，国不可一日无主，都勃堇临终前，认为这次传位既要遵循祖训，又要选择大智大勇的继承者。"

撒改说到这，众人都屏住了呼吸，等他宣布继位人，连阿里合懑、习不失都忐忑不安起来，因为乌雅束弥留之际只跟撒改单独留的遗嘱，传位于谁，只有他知道，何况廷杖就握在撒改手中，他又是国相。撒改放开嗓门几乎是喊，道："都勃堇的继位人——阿骨打！"

众人先是一愣，接着喊起："赛音！赛音！"阿里合懑、习不失等都用钦佩的目光看着撒改，阿骨打双眼含泪跪在撒改面前道："大阿哥！你……"潜台词是

撒改兄长，你为长支，未得立，而且连任两代国相，功勋卓著，应你继承都勃堇之位。而撒改没让阿骨打说下去，威严而慈爱地说："你要说啥我知道，难道你想让都勃堇死不瞑目吗？快接廷杖！"阿骨打泪流满面，为这位叔伯大阿哥的气度深深折服，他郑重地接过廷杖，承袭了生女真都勃堇之位，那一年是辽天庆三年（公元1113年）。

阿息保回到辽边城后一面给朝廷连续写奏折，一面监视生女真修筑边城的动向。时值深秋季节，艳阳高照，气候宜人，无半点凉意。完颜部修边城的人却停工不干了，阿息保根本不相信早生反意的女真人这么听话停止构筑边关防御工事，派人探问后方知，女真人的节度使乌雅束病逝了。他心中愠怒，这女真人太放肆了，连节度使去世这等重要事情都不向辽朝报告，难道真的不把大辽放在眼里？于是带人前来问罪。

阿骨打和谋良虎等正在给乌雅束守灵，阿息保骑着马直闯到了灵棚前，卫兵拦挡，阿息保仗着辽使的身份却是不理睬，引起了一片骚动。阿骨打见阿息保神情傲慢，骑马前行，顿时火冒三丈，丧兄之痛一下子凝在右臂上，他抢前几步，一掌拍在阿息保坐骑脑门上，那马脑袋被阿骨打掌力震碎裂，抽搐一阵倒下，幸亏阿息保下来得早才未摔着。

阿息保怒不可遏道："阿骨打你太放肆了，还懂不懂规矩，我是辽朝的天使，你们节度使过世为何不报丧？还胆大妄为拍死我的坐骑。"

阿骨打正色道："是你这个自称大辽天使的才不懂规矩，死者为大你知道吧！如果你阿民、额娘死了，人们都是骑着马吊唁吗？"阿息保一时语塞道："我！我！我说的是为何不报丧？""报丧就来你这样的使者，我们看不起，也接待不了。"阿息保气得嘴唇直颤道："好！好！你不接待也行，你打死我的坐骑总该赔吧！"说完径直朝乌雅束生前骑的那匹高头白马走去，左右端详一番道："好吧！我就要这匹大宛良驹！"阿骨打愤怒至极，咬牙切齿道："好呀！那匹马是给我大哥陪葬的，可以给你，不过……"话未等说完就被阿息保打断。

"给就给，还有啥不过的！"阿息保不屑一顾道。"不过，你得留下给我大哥陪葬！"阿骨打边说边抽出腰间宝刀，谋良虎离阿骨打最近，他抢上前去紧紧地抱住了阿骨打道："二阿叔，我阿民盼你堪大任，干大事业，岂能在这小事上动肝火！要这样，他死了也不安心！"

这边谋良虎抱住了阿骨打，那边阿里合懑对阿息保道："天使大人，你要看看火候，阿骨打大阿哥去世了，你不但没有半句安慰的话，还要抢那亡人之马，阿骨打能容你吗？他把丧兄之痛都会发泄到你身上，走吧收场吧！"与阿息保同来的辽朝官员也觉得阿息保有点过火，更被阿骨打的气势给震慑住了。一个随从道："大人，这里死人了，晦气，咱们还是早点走吧！"阿息保早知道阿骨打倔强，没料想他竟然敢拍死自己的坐骑，还要抽刀杀人，听阿里合懑和随从一劝，也觉得自己的做法有点过分，于是就坡下驴道："阿骨打！你家有丧事，我不跟你一般见识，过后我一定找你赔马来。"阿骨打道："只要你敢来就行，我随时奉陪到底。"阿息保一伙灰溜溜离开了会宁州，添油加醋地向辽帝写奏折去了。

阿骨打继任后，加紧修筑边城、碉堡，并派使者习古乃前往辽朝索要阿疏，辽朝不肯放还。阿骨打还不断地派细作打入辽边城里侦察情况，加紧了起兵反辽的各项事宜的准备。

阿息保回到了辽朝向天祚帝禀告，萧奉先接见了他问道："天使大人，此次出使女真之地，定会大有收益，皇上说不定还得赏赐你呢。"阿息保道："陛下呢？我要当面陈奏，生女真之事，若再不镇压完颜部，恐怕要养虎为害，反患无穷。"萧奉先道："陛下刚才跟文妃饮酒作诗，这会可能临幸文妃呢，你要是十万火急，我就去通报。"

阿息保深知天祚帝的脾气，这个节骨眼上谁敢去打扰。忙道："别！别！别的！我跟宰相奏禀也一样。"萧奉先道："好吧！你说说女真人要做妖呀？"阿息保气哼哼道："女真人在完颜部指挥下，加紧沿涞流水修筑边城、碉堡不止；乌雅束过世，阿骨打不告丧，还自任节度使之职；完颜部不断招兵买马日夜操练；阿骨打借的粮食今年能一起偿还否，阿骨打对辽朝天使耍蛮使横，傲慢无礼。"

萧奉先听完后道："还是老生常谈，如果天使大人，想今日见陛下就在此恭候，如果想改日再见就把奏折留下，回去歇息歇息，风尘仆仆的，鞍马劳顿呀！"阿息保心想这份奏折除了乌雅束之死、阿骨打继位外，其他都是以前申报过的，没有新玩意。皇帝又临幸文妃，自己还是少讨麻烦为妙，无可奈何回到自己府上。

阿骨打不断亲自游说各部族，陈述女真人多年来遭受辽朝的欺负、剥削、压榨、迫害的情形，深受各部族众欢迎，激起了族人同仇敌忾之心。

这日，阿骨打正观看谋良虎、粘罕等青年将领操练兵马。悟室陪一身高马大

的汉子匆匆赶到校场。阿骨打离老远就认出来人是耶懒路同宗石土门勃堇的长子蝉春，就迎上去。蝉春上前施礼道："禀都勃堇，家叔阿斯懑因反抗银牌天使胡作非为，已与之同归于尽，三阿叔迪古乃一怒之下把另一个银牌天使杀掉，其随从全部被拘押起来。阿民派我来报丧，还要合计如何跟辽朝交涉。"

阿骨打闻言吃惊不小，一向处事稳重的石土门勃堇还能怂恿弟弟杀银牌天使，一定是银牌天使作大劲了。忙安慰道："你们做得对，对辽朝也不能手软，你先好好歇息，我回府衙安排一下，明日跟你前往吊丧！"蝉春谢过，去驿馆歇息。

蝉春走后，吴乞买道："耶懒路，山高水险，路途遥远，此一去得个月期程的，会宁州尚有许多大事要处置呢。"习不失也劝道："帅不轻易离位，你跑到那么远的地方，家里咋整？"阿里合懑道："前一段时间到其他部族转一圈到是可以的，因为路途近，一旦有啥事，三五天就赶回来了，耶懒路太远了，还请都勃堇三思而后行。"

阿骨打道："大家所言皆为好意，都是为咱女真人考虑，同时也关心我的安危。不过方才我已答应蝉春亲自去吊唁岂能再改？"粘罕道："那可以换别人吗？"阿骨打摇摇头说："耶懒路是咱完颜部的同宗，石土门爷爷曾在最关键的时候帮助过完颜部，他与咱爷爷老都勃堇同辈，只是年龄偏小，我继位后本应前去拜访他老人家，怎奈关山阻隔没有成行，今个儿他们出了那么大的事，我必须得到场，何况是与辽人争端的事。将来咱们举大事，耶懒路是咱们的支柱呀！"众人见阿骨打心意已决便不再劝阻。

临行阿骨打道："国相撒改总领全部事宜，吴乞买打点日常繁杂事。我和阿里合懑、习不失叔叔带下一辈青年将领前往。老一辈中只有他俩与石土门、阿斯魁相识，一起叙叙旧情，再者让年轻的闯荡一番，见见事面。"粘罕、谋良虎等一阵欢呼。

阿骨打在蝉春的引领下，长途跋涉，风尘仆仆来到了耶懒路完颜部城下。石土门、阿斯魁、迪古乃等元老和青年将领出城迎接。

石土门拉着阿里合懑和习不失的手，三人泪水纵横。阿骨打上前道："石土门爷爷，我把你的重孙子辈的都带来了。石土门忙不迭地揩着眼泪道："好！好！这些虎羔子都出息成人啦，我们这些老家伙该好好歇歇了。"然后互相介绍一番，同宗相识，血脉相连格外亲切。

石土门拽住阿骨打道："阿骨打啊！"又改口道："不！不！该叫都勃堇吧！"阿骨打不好意思道："爷爷，咱们都是一家人，你咋客气上啦！"石土门道："好！好！不客气了，你已继任都勃堇之位，还如此不忘同宗之情，亲自率人来吊唁，实在令人感怀，耶懒路的完颜部脸上有光，平时我在族人面前夸奖你如何了得，如今都验证了。"石土门还想说什么，蝉春忙劝道："阿民！人家大老远来的，别在这儿唠起没头了，快让他们进城歇歇吧。"

石土门道："可不是咋地，赶紧进城吧！"进城后阿骨打不顾鞍马劳顿，没有进驿馆，而是直接去吊唁阿斯懑。迪古乃等都心生感激。

阿骨打把十匹奉马、若干祭品和部分金银器皿摆上，带头祭拜，余人随拜。拜后，阿骨打对迪古乃的族人道："阿斯懑阿叔不畏强暴，敢跟任意妄为不可一世的辽朝银牌天使动刀子，是我们女真人的巴图鲁，是完颜部的好汉子，我十分敬佩。我女真人不能白死，一个银牌天使不足为这样的英雄抵命。"说完愤然对迪古乃说："迪古乃勃堇，你拘押的障鹰官在哪儿？"

迪古乃道："在后院的牢棚里。"阿骨打道："好呀！借来一用，我要以他们的血祭奠阿斯懑阿叔。"众人闻言又是惊讶又是钦佩。银牌天使带来的几个障鹰官，被迪古乃的亲兵推推搡搡押到灵棚前。其中一个障鹰官还耍蛮使横道："放开我！放开我！让你们勃堇来见我，你们杀了银牌天使，又扣押障鹰官，是灭族之罪，我大辽虎狼之师一到，定会杀你们一个鸡犬不留。"

迪古乃上前怒喝道："跪下谢罪！"为首的障鹰官冷笑道："天朝大国的使者，咋能给粗野的女真小酋下跪！"阿骨打实在按捺不住怒火，抬脚踹在为首的障鹰官后腿弯上，扑通一声跪倒，阿骨打威严低吼道："跪下！免受皮肉之苦。"阿骨打声音不高却有极强的威慑力，如佛门狮吼一般，余下的几个障鹰官，腿一软不由自主地跪在灵前。

迪古乃道："都勃堇，就是这几个家伙，全部带到。"为首的障鹰官听说女真人的都勃堇来了，犹如溺水的人抓到了一根救命稻草，挣扎着站起来道："咋的，你们都勃堇来了？哪一个是呀？"阿骨打道："我就是，有啥话说吧！"为首鹰官打量阿骨打一眼道："你可是大辽皇帝钦封的节度使，这回可得主持公道，赶紧把我们放了。"阿骨打道："放你们可以，说说你们为啥被抓起来了。""这些粗野之人，蛮不讲理，给天使荐枕是祖上约定俗成的规矩，银牌天使不就是把那个叫什么阿斯懑的老婆给睡了嘛！有啥大不了的，他竟然敢动手打人，天使一怒才动

了兵刃，那小子胆大包天，竟然敢抽刀对殴，结果对刺身亡。他们又把我们几个抓起来，我们又没睡那个娘们，赶快放人呀！把这事处理好，不然我回去向皇上奏请把你这节度使给撤了。”

阿骨打道：“这事要是处理不好，不用皇帝撤我，我自己就不干了。”“那你还不下令给我松绑!”阿骨打怒道：“你们这些狗仗人势的家伙，为非作歹，一贯欺负女真人，今天我就要改改这祖上传下来的规矩!”为首的障鹰官仗着胆子问道：“你想怎么样?”阿骨打道：“你们辽人是人，我们女真人也是人，你们就给我阿斯懑叔叔陪葬吧!”

阿骨打的决定，不仅把几个障鹰官惊得魂飞魄散，就连石土门、迪古乃、阿里合懑、习不失都吃惊不小。石土门道：“都勃堇！这！这是不是有点过火了?”阿骨打道：“这事你不必担心，杀一个和都杀掉没啥两样，银牌天使一死，这些喽啰回去一报告，便是大祸临头，还不如一起杀掉，辽人问及就说没有看见，山险水恶的或许被野兽吃掉了呢。”

为首的障鹰官强打精神，挤出几个字道：“你！你！你敢！难道要造反不成?”阿骨打道：“我就是要造反！你看怎么样?”“你这是灭族之罪呀!”阿骨打道：“先灭了你们几个再说，给他们灌金水!”登时有人把金水拿来，那几个鹰官在四个大汉的挟持下，徒劳地做了垂死挣扎，还是被灌了一肚子金水，便慢慢死去。

金水是女真人一种特质制的秘传液体，与现在的水银性质相同。几个障鹰官被灌下金水后虽然气绝身亡，却栩栩如生似活人般。障鹰官跪在灵前陪葬。在场的族人都极为震撼，感激不尽，被阿骨打敢作敢为所折服，争相传颂，交口称赞。

阿骨打做完这一切，才去驿馆歇息吃饭。石土门、阿斯魁、迪古乃、蝉春等团团作陪。席间畅谈了同宗之间多年的往来走动之情，说到动情处，石土门起身从腰间抽出一根廷杖来道：“阿骨打你的带来了吗?”阿骨打道：“带来了，这宝物不能离身。”说着从腰间解开一个特制的皮套，抽出廷杖来，与石土门的合在一起，茬口正好相对。

石土门本族弟子道：“这就是我们祖上留下的信物，咱们完颜部开始是三支子人，一共兄弟三个，老二叫函普，就是阿骨打的祖上，老三保活里是咱们的祖上，老大曷苏馆在辽人之地，由于多年没有往来情况不详。”说到这略有点悲戚之色。

阿里合懑："同宗，也不必伤心，有这廷杖在，早晚会相见的，到时候这信物就完整了。"石土门幽幽地道："是呀！我早就盼着有这一天，到那个时候，咱们完颜部更加强大了。"阿骨打道："爷爷说的是，不过咱们现在势力也不小，足可举大事，对辽朝也不能一味示弱，你越让步他就越欺负你。"

粘罕道："去年天祚帝摆头鱼宴，让我二阿叔跳舞，愣是没扯他，也没咋样，现在还当上了都勃堇，契丹人是软的欺，硬的怕，见着不要命的就跪下，还有那几个障鹰官，我二阿叔一喊，他们就吓得跪下。"粘罕的话把大伙逗笑了。

第二日，阿骨打会同耶路懒的族人最后一次拜祭亡灵。正当人们默默祈祷之际，一个硕大的叫活罗的鸟落在外边的高树上哇哇叫个不停，这种鸟形状似鸡，专食牛、马、鹿、羚羊等脊梁的疮痂，啄而触及骨髓，所啄之物必死。大家对这个不祥之物甚是反感，阿骨打从侍卫的手里要来弓箭道："别让这个聒耳之鸟惊扰了逝者的灵魂，吵得天神厌烦了会降灾难的。"说着弯弓搭箭，长臂轻舒，树尖上的怪鸟应弦而落。

众人对阿骨打的箭法惊叹不已，阿斯魁道："活罗不祥之鸟，人所深恶之，都勃堇一箭射获，真是去凶化吉，好兆头呀！"阿骨打道："这活罗鸟好比仗势欺人的辽朝狗官，应诛之而后快。"众人首肯。

参加完阿斯懑的葬礼后，阿骨打又带领众人在耶懒路盘桓了几天。与他们谈论了许多部族、家国大事，一向很少外出的阿斯魁、迪古乃大开眼界，长了许多见识。

临行前，石土门、阿斯魁、迪古乃难分难舍地相送。石土门道："老都勃堇（指乌古乃）在世时就没少帮助我们，有一年闹灾荒，若不是他亲自送来粮食、牛马、衣物，我们还不知咋熬过去呢！前年大灾，又是你发放种子、口粮，耶懒路一直感激安出虎水呢。"

阿骨打道："这就说远了，咱们是同宗呀！那年我阿民与乌春开战，您也是带人马相助，才一举歼灭了他们嘛！"阿斯魁道："都勃堇，这次来不仅把杀辽国天使的事处理得妥当，还给族人以莫大的信心，对辽人就是不能太软弱，尤其你用障鹰官为二哥陪葬，给咱女真人出了一口恶气。"

阿骨打道："这都是我应该做的，女真人的命也不比辽人贱，凭啥任他们迫害咱们，我觉得辽国虽名为天朝大国，却内在空虚，奸臣当道，辽主昏庸，醉心游猎，不理朝政，官吏胡作非为，尤其出使咱们女真之地银牌天使、障鹰官更是

肆无忌惮。辽廷又于边城一带设榷场，‘打女真’更是他们的家常便饭，哼，总有一天我要跟他们算这笔账。”

迪古乃道：“都勃堇既然敢罢头鱼宴，又敢诛辽使，何不举兵破辽。”阿骨打道：“我早有此心，只可惜兵力尚且不足，恐以卵击石。”阿斯魁道：“辽人的气我们早就受够了，但耶懒路势单力薄，不敢轻举妄动，咱女真有三十六部之众，都勃堇继位时日虽短，可在部族中的威望、勇武睿智却无人能比，若能举义旗破辽，定能一呼百应。”

阿骨打此行就是等着他们这样的话，心头一热道：“咱们是同宗，休戚与共，定然不会有差错，其他部族就不好说了，我要尽量争取他们出兵举事。”阿斯魁道：“都勃堇尽管放心，耶懒路愿跟着起事。虽万死不辞，届时多了没有，出三五百壮士还绰绰有余，若不嫌弃我愿带兵前往。”

阿骨打热血沸腾，执其手道：“有同宗们鼎力相助，有你这番话，我阿骨打心中有底了，誓死也要为女真人打出一片天下来。”阿骨打此行终于达到了目的，众人依依不舍话别，洒泪而归。

安出虎水，会宁州。

阿骨打率吊唁团赴耶懒路后，撒改、吴乞买主持内务，里里外外井然有序。辽使阿息保自上次被阿骨打怒斥，几乎拔刀相助相向之后，回到辽国多次向天祚帝写奏书反映女真人修边城，筑碉堡，操练兵马情况。萧奉先再次以天祚帝的名义让阿息保前去责问。而阿息保脑海反复叠映着阿骨打拔刀怒视的一幕，心生惧意，托病不出。

军统司耶律捏葛觉得出使生女真是个肥缺，主动请缨讨了银牌天使之职前往生女真探访，天祚帝允旨。

捏葛来到会宁州，阿骨打正好从耶懒路结束吊唁返程途中。撒改、吴乞买小心翼翼好生款待，每逢问及修筑边城、秣马厉兵事宜，二人虚与委蛇，推托等都勃堇回来再做定夺。捏葛实在追问急了就领他到无关紧要的边城查看一番，二人好不容易盼回来了阿骨打。

捏葛见阿骨打后，拿出了银牌天使的派头，并以皇帝的旨意压着阿骨打问道：“听说你们最近在大辽边境，构建了些瓮城、马面、角楼、瞭望塔，还深挖护城壕，不知此等行径意欲何如？圣上十分震怒，特差遣我前来查看，并下旨命尔等即刻停止构建，已构建的限日拆除，如若不然引来天朝大军征讨，一切后果你自然会知道。”

阿骨打刚听时，面色不愉，撒改、吴乞买等人都担心阿骨打会发怒，捏葛讨不到好果子。而出乎意料的是阿骨打听捏葛说完后，一反常态恭敬有加道：“天使大人责问得好，起初我们修筑边城，是怕再有萧海里那样的叛臣闯入境内，更害怕阿疏、赵三、阿鹘产为报私仇借兵讨伐。没想到惊扰了朝廷，让圣上不安，又烦天使大人鞍马劳顿前来勘察。实在是我考虑不周，既然圣上有旨，我立刻停止修筑边城，已修建好的在朝廷限定的日子，一律拆除。”

捏葛也大出所料，传说阿骨打义气雄豪，桀骜难驯，双陆戏怒殴朝臣；头鱼宴罢舞；恐吓天使阿息保等等，而今一见面却是一个豁达大度、通情达理之人，暗笑阿息保小题大做，不能摆平关系，于是狂笑道：“都勃堇真的是开明之人，能遵从圣谕，也让本官不辱使命，回朝廷我要如实禀奏圣上，说不定圣上还能赏赐你呢！”

阿骨打道：“我生女真完颜部一向对朝廷忠贞不贰，多年来平叛乱，保鹰路，贡海东青，诛萧海里，从未打过折扣。”然后向吴乞买道：“你飞马传令边地停止构筑城堡，明日我奉陪天使大人去边城查看，再拆除已建好的。”众人愕然不解，捏葛则满心欢喜。阿骨打大摆筵席，盛情款待了捏葛，席间对捏葛的要求唯命是从，表现出对大辽国的一片忠心。

次日，阿骨打率众将陪同捏葛亲临边城，停止了所有修建工程，并把已构筑好的碉堡拆毁。捏葛大加赞赏，临行前用眼睛瞟着阿骨打送上的丰厚礼品，眉开眼笑地说：“都勃堇深明大义，对朝廷的忠心天地可鉴，闻圣谕令行禁止，可圈可点，本官一定奏明圣上，褒奖于你。”

阿骨打谦恭说：“天使大人明察秋毫，秉公办事，我不胜钦佩，以后盼大人常来生女真部审查，在皇上面前能说句公道话。”捏葛道：“那是，那是，似你这般忠诚天朝的藩邦小国，我还是第一次见到，难得，难得呀！”

送走了捏葛，吴乞买等纷纷追问阿骨打为何如此之为，阿骨打避而不谈，只给他们讲解楚汉相争时，汉军明修栈道暗度陈仓的战例，众人听后释然。

此间阿骨打连续派蒲家奴、银兀可、习古乃等善外交辞令的将领前往辽方交涉索要阿疏事宜，实际上是探听辽边边境布防的虚实。另一方面，又派一大批细作扮成经商的、行猎的、探亲的，直接深入辽边城宁江州、长春州、达鲁古、

咸州、出河店等地刺探军情，了解掌握对方的山川走向、地理形势和兵力布防情况。

各路情报说法不一，其中内容大致相同。有一则情报则引起了阿骨打的高度重视，一个细作探得辽朝防御女真人的前哨重镇——宁江州一带，辽兵集结得无数。阿骨打召集众将分析道："如果辽军这样神速调兵遣将，那么我前些日子做样子给捏葛看都白费了，也证明捏葛是一个深藏不露、表里不一的难缠人物，我们下一步举大事就要重新考虑。"

蒲家奴道："不可能，我前几天路过宁江州，根本未见到增兵的迹象。"银兀可也说："绝对不会就这几天，他们就能集结无数人马？那些辽兵都是从哪调来的呢？"撒改道："细作所言并非空穴来风，此事一定要查实。"吴乞买道："难以计数的人马，还不把宁江州塞满了？我带人去查个究竟。"

胡沙鹘笑道："探查一个小小的宁江州，还用女真第一猎手出马，大材小用了，我胡沙鹘不是说大话，不用三天宁江州的实情明明白白、清清楚楚地告诉大家。"阿里合懑道："有胡沙鹘前往，定能获得实情，他曾自诩为女真第一细作嘛！"众人哄笑，胡沙鹘不好意思地低下头道："哪，哪，哪是我说的，都是大伙瞎掰的。"

阿骨打道："此事非同小可，胡沙鹘你多带几个细作，一定摸清辽军底数，速去速回，若有虚假，定然军法从事。"胡沙鹘肃然领命而去。

三天后，胡沙鹘报告道："启禀都勃堇，我深入宁江州城内探得：辽军确已增兵，宁江州主帅已换为辽国黄龙府知事、静边州节度使萧兀纳，并被辽皇封为东北统军使，正在调集人马，其孙子百胜大将移敌蹇随之而来，带有三百铁骑，宁江州防御使大药师奴手下有二百多渤海军，再加上四院统军二百多人，总计城内守军不过八百余人，所说城内兵马无数只是乱民的传言。"

撒改道："或者是辽军虚张声势，以此恐吓我们，等调集齐人马再动手。"阿里合懑道："也许这是辽军的缓兵之计。"

习不失道："萧兀纳是两朝元老，是当年与耶律仁先齐名的忠臣良将，曾给当今皇上当过太傅，因直言敢谏被皇上贬出京城，到静边州任节度使，调他驻守宁江州将是咱们劲敌！"阿骨打点头道："大家说得都有道理，萧兀纳这员名将咱们暂且不提，就是他的孙子移敌蹇将军也十分了得，再加上大药师奴好几百渤海军也是劲敌。看来宁江州是块硬骨头呀！"

以谋良虎、粘罕、谷神等为首的青年将领则纷纷表示，宁江州就是一块铁骨头，也要一口一口地把它啃下来嚼碎。

阿骨打道："要啃宁江州这块骨头就得宜速下手，胡沙鹘还探到海州刺史耶律谢石的混同军正在向这里集结，辽兵聚多，又有城池可守再攻就难了。"撒改道："现在起事不难，不过宁江州东靠达鲁古，西接兀惹，南临铁骊，这些小国都附属于辽，与咱们完颜部交好已久，且对辽都有积怨，这次起兵必会惊扰他们。不如先去安抚为己所用，则外围无忧矣，更能监视黄龙府方面的援军。"

阿骨打道："国相所虑甚是，那三部族与国相交往甚密，此时我带主力攻取宁江州，安抚邻国之事就烦劳国相和粘罕了。"正在说话间亲兵禀道："都勃堇！达鲁古都勃堇派使者求见！"随着喊声，达鲁古的使者傲然地走进议事大厅向阿骨打施礼道："我家勃堇听说你们要举兵反辽，怕你们以卵击石，劝你们三思后行！"

阿骨打冷然道："我们虽是人少，但有决心能打败辽国，回去告诉你们勃堇不用他操心。"那使者道："好心当了驴肝肺，你们执意起兵我们也拦不住，不过不知达鲁古应帮谁？"阿骨打道："你们分明想隔岸观火，完颜部没有你们相助也照样兴兵起事。"

那使者在众将的怒视下灰溜溜地走了。撒改劝怒不可遏的阿骨打道："可惜当年都勃堇对达鲁古的恩情，危难之机才能考验人呀！"吴乞买道："虽然咱们是用人之际，但少了一根羊毛也照样赶毯垫子。"阿里合懑道："派出去各部征兵的将领只差婆卢火没回来，其他人所征的兵丁都已到齐。"

阿骨打道："国相除了安抚铁骊、兀惹两部外，还要固守前沿阵地以防咸州、长春州之敌抄咱们后路，吴乞买据守会宁州，料理内部一切事宜，其他诸将跟我向廖晦城进发，待婆卢火征的兵到达汇合后起兵。"

起兵反辽，一切准备工作完毕。按当时女真部的规矩，还要把这样关乎部族生死存亡的大事，告之族中辈分最高、资历最老的婶母蒲察氏。阿骨打率领众将簇拥着这老婶母奉酒神祭拜天地，陈述这次举兵起事的缘由和终极目的，说得蒲察氏老泪纵横，拽着阿骨打说："婶子虽老了，却知道你们干的事是咱们完颜部几代人的心愿，咋办好？我也吃不准，你就自己决定吧，不必问我了。"

阿骨打甚为感动，对蒲察氏尊敬有加，接着在阿里合懑和悟室的指挥下，举行了全族人萨满祭祀活动，并借萨满之口，向天地、山川、河流、列祖列宗诉说

了一百来年，契丹人对女真人的凌辱、压迫、剥削的种种罪行。宣告举兵抗辽开始，祈求诸路神灵保佑。全部族人热血沸腾，抗辽情绪高涨。在部族人高呼“阿骨打！阿骨打！”欢呼声中，阿骨打率完颜部将士整队出发了。

廖晦城，涞流水河畔的一座不起眼的小边城，与辽国宁江州隔河相望。廖晦城分为上下两座，上城建在崖壁之上，登上去可看清河对岸辽人的一举一动，下城建在河疃滩涂之上用以屯兵之用。阿骨打与众将登上了上城，将对面辽境尽收眼底，一边“画灰而议”研究详细的作战方案，一边等待各路人马到来。

各部人马按时赶到廖晦城，唯独宗室子弟阿骨打的心爱大将婆卢火所征的耶懒路五百人马，迟到了大半天。阿骨打与长途跋涉而来的耶懒路都勃堇石土门，迪古乃等寒暄后，让他们稍作休息，然后等待誓师。

正在帐外喘息的婆卢火被阿骨打传进帅帐，阿骨打厉声道：“婆卢火你可知罪？”婆卢火头一次见阿骨打对自己发怒，心里一惊道：“我！我！我不就晚回来半天嘛！”“知道就好，都像你这样随意迟到，咋能对敌作战！来人！重打二十马鞭！”

两个亲兵架起婆卢火，走往帐外，阿里合懑忙求情说：“都勃堇，看在婆卢火千里迢迢一路劳顿的份上，饶了他吧！况且大战在即，正是用人之时，可让他戴罪立功！”众将也纷纷跪下求情。阿骨打道：“婆卢火征兵一路辛劳，兵员如数而到，按理当奖赏，而耽误了时辰必罚无疑，不然何以严明军纪。”众将无言以对。

婆卢火被痛打二十余鞭，阿骨打心痛不已，行刑后阿骨打亲自给婆卢火涂上金疮药，并提升他为领兵都统，众将士见阿骨打恩威并施，无不敬畏。

辽天庆四年（公元1114年），九月。金风送爽，玉露沾衣。天高气朗，雁阵南归。桃李满枝，瓜果遍地。山分五色，地呈六颜。涞流水畔西岸一片高埠上，阿骨打率全体将士誓师伐辽。其中大部是完颜部宗室人马：女真第一猎手吴乞买，儿子蒲卢虎、谋演。都勃堇完颜阿骨打的弟弟翰带、斡赛、斡者、斜也及从属。其子圣果、罕不离、斡本及其从属。国相撒改的弟弟斡鲁、儿子粘罕及从属。前都勃堇乌雅束的儿子谋良虎、限可及从属。前都勃堇盈歌儿子挞懒、蒲察及从属。完颜部老将辞不失，儿子鹘沙虎及从属。耶懒路完颜部勃堇石土门、迪古乃及从属。泰神保水完颜部勃堇安团及从属。神稳水完颜部勃堇治珂，儿子阿卢补、骨赧及从属。七水完颜部勃堇斡里衎，子活女及从属。胡山完颜部勃堇悟室子把答、漫带及从属。斡泯水蒲察勃胡都化、厮都及从属。加古部勃堇准德、东里保及从属。统汀水温迪勃堇活里盖及从属。裴满部勃堇中乃因、丑阿及从属。温迪浪部勃堇阿库法及从属。兕里部水术甲不勃堇达化、胡苏及从属。术虎部勃堇唐括速留及从属。唐括部勃堇唐括速留及从属。雅达澜水勃堇白达及从属。胡抡加古勃堇生四及从属。蝉春水乌延部勃堇及家人。温都勃堇毛睹乌及其从属。陶温水纥石烈部勃堇阿阁版及从属。完颜部宗室子弟术肯鲁、胡石、银术可、婆卢火、麻吉、拔高离速、实古乃及从属。所有人马约有二千五百人左右。

阿骨打披装整齐，手持金雀开山斧，端坐在一匹灰、白、红相间的战马上，历数了辽国近百年对女真人的欺压掠夺，凌辱盘剥，着重渲染了“打女真”、“荐枕”等深恶痛绝的现象，引起了众将士同仇敌忾之心，对辽人的仇恨如涞流水的雾气弥漫到河对岸。

阿骨打又提及女真人百余年自强不息的奋斗历程，从先祖绥可率部迁徙安出虎水，石鲁为推广“条教”约束诸部而东征西伐，到乌古乃为部落联盟战死沙场以及劾里钵临终遗嘱……说得声泪俱下，感人至深，众将士已群情激奋。阿骨打顺势抽出黑曜松石宝刀割破前额，血泪合流泣声道：“我女真人要摆脱辽人的统治，就要舍命相拼！”

众将士高举兵刃齐喊道：“舍命相拼，舍命相拼！”声遏行云，响蔽丽日。

悟室带着早已准备好的萨满立即出场，蝎皮鼓咚咚响起，悟室晃动着腰铃唱道：“天灵验！地灵验！敬天敬地敬祖先，女真儿郎举大旗，定把辽朝来推翻！诸路神仙多保佑，拨开云雾见晴天……”

说来也怪，谷神一阵神调，萨满一通神舞，乌云即过，烈日当头，火红异常，众将士欢呼不止。

悟室又唱道：“歌三声！鼓三通！歌也灵，鼓也灵，女真儿郎一条心，定能搬倒大辽廷，鞭敲金蹬凯旋日，敬天敬地敬神明……”

萨满歌舞后，阿骨打见众将士已义愤填膺，血脉贲张，就宣布了奖惩军令道：“战场上，大家要同心尽力，奋勇杀敌。立功者，奴隶变成平民，平民授以官位，有官职的晋升，赏赐轻重，看功劳大小而定！”众将士欢声雷动。

阿骨打话锋一转右手举起刻有女真图腾、象征着权威的廷杖道：“假如有人背誓言，身死廷杖下，家人无赦。”众将士也发誓道：“身死廷杖下，家人无赦！”

阿里合懑高喊道：“传廷杖开始！”然后来到阿骨打身旁接过廷杖依次传下去，

凡传廷杖者必履誓言。陶温水纥石烈部勃堇阿阁版接过廷杖，泪流满面悲伤万分道："我唯一的格格就惨死在障鹰银牌天使之手，又是都勃堇救了我一命，我这条老命就交战场上杀一个够本，杀两个辽狗，我赚了!"温都勃堇毛睹乌，见状也紧握廷杖道："我阿民就是在宁江州榷场卖松子时被契丹人'打女真'重伤后不治身亡，这回我就同他们拼了!"耶懒路完颜部迪古乃挥舞廷杖愤然道："我阿哥死于障鹰官之手，今儿我与辽狗没完！……"

传廷杖仪式，一直传到傍晚。许多将士的戈矛尖都泛出荧荧光亮。悟室忙向阿骨打道："都勃堇！此乃神光普照，此战必捷。"

此时众将士在看高岗上的阿骨打，人如红松之魁伟，马如高埠之硕大。阿骨打下望众将士感觉他们威武高大异常，如神兵神将一般，全体将士以为是天降吉兆，神灵保佑，更坚定推翻辽朝的信心。

次日清晨，阿骨打亲统中军，以其弟斜也为左先锋；其子斡本为右先锋直取宁江州。临行前阿骨打叮嘱斜也，斡本道："传廷盟誓，众人一心，咱们家要带头履行誓言，给别的部族做个样子。"二将表示他们明白主帅的良苦用心，绝不给完颜部家族丢脸。

国相撒改则带着斡鲁、粘罕、悟室等去安抚铁骊、兀惹两部，并监视黄龙府方面的援军。

第二十八章

反辽雄兵两千五　晚宴会饮宁江州

扎只水[1]，涞流水支干一条季节性河流，宽约五丈左右，深丈余，是辽与女真天然的界限壕。初秋，水落石出，刚没过人踝骨的溪水潺潺而去，河水清澈透明，一眼见底，奇形怪状的河卵石静静地躺在河床上，时有小鱼自由自在地游过。

探马胡沙鹘勘察扎只水后，飞马回报道："禀都勃堇！前有界壕拦住去路，人能攀越，马却过不去。"阿骨打道："扎只水距宁江州南只有半天的路程，事不宜迟，马上传令填壕，过了界壕吃中午饭。"

军令一下，两千多将士，一起行动，手搬石头，头盔舀浮土，迅速填壕铺路。

宁江州，统军司府衙。

萧兀纳接到探马来报，女真人已经起事，阿骨打率两千多人直扑宁江州。他虽是身经百战的大将军，却不敢小视女真军。忙升了帅帐与防御史大药师奴、指挥史大臭、百胜大将移敌蹇、斡答剌等人商议道："女真人已起兵向宁江州攻来，这个阿骨打也怪，辽朝东北四重镇长春州、宁江州、咸州、泰州他却单单相中咱们了。"

大臭道："从地理位置上看宁江州离女真人最近，又是最大的榷场首当其冲，自然最先受攻击。"移敌蹇年轻气盛傲然道："几个女真人作不了大妖，我早就想

---

① 扎只水：今吉林省扶余县蔡家沟镇夹津沟。

跟他们过招了。”

大药师奴道：“将军不可轻敌，女真人个个猛如虎狼，又积怨而来；只可坚守，不能轻易与之交战，才能确保援军到来之前，宁江州安然无恙。”大臭道：“宁江州只有东西两个城门，且城厚沟深，只要坚守不出，阿骨打奈何不了咱们。”移敌蹇不屑争辩，撇着嘴擦拭着自己心爱的银枪。

斡答剌道：“海州刺史耶律谢石，带八百混同军驰援，估计快到了，在兵力上咱们就不弱于女真人了。”他的话音未落，传令兵道：“海州刺史耶律谢石将军率八百混同军，在城外求见萧大人！”

萧兀纳脸现喜色道：“诸将赶紧随我去城外，迎接耶律谢石将军。备足酒肉，我要在东城下犒赏混同军。”移敌蹇道：“爷爷，何不让他到帅帐晋见？”萧兀纳深沉一笑道：“耶律谢石将军远道驰援宁江州，应以大礼相待。”说罢率众将去城外迎接。

耶律谢石受宠若惊施礼道：“末将耶律谢石有何德能，惊动萧大人大驾出城迎接，不胜惶恐。”萧兀纳扶起耶律谢石道：“将军言重了，你是为了大辽江山，不辞劳苦急援宁江州，我先敬你三杯洗尘酒，一会儿进城里再设宴接风。”说完亲手倒了三杯酒。耶律谢石连干三杯，一抹嘴角道：“多谢萧大人，却不知道军情如何？”

萧兀纳微叹一声道：“女真人已公开造反，贼首阿骨打率人马过了界河扎只水，正向宁江州扑来，将军速引兵进城，咱们共同商议御敌之策。”耶律谢石哈哈大笑道：“女真小酋，竟敢与天邦大国作对！不知死活。我这八百铁骑早已闲得手上发痒了，享用完萧大人的美酒佳肴后，我自引混同军御敌于境外，把阿骨打的脑袋砍下来当酒瓢，然后再痛饮接风酒。”

萧兀纳谦让道：“将军还是进城歇息后，再与女真人接战不迟。”耶律谢石摆摆手道：“多谢萧大人美意，谢石不杀了阿骨打誓不进城。”其副将梁福劝道：“刺史大人，我军远道奔驰，就是不进城，也应在城外扎营歇息后以逸待劳。”耶律谢石怒道：“几个作乱的女真人不足为惧，何以如此害怕，你若不敢去，就留在城内，待我杀了阿骨打归来，看你还有啥脸面见人。”梁福见主帅心意已决，无可奈何，不再作声。

耶律谢石让士兵草草地饮酒食肉，然后旋风般向扎只水方向扑去。

阿骨打的两千五百人，一个时辰之内垫出了一条约三尺多宽的小路，仅容一骑通过。人马过了界壕后，就地休息用餐。阿骨打让娄卢火传令各部："把带来的酒肉食用干净，下顿饭到宁江城里去吃。"众将一片欢腾道："会饮宁江州！"

女真军用过午餐，整队前行一里多路后，便与耶律谢石的混同军遭遇。初突遇敌人，双方都是一愣，旋即有恃无恐的耶律谢石混同军，向女真军的左翼发起冲锋。斜也是左翼先锋官，他的前头部队见敌人凶猛冲杀过来，未接到主帅之命未敢贸然接战，稍稍后退，辽军又向阿骨打所率的中军冲过来。以凶悍著称的斜也，见辽兵横冲直撞过来，怒极与副将哲垤一起抢出，要与辽军接战。

阿骨打见敌情不明，不能贸然交战。让斡本速把斜也、哲垤叫回本阵。斡本冲出阵去，不料斜也的战马在中途陷入一深坑中，斜也折下马来。耶律谢石见敌将落马，摧马舞双刃大刀冲过来捡便宜。

恰巧斡本赶到，甩出套马索喊道："五阿叔接绳吧！"声到绳到，斜也抓住斡本甩过的绳索，纵身跃起稳稳骑在斡本的马背上。斡本急切道："五阿叔，我阿民命你速归本队。"斜也挫了锐气，只得随斡本归队，哲垤把斜也的马牵回来。

这短暂瞬间内耶律谢石也飞马赶到，说来也巧，斜也落马的地方暗沟较多，耶律谢石坐骑到那里也失了前蹄，被摔落马下，其侍卫催马前来营救，耶律谢石刚爬上马背。阿骨打早已搭箭上弦，一箭射出，耶律谢石面门中箭应弦落马。

耶律谢石忍痛从地上爬起欲逃归本队，阿骨打第二箭射到，正中其肩，又有一骑驰来救援，阿骨打第三箭射贯其胸坠于马上。由于距离远，耶律谢石的箭伤不算太重，他拔掉箭翎，咬牙奔逃数十步，阿骨打纵马前驰，犁木大弓再响。雕翎箭背进胸出，耶律谢石踉踉跄跄几步后扑地身亡。阿骨打女真第一神箭的威力凸显出来，众将自忖如此远的距离自己很难射中。

斜也见阿骨打已率先动手，不等命令催马冲入了敌群砍杀起来，以泄方才落马之恨，哲垤紧随其后冲入敌阵，斡本恐其有失也冲杀上去，谋良虎铁矛一摆率本部猛冲上去。

耶律谢石的坐骑乃大宛良驹，围绕着主人尸体乱叫，不肯离去，阿骨打的侍卫特进挞懒舍了自己坐骑，拎着大棍跑过去以棍支地跃上那匹宝马良驹，回归本阵。

刚才电石闪光的刹那，惊心动魄的一幕，使临战前稍有怯意的女真将士稳住了心神。阿骨打、斜也、哲垤、斡本、谋良虎的一连串英勇行径极大鼓舞了士气，此时阿骨打见斜也、哲垤、斡本被辽兵包围起核心，甩掉铠甲，挥舞金雀开

山斧带头冲向辽军，余众精神大振，怒喊道："瓦都拉！"冲上前去把辽兵团团围住，一场血腥残酷的砍杀开始了。女真人积蓄已久的仇恨仿佛都灌注在兵器上，尽情地在辽兵身上倾泻。

辽军主帅毙命，女真军又如此如狼似虎，像红了眼睛的杀人机器，无论副将梁福如何英勇搏击，也止不住溃败的颓势，包围圈越来越小。兵器呼啸声、砍杀声、战马的嘶鸣声、咆哮声、士兵的呐喊声、怒吼声，在空旷的秋野汇集成一首惨烈的肉搏交响乐。

酣战中阿骨打一斧劈在一辽将的肩胛骨上，由于用力过猛，斧头砍进了辽将的胸膛中，在他抽斧的间隙中，一辽将认准阿骨打是其中军主帅，偷偷射出冷箭，跟在阿骨打后边激战的侍卫特进挞懒窥见，忙喊道："都勃堇小心冷箭！阿骨打闻声见流矢到面门，忙侧头躲过，伸手抓住来箭，撤回巨斧挂在马鞍上，摘下犁木大弓大吼一声："贼子吃我一箭！"那偷袭的辽将，第一箭走空，第二箭相继射出，被阿骨打怒喝惊吓得一歪，射在一辽兵坐骑上，阿骨打弓弦响处那将应声落马。

恰此时一柄大砍刀劈向阿骨打后背，特进挞懒岂能让主公受伤，大棍飞出将砍刀砸飞，阿骨打怒气上升传令道："一个不留！尽数砍杀！"特进挞懒手持木棍在马上翻飞，把五个辽兵踹于马下。梁福见败局已定，拼死杀出重围只带个亲信落荒而逃，回宁江州报信去了，其余的兵丁皆被砍杀在战场上。

将士们杀得痛快淋漓，此一役大败辽军几乎悉数歼灭，缴获了许多战利品。阿骨打初战告捷非常兴奋，向众将道："我还以为晚上到宁江州城下吃饭，没想到辽军就着急把晚饭送到这来了。"众将士都开怀地笑了。打扫战场时，从一个辽兵口中得知，这支混同军是以渤海军为主，只有少数的契丹人和奚人。"渤海军三人成虎"，而在对阿骨打首战中却用自己热血给称号涂抹些许鲜红。

梁福急急逃回宁江州，向萧兀纳报告。听了兵败的报告，萧兀纳惊得从帅案上抢出来，拎起气力衰竭的梁福急急问道："你说啥？耶律谢石将军呢？"梁福缓口气道："两军、两军刚一接战就被阿骨打射杀了！八百铁骑只剩我们三个人呀！女真人太厉害了！太厉害啦！大人千万不能掉以轻心呀！"

萧兀纳想到狂傲的耶律谢石和那八百骁勇善战的铁骑，顷刻间成了女真军刀下之鬼，不寒而栗。心想阿骨打带领的该是怎样一股军队啊？竟然如此彪悍凶猛，看来这回遇到了真正的对手了。大药师奴道："耶律谢石的八百铁骑大部分是渤海子弟。是一支勇猛凶狠的硬军，在女真人面前不堪一击，看来我们要百倍小心防守。”移敌蹇道：“女真人若到城下，我真想会会他们，大辽立国二百多年就是靠弓马起家的，契丹子孙就喜欢硬碰硬！”

萧兀纳道：“出生牛犊不畏虎呀，不管咋说一切都要小心行事，没有我的军令，任何人不得擅自出城接战，否则军法从事。即刻增加巡城兵丁，若有一丝一毫懈怠者，定斩不饶。”大药师奴、大臭、斡答剌等连连称是，唯独移敌蹇，一副满不在乎的样子。

扎只水初战大捷，女真军威大振。特进挞懒虏获耶律谢石的战马，可谓上乘中的上乘，他把此马献给了阿骨打。阿骨打道：“所有的战利品，按着旧俗谁虏获的就该归谁，今个儿我就破例收下此马。但我却要把它转赠给国相撒改，他率兵去别路监视牵制敌人不比咱们亲临战阵轻松，这匹马就送给他，也是报捷！”

众将齐喊：“赛因！”阿里合懑道：“首战大捷固然是好，但通过这一仗，我发现了许多问题，比如都勃堇是一军的主帅，还是亲自冲锋陷阵，甚至是打头阵，当然他神勇无比不会有啥闪失，但也是亲身犯险，让人担心；再一个我觉得咱们目前的人马，都是以部族和家族为单位，打起来仗各自为战，不利于通盘指挥，应该也像辽军一样有一个编制。”

众将认为阿里合懑不愧为女真人的大萨满，说得有道理，七嘴八舌议论起来，纷纷出谋划策，最后定下来一条，以后交战，都勃堇不再直接临敌弄险，而是由部将出阵厮杀，不到十万火急的关头不能出战，至于军队的编制没议论出个结果来。

阿骨打依照众将所议，按着师傅长白真人所教授的带兵之道，悟出了一套独特的兵制——“伍什制”。即五人为一“伍”，设有伍长；十个伍为一“什”，设有什长；十个什为“百”，设有百长。设定苛刻的惩罚制度，伍长战死伍人皆斩；什长战死伍长皆斩；百长战死什长皆斩。此令一颁布，女真军队形成了一个同命敢死队，所有的将士都奋勇杀敌，舍命保卫自己的官长。

女真军于歼灭耶律谢石八百铁骑的当天傍晚抵达宁江州，在城东安营扎寨。切断了宁江州与辽朝一切道路，封锁一切消息，阿骨打升了中军大帐布置攻城方略。国相撒改已把邻近的几个部族安抚得服服帖帖。收到阿骨打报捷的宝马良驹，欣喜不已，深感自己在阿骨打心中占有的重要位置，于是派粘罕和悟室前来祝捷，捎来话说请阿骨打安心去前线作战，他所担负的任务万无一失，粘罕和悟

室拜见了阿骨打带来了国相撒改的祝贺，酒酣耳熟之际粘罕忽然冒出一句：“辽军如此不堪一击，咱们完全有能力打败他们，不过眼下咱们师出无名，被说成是谋反，都勃堇何不自立为皇帝与辽抗衡……”

阿骨打不等粘罕说完打断他的话头道：“粘罕，你也没喝多少，咋说上醉话啦？咱们只打了这么一个胜仗就登基当皇帝，岂不被人耻笑。”阿里合懑也对粘罕说：“都勃堇说得有道理，这事可不能草率，未来尚不知多少凶险恶战，可不能因小胜而头脑发热呀！”

粘罕默然不语，众将又继续喝酒庆功。次日粘罕和悟室返回，阿骨打组织人马开始攻城。萧兀纳昨夜只睡了一个时辰的觉，女真军突至城下安营扎寨，把宁江州围个水泄不通，城内军民惊恐不安，萧兀纳安排大药师奴连夜提防，以备女真人攻城，结果一直到天亮女真军营寨才有动静。

以往女真人来宁江州都是以货易货，或者是给辽朝纳贡，今天则不同了，他们是夺城，找平日作威作福的契丹人算账。阿骨打率众将绕城转了一圈，只见此城周长有五六里，城高地深，墙厚且固，易守难攻。全城只有通往生女真地带的东门和通辽都的西门，女真军只有二千五百人，还形不成合围之势。善于野战的女真人，攻打如此庞大城池还是头一次，觉得无从下手。

阿骨打令七水部斡里衍和耶懒路的迪古乃发起了两次冲击，结果都被城上的乱箭射回。女真军一筹莫展之际，阿骨打忽然发现城东北方向有一片高凸的台地，几乎与宁江州城等高，他眼前一亮，派谋良虎去察看，谋良虎去的快，回来更快。他向阿骨打报告说：“此高地非常宽阔可安营扎寨，并把宁江城内看个一清二楚，其贩夫走卒、居民百姓、兵丁哨卡都能看得真真切切。”阿骨打大喜，众将登上了高地，城中的物事尽收眼底，街道布局、州衙、市井、铺店、兵营、民居房宅一览无余，就连兵马调动都尽在掌握之中。

阿骨打把中军大帐设于高台之上，严密监视城内动向，然后集中兵力攻打江州。前两轮攻城被辽兵乱箭射退，萧兀纳觉得女真军并不像传说中的那样可怕，其孙移敌蹇又极力鼓动开城迎敌与女真人接战，更想面见阿骨打劝其降辽，不战而屈人之兵。移敌蹇和萧兀纳不听大药师奴等人的劝阻，点了五百军校开启东门列阵营地。萧兀纳身材魁梧，手持大刀，坐下的沙栗马不断打着响鼻，用蹄子刨着土地，渴望着主人及早厮杀，它好一显神通。移敌蹇白盔白甲素战袍，手擎一杆银枪威风凛凛。

萧兀纳沉声喝道："阿骨打何在？请上前与本官答话。"阿骨打纵马前行施礼道："萧老将军，在下久闻你大名，头鹅宴一别十八载，老将军风采不减当年呀！"萧兀纳道："阿骨打，少说恭维话，圣上对你不薄，封你为节度使治理生女真，你因何起兵造反，逆天而行谋反之罪，十恶不赦，还不下马受降更待何时？"

阿骨打冷笑道："辽主昏庸，醉心游猎，不理朝纲，宠信奸臣佞党，排挤忠良，残酷压榨盘剥我女真人，我是顺天而动，铲除昏君，争取女真人独立，怎能是十恶不赦？我等尊重萧将军是忠臣良将，两朝元老，又官拜枢密史给耶律延禧当过太傅，才没有强行攻城，不然宁江州早被我夷为平地了。"萧兀纳似乎被阿骨打的一番话击中了要害，稍一沉吟又反驳道："大辽朝的事不用你管，你起兵造反就是诛灭九族之罪，如果就此罢兵，我或许还能在圣上面前保一条活路，况且你也得为整个生女真人留条后路。如果战事突起，势必天下大乱，生灵涂炭。"

阿骨打笑道："萧老将军还是为自己考虑一条后路吧！辽朝昏聩，奸臣当道，朝纲不振，民怨沸腾，与属国积怨已久，早晚难免被人所灭，萧大人如果识时务献出宁江州，免去无端杀戮，涂炭生灵，自身也会有一个好的结局。"萧兀纳气往上撞，骂道："我堂堂大辽领兵元帅，岂能投降你这粗俗的塞外小酋，真是痴心妄想。"阿骨打也怒道："好吧！不听我良言相劝，就等着让你的主子给你收尸吧！"

移敌蹇早已听得不耐烦了，见爷爷与阿骨打话不投机，怒火中烧，拍马抡枪直取阿骨打。斡里衍绰号战神，七水部随军出征寸功未立。昨夜"会饮而议"已商定不再让都勃堇亲自交战，见辽将冲杀过来，也不待军令，双脚一踹蹬，坐下枣红马心领神会，抢先冲出，手中的大砍刀闪着耀眼的银光，拦住了移敌蹇。

二人马打盘旋战在一处，十几个回合过去，未分胜负。斡里衍刀沉力猛，移敌蹇枪法精妙，可谓棋逢敌手。然而斡里衍号称女真战神，自然有过人之处，何况是主动请缨出战，为了在众人面前露脸，故而刀法一变只攻不守。移敌蹇身经百战从未见过这种野蛮打法，骄横之气顿消，渐渐有点胆怯，他自出战以来罕逢敌手，一杆枪挑过无数战将，少有败绩。而眼前这个女真人貌不惊人，身不足八尺却神勇了得，十招之中竟能攻七 ，有几次险被砍中，难怪耶律谢石的八百铁骑惨遭败绩，后悔自己不该在众将面前说大话夸海口。

一旁观战的萧兀纳见孙子已经不敌，唯恐有失，忙鸣金收兵。移敌蹇巴不得爷爷鸣金收兵，虚晃一枪勒马回归本阵，斡里衍催马追赶，阿骨打一挥宝刀，女

真健儿高喊着“瓦都拉!”追杀上去。萧兀纳的兵丁和城上的大药师奴一齐放箭，阻挡女真军追击，在飞蝗一样的箭矢中众将攻势稍缓，萧兀纳掩护着孙子退进城里，才舒了一口气。移敌蹇经此战，傲慢之气荡然无存，深信女真人了得，再不敢轻敌。

辽军虽然败了一阵却无大损失，倚仗着高墙深地坚守不出。阿骨打一连攻打三日，有几次攻到城墙下，结果被城上的强弓硬弩滚木雷石击退，伤亡许多士卒，集众将“画灰而议”，结果都是一筹莫展。

阿骨打深知宁江州攻不下会动摇将士的信心，如果时间一长，敌人的援军赶到，自己的两千多人就会处于内外夹击的被动局面，伐辽大业就会前功尽弃，他在焦虑中猛然想到，长白真人曾教导过，欲攻城必造云梯云车，他豁然开朗，马上派阿里合懑、谋良虎去造云梯云车。

一天后，按着阿骨打描述的样子，阿里合懑、谋良虎和众木匠造出了一批云梯云车，云车蒙上牛皮用来挡箭矢，士兵们推着云车徐徐而进，城上密集的箭羽失去了作用，女真军涌到城下，架起云梯在箭手的掩护下向城上攀登。萧兀纳见女真军使用上云车云梯，慌了手脚。率众将于城头督战，热油 、开水浇、石头砸、木头滚、钩挠抓，所有能防御的手段全部派上用场，女真士兵非死即伤，即使爬到城头也被辽军砍杀了。如此激战几次，战况毫无进展，已有数员大将或轻或重都挂了彩。

云车云梯造成了，攻城却失败了，并且伤亡越来越大，阿骨打焦躁不安，把自己关进帐里冥思苦想破城之计。阿骨打在苦苦思索之际，外边亲兵一阵骚动。特进挞懒进来禀报说:“都勃堇，刚才巡营兵丁抓到一个辽军细作，他自称与都勃堇有一面之缘，要面见你，不然啥也不说。”阿骨打闻言不耐烦道:“胡说！辽军的细作咋能认识我，纯属胡扯，我平生最恨的就是辽人，拉下去重刑拷打!”特进挞懒“那!”一声往外就走刚出寨门。

阿里合懑、迪古乃、斡里衍进来，阿里合懑劝道:“都勃堇，还是先看看是否相识，再拷打不迟。”阿骨打认为言之有理，就高声道“把那个辽军细作带到我的大帐来，我亲自审问!”

特进挞懒应声而去，不多时带来一个身材细挑的人来。那人边进帐边道：“我就是要见你们都勃堇完颜阿骨打！别人没有资格盘查我。”阿骨打气恼道：“什么人敢在我中军大帐口出狂言，撤去他的蒙面布让我看看!”特进挞懒扯掉那人蒙面布道："快给我跪下!"那人揉揉被蒙久的双眼看出眼前真是阿骨打，就开口吟道："星落银河不知晓，虎入深山擒亦难。龙归碧海遨游去，风返丹墀翔九天。"

阿骨打听罢猛然想起是头鱼宴上指点自己逃离险境的恩人，忙上前拉住他双手道："杨先生原来是你呀！我叨念你好几年，你的大恩未报呢！咋成了辽军的细作了呢?"那人朗声笑道："好一个辽军细作！我如果是真的细作，还能让你们几个巡营兵丁抓到?"

阿骨打不解地问："那，那你是因何而来?"那人道："让你报恩呀！你咋知道我姓杨?"阿骨打道："那日你指点我逃离虎口，我问尊姓大名时，你漫不经心地指指一棵树，我原以为你姓树，后来捉摸一排树中你指的是一棵杨树就证明你姓杨。"

那个朗声大笑道："不愧是天降异人，果然文武全才"阿骨打道："这回该告诉我你的号了!"阿骨打不解道："杨先生身为辽廷命官，缘何在危机关头指点我脱离虎口，岂不是忤逆了皇上，背叛了朝廷。"杨朴苦笑着说："校书郎乃一个闲职，专侍文书起草事宜，而当天祚帝要托边事而除掉你，我却无意中得知，不想让一代豪杰死于无辜，一颗巨星提前坠落，故吟诗警示。"

阿骨打欢喜无比道："回到宁州后，我询问了许多人都不知先生是何许人，今日在两军阵上相遇，救命之恩容当后报，还是先受我一拜，然后再说细作之事。"说着给杨朴深施一礼。杨朴连连还礼道："古人说'施恩不图报'，如此之礼不敢当，不敢当。"阿里合懑、迪古乃、斡里衍终于弄明白了，辽军细作曾有恩于都勃堇。

斡里衍问道："那杨先生咋扮成了辽军细作?"杨朴笑着道："我不佯作辽军细作能见到都勃堇吗?"阿里合懑追问说："听说杨先生的师傅孔致和是辽国司天监，也是辽国第一大萨满，想必杨先生得到了真传，能上晓天文，下知地理，顺天应命，通达神灵吧!"

阿里合懑如此一说，杨朴的笑容渐敛，长叹一声道："可怜我那恩师，满腹韬略，有经天纬地之才，忠君无路，报国无门。有言敢谏，在太子受封仪式上，上奏天降异象，世出异人这道奏折，惹恼了道宗皇帝。从此备受冷落，又被奸臣佞党排挤，人志难酬，郁郁而终。恩师再二叮嘱我：'良禽择木而栖，良臣择主而侍'，几十年后，如果安出虎水一带有人举兵起来，必是天象所示之人，你前

去投靠定能实现鸿鹄之志。当时我年幼，听得似懂非懂，后科举入仕渐渐了解朝廷内幕，眼见大辽君昏臣佞。道宗晚年竟然用掷骰子的办法，以骰子点数大小任命官员，天祚皇帝更是有过之而无不及，醉心游猎，不理朝政。萧奉先等一干人把持朝政，萧兀纳等贤臣都屡遭贬谪，忠良之士难以为用，亡国之象乍现。主公顺天应时，起虎狼之师伐辽，必成大业，故尊师遗命前来投靠，况且我是渤海人，当初女真祖人乃是一家，灭辽复国是所有渤海人、女真人的愿望呀!”

杨朴一席话慷慨激昂，言情明志，打动阿骨打等人，阿里合懑道：“以杨先生的才学，将成为我家都勃堇第一谋主，又了解辽国内幕，伐辽之事可成呀!”阿骨打激动说：“杨先生曾为我指点迷津，大恩未报。今番又不以我军弱小而来投靠，实在令人感激不尽，从今之后杨先生就是军师，再受我一拜。”说着又要施礼被杨朴拦住。阿骨打满心欢喜地对特进挞懒说：“赶紧整酒席为杨军师接风洗尘呀!”

阿骨打中军大帐，各路将领聚齐。阿骨打把杨朴介绍给众将，任命其为军师，众人一片称赞，酒宴开始，阿骨打亲自给杨朴斟酒，十分热情，阿里合懑和习不失等元老对杨朴也是尊敬有加，氛围十分活跃。

斜也是左翼先锋，斡本是右翼先锋。开战以来，未立过大的军功。扎只水获胜是都勃堇四箭定输赢，攻打宁江州受阻损兵折将，见都勃堇和众将不研究破城之策，却给一个文弱书生接风洗尘。二人都憋了一肚火，斡本多喝了几口酒，借着酒劲对斜也道：“五阿叔，我阿民咋的了？战事如此紧张，不商量如何攻城破敌，却给一个病秧子一样的书生摆宴接风洗尘，咱爷俩借敬酒之机，试试姓杨的有何能耐，大伙都这么敬他。”斜也正有此意，二人一拍即合，端起酒碗来到杨朴面前。

杨朴见二人面色不善，斜也目露凶悍之色，肚中早有了应对之策，斜也醉意朦胧地道：“杨军师，听说你文韬武略了然于胸，我们正愁没有攻陷宁江州之计，今天这酒从晌午喝到天黑，能喝出破城之策吗？如果能的话我再喝几碗。”说着把一碗干掉，又把斡本手里酒杯碗抢过喝了下去。

杨朴不明二人身份，问阿骨打道：“这位是……？”阿骨打忙说：“杨军师莫怪，他是我五阿弟斜也，是左翼先锋，由于破城心切，连连受挫，心情不好，喝多了，千万莫介意。”杨朴淡然一笑道：“主公言重了，斜也将军所言不错，我初到大营，寸功未立，难免遭受异议，既然将军问计于我，我自然要帮助主公破城。

今晚听我吩嘱，宁江州三日内必破无疑。”

杨朴此言一出，众人一片哗然，有的赞赏，有的怀疑，有的干脆认为他是吹牛。阿里合懑闻言，心中暗喜道：“不知军师要用多少人马破城?”杨朴道：“只需百余歌者足矣。”众将更是吃惊不小，连阿骨打也有些狐疑。

斜也心中好气又好笑，暗想道，书呆子就是书呆子，不怪在辽廷难得重用，酸文醋字吟诗作赋行，打仗肯定是外行，一百个唱歌的就能把敌人唱败了？真是笑话。嘴上却道：“军师若有如此之能，我愿与你打赌，三日后破了宁江州，我斜也愿牵马坠蹬当随从。”斜也把酒碗一扔道：“大伙都听着了吧！说话钉钉，吐唾沫砸坑，就这么定了，到时候诸位当证人。”

阿骨打吆喝斜也道：“休得对军师无礼！你喝多了。赶紧回帐歇着!”然后转身向杨朴赔笑道：“斜也生性鲁莽，军师千万别往心里去，此赌不算数。”杨朴道：“主公多虑了，自古军中无戏言，覆水难收，何况我已有破城之计了。”阿骨打见杨朴胸有成竹的样子也不好再拦挡。

酒席散后，天色已晚，秋风乍起，增添了几分凉意。众将回帐歇休。阿里合懑依杨朴所言，准备一队善于唱山歌曲调的兵丁，其中有一半是萨满。杨朴试了一下众兵丁的嗓子，非常满意，其中有的士兵嘻嘻哈哈似在嘲笑杨朴。杨朴面色一沉道：“我已得都勃堇军令，从即刻起尔等听我调遣，如有违令者，定斩不饶!”说完把令牌拍在帅案上，众军士心里一惊，暗暗赞赏这文弱书生身上带有一种威严的傲气，顿时严肃起来。杨朴面色稍和道：“现在教大家一首《臻蓬蓬》，学会之后到帐外使劲唱!”那首《臻蓬蓬》歌词是：

臻蓬蓬！臻蓬蓬！
飘到西飘到东。
女真渤海同根生，
开邦立国百余载，
海东盛国传美名。
契丹兴兵来侵占，
国破家亡遭欺凌。
臻蓬蓬，臻蓬蓬！
飘到东来飘到西。

女真渤海本同枝。
白山黑水家乡地，
世代繁衍又生息。
辽朝强横逞霸道，
兄弟姐妹遭人欺。
臻蓬蓬，臻蓬蓬！
飘到北来飘到南。
女真渤海好男儿，
岂容敌虏占河山。
刀枪挥舞向豺狼，
争回主权建家园。
臻蓬蓬，臻蓬蓬！
飘到南来，飘到北，
仍恋家乡山和水。
莫给仇敌当帮凶，
认清世间人和鬼。
弃暗投明阳关道，
兴复故国基业伟……

阿里合懑精选的一百人平时就是对歌能手，一教就会，一个时辰下来，唱得滚瓜烂熟。杨朴这才令他们走出营帐，站在最高处亮开嗓门唱起来。恰恰在此时东北风乍起，把歌声送到宁江州城。这时阿骨打等人才顿然悔悟，杨朴是效仿汉之贤相张良，用品箫之计把项羽八千子弟兵品散，暗赞杨朴的妙计。

宁江州城内，萧兀纳等坚守三天，击退女真军数次强攻，尤其女真人造云车云梯攻城被彻底打垮，军威大震，将士们增强固守待援的信心。萧兀纳为了笼络人心，还拿出钱物奖赏守城官兵。

女真营帐唱起歌来，宁江州的辽军起初并没在意，因为军中士兵闲得无聊唱歌自慰是常事。后来歌声不断，他们终于听明白了，这不是普通的民歌对唱，而是根据渤海人、女真人被契丹人侵略奴役，痛失国土主权的现状而编的歌词，萧兀纳带来的三百多契丹兵无动于衷，而渤海籍的士兵听后却深受震撼，字字句句如重锤敲击着心扉，引起了共鸣。

大药师奴、大臭、斡答剌、梁福等都是渤海籍将领，其部下皆为渤海人，歌声乍起之时，还在听着玩，渐渐地钻进耳朵里的歌词听得他们也怦然心动，黯然神伤。萧兀纳令移敌蹇连下几道军令，禁止士兵听歌，却无济于事，渤海军的心已被一首《臻蓬蓬》给唱散了。

歌声一直持续到第二天上午。身经百战、智勇过人的萧兀纳此时感到了一种漠然的恐惧，女真军虽然勇猛彪悍，而契丹军同样都是马上民族也不逊色多少，尤其连日的激战，互有胜负，更坚定了他固守待援、战胜女真人的信心。

然而，女真人的歌声却让他认识到事态的严重性，他对移敌蹇道："看来此城危在旦夕，渤海人已被唱得军无斗志，大药师奴等也都均有怨色，局势难以掌控，久则必生变故。"移敌蹇道："我把几个将领叫来，责令他们罚处几个士兵，以军令震慑一下。"

萧兀纳连连摇头道："眼下渤海人怨气骤升，一触即发，那样做会将逼兵反，还是得以安抚为主。今日我巡城发现女真人集结重兵，攻打东门，西门只有少数的守军。为了保住萧家的香火，你带二百亲兵保护家眷和金银细软从西门突围，或许能有一线生机，不然困在城里会玉石俱焚呀。"

移敌蹇坚决地说："爷爷！孙子与你共生死同存亡，岂能弃城而去。"萧兀纳叹气道："于私咱萧家一脉单传，得留个种，于公你得杀出去搬救兵，以解宁江州之围。此乃军令，不得违抗。"移敌蹇含泪道："孙子遵命，只是放心不下爷爷……""我已风烛残年，死不足惜，可叹我大辽二百多年基业，毁在这伙女真人手里，如果能以我的死，警醒圣上励精图治、兴国安邦也值呀！"

移敌蹇不再争辩，依令去准备。

入夜，女真人不以武力攻城，依旧唱《臻蓬蓬》，唱得萧兀纳心烦意乱。他召集大药师奴等将下令道："女真人见咱们城池坚固，兵强将勇，就用这种办法来涣散军心，弓箭还射不到唱歌者，渤海军士气低落。为了教训这些扯着嗓子穷喊的家伙，我带一哨人马从东门灭灭他们的气焰，你们好好守城，移敌蹇出西门突围，回朝班救兵。"

大药师奴道："元帅，东门帐篷连片，灯火通明，驻扎兵马甚众，西门悄然无声，这里是否有啥图谋，有可能是个圈套，还不如按兵不动，等待救兵，以免死伤无辜。"

萧兀纳坚决地说："就是圈套也得钻，坐以待毙，不如拼个鱼死网破。"移敌蹇凶狠道："你们身为渤海军官，朝廷对你们也不薄，加官晋爵，大敌当前应以死报效圣上，谁要有二志，我就一枪挑了他！"大臭道："那是，那是，大敌当前要抱成个团，绝不能三心二意。"

萧兀纳道："女真人口口声声说与你们渤海是一家，那耶律谢石的八百士兵，大部分是渤海人，不照样被阿骨打等砍杀殆尽吗？梁福将军你看得最清楚，难道他们哼哼几句《臻蓬蓬》就能动摇了你们军心吗？"梁福垂下头默不作声。大药师奴解释道："元帅误会了，我等乃辽朝命官，岂能因听几句挑拨离间的歌子，就背离了朝廷，元帅尽管放心出击，守城之事我等确保万无一失。"

黎明时分，萧兀纳带二百士兵人着软甲，马摘銮铃，悄然打开东门向灯火阑珊女真军营帐摸去。《臻蓬蓬》的歌声时断时续的传来，萧兀纳的人马已摸进营帐里边，结果空无一人，梆子声是被捆四腿的绵羊击打出来的，萧兀纳情知中计，引军便退，恰恰在此时斜也从左杀出，谋良虎从右杀出，迪古乃从营帐内射箭。萧兀纳一柄大刀左突右冲急急败退，追杀不舍，退到了城下幸有大药师奴率兵，从城头上以弓箭阻挡了似虎如狼的女真军，萧兀纳狼狈地逃入城中。

移敌蹇趁着东门杀声阵阵，开启西门护卫着金银细软和家眷出城向黄龙府方向撤去，走了一会儿天色大亮，既不见女真军的营帐，也未见女真军阻拦，移敌蹇还暗暗庆幸爷爷的妙计。思绪未了，一声鼓响，斡里衍大刀一摆道："移敌蹇！你还想逃走吗？赶紧下马受降，饶你不死！"

移敌蹇见伏兵人多气盛，自己又护有家眷细软，混战起来肯定只输不赢，勒马上前道："斡里衍将军，在下久闻你是女真战神，前几天我已领教了，可是未分胜负就各自罢兵，你敢跟我单打独斗吗？今日决个雌雄如何？"斡里衍朗声道："将军枪法高明在下实在钦佩，好吧！今日咱们定要分出高低来！我同意跟你单打独斗。"

移敌蹇眼珠一转说："我看将军是个英雄，决战之前我俩赌上一局如何？"斡里衍道："咋个赌法？"移敌蹇道："我手下众多妇孺家眷，如果我侥幸胜了将军，可否放我们一马？在下将感激不尽，如果我输了，任凭处置。"斡里衍闻言道："我可没有屠戮妇孺的嗜好！你若真赢了我手中的大刀，我就让出一条路任你而去。"

活女和婆卢火都拦挡："阿民……""将军，这……可是军机要事呀！"斡里衍道："我身经恶战无数，今天还能让他叫住号吗？如果我真的败了或被他杀了，尔等放他们过去，都勃堇不会怪罪你们的，不许为我报仇，我就不相信，若连个移敌蹇都打不败，还叫啥战神了。"

说完提马上前，二人站在一处，此战移敌蹇只攻不守，银枪如蛇招招奔向要害，斡里衍起初只有招架之功，一柄大刀后拦前挡堪堪敌住移敌蹇的急攻，三十几个回合过去，斡里衍处在劣势。

活女几次想上前替下父亲都被婆卢火拦住："将军已答应与他单挑，你上去助阵等于让将军自食其言，况且敌将虽然先声夺人，占了点便宜，毕竟不能持久，其已是强弩之末，必败无疑。"果然，移敌蹇招招抢攻，一连刺出八八六十四枪均未奏效，斡里衍手中的刀像长了眼睛，枪刺到哪，刀拦在哪，移敌蹇一点便宜也未占到。

斡里衍见移敌蹇攻势稍缓，守中带攻，二人又战十多个回合，移敌蹇急于求胜，使出两败俱伤的打法，当斡里衍的大刀砍向他的头顶时，他没有回刀招架，而是大吼一声，银枪挽了个花刺向斡里衍的心窝，一旁观战的活女、婆卢火心惊肉跳，大叫起来。好一个斡里衍，临危不惧，身体后倾移躺在鞍桥上，移敌蹇的银枪没有刺中，只将其心口的铠甲挑开，把右肋挑出三寸长的血槽，幸亏未伤到筋骨和腑脏。

与此同时，斡里衍的大刀砍在移敌蹇的头部，可怜骁勇凶悍的百胜大将移敌蹇半个脑袋被砍了下来，城头上观战的萧兀纳眼见孙子死于非命，闷哼一声便晕了过去，大药师奴等急忙施救。

那两百多契丹士兵见主帅死于非命，掉头向城池逃去，活女和婆卢火忙上前查看斡里衍伤势，斡里衍道："没大碍，皮里肉外的事，千万别告诉都勃堇，不过这小子还真有点狠劲。"然后边裹伤边下令说："不许伤害他的家眷，清点战利品后，马上攻城，乘胜把宁江州给我拿下。"活女道："阿民！这事交给我们吧！你在一旁观战。"说完与婆卢火冒着箭矢攻向城门。

女真兵虽善于野战，即使没有像样的攻城器械，却能用简单的云梯云车，冒箭矢雷石，竖起木梯冒死攀援，宁江州的东西两门被紧紧地围住，杨朴的《臻蓬蓬》使渤海兵战斗力涣散，拼死抵抗都是契丹兵，激战更加惨烈。萧兀纳从昏迷中被救醒后，听了大药师奴的禀报，情知此城难保，孙儿之死让他痛彻心扉，于是把宁江州的指挥权交给了大药师奴，令他无论如何也要守城池，自己只带亲兵

卫队，驰向城的西北角。

原来，老谋深算萧兀纳在阿骨打围城之际，就自忖城池不保，于是在城西北角撬开一个墙洞，以备不时之需。

阿骨打和杨朴、阿里合懑在后面督战，女真兵人人奋勇当先，前赴后继攻城。活女第一个攀上西城门，身上中了几支雕箭浑然不觉，仍抡大刀砍杀，把反扑的敌兵击退，为后上来的将士赢得了时间，西城门楼终于被拿下来，活女身受重伤被抬下来救治，在担架上处于迷迷糊糊状态仍喊道："瓦都拉!"阿骨打深为感动，拿出自己的金疮药，亲自为活女裹伤。监察敌情预备队斡本、圣果见活女受伤，西门攻城惨烈，未接到命令就率队扑向西门，把城门攻下。

萧兀纳却趁着这个空挡打开西北角的暗门，带着几十多个亲兵卫队，悄悄逃向鸭子河北岸的出河店。大药师奴在组织辽军守卫城门的同时，派大臭暗中跟踪萧兀纳。大臭眼见萧兀纳钻出墙洞逃走，报告说萧兀纳已打开暗门带亲兵弃城而去，大药师奴长叹一声，不再抵抗下令献城投降。萧兀纳留下的二百多个契丹兵平时也高人一头，欺负渤海兵，他们与女真兵拼杀中死伤大半，剩下的几个被大药师奴生擒，当做投降的见面礼了。

阿骨打率兵进城后，把负荆请罪的大药师奴、大臭、梁福、斡答剌等渤海将领扶起，不但没处罚他们，还奖励了他们献城之功。杨朴趁机建议道："四位都是渤海人的俊杰，主公说你们一定不会与辽人同流合污，今日果然如此。"大药师奴说："有道是良臣择主而事，良禽择木而栖，都勃堇不但没怪罪我们，而且赏赐有加，我等无以为报，如有需要我们的地方，尽管吩嘱，我们愿效犬马之劳。"

阿骨打道："几位将领若有归顺之心，我非常欢迎。女真人起兵抗辽，绝对不会损害渤海人利益，咱们原来就是一家人，我希望你们能加入抗辽的行列，一起争得自由，建立自己的国家。"他们表示同意。

这时，斜也、谋良虎等将领已把城内的豪强、奸商以及平时欺负女真人的恶霸关押了起来。阿骨打对大药师奴道："你们几位马上去安抚城内的兵民，尤其你们的士兵愿意跟我们的，就编入队伍，不愿意留下的，就回家去，我们也不拦，昔日'打女真'的头目，我定斩不饶。"

女真人对那些平日欺凌压榨他们的契丹人恨之入骨，现在是报私仇泄私愤的时候了，祖父辈连亲友的仇怨都一起清算了，大批契丹人被砍杀。

大药师奴手下的几百士兵都编入了女真军，阿骨打又派大药师奴、大臭去游说铁骊、兀惹、达鲁古诸部；派梁福、斡达剌返回渤海国旧地，宣传女真渤海一家，女真人反辽绝不伤害渤海人利益等言论，由此争取了大部分渤海人加入反辽的行列。

杨朴以《臻蓬蓬》唱降了渤海军，宁江州果然三日被破，众将深为折服，阿骨打按功行赏，杨朴和斡里衍父子获了重赏。斜也、谋良虎与杨朴打赌已输，他俩也是拿得起放得下的汉子，脱去战袍甘愿为杨朴牵马坠镫当侍从。

杨朴只是想挫挫他们的傲气而已，怎能让他们当随从，百般推辞道："二位将军若给我牵马坠镫，岂不是大材小用了，折杀杨某不算，白白浪费了两个杀敌大将，那个赌咱们就不算了。"阿骨打道："那可不行，身为大将其言必行，其承必诺。既然杨军师大人大量想让你们多杀辽兵，不愿用你俩为侍从，你们就把这次所得的奖赏，给杨军师吧！"

杨朴还推辞不要。阿骨打道："军师妙计如神，果然三日之内破城，女真人一向重武轻文，这次攻下宁江州就是给大伙一个教训，光靠打仗杀人不行，还要有计谋，军师也不必过谦了，这两人我还得让他们冲锋陷阵，东西你就收下吧！"杨朴再也无法推辞只好收下。

阿骨打脸色一沉道："斡本、圣果你俩可知罪？"斡本、圣果慌忙跪下齐声道："阿民，孩儿舍生忘死拼杀，助斡里衍、活女、婆卢火攻下西城门，使我军顺利进城，不知犯了啥罪？"阿骨打厉声道："大胆！违抗军令还敢强词夺理，重责不赦！"阿里合懑道："都勃堇，他俩既是你的儿子，又是军中大将，到底犯了啥罪，说明白了再惩罚，大家也心服口服。"

杨朴道："斡本、圣果是机动兵力，负责监视弃城逃脱之敌，他俩在没有接到帅令的情况下，贸然攻城，致使萧兀纳从暗门走脱，犯有擅离职守之罪。"众人闻方愕然，都为斡本、圣果感到遗憾，本来攻城有功却违抗了军令，要受到重责。

阿里合懑道："都勃堇！且看在他俩年幼无知、破城心切的份上，将功折过，不用重刑责之，以其所获奖赏抵过如何？"杨朴也道："此计甚妙，既然我打赌的事能以破城这奖赏相抵，他俩也应该如此。"众将一起跪下求情，阿骨打无奈只好应允，然后只打三五棍以示惩罚。

大药师奴、大臭游说回来告之，达鲁古、萧辞列很不给面子，还讥笑女真人

以卵击石。银兀可怒极道："上次我前去达鲁古、萧辞列就傲慢无礼。当时就一忍再忍，咱们已拿下宁江州了，他们还不识时务，我率人马先灭了他们，不然此人终究是一个后患。"

杨朴道："达鲁古如此猖狂，应迅速除掉它，因为咱们一举攻宁江州，辽廷必然掀起轩然大波，他们必定会有动作，到那时，恐无暇顾及。"阿骨打点头称是，然后道："不过目前我军虽然小胜，但宁江人心浮动，四围州县守军甚众，不能贸然进攻，国相撒改传信说阿疏知道咱们起事，派人遣回五国部一带与鳖古德等部串通一气，有抄咱们后路的企图，形势不明朗。"

众将意见不一，有的要一鼓作气再占领几个州城，有的要固守宁江州静观其变，有的要先灭掉达鲁古再说……杨朴听着众人的争执一直不言语。阿骨打问他道："不知军师有何高见?"杨朴道："依我之见其一先班师回会宁州，以战利品犒赏族人，鼓舞士气，然后再度征兵；其二就是弹压谋反各部以除后顾之忧；其三灭掉达鲁古，掳其财物为我所用。"阿骨打道："军师所言正合我意，即刻班师。"

然后，留下了斡里衍、婆卢火镇守宁江州，派斜也、银兀可、谋良虎率兵攻打达鲁古。

第二十九章

横扫辽宫斡邻泊　金生丽水源流长

辽庆州，皇帝行宫。

射猎一天的天祚帝无疲惫之意，回到行宫边饮酒边观看歌舞，文妃瑟瑟轻启樱唇作诗道：

风吹芦花满地香，美姬捧酒奉君王。
秋染草色一万里，阵雁南归清声扬。

天祚帝拍手称妙之际，枢密使萧奉先急匆匆进来禀报道："陛下，萧兀纳兵败，宁江州失守，阿骨打率女真人作大妖了。"天祚帝闻报挥手屏退歌伎舞女道："耶律谢石那八百混同军呢?"萧奉先道："在扎只水一带被女真人尽数砍杀!"天祚帝摔掉手中的酒杯气急败坏道："都是一群酒囊饭袋，几个女真人都收拾不了，赶紧升朝议事。"

萧奉先急忙出去召集伴君射猎的众臣，聚在行宫。天祚帝面色阴沉向众臣道："女真人已占领了宁江州，他们只有两千多人就作这儿大妖，我堂堂大辽国，难道不堪一击吗?"一向溜须拍马的萧胡笃奏道："陛下勿忧，区区几个漠北小酋，兴不起太大的风浪，只要发几路大军讨伐，他们会不战自降。"

耶律者术忙道："萧大人所言差矣，女真人虽少，但骁勇彪悍，精于骑射。其中不乏擒熊伏虎之徒。耶律谢石的八百混同军多为渤海人，是善战之士，萧兀纳乃领兵打仗的老将皆败于阿骨打之手，恐怕女真人来者不善，万万不可小觑。"

萧胡笃反唇相讥道："耶律将军如此长敌人志气，灭自己威风，难道让女真人吓破胆不成。"耶律者术怒道："萧大人胆大，何不请缨带一路人马去平定叛乱?"萧胡笃登时被噎得说不出话来。

国舅萧得里底道："二位不要争吵了，耶律将军所言极是，记得当年萧海里谋反，我们几路兵马都遭败绩，后来老夫我挂帅征讨，亲眼所见阿骨打取了萧海里性命，女真人勇猛异常，绝不可掉以轻心，应遣众兵剿灭，以绝后患。"天祚帝急不可待地追问："你们说派众兵，都派哪些军队？赶紧说呀？还绕啥弯子。"显然天祚帝对女真人起事重视起来，也赞同耶律者术、萧得里底的观点，萧胡笃还想争辩，听皇上表态也就把要说的话咽了回去。

一旁静观其变的萧奉先听天祚帝要派众兵围剿女真谋反，为表忠心，更重要的是为了抢头功，忙奏道："讫奏陛下，臣以为此次征剿应就近调军，兵贵神速，不给女真人喘息机会，以东北路军马足可以剿灭叛军。"大家心里雪亮，东北路军都统萧嗣先是萧奉先的亲弟弟，皇帝的小舅子，谁还能与之争功。萧得里底顺情说好话道："宰相言之有理，东北路军都统萧嗣先将军，曾带领大军剿灭过奚人的叛乱，对付异族谋反有一套。"

耶律者术本想争这次领兵元帅，见萧奉先为其弟弟说话，就打消念头，还是积极建议道："萧都统手下有我大辽三万精兵，足可以与女真军抗衡，不过敌兵新胜气势汹，萧兀纳将军虽败却跟女真人血战了好几天，熟悉敌兵情况，可任副都统。另选诸路武勇两万，中京皮室军两万，以绝对的优势压倒女真人。"天祚帝表示赞许并道："以虞侯崔公义为都押官，控鹤指挥邢颖为副，即刻起兵把宁江州夺回来，把阿骨打等二千反贼全部斩首，以儆效尤。"

萧得里底又奏道："臣以为，贼兵起势，人心浮动，陛下应起驾回宫，以稳民心。"天祚帝不置可否，颁下圣旨调动兵马，然后准备起驾回宫。

阿骨打回会宁州途中，在涞流水与撒改会合，免不了一番庆贺，到了会宁州后，他先向老婶母蒲察氏报捷，献上虏获的财物，然后，又按辈份分给族人，各部也纷纷委派人祝捷举行了盛大的"会饮而议"。

安出虎水一片沸腾，伐辽首战大捷，把整个冬天搅得热火朝天。兵力由出征前的二千五百人，增到三千七百人，在杨朴的帮助下，阿骨打制定兵制，为猛安谋克制。将原先一百人为一谋克，增到三百人一谋克，以设猛安、都统也都按此增加兵丁名额。

阿骨打又引军到五国部一带，以强大的威势折服了鳖古德部，乖乖地交出阿疏。赵三派来的奸细报告，把自己本部族的兵丁编入完颜军，表示永远臣服，从此女真后方无忧矣。

萧嗣先奉皇诏为东北军都统，带七万人马浩浩荡荡向宁江州开来，在鸭子河岸的出河店与南岸的宁江州隔江相望，形成犄角之势，出河店是辽边境重要的前哨阵地。箫嗣先安营扎寨，升了中军大帐。

萧兀纳闻听朝廷发来援军，都统是萧嗣先，心里犯了嘀咕，萧嗣先的军事指挥才能一般，只是在镇压奚人谋反中以少胜多立了战功，之后是因其胞妹萧夺里懒进宫为皇后飞黄腾达。当萧兀纳进了大帐后，见萧嗣先趾高气扬地坐在帅椅上，上前施礼道："宁江州镇守使萧兀纳见过大人！"

萧嗣先屁股未欠，漫不经心地道："免礼平身，陛下看你是老臣，暂不追究你败后失守之罪，让你戴罪立功，封你为此次讨贼副都统，崔公义押官，邢颖控鹤使也是你的老熟人，我就不多引见了，你还是把女真的情况给我们介绍一下吧。"

萧兀纳心里暗气，宁江州保卫战自己舍生忘死，还搭上了孙子移敌蹇的性命，朝廷不但不安慰尚有责备之意，嘴上却道："老臣感谢圣恩浩荡。"然后把宁江州战役详细地描述一遍。

崔公义听后道："女真军确实非同小可，老将军身经百战，败走了麦城，看来我们真遇上劲敌了。"邢颖本来想捞个控鹤正使，结果朝廷封了崔公义为正，自己为副，心里多有不服，接着崔公义的话茬说："恐怕是萧老将军年事已高，虎老还掉牙呢！被女真人给吓破了胆，我就不相信，他们会像你说的那样厉害。待日后出战，我亲自会会那个阿骨打，看看他是否三头六臂。"萧嗣先一贯狂妄自大，邢颖的话非常对他的胃口，他也满不在乎地说："奚人咋样？刚造反时也挺猛，后来我的大军一到，两场大仗就把他打垮了。"

萧兀纳争辩说："女真人可比奚人那群乌合之众厉害多了，他们的战斗力不在咱们的拦子军之下，不然我的孙子也不能丧命疆场。各位将军千万不能掉以轻心，依我之见，宁江州只有三员守将，兵不过千人，应趁女真人大队人马未到达之前，一鼓作气夺回宁江州，报仇雪恨。"崔公义也附和说："攻其不备，出其不意，乃是上策。"

邢颖反驳说："萧将军急着打宁江州是为了给孙子报仇，崔将军火急火燎是

为了抢头功咋的？咱们劳师远征应好好歇息才是。”崔公义气恼地站起身道：“你一个花钱捐官的俗人，焉能知晓军机大事，请都统大人定夺。”萧嗣先道：“行了！行了！别争了，大军连日急行而进，已是人困马乏，天已过中午，今日不宜拼杀，歇息一宿明日一早攻城也不迟。”萧兀纳道：“都统大人，兵贵神速呀！”萧嗣先武断地说：“我意已决，今日歇兵明日再战。”

萧兀纳悻悻地出了中军大帐，崔公义道：“军令如山，也只好如此了，不过我还是想派兵把鸭子河的陵道毁掉，以防女真人偷袭。”萧兀纳道：“将军所虑极是，那女真军阿骨打不仅作战凶猛，而且还有许多韬略，可惜我当时手上只有不足八百人，渤海军又离心离德，我要有近万人马也不至于兵败，遭人奚落。”说完不断摇头叹气，崔公义安慰道：“老将军不必自责，胜败乃兵家常事，何必计较一战得失。”

阿骨打接到辽朝派兵征讨的消息后，立即集结人马开到宁江州与守军汇合，此时女真军已有三千七百多人，他们到宁江州的时间与辽军到出河店的时间差不多。斡里衍、婆卢火、迪古乃早已安排好了饭菜，全军饱餐一顿。众将依然是群情激奋，斗志昂扬。

粘罕和悟室请战道：“都勃堇，头一回打宁江州，我们没赶上，这次让我们俩先带本部人马，去偷袭敌营如何？”阿骨打道：“你们说的有道理，咱们与辽军只是一河之隔，与其坐守城池，还不如主动出击，攻其不备。”杨朴道：“主公决策英明，此次辽军主帅是萧嗣先，他是个刚愎自用的家伙，他倚仗兵多将广，肯定没把咱们放在眼里，趁其立足未稳，打他个措手不及，实乃上策。”女真军只是做了短暂的休整，便于天黑前到了鸭子河畔。

夜幕低垂，大地与天空都被黑暗笼罩着。时值冬月，尚未降雪，结了冰的鸭子河，仿佛一条银链横陈在僵硬的大地上，格外显眼。鸭子河对岸的辽军扎完营寨，正在埋锅做饭，人喊马嘶，灯火通明。隔岸望去，营寨成片，人影绰约，巡营哨兵一队接着一队。粘罕请战欲过河击敌。

阿骨打说：“不可，辽军戒备森严，我们对鸭子河河道又不熟悉，敌人发现我们偷袭，于岸边的强弓硬弩攒射，我军在河面上岂不成了活靶子。”悟室道：“都勃堇，我和粘罕带人探探路，弄清道路后再做定夺。”阿骨打允命。杨朴提醒说：“我军悄然而至，辽军尚不知晓，敌明我暗，宜马摘銮铃，紧勒嚼子，人住冷帐不得生火，以免惊动敌人，才能达到偷袭目的。”

众将虽然觉得此令过于苛刻，天寒地冻不让生火，确实难熬。但都勃堇已经点头，谁也不敢提异议了，只好依令而行。好在大部分士兵都是猎户出身，深山老岳打猎也经常夜宿野外，耐寒性强，还能承受初冬的寒冷。

入夜后，北风乍起，还刮来片片小清雪，洒落在结冰的鸭子河，犹如给这平如明镜的冰面抹了一层润滑剂，粘罕组织一个精干的小队，催马过河，河面光滑如镜，根本搭不住脚，结果没走几步就闹个人仰马翻，只好退回岸上。

粘罕后悔道："原想第一仗未赶上，第二仗抢个头功，却遇上这倒霉的天气。"悟室眼睛一亮道："有了"，粘罕一拍大腿道："对呀！我咋没想到呢？赶紧做吧。"说完众人寻找木材，不多时作出极简易的冰爬犁。到河面一试果然灵验。他们靠着冰爬犁悄悄地接近了对岸，摸清了出河店约七百多重帐，兵马几万人，已摩拳擦掌准备天亮时起兵，一举夺下宁江州。为了防备女真军偷袭，已派出士兵破坏鸭子河的陵道，如果女真人兵马踏上陵道必然栽入河水中。

粘罕、谷神折腾到了子时才回来，他们把所了解的情况向阿骨打做了详细汇报。阿骨打闻言说："看来敌人准备得很充分，我说你们走后，我困得不行了，躺下便睡，刚睡着就觉得有人摇我的头，起来后根本没有人，如是三次，弄得我一点都不困了。"

阿里合懑咧着大嘴乐了，说："看来是天助女真呀！这分明是天神不让睡，要趁夜色掩护偷袭敌营。"杨朴道："看来咱们不生火住冷帐篷太正确了。辽军眼下还以为我们在宁江州呢，咱们营帐内的灯火也捂得严严实实，外边一点也不见。看来偷袭宜早准备，鸡叫时掏他们热被窝。"

实际上不让升火吃冷饭，那些兵都有怨气，就连一些头目都想不通，再加上对岸敌营声势浩大，恐惧之情潜生。阿骨打召集众人说明自己被三次摇头的事并把粘罕、谷神做爬犁的事告诉众将。

阿里合懑以大萨满的身份晓谕众军道："天神已向女真子民召示，今夜必灭辽人！"说来也巧，他的话刚说完，有的士兵的矛尖有荧荧蓝光，更加坚信了阿骨打的预感。杨朴令粘罕让士兵都刨来一兜冰土，带两大牛皮葫芦水。众人不知其所然，一切准备就绪。

拂晓前夕，阿骨打一声令下，粘罕、谷神两个先锋官，带着几百精兵滑着冰爬犁，迅速穿越河面，接近了那些一心一意用冰蹿、镐头破坏陵道的辽军，粘罕和谷神分出众队绕到辽兵背后，先是一阵乱箭射向辽兵，有的被射死，有的受伤

后掉进冰窟窿里，剩下的几个掉头要跑，便被一阵乱刀砍死。

阿骨打见破坏陵道的辽军火把灭了一大半，知道已经得手，才令众军出发，杨朴让士兵边走边撒土，光滑的河道上撒土面后又浇上凉水，滞涩了许多，马能搭住蹄，人能下去脚了，迅速过了河。

崔公义派了一伙士兵破坏陵道，自己也人不解甲、马未卸鞍和衣在大帐里小憩。担任警戒的士兵见破坏陵道的士兵火把熄灭大半，情知有变，慌忙向崔公义报警，迷迷糊糊的崔公义提锤上马，到营门，正好与粘罕迎面相撞，那粘罕杀尽破坏陵道的辽兵后，扔掉冰爬犁换上战马，直冲岸边的辽军营地。

二人一照面也不搭话，粘罕抡起手中的铁挝就砸，崔公义忙举锤招架，仅一个回合，崔公义左手的铜锤就被粘罕震飞，他自知不是对手，急忙向中军大帐驰去，边跑边喊："女真人偷营啦！女真人偷营了！"惊慌凄厉的喊叫声，在寂静夜空回荡，巡营的哨兵，闻声吹号角报警，整个辽营登时大乱，睡得稀里糊涂的将士慌忙地爬起，衣帽不整，铠甲不齐，兵找不到将，将聚不齐兵，有兵刃没有马匹的，有马匹无兵刃，一片混乱。

粘罕、悟室两股人马迅速占领了靠近鸭子河岸边的崔公义大营。阿骨打此时已挥师登上河岸，下令道："直奔中军大帐，擒敌先擒王。"女真军如狼似虎，憋闷半宿的怨恨全发泄到了辽兵身上，在凶猛的砍杀中推进。

崔公义逃到中军大帐，向闻风赶到的萧兀纳道："萧大人你所说的无半点虚言，女真人确实了得，我深深领教了。"萧兀纳道："大约有多少人？""黑灯瞎火的看不准！""快报都统大人，好组织人马抵抗。"

沉睡的萧嗣先被亲兵推醒，似信非信地道："不可能，女真人不是在宁江州吗？"边说边披着衣服来到帐门口。崔公义说："都统大人，是我亲眼所见，我已与他厮杀了一阵，其势太猛，才报到中军。"

崔公义把自己只一个回合被粘罕震飞铜锤的事隐去不说，萧嗣先满不在乎地说："慌什么！几个女真人还能把你们吓这样！各带本部兵马迎击！"

这时邢颖已把士兵召集一起，提着狼牙棒过来道："都统大人，我打头阵，倒要看看女真是铁打的还是铜铸的。"说完带领本部兵马向前迎敌，萧嗣先、崔公义、萧兀纳紧随其后。

粘罕和悟室的人马已深入到辽营腹部，邢颖从中军大帐出来，一边喝止退下来的辽军，一边抡着狼牙棒击打女真士兵。他也是一名悍将，几个女真士兵在他的棒下死于非命，攻势受阻。混战中的粘罕急忙杀了过来。

邢颖见粘罕不是传说中的那种五大三粗的女真人，而是一个精瘦的汉子，挥起狼牙棒挂着风声猛砸下来，粘罕举挝相迎。一连接了三棒，不分胜负。双方臂膀都有些发酸，粘罕见辽军越聚越多，逐渐恢复了常态，无心与之恋战，当邢颖又一横扫过去时，他并不招架，镫里藏身于马腹之下，顺手从腰间抽出两把飞刀，待邢颖狼牙棒走空，又翻身上马，邢颖一愣神的刹那，粘罕手中飞刀掷出，正插在了他的咽喉。

粘罕曾以飞刀之技艺毙熊无数，何况邢颖啦。主帅邢颖虽死但他手下的辽兵不乱，依仗人多势众迅速把粘罕围在核心，萧嗣先的几千皮室军也整好了队伍压了上来。

阿骨打的几路人马正向前冲击，突然受阻，双方混战起来。正在胶着状态，恰在此时西北风骤起，强悍猛烈，飞土扬沙。女真军处在上风头，不觉咋样，而处在下风头的辽军，面颊似刀刮，眼睛也睁不开，逆风乏力，简直成了女真兵的活靶子，瞬间被成批砍杀。

萧嗣先骑在马上被吹得东倒西歪，喊破了嗓子也止不住士兵溃退，一旁督战的萧兀纳长叹一声："天助女真！天要灭辽呀！"也只好随着败军溃退。

粘罕、悟室、斜也、谋良虎、斡里衍、活女、迪古乃、斡本、圣果、银兀可、婆卢火等大将分路追杀下去。阿骨打、阿里合懑、杨朴等在亲兵卫队的护卫下徐徐而进。此时天色已亮，晨曦把大地涂了一片银色，辽军溃退着，女真军追杀着。

阿骨打的中军远离了大队人马，突然，从几座营帐中冲出一百多辽兵，这是邢颖手下的一个豪强自家的亲兵，那豪强曷勒是个牧场主，他听说"打女真"有油水可捞，就通过关系找到了邢颖，把他的亲兵编进招讨大军。战斗刚一开始，曷勒留了个心眼，他让兵丁披挂整齐，按兵不动，躲在帐篷里看着两军厮杀，等到风起辽军败退，他暗自庆幸没有参加混战，不然连逃跑的机会都没了。

曷勒见大队女真兵都去追杀溃逃的辽军了，便悄悄地从帐篷窜出，寻到战马准备逃回。匆忙中，又发现近处尚有一小股女真人，看旗帜像是中军主帅，那个骑高头大马的就很可能是传说中的阿骨打，他身旁只有十几个人。一向贪得无厌的曷勒突发奇想，要是一举擒获阿骨打就露了大脸，说不准会弄个宰相、丞相什么的。这可是天助我也，捡这么大一个便宜。曷勒悄悄传令："大伙并肩上，把

那伙人砍了，女真人的钱物随便拿，女真的娘们随便领。”士兵见女真军人数少，大队追敌而去，重赏之下都成了勇夫。在曷勒的率领下，鼓噪着冲向阿骨打。

阿骨打、杨朴、阿里合懑正在议论战事，忽然，从附近的营帐里蹿出一百人马来，迅速把他们包围起来，阿骨打毫无惧色，杨朴、阿里合懑两个文官却吓了一跳。

阿里合懑忙道：“特进挞懒，你保护都勃堇和杨军师先冲出去，我带兵跟他们拼了。”阿骨打哈哈大笑道：“岂有遇敌主帅先撤之理，自扎只水一战后，你们就不让我上阵厮杀，我早就手痒了。”说着抽出宝刀递给杨朴道：“军师，这是宝刀，有兵刃来了你就砍，保证谁也伤不着你。”

阿骨打的镇定自若视对手为无物，给手下的士兵以极大的鼓舞。本来谋良虎给都勃堇留了一队精兵，阿骨打艺高人胆大，下令让卫队去追击敌人，才让曷勒钻了空子。可是曷勒如意算盘却打错了，他见阿骨打手下人少，未料到这些都是宗室子弟，都是从猎场和战场上长大的，英勇善战不逊于那些大将。

术鲁、限可、胡石改、特进挞懒等虽然都是十五六岁，尤其特进挞懒，是给阿骨打牵马的随身侍卫，他急切说：“咱哥儿四个，可不能丢人现眼，都勃堇不能轻易动手，平时大家都羡慕活女比咱们大一岁却能上战场杀敌，这回来了机会，杀了这些辽狗！”说完催马出战，特进挞懒舞枪、术鲁抡刀、限可挥叉、胡石改扬棍杀上前去。

曷勒见阿骨打派出几个毛头小子迎战，心头大宽，看来阿骨打确实没有能征善战的猛将了。咬牙切齿道：“杀了这四个小崽子，等于卸下阿骨打胳膊腿了！都他妈的给我上！”

辽军蜂拥而上。然而曷勒低估了这四员小将，他们的身手异常了得，痛下杀手。冲在前面的十几个辽兵，顿时被击于马下，特进挞懒在连杀五个人之后，枪杆折断，又用半截枪柄击倒一个敌兵，然后徒手接招，驰奔而上。有数个敌兵被他从马上拖下来，曷勒一时傻眼了，心道这是人吗？简直是天神。

阿里合懑、杨朴看得心惊肉跳，阿骨打异常兴奋，朗声道：“得此勇士几十，足可以敌千人！”阿骨打的声音铿锵有力，传到四员小将耳朵里，他们精神大振，搏杀得更加起劲，在辽军之中如同虎趟羊群一般。

曷勒偷鸡不成蚀把米，他自忖即使自己上前也敌不住任何一个小将，难怪在宁江州萧兀纳遭了重创，这群虎狼之师，无人可敌，啥宰相、丞相的，保命要紧。想到这他巡马便走，阿骨打早已看出曷勒是这次偷袭围攻中军的主谋，高声断喝：“哪里走？”声落箭到，登时射透曷勒的胸腔，还有三个欲跑的亲兵，也被阿骨打连珠箭射于马下。四员小将齐声喊道：“放下兵刃，饶你不死。”那些家丁都是跟曷勒出“打谷草”捡便宜的，作战经验和勇武全无，见自家老爷已死，女真军又凶狠无比，谁还愿白白送命，扔下手中的兵器，下马投降。

杨朴把宝刀还给阿骨打感慨万千道：“有这些虎狼之将，何事不成！主公之幸，女真之幸呀！”阿里合懑道：“以前都把他们当孩子看，真没想到这四个小子能耐这么大，杀敌如麻呀！”说话间两个传令兵飞马过来道：“禀都勃堇，辽营都在我军控制之下，敌军主帅只带有少数残兵败将向斡邻泊方向逃窜，先锋官请令是否追赶？”

杨朴道：“斡邻泊乃辽帝春捺钵之行宫，距此不足百里，那里的守军主将是皇叔耶律淳的内弟萧敌里，为人专横跋扈，能力却是一般，应一鼓作气攻下斡邻泊。”阿骨打点头道：“命斡里衍、斜也、斡鲁、迪古乃、银朮可、斡本速带本部人马攻打斡邻泊，告诉他们我今天中午，要在天祚帝的行宫宴请众将士庆功。其余将领打扫战场，清点战利品。”探马急驰而去。

萧嗣先此时狼狈不堪，都统的威严一扫而光，女真军偷袭是意外，突如其来的狂风更是意外，本来以为其皮室军的战斗力，虽然猝然遭到袭击，也不至于溃退一塌糊涂，可是却偏偏一败涂地。他的亲兵卫队都跑散了，幸亏萧兀纳、崔公义的手下死命相保，才逐渐摆脱追兵，而崔公义已被粘罕震飞一柄铜锤，只凭单锤挡杀。

这次攻打出河店，谋良虎还想当先锋官，阿骨打却授予粘罕、悟室，他憋了一肚子劲，在追杀溃敌时一马当先，紧咬着中军不放，追出几十里路之后，谋良虎又和萧嗣先的后军接战，崔公义见此将穷追不舍，此时单枪匹马落了单，就回身舞单锤来战谋良虎，谋良虎从马上跃起，把手中的半截矛杆插进崔公义的额头，崔公义的铜锤把谋良虎的马鞍砸碎，马背砸断，惊心动魄生死瞬间，待谋良虎再寻到战马时，惊恐的敌人逃跑了。

崔公义舍命阻敌之时，萧嗣先在萧兀纳的护卫下，已经逃到斡邻泊。守将萧敌里见一哨人马奔来，于营门前问明情况，打开寨门放他们进来。只见萧嗣先盔歪甲斜狼狈不堪，惊讶地问：“都统大人不是率大军去征剿女真反兵吗？何以至此？”萧嗣先喘着粗气道：“别，别提了，突遭反兵偷袭，又骤然刮起狂风飞沙走

石，弄得我军难以迎战。”萧里底说：“噢！原来如此，巡营的兵丁告诉我，天亮时刮起了好大一阵狂风，我还奇怪呢。”萧兀纳关切地问：“萧将军这斡邻泊有多少人马？”“五百人左右，骑兵三百，步卒二百。这里是陛下的春猎行宫，只有营寨而无城池。”萧兀纳道：“那好，敌明我暗，又有营寨为屏障，加上我手下数百多人足可阻挡几日。”

萧嗣先说：“行了吧，宁江州墙厚城固不也失守了吗？”萧兀纳反讥道：“都统大人的数万大军不也是溃败了吗？”“行！行！行！你俩固守斡邻泊我去搬救兵，只要你们能坚守三日，我从宰相那搬来援军，就像当年消灭奚人一样，一定把这帮反贼歼灭。”

萧里底闻听心中有气道：“都统大人既然不想固守斡邻泊等待援助，何必把反军引到这里来，应该直接回上京搬兵，再说了这女真人跟奚人也是两回事。”萧嗣先气呼呼地说：“我不跟你们争辩这些没用的，你俩准备迎敌吧！我去搬兵。”说完带着几个亲信，匆匆离去。

萧里底气哼哼道：“这种畏敌如虎、胆小如鼠的人，焉能不打败仗？”萧兀纳道：“国之不幸，天下不幸，这家伙光胆小还行，还狂妄自大，一意孤行，我和崔公义将军咋劝都不行，才导致惨败呀！”“也不知陛下咋想的，尽用些庸碌之辈。”萧兀纳愤然道：“忠不必用兮贤不必以，伍子蓬殃兮比干菹醢。”萧里底安慰道：“老将军不必忧伤，你好生歇息歇息，一会儿好联手御敌，你我身为领兵将官，又多受皇恩，岂能在强敌面前示弱。”

打扫战场的女真兵将，虏获辽军车马、甲兵武器、粮草、耕具不可胜数，阿骨打采纳了杨朴的建议，率大队人马乘胜追击到斡邻泊，把辽帝行宫围个水泄不通。萧里底不愧是忠勇之士，拼命死战，连伤了女真三员大将，最后被悟室的鸡鸣戟刺中了臂膀，才败下阵去。萧兀纳无奈只好与萧里底带着一部分残兵败将逃走，阿骨打在斡邻泊行宫，接着皇帝的礼节犒赏三军。

女真军旋即把天祚帝的行宫掠劫一空，大量的金银财宝、宫廷用品被运往会宁州。撒改、吴乞买、习不失等迎出十里之外。此时，一些生女真部族、游牧部族和辽朝小附属国室韦，曷苏馆纷纷来投靠，再加上收编的俘虏，女真人的兵力猛增到三万以上，分兵几路作战的强势逐渐形成。

这日，阿骨打召集众将议事，粘罕道：“二阿叔，攻下宁江州时，我劝你称帝建国，你笑我目光短浅，这回你连辽帝的行宫都占了，你坐在天祚帝的龙椅上，可威风了，咱们又有这么多的兵将，赶紧当皇帝吧！”一些青年将领也附和道：“对呀！建国称帝！建国称帝！”阿骨打摆摆手说：“这事还得拖一拖，黄龙府以北还有咸州、宾州、祥州等守敌虎视眈眈看我们，心里不踏实。”

粘罕道：“那好办！咱们去打呀！他们还有宁江州、出河店和斡邻泊厉害呀？”粘罕的亲阿叔大将斡鲁古道：“行了粘罕，出河店你为先锋已立了头功，那些州城也匀给我们吧，我去打咸州！”大将仆虺道：“我去攻打宾州！”撒改道：“这几仗我一直按兵不动，这回都勃堇你坐镇，我也去收拾辽兵，出口气。”斡里衍道：“我还是去追杀老对手萧兀纳。”其他将领纷纷请战，争论不休。

杨朴高声道：“诸位肃静，诸位肃静！这刚开头，以后有的是仗打。既然大伙都争着出战，我就为主公拟一份军令状，出战者必在上面签字，确保万无一失。”阿骨打道：“好，这回我就听大伙的，你们去打吧！我和杨先生好好歇歇。”众将领命而去。

旋即众将果然不负众望，连连得胜。撒改率军大败祥州的守将赤狗儿、乙静。斡鲁古攻克咸州，杀死统军实娄。仆虺占领了宾州。斡里衍把萧兀纳追杀回辽上京。

捷报频传，会宁州又是欢腾一片。

在庆功宴上，撒改、吴乞买等重臣借敬酒之机，劝阿骨打称帝，阿骨打不允。阿里合懑、石土门、蒲家奴、习不失等老臣再次劝阿骨打称帝，阿骨打没有表态。

粘罕、悟室、谋良虎等很是着急，一起找斡里衍出主意，斡里衍道：“咱们只是劝称帝，却说不出一个所以然来，不如去找军师，一则他能说明白为啥建国称帝，二则都勃堇对他言听计从。”众人依计而行，把杨朴推出来。

杨朴与众人一起去见阿骨打，还是劝他建国称帝。阿骨打笑着对杨朴道：“军师一向足智多谋，怎么也与众将一般见识，何必操之过急。”杨朴郑重地说：“主公请听我细言，大辽开国皇帝耶律阿宝机曾预言‘女真若满万，则无敌’，现今我有精兵三万，战将数百员，军事上可与辽国抗衡了，各部自然听从都勃堇统一指挥，但大家争战，除了报仇泄私愤，就是掠夺钱物人口。这些将会不断进行，一旦产生私心就会出现内乱，重蹈咱们祖先有家无国的覆辙，如果建国称帝后，可以各封官职，记功封爵，庞大的军队才能运转灵活。”阿骨打听得津津有味，未动任何声色，众人也鸦雀无声，等着杨朴说下去。

杨朴继续道："有道是技艺熟练的工匠，会依照经验为人做工制定尺度，但他不能使人都心灵手巧。德高望重的师长，可以在言行上给人做楷模，但不能让所有的人都才高德劭。主公目前是女真部族的一个节度使，打到哪里人家都会说你是叛军反贼，名不正言不顺，除对辽作战之外，外来咱们还得跟大宋国、西夏国、高丽国往来，你完颜家族跟各国皇帝根本就不对等呀！你尽管有能力和威望地位，不也登不上大雅之堂？"众人几乎听入迷了。

阿骨打听完颜家族与各国皇帝不对等，心里有些不舒服，但杨朴说得有道理，大伙又听得认认真真，也不好打断反驳。

杨朴见阿骨打已动容，知道说他心里去了，便趁热打铁道："只有称帝后，才能建立一个东濒大海、西连夏国、南临大宋、北接远方各部族的女真国，才能实现女真几代人的夙愿，成就千秋大业。只有这样，我们才能摆脱契丹人的欺压，这与主公起事时的誓言相一致。我们也就有了自己的国家。"

杨朴一席话，深深撼动了每个人的心扉，他们热血沸腾，众将一齐跪倒劝道："请主公称帝建国。"阿骨打见时机已成熟，杨朴的一番话也说到他心里去了，担心有人不服的念头打消了，顿然道："军师所言甚对，众将之请我懂了，就这样建国称帝，是否太仓促了？"杨朴道："古人说当断不断，祸来快如箭。兴邦立国，建万事之基业是当务之急，别再推辞了。"众将又劝道："都勃堇若是不答应建国称帝，我们就长跪不起。"阿骨打深为感动，说："诸位使不得，你们这样苦口婆心，我就不负众望，称帝建国！"

众人一片欢腾，"万岁！万岁！"之声不绝于耳。杨朴又把建国称帝的一切事宜做详细分工，众人分头准备。

推选阿骨打做皇帝各部族达成了共识，大家衷心拥护。在确定国号上，却费了一番周折，有人认为完颜部人当皇帝就应该叫完颜国；有人认为女真人建国就该叫女真国，有人认为女真渤海一家人，从前有个渤海国，这回就叫渤海新国吧！三种意见各执一词，互不相让。

阿骨打与杨朴商量后，交换了一个眼色，心有灵犀，对这些建议都不满意，阿骨打道："大家所说的国号都有道理，但还未达到最高境地，原因让军师说吧。他的汉唐文化与契丹文化都精通。"

杨朴也不推辞，道："我觉得蒲家奴、习不失等将军提出叫完颜国，还是家天下的思想，同时女真人其他姓氏的会说我们思想太狭隘了，至于阿里合懑、悟室提出建女真国也合乎情理，然而，在祖上辽皇帝曾封过女真国，还有歧视的意味，这样还是顺着辽朝意思了；说国号叫渤海新国，其即有利于笼络渤海人心，又让人牢记当年渤海旧国的辉煌……”

杨朴的话还未说完，习不失道：“感情军师是渤海人，才同意渤海新国啦？”杨朴笑道：“老将军稍安勿躁，我的话尚未说完。”几个人也想插嘴，阿骨打道：“诸位，还是让军师把话说完。”

杨朴道：“叫渤海新国还有部族的局限，渤海人当然欢迎，而其他女真人会有异议，也不太妥当。”众将随后异口同声地说：“这也不行，那也不行，军师你说该叫啥国号？”杨朴不温不火道：“我按《易经》五行之说推出一个国号来，主公曾得长白真人的真传，也一定会想出一个名字，我想我俩都别说，各写一个字，这个国号一定会克制辽国，然后国相和几位老将军裁决。”众人齐声说：“赛音！”

当时，女真人没有文字，阿骨打跟长白真人学汉文化，能写一些简单的字，故此答应杨朴的提议。悟室给他们拿了两块树皮和木炭块来，阿骨打和杨朴相视一笑，各自在这树皮上做了标记，阿里合懑、蒲家奴、习不失等把两块树皮放在一起，不觉都拍手叫绝。只见两块树皮符号一模一样都是“金”字。阿骨打与杨朴都开怀大笑。

悟室不明就里地问道：“军师缘何大笑？”杨朴道：“金生丽水，源远流长！”阿骨打道：“辽铁必坏，大金永固！”

霎时，“金生丽水，源远流长！辽铁必坏，大金永固！”传遍了女真各地。

辽上京，临潢府。

天祚帝沉着脸坐在龙椅上，文武重臣两厢待立。阿息保说：“女真起兵，夺取数城，陛下行宫斡邻泊都为其所占，移敌蹇、崔公义、邢颖、斡里底等各将都战死沙场，为国尽忠，而出河店一战，我军数倍于敌，都被杀个片甲不归，还累及皇帝行宫，奇耻大辱呀！”耶律者术道：“按着大辽建令如此兵败理应斩首，以儆效尤。”其他一些良臣也纷纷附和，应当军法从事。

萧奉先忙跪倒道：“陛下，臣以为萧嗣先兵败按律令处斩不饶，而我军连连遭败绩，战败的将士也不止他一人，大约有数千百之众，还能都杀了吗，如果处斩令一下，这些人必然逃跑为盗，成为国家一大祸患，外忧未攘，内祸又起，国

必无安宁之日。何况萧兀纳将军连败三阵，如今不还是好好地活着吗？请陛下三思。”

萧兀纳闻言恨恨站起来：“我萧兀纳两朝元老，满门忠烈，初到宁江则连上奏折，报告女真人要谋反，陛下是否圣阅了百官的奏折？”

天祚帝当时忙于游猎，只是草草看了一些奏折，也没当回事，其余的均被萧奉先压下未发。萧兀纳一问天祚帝无言以对。萧奉先忙嗔怪道：“萧将军不要倚老卖老，竟质问起皇帝来了？”天祚帝也不用好眼神看着萧兀纳。

萧兀纳怒道：“萧奉先，都是你们这些奸臣误国！陛下！老臣虽然兵败有因，但罪责难逃，如果臣以一死能让陛下觉悟，臣就血洒金殿。”说完转身以头撞柱，登时头碎血流，死于金殿上。众臣动容，感慨不已。萧嗣先却吓得魂不附体。

实际上天祚帝根本没有杀萧嗣先的意思，因昨天夜间萧皇后吹了半宿耳边风，百般求情让他留下萧嗣先的性命。他早已答应了皇后，萧兀纳以死明志，倒让他左右为难。

这时，南府宰相汉人张琳跪倒道：“陛下，萧兀纳老将军以死明志，其精神固然可嘉，可是目前就是杀了萧嗣先也挽不回损兵折将之败，还不如将之罢官回家，南府、北府拥有众兵以绝对优势，一举歼灭女真。”

天祚帝准奏，萧嗣先逃得一命。

耶律者术道：“依照我朝旧制，北府不理民事，南府不理兵事。况且此等军国大事，你一个汉人怎么能妄言，岂不坏了祖宗的规矩。”

实际上耶律者术对天祚帝饶萧嗣先不死，心里就有一股火，又不敢向皇帝发，所以撒到张琳身上。

南府副相吴庸跪倒道：“国家大事，匹夫有责，北府理军事连战皆败，南府为何不能参与，想当年承天太后勇封汉人韩德让为南北两院宰相，他力劝农桑，修武备兵，弥合部族矛盾，使辽朝达到前所未有的盛世……”几句话驳得耶律者术哑口无言。

天祚帝道：“说征讨女真叛军的事，提那些干啥？”吴庸忙道：“是！陛下，我大辽国已有二百年基业，五京六府，一百五十六州，二百零九十县，五十部族，有精兵六十万，善于野战军就有三十万，大宁、西夏、高丽、回纥都向我称臣，小小女真人不足为惧，只要我们发二十万大军前去征讨，其必不战自降。”

耶律阿思道：“南府北院要联合破敌，吴大人说得有道理，当年重元之乱，南府供职的汉人不也发了勤王之师吗？南府出兵有何不可。”国舅萧得里底也奏道：“臣也同意南府参与军事，发汉人之兵讨贼未尝不可。”

大将耶律讹里朵跪倒道：“臣愿为此讨贼的都统，若败也像萧兀纳将军一样自裁以谢天下。”耶律章奴也奏道：“臣也愿领兵讨贼，以报皇恩。”耶律者术和阿息保见皇帝对萧奉先等深信不疑，也不敢再说什么。

天祚帝权衡半晌，虽然耶律章奴聪明过人又是他的近臣，但没有带兵征战的经验，于是就降诏：封耶律讹里朵为都统，萧乙薛为左副都统，耶律章奴为右副都统，萧射佛为监军，发二十万精兵讨女真人。遣张琳、吴庸、萧得里底、耶律里底、耶律阿恕等老臣为监军，负责调唤招募人马。

召令一发后，辽军对萧兀纳以死尽忠有口皆碑，对萧嗣先获赦非常气愤，军中流传着“战而死无功，逃而生无罪”的说法，于是士气低落，军威不振。张琳、吴庸等几个文官已风烛残年，老不堪言招募人马，众将也多有不服，还编了一段童谣讽刺，曰：

五个翁翁四百岁，南面北面打瞌睡，
自己精神管不得，哪有精神杀女真。

第三十章

完颜立国名大金　赫赫女真立天地

辽天庆五年（公元1115年），正月初一。

乳峰山瑞雪铺银，安出虎水坚冰如玉。会宁州祥云朵朵，瑞气千条，旌旌猎猎，人声鼎沸。都勃堇官府修葺一新改为皇帝寨，门楣之上杨朴以汉字书写了“皇帝寨”三个字。一杆素底红日的日旗插门左侧，一杆红底素月的月旗插在门右侧。日月合璧的大帅旗悬于室内西墙之上，门外遍插青龙旗、白虎旗、朱雀旗、玄武旗等四方旗，以下又插二十八星宿旗，此外还有鹰旗、虎旗、豹旗、鹿旗等不胜枚举。

巳时，由八十一名女真武士组成的鼓手上场击鼓，八十一名英俊少年组成的鞭队手执皮鞭报时，鼓声咚咚，鞭哨脆脆。

杨朴高喊道：“黄道吉日，良辰已到，请皇帝即位！”阿骨打在众位开国元勋的护拥下，走入皇帝寨，端坐在正殿西面的火炕上。

在鼓乐队的《鹧鸪曲》中，阿骨打接过美酒，敬完天地祖宗后道：“我女真人开邦立国，名为大金。其意为辽铁必坏，大金永固。”众人一起高呼：“开邦立国，大金永固！”

阿里合懑代表女真元老呈上犁、铧、锄、镰、锹、镐等农具，道：“恳请陛下登基之后，保土养民，勿忘稼穑之难。”撒改代表诸将献上甲骨、弓矢、刀枪，跪拜道：“恳请陛下秣马厉兵，守土开疆。”

阿骨打连说：“赛因！赛因！”

女真人是马上民族，马是他们重要的作战工具，因此特别重视马匹。斜也喊道："大金开国，众将奉良马骑士，请陛下阅马!"顿时，马队出列，尤为壮观，马分九队，每队九匹，马色九种，枣红、桃花、沙栗、赭黄等马队依次而过，铃铛作响，骑士盔明甲亮，耀武扬威。

阅马仪式结束后，阿里合懑、蒲家奴，习不失、撒改等众臣，跪地恭贺阿骨打登基称帝："万岁！万万岁!"阿骨打慌忙离座相对而跪，众人惊愕。杨朴道："陛下不可乱了君臣之礼!"阿骨打听而不闻，扶起阿里合懑、习不失、撒改等人泪流满面道："今日开国之功，全赖诸君之力，八阿叔等掌柜焉能给我下跪，撒改大哥咋能给我下跪，我虽然是金国的皇帝了，可那是你们硬逼我坐的。咱们的老感情，永不会改变，军师所说的君臣之礼，就留给晚辈去讲吧，咱们这一代都免了。"

阿骨打一席掏心窝子的话，深深折服了在场的每一个人，更是对他恭敬有加，元老们虽免了行跪之礼了，而内心却无比的敬畏。

开国大典宴会开始了，按着阿骨打的吩咐，悟室把阿里合懑、习不失等元老级的重臣，让到上首就坐。阿骨打、撒改、杨朴等为中，各部勃堇为下，最后是谋虎、粘罕、圣果等宗室子弟。酒席之间，阿骨打逐次给元老们敬酒，众人也纷纷给阿骨打敬酒祝贺，酒宴一直欢饮到傍晚时分。皇帝寨外热闹非常，熊熊篝火，欢乐的人群且歌且舞，欢庆着自己的国家成立。已有几分醉意的阿里合懑等元老，以半歌半说的形式，歌颂着女真十位先祖，把他们的业绩唱给众人：

函普，函普，完颜始祖，来到仆干水之滨，长白山东，排忧解难，创制立，婚贤女，结成夫妇，从此更新，女真民族。

德帝、安帝、遵行其嘱。献祖绥可，定居安出虎水，耕垦树艺，栋宇之制，族人呼曰"纳葛里"烧炭炼钢于山里。

勇石鲁是昭祖，条教立法当"惕隐"远攻近交皆征服。

景祖乌古乃，贤妻多保真，负重能致远，伐灭拔乙门，婉拒辽军于国门，礼贤下士国相，任太师掌辽印。

世祖劾里钵，心智似江河，征讨安抚刚柔相济，一代英杰壮山河。

肃宗颇刺淑，女真八世祖。

穆宗盈歌承大位，部落联盟更巩固。

康宗乌雅束，东征西讨打基础。

女真英雄阿骨打，穆宗、康宗他辅助，讨阿疏，宁江城首战告捷，鸭子河逞雄威，建立女真大金国，兵强将勇猛如虎，拯弱救灾，功光天下，传福万世……

这首歌颂女真先祖艰难创业的史诗，在阿里合懑等老将的吟唱下，雄沉悲壮，声情并茂。众人肃然恭听，阿骨打听后，百感交集，怆然泪下道：“我女真人能有今天，经历磨难，真是不容易呀。”众人无限感怀。阿骨打再次洒酒敬天地，跪地祭祀十祖，虔诚祷告：“列祖列宗，请保佑你的子孙从此兴旺起来吧!”众人随之高呼：“女真子孙兴旺起来！兴旺起来!”

此时笛声起，鼓声急，歌者再歌，舞者再舞。阿骨打与撒改等众臣下族中元老，少年才俊，平民百姓一同起舞。有的跳模仿八歌的舞，有的跳罕伯舞，歌声一浪高过一浪，舞者一回接着一回，最后又演成互相追逐的狩猎舞，通宵达旦。

大金国诞生了，大金国的第一个皇帝登基坐殿了，阿骨打把大金国年号定为收国，杨朴鼎力辅助，他为阿骨打等人训了汉名。阿骨打为完颜旻，吴乞买为完颜翰晟。后来还要给众人各个训名，撒改道：“军师，我们这辈人就这样了，你给小辈们好好训名罢。”

于是杨朴依次把谋良虎训为完颜宗雄，粘罕为完颜宗翰，悟室为完颜布尹，圣果为完颜宗干，斡本为完颜宗峻，罕不离为完颜宗望，乌烈为完颜宗朝，没里野为完颜宗杰，讹鲁观为完颜宗隽，斡里衍为完颜娄宝……女真人从此也学会用汉字为自己起名。

阿骨打称帝后，在其原始的军政合一的“猛安谋克”的制度基础上，又创建了一套政治和礼仪制度，形成了一个完整的中央组织机构。勃极烈，是阿骨打的独创，封吴乞买为谙班勃极烈，也就是皇帝的接班人，皇帝不在朝时总揽朝政，在朝时为“二国政”；封撒改为国仄勃极烈，主持国家中央工作，以辅国政，并统领地方路、府、州的官员；封习不失为阿买勃极烈参议军政事务，为谙班勃极烈的副手；封阿里合懑为国论乙室勃烈主管宗教祭祀等大型萨满活动，沟通阴阳，向国家臣民解释各种奇异的现象；封斜也为国论乙室勃极烈负责外交事宜，为国论勃极烈的助手。

娄室、银兀可及各路勃堇加升猛安，余下官员加升一级，所属百姓免税一年，众多臣民，山呼万岁。

杨朴又按汉族的规矩制定了一系列章法制度。然后，拟定一份向辽朝讨封册文；包括徽号、国号、通使、称谓、迁黄龙府，讨还阿统筹。

金收国元年（公元1115年）正月。已称帝的阿骨打，统金朝大军，御驾亲征黄龙府。

黄龙府①地处松嫩平原最富庶的地带，是辽国东部的政治、经济、军事重镇，素有银府之称。辽人叫它“东寨”，战略位置极为重要，当年辽朝开国皇帝耶律阿保机东征渤海国时，曾率40万大军驻扎此城，那时还叫馀城，因天空有黄龙反复出现，阿保机引弦而射散，结果驾崩于此，故名黄龙府。

黄龙府城池坚固，墙厚栅高，有精兵三万号称铁军，守将耶律宁皇室宗亲，辽廷名将，精于兵书战略。娄室、银兀可两部军队，对黄龙府实施了包围，耶律宁攻守兼备，金兵未讨到半点便宜。此时任征讨都统耶律讹里朵，已在距黄龙府百里之遥的达鲁古城驻防，左副都统萧乙薛、右副都统耶律章奴、监军萧谢佛留也率部集结过来。辽军还自带耕具若干，意图要屯垦戍防，俟机一举歼灭敌人。

阿骨打闻报立即召开了军事会议，娄室、银兀可等将领要求再投入兵力，或倾全国之力攻下黄龙府，然后对付达鲁古之兵。杨朴等谋臣认为，黄龙府城坚兵勇，很难攻克，如果重兵围攻，达鲁古的辽军一旦出动，金军将腹背受敌，陷入敌人的包围之中，后果不堪设想。

阿骨打当机立断说：“诸位所言各有道理，我觉得黄龙府是我的必攻之地，但不急在一时，趁耶律讹里朵立足未稳，我们先攻打达鲁古，扫除黄龙府周围的屏障，使黄龙府成为一座孤城，将会不攻自破。”杨朴道：“主公圣明，兵书叫‘围点打援’，娄室和银兀可应继续围困黄龙府，切断其与外界的一切联系，时不当地做急攻之势，以免他引兵增援达鲁古。”娄室、银兀可依令而去。

阿骨打亲率金军主力向达鲁古进发，大队人马越过混同江。天气阴霾密布，突然一个大火轮从天而坠，众将士都看得非常真切。阿里合懑道：“天降吉兆，主公北伐必胜。”阿骨打趁机道：“此征兆，乃天祝大金也。”军威大振。

达鲁古是辽国三类小城，墙薄城矮，周长不过一千五百米，设有东西二门，周遭亦有许多高地和沙丘。耶律讹里朵率兵抵达后，耶律章奴曾向耶律讹里朵提出：“十几万大军应分散驻扎，抢占城外制高点，形成犄角之势，进可攻退

① 黄龙府：今吉林农安县城。

可守。”

耶律讹里朵实际上也有这个打算。但耶律章奴与他有些过节，尤其二人都想争头功，耶律章奴又是皇帝身边的近臣，皇上虽任他为副都统，而他指挥的是朝廷的硬军，唯恐与自己争功，于是耶律讹里朵开口道：“章奴将军过虑了，想我有精兵逾二十万，金兵只不过二三万人，兵力上咱们占绝对优势，何必小题大做，你与萧乙薛分别驻扎城东侧和西侧，我居城中，成犄角之势，金军若来攻城，我们将三面夹击，若不来攻城，咱们歇息数日，兵发会宁州，踏平金兵老巢，以报圣恩。”

萧谢佛留道：“都统切莫大意，萧嗣先兵败出河店，就是过于轻敌，金兵惯于野战，不熟攻城，我们还不如固守城池，寻机消灭他们。”萧乙薛不以为然道：“监军大人敬请大放宽心，都统大人身经百战，岂是萧嗣先那种角色可比，我们兵多粮足，仅二十万大军，一人吐口唾液也能淹死那些不知天高地厚的女真人。只要黄龙府那边能守住，剿灭金兵指日可待。”

辽军首脑商议军机大事之时，阿骨打已率军登上了城北的山冈。城内的情形尽收眼底，辽兵状若“连天灌木”，正在征用民房放置粮草、农具籽种、安营扎寨。众将见辽兵甚众，吃惊不小。阿骨打稳住心神道：“辽兵虽众，却不足畏惧，队形如此杂乱，如何战斗，人多反成了累赘，我军迅雷不及掩耳之势击之，必胜无疑。”说完亲统中军督战，斜也率兵冲击敌军的左翼，迪古乃率兵冲击右翼。耶律讹里朵早就知道，金兵已出发，但不料来得如此神速，忙令萧乙薛、耶律章奴迎战，自统中军掠阵。

宗雄进攻的是萧乙薛的混同军，其斗力稍弱，在金军的猛烈冲击下且战且走。迪古乃攻击的是耶律章奴的硬军，遭到顽强抵抗，陷入了重围，双方捉对厮杀，呈胶着状态。耶律讹里朵也不敢掉以轻心，不断地指挥辽兵增援。

宗雄击退萧乙薛的混同军后，阿骨打又令他去增援斜也。宗雄分出一拨人马绕到敌阵后面进攻，自己率兵杀入了核心，与迪古乃汇合。强悍的辽兵在耶律讹里朵的指挥下，死死地纠缠金兵不放，金兵虽然善战，但毕竟人数上占劣势，宗雄、迪古乃都是出于艰难境地，很难摆脱敌人。

恰在此时，围困黄龙府的娄室、银兀可奉命前来增援，二人拼命狂奔了一百多里，到了阿骨打面前，人马浑身挂满了霜花，雾气蒸腾，当时竟然有十几匹战马倒地而毙。阿骨打关切问道：“你俩咋样？”二人喘着粗气说：“行！能上阵杀敌，只是得调换战马!”

阿骨打令宗翰、宗干给他俩调换几百匹战马，娄室、银兀可人吃干粮马喂草料，歇息片刻，便突入敌阵。宗雄、迪古乃的人马已被围得里三层外三层，犹如一叶扁舟在血肉横飞的涡流中飘荡，以死相拼，不断减员，随时都有被砍杀的危险。

娄室、银兀可等援军杀到，注入了新的战斗力，众将合力杀出核心，旋即又被围困，再突围，再被围困，反复九陷敌阵，九次突围。将士们简单重复一个动作——杀人，几近疯狂状态。

远远观阵的耶律讹里朵，倒吸一口气道：“难怪辽军，屡遭败绩，这金兵是人吗？简直是猛虎饿狼。”他边想边下令再调人马围堵截杀，企图一举歼灭金兵。

阿骨打率中军站在山冈上，见众将士舍生忘死，杀得辽兵血流成河，尸横遍地，而辽军却无半点怯意，厮杀得异常惨烈。阿骨打面现杀机，宗翰、宗干等军将早已看得血脉贲张，手里发痒，但自己主要任务是保护皇上。

杨朴见阿骨打要动手，就劝道：“主公，不宜涉险，我军是虽然被围，但毫无败相，可让宗翰、宗干突袭敌营，救回主力部队。”阿骨打令道：“宗翰你带一哨人马不可恋战，专冲耶律讹里朵的中军，把他给我剁了，为战死将士报仇！宗干带一哨人马突入敌阵，杀条血路把咱们的人引出来。”

二将有为难之色，因为他们任务是保卫皇帝的，特进挞懒说：“二位将军放心去吧，我的亲兵卫队能顶几个辽兵，不用担心陛下的安全。”宗翰一咬牙道：“好吧！你要确保皇上安全。”说完带着本部人马直奔辽兵中军。

宗干让兵丁砍来树枝，拖于马后，待人马驰出后，极力呐喊鼓噪，飞尘扬沙，造成大部队增援的态势，厮杀中的辽兵见有金兵大部队增援，声势浩大，烟尘滚滚，不知有多少人马杀来，稍有紧张。宗翰引兵，绕开战阵突到耶律讹里朵近前，一把通天挝横扫辽兵，萧乙薛为表衷心，催马来战，只一个回合就被宗翰砸伤，耶律章奴催马上前招架了两个回合，也不是对手败下阵去。宗翰手下士兵一起高喊：“活捉耶律讹里朵！活捉耶律讹里朵！”萧谢佛留似乎被宗翰吓破胆，忙道：“都统，咱们避其锋芒，然后拢兵再战。”未等耶律讹里朵答应，他拨马便跑，耶律讹里朵在几个亲兵拼死保护下退了下去。

激战中的辽兵，被宗干的疑兵声势所震慑，与此同时，婆卢火又带两千生力军赶到，老将军习不失也带一千军卒从宁江州来增援。辽军见主帅耶律讹里朵后

退，逐渐乱了阵脚，开始动摇，如决堤的洪水般溃退。金兵得理不饶人穷追不舍，一直追到阿娄岗，金兵把耶律章奴的硬军团团围住。天黑入夜了，两军暂时休战，埋锅造饭。金军人不卸甲，马不卸鞍，枕戈待战。

天刚亮，阿骨打指挥将士向辽军发起总攻，又是一阵更加惨烈的砍杀，直到把辽军最后一个士兵撂倒为止……

辽上京，五銮金殿。耶律讹里朵跪在殿前连头也不敢抬。天祚帝边来回走动边咆哮道："废物！废物！！简直是一群废物！！！为啥你们十多万精兵，连那点女真人都收拾不了，还有脸面回来见我！"

耶律章奴道："启禀陛下，此次兵败，罪在主帅耶律讹里朵一人，讹里朵将军不仅刚愎自用，还好大喜功。臣曾劝他，分兵驻扎于达鲁古城四周空阔的高岗之地，以便互相策应，他根本不听。他与黄龙府的耶律宁将军有矛盾，也不跟黄龙府方面联系，更不用说兵合一处了，臣为副都统也有罪，我所率三万硬军死于沙场，无一降者也，斩杀敌兵数千人，萧乙薛、萧谢佛留两位大人都亲眼所见。"

萧谢佛留身为监军，战场情况他历历在目。听耶律章奴一说，马上回应道："耶律章奴将军所言句句为实，主帅确实如此。"萧乙薛本来与耶律讹里朵关系密切，可是当他见到天祚帝那拉得像驴一样长的脸和阴鸷的目光也忙道："当时情形就是那样，不过那女真人实在太厉害了。比恶狼还恶，比猛虎还猛……"

天祚帝越听越气，一拍龙书案怒吼道："够了！无能之辈，耶律讹里朵你可知罪？"耶律讹里朵磕头如捣蒜道："臣知罪，臣罪当死！"天祚帝道："好！朕就成全你，以儆效尤！"耶律讹里朵被推出斩首。耶律章奴、萧乙薛、萧谢佛留官降一级免于死罪。

天祚帝还怒不可遏，下旨要御驾亲征女真人。萧奉先奏道："陛下且息怒，此次陛下御驾亲征要谨慎呀！一是大宋朝见女真人起叛兵节节胜利，竟然派使节来讨还燕云十六州，西夏国也提出边境纠纷问题，陛下御驾亲征非同小可，要征调全国之军，尚需一些时日，望陛下三思。"

魏国王天祚帝的叔父耶律淳跪倒奏道："我军屡被女真兵所败，陛下亲征势在必行，只有这样三军才能勇往直前，至于大宋和西夏两国，可以通融斡旋，女真人不也遣使应对。以争得调兵时间。"天祚帝急问："什么！什么！女真人也要讨封，要封他们啥？"

萧奉先见再也压不住女真人讨封的奏书，就瞪了耶律淳一眼道："陛下，女真人得寸进尺，竟然要讨封他们为‘大金国’，阿骨打叫什么‘大圣皇帝’，真是癞蛤蟆想吃天鹅肉，我们必须调集全国之兵灭了他们。”耶律淳道：“陛下，剿灭女真人，不急在一时，暂且给一个封号，那些野蛮之人有封号也就不再作妖了。咱们趁机调集人马，等筹备停当了，再一举消灭他们。”

枢密学士柴海道：“魏国王说得有道理，为了稳住阿骨打，就暂且封它个东怀国做个儿皇帝，与咱们太祖封耶律陪东丹王、东丹国如出一辙，他们连文字都没有，定然不能理解咱们的用意。”萧奉先唯恐皇帝见罪于己，耶律淳和柴海说得很有道理，也附会说：“陛下，魏国王和柴大人的缓兵之计实在高明，咱们不仿再给点玉书、玺印之类的东西，让他以叔侄身份相称封个东怀国的皇帝，也不失咱大国之威啊。”

耶律亲奴道：“臣愿戴罪立功，出使女真探听虚实，说服其甘愿称臣，暂罢刀兵。”

天祚帝沉吟一会儿说：“这些都是权宜之计，待我调齐兵马一举歼灭，让阿骨打白日做皇帝梦吧！”众臣齐称陛下英明。

会宁州，皇帝寨。

阿骨打与众臣议事，吴乞买奏道：“禀陛下，辽朝遣使前来。”阿骨打道：“宣他上殿。”不多时耶律章奴上殿。他立而不跪道：“大辽使者耶律章奴奉旨前来宣读诏书。”众人让他跪倒说话，他却不肯。

特进挞懒刚要动手，阿骨打制止道：“让他把话说完。”耶律章奴继续道：“你这皇帝是自封，没有得到天朝大国的册封，故暂不能下跪。”杨朴问道：“你何时才跪拜？”“待我宣读完诏书再拜不迟。”阿骨打道：“好吧！听听你们的诏书！”

耶律章奴打开诏书读道：“辽乃天朝大国，威加宇内，承祖基业二百，统治四方，臣服诸藩。宋、西夏、高丽等过称番女真乃化外之酋，朕有好生之德，为免动刀兵，故册封女真为东怀国，阿骨打为东怀皇帝。赐玉辂、象牙笏板、东怀国玺等御器，为大辽之属国……”

阿骨打怒喝道：“住口！朕还想让耶律延禧当儿皇帝呢！”耶律章奴也不动怒，直到把诏书念完，才跪拜道：“大辽使者耶律章奴参见东怀国皇帝！”杨朴笑道：“陛下息怒，这份诏书他们是处心积虑，效仿辽太祖阿保机灭渤海国立东丹国的例子。”耶律章奴道：“在下只是奉诏出使，其他一概不知。”

阿骨打道：“这个册封朕不满！黄龙府为何至今未前奏，罪人阿疏为何不遣

返?”耶律章奴不卑不亢道:“黄龙府迁与不迁眼下不是辽国的事,你们派重兵围个水泄不通,就是想迁走也不可能。至于阿疏,自你们起兵获胜后不久,就失踪了,我们早就不想留这个丧门星了。”

撒改道:“还算你们明智,赶紧回去让你们辽主换新册封。”耶律章奴道:“我劝陛下还是接了册封,就此罢兵,如若不然,后果不堪设想。眼下你们虽然连胜了几仗,只不过在大辽东路掀起一点风浪,或者说十指当中只伤了一根小指,辽朝尚有百万军马,千员战将,岂能容忍你这弹丸之地,数万军卒任意妄为?待到天朝大军压境,恐怕玉石俱灭,悔之晚矣,莫不如适可而止,此乃万全之策。”

阿骨打坚决地说:“开弓没有回头箭,天祚帝不依照朕意册封,朕誓不罢休。”撒改道:“来人!把他拉下去重打四十军棍!”杨朴忙劝道:“国相息怒,两国交锋不伤来使,咱们要以大国礼仪对待他们,方能恩威并施。”吴乞买道:“他们还扣押了咱们五个使者呢?”杨朴道:“咱们就扣下他们五名使者,让耶律章奴带回文册,继续讨封。”阿骨打应允。

耶律章奴万般无奈,回朝缴旨,这回真正地领教了阿骨打的厉害,那种不怒自威的气度,那种从宽广的胸怀,那种鲸吞四海的坚定意志……令他深深地折服,天祚帝与他相比,真乃天壤之别,暗暗为大辽国担忧。

此时,辽金两国没有大的战争,只是通使交涉封号问题,讨价还价。

宗翰、宗雄已把黄龙府外围的几个小城镇扫平,娄室、银兀可几次攻城,均被耶律宁的铁军击退。天祚帝那边调兵遣将积极备战,金国的细作扮成五行八作,源源不断深入到辽国探刺情报。阿骨打根据情报分析后,决定御驾亲征,攻下黄龙府作为屏障,与天祚帝决一死战。

此时黄龙府被围了几个月,成了一座孤城,萧奉先等都认为黄龙府城高墙厚,兵精粮足,三万铁军由耶律宁指挥是牢不可破,都积极为天祚帝御驾亲征筹集粮草,调集人马,而把黄龙府弃之不理。

时值八月天气炎热,应是休战季节,而阿骨打却在此时挥师出征。两万大军至混同江旁,只见烟波浩渺,江水滔滔,江面上无一渡船。女真人自古过江河不用舟楫而是浮马而渡。阿骨打立马江边,面对汹涌澎湃的江水,士兵们议论纷纷,稍有难色。杨朴道:“陛下,兵贵神速呀,就是有舟船,人马众多两三天也渡不完,辽军若得信趁机袭来,恐怕有全军覆没之虞。”

阿骨打思忖一下,突然举起马鞭厉声吼道:“顺我马鞭所指方向过江。”话音未落，自己催马下水。赭白马奋蹄甩尾，浮水而进，阿骨打紧扣马鞍顺流前行。众将士见皇帝一马当先，毫不犹豫，纷纷驱马下水，勇往直前。水没马背，人牵马尾而游，无一溺水落伍者，金兵顺利到达对岸，晾晒衣服，补充给养。然后旋风般扑向黄龙府。

这几天黄龙府守将耶律宁非常烦躁，自己被围困了好几个月，朝廷却未发一兵一卒前来救援，城里虽粮草充足，却得不到朝廷的音信和皇帝的嘉勉，兵多有怨言。副将进来道："都统大人，女真人好像又增兵了！"耶律宁道："真有此事，快派人详细打探。"副将急急而去。

那副将带人在城头观望，见城外女真人的营帐果然又增加许多帐篷，似来了几千兵马，心头惴惴不安。忽然，女真大将娄卢火匹马单骑也到城下喊道："城里士兵兄弟不要放箭，我家皇帝有书信交与耶律宁将军。"说完用箭射上一封信来。副将接到书信，急忙回到帅府，呈给焦急不安的耶律宁。

这是杨朴根据阿骨打的意思写的一封劝降书，信中分析了黄龙府的形势，分析了辽朝的态度，分析了耶律宁目前所面临的形势，极尽挑拨之能事。耶律宁看了，觉得此信句句说得在理。副将见耶律宁看完书信眉头紧锁，急切问道："信中都说了些啥？将军欲做何打算？"

耶律宁闻言一愣，忙收敛心神道："那还用问，劝降呗。你我的家眷都在上京，说不定现在已被萧奉先控制了，咱们要稍有怠慢，家属必遭不测，还敢说降字吗？"副将怨恨地说："可朝廷到现在迟迟不派援兵解围，咱们都被困守好几个月了，派出的信使只出不进，谁知道皇帝是咋打算的呀！"耶律宁道："不管陛下咋打算，也不能拱手把黄龙府让给女真人，只有血战到底才能保全一家老小和你我的性命啊。"副将默默无语。

阿骨打见劝降不成，就与众将分梯次攻城，一连两个月皆毫无进展，伤亡了两千多士兵。黄龙府真似铜墙铁壁不可动摇，耶律宁所率的辽兵不愧铁军的称号，无比的强悍勇猛，战斗力不亚于女真军。虽然攻城屡屡受挫，阿骨打却有所欣慰，因为他暗暗庆幸，正月那次征伐如果不采取杨朴的谋略，围困黄龙府死打硬攻，不但城未攻下，耶律讹里朵十几万大军从背后包抄过来与耶律宁里应外合，金兵就会有全军覆灭的危险。娄室、银兀可进攻数月而不破城是理所当然的事了。

众将见阿骨打面现喜色非常不解，杨朴已揣摩透阿骨打的心思，他说："陛下，自起兵以来，碰到了真正的对手，我军虽败犹荣。"阿骨打道："啥事也瞒不

过军师。逢强智取，遇弱进攻，不知军师可有破敌之计？”杨朴笑道：“此计还是陛下的韬略，攻坚受阻，必攻其心。”阿骨打笑而允之。

众将依令行事，昼夜打制了一批高于黄龙府城墙的云梯，把上万封的劝降书射入城中，这次劝兵不劝将。辽军看到书信果然军心浮动，尽管耶律宁反复下令禁止看女真人的劝降书，违令者斩，但悲观厌战的情绪，却弥漫开来。

金兵改变了攻城时间，由白天作战，改成夜晚奇袭，其所制的云车也能从高处向城内射箭，辽兵伤亡增多，又连续攻城三夜，虽未破城，却使辽军疲惫不堪，心志沮丧。第四日金兵又用了疑兵之计，令中军后退五里外安营扎寨，入夜后用羊毛塞住耳朵入睡。黄龙府城下，设了五百多面战鼓，骨舍率五千兵丁隔一个时辰擂一次战鼓，呐喊攻城。城上辽兵不知虚实，只好黑暗中射箭拒敌。

耶律宁率众将一听鼓响就登城指挥作战，结果只听敌兵呐喊却不见有人攻城，尤其后半夜，有时回府刚刚躺下未等合眼，战鼓就响起来，有时睡得正香，被亲兵推醒说女真人攻城了，结果到了城头之上，听到的就是呐喊声和鼓声却无敌兵攻来，如此折腾了七夜，辽兵疲惫不堪，心神不宁，几乎被折腾得精神要崩溃了。耶律宁已看出敌人的疑兵之计，只派少数士兵守城，战鼓再响，喊声再激烈，也不射箭了。

阿骨打接到情报说守军已放松警惕，立即挥师潜到城下，战鼓一个时辰就擂响一通，几千士兵依旧呐喊冲杀，城上辽兵似乎习惯了这种惊扰，不加理会，再加上连日人不解甲，马不卸鞍，困顿至极，在战鼓和呐喊声中沉睡正香。

而金兵却虚中有实，两支大军于城下悄悄竖起了云梯，架起战车，在战鼓声和呐喊中爬向城头，娄室跟银兀可攻城数月不破城，心里憋了一股火，此时找到发泄的机会，娄室令活女率人组成一个敢死队，每人身上背一小捆干柴，登上城头放火，银兀可不顾娄室百般拦挡，一马当先率敢死队登梯攻城。

酣睡的黄龙府，终于被率先攀到城头活女的兵丁惊醒。辽军在惊慌失措中弓箭也失去了准头，活女点燃了干柴，一杆大刀连劈数人，掩护着银兀可和其他敢死队员跃上城头来，顿时黄龙府东城门上火光熊熊，喊声震天，借着火势敢死队除被敌箭射中外，十有八九登上城头。银兀可抡着大棍掩护金兵登城，活女却带着其他的敢死队扑向东城门，一路势如破竹。

酣睡正香的耶律宁被副将推醒，他揉揉眼睛道：“干啥？忙三火四的。”副将带着哭腔说：“女真人已攻上东城门楼了。”耶律宁一翻身跳到地踹倒亲兵上吼着：

“什么？咋不早报呢？赶紧抬我的大枪来，把先攻上城墙的敌兵砍了！”

耶律宁虽然是骁勇的名将，但难免颓势，待他到城墙时，活女已与银兀可敢死队杀尽所有守军，打开城门，无数金兵涌入城内。城头上在银兀可的掩护下，宗雄、宗干等也率兵登城，阿骨打正指挥大军从东门往里冲锋，一面是素有铁军之称的大辽精兵，一面是三人成虎气势正盛的女真兵，一场残酷的砍杀激烈进行着，城墙上城墙下，屋舍中，街路旁，兵器格斗声、怒吼声、哀嚎声、鼓噪声连成一片，刀光血光在冉冉升起的骄阳的照射下格外刺眼，惨烈的厮杀直到中午才渐渐平息。黄龙府横尸遍地，血流成河，耶律宁的铁军除重赏被俘，其余都随主将为朝廷尽忠了，金兵也损伤两三千人马。

占领黄龙府之后，辽的东北地区皆在金的控制之中，也成为金国的屏障。阿骨打进城后，出榜安民，封赏将士。此间天空又现奇异的龙形云彩，杨朴道：“昔日耶律阿保机因射黄龙而驾崩于此，陛下千万顺天意而行，切不可射云。”阿骨打点头称是，封娄室为黄龙府都统，赐御马十匹，奴婢三百人。

黄龙府失陷后辽廷企图通过册封东怀国安抚女真人的计划流产，天祚帝极为震怒，他毅然停止痴迷醉心的射猎活动，在前线送的奏章上愤然写下了“女真作过，大军剪除”八个字。善于阿谀奉承的萧奉先，却叫人把这八个字绣在大旗之上，成为天祚帝御驾亲征的标志。

天祚帝倾全国之兵讨伐阿骨打，七十万大军集结完毕。封杀人不眨眼的牧场主阿布为中军都统，耶律章奴为都监，统精兵两万为先锋，余者分五部分为下军。贵族子弟为硬军，扈从百司为护驾军，骆驼口，直逼达鲁古，黄龙府；以都点检萧胡姑为都统，枢兵使出萧为副，率步骑三万直取宁江州，命驸马督慰，林牙萧察里率骑兵五万，北进出河店，他亲领四十万人马为中军。严令各军旗必灭女真，并杀青牛白马祭天地、祖先，射鬼箭盟誓。

辽军两路并进，征讨收复失地，同时对会宁州形成了钳型包围态势。

辽史记载，契丹人用兵，又不同于女真人的拼命敢死队，他们步骑车帐不从阡陌，一概平行。中军大帐两侧，有大将数人，各率万骑分散游弋于百里之外，其所派精锐侦察部队，称为拦子军，主帅以吹角为号，众军闻之顿合，每行军听鼓三通，不论晨昏，一发便行。未逢大敌不乘战马，待敌近即乘之。多伏兵，断粮道，冒夜举火，上岗拖柴造势，馈饷自给。善战，耐饥渴，散而复聚。这套战略战术曾百战不殆。故使中原大宋纳贡、西夏归附、高丽称臣……

护步答岗，是沿着混同江而形成的数百里滩涂漫岗，空旷而少树木，适宜大规模野战。辽军逶迤而进，辽天祚帝传旨在此安营扎寨，准备一举歼灭金军。

辽天祚帝御驾亲征的消息，雪片一样飞到会宁州，立国不到一年，封号尚未落实，刚刚诞生的大金国面临着灭顶之灾。阿骨打当然不会坐以待毙，采取了御敌于国门之外的策略，倾全国之兵拒敌。

阿骨打率三万人马驻扎一个叫爻剌的地方，把据守黄龙府、宁江州的人马也调来。

阿骨打率众将军遥望驼门口一带，辽军边营百里，号角连天，战马嘶叫，人声鼎沸，各路探马不断传递辽兵的情况，各种类型各个层次的“画灰而议”的军事会议频繁召开。

宗雄说：“辽兵虽众，但将无必死之心，士有贪生之意，我军以一当十，若迎头痛击锉其锐气，我愿为先锋迎敌。”斜也、宗翰、迪古乃、银兀可等少数少壮派将领赞同宗雄的意见。撒改道：“此战非同小可，辽兵有七十万大军，我军不足四万人马，以一当十相差也很悬殊，当退回黄龙府，凭借深沟厚墙据守，不然有全军覆灭之险。”

阿里合懑、习不失等老将同意撒改的意见，金兵虽然骁勇，但面对如此强大的辽军，又是天祚帝御驾亲征，自然胆怯，一些降兵于夜里悄悄逃跑。

阿骨打此时比任何人都焦急，他权衡这两种意见，觉得都有道理，又都不可行。他问杨朴道：“事已至此，如之奈何？”杨朴说：“此战不同以往，自古胜王败寇，天祚帝孤注一掷，咱们也得孤注一掷，固守虽是上策，而辽军势众，用一半人马围困黄龙府，另一半人马攻取会宁州易如反掌。我觉得达鲁古战胜耶律讹里朵之术可复用。”

阿骨打道：“军师之意是直攻辽之中军而不顾其余，只要捋着天祚帝的须子，就解了灭顶之灾，好计好计！”杨朴话锋一转道：“不过我军惧怕的情绪在蔓延，陛下需再拢住人心呀！”阿骨打道：“好！我自有办法！

主意已定，阿骨打召集众将整队点兵，然后登上点将台，只见他神情凝重，悲从心来，哽咽道：“诸位将士，天寒地冻，辽兵压境，都是我累得大家抛家舍业，过刀头舔血的日子，我对不起大家呀！”将士们听得心头一热。

阿骨打接着道：“当初咱们起兵，是为了摆脱辽的统治，不受他们的压迫和欺诈，建立咱们自己的国家，可是天祚帝不容呀！带了数十万大军来征讨，我等多有不保，这都是我惹的祸。如果杀了我和我一族去投降辽廷，或许能免你们一死。”说完抽出宝刀，以萨满的仪式，以刀剺额血，合泪而流道：“我阿骨打愿一死，免得大家受牵连，宗干、宗望、宗峻你们是我的儿子，你们站出来。”宗干、宗望、宗峻站出来道：“父皇，我们听你的吩咐！”阿骨打又道：“斡带、阇母、斜也，你们是我的亲阿弟，你们也站出来！”三人应声出列，阿骨打又道：“宗雄、宗辅你俩是我的亲侄子，你们也出列！”二人走出了队伍。

阿骨打泣声道：“诸位将领，你们绑了我和我的族人，去降天祚帝吧！或许他免你们一死！”娄室、银兀可、宗翰、婆卢火、迪古乃、石土门等七嘴八舌地说：“陛下，我们都杀过契丹人，就是投降天祚帝他也不会饶了我们。我们愿跟你同生死！”撒改、阿里合懑、习不失等老将也道：“陛下，我们有这么多精兵悍将，与辽人还有一拼，何必如此呢！”特进挞懒、活女等小将喊道：“跟契丹人拼了！与陛下共生死！”

诸将的言行感染了其他将士，都不约而同地喊道：“与契丹人拼了！与陛下共生死！”杨朴见时机成熟，对血流满面、双手捧刀跪在点将台上的阿骨打道：“陛下，请起，军机要事尚需计议。”阿骨打顺势站起身来，刚想开口，有三路探马飞来急急报道：“天祚帝已班师回朝，辽兵正在撤退！”众人闻之愕然不解。

探马所报是实，原来天祚帝的近臣、征讨大军的监军耶律章奴、燕国王耶律淳的妻弟萧敌里、大将耶律术赤、萧延留等四将临阵谋反，率数百精锐返回燕京，准备拥戴耶律淳为帝，废除天祚帝，另立朝廷。

耶律章奴聪明机敏，善言论，历经军政要职，是天祚帝的亲信。他之所以谋反，是看透了天祚帝的腐败无能，达鲁古战役中深深领教了女真人的厉害，出使金国面见阿骨打，见群臣雄豪勇武，智谋超人。更不能让他释怀的是，他心仪已久的未婚妻，萧瑟瑟被天祚帝强行霸占，封为文妃，瑟瑟在宫中先是受宠，后生敖鲁斡为晋王，而皇后萧夺里懒图谋让自己的儿子继承帝位，与其兄萧奉先对文妃进行排挤陷害，使她郁郁寡欢。

耶律章奴与萧敌里等人是莫逆之交，都有厌战惧战情绪，一拍即合。给他们手下的亲兵发钱物诱反几百人。然后，由萧敌里、萧延留飞马燕京劝耶律淳自立为帝，自率数百亲兵向上京进发。

耶律延禧升了中军大帐，召集文臣武将商议灭女真事宜。都统萧胡笃醉眼蒙胧报告道：“禀告陛下，大事不好了，耶律章奴鼓动萧敌里、耶律术赤、萧延留

谋反，率数百精兵临阵叛逃，要立耶律淳为帝，现率军攻打上京，抢皇妃萧瑟瑟去了！”

“什么？什么？你说什么？”天祚帝惊得从龙椅上跳起来，似乎不敢相信自己的耳朵。萧胡笃道：“耶律章奴临阵脱逃，我擒获了他的同伙正在军中策反的耶律术赤！”天祚帝怒道：“快把他给押上来！”

耶律术赤面无惧色，挺胸抬头，立而不跪，天祚帝怒气冲冲地道：“耶律术赤，朕待你不薄，为何与耶律章奴一起谋反？”

耶律术赤道：“我等为大辽的忠臣良将，对大辽忠诚无二，可是，现在的朝廷奸臣挡道，小人横行，忠良难为用，佞臣弄权谋私，可惜大辽二百年的基业葬送在你们手中，你已失去人心，魏国王得人心，故立他为帝或许能挽大辽于危难，你赶紧让贤吧！”天祚帝的脸色由红变紫，由紫变青。咬牙切齿道：“先把他碎尸万段。”耶律术赤边骂边被推下去。

萧奉先忙道：“陛下，攘外必先安内，自古国无二主，天无二日，应速回师稳定局势。”耶律余睹忙跪倒道：“陛下万万不能班师，他们几个人成不了气候，只要下道诏书给燕王耶律淳，他定能看在同宗之份上，不能与之同谋，剿灭女真人才是当务之急。”大臣萧苏陶道：“余睹将军言之有理，应以灭女真人为重，臣与魏王一向交好，愿前往下诏书，天祚帝稍平怒气道：“好！先安抚魏国王，但必须剿灭耶律章奴这贼子。”

众臣苦劝不住，天祚帝执意挥师去剿灭耶律章奴的叛军。阿骨打闻讯精神大振，连道：“天助我也！”杨朴兴奋地道：“陛下，乘胜追击，必可获胜。”众将也纷纷请战。阿骨打道：“要追可以，而辽兵势众，我等必须拧成一股绳，不可分兵，不然咱们如泥牛入海，连个浪花都看不见。”杨朴道：“众将听令，扔掉所有东西，只带兵刃、弓箭，其他物饰天祚帝那有的是，自己去拿吧！”阿骨打又下令道：“左、右、中三军齐头并进，直扑天祚帝中军，沿途马匹等一概弃之，人也少杀，别耽误时间，违令者斩！”众将士一声呐喊如出山猛虎向前冲去。

萧敌里和萧延留连夜驰到燕京去见魏国王耶律淳，劝说他自立为帝，耶律淳闻听，吃惊不小。这时，朝廷使者萧苏陶也奉诏进府，耶律淳忙把二人藏于密室。当他看完天祚帝的诏书，暗自庆幸自己未上贼船。忙跪倒谢主隆恩，然后与萧苏陶一起把萧敌里、萧延留枭首准备献与耶律延禧。天祚帝一心要除掉耶律章奴，不顾众臣劝谏，在萧奉先的撺掇下回师上京临潢府，厚封于他，耶律章奴却不知就里，孤军犯险四处抢掠逃窜。

阿骨打的铁骑，在护步答岗较高的一段慢坡上追上了辽军。三路先锋官依照军令一直向前冲。

天祚帝见敌兵追来，还要撤退，都统阿不为道："陛下莫惊，我军已把金兵围在核心。"

天祚帝见阿不为果然收拢诸军，围困金兵，就放心观战，眼见女真人如旋风一样在辽军中卷来卷去，辽兵前阻后追，左右拦劫，还是挡不住金兵的冲锋势头，金兵的先锋已到冈下，阿骨打见到天祚帝的黄罗伞盖，他策马来到冈下厮杀的军阵中，抽出雕翎箭，拼尽平生的力量射出那箭矢挟着风声飞去，正好射在写着"女真作过，大军剪灭"的九尾大纛的旗杆上，旗杆拦腰折断。天祚帝见女真军中竟有如此神箭手，忙叫侍卫撤掉黄罗伞盖，滑下冈去。阿骨打见状忙喊："耶律延禧逃跑了！抓住他抓住他！"众多金兵也跟着一起喊起来。

激战中的辽军，听到金兵的喊声，看到金兵急流般向山冈涌去，也不由自主地回头观望，山冈上皇帝的大旗，果然已倒，天祚帝的影像模糊，黄罗伞盖不见踪影，心中惶然，坚固的防线霎时被金兵突破。

天祚帝的九尾大纛虽倒，他却依然指挥手下将领阻击，围困在核心的金兵，眼见山冈下防线被突破，在砍杀中又推进了两百多步。萧奉先此时有点气馁道："陛下，咱们还是避一避风头吧！刀剑无眼，陛下乃龙身御体以安全为重。"

天祚帝也被阿骨打射倒大纛之举所惊骇，做梦也没想到，三百多步距离，竟然能把碗口粗的旗杆射断，心头大惊，萧奉先一劝正合他意，马上就转身欲逃。

张琳忙道："陛下不能后退，金兵虽勇也被阿不为阻于冈下，皇帝一撤，势必动摇军心，将有敢死之心，士则无贪生之意呀！"萧奉先怒道："你这是啥意思？难道让陛下冒险吗？"张琳无言以对，天祚帝道："张爱卿，你先率兵抵挡一阵。"说完在萧奉先的护卫下，寻一条便道下了山冈。

辽兵不仅看不见皇帝的旗帜，连黄罗伞盖也无了踪影，辽兵辽将成了无头之蝇，互相拥挤，践踏，阿不为等大将本想再聚拢队伍拒敌，然而在洪水决堤般的乱军中无能为力，只能随波逐流了。金兵在阿骨打的率领下恣意砍杀辽兵，天祚帝自恃有宝马良驹，一口气竟然跑出了五百多里，而他的七十万大军，却被金兵杀得七零八落，从此一蹶不振，军事上由进攻转为防御。

阿骨打收编了无数降兵，运回了七十万大军弃下的车马辎重，会宁州国库充

盈，而辽朝耗尽所有战争储备，再也无力反攻。

阿骨打一人纵身跃上战马，双手勒缰，那战马飞蹄奋跑。草坡上肃立的将士和男女族众都不解地望着渐渐消失在视线的阿骨打。

片刻，一身热气的战马跑回到人们跟前，阿骨打翻身下马，动情地接着马脖子用额头亲着，他回转身，眼含泪水，望着将士和男女族众，高声地吼道：“将士们，父老兄弟们，我们用鲜血和生命赢得了今天，从今以后，再不希望有纷争和战乱了，这是我最后一次骑上我的战马，我宣布，把缴获的枪械还有我们的一些枪械，都化铁铸犁，开垦出一片庄稼地。”

将士和男女族众欢呼着。阿骨打泪眼望着族众的泪眼，一步一步走进他们中间。男女族众拥过去，围起阿骨打，拥在一起，向天空，向原野，向远方含泪唱起来：多少年，多少代，盼着风轻水静云儿开；多少血，多少泪，换来亲人牵手舞裙摆……

赫赫女真，处于繁荣昌盛之时。

煌煌大金，立于白山黑水之间。

词曰：金源虎水滚春潮
帆影过天娇
谁导风云气象
子孙常祭英豪
塞上星垂
人环月朗
诗兴扶摇
把酒银河两岸
同君醉舞苍辽

作者与北京日月星房地产开发有限公司衡焕儒董事长在一起

作者与葵花药业集团股份有限公司董事局主席关彦斌总裁在一起

作者与成都府河电气集团有限公司赵尔劲董事长在一起

作者参加第三届全国满族企业家经济合作交流会

作者与杨世民（黑龙江华商会会长）在一起

作者与李衍煌董事（台湾光彩实业集团）在一起

作者与黑龙江省侨联主席王伟（中）、黑龙江华商会会长杨世民董事长在一起

作者与满族企业家合影